大海如镜：

英美海洋小说研究

The Mirror of the Sea：A Study of English and American Sea Novels

张 陟 著

海洋出版社

2022年·北京

图书在版编目(CIP)数据

大海如镜：英美海洋小说研究 / 张陟著. — 北京：海洋出版社，2022. 4

ISBN 978-7-5210-0944-6

Ⅰ. ①大… Ⅱ. ①张… Ⅲ. ①小说研究-英国②小说研究-美国 Ⅳ. ①I516. 074②I712. 074

中国版本图书馆 CIP 数据核字(2022)第 048933 号

内 容 简 介

本书是国内第一部系统研究英美海洋小说的专著。本书以文学文本与国家认同之间的关系为切入点，探讨了 18 世纪以来英美海洋小说与其时主流观念之间或顺应调和，或否认抵抗的复杂关系。本书探讨的海洋小说家，既有笛福、斯威夫特、麦尔维尔与康拉德等国内学界熟悉的名家，也有国内少有提及的斯摩莱特(苏格兰)、埃奎亚诺(非洲/英格兰)、达纳(美国)等人，展现了宽阔的学术视野。本书在历史语境的再造与小说文本的细读上，用功尤深。本书详细梳理了英美海洋小说的文化渊源与流变过程。

本书对从事外国文学教学与研究，尤其是从事英美文学、海洋文学、海洋文化研究的高校师生以及文学爱好者有相当的参考价值。

大海如镜：英美海洋小说研究

DAHAIRUJING: YINGMEI HAIYANG XIAOSHUO YANJIU

责任编辑： 苏　勤

责任印制： 安　淼

海洋出版社 出版发行

http://www. oceanpress. com. cn

北京市海淀区大慧寺路 8 号　邮编：100081

鸿博昊天科技有限公司印制　新华书店北京发行所经销

2022 年 4 月第 1 版　2022 年 4 月第 1 次印刷

开本：787 mm×1092 mm　1/16　印张：26

字数：344 千字　定价：198. 00 元

发行部：010-62100090　邮购部：010-62100072

总编室：010-62100034

作者简介

张陟，博士，教授，宁波大学外国语学院英语系系主任，浙江省外国语言文学类专业教学指导委员会委员，浙江省外文学会常务理事，渥太华大学访问学者。主持国家社科基金项目两项，参与国家社科基金重点项目、国家出版基金资助项目及其他科研项目多项。在《外国文学评论》《外国文学》《当代外国文学》等刊物发表论文近30篇，在人民文学出版社、译林出版社、上海外语教育出版社等出版文学与学术类译作数十部（篇），逾两百万字。曾获"外研社杯"全国高校外语学科优秀学术论文评选一等奖，浙江省优秀外国文学论文一等奖等奖项。研究兴趣为18—19世纪英美文学、历史与文化。

作者简介

航海是一件高贵的事情，对人类而言比其他一切事物都更有用。它可以输出过剩的物品，并提供当前缺乏的东西；它使不可能成为可能，将不同地区的人们连接在一起，使每一座不适宜居住的岛屿成为大陆的一部分；它将新知带给那些远航者，改进技术，为人们带来和谐与文明，并通过将大多数人聚集在一起来巩固他们的本性。

—— 拜占庭历史学家乔治·帕西迈利斯

大海给了我们茫茫无定、浩浩无际和渺渺无限的观念；人类在大海的无限里感到他自己的无限的时候，他们就被激起了勇气，要去超越那有限的一切。大海邀请人类从事征服，从事掠夺，但是同时也鼓励人类追求利润，从事商业。平凡的土地、平凡的平原流域把人类束缚在土壤上，把他卷入无穷的依赖性里边，但是大海却挟着人类超越了那些思想和行动的有限的圈子……

——弗莱德里希·黑格尔

国家，如同叙事一样，在时间的神话中消弭了源头，只有在头脑之“眼”中才会重现其地平线。

——霍米·巴巴

目　　录

绪　论

航海叙事(Sea Narrative，也称 Voyage Narrative)是人类航海活动的文字记录。海洋小说(Sea Novel 或 Sea Fiction)是作者对航海叙事虚构化和戏剧化处理之后的产物。英美海洋小说的文化渊源可以追溯到古希腊史诗与古希伯来《圣经》传统，直接来源是大航海时代之后愈发频繁的航海实践。荷马史诗《奥德赛》是古代航海叙事的杰出范本。笛福的《鲁滨孙漂流记》(1719 年)是第一部现代海洋小说。英美海洋小说的发展历经三个阶段：以笛福、斯威夫特、斯摩莱特为代表的海洋小说创制期；以麦尔维尔为代表的海洋小说繁盛期；以康拉德为代表的海洋小说现代期。英美世界最重要的两位海洋小说家是麦尔维尔和康拉德。

第一节　英美海洋小说的渊源与流变

航海叙事的古典时代

人类航海活动的历史源远流长。早在约 10 万年前，现代人类的祖先走出非洲，便开始了航海活动。考古证据显示，在太平洋、大西洋、印度洋、加勒比海乃至北冰洋地区，都留下了早期人类造船与航行的遗迹。公元前 6000 年的一幅挪威岩画上，便有早期人类驾船捕猎驯鹿的场景。公元前 4000 年中叶古埃及的格尔塞陶罐上，留下了人类已知最早的帆船图像。① 古埃及人的船只在地中海、红海与尼罗河上来往穿梭，运送了包括修建金字塔的巨石在内的大量物资。古埃及文字中，“航行”一词的含义是“向南航行，逆流而上”，词源或与从地中海驾驶帆船逆流回返有关。② 公元前2100年的《遇难的水手》，讲述了古埃及水手因船难流落到一座孤岛，遇到一条蟒蛇。水手将货物赠予蟒蛇，蟒蛇给了水手“没药、油、香料、肉桂、象牙”，并帮助水手返航。这个故事是人类历史上较早、较完整的船难记叙。③ 公元前1470年的底比斯神庙里有一组图像，描绘了埃及女法老哈特谢普苏特的船队启航、与目的地居民交换商品、满载而归和向阿蒙神献祭等场景。图像生动再现了航海活动在古代埃及文明中的重要地位。

在一块公元前21世纪的美索不达米亚楔形泥板上，记载了人们用1500棵松树、棕榈树、8吨棕榈纤维粗绳以及1200捆芦苇制造船只的宏大场面。史诗《吉尔伽美什》(*Gilgamesh*)不仅讲述了主人公吉尔伽美什改邪归正、除暴安良与探求生死之谜的经历，也记载了人类造方舟从大洪水中逃生的故事。史诗人物乌塔纳皮什提(Uta-napishti)得到智慧之神指示，得知大洪水即将来临，便迅速发动众人制舟楫以避祸：

……木匠携短斧，芦苇匠携石，造船匠携斧，老者送绳，棕榈搓成，富者送柏油，贫者送渔具，时至五日，船体方成，占地一亩，舷高十丈(rod)，顶阔十丈，入得船中，策划舱室，设六层甲板，分船七层，内设九室，底有木塞，安之桨位，辅

① 林肯·佩恩，《海洋与文明》，陈建军、罗燚英译，天津：天津人民出版社，2017年，第41页。

② 同上，第39页。

③ 李川，《〈遇难的水手〉：海洋文学的早期探索》，外国文学动态研究，2019年第6期，第55-61页。

之渔具，涂以巨量柏油……①

众人齐心协力之下，造成一艘长宽均为10丈、上有船盖的方形大船，抵御了延续六夜七天、令众神都恐惧万分的大洪水，成功挽救了人类。《吉尔伽美什》中的记录，是目前已知最早的人类造船以避洪水的文字，具有极高的史料价值。

诞生于公元前8世纪的荷马史诗《奥德赛》和《伊利亚特》，是古希腊高度发达的文明和文化的结晶。在古希腊历史上，诗人荷马被奉为民族导师，两部史诗则是古希腊民族的百科全书。中世纪之后，史诗被重新发掘与阅读，影响了文艺复兴。弥尔顿、拉辛、歌德等文豪对史诗推崇备至。雪莱认为，荷马在表现真理、和谐、持续的宏伟形象和令人满意的完整性方面，功力胜过莎士比亚。当代评论者认为，荷马史诗“在一切方面为古希腊乃至欧洲文学的发展设定了‘一个合宜的’方向”。② 从航海叙事演进的角度看，《奥德赛》至少从以下五个方面为之后的海洋小说或树立了原型，或开辟了惯例。

一　丰富多彩的航海情节　如果说《伊利亚特》主要围绕阿喀琉斯的愤怒展开，那么位居《奥德赛》核心的便是奥德修斯的航海漂流了。按照时间顺序，奥德修斯漂流的主要经历是：①遭遇风暴，到达食落拓枣者的城邦，有伙伴误食落拓枣，不愿返乡；②到达库克洛佩斯人的领地，被巨人波吕斐摩斯困于山洞中，奥德修斯施巧计戳瞎巨人，得以脱身；③到达埃俄洛斯的岛屿，对方赠予了神奇风袋，奥德修斯几近返乡，伙伴打开风袋，再次遭遇风暴而漂流；④到达女神基尔凯的岛屿，伙伴被女神变成猪猡，奥德修斯与女神

① *The Epic of Gilmamesh*. Andrew George, Trans. New York: Penguin Books, 1999. p 90. 由笔者自译。

② 荷马，《奥德赛》，陈中梅译，南京：译林出版社，2003年，第1页。

达成交易，挽救了伙伴；⑤到达海中冥府，奥德修斯见到死去的伙伴与亲人；⑥强行闯关，通过由斯库拉和卡鲁伯底丝把守的巨大旋涡与可怕撞岩；⑦途径塞壬居住的海岛，奥德修斯被绑缚在桅杆上，抵抗歌声的诱惑；⑧遭遇风暴，伙伴全部死亡，奥德修斯只身一人到达海中孤岛，被女神卡鲁普索扣留；⑨驾船离开卡鲁普索的孤岛，遭遇风暴，到达法伊阿基亚人的城邦；⑩得到法伊阿基亚人相助，乘坐其"自定航向的海船"成功返回伊萨卡。除此之外，《奥德赛》之中还有奥德修斯之子忒勒玛科斯的出海寻父之旅，奈斯托耳和墨奈劳斯在特洛伊战争后的回乡之旅等航海情节。可以说，无论从情节的密度、丰富性还是完整性上看，《奥德赛》均远超其他古代作品，堪称西方航海叙事的集大成者。

二　航海者形象的生动塑造　《奥德赛》开篇处，荷马吟唱道："他见过众多种族的城国，晓领他们的心计，心忍了许多痛苦，挣扎在浩淼的洋域……"。[①] 如果说《伊利亚特》之中，荷马是以战场为舞台，展现诸多史诗英雄勇武善战与相互搏杀的宏大场景，那么，到了《奥德赛》之中，荷马则将大海设置成了奥德修斯自我展现的舞台。历经 10 年的漂流过程，无论是面对波塞冬的无情打击，还是面对孤岛女神的执意挽留，奥德修斯始终希望能够早日返乡。同时，作为航海者的奥德修斯，既有克服大海阻隔的意愿，还有克服大海阻隔的能力。漂流伊始，奥德修斯与伙伴驾驶航船，抵抗着风暴、激流与险滩，伙伴们全部丧生大海之后，奥德修斯依然奋力挣扎，不仅凭借一己之力造出一条小船，[②] 还借助启明星为指引，历经 17 个不眠不休的夜晚，到达了法伊阿基亚人的土地，为成功回航迈出了关

---

① 荷马，《奥德赛》，陈中梅译，南京：译林出版社，2003 年，第 1 页。

② 同上，第 153-155 页。据称这是世界文学中关于造船的最早和最为详尽的描写。参见：Lionel Casson, *The Ancient Mariner*, New York, The Macmillan Company, 1959, p. 39.

键一步。[1] 荷马借助奥德修斯的漂流经历展现的，正是一位航海者的经典形象。航海意味着人物要远离熟悉的社会(陆地)环境，进入相对封闭乃至与世隔绝的自然环境(航船、孤岛)。一方面，人物必须要在此经历恐惧、孤独、饥饿、病痛等身体与意志的考验，另一方面，人物需要展现在危险与困难之中解决实际问题的能力(practical resourcefulness)。[2] 海洋及其代表的危险、艰苦与机遇，在锻造奥德修斯的同时，也孕育了无数类似奥德修斯一般的航海人物，著名的有：遭遇船难流落孤岛的鲁滨孙(笛福《鲁滨孙漂流记》)，误杀信天翁滞留海中的老水手(柯勒律治《古舟子吟》)，穿越险滩如履平地的领航员琼斯(库珀《领航人》)，执意杀戮海中巨兽以复仇的亚哈(麦尔维尔《白鲸》)，坚守职责与大海抗争的众多水手(康拉德《青春》《台风》《"水仙号"的黑水手》)，为了尊严与鲨鱼殊死搏斗的圣地亚戈(海明威《老人与海》)，漂流海上九死一生的当代少年(扬·马特尔《少年派的奇幻漂流》)，等等。正是在与自然的抗争中，人物实现了自我的目的，凸显了存在的价值。矗立在西方文学的源头，奥德修斯开辟了西方文学中特色鲜明的航海人物塑造的传统。

三　以他者为鉴的自我认同与想象　无论是作为单独的人类个体，还是以血缘、地域、生产生活方式、文化传统等形成的或大或小的人类集体，人总是在与他者的相互关系中实现自我认知的，总是以他者为镜像，来回答"我(们)是谁？我(们)从哪里来？我(们)到哪里去？"这一事关自我(群体)认同的核心问题。航海行为具有独特的优势，能够让航海者在不同文化之间穿行和体验，而航海者对于其他民族的观察和记录，又能够帮助本民族以他者为参照，构

① 荷马，《奥德赛》，陈中梅译，南京：译林出版社，2003 年，第 154－155 页。据称这是古代世界借助星象航海的最早的文字记录。参见：E. G. R. Taylor, *The Haven-Finding Art*, *A History of Navigation from Odyssues to Capitan Cook*. London: Hollis& Carter, 1971, p. 40.

② Margrat Cohen, *The Novel and the Sea*, New Jersey: Princeton University Press, 2010, p. 1.

建与发展独特的自我(群体)意识。奥德修斯在航海过程中与不同民族的交往经历，再现了航海叙事这一重要的心理与文化功能。奥德修斯先后到达过库克洛佩斯人和法伊阿基亚人的城邦，两个部族所处的地理位置接近，但文明发展的程度却相差极大。借助奥德修斯之眼，荷马告诉古希腊听众，法伊阿基亚人有以黄金、白银、青铜和珐琅装饰的宏伟宫殿，有四时不谢的果园菜园，有让人们可以施展才能、争夺荣誉的辩论场与竞技场，甚至还有可以自行行驶的神奇海船。与之相对，库克洛佩斯人虽然居住在交通便利的海边，拥有"小麦、大麦与葡萄无需耕作"便可自由生长的自然条件，却依然蛰居山洞之中，以畜牧为生，不仅没有供人聚会与辩论的场所，生活中也没有音乐、舞蹈与体育竞赛相伴，属于文明发展的低端。借助奥德修斯之口对其他民族发展程度的评判，荷马以具象化的方式，凸显了古希腊民族所认同的文明标准：这些标准既能衡量出库克洛佩斯人的野蛮与落后，也能衡量出法伊阿基亚人的发达与文明，古希腊人便在这文明发展的高与低之间，确立了自我的位置，形成了自我的评价。更重要的是，借助与文明发展程度不一的其他民族的相遇，荷马为听众想象了自我发展的方向与未来，即古希腊民族应该向更高的文明程度发展，过上更富足、美好的生活，甚至有一天，能如"欢爱帆桨的法伊阿基亚人"一般更自由地驰骋在大海上。从这个意义上说，《奥德赛》开辟了航海叙事之中以他者为镜，通过相互比较而认知与建构自我的文学传统。

四　航船上紧张的社会关系　航船上的社会关系是航海叙事中常常涉及的主题。行驶在远离陆地的茫茫大海上，船只会频繁经受诸如风暴、浅滩、暗礁、迷失方向、船只受损、人员伤病等诸多不确定因素的考验，船员们会天然地倾向于相互配合，以便确保航船以及自身安全。因此，航船之上的人类群体，可以看作是一个迫于自然与生存压力形成的、暂时的"命运共同体"，人们也常用"同舟共济”来想象航船上的人类处境。事实上，航船上的人们位处不同的阶层，在具体问题上往往利益不一，诉求各异，之间常有各种冲突与矛盾，其紧张、激烈与复杂的程度，远不是诸如“同舟共济”一类的浪漫想象所能涵盖的。结束特洛伊战争返航的一刻，奥德修斯率领有 12 条海船，但最终仅有奥德修斯一人归来，其航船与人员不断遭受减损的过程，既有不可控的自然因素(如风暴)造成的，也有人为与社会因素的后果。作为船长的奥德修斯和船员之间的紧张关系尤为值得一提。按照奥德修斯的说法，伙伴们的贪婪、鲁莽与不服从命令(比如执意偷吃日神的牧牛引发的神的报复)，是造成船毁人亡的最主要因素。但是，细查史诗相关情节可以看到，船员们到达斯里那基亚岛后，身处极度劳累与饥饿之中，他们要求靠岸歇息与补充食物的诉求并非毫无道理，反而是奥德修斯常有置船只与船员安全于不顾的固执和鲁莽的行为，不断给航行造成危险与损失。比如：奥德修斯曾不顾伙伴劝阻，执意去造访野蛮的巨人波鲁菲摩斯而遭到囚禁，尽管他施巧计逃生，但依然造成了若干船员的丧生；之后，奥德修斯不顾船员阻拦，为了自己的荣耀，自行暴露了身份，引发了波塞冬的嫉恨；作为共生死的伙伴，奥德修斯在埃俄利亚岛上得到远远多于他人的礼物(战利品)，分配上的不公引发了伙伴擅自打开风袋，遭遇风暴而再次漂流；奥德修斯为了能顺利通过斯库拉把守的悬崖，刻意隐瞒了航行之中的关键信息，客观上造成了多位船员的身亡等；伙伴曾多次向奥德修斯提出反对意见，奥德修斯心中恼怒，甚至屡起杀心，等等。实事求是地说，作为史诗英雄的奥德修斯，谙熟航海术，足智多谋，灵活善变，不可谓不能力超群。但是，作为船长的奥德修斯，多有无谓的冒险与犯错之举，且难以接受正确的意见，有专横傲慢与推脱责任之嫌。如此看来，孤身返航的奥德修斯实在是一位令人难堪的“民众的牧者”。而《奥德赛》之中再现的船长与船员之间因权威与民主、纪律与服从、责任与义务以及分配不公等问题而形成的紧张关系，也成为西方航海叙事中绵延不绝的重要主题。

五　航海与青少年成长　青少年的成长既是人生的一种变化，也是文学当中一个古老的主题。在人类学家看来，人类个体在出生、青春期、婚姻和死亡等不同阶段，均有相应的仪式过程，而从青春期到成年期的仪式被称为成人仪式(initiation)。成长仪式可分为各自独立又互相联系的三个阶段。在分离阶段(separation)，仪式参加人，即新人(novice)需要与家庭分离，由部落长者或导师(mentor)带至远离族群的场所经受考验，即进入边缘阶段(margin)。在边缘阶段，新人会经受磨炼或接受身体的标记，考验颇为严酷，甚或有生命危险。接受考验的同时，新人也会学习与了解部落的神话、传说、起源与道德准则等，为成为部族的合格成员做好准备。经历过身心的学习与考验之后，新人方可返回族群，作为合格成员被重新接纳，完成仪式中的聚合阶段(aggregation)。① 在《奥德赛》第一卷至第四卷之中，荷马详细讲述了奥德修斯之子忒勒玛科斯一次简短却意义丰富的航程。史诗开篇处，忒勒玛科斯已经20岁，面对家中被求婚人肆意滋扰的乱象，却无力应对。在雅典娜帮助下，忒勒玛科斯鼓足勇气，脱离了自小以女性为主导的家居环境，驾船出海，寻找父亲的下落。他先后抵达了普洛斯、拉凯代蒙等地，见到了奈斯托耳、墨奈劳斯、海伦等特洛伊战争的亲历者，从他们的热情接待与详细讲述中，认识与体验到了自己的身份、地位与希腊男子应有的勇气与智慧。经历了考验回航之后的忒勒玛科斯，协助奥德修斯诛杀了求婚人与不忠的女仆，恢复了家中的秩序，从开篇处手足无措的大男孩，变成了被古希腊社会认可的青年英雄。忒勒玛科斯出海寻父

① 参见：阿诺尔德·范热内普，《过渡礼仪》，张举文译，北京：商务印书馆，2010年；维克多·特纳，《象征之林》，赵玉燕、欧阳敏、徐洪峰译，北京：商务印书馆，2012年；约瑟夫·坎贝尔，《千面英雄》，朱侃如译，北京：金城出版社，2012年。

的航程，是西方文学史之中最早以航海为形式完成的成长仪式，具有相当的典范作用与原型意义。

作为西方文学与文化的另一主要源头，《圣经》中亦多有与海洋和航海有关的记述。《创世记》开篇处记载，上帝创世之始，将天下的水聚在一处，称之为海，上帝不仅令各种鱼类充盈其中，还赋予人类管理世间(海中)万物的权力。《吉尔伽美什》中众人造方舟以避洪水的记叙在《圣经》中再次显现。上帝意欲发动大洪水以惩罚世人，只将消息告知了义人诺亚。历经百余天的暴雨肆虐与洪水泛滥之后，唯有诺亚的方舟为人类及世上万物保留了生命的种子，而上帝与诺亚随之立约，强化了上帝主宰下的世界秩序。《出埃及记》中记载，摩西带领犹太人逃离埃及途中，摩西借助上帝的力量分开红海，令犹太人平安通过，确保了犹太人的平安出逃与集体皈依。《约拿记》中记载，上帝命令约拿去尼尼微处传教，约拿不服从，乘船出逃。船至海中遭遇风暴，船上众人得知约拿是引发风暴的缘由，将其抛入海中，约拿被大鱼吞入腹中三天，之后约拿向上帝悔过，得以被大鱼吐出。另外，在《创世纪》《约伯记》《诗篇》《以赛亚书》等章节中，还屡屡出现一种名为“利维坦”(Leviathan)的水中巨兽，其体型庞大，鳞甲坚固，可令“深渊开滚如锅”，而唯有上帝能将其制服。与古希腊史诗相比，《圣经》中的大海不再是波塞冬治下的领域，而成了上帝的造物，常常用来证明上帝的无所不在、无所不知与无所不能。海洋虽然还是能给人类带来困顿、灾难与毁灭的异质元素，但也能给人带来精神与信仰上的涤荡与再生(比如约拿被大鱼吞没后的悔悟，或基督教以水行洗礼的仪式)。可以说，经过《圣经》与基督教的洗礼，西方文学中的海洋与航海行为具有了更加丰富驳杂的含义，《圣经》中的海洋想象、航海人物、航海情节会在后世不断被续写、重写与改写，显示出强大的生命力与影响力。

海洋见证了古代英国民族不断融合与演进的全过程。盎格鲁-撒克逊人是现代英国民族的先祖，他们是日耳曼民族的一支，原本生活在北欧的日德兰半岛、丹麦诸岛与德国西南海岸一带。公元 5 世纪前后，盎格鲁-撒克逊人跨越北海，击溃了不列颠岛上的凯尔特人，完成了历史上著名的条顿征服(Teutonic Conquest)，成为不列颠诸岛的新主人。盎格鲁-撒克逊人留下的文字构成了古代英语文学的主体，其类型可分为史诗、战歌、哀歌、决术歌、谜语诗、箴言诗、宗教诗等。其中，大海的神秘莫测、航海生活的艰辛、海洋对爱情的阻隔以及海盗的凶残等主题频繁出现，展现了古代英国人与海洋的密切关系。史诗《贝奥武甫》(*Beowulf*)成文在公元 8 世纪前后，长 3182 行，记载了基特族(the Geats)英雄贝奥武甫无惧危险，多次杀灭怪物与毒龙，为民除害的故事。《贝奥武甫》记载的故事在古代北海沿岸的日耳曼人与挪威人中均有流传，在条顿征服后，随盎格鲁-撒克逊人到达不列颠岛，成为现代英语民族最古老的史诗。史诗开篇不久，在赫洛施加的宫廷之上，面对嫉妒者的挑衅，贝奥武甫便夸耀起了自己入海屠龙的经历：

芸芸众生，泳者甚众，谁人最勇？非我莫属；
孩童之日，常与友人，游乐海中，谙熟水性；
那日相约，与友相伴，利刃在手，竞速海中；
并肩同游，激浪海中，从无落后，常有领先；
入海五日，突遭强风，巨浪滔天，海水冰冷；
北风狂啸，与友分散，海浪滔天，巨兽隐没；
幸得铠甲，护我躯体，另有金链，为我庇佑；
突遇巨兽，纠缠难解，无从摆脱，直落深渊；
胸燃怒火，身候良机，利剑出手，洞穿此兽；
海中怪物，闻血而动，环我身前，骚扰左右；
利刃傍身，挥劈前后，当我为食，遭我杀戮；

晨曦浮现，收剑罢斗，尸浮四野，均为水兽；
自此以往，水手无忧，海中怪物，遭我尽除；
东方天晓，波平浪静，峭壁再现，滩涂在前；
勇士得返，豪气冲天，回首远看，屠龙海安；
如此壮举，并无前人，出得海中，登陆芬兰。①

史诗中的大海神秘凶险，海兽密布，而史诗人物却无惧艰险，以超人的体力与能力入海屠龙，“自此以往，水手无忧”。游吟诗人对贝奥武甫这一勇武形象的塑造，寄托了古代英语民族意图征服大海的强烈心愿。另一个片段之中，游吟诗人以质朴简洁的风格，唱诵了贝奥武甫杀灭怪物后胜利返航的轻快：

海船入海，海水激荡，龙骨战栗，驶离丹麦；
桅杆矗立，海绳紧缚，系以船帆，高扬船上；
船行波涛，水沫跳跃，水击船板，声如响鼓；
好风助力，竟无停歇，终见峭壁，得返家乡。②

《航海者》(*The Seafarer*)是古英语中一首直接描写航海生活的诗歌，收录于《埃克塞特箴言》(*The Exeter Book*)中，全诗长124行。在第一部分中，一位饱经风霜考验的老水手讲述了以往驾船航海的经历，第二部分语气突变，带上了更多宗教感悟与说教的色彩。诗中对航海生活的细致讲述常为人称道：

……当我的船儿/颠簸在悬崖下，我常常/ 在船首守夜/严

---

① Seamus Heaney, *Beowulf, A New Verse Translation*, New York: W. W. Norton & Company, 2001, pp. 37-39. 笔者自译。

② 同上，p. 131. 笔者自译。

寒刺入肌肤/ 冷冰冰的霜把双脚锁住 /烦恼的生活在那里哀叹/热血在胸中奔流/ 饥饿扯裂着/ 厌倦航海者的灵魂/ 万事如意的世人难以想象/我如何凄凉地搏击在严冬的海洋/过着流放的生活/不能与可爱的家人团聚 /身边尽是冰柱，暴雨中夹着冰雹/除了海浪的咆哮和偶尔的鸟声/什么也听不见/ 塘鹅的尖叫成了我的消遣/麻鹬的啼啭替代人的欢笑/见不到草地，只有刺耳的海鸥在飞翔……①

海洋对于史诗人物贝奥武甫而言，即便神秘莫测，危险重重，却可以依靠能力与勇气跨越，而对《航海者》中老水手而言，海洋是阻隔了亲情、友情却无法跨越的障碍，是人生无法承受的巨大悲苦的绝佳象征。应该说，这种恐惧与迷恋、焦虑与向往混杂交织的复杂心态，并非古代英语民族独有，而是人类面对大海这一异质元素时普遍具有的共通的情感与心理。但就古代英语民族而言，因其四面环海、以海为生的自然地理环境，海洋词汇、海洋意象、海洋象征更频繁、更深入地进入其物质生产与精神生活中，构成了其表述自我时不可或缺的独特的话语元素。随着历史变迁，这种与现实密切结合的海洋元素不断演化生发，成为了英国人想象自我与构建民族国家时精神的底色与集体的“无意识”。

大航海时代的航海叙事(1492—1718 年)

进入 15 世纪，世界历史进入大航海的时代。大航海时代又称地理大发现时代，是指从 15 世纪末开始到 17 世纪末为止的一段时期。虽然人类的航海活动自古便有，但在这个时间段内，欧洲航海家逐步突破地中海的地域限制，跨入了浩瀚无际的大西洋与太平洋。借

① 陈才宇译，《英国早期经典文学文本》，杭州：浙江大学出版社，2007 年，第 290 页。

助海上的发现与探索，欧洲、非洲、亚洲、美洲与大洋洲的不同民族、文化与文明开始了直接的接触，人类进入了一个真正的全球化时代。位于全球化先锋的是诸如巴尔托洛梅乌·缪·迪亚士(1450—1500)、瓦斯科·达·伽马(1469—1524)、克里斯托弗·哥伦布(1451—1506)、费尔南多·麦哲伦(1480—1521)、佩德罗·阿尔瓦雷斯·卡布拉尔(1467—1520)、弗朗西斯·德雷克(1540—1596)等航海家与冒险家。当然，欧洲人以征服、占领、传教、殖民与贸易为主要目的的航海探索与地理发现，产生了极为复杂的历史影响。一方面，各大洲之间人口、资源、信息、思想与商业开始大规模流动，促进了欧洲经济与社会的全面发展；另一方面，许多位处弱势的文化与文明却遭受到灾难性后果，甚至可谓灭顶之灾，比如位处南美洲的阿兹台克文明，便在西班牙人的殖民征服中灭绝了。对欧洲文明而言，此时的地理大发现，与他者的密切接触，意味着欧洲人开始了自我发现与想象的旅程，正如列维·斯特劳斯所言：

> 现代思想的一个关键时刻……由于大发现时期的航行结果，一个相信自己是完美无缺并且是在最完美状态的社会突然发现，好像是经由一种反启示(counter revelation)，它并非孤立的，发现自己原来只是一个更广大的整体的一部分，而且，为了自我了解，必须首先在这面新发现的镜子上面思考自己那不易辨识的影像。①

从历史上看，相比葡萄牙、西班牙等航海强国，英国可谓大航海时代的后来者，但并非全无优势。其一，在英国人之前，已有葡萄牙航海家迪亚士在1488年到达非洲最南端的好望角，西班牙航海

---

① 列维-斯特劳斯，《忧郁的热带》，王志明译，北京：生活·读书·新知三联书店，2000年，第420页。

家哥伦布于1492年发现美洲，葡萄牙航海家达·伽马1498年到达卡利卡特，西班牙航海家麦哲伦于1519—1522年完成环球航行。他们的航海实践，逐步证实了地球是一个巨大的球体，统治欧洲人千年之久的古典地理观被彻底颠覆，这为英国人加入航海发现俱乐部扫清了观念上的障碍。其二，大不列颠岛位于欧洲西北角，向东隔着北海与斯堪的纳维亚半岛相望，向南隔着英吉利海峡和多佛尔海峡与欧洲大陆相隔，向北则可以到达北冰洋，向西越过大西洋，便是广袤无垠的北美大陆。此外，不列颠岛四周良港密布，具备航海竞争的地理便利。其三，1485年都铎王朝的建立，标志着困扰百年之久的外战(英法百年战争)与内乱(玫瑰战争)的结束。亨利八世发动的、旨在摆脱天主教控制与确立英国民族意识的宗教改革，至伊丽莎白时代已经基本完成，英国显现出了政治稳定、经济发展与民心凝聚的繁荣景象。[①] 外有西葡等国的成功先例，内有便利的出海条件，上有主事者强君保(新)教的愿望，下有民众求财求富的动机，英国不出意外地加入了航海冒险与发现的行列。正如英国历史学家朱利安·科贝特所言，尽管参与和发现世界晚于西班牙和葡萄牙，但

> 英国人是属于海洋的。一旦听清楚了那个时代的历史召唤，她便紧紧跟从。她的眼光不同于其他民族，她不是将自己囿于内海之中，她放眼大洋；她不是满足于对海外陆地的占有，她要的是海洋。正是这种意识，使得她在连续二百多年的时间里，完成了从陆地到海洋、从陆地性存在到海洋性存在的转变，也使得海洋技术革命后这一过程的转变、发展、结果成为英国海

① 姜守明等，《世界尽头的发现：大航海时代的欧洲水手》，北京：北京大学出版社，2011年，第188页。

上霸权崛起的历史。[1]

1494 年，为调和航海发现中的利益冲突，西班牙在教皇支持下与葡萄牙签订了《托尔德西利亚斯条约》，条约规定，在佛得角群岛以西 370 里格处，画出一条贯穿南北两极与海洋的直线，此线以西，包括哥伦布发现的土地，归西班牙统治；此线以东，包括整个非洲海岸线和印度洋，归葡萄牙统治。在这个被称为“欧洲全球帝国地理学最早也最狂妄”的法令规定下，世界被当时的两大强国一分为二地占有了。[2] 这对正跃跃欲试的英国航海家而言，无疑是重大挑战。奉行新教的英国与奉行天主教的伊比利亚半岛国家是意识形态死敌，但英国又不具备正面挑战的实力，于是英国的航海发现便有了“向西北”和“靠海盗”的双重特点。所谓“向西北”，既是为了躲避西班牙业已形成的海上霸权的求全之策，也是基于自身位处欧洲西北部的地理位置的现实考量。1497 年，来自热那亚的航海家约翰·卡伯特（1450—1499）和塞巴斯蒂安·卡伯特（1474—1557）父子率领 18 位船员，沿北纬 52°线航行，历经一个月后到达纽芬兰，在北美升起了第一面英王的旗帜。此后，先后出现了马丁·弗罗比舍（1535—1594）、约翰·戴维斯（约 1550—1605）、理查德·格伦维尔（1542—1591）、亨利·哈得孙（1565—1611）等冒险家，他们痴迷于打通穿过北极而直达亚洲的“西北航道”（the Northwest Passage）。正是在早期航海者与冒险家的努力下，英国人避过了伊比利亚国家在南半球的锋芒，另辟蹊径，在北美大陆逐渐站住了脚，为日后开辟更多的殖民地（甚至美国的建立与强盛）埋下了历史的伏笔。

---

① Julian S. Corbett, *Drake and the Tudor Navy: with a History of the Rise of England as a Maritime Power*, Temple Smith, 1988, p 1. 转引自胡杰，《海洋战略与不列颠帝国的兴衰》，北京：社会科学文献出版社，2012 年，第 55-56 页。

② 杰里·布罗顿，《十二幅地图中的世界史》，林盛译，杭州：浙江人民出版社，2016 年，第 143 页。

如果说“向西北”是为了躲避西班牙等海上强国而采取的权宜之计的话，那么，“靠海盗”则可以看作是英国挑战西班牙海上霸权的主动出击了。当然，英国利用海盗的主动出击并非盲目之举，依然是根据自身实力计算之后的理性选择。伊丽莎白时代的英国，无论从经济体量、人口数量和海军实力上看，均属欧洲的二流国家，面对强大的天主教对手，直接挑战无疑以卵击石，只会引火烧身。如何能够既从对手的海外活动中获益，又不把国家引入直接对抗的险境中，伊丽莎白女王选择了“私掠”(privateer)的做法，即准许民众到西班牙等国的海外殖民地进行海上抢劫，但又不正式与西班牙等国开战。在伊丽莎白女王的默认、鼓励甚至秘密参与下，先后出现了诸如弗朗西斯·德雷克、约翰·霍金斯(1532—1595)、汉弗莱·吉尔伯特(1539—1583)、沃尔特·雷利(1552—1618)等一大批著名的海上劫掠者。这些“女王陛下的海盗”在英国政府支持下，不断侵袭和拦截西葡等国的殖民地与远洋船，为英国运回了一船又一船强夺来的黄金、白银、宝石、香料、丝绸、瓷器等，不仅为女王个人带来了源源不断的财富，也成了当时英国经济发展的“印钞机”。据估算，仅在德雷克的海盗生涯中，便为英国带回了多达60万英镑的财富，而其时英国的国家预算不过20万英镑。[①] 同时，武装起来的私掠船，构成了英国海军力量的雏形与主力。1588年，以私掠船为主体的英国舰队在天气帮助下，以少胜多，以弱克强，击溃了旨在报复私掠行径的西班牙“无敌舰队”(Armada)，极大削弱了对手的海上实力，确保了国家的安全，为英国持续的海上发展立下了汗马功劳。早期英国频繁进行的海上劫掠行为具有深远的历史意义：其一，航海劫掠为英国培养了一大批精通航海的水手，加深了英国民族对大海的热爱和向往，激发了人们探索未知世界的浓厚兴趣；其二，

① 竹田勇，《创造世界史的海盗》，阿部罗洁译，杭州：浙江大学出版社，2017年，第5页。

航海劫掠以及与西班牙武装冲突的大获全胜，激发了英国人的民族热情，民族凝聚力与国家号召力大大增强；其三，小船主、平民水手、失业新教徒与女王、贵族与大地主等并肩作战，这种跨越阶层与等级的合作增强了英国社会的民主气氛；其四，相当多的低下阶层成员通过航海劫掠和殖民活动积累财富，实现了阶层的跨越，这种航海冒险带来的阶层流动性令英国社会保持了相当的活力，促进了英国社会的全面发展。①

英国人不仅有"向西北"和"靠海盗"为特点的航海实践，也较早地意识到，发展航海事业对国家的未来意义重大。女王的宠臣、著名冒险家沃尔特·雷利曾经指出："谁控制了海洋，谁就控制了贸易；谁控制了贸易，谁就控制了世界财富，最后就控制了世界。"但是，英国人知道，发展航海事业，仅仅依靠几位冒险家的努力是远远不够的，还必须充分利用一切可能的手段，最大限度地动员国民，发挥出整个民族的实力与能量。正如德国学者施米特指出的，晚于西班牙、葡萄牙、荷兰等国开始航海事业的英国，之所以能后来居上，超越其他国家，赢得了航海扩张中的诸多胜利，并最终建成了一个以海权为基础的、跨越五大洲的"日不落帝国"，其秘密在于英国较早在空间意识上完成了一场革命。施米特解释了何谓"空间意识"：

> 人有一种空间意识，这种意识受制于巨大的历史变动。不同的空间对应于不同的生活方式。即使在同一时间里，对于日常生活实践而言，每个人的空间意识都受制于各自不同的职业。大都市里的居民对世界的看法与农民不会雷同；捕鲸人的生活空间与歌剧演员也截然不同；在飞行员的眼里，世界和生活不

① 胡杰，《海洋战略与不列颠帝国的兴衰》，北京：社会科学文献出版社，2012 年，第 70–71 页。

> 仅呈现出另一种样子，而且具有另外一种维度、深度和视野。当事关不同民族和人类历史的不同时，空间意识的差异就更深且巨了。①

对于英国而言，空间意识的革命意味着对海岛、海洋与自我的重新认知。施米特提醒道，虽然英国是一个海岛，但如果海岛只是被英国人理解成一块被海洋环绕、与大陆分离的陆地，海洋只被理解成为保护着岛屿的分割与屏障，那么英国依然只是一个陆地国家，居住在其上的英国人，虽然有从事航海活动的天然便利，依然只是一群居住在小块陆地上的大陆居民而已。因为这种海岛意识只会暴露出他们"内心深处的根深蒂固的乡土情结和陆地意识"。② 只有当英国人真正开始以海洋的视角看陆地，不再将自我居住的海岛当成堡垒，而是想象成一艘可以行驶到世界各个角落的巨轮，即当英国人以"海洋性存在"为民族发展方向时，英国人才开始不再是一群岛民。只有完成了空间意识与自我意识转变的英国人，才能不满足于传统上偏居一隅、海岛牧羊的田园生活，才能更加自觉地将自我民族的历史、现状和未来与英国的海上事业紧密连接在一起，才会更加主动地拥抱海外冒险、殖民与贸易中蕴藏的机遇与财富。促成英国人完成空间革命与自我意识变化的因素多元而复杂，既有源自外部世界竞争对手的巨大压力，也有民族自身求强求变的深切渴望。在帮助英国人系统化地构建空间意识、塑造民族身份方面，牛津教士与地理学家理查德·哈克卢特（约 1552—1616）编撰的《英国民族的重大航海、航行、旅行与发现》（以下简称《英国民族的重大航海》）可谓起到了催化剂的作用，尤其值得一提。

---

① C. 施米特，《陆地与海洋——古今之"法"变》，林国基、周敏译，上海：华东师范大学出版社，2006 年，第 31 页。

② 同上，第 55 页。

理查德·哈克卢特生于伦敦一个殷实的家庭。他5岁丧父，由律师叔父抚养长大。哈克卢特的叔父与当时很多的航海家、贸易商有来往，这让哈克卢特从小就有了了解外部世界的便利。1570年，哈克卢特进入牛津大学学习，接触到的地理发现与地图绘制的最新突破极大激发了他的兴趣，强化了他从事地理研究的决心。1580年，哈克卢特领受了神职。1583年，受英政府指派，哈克卢特前往巴黎，担任英国驻法大使爱德华·斯塔福德爵士的牧师，同时，为英政府搜集各国在航海与贸易方面的最新情报。1588年，哈克卢特回到伦敦。此时的英国正沉浸在击败西班牙“无敌舰队”的欢庆氛围中。身处这种民族主义氛围中，哈克卢特迫切地感到英国人不仅仅需要以武力证明民族的海上实力，还需要以文字为武器，捍卫英国人在航海事业上的尊严。于是，哈克卢特立即编纂并出版了《英国民族的重大航海》(1589年)一书，全面记录了英国民族从古至今重要的航海冒险活动。1598—1600年间，哈克卢特又出版了《英国民族的重大航海》的第二版，全书分三卷，比第一版的记叙更为丰富详尽。埋头编撰的同时，哈克卢特还积极参与伊丽莎白时代的航海与殖民事业，先后在东印度公司、探索西北航道、弗吉尼亚的殖民与开发等事务上发表看法，提供建议，极大推动了英国航海事业与殖民活动的发展。

《英国民族的重大航海》既被施米特称之为“第一份切实的可以证明英国开始建立其新的全球视野的文献”,① 又被批评家弗劳德称之为“英语民族的散文史诗”。② 事实上，称哈克卢特是一位帝国航海、发现、贸易与扩张的设计师，甚至是大航海时代的英国史诗编制者，均不为过。从体量上看，《英国民族的重大航海》第一版便有

---

① C. 施米特，《陆地与海洋——古今之“法”变》，林国基，周敏译，上海：华东师范大学出版社，2006年，第29页。

② 转引自张德明，《从岛国到帝国：近现代英国旅行文学研究》，北京：北京大学出版社，2014年，第50页。

800余页，记录了109个单独的航海与旅行叙事，三卷本的第二版更是达到了惊人的2000余页，记录了多达517个航海与旅行叙事，其篇幅与规模远超当时的其他作品。从时间上看，从公元337年海伦娜在耶路撒冷的逗留，到517年亚瑟王的挪威探险，再到973年埃德加环绕不列颠的探索航程，一直到伊丽莎白女王时代著名冒险家德雷克、霍金斯和雷利等人的航海经历，哈克卢特编辑整理的航海实践跨度长达千年，绵延不绝，令读者从文本中充分感受到英国民族一脉相承的探索历史，起到了“历史的发明”的作用。从空间上看，从早期的不列颠先民的环岛旅行，到对西北航道的探索，再到对南北美洲的探索，直到新近完成的环球航行，在哈克卢特的编排之下，英国人航海探索的范围如涟漪般不断扩大，层层展开，形象地再现了英国人从岛国岛民到全球化的海洋性存在的整个过程。从文体上看，哈克卢特以原貌展示的方式让航海活动的参与者自我发声，同时，借助地图、图表、指示、法律文书等不同体裁的不同文本，令编纂作品呈现出了客观、科学而公正的效果，具有一种令他人难以辩驳的说服力。从主题上看，哈克卢特的意图是挖掘和整理英国人在航海发现上的成就，证明英国人相比西班牙、葡萄牙等航海强国毫不逊色，这让作品具有了强烈的民族主义色彩。这一切，让《英国民族的重大航海》不仅有一种为英国民族书写航海历史的深切的庄严感，同时，更为英国民族书写了面对大海的未来与期望。正是从这个意义上看，哈克卢特的《英国民族的重大航海》在为一个“正在崛起的海上民族系统地建构起空间意识、文化身份与全球视野”方面起到了巨大作用，也令其成为英国航海叙事发展史中不可不提的重要文献。①

托马斯·莫尔（1478—1535）的《乌托邦》是以航海叙事为形式，

① 张德明，《从岛国到帝国：近现代英国旅行文学研究》，北京：北京大学出版社，2014年，第47页。

描绘英国自我、想象未来世界的一部重要作品。1478 年，莫尔生于伦敦一个殷实的律师家庭，曾经在坎特伯雷大主教兼大法官的莫顿家中当过侍童，后入牛津大学学习，接受了良好的古典教育。在牛津学习期间，莫尔接触到其时席卷欧洲的人文主义思潮，并为此广泛阅读。1499 年，《愚人颂》的作者，闻名欧洲的人文主义者伊拉斯谟造访英国，莫尔有缘与其相识，结为终生好友。1501 年，莫尔成为律师，1504 年，莫尔当选为国会下院议员，1510 年，莫尔成为伦敦市的副行政司法官员，其后，又相继担任了请愿裁判长、副财政大臣、下院议长以及大法官等职，一步步登上了英国政界的顶层。莫尔的律师生涯与从政经历以及对古典政治典籍与现时人文思潮的谙熟，让他能对英国的政治运行与社会现状有更深入、更具有全局感的了解，这为他撰写《乌托邦》奠定了现实的基础。同时，16 世纪之后航海大发现带来的种种域外奇闻，则为莫尔打开了想象的空间。

《乌托邦》写作于莫尔 1515 年出使荷兰期间，出版于 1516 年。《乌托邦》分为上下两部分，围绕莫尔与航海家拉斐尔 · 希斯拉德的对话展开。第一部分着重对英国社会现状的批判，英国宫廷政治的专断与无能、“羊吃人”的荒谬、社会生活的严酷与堕落均成为莫尔攻击的目标，莫尔将种种问题的根源归因为“私有制”：“任何地方私有制的存在，所有的人凭现金价值衡量所有的事物，那么，一个国家就难以有正义和繁荣。”①第二部分中，莫尔借希斯拉德之口再现了一个高度理想化的乌有之乡。经济上，乌托邦实行财产公有，劳动者按需分配，人人参加以农业、手工业为主的劳动，同时，乌托邦中没有货币，人们生活简朴，鄙视金银。政治上，乌托邦实行民主制度，最高权力属全岛大会和议事会，官员由人民选举产生。社会生活上，乌托邦人高度重视卫生，注重控制人口规模，高度重

① 托马斯 · 莫尔，《乌托邦》，戴镏龄译，北京：商务印书馆，1982 年，第 43 页。

视民众的道德与教育状况，等等。可以看到，一方面，《乌托邦》深深根植于诸如柏拉图的《理想国》所开辟的西方政治讽喻传统之中，另一方面，又在航海发现的氛围中获得了新的灵感与发现，比如其中关于乌托邦人的经济公有制与蔑视金银的社会风俗，便有论者提及：

> 《乌托邦》是在15至16世纪的地理发现已经开始但远未完成的条件下写成的。一些比《乌托邦》早不了多久出版的书如1507年的《宇宙志引论》或1511年的《新世界》，莫尔都曾经看过，这恐怕是没有人怀疑的。以描写新发现的国家为内容的书不仅启发莫尔用《乌托邦》这种文学形式，而且还为他提供了发挥主题的材料：关于美洲土人及西印度群岛土人生活的故事，这些土人“不知道你的和我的有什么区别”，他们共同使用作为公共财产的土地，鄙视黄金和珠宝……①

再如《乌托邦》中与莫尔展开对话的希斯拉德，便是莫尔虚构出来的航海家。为了有效地说服读者，增加作品的可信性，莫尔虚构了希斯拉德的航海经历，称其曾经跟随当时著名的航海家亚美利哥·韦斯普奇(1454—1512)进行过三次航海，造访过地球上的许多国家，由此才有了非同一般的见识。历史上的亚美利哥·韦斯普奇生于意大利的佛罗伦萨，先后为西班牙和葡萄牙王室效力，是继哥伦布之后一位重要的欧洲航海家。1497—1504年间，韦斯普奇曾率船抵达过北美洲的佛罗里达、中南美洲的圭亚那、亚马孙河河口与拉普拉塔河河口等地区。他的屡次航海探险令欧洲人意识到，哥伦布于1492年抵达的地区并非亚洲，而是一块闻所未闻的新大陆。为

① 维·彼·沃尔金，《乌托邦的历史意义》，引自托马斯·莫尔，《乌托邦》，戴镏龄译，北京：商务印书馆，1982年，第136页。

此，德国制图学家马丁·瓦尔德泽米勒以韦斯普奇的名字为美洲（Americas）命了名，并将美洲绘制在了具有划时代意义的《世界全图》（1507年）之中。[①] 基于现实之中影响巨大的航海旅行与声名卓著的航海人物提供的形式框架与“信誉保障”，莫尔可以为自己的乌托邦想象涂上一层真实的色彩，同时，借助海外旅行者之所见所闻难以确认的特点，又可以将讥讽时政的锋芒掩饰起来，避免对号入座，引火烧身。站在航海叙事发展的历史上看，《乌托邦》可谓开辟了借助海外之国讽喻政治与想象未来的现代传统。莫尔之后，还有诸如弗朗西斯·培根的《新大西岛》（*New Atlantis*，1626年）、詹姆士·哈林顿的《大洋国》（*The Commonwealth of Oceana*，1656年）、乔纳森·斯威夫特的《格列佛游记》（*Gulliver's Travels*，1726年）以及匿名美国作者的《西姆佐尼亚：一次发现之旅》（*Symzonia*：*A Voyage of Discovery*，1820年）等与航海叙事密切相关的作品，一同加入了乌托邦式的自我认知与想象之中。

一代文豪威廉·莎士比亚（1564—1616）出生在埃文河畔的斯特拉特福，成名于伦敦，后返回家乡养老。莎士比亚是否有过航海经历，学界少有定论，但莎士比亚无疑非常了解海洋和航海生活，而他的作品代表了大航海时代英国文学的最高成就。在莎士比亚的十四行诗中，诗人以杰出的才华，将海洋在空间上的无边无际、时间上的无始无终以及力量和品性上的神秘莫测等特点展现得淋漓尽致。海洋时而是难以克服的地理障碍，令相恋之人无法相见相守，只能望洋而兴叹（第20首）；海洋时而是无情飞逝的时光与主宰世界的神秘力量，却能衬托出诗意与爱情的不朽（第60首）；海洋时而是美与神秘的象征，促使诗人不断追寻、不停靠近，即便葬身鱼腹，亦无怨无悔（第69首、第80首、第116首、第117首）。到了戏剧之中，

---

① 杰里·布罗顿，《十二幅地图中的世界史》，林盛译，杭州：浙江人民出版社，2016年，第123页。

由于篇幅上的相对自由，涉及海洋景观、航海旅行、海上风暴、船只遇难、海上战争、海上漂流、海洋生物等的内容则更丰富。《维洛那二绅士》第二幕第四场中，佛罗伦萨青年凡伦丁以海洋为喻，向同伴普罗丢斯谈起自己对公爵女儿西尔维娅近乎疯狂的热爱；[①]《罗密欧与朱丽叶》第三幕第五场中，维罗纳的贵族凯普莱特以遭遇风暴的船为喻，安慰痛苦中的女儿朱丽叶；[②]《亨利四世》(下)第三幕第一场中，主人公亨利四世以水手在大浪中依然能够酣睡为对比，抒发自己忧于国事无法安眠的痛苦；[③]《理查三世》第一幕第四场中，公爵克莱伦斯向伦敦塔的看守谈及自己的噩梦，既预见了自己被意图篡位的葛罗斯特即将杀害的未来，也展现了对浮世荣华的反思；[④]《泰尔亲王配力克里斯》第二幕第一场中，莎士比亚借助渔夫对海中大鱼吃小鱼的观察，影射人类贪婪与堕落的弱点。[⑤]《麦克白》第二幕第二场中，麦克白以即便是大海也无法涤清血污之手的夸张，形容自己深重的罪孽，等等。[⑥] 类似的例证可谓俯拾皆是，不胜枚举。不难想见，若非莎士比亚对海洋和水手的语言十分熟悉，他绝难运用如此繁多的海洋与航海比喻，给作品增添如此的异彩。

无边的大海为莎翁的创作提供了无尽的灵感与素材，经过诗人的艺术加工，海洋与航海活动更为具象化、实体化，不仅能更有效地传播，也能更深入地进入英国人的自我意识，成为英国人表情达

---

① 威廉·莎士比亚，《莎士比亚全集》(第一卷)，朱生豪等译，北京：人民文学出版社，1994 年，第 121 页。

② 威廉·莎士比亚，《莎士比亚全集》(第四卷)，朱生豪等译，北京：人民文学出版社，1994 年，第 681 页。

③ 威廉·莎士比亚，《莎士比亚全集》(第三卷)，朱生豪等译，北京：人民文学出版社，1994 年，第 272-273 页。

④ 威廉·莎士比亚，《莎士比亚全集》(第四卷)，朱生豪等译，北京：人民文学出版社，1994 年，第 31-32 页。

⑤ 威廉·莎士比亚，《莎士比亚全集》(第六卷)，朱生豪等译，北京：人民文学出版社，1994 年，第 292 页。

⑥ 威廉·莎士比亚，《莎士比亚全集》(第五卷)，朱生豪等译，北京：人民文学出版社，1994 年，第 218 页。

意时难以或缺的基本元素。正因如此，莎翁作品中的海洋不仅丰富着英国人的语言与文化，更潜移默化地参与了民族构建的文化工程。莎翁作品除了大量与海洋与航海活动相关的奇喻、象征、夸张、对比之外，他还借助剧中人物之口，为英国的“岛国性”做了最清晰和富有诗意的表达。《理查二世》第二幕第一场中，剧中人物刚特在临终前歌颂英国：

> 这一个英雄豪杰的诞生之地，这一个小小的世界，这一个镶嵌在银色的海水之中的宝石(那海水就像是一堵围墙，或是一道沿屋的壕沟，杜绝了宵小的觊觎)，这一个幸福的国土，这一个英格兰，这一个保姆，这一个繁育着明君贤主的母体(他们的诞生为世人所侧目，他们仗义为道的功业远震寰宇)，这一个像救世主的圣墓一样驰名、孕育着这许多伟大的灵魂的国土，这一个声誉传遍世界、亲爱又亲爱的国土。①

又如《辛白林》第三幕第一场中，辛白林的王后不仅拒绝向恺撒交付礼金，还借机阐明了海洋对于不列颠岛的护卫与眷顾：

> 陛下不要忘了先王们缔造的辛勤，也不要忘了我们这岛上天然的形势，它正像海神的苑囿一般，四周环绕着峻峭的危岩、咆哮的怒浪和广漠的沙碛，敌人的船只一近滩岸，就会连桅樯一起陷入沙内。恺撒曾经在这儿得到过一次小小的胜利，可是他的“我来，我看见，我征服”的豪语，却不是在这儿发表的。他曾两次被我们击退，驱出海岸之外，这是他平生第一次感到痛心的耻辱；他的船舶——可怜的无用的泡沫！——在我们可

---

① 威廉·莎士比亚，《莎士比亚全集》(第三卷)，朱生豪等译，北京：人民文学出版社，1994年，第28-29页。

> 怕的海上，就像随波浮沉的蛋壳一般，一碰到我们的岩石就撞为粉碎。为了庆祝那一次的胜利，著名的凯西伯兰——他曾一度几乎使恺撒屈服于他的宝剑之下。啊，反复无常的命运！——下令全国举起快乐的火炬，每一个不列颠人都扬眉吐气，勇气百倍。[①]

应该看到，莎士比亚剧中航海叙事与民族国家意识之间的关系是丰富而复杂的，其中既有借助剧中人物直抒胸臆的明白与畅快，也有深文隐蔚、余味曲包的内敛与含蓄。传奇剧《泰尔亲王配力克里斯》便是一例。该剧讲述了泰尔亲王配力克里斯识破了安提奥克斯父女的乱伦隐私，但因惧其权势而乘船逃离。航程中配力克里斯的妻子产下一女婴后昏厥，被水手认为已死而抛入海中。配力克里斯颠沛流离了多年，后来偶然得知妻女均在人间，一家人终得团圆。传统的解读虽然看到了该剧主要情节均发生在海滩或者海上，但只是停步于指出莎士比亚有意“让读者的视线随着海流涌动，一浪接一浪地体验交替经历着的苦难和欢乐”。[②] 新近的研究提醒读者，莎士比亚极有可能是借助大海的流动性对人物的挑战，影射继位不久的詹姆斯国王难于驾驭英格兰政治的现实困境。[③] 同理，《威尼斯商人》中，不仅有基督教徒与犹太教徒的情感与经济争执，还隐藏着与国家经济发展方向密切相关的外向或内向、开拓进取或因循保守的路线之争。致力于发展海洋探险与贸易的安东尼奥，与畏惧海洋、只知以高利贷为生的夏洛克，代表了对英国经济未来的不同想象。最

---

① 威廉·莎士比亚，《莎士比亚全集》（第六卷），朱生豪等译，北京：人民文学出版社，1994 年，第 183 页。

② 仝艳娜编，《泰尔亲王配力克里斯》（英汉对照），呼和浩特：远方出版社，2008 年，第 1 页。

③ 刘立辉，《英国 16、17 世纪文学中的海洋叙事与民族国家想象》，西南大学学报（社会科学版），2018 年第 3 期，第 118-131 页。

终，莎士比亚以安东尼奥的大获全胜，呼应了英国理应大力发展海外贸易、建设“海洋经济共同体”的时代需要。①

《暴风雨》既是莎士比亚戏剧创作生涯中的最后一部，也是他所有剧作中航海元素最丰富的一部。传统上对《暴风雨》的解读着重关注莎翁借诗言志的用意，强调剧中高昂的人文主义精神以及对理想政治的追求等。晚近的批评则将重点放在了戏剧想象与航海/扩张现实之间的关系、殖民暴力与原住民形象的塑造等方面。《暴风雨》中的孤岛位于何处便有至少两种相互矛盾的看法。其一为“地中海-北非说”，认为孤岛位于那不勒斯与突尼斯之间的地中海海域，因为安东尼奥等人乘坐的航船，是在突尼斯参加完婚礼之后，返回那不勒斯的途中遭遇的暴风雨。其二为“大西洋-美洲说”，认为孤岛应该是在大西洋-美洲岸边，其证据有：剧中人物凯列班(Caliban)源自哥伦布《航海日记》中对加勒比原住民(carib)的命名；凯列班崇拜的神明塞提柏斯(Setebos)源自南美洲的巴塔哥尼亚，麦哲伦曾经提及；精灵爱丽儿发动风暴的露水采自“不平静的百慕大”，等等。两种说法的矛盾恰恰体现了莎士比亚惯于旧瓶装新酒的创作特点。一方面，莎士比亚借助了孤岛漂流的传统文学母题来塑造人物、编织情节，另一方面，莎士比亚又擅于将其时欧洲的航海进展纳入笔下，令语言鲜活时尚，迎合着观众对航海发现的兴趣和热情。

特别值得一提的是，莎士比亚的作品不仅有强化英国民族意识、歌颂民族优越的一面，也有对自我与他者关系深切反思的另一面。哥伦布《航海日记》中的“食人族”，可谓航海大发现以来西方文化中最经典的一个殖民地他者的刻板形象。有论者指出，作为“食人族”的殖民地他者是“文明的”西方自我的文化对应物，其特点是陌生、野蛮、无法理喻和难以捉摸，具有潜在危险，必须或设立边界围堵

① 刘立辉，《英国16、17世纪文学中的海洋叙事与民族国家想象》，西南大学学报(社会科学版)，2018年第3期，第118-131页。

控制，或施以暴力驱赶放逐。同时，此类殖民地他者刻板形象的流行，不仅泯灭他者与自我的相通之处，更会否定其个体与种群的历史，否定相互了解与沟通的愿望与可能。① 随着 20 世纪六七十年代批评风潮的后殖民与文化批评转向，越来越多的论者开始反思凯列班这一“野性而丑怪的奴隶”形象可能蕴藏的丰富含义。当代论者指出，作为流亡者的普洛斯彼罗依仗技术（魔法）与暴力优势，从凯列班手中强夺了孤岛的土地所有权，而戏剧开篇处普洛斯彼罗对凯列班意图强奸米兰达的指责，体现了欧洲人在殖民扩张中的父权意识与性焦虑：欧洲白人男性可以在海外享有更大程度的性自由，却绝难容忍非欧洲男子对于欧洲女性的性渴望。同时，剧中欧洲人物加之凯列班的种种否定性和侮辱性的激烈言辞，诸如“半人半鱼”“不具人形”“恶心的”“恶魔”“贱奴”“恶棍”等，折射了欧洲自我与被殖民他者接触时的恐惧感，而语言上的非人化与污名化，有助于殖民者树立种族、文化和道德的优越感，有助于对他者进行全面的政治、经济与社会控制。当代论者肯定了莎士比亚对凯列班之人性的复杂再现，比如凯列班对音乐的欣赏能力，凯列班对于知识（书本）价值的痛切认知以及凯列班利用殖民者的冲突而赢得自由的尝试，等等。② 莎士比亚对于“食人族”/凯列班的再创造，不仅有迎合大航海时代英国民众猎奇心理的一面，也提供了通过“倾听凯列班的方言”

① 李有成，《逾越：非裔美国文学与文化批评》，杭州：浙江大学出版社，2015 年，第 20 页。

② Octave Mannoni, *Prospero and Caliban: The Psychology of Colonization*, trans. PameloPowesland, New York: Praeger, 1956. Philip Mason, *Prospero's Magic: Some Thoughts on Class and Race*, Oxford: Oxford University Press, 1962. 爱德华·W. 萨义德，《文化与帝国主义》，李琨译，北京：生活·读书·新知三联书店，2003 年；段方，《普洛斯彼罗的魔法和凯列班的诉求——后殖民主义视角下的〈暴风雨〉》，外国文学研究，2005 年第 2 期，第 60-65 页；李毅，《论〈暴风雨〉中凯列班的角色嬗变》，四川戏剧，2009 年第 3 期，第 71-73 页；刘岩，《地缘政治中的卡列班》，社会科学研究，2016 年第 6 期，第 10-16 页。

进而反思与超越殖民地他者之刻板印象的可能。[①] 可以说，作为“天鹅绝唱”的《暴风雨》既是莎士比亚奉献给世人的最后一部戏剧杰作，更是大航海时代英国文学的代表作，书写了英国航海叙事艺术的高峰。

18 世纪航海叙事：科学话语与小说诞生

如果说 15—17 世纪的航海大发现打开了人类全球化的大门，那么，接下来的一个世纪则见证了不同种族与文明之间更深入的互动。航海大发现时期的远航，尤其是大洋之上的航行还只是极少数冒险家的事业，时至 18 世纪，随着欧洲国家的海上扩张，包括探险家、科学家、军官、士兵、商人、殖民者、奴隶贩子、契约奴、囚犯、传教士等各个阶层的欧洲人，纷纷踏入了木船的世界，加入并推动了全球化的洪流。正是无数次跨越大西洋、太平洋、印度洋与加勒比海域进行的贸易、征战、探索和旅行，促进了欧洲、非洲、亚洲、美洲与大洋洲之间人员、物资、信息、思想的交流，令 18 世纪的世界“首次成为一个整体”。[②]

就英国而言，18 世纪见证了英国从海上强国到海上霸主的蜕变。1588 年击败西班牙“无敌舰队”，标志着英国开始以海上强国的姿态迈入了列强竞争的舞台。在 17 世纪，英国的主要海上竞争对手是同为新教国家的荷兰。虽然英国并不具备压倒性的海上优势，但英国的国家规模更大，便于进行国内组织与动员，英国人也更善于综合运用经济和外交手段来打击对手。历经三次英荷战争（1652—1654 年，1665—1667 年，1672—1674 年），英国击败了有“海上马车夫”

---

① Stephen Greenblatt, *The Greenblatt Reader*, ed. Michael Payne, Malden: Blackwell Publishing, 2005, p. 16.

② 林肯·佩恩，《海洋与文明》，陈建军、罗燚英译，天津：天津人民出版社，2017 年，第 489 页。

之誉的荷兰，巩固了海上强国的地位。之后，英国的主要竞争对手则是欧洲最强大的陆上帝国——法国。英法及其同盟开始了长达百余年的争夺，历经了奥格斯堡同盟战争（1688—1697 年）、西班牙王位继承战（1701—1714 年）、七年战争（1756—1763 年）、美国独立战争（1775—1783 年）等大规模的冲突之后，英国最终在拿破仑战争（1803—1815 年）中彻底击溃法国，成为全球范围内的海上霸主。英国最终称霸海上的原因纷繁复杂，大体可以归结为如下几点：其一，英国海军人才储备丰富，训练有素，相较他国而言，更善于海上作战；其二，英国充分利用了远离大陆的地缘优势，与同盟国协调配合较好，在集中海军兵力打击敌方的同时，又能保全自我的安全；其三，英国较早展开的工业化进程为战争提供了后勤和技术支持；其四，英国充分利用了金融、贸易与殖民地人多地广的优势，为战争提供了源源不断的资本和物资供应，等等。18 世纪英国海上霸权的确立，为维多利亚时代英国的全球领先和"不列颠治下的和平"（Pax Britannica）奠定了坚实的基础。

早在 1730 年，丹尼尔·笛福为英国大众描绘了他心目中"真正的英国绅士"形象：

> 如果他年轻时没有参与去往法国或意大利的大旅行（grand tour），他依然可以在书中周游世界，可以在我们数学家的地图、图集和测量数据中成为宇宙的主人。他可以和历史学家一起在陆地旅行，和航海家一起在海上旅行。他可以和丹皮尔、罗杰斯一起环游地球，并且知道如何环游地球，比毫无学识的水手强过千倍。①

① Daniel Defoe, *The Compleat English Gentleman*, ed. Karl D. Bülbring, London: D. Nutt, 1890, p. 225.

笛福对于地图、数学与航海知识的强调，预见了18世纪航海探索与科学话语全面结合的特点。笛福提到的威廉·丹皮尔(1651—1715)是英国航海叙事发展史上具有标志意义的人物。1697年，出身草根的丹皮尔在伦敦出版了《新环球航行》(*A New Voyage Round the World*)一书，在英国引起轰动，开启了18世纪英国航海叙事的大幕。《新环球航行》不仅详尽记载了丹皮尔在南北美洲和太平洋地区为商为盗的经历，更重要的是，书中还有丹皮尔对海洋、天气、物产、自然环境等的细致观察和记录，而他平实冷静的风格也引发了英国皇家学会的关注和赞赏。英国皇家学会要求英国航海家以丹皮尔的写作为范本，观察与记录航海中的所见所闻，以增进知识的积累。18世纪航海探索中的科学化努力，促进了欧洲人"行星意识"的确立。所谓"行星意识"，按照批评家玛丽·路易斯·普拉特的观点是指：

> 作为一项欧洲知识构建计划，这种系统化创造出一种以欧洲为中心的新行星意识。这种行星意识普遍适用于地球表面，它在视觉方面将动植物当作互不关联的实体加以具体说明，并根据一种有限的、总体的欧洲制造的秩序，将它们归类并重新聚集起来。①

普拉特列举了1735年欧洲发生的"两个新鲜且极为欧洲"的事件，作为"行星意识"确立的标志。其一，瑞典科学家林奈发表了《自然系统》一书，意图将地球上的所有物种纳入其设计的分类系统之中，其后，林奈的弟子们奔赴世界各地，通过实地的观察、记录和采集来不断补充、证实和扩展林奈的万物体系。而在林奈等博物

① 玛丽·路易斯·普拉特，《帝国之眼：旅行书写与文化互化》，方杰、方宸译，南京：译林出版社，2017年，第48页。

学者的影响下，18 世纪后半叶的旅行和旅行书写也变得不同，“标本搜集、藏品积累、新物种命名、未知物种确认，成为旅行和旅行书籍中的标准主题。”[①]其二，法国科学院组织了两批科学家，前往北极与南美地区，探查地球的形状到底是如笛卡尔所言的一个球体，还是像牛顿所言的是一个两极平坦的椭球体。探索的结果虽然并未解决地球形状的问题，但却体现了欧洲精英阶层试图以欧洲为世界的中心，以“自然的系统化”为手段，建构知识意义上的世界霸权的努力。

18 世纪依然是航海探索的年代，但与航海大发现时代有所不同的是，此时探索的重点是广袤的南太平洋。航海家们迫切地想知道，南半球的中纬度地区是否存在一个古罗马地理学者托勒密描绘的“未知的南方大陆”(Terra Australis Incognita)？早在航海大发现时代，葡萄牙、西班牙、荷兰等国的探险家便到达过南太平洋海域，陆续发现了所罗门群岛、新赫布里底群岛、塔斯马尼亚、新西兰与澳大利亚的部分地区。1688 年，威廉·丹皮尔到达澳大利亚北部的勒韦克海角，成为第一个登上澳洲大陆的英国人。1767 年，英国船长塞缪尔·沃利斯到达波利尼西亚群岛中的塔希提岛。1768 年 4 月，法国探险家路易斯·布干维尔到达塔希提，他也是首位完成环球航行的法国人。1768—1771 年间，英国舰长詹姆斯·库克为完成对金星凌日的观测，率领英国探险船到达南太平洋地区。1769 年 4—7 月，库克完成了金星凌日的观测后，沿南纬 40°航行，到达了澳大利亚东海岸，宣布此地为英国所有，并将其命名为“新南威尔士”。库克对澳大利亚的探索与占有，标志着澳大利亚正式进入了英国的殖民视野，也标志着欧洲人对南太平洋地区大范围探险的告一段落。

18 世纪航海者们带回来的大洋洲诸岛，尤其是塔希提生活的描述，对欧洲的自我认知产生了巨大的冲击。1771 年，布干维尔出版

① 玛丽·路易斯·普拉特，《帝国之眼：旅行书写与文化互化》，方杰、方宸译，南京：译林出版社，2017 年，第 34 页。

了《世界环游记》，将塔希提岛描绘成了人间的伊甸园，岛上的塔希提人过着简单、淳朴而(性)自由的生活。随行的自然学者肯默生评论道，“这是一个处于自然人状态的社会，其生性本善，没有任何成见、怀疑和悔恨，遵循本能的适度冲动，这种冲动总是可靠的，因为它尚未变成理性。”[①]著名哲学家德尼·狄德罗以布干维尔的航海日记为基础，以对话体写作了《世界环游记补篇》，对塔希提人的一夫多妻、女性地位以及性的开放与活跃做了详细探讨，并借机批评了欧洲社会的道德风俗。[②] 如果卢梭笔下“高贵的野蛮人”还多依赖对于美洲原住民的想象，那么，此时航海者在南太平洋上的亲身经历，便不仅强烈震撼了欧洲人固有的认知框架，甚至为“自由”“平等”与“博爱”的启蒙之声找到了强有力的佐证。正如论者所言，“塔希提的发现，是证明卢梭正确的最有力证据。塔希提社会的存在明白地说明了，欧洲的社会并没有理性或经验的支撑，却有着应被革除的种种荒谬的惯例，这种种惯例，既与自然权利相悖，又与人的内在美德不符。”[③]可以说，以塔希提、夏威夷等为代表的太平洋诸岛的发现与再现，为欧洲人认知与想象自我提供了另一个可能，不仅刺激了18世纪末与19世纪初浪漫主义思潮的勃兴，甚至影响到了20世纪现代主义的崛起。[④]

1719年《鲁滨孙漂流记》的问世，标志着现代海洋小说的诞生。《鲁滨孙漂流记》是资本主义逐利精神与航海叙事蓬勃发展相结合的产物，这一点从笛福本人经历中可窥得一斑。笛福出生在17世纪一个不信国教的英格兰新教家庭，祖辈经商，其父经营屠宰业，贩卖

① 转引自林肯·佩恩，《海洋与文明》，陈建军、罗燚英译，天津：天津人民出版社，2017年，第517页。

② 布干维尔、狄德罗著，《世界环游记》，刘芳菲译，南昌：江西教育出版社，2016年。

③ Henry Brooks Adams, *Tahiti: Memoirs of AriiTaimai*. Ridgewood: GreggPress, 1968, p. 55.

④ 直接在作品之中再现南太平洋风情的英美作家，便有乔治·拜伦、赫尔曼·麦尔维尔、R. M. 巴兰坦(Robert Michael Ballantyne)、罗伯特·路易斯·斯蒂文森、杰克·伦敦、毛姆等。

用动物油脂制成的蜡烛。由于生意不断扩展，笛福一家屡经搬迁。笛福11岁时，一家人搬到了离伦敦中心区不远的圣贝尼特芬教区。受到家族经商的熏陶，又加之当时英国有针对不信奉国教者无法领受公职的歧视性法规，笛福自墨顿学院毕业后，没有去做牧师，而是选择了经商之路。笛福的商业经历可谓相当丰富，从事过内衣批发，曾经远航到西班牙、葡萄牙沿岸收购葡萄酒，后来又曾投资养麝猫与办砖厂。笛福不仅渡海去过法国和西班牙，他还一直是航海叙事类书籍与地图集的忠实读者，无论是对于丹皮尔的《新环球之旅》(1697—1709年)，还是对威廉·海克的《航行图集》(1699年)、约翰·斯蒂芬斯的《最新的航海与旅行文集》(1708—1710年)等，笛福均颇为熟悉。另外，自17世纪90年代之后的几十年间，笛福一直积极鼓吹英国应该在加勒比地区与南太平洋地区建立殖民地或贸易据点。正如伊恩·瓦特所言，克鲁索的"'原罪'实在是资本主义本身的富有生气的趋向，他的目的绝不仅仅是维持现状，而是不断地改造它。"①笛福的资本主义逐利冲动，最终以航海叙事的形式展现出来，克鲁索就此成为了"现代资产阶级史诗"(黑格尔语)中的第一位英雄。

脱胎于航海叙事的海洋小说，与其他类型的小说有何差异？玛格丽特·科恩在《小说与海洋》中对此问题做了回应。在科恩看来，海洋小说与其他类型小说虽然都是现代化之后的产物，虽然都要处理个体在现代语境下的生活问题，但海洋小说依然有其重要的区别性特征：海洋小说不仅取材不同于其他类型小说，其着重再现的内容也不一样。海洋小说需要再现人在面对自然时表现出的"实践理性"与"涉身智慧"——科恩借助康拉德的说法，称之为"技艺"(craft)。具体而言，海洋小说再现的是涉海者在面对茫茫大海时展

① 伊恩·P. 瓦特，《小说的兴起：笛福、理查逊、菲尔丁研究》，高原、董红钧译，北京：生活·读书·新知三联书店，1992年，第68页。

现出的勇敢、谨慎、坚持、果断、随机应变、相互照应等精神与能力，这是海洋小说的“硬核”，既是海洋小说的美学力量之所在，也是海洋小说得以成立的基本理由。笛福笔下的鲁滨孙，便以执意出海、遭遇风暴、流落孤岛、孤岛生存的全过程，生动诠释了人类面对自然时的“实践理性”与“涉身智慧”。正是在这个意义上，《鲁滨孙漂流记》可以被称为第一部现代海洋小说。

同时，笛福大胆改造了传统航海叙事的叙事方式，创制了海洋小说的诗学模式。传统上，航海者会以日记或备忘录的形式，将航线、航程、经纬度变化、洋流、天气、船只状况等信息记录下来，还会在日志中专门辟有“航海异事”（The Remarkable Occurrence）一栏，记下航海过程中不同寻常的遭遇、危险以及解决之道等。这种出于实用目的做的航海记录，信息量或许不小，但因其常常过于简短和缺乏细节而可读性不强。深谙小说叙事之道的笛福看到了此中的困境与机遇。一方面，他沿用航海日志“发现问题+解决问题”的叙事模式，不断在叙事过程中设置问题与悬念，以调动读者的好奇心，推动《鲁滨孙漂流记》的情节发展；另一方面，他扩写了“航海异事”的内容，以更清晰的逻辑、更丰富的细节描述鲁滨孙的所处环境、遭遇问题以及解决之道。如此一来，读者看到的便不再是传统航海叙事中颇为干瘪的记录，转而能深入感受鲁滨孙的处境之难与解决问题的过人之处。这种以“发现问题+解决问题”为主导、逻辑清晰而细节充分的叙事模式，就此成为海洋小说叙事的基本模式。[①]

同时，科恩少有提到而本书可以补充的是，笛福成功地将心理描写融入《鲁滨孙漂流记》，为人物增加了心理与精神的厚度。传统航海叙事中虽有人物出现，但重心多是在人物的身份地位以及与之相应的行动和结果上，少有关注人物的心理与精神世界。笛福一方

---

① 玛格丽特·科恩，《小说与海洋》，陈橙、杨春燕、倪敏译，上海：上海译文出版社，2018 年，第 116-124 页。

面深入人物内心，将鲁滨孙漂流孤岛之上的恐惧与孤单、绝望与希望等种种心理活动描写得活灵活现，入木三分；另一方面，又巧借其时流行的清教徒内省叙事，讲述了鲁滨孙从负罪、悔罪到成功自我救赎的全过程。这种将心理描写与宗教皈依合二为一的做法，不仅对当时的英国读者更具吸引力，同时也增加了人物的现代色彩与普遍意义。鲁滨孙可谓奥德修斯之后最具个性的海洋小说主人公。之后，18 世纪的英国又相继出现了以斯威夫特的《格列佛游记》与斯摩莱特的《蓝登传》为代表的另两部重要的海洋小说。前者直接基于《鲁滨孙漂流记》而来，以主人公格列佛四次航海的见闻讽喻其时的英国政治与社会，后者以斯摩莱特的亲身经历为蓝本，以记叙英国海军与法国、西班牙军队之间的战事闻名，甚至有“英国第一部海军小说”之殊荣。这两部作品在不同方向上拓展了海洋小说关照现实生活的可能与空间。

19 世纪：美国海洋小说的异军突起

时至 19 世纪，拿破仑战争之后的英国，逐渐发展成了世界性的大帝国。从经济上看，英国在 19 世纪率先完成了工业化进程，纺织、钢铁、煤炭、机器制造与交通运输等行业在全球领先，英国成为了世界工厂，伦敦成为了世界金融、贸易与航运中心。从政治和社会发展的角度看，欧洲国家在 19 世纪大多受到了革命与内战的冲击，而英国社会大体保持了稳定，其政治斗争的剧烈程度远远小于其他欧洲国家，尽管各个阶层之间依然有激烈的斗争，城市化带来了各种社会问题，但英国社会保持了基本的稳定。英国人不无傲慢地夸赞着帝国的辉煌：“北美和俄国的平原是我们的玉米地，加拿大和波罗的海是我们的林区，澳大利亚是我们的牧场，秘鲁是我们的银矿，南非和澳大利亚是我们的金矿，印度和中国是我们的茶叶种植园，东印度群岛是我们的甘蔗、咖啡、香料种植园，美国南部是我们的棉花种植园。”[①] 19 世纪可谓大英帝国的辉煌时代。

19 世纪的英国亦是文学、艺术和思想高度繁荣的时期，诞生了多位具有世界影响力的诗人、作家与文人以及许多脍炙人口的海洋诗歌与叙事作品，比如柯勒律治的《古舟子吟》，拜伦的《恰尔德·哈洛尔德游记》《唐璜》与《海盗》，雪莱的《海景》《逃犯》，丁尼生的《航程》《船长》《拍吧，拍吧，拍吧》(*Break*, *Break*, *Break*) 和《复仇：舰队之歌》，阿诺德的《多佛海滩》。斯蒂文生的《金银岛》，吉卜林的《七海》《勇敢的船长》等等。此外，19 世纪英国文坛上还有一批专事海洋小说写作的作家，比如弗雷德里克·马里亚特(Fredrick Marryat，1792—1848)，代表作有《彼得·辛普》(*Peter Simple*，1834 年)、《海军实习生》(*Mr. Midshipman Easy*，1836 年)；迈克尔·司各特(Michael Scott，1789—1835)，代表作有《汤姆·克林格尔的航行日志》(*Tom Cringle's Log*，1829 年)、《“米奇”号战舰巡航记》(*The Cruise of the Midge*，1834—1835 年)；威廉·克拉克·拉塞尔(William Clark Russell，1844—1911)，代表作有《“格罗斯凡纳”号船难记》(*The Wreck of Grosvenor*，1877 年)、《水手的爱人》(*A Sailor's Sweetheart*，1880 年)、《海上皇后》(*The Sea Queen*，1884 年)、《冻僵的海盗》(*The Frozen Pirate*，1887 年)、《死亡船》(*The Death Ship*，1888 年)、《海上悲剧》(*An Ocean Tragedy*，1889 年)、《我的船伴路易斯》(*My Shipmate Louise*，1890 年)、《放逐》(*Marooned*，1891 年)以及《听着，陆地上的人》(*List*, *Ye Landsmen*，1894 年)等。他们的作品大都风靡一时，其中的经典之作，例如《金银岛》《勇敢的船长》等，直至今天依然广受欢迎。

总体上看，与名家辈出、群星闪烁的英国相比，19 世纪的美国文坛要黯淡许多。然而，就海洋小说的创作而言，美国作者的人数

---

① 菲利普·德·索萨，《极简海洋文明史》，施诚、张珉璐译，北京：中信出版社，2016 年，第 134 页。

虽然不多，作品数量也颇为有限，却产生了若干具有重大影响的作家与作品。詹姆斯·费尼莫尔·库珀(1789—1851)不仅以《皮裹腿故事集》等十余部颇富浪漫主义色彩的海洋小说在19世纪早期的大西洋两岸享有盛誉，更被称为美国民族文学的奠基人。理查德·亨利·达纳(1815—1882)著有《两年水手生涯》，作品以自下而上的观察视角与详尽平实的写作风格，唤起了公众对普通水手生活的关注，引发了一波模仿的热潮。埃德加·爱伦·坡(1809—1849)是哥特式短篇小说的大师，而他唯一一部篇幅较长的作品却是海洋小说。他的《皮姆历险记》以英美等国积极开展的南极探索为语境，延续和发展了坡怪诞恐怖的风格，在世界海洋小说史中可谓独树一帜。当然，19世纪英美文坛上成就最高的海洋小说作家非赫尔曼·麦尔维尔(1819—1891)莫属。麦尔维尔以自己的航海经历为基础，先后创作了《泰比》《奥穆》《玛迪》《雷德本》《白外套》《水手比利·巴德》等多部融哲思、想象与现实为一体的航海叙事作品，其中以莎士比亚风格写就的捕鲸传奇《白鲸》，被公认为19世纪海洋小说史乃至英语文学史上的高峰。那么，为什么历史久远、传统丰厚、文化与社会相对发达的英国，却在19世纪海洋小说的写作竞赛中，将风头让给了尚显稚嫩的美国？

就英国而言，至少能从以下三个方面进行解释。其一，时至19世纪，相比以往时代，海洋探索的深度与广度已大不如前，无论是近海还是远洋航海，均已逐步常态化、规律化，加之英国海洋霸主地位的不断稳固，英国人对海洋有了更多的控制感与安全感，海洋对于英国社会乃至民族心理的新鲜感早已大不如前，海洋从英国国民精神生活的“背景”转入“幕后”，由“意识”深入了“潜意识”。其二，19世纪英国国内的工业化、都市化引发了剧烈的社会变化，造成许多新的社会问题，也带来了更多文学创作的素材和灵感。毫无疑问，日常生活的主题与素材会吸引更多作家、读者乃至出版商的注意力，带来更多的文学创作、阅读、流通与消费。19 世纪英国一流小说家，比如奥斯汀、狄更斯、萨克雷、艾略特、盖斯凯尔夫人、哈代等，均是描写现实题材的高手。陆地题材作品对海洋题材作品造成了事实上的“排斥”和“挤压”。其三，19 世纪英国作家固然熟悉海洋，但是，一流作家之中真正从事航海甚至当过水手的作家并不多见，而海军军官或水手出身的作家，又往往才华和创造力略显不足，这也造成了 19 世纪英国海洋小说相对弱势的局面。这种情况，直到 19 世纪末、20 世纪初约瑟夫·康拉德（1857—1924）系列作品的出现，才得到反转。

与之相对，就 19 世纪的美国而言，海洋依然机遇与危机并存，海洋上发生的一切依然时刻牵动着新兴民族政治、经济与社会发展的敏感神经。从民族心理的发展源头上看，美国最早的欧洲移民均需横跨大西洋而来，而在 17—18 世纪之间，横跨大西洋的航程常常需要 3~4 个月的时间，需要克服风暴、迷航、饥饿、疾病、哗变、隔绝等艰难困苦，方可成功。对于早期移民而言，横渡大西洋的航程，可谓人人必经的“再生仪式”，若干个月同舟共济、抗击风雨的经历，会帮助强化集体意识。与此同时，作为早期移民主流的新英格兰清教徒，会将跨海而来的艰难融入教义之中，借此强化其“拣选”意识，强化天命的威严肃穆与自我的使命光荣。可以说，海洋在移民的脚步尚未踏上北美大陆之前，便参与锻造了美国人的集体意识与民族心理。

从地理与经济发展的角度看，从北部的新罕布什尔到南部的佐治亚，美国早期的 13 州沿大西洋岸边一字排开，而早期重要的移民据点，均是海上交通便利的港口，比如波士顿、纽约、费城等。靠海而居的原因显而易见：一方面，大西洋岸边丰富的鱼类资源是早期移民生存的重要依靠；另一方面，早期移民必须利用港口的交通便利，与旧大陆和其他殖民地保持经济与社会联系。随着北美社会的发展，美国人利用海洋从事经济活动的范围不断扩大，能力不断增强。据历史学家布尔斯廷所言，捕鱼业不仅帮助建立了马萨诸塞殖民地，清教徒共和国的商人们更会驾驶航船，与世界各地开展商业交往：

> 从塞勒姆启航的船只，到非洲西海岸去做买卖，它们从非洲东海岸的桑给巴尔运来了调清漆用的硬树胶，从巴西运来了橡胶和套鞋。波士顿的船为爱尔兰的饥民运去了食物。它们顺路运来了夏威夷的檀香木和英属哥伦比亚的水獭皮，作为偿付中国茶叶的通货……他们找到南半球最好的咖啡，运回制造抗疟疾药奎宁的秘鲁金鸡纳树皮、织麻袋的黄麻、调制漆和油墨的亚麻子油以及油漆船只和家具用的虫胶。[1]

正是知道如何开发与利用海洋，令捕鱼业、运输业、造船业等成为早期美国的支柱产业，为美国经济发展打下了重要基础。近海而居的便利、敢于出海冒险的勇气以及日趋频繁的海上经贸来往，使得 19 世纪前半叶的美国人更关注海洋。这种民族注意力的重心，直到 19 世纪中后期西进运动日益高涨，才逐渐偏向了大陆。

从国际政治与民族身份建构的角度看，海上交往为美国人认知自我提供了通道与场所。正如个体的自我意识总是在与他人的不断交往中逐步明确的，民族身份也是在与其他民族的交往过程中得以建构和发展的。上文提到，擅长跨海贸易的美国商人，其航迹遍及欧洲、亚洲、非洲与加勒比地区，频繁的海上交往一方面塑造了新英格兰人灵活多变、善于因地制宜、不墨守成规的民族性格；[2] 另一方面，也迫使他们在与异族交往中不断表达与反思自我，促成了美

---

① 丹尼尔·J. 布尔斯廷，《美国人：建国的经历》，谢延光等译，上海：上海译文出版社，2009 年，第 9 页。

② 同上，第 6 页。

国民族意识觉醒的第一步。如果说在殖民时代，盎格鲁-美洲人还可以以大英帝国的北美臣民自居，其身份问题并不突出，那么，独立之后的美国失去了大英帝国的庇护，如何认知和构建自我，便成了一个迫切的问题。海上的交往、冲突乃至战争，为美国人表述与英国人的不同提供了机会。事实上，在《独立宣言》中，北美革命者便以英国的海上劫掠与强征水手入伍之劣行，不仅说明英王暴政与民族反抗和独立的必要性，同时，也借此表达新兴共和国之不同于旧帝国的立国理念。1801 年，国力依然孱弱的美国在杰斐逊的奔走下组建了海军，以营救被巴巴里海盗扣押的水手与货物，这对于新兴的共和国而言，无疑是一次重大的考验，而海外营救的最终成功，不仅增强了杰斐逊的声望，同时，也见证了“美国海军力量被异邦海域逐渐认可”和“美国国旗第一次在西半球土地上迎风飘扬”。[①] 1812 年，第二次英美战争爆发，部分原因便是英国军舰强征美国水手为其服务，侵犯了新兴共和国的经济利益及其所珍视的“自由、平等”等立国原则。[②] 对于新兴的美国而言，无论是与其他民族的通商往来，或是冲突战争，均需动员大量国人的参与，均需要民族自我意识的唤起与凝聚，这其实就是国家认同的建构。因此，海洋是 19 世纪早期美国人得以生存、发展、认知与建构自我的重要场所和空间，此时的美国作家乐于书写与再现海洋，便不足为奇了。

20 世纪以来：航海叙事的现代阶段

20 世纪的海洋成了人类交往的通衢大道。科学技术的发展极大提升了人类的航海能力：由蒸汽机、柴油机甚至核动力驱动的钢铁

① 布莱恩·吉米德、唐·耶格，《托马斯·杰斐逊与海盗：美国海权的崛起》，李鹏飞译，北京：北京联合出版公司，2016 年，第 181 页。

② Walter R. Borneman, 1812: *The War that Forged a Nation*. New York: Harper Collins Publishers Ltd, 2004, pp. 19–20.

船舶替代了风力驱动的木质帆船，航船变得愈发现代、大型和稳固；卫星观测、大型计算机与全球定位系统的应用，让茫茫大洋上的船只能够随时掌握天气、洋流与所处位置，航行的安全性全面提高；集装箱的发明与应用，极大地提高了货物装卸与运输的效率，远洋运输货物的数量得以呈几何级数增长；医疗卫生水平与食品存储条件的改善，让坏血病等长途航行的致命杀手终于成为历史的记忆。可以说，在人类长达千余年的航海历程中，航海从未像20世纪一般变得如此安全与便捷。

20世纪的海洋目睹了人类历史上空前激烈的争夺与国际秩序的新变化。步入20世纪，随着英国国力的衰退与欧美列强的纷纷崛起，“不列颠控制海洋”(Rule Britannica)的秩序轰然崩塌，美国凭借优越的地理位置，强大的经济、科技与军事实力，取代了英国的海上霸主地位，主导了以英美特殊关系(Anglo-American special relationship)为基础的海洋秩序。这种新型的海洋秩序，从生成过程看，始于第一次世界大战结束后的英美海权争夺之时，成熟于第二次世界大战英美合力抗击法西斯的变革之中。从文化渊源上看，美英两国政治制度接近，血缘关系密切，社会与历史联系紧密，具有相当牢固的合作基础。从战略利益上看，美英两国均将海洋当成国家生存和发展中至关重要的因素，均希望确保海上交通线的安全畅通，以确保全球自由贸易。[①] 这种美英主导的海洋秩序一方面为第二次世界大战之后的国际社会带来了相对的和平和稳定，促进了全球经济的发展；另一方面，随着海洋权益愈发受到更多新兴国家的重视，美英主导的海洋秩序需要随时代发展接受审视与改变。

与其他类型的再现方式相同，海洋小说亦是人类航海与海洋生

① 胡杰，《海洋战略与不列颠帝国的兴衰》，北京：社会科学文献出版社，2012年，第376-377页。

活的文字再现，是人类个体与集体的海洋经验的文化表征。海洋小说的发展既受到经济、政治、社会与文化思潮等外部因素的影响，又有其自身演进的特点和规律。纵观20世纪之后的英美海洋小说，可以归纳出如下几个特征：其一，受现代主义思潮的影响，航海(大海)以更隐喻化和碎片化的方式蛰伏于作品中，更隐晦曲折地再现了英美社会的现状；其二，描写航海探索、海上战争、航海冒险的类型化作品层出不穷，显现出海洋小说强大的生命力；其三，女性作者的涌现，使海洋小说的男性特质得到补充与平衡；其四，后殖民写作与批评的出现，海洋成为反思帝国统治的另一个舞台；其五，第二次世界大战之后，生态与环境问题日益受到关注，与之相关的海洋写作方兴未艾。步入20世纪，海洋成为了人类反观自我、世界与自然的重要镜像。

现代主义的崛起，或许是20世纪前半叶最引人注目的文化现象。从时间发展上看，现代主义兴起于19世纪末期，两次世界大战之间达到高潮，第二次世界大战结束后演化迭代为后现代主义。其间，诸如巴黎、维也纳、柏林、伦敦、纽约、哥本哈根等西方新“文化大都市”的成型为流亡知识分子和艺术家提供了碰撞的场域，而摄影、电影、收音机、电视以及其他复制和记录技术的升级促进了新锐思潮的发酵与蔓延。从思想渊源上看，现代主义者从达尔文、马克思、弗洛伊德、荣格、柏格森、尼采等人的学说汲取养分，不断质疑与瓦解西方传统的基督教观念体系，呈现出强烈的怀疑与激进色彩。从情感体验上看，传统与农业社会中的永恒感、稳定感、必然感、统一感、整体感遭到抛弃，取而代之的是对短暂感、偶然感、分裂感、碎片感与异化感的捕捉与再现。从政治倾向上看，现代主义与19世纪末到20世纪中叶的革命与反革命、激进与保守、国际主义与民族主义、全球与地方、阶级对立等问题联系密切，艺术与政治的关系甚至更加紧密。从表现手法上看，印象主义、后印象主义、象征主义、未来主义、立体主义、表现主义、意识流、荒诞派等纷纷登场，文艺作品变得更具精英意识，对受众的审美习惯构成更大的挑战。现代主义在英美文学史上的代表人物，有约瑟夫·康拉德、T. S. 艾略特、詹姆斯·乔伊斯、弗吉尼亚·伍尔夫、威廉·福克纳、F. S. 菲茨杰拉德等。

矗立于19世纪末与20世纪初，约瑟夫·康拉德是英美海洋小说演化至现代主义时期的一座高峰。康拉德比麦尔维尔小38岁，《白鲸》出版的1851年，康拉德尚未出生，麦尔维尔去世的1891年，康拉德34岁，依然航行于海上，文学生涯尚未开始。然而，无论从成长背景、航海经历还是创作成就上看，康拉德都有着毫不逊色的丰富与卓越。1857年，康拉德生于沙俄统治下的波兰，他的父亲是一位学者与诗人，翻译过莎士比亚、雨果等人的作品，也是一位坚定的爱国者，因组织反抗沙俄统治而遭迫害。年仅4岁的康拉德曾与父母一道，被流放到俄国西北部的小镇，在严酷的环境中失去了母亲，直到10岁时才与父亲返回波兰。1874年，17岁的康拉德来到马赛，加入法国商船队。4年后，康拉德踏上英国土地，开始在英国商船上谋生，从学徒、水手一路干到大副、船长。近20年的航海生涯中，从土耳其的君士坦丁堡到澳大利亚的悉尼，从亚洲的苏门答腊到非洲的刚果河深处，康拉德的航迹遍及世界各个港口。丰富的航海经历，让康拉德得以深切地了解大海、水手与不同文化之间的相通与差异，让他拥有了宝贵的创作素材与超越性的观察视野。1894年，37岁的康拉德结束航海生涯，定居在英国。终其一生，康拉德共创作了13部长篇小说，28部中短篇小说，2卷回忆录。康拉德的作品背景宏阔宽广，情节层峦叠嶂，迂回反复，既有强烈的审美意味与象征色彩，又有对世纪末社会问题的深刻观察以及创作理念与写作手法上的重大突破。因此，康拉德不仅被认为是“英语世界中第一位重要的现代作家”,[①] 更是与简·奥斯汀、乔治·艾略特、亨利·詹姆斯等大家一道，构成了英国文学的“伟大传统”(利维斯语)。

评论界常常将康拉德的作品分为三类：丛林小说、政治小说与海洋小说。其中，公认的海洋小说有《“水仙号”的黑水手》(*The Nigger of the Narcissus*, 1897年)、《青春》(*Youth*, 1898年)、《台风》(*Typhoon*, 1902年)、《秘密分享者》(*The Secret Sharer*, 1910年)、《阴影线》(*The ShadowLine*, 1917年)等。其实，诸如《阿尔迈耶的愚蠢》(*Almayer's Folly*, 1895年)、《海隅逐客》(*An Outcast of the Islands*, 1896年)、《吉姆爷》(*Lord Jim*, 1900年)、《黑暗的心》(*Heart of Darkness*, 1899年)，甚至《诺斯托罗莫》(*Nostromo*, 1904年)等作品也与康拉德的航海生涯多有关联，也可大致归于航海与冒险小说的文类之下。康拉德创作的时代，航海与冒险故事正在大西洋两岸大行其道，流行的作家作品有罗伯特·迈克尔·巴兰坦的《珊瑚岛》(1858年)、威廉·克拉克·拉塞尔的《“格罗斯凡纳”号船难记》(1877年)、罗伯特·路易斯·斯蒂文生的《金银岛》(1883年)、亨利·赖德·哈格德的《所罗门王的宝藏》(1885年)、约瑟夫·鲁德亚德·吉卜林的《勇敢的船长》(1897年)，等等。第一眼看去，康拉德的海洋小说与这些作品的文类与题材类似，均有对海洋、水手与冒险生活的精彩描写。尽管如此，康拉德却并不认为自己是海洋小说家。他曾说过，“一般读者的思想多集中于外部状况，仅在一些事实之上，如海船和航行，他们并没有注意到这些东西背后蕴藏的深刻含义。”[②]而他的海洋小说“展示的是一群人的心理，描绘的是自然的某些方面。但是，他们遭遇的问题不是大海的问题，问题来自船上，来自船上的人。”[③]的

① Malcolm Bradbury, *The Modern British Novel* 1878-2001, 北京：外语教学与研究出版社，2004年，第91页。

② G. Jean-Aubry ed. *Joseph Conrad*: *Life and Letters*. Vol. 2, London, Heinemann, 1927, pp. 320-321.

③ 同②, pp. 341-342。

确，康拉德海洋小说的独特或深刻之处在于，他真正关心的始终是大海与航船之上的人以及他们的道德状况。借用国内康拉德研究代表人物王松林的说法，康拉德的海洋小说“始终交织着两个世界：汹涌翻滚的大海和激越磅礴的内心世界。大海成为康拉德检视人的道德力量的极致场所。”[①]而康拉德正是一位“将人物置于极致的冲突和痛苦中来凸显人物的道德精神”的作家。[②]

《“水仙号”的黑水手》的“序言”中，康拉德阐释了自己的写作目的。在他看来，作家的职责在于：

> 在生活的种种事实中，去发现其中哪一样是基本的，哪一样是持久本质的东西——其中某些给人以启示和令人信服的要素——及其存在的真谛。这样，艺术家就像思想家或科学家一样，追求真理并做出呼吁……他呼吁的对象是我们不显露在外的本质。[③]

在《“水仙号”的黑水手》中，康拉德以船长阿里斯笃和老水手辛格尔顿为一方，以自私自利的唐庚与自怨自艾的惠特为另一方，揭示了“忠诚”“责任”等道德准则对于航海人的重要性。在《青春》之中，康拉德以水手马洛为主人公，以第一人称的口吻回忆了20年前驶往东方的一次航程，虽然历经波折，但年轻水手始终在充满活力地奋斗。然而，人到中年之后的马洛却多有失落。曾经的激情与当下的幻灭交织一起，承载了康拉德对海上的青春岁月与工作热情的回顾和赞叹。《台风》中的老船长马克惠举止愚钝，颇具喜剧色彩，

---

① 王松林，《康拉德小说伦理观研究》，武汉：华中师范大学出版社，2008年，第73页。

② 同上，第223页。

③ 约瑟夫·康拉德，《黑暗的心脏·“水仙号”的黑水手》，胡南平译，南京：译林出版社，2001年，第109页。

却能在台风到来时拯救航船；大副朱可士虽然年轻，也能在危机之中迅速成长，奋勇担当。《吉姆爷》之中，满怀梦想的年轻船长吉姆，在海难发生的一刻无法坚守船长职责，之后，他只能在自责与懊悔之中悲剧性地结束了自己的生命。康拉德海洋小说写作的根本追求，便是以茫茫大海为舞台，来发掘和再现生活中“基本”“持久”但却难以外显的道德“本质”。

如果说强烈的道德关切是康拉德海洋小说内容上的主要特点，那么，康拉德创作理念与写作手法上的变革，则为他赢得了现代主义先驱的声望。相比维多利亚时代的传统小说，康拉德至少有三点创新。其一，康拉德小说具有独特的艺术效果。与现代主义画家一般，康拉德高度重视感觉与象征对受众的重要性。他认为，一切艺术都依靠感觉，文学与音乐或绘画一样，要能充分调动感官的参与，要能够激发出读者的想象力。康拉德善于调用词汇、音韵、句式、语篇等手段，善于通过意象与象征的营造，再现一个对比鲜明、色彩充盈、意义繁复的印象派画作一般的文本世界，给读者留下深刻的印象。其二，康拉德创新了小说的情节。维多利亚时代的传统小说中，情节固然峰回路转、跌宕起伏，但往往依然囿于时间与因果律的法则中，缺乏创新。康拉德则在多部小说中进行了各种尝试，如在《青春》《黑暗的心》《吉姆爷》等以马洛为主人公/叙事人的系列作品中，康拉德在水手自述（sailor’s yarn）的固有框架下，充分利用叙事人/行动人之间认知、时间与情感上的距离，在行动者、讲述者、被议论者乃至隐含作者之间往复穿梭，建立了超越传统小说情节的复杂关系。而在《诺斯特罗莫》之中，康拉德则以小说发生的地点诺斯特罗莫为中心，以时间与叙述角度的不断变化为手段，编织出了更复杂的蛛网式情节结构。阅读康拉德的小说，就像观赏一幅未来主义或立体主义的图画，他能够更为确切地再现人们面对现代世界时的纷繁感与不确定感。其三，康拉德善于利用象征来再现精神和心理世界。传统的海洋小说中，人物往往只是故事中的行动者，只是情节的附庸，缺乏自我的独立性与心理的深度。康拉德高度重视对人物自我与心理的再现与开掘，在《“水仙号”的黑水手》《青春》《秘密分享者》《阴影线》《黑暗的心》等小说中，康拉德将人物、情节、环境等思考融为一体，以对比、象征、拼贴、文本互文、多角度透视等方法，深入了人物内心最为隐蔽与幽暗的角落，令人物形象更具深度与现代感，揭开了现代小说人物塑造的新篇章。

詹姆斯·乔伊斯(1882—1941)没有康拉德一般丰富的航海经历，却以航海叙事经典之作《奥德赛》为蓝本，写出了一部展现个体精神生活之卑微、隔绝与无望的现代漂流记——《尤利西斯》(*Ulysses*, 1922年)。古希腊水手们足迹遍布地中海各处、时间长达数十年的漂泊历程，被乔伊斯压缩到了都柏林街头巷尾的一天之内；足智多谋的航海英雄奥德修斯化身为了爱尔兰裔的犹太广告推销员布鲁姆，驾船出海、一意寻父的忒勒玛科斯变成了颇具艺术家特质的年轻历史教师斯蒂芬，坚贞不二等候丈夫归来的珀涅罗珀演化为了枉顾道德约束、执迷自身情欲的主妇莫莉；不仅西方传统中的文化偶像成了现代都市中凡俗庸常的小市民，史实可唱可读的文体与高昂雄浑的风格，也被乔伊斯以与传统小说决然不同的意识流手法重新写过，变得内涵深邃但形式艰深，极大地挑战着读者的耐心、知识储备甚至是价值观。《尤利西斯》既是英语文坛上极具争议的作品，又是现代小说史上的里程碑。

与乔伊斯同年出生、同年去世的另一位现代主义大家弗吉尼亚·伍尔夫也与海洋有着不解之缘。在她的第一部长篇小说《远航》(*The Voyage Out*, 1915年)中，伍尔夫以较为传统的叙事手法，讲述了青年女子雷切尔乘“欢乐女神”号驶向南美的航程中，对自我与两性关系的认知与觉醒，是一部自传意味浓厚的女性航行/成长故事。在《到灯塔去》(*To the Light House*, 1927年)之中，伍尔夫围绕长久伫立于海边的“灯塔”为核心象征来编织情节，在人物的情感世界、精神世界与物质世界之间建起了隐秘而富有意味的联系，革新了小说的写法。《海浪》(*The Waves*，1931 年)的实验性则更进一步。伍尔夫将大海的波涛起伏与人物的生平过往交织在一起，令读者在浪花不断闪烁之中去捕捉人物的心理与情感，去想象和重构人物的面貌与各自的过往。《海浪》颇具代表性地阐释了伍尔夫倚重的“主观真实”的创作观念，开辟了现代小说的疆界。当然，必须指出，无论是乔伊斯还是伍尔夫，均非传统意义上的海洋小说作家，但是，他们却以《尤利西斯》《到灯塔去》《海浪》等极具实验性和影响力的作品，展现了大海在遭遇现代主义之后的无限可能。

英美的重要小说家以各自不同的方式讲述着大海与人的故事。斯蒂芬·克莱恩(1871—1900)的短篇小说《海上扁舟》(*The Open Boat*，1898 年)，以作者亲身经历的船难为素材，讲述了一个大海的冷漠与个体在绝境中依靠团结而获得希望的故事。杰克·伦敦(1876—1916)的《海狼》(*The Sea Wolf*)，出版于 1904 年，讲述落难“幽灵”号上的文弱书生汉弗莱与海上强人拉尔森之间的故事，以浪漫主义加自然主义的手法，展现了伦敦对于自我应该如何在丛林一般的社会中求生的思考。犹太裔美国作者家赫尔曼·沃克(1915—2019)的《“凯恩”号哗变》(*The Caine Mutiny*，1951 年)讲述了第二次世界大战期间美国海军“凯恩”号上的哗变事件，探讨了危急时刻军舰上的责任、勇气与纪律等主题，被视为从海军角度再现第二次世界大战历史的最佳小说，为作者赢得了 1952 年的普利策奖。威廉·戈尔丁(1911—1993)的《蝇王》(*Lord of the Flies*，1954 年)戏仿了巴兰坦 1858 年出版的《珊瑚岛》，但与《珊瑚岛》有惊无险的孩童冒险不同，失去了成人约束的孩子们，很快就将孤岛变成了倚强凌弱的屠宰场。可以说，刚刚经历过第二次世界大战创痛的戈尔丁是以孤岛为喻，反思失去伦理底线的人性与文明可能堕落的深度。厄内斯特·海明威(1899—1961)的《老人与海》(*The Old Man and the Sea*, 1952年)则以简洁有力的笔法，描绘了孤独的老渔夫圣地亚哥在海中与鲨鱼顽强搏斗的故事。老渔夫可以被摧毁但不能被打败的信仰，正是一代代航海人代代相传的生命法则。传统的海上渔猎题材在海明威笔下重生，海明威也借助桑地亚哥的塑造，抚慰了第二次世界大战之后西方世界普遍低落的灵魂。

大海与人的故事同样出现于20世纪的英美戏剧之中。约翰·米林顿·辛格(旧译沁孤或辛厄，1871—1909)的独幕剧《蹈海骑手》(*Riders to the Sea*, 1903年)颇有希腊悲剧质朴崇高之风。剧中岛屿封闭而稳定，属于年老一代，不断吞噬岛民生命的大海，却也总是吸引着年轻一代。辛格剧中的大海不仅象征了命运的无常，更影射着巨变中的外部社会。萧伯纳(1856—1950)的《伤心之家》(*Heartbreak House*, 1919年)聚焦于英国精英群体的家庭生活。老船长萧特弗在船形的乡间大宅中接待归来的家人和宾客，无奈家人与宾客之间种种的情感纠葛却让他难于安适，老船长虽有“去航海，(英国人)唯有航海才能活，不去航海就得死”的志向，无奈年事已高，又常年酗酒，早已失去了往日的号召力，只能眼睁睁看着家庭的航船向礁石撞去。借助腐朽的船形大宅与无可奈何的老船长形象，萧伯纳讽喻了第一次世界大战前后的英国在即将到来的民族危机之前的无能与破败。大海以无可或缺的作用，帮助大西洋对岸的尤金·奥尼尔(1888—1953)再现了现代西方的精神生活。在《渴》(*Thirst*, 1913年)、《雾》(*Fog*, 1914年)、《东航卡迪夫》(*Bound East for Cardiff*, 1914年)、《归途迢迢》(*The Long Voyage Home*, 1917年)、《加勒比斯之月》(*The Moon of the Carribbees*, 1918年)、《区内》(*In the Zone*, 1917年)、《天外边》(*Beyond the Horizon*, 1918年)、《安娜·克里斯蒂》(*Anna Christie*, 1920年)、《毛猿》(*The Hairy Ape*, 1922年)、《悲悼三部曲》(*Mourning Becomes Electra*, 1931年)等诸多戏剧中，奥尼尔大量采用大海、航船、浓雾、船长、水手、沙滩、港口、渔具等与海洋相关的意象与象征，用充盈着海洋气息的剧作提醒观众，尽管西方社会已经步入了理性昌明、科技发达与物质繁荣的20世纪，但生存的危机感与生活的无意义感却并未舒缓，个人依然犹如海中漂泊的孤舟，于波涛间追寻“幸福的岛屿”而终难抵达。作为1936年诺贝尔文学奖得主的奥尼尔，或许是20世纪英美文学史上最善于书写海洋的剧作家。海洋成就了奥尼尔“美国的莎士比亚”的名声。

以上均是文学史中业已经典化(canonized)了的大作家(major writer)，一定程度上代表了英美文化传统中的高雅趣味。英美海洋小说的主体其实是位于若干经典作家之后的更多小作家(minor writers)支撑起来的。这类作者人数众多，作品数量巨大，读者覆盖面广泛，其中不乏佼佼者。比如威廉·麦克菲(William McFee, 1881—1966)与尼古拉斯·蒙萨莱特(Nicholas Monsarrat, 1910—1979)均有长期的航海经历，均著有大量的航海历险类作品，前者的《任性之海》(*The Casuals of the Sea*, 1916年)与后者的《残忍之海》(*The Cruel Sea* , 1951年)均曾风靡一时。塞西尔·福雷斯特(Cecil Forester , 1899—1966)和帕特里克·奥布莱恩(Patrick O'Brian, 1914—2000)是描写拿破仑战争时期(1803—1815年)英国海军生活的高手。福雷斯特创作了10余部以海军军官霍拉修·霍恩布劳尔(Horatio Hornblower)为主人公的海军小说；奥布莱恩则是以船长杰克·奥布雷(Jack Aubrey)和军医斯蒂芬·马图林(Stephen Maturin)为主人公，创作了规模更为庞大的《怒海争锋》(Aubrey/Maturin novels)系列。两位作者的作品场面恢宏，人物描写生动，航海细节真实，可谓是18世纪末到19世纪初英国皇家海军神话的现代缔造者。另外，诸如哈默德·伊恩斯(HammondInnes, 1913—1998)、阿里斯蒂尔·麦克里恩(Alistair MacLean, 1922—1987)、布莱恩·卡里森(Brian Callison，1934—)、阿里斯蒂尔·麦克劳德(Alistair MacLeod，1936—2014)、萨姆·莱维林(Sam Llewellyn，1948—)、戴维·博伊尔(David Poyer，1949—)、塞巴斯蒂安·荣格(Sebastian Junger，1962—)、扬·马特尔(Yann Martel，1963—)、伊恩·麦克奎尔(Ian McGuire，1964—)等，均是优秀的海洋小说作者。他们或书写海上惊悚故事，或书写当代海军战事，或书写海上自然灾害，或书写大西洋岸边的渔村生活，或书写冰海捕鲸之旅，或书写颇具奇幻色彩的海上漂流……他们的创作展现出海洋小说在当代英语世界强大的生命力和影响力。

西方传统观念中，航海总被看成是男性才能从事的职业。其实，自从人类与海洋接触的第一天起，女性便是人类海洋活动不可或缺的参与者。历史上看，虽然女性从事远洋航行的人数要远远少于男性，但女性依然以捕捞、采集、织网、修造等方式参与了航海活动。进入20世纪，越来越多的女性作家开始书写海洋。除了前文提及的现代主义大家弗吉尼亚·伍尔夫之外，美国作家凯特·肖邦(1851—1904)也是一位书写女性海洋经验的代表人物。在《觉醒》(*The Awakening*，1899年)中，肖邦笔下的女主人公虽然没有出海远游，却被温暖的南方海水唤醒了压抑已久的欲望，做了不被传统道德所容的选择，最终在大海中结束了自己的生命。肖邦笔下女性感知到的大海，显然与大多男性作者笔下供跨越、攫取与征服的大海颇为不同。爱丽丝·默多克(Iris Murdoch，1919—1999)的《大海啊！大海》(*The Sea, The Sea*，1978年)以第一人称日记体的形式，讲述功成名就的导演查尔斯·阿罗比隐居海边反思自己情感经历并实现自我超越的过程。默多克文笔细腻，对海洋的描写颇显功力，她的谋篇布局也如海潮一般，起伏涨落，环环相扣。更重要的是，主人公查尔斯正是在与大海的对抗交融中，将目光从自我转向他者与外部的世界，获得了精神上的升华。默多克笔下的大海，具有无限的开放性、多样性与偶然性，既是真、美、善的象征，也是人类得以克服唯我论与自我主义的重要空间。[①] 当代英国作家艾米·利普特罗特（Amy Liptrot）的《岛屿之书》（*The Outrun*，*A Memo*，2016 年）是一本回忆录。生于苏格兰奥尼岛上的作者一度迷失于大都市伦敦的浮华之中，经历过生活的重重打击，她返回家乡小岛，以面朝大海的简单与自律，摆脱了酒瘾的困扰，找回了自我生活的丰盈。另一位当代作家夏洛特·兰内斯（Charlotte Runcie）的《舌上之盐：女性与大海》（*Salt on Your Tongue*：*Women and the Sea*，2019 年），也是一本交织了个人回忆、社会历史、文学批评与自然写作的非虚构作品。从希腊神话到莎士比亚剧作，从英语诗歌到民间传说，英美文化传统中女性与海洋的特殊而丰富的历史经验，由兰内斯娓娓道来。邝丽莎（Lisa See）有 1/8 的华裔血统，她的小说新作《海女之岛》（*The Island of Sea Women*，2019 年）将读者的目光引到了 20 世纪朝鲜半岛上，讲述了靠海而生的村落之中一对女性好友的故事。她们以大海为生，以捕捞为业，生活艰辛，自得其乐，但时代风潮却如海啸般冲击着渔村平静的生活，两人之间的友情也因民族国家间的隔阂陷入危机。《海女之岛》向英美读者展现了亚洲女性生活少为人知的海洋面相。女性笔下的海洋经验是人类海洋经验的重要部分，这一部分还亟待更多的发掘。

第二次世界大战之后，随着前殖民地国家不断获得民族独立，对殖民时期的帝国政治、经济与文化遗产的反思，促成了后殖民写作与批评的风潮。可以说，后殖民作者原本位处帝国文化的边缘地带，他们从边缘向中心的发声与位移，给当代英美海洋小说带来了不同的声音。南非作家约翰·马克斯韦尔·库切（1940— ）是后殖民作家中的佼佼者。在他出版于 1986 年的长篇小说《福》（*Foe*）中，女主人公苏珊·巴顿漂流荒岛，在岛上遇到了鲁滨孙·克鲁索和被

① 张蔚、常亮，《20 世纪英国女性文学探微》，北京：清华大学出版社，2015 年。

砍去舌头的星期五。一年后，苏珊娜获救回国，途中克鲁索死在了船上。苏珊带着星期五向作家福求助，希望他能帮助自己写下漂流孤岛的经历，福却和她就谁有权讲述故事争辩起来。显然，《福》并非传统意义上的海洋小说，但是，其与《鲁滨孙漂流记》强烈的互文关系，却让这部小说不仅闯入了海洋小说的序列之中，并且能让当下读者以父权制下身处弱势的苏珊、为帝国效力至死的穷苦水手克鲁索以及殖民关系中无法言说自我创伤的原住民星期五为思考的基点，去反思与质疑西方帝国扩张中的女性地位、历史话语权、阶级冲突以及殖民统治的道德合法性等一系列重大问题。

生于斯里兰卡、长在英国、定居于加拿大的迈克尔·翁达杰(1943—)，则是另一位“逆写帝国”的代表性作家。在长篇自传体小说《猫桌》(*The Cat's Table*，2011年)中，翁达杰以第一人称叙述的方式，讲述了11岁的斯里兰卡少年迈克尔独自乘坐“奥龙赛”号远洋船，从科伦坡出发远航英国的故事。没有成人管束的迈克尔，坐在船上给地位低微的亚洲乘客预备的“猫桌”上，开始了自己的海洋成长之旅。一路上，他与其他的孩童无拘无束地玩耍，而船上官员对待殖民地乘客的傲慢与冷漠，也让敏感的少年对生活的不公有了更深的认识。《猫桌》之中由东方驶往西方的航行，恰与康拉德《青春》中由西方向东方的航行形成了另一种互文关系。《青春》中的马洛历经磨难，终于到达安静而神秘的东方，完成了自我成长，而年少的迈克尔坐在“猫桌”之旁，随着航行的展开，却越来越多地感受到了难言的疏离与悲伤。航行结束时，迈克尔在伦敦的码头上投入了母亲的怀抱，但他也知道已经永远离开了家乡，而在更广阔的世界上去寻找自我，将是自己一生的使命。后殖民写作与批评对于历史创痛的言说、对于文化归属感的寻求、对于叙事主体与语境之间关系的反思，不仅丰富了人们对英美海洋小说的认知，也在一定程度上揭示了英美海洋小说与帝国扩张之间的历史联系。

第二次世界大战之后，人类进入了一个相对和平稳定的发展时期。在全球经济迅速发展的同时，环境问题日渐突出，人类与自然的关系成为20世纪后半叶的重要议题。蕾切尔·卡逊（Rachel Carson，1907—1964）是最具代表性的海洋生态作家。卡逊先后毕业于宾夕法尼亚大学、约翰·霍普金斯大学与美国海洋生命实验室，主修生物学，并长期在约翰·霍普金斯大学与美国鱼类和野生动物保护局任职任教。深厚的生物学学养、敏锐的环保意识与细致流畅的文笔，让她不仅能够看到、而且能够生动再现20世纪人类统治下自然世界遭遇的重大危机。卡逊著有《海风下》（*Under the Sea Wind*，1941年）、《我们周围的海洋》（*The Sea Around Us*，1951年）和《海洋的边缘》（*The Edge of the Sea*，1955年）三部海洋环保类作品，它们"激发了读者对海洋的热情。因为通过这些作品，读者得以目睹海洋之秀美，亲闻海洋之神谕，聆听海洋之声韵。"①这些海洋环保作品与她更知名的《寂静的春天》（*Silent Spring*，1962年）一道，引起了公众对人类与自然关系的重视，也奠定了卡逊20世纪人类环保先驱者的地位。卡尔·索菲纳（Carl Safina，1955— ）现任纽约斯通尼·布鲁克大学教授，是另一位海洋生态写作方面的代表人物。他著有《蓝海之歌》（*Song for the Blue Ocean*，1998年）、《信天翁之眼》（*The Eye of the Albatross*，2002年）、《海龟之旅》（*Voyage of the Turtle*，2006年）等海洋生物类作品。他善于从海洋生物的角度讲述故事，为人类真正了解海洋、突破人类中心主义的局限做出了重要贡献。卡鲁姆·罗伯茨（Callum Roberts，1962— ）的《假如海洋空荡荡：一部自我毁灭的人类文明史》是近年来英美海洋生态的新作。罗伯茨是英国约克大学环境系教授，海洋生物学家，世界自然基金会英国大使。他以细数人类渔业活动对于海洋生物造成的剧烈影响

① 阿琳·R. 夸拉蒂耶罗，《环保时代的启幕人：蕾切尔·卡逊传》，韩旭译，北京：外语教学与研究出版社，2019年。

来提醒人们，人类如果不能通过外在生命的变动甚至灭绝来关照自己的内心，地球上有再多的资源也会被人类消耗殆尽，这也是其作品的副标题为“一部自我毁灭的人类文明史”的用意所在：人类若不能善待海洋，最终也必将自我毁灭。①

纵观千余年来人类与海洋交往的历史，海洋一直陪伴在人类身旁。从古代人们对于海洋的畏惧与神化，到大航海时代人们对于海洋的探索与征服，再到今日合理利用和善待海洋的声音不断高涨，人类对海洋的认识与理解也在不断加深。从叙事演进的角度看，海洋更以令人惊叹的多样性出现在人类各种表达意义的方式之中。从鸿蒙初开时的神话传说，到步入文明奠基时代的英雄传奇，从文艺复兴时期的经典戏剧，到航海探索时代的科考日志，从资产阶级成为历史主角之后的现代小说，到浪漫主义时期回归自然冲动下的诗歌，从帝国精神高涨时代的冒险与征服叙事，再到后殖民与后现代时期对以往价值观念进行批评与反思的各类作品，海洋始终是人类关照与理解自我的一面镜子。任凭风云变幻，海洋一如既往，千年如一日，永无停歇地折射着人类的希冀与恐惧，欲望与追求。

第二节　书写海洋与想象国家

从上一节的梳理可以看到，现代英语海洋小说的兴盛，自 1719 年笛福的《鲁滨孙漂流记》开始，至 20 世纪初康拉德的系列作品为止，前后历经约 200 年时间。与此同时，英国由偏居世界一隅的小小岛国，逐步发展成号称可以“统治海洋”的“日不落帝国”。之后，美国异军突起，由 13 个原本各自为政的英属殖民地的松散联盟，不

① 卡鲁姆·罗伯茨，《假如海洋空荡荡：一部自我毁灭的人类文明史》，吴佳其译，北京：北京大学出版社，2016 年，第 6 页。

断向西部、向海洋扩张，最终成为了大西洋与太平洋之间的另一个世界强国。海洋小说的繁荣与英美国家发展与扩张之间的同构关系，引发了本研究的兴趣。为了能深入探究此间的关联，有必要梳理英美国家成型、发展与不断扩张的历史过程。

在《近代欧洲的生活与劳作(从 15—18 世纪)》一书中，论者以四场革命来描述现代早期(15 世纪末至 18 世纪末)欧洲经济与社会发生的巨大变迁。四场革命之一为政治革命：君主取代教皇，世俗政府取代教会，以中央集权为特点的民族国家兴起与日益强大起来；之二为知识与伦理革命：文艺复兴的勃发让人们在回归古典传统的同时更重视当下的生活，新教改革重新定义了上帝、教会与个人的关系，启蒙之光照耀下的欧洲人愈来愈不再是中世纪的模样，而是初步具备了现代人的心性与情感特征；之三为地理革命：以 1492 年哥伦布到达新大陆为起点的航海大发现，不仅改变了西方人的世界观，也把临大西洋的西班牙、葡萄牙、法国与英国等国放置到了殖民竞赛中更为优越的出发点；之四为经济革命：资源供应与市场在全球范围的扩张，现代劳动分工与生产方式的初步确立，商业发展带来了物质生活的全面变化。四场革命发生在欧洲社会的诸多领域之中，相互影响，错综复杂，以无法逆转的方式影响与重塑了西方世界的面貌。①

从历史上看，16—17 世纪的英国正是从传统社会向现代社会的转型期，主要表现为从等级君主制到新君主制的政治转型，从自给自足的庄园制经济到商品交换的经济转型，从贵族与僧侣意识形态到新贵族和市民意识形态的思想文化转型，从内敛式的均势到主动出击的外交转型，这些都是与文艺复兴、宗教改革、内战与革命、护国摄政、复辟与光荣革命、殖民扩张等一系列重大事件相伴随的，

① G. 勒纳尔、G. 乌勒西，《近代欧洲的生活与劳作(从 15—18 世纪)》，杨军译，上海：上海三联书店，2012 年，第 1-14 页。

也是以政治上的民族主义、经济上的重商主义和思想上的人文主义为根本指导思想的，其核心是建构和巩固民族国家。所谓的民族国家，既是相对于中世纪以地方分权主义为特征的封建王国而言，又是相对于基督教大世界体系下主权不完整或不充分的王朝国家而言，民族的一体性与国家主权是两个基本要素。在15世纪之后，尤其是在都铎王朝时期，随着英吉利民族同罗马天主教势力和国内地方割据势力的不断斗争，现代意义上的英国逐渐开始成型。[①]

在历史学家琳达·科利看来，18世纪是更大范围的英国国家认同与英国观念形成的关键世纪。[②] 考虑到王位继承权可能旁落在天主教徒手中的威胁，1707年，英格兰议会主导推动了与苏格兰之间的《联合条约》，在承诺保障给苏格兰独立的司法、教育与宗教体制的条件下，将两国合并，正式成立了“大不列颠联合王国”。在1603年业已完成的英格兰和威尔士议会合并之后，大不列颠岛上的主要三个国家——英格兰、威尔士和苏格兰正式成为了只有一个信奉新教的国王、一套立法机构和一种自由贸易体系的新国家。这无疑是英国历史上具有重大历史意义的时刻。但是，在不仅仅是18世纪英国小说的开拓者，也是政治与文化的重要观察员丹尼尔·笛福看来，这种政治上的联合最多只是一种政策上的联合，而绝非情感上的联合，“在当时或之后，几乎没有人痴心妄想，一种纸上的联合，会自动生成一个统一的民族”。[③] 换而言之，18世纪的英国虽然在政治与

① 姜守明、黄光耀等，《英国通史 第三卷：铸造 国家——16—17世纪英国》，南京：江苏人民出版社，2016年，第2页。国内史学家此处所谓的“英国”，严格而言，指的更多的是“英格兰”(England)，但考虑到英格兰在推进不列颠帝国形成中的核心与领导地位，本书予以照录。

② 琳达·科利，《英国人：国家的形成，1707—1837》，周玉鹏、刘耀辉译，北京：商务印书馆，2017年。科利用“Britons”来指称“英国人”。本书所谓的“英国认同与想象”，指的是对于更大范围内的不列颠帝国(the British Empire or Britons)的认同，而非局限于“英格兰”(England)。

③ 同②，第37页。

法律意义上成为了一个国家，但却依然处于民众的地域认同远远超过国家认同的状态，还需要历经一个多世纪的滋养与考验，直到维多利亚时代，英国的国家认同才具有更一致的共识。

当然，英国国家认同的形成，具有一系列当时的欧洲邻国无可比拟的先天优势。在厄内斯特·勒南《何为国家?》的演讲中，他首先强调了自然与地理因素对于国家建构与国家认同的重要性。“地理，或者说人们所称的自然屏障，在国家的分布中毫无疑义地扮演了重要角色，甚至是历史之中的关键因素之一。河流引发竞争，山川令民族止步，河流促使更多的迁徙，山川限制了人们的移动。”①就英国的情况而言，自然条件与地理因素显然非常有利。众所周知，英国是一个受海洋性气候影响的岛国，四季气候宜人，没有长时间的酷暑或寒冬，大部分地区土地肥沃，适合农作物与牲畜生长，人口居住区距离海洋不过百余千米，且拥有众多良港，交通便捷。同时，四面环海的地理优势，既可以借助诸多天然良港，对外交流与从事贸易，大海也可以作为防范外敌入侵的天然屏障，免遭欧洲列强的入侵。事实上，自从1066年的诺曼征服之后，几乎再也没有外来强敌能够侵入英国。而在13世纪英格兰以国王为首的封建领主们逐步丢掉了包括诺曼底在内的欧洲土地之后，便越来越将英格兰当成自己唯一需要经营的土地了。正如15世纪30年代中期的一份小册子上所写到的：“要特别保护好周围的海/它们是英格兰的围墙/因为如果英格兰被比作城市/那么包围它的城墙便是大海……”②或者按照莎士比亚在《理查二世》中更为热情洋溢的说法：“这一个英雄豪杰的诞生之地，这一个小小的世界，这一个镶嵌在银色的海水之中的宝石，那海水就像是一堵围墙，或是一道沿屋的壕沟，杜绝了

① Ernest Renan, *What is a Nation*? in Homi K. Bhabha, ed., *Nation and Narration*, London: Routledge, 1990, p. 18.

② 肯尼思·O. 摩根主编，《牛津英国通史》，王觉非译，北京：商务印书馆，1993年，第236页。

宵小的觊觎……”①的确，与其他欧洲国家相比，四面环海的英国边界更为清晰明确，也更容易滋生出一种与众不同的“岛国意识”。优越而特殊的自然与地理条件，构成了英国人形成国家认同的基本要素。

就 18 世纪不列颠岛上的现状而言，英格兰人的人口不仅最多，而且最为强大。历经 16 世纪的宗教改革、1688 年的光荣革命，英格兰不仅已经确立了君主立宪与议会民主的政治制度，初步具备了相对发达的工商业体系和共同的市场，也已经具备了相对强大的海军与殖民能力，成为了不列颠岛上的头号强国。无论从人口规模、科技水平、军事能力，还是经济发展水平，苏格兰都难与英格兰匹敌，而更为弱小的威尔士也没有实力抗衡。英格兰可谓三国之中的领头羊，在英苏合并之后，英格兰更是在打造共同的英国认同中，起着主导作用。当然，苏格兰与威尔士也并非仅仅跟从，而是在历史潮流中与英格兰之间建立了复杂的互动关系。值得一提的是，素以高等教育闻名欧洲的苏格兰，也在 18 世纪贡献了诸如弗朗西斯·哈奇森、大卫·休谟、亚当·斯密、托马斯·里德、亚当·弗格森、沃尔特·司各特、詹姆斯·瓦特等重要的理论家、文学家与发明家，确保了大英帝国在欧洲社会文化与经济发展中的领先地位。②

勒南指出，建构国家认同需要地理、自然、经济与政治等因素，但是，仅仅依靠这些因素，还并不足以支撑起一个国家。勒南认为，国家终归是“一个灵魂，一种精神原则”，既是长时间“努力、牺牲与奉献”的结果，也建立在“英勇的事迹、伟大的人与真正的荣誉之上”，正因民众有了共享的历史光荣与共同居住的当下意愿，国家才

① 威廉·莎士比亚，《莎士比亚全集第三卷》，朱生豪等译，北京：人民文学出版社，1994 年，第 28-29 页。

② 阿瑟·赫尔曼，《苏格兰：现代世界文明的起点》，启蒙编译所译，上海：上海社会科学出版社，2016 年。

得以形成。[①] 如果说英国具有“一个灵魂”或“精神原则”的话，那就非基督教新教莫属了：“新教信仰是英国宗教生活的主导。新教信仰为英国人迈向和诠释其物质生活的方式抹上浓墨重彩。新教信仰决定了大多数英国人如何看待其政治信条。而且毫不妥协的新教信仰，为其政府的建立打下了明确和牢不可破的基础。”[②]事实上，英国国家建构的历史，也是一部捍卫新教改革的历史。正如琳达·科利提醒过的，人们往往会注意到英国内部复杂的宗教纷争，比如英格兰国教与非国教的新教徒，与苏格兰长老会、公理会、浸礼会、贵格派、卫理公会等教派之间的纷争，却容易因此而忘记，这些只是宗教改革之后产生的新教派之间的分歧，虽然其中分歧在某些特定的历史时段还显得相当激烈，但却更应该意识到，英国作为一个新教国家，与天主教之间的更为鲜明、更为激烈甚至是你死我活的冲突与差异。

埃里克·霍布斯鲍姆就英国国家认同的形成，有一段堪称经典的表述：“再没有什么途径，比联合起来一致对外，更能有效地把各个地区惶恐不安的民族联系在一起。”[③]就 18 世纪信奉以新教为人口主流的英格兰、苏格兰和威尔士而言，那个需要“联合起来一致对外”的目标，既有曾经不可一世的天主教强国西班牙，也有一直以来的劲敌法国。1588 年，由弗朗西斯·德雷克率领的英国海军，曾经奇迹般地击败了实力远胜于己的西班牙“无敌舰队”，保住了宗教改革的成果，之后，英国还曾与西班牙多有抵牾，仅仅在 18 世纪前半叶便有 1719 年、1727 年和 1739 年三次战争。[④] 幸运的是，随着国力

---

① Ernest Rena, *What is a Nation*? in Homi K. Bhabha ed., *Nation and Narration*, London: Rutledge, 1990, p. 19.

② 琳达·科利，《英国人：国家的形成，1707—1837》，周玉鹏、刘耀辉译，北京：商务印书馆，2017 年，第 44 页。

③ E. J. Hobsbawn, *Nations and Nationalism since* 1780, *Programm*, *Myth*, *Reaction*, London: Cambridge University Press, 1992, p. 91.

④ Pat Rogers, *Robinson Crusoe*, London: George Allen & Unwin, 1979, p. 41.

的衰落与距离的相对遥远，西班牙越发难以威胁到英国了。与西班牙相比，隔海相望的法国不仅国土面积要大得多，其经济与军事实力也更为强大，可谓英国历史上始终最具威胁的敌人。仅在18世纪，英法就在1702—1713年、1743—1748年、1756—1763年、1778—1783年、1793—1802年间爆发了大大小小的多次战争，双方互有胜负。始终面临异族强敌的历史，很容易令英伦三岛上的英格兰、苏格兰与威尔士产生更大范围的英国认同。

外敌入侵的威胁使英国人能够更为看重自我的新教信仰，与此同时，英国在18世纪的经济与商业的发展，也让英国人有理由强化整体的优越感。尽管英格兰、苏格兰、威尔士的具体情况千差万别，但从贸易自由的程度、城市扩张的速度、居民在地理上的流动性和流动范围等角度看，作为整体的英国的确有理由感到骄傲。一方面，《联合法案》取消了所有国内的关税和贸易壁垒，使得三国之间的商品、人员得以相对自由地流通；另一方面，三国之间的城市也以远超欧洲大陆城市的标准在扩张，不仅仅是伦敦成为当时欧洲最大的城市，其他中型城市与市镇也已超过欧洲大陆的速度扩张。一座座城市，犹如英国版图上的越来越多的枢纽，促进着更多的人员、商品、信息与思想的交流，促进着英国人的相互了解。正如詹姆斯·弗农着力强调的，是“因为持续快速增长的人口不断向城区集中，且在国内外范围内的长距离移动能力不断增强，一个全新的、独特的由陌生人组成的现代社会才由此而生。”①

除了新教、强敌、商业发展等因素之外，在18世纪英国国家认同的塑造之中，还有一个颇为独特与重要的维度，这便是英国与海洋的关系了。作为孤悬在大西洋北部的一个岛屿国家，传统上，英国与荷兰等低地国家的商业联系更为紧密，航行的范围也多局限在

① 詹姆斯·弗农，《远方的陌生人：英国是如何成为现代国家的》，张祝馨译，北京：商务印书馆，2014年，第178页。

北海、地中海与非洲北部等区域。自16世纪之后，紧跟西班牙、葡萄牙与荷兰等航海强国的步伐，英国的冒险家、商人与殖民者开始了更为广阔的海上旅程。1608年，英国船只到达摩鹿加(马鲁古)群岛，在圭亚那海岸上建立商站，开始对非洲腹地的探险。1639年、1652年和1664年，英国分别获得了马德拉斯、加尔各答与孟买三个重要的商业基地，英国商业的触角逐步进入亚洲。在雷利于1574年发现弗吉尼亚之后，以清教徒为代表的英国殖民者跨越大洋阻隔，在北美成功建立了以新英格兰诸州为代表的英国殖民地，并逐步将势力扩展到北美大陆的腹地。[①] 1687年，威廉·菲普斯终于在屡次失败之后，从西印度群岛成功找到了一艘沉没于1641年的西班牙运宝船，并从船上起获了大量西班牙从美洲殖民地掠夺而来的银币、银条、黄金与其他物品，总价超过20万英镑。此次发现不仅让出身贫寒的威廉·菲普斯获得了爵位，日后也担任了马萨诸塞的总督。同时，他的发现也激励了更多的英国人以合资的形式参与海外的冒险行为。另一位著名的航海冒险家威廉·丹皮尔也以自己在不断环球航行中的新发现以及从西班牙船只上劫掠而来的财富，刺激着英国人的欲望。自1713年的专卖契约(assiento)之后，英国获得了向西班牙的美洲殖民地输送黑人奴隶的权利，令英国商人在18世纪获得了丰厚的利润。时至笛福书写《鲁滨孙漂流记》的时刻，随着英国冒险范围的不断扩大与资本主义的不断发展，一个商站、港口与殖民地遍布非洲、亚洲与美洲的庞大的航海帝国，已经初具规模了。

上一节曾经提到，英国人频繁多样的海上活动产生了大量有关航海的文献与文学作品。在本尼迪克特·安德森看来，现代意义上的民族国家正是随着封建帝国的解体、土语逐渐代替拉丁语、印刷书与大众识字率的提高，在小说与报纸阅读的推动下形成的文化创

---

① G. 勒纳尔、G. 乌勒西，《近代欧洲的生活与劳作(从15—18世纪)》，杨军译，上海：上海三联书店，2012年，第50-51页。

造物，是一个“想象的共同体”。① 而与英国获得海上霸权相得益彰的是航海叙事在18世纪的英国空前繁荣。早在1710年，著名哲学家沙夫茨伯里伯爵三世便抱怨道，源自航海叙事的影响，令：“我们的乐趣与品味变得野蛮，野蛮人的风俗与习惯，印第安人的战争，未发现土地上的奇观，占据了我们的闲暇，成为塞满当下图书馆的主要材料。(这些书籍)对于我们这个时代，犹如骑士文学对于我们祖辈一般。”②随着时间推移，航海叙事的流行有增无减。曾经跟随库克船长出航的瑞典自然学家安德斯·斯帕曼(Anders Sparrman)对其时英国航海叙事的流行，有过类似感慨：

> 自从有文字的时候开始，关于航海和旅行的故事便在各个时代都受到公众的普遍欢迎。即便如此，也从没达到当下一样的热度，尤其是在这个岛国上，航海和旅行的故事总是被人尽力搜集齐全，竞相传阅，有学问与有教养的人士如此，粗鲁与无知之辈也是如此。③

为什么航海叙事能够在18世纪的英国如此盛行？原因可以大致归结为以下几点：其一，18世纪的海洋依然是人类认知的边疆，充满了各种未知数与不确定性，源自远方大洋的消息颇能吸引大众的好奇心和注意力；其二，18世纪的英国人渴望到海外发财致富，需要了解航海/殖民/商贸事业的最新进展，需要各种实用的信息、图

① Benedict Anderson, *The Imagined Community: Reflections on the Origin and Spread of Nationalism*, London: Verso, 2006.

② Anthony, *Third Earl of Shaftesbury*, *Characteristics of Men*, *Manners*, *Opinions*, *Times*, *introduction by Douglas Den Uyl Indianapolis*: Liberty Fund, 2001, p. 211.

③ 转引自 Philip Edwards, *The Story of the Voyage: Sea Narratives in Eighteen-Century England*, Cambridge: Cambridge University Press, 1994, p. 1。18世纪英国航海叙事的现代研究者菲利普·爱德华兹认为，18世纪英国至少出版了2000种可以称之为航海叙事的作品，包括日志、叙事、证词、观察报告与历史记录，等等。同②，第2页。

册与书籍，庞大的阅读市场需要得到满足；其三，18 世纪英国印刷品的价格虽然不菲，但随着印刷术逐步普及、印刷成本的逐步降低以及新教国家对于阅读能力的重视，越来越多的普通人能有机会借阅和购买类似书籍；其四，出版商、水手和雇佣文人纷纷参与航海叙事的写作与出版，形成了航海叙事产业化的运作方式。18 世纪航海叙事的广泛流行，毫无疑问地扩展了英国人想象自我与世界的视野，帮助英国人更深入地融入了世界历史发展的进程之中。

从文学发展的历程上看，18 世纪正是英国小说开始繁荣的时期，相继出现了丹尼尔·笛福、塞缪尔·理查逊、亨利·菲尔丁、托比亚斯·斯摩莱特与劳伦斯·斯特恩等重要的小说家。18 世纪英国日益扩张的海上生活，也以各种不同的形式出现在小说、诗歌与戏剧等文学形式之中。除了上一节提到的笛福，其他一些英国重要作家也与海洋有着千丝万缕的联系。斯威夫特常年在爱尔兰担任英国国教教会的职务，他不仅拥有理查德·哈克卢特和塞缪尔·珀切斯编撰的大型航海(旅行)文集，也阅读了大量同时代的航海书籍，对欧洲各国在航海探索方面的进展了如指掌。苏格兰作家斯摩莱特早年曾以海军医生的身份加入过皇家英国海军，参与过著名的“詹金斯耳朵之战”，他基于亲身经历创作而成的《蓝登传》，便有对于英国海军与法国、西班牙海军之间激烈战事的精彩描写。另一位源自非洲的英国作家奥劳达·埃奎亚诺则拥有极为特殊的航海经历。[①] 埃奎亚诺 10 岁时在非洲被奴隶贩子绑架，经历过大西洋上“中间航路”的可怕黑暗后到达加勒比，之后，他在英军军舰上度过了几年时光，亲

① 有论者将埃奎亚诺称为“非裔美国人”，但是，从历史上看，埃奎亚诺在获得自由之前曾经在英属加勒比殖民地上生活了几年，在获得自由后，则长期定居在英国。在他一生之中，只是短暂地到访过北美大陆，而他在世时也从不认为自己是美国人。基于此考虑，本文将埃奎亚诺的叙事放置在英国部分予以讨论。参见：庞好农，《非裔美国文学史(1619—2010)》，北京：中央编译出版社，2013 年，第 52 页。书中称埃奎亚诺的自传“是 18 世纪由非裔美国人写的最有影响力的英语散文”。

历了英法七年战争的硝烟。之后，他被卖到加勒比，成为商船水手，获得自由之后，又曾跟随英国军舰探索过北极。埃奎亚诺的海上经历正是18世纪英国频繁的海上活动的一个缩影。

虽然均生活在一个以“清教、商业、航海、自由”①为主导意识形态的18世纪英国，但几位作者因其在出身阶层、宗教背景、个人经历与政治态度之间的差异，而在作品之中展现了各自不同的自我想象与国家认同。这一点，正是本书希望着力展现的内容。笛福出生在不从国教的英格兰新教徒小商人家庭之中，一生对商业、政治与航海事务保持着强烈的兴趣，他在《鲁滨孙漂流记》和《海盗船长》中，充满自信地想象了敢于出外冒险并最终获得成功的英国水手/海盗/商人的形象，可谓此时段英国主流意识形态的最佳代言人。与之相对，同属英格兰人的斯威夫特则保守得多。斯威夫特在社会地位上要高于笛福，但其遗腹子的成长经历、满腹才华而无法在英格兰施展的现实境遇以及长期在爱尔兰生活的边缘处境，使得斯威夫特更具有“外位的”视角与态度，也令他在《格列佛游记》之中，对英帝国的政治、经济与社会现实进行了无处不在而异常猛烈的批判，矛头直指英帝国的不堪之处。出生在苏格兰而赴英格兰谋取更大发展的斯摩莱特，则借助小说人物蓝登从苏格兰出发，在英格兰、欧洲大陆与加勒比地区游历、参战与经商的经历，想象了一幅苏格兰人与英格兰平起平坐，共同主宰不列颠帝国的画面。

与上述三位英格兰/苏格兰的白人作者不同，作为黑人/前奴隶的埃奎亚诺则面临着多重的困境与任务。埃奎亚诺能够以流畅的英文写作《生平自述》，本身便是为黑人群体正名的重要一步，他的写作证明了，黑人与白人一样，具有完全的人性，也可以完全掌握文字与能够书写。同时，《生平自述》一方面不懈地为帝国境内的黑人

① David Armitage, *The Ideological Origins of the British Empire*, Cambridge: Cambridge University Press, 2004, p. 173.

群体争取更多的社会权利与道德同情；另一方面，也拓展着此时英国关于人道与自由的定义边界与空间。萨义德在《世界·文本·批评家》中提醒我们，作家无法脱离他的时代，但这种无法脱离并不是传统意义上的“作者机械地受意识形态、阶级或经济史的制约”，而是有更深层次的意味，即“作者们生活在他们的社会历史中，既在不同的程度上塑造那个历史和他们的社会经历，又被那个历史和经历所塑造。”①基于这种历史与文本之间的互动关系，本书试图通过对不同作者创作时历史语境的充分还原以及个体作者在文本之中差异化的想象方式，重新再现“清教、商业、航海、自由”之主导价值观下掩藏的纷繁与复杂。

从英国转向美国，可以看到，19 世纪初的美国正位于一个剧烈变化的时代的开端。从独立建国之后到南北战争之前的几十年间，美国从 13 个分散的英属殖民地到实行共和制政体的共和国联盟，从较为单一与同质的盎格鲁-美洲人为主体的人口构成，到外来移民的大量进入与土地面积的急剧扩张，从以农耕为主的经济方式到初步的都市化与工业化转型，从各地风起云涌的社会改良运动到奴隶制问题的爆发与激化，这个时段美国政治社会变化幅度之大，范围之广泛，影响之持久，在历史上少有可比。华盛顿·欧文的《瑞普·凡·温克尔》(1819 年)是早期美国文学史上脍炙人口的名篇。故事以轻松幽默略带调侃的笔触，讲述了主人公在山中一觉醒来之后的物是人非：英王乔治三世的头像变成了华盛顿将军，原本熟悉的小酒馆变成了联合大酒店，曾经与世隔绝的村落挤满了外来者，乡野闲谈被群情激昂的政治辩论替代，而亲人无从寻觅的主人公虽然获得了一直期盼的自由，却也成了家乡土地上的陌生人。温克尔难免

① 爱德华·萨义德，《萨义德自选集》，谢少波、韩刚等译，北京：中国社会科学出版社，1999 年，第 57 页。

会疑惑，我是谁？身处哪里？这又是怎样的一个国家？[①] 温克尔的不知身在何处的身份困扰，也是 19 世纪的美国有别于英国的问题所在。

1776 年的《独立宣言》在向全世界昭告冤屈的同时，也为美国确立了建立国家必须的“精神原则”。认为受到了英国暴政威胁而自由与财产无法保证，美国的革命领袖切断了与母国的政治从属关系，宣布北美殖民地在“人人平等”与“均具有不可被剥夺的生命、财产与追求幸福生活的权利”的原则之上的联合与独立。然而，虽然 13 个殖民地在《独立宣言》宣称的理念之中联合作战，取得了政治上的独立，甚至也在 1787—1789 年间制定并通过了另一部具有奠基意义的《宪法》，但此时的美国却更像是 13 个独立国家之间的松散联盟，而非一个政治与文化意义上的统一国家。究其原因，既有各州(国)之间历史与宗教背景的差异，交通与信息传递的不便，人口与经济结构的差异，更有各州(国)对于统一而强大的中央政府的天然敌意。可以说，独立之后的美国虽然有了“美国”之名，但“美国”之实到底为何，依然缺乏内在的填充物。

作为文化意义上的美国国家建构，是在第二次英美战争(1812—1815 年)之后大规模兴起的。一方面，延续战争激发出的民族主义热潮，更多的美国人认识到一个统一而强大的民族国家更符合自身的利益；另一方面，经过 30 多年的发展与积累，此时的美国也有了更为充裕的历史与文化资本。此后的几十年间，从对“七月四日”与其他国家节日的热烈庆祝，到各州大量的独立革命纪念碑与纪念馆的建造，从诺亚·韦伯斯特(Noah Webster)的《美国英语词典》(1828 年)等标志美国追求语言独立的书籍的出版，到华盛顿与其他建国之

① 有关《瑞普·凡·温克尔》之中自我身份与国家想象的讨论，参见：张冲，《新编美国文学史(第一卷)》；刘海平、王守仁主编，上海：上海外语教育出版社，2000 年，第 228-231 页。

父在各种流行故事与传记之中不断被拔高与神话，从弗朗西斯·斯科特·基(Frances Scott Key)的《星条旗永不落》(*The Star-Spangled Banner*, 1814 年)到萨缪尔·弗朗西斯·史密斯(Samuel Francis Smith)创作的《美国》(*America*, 1831 年)的广为传唱，一种超跨州际限制与差异、鼓吹具有共同历史与共同未来的美国国家想象，在稳步扩张的领土之上逐步成型，并在 1845 年约翰·奥萨利文(John L. O'Sullivan)鼓吹美国有权占据至少北美大陆的“昭昭天命观”(Manifest Destiny)中达到高潮。① 至此，美国不再纠结于坚持共和制只能存在于高度同质化的人口所组成的“小国寡民”的观念，而是形成了既奉行带有普世价值与进步意义的共和主义理念，又强调其文明优越的种族主义等级观的国家意识形态，而这种“一体两面”的国家意识形态正是美国自我认知与对外扩张的基石。② 学者本杰明·林格则以“殖民模式”(colonial model)与“殖民主义模式”(colonialist model)的对比，揭示了 19 世纪前半叶美国国家意识形态建构的内在逻辑。在林格看来，殖民模式源自美国革命与独立的实践之中，面对同宗同族的英国对手，建国之父以政治自由、个人平等与社会民主等具有普世色彩的口号，动员本土民众反抗政治压迫，以求国家独立。而殖民主义模式则源自应对新大陆上诸如印第安人与黑人等种族异类的历史之中，强调美利坚民族之盎格鲁-美洲人的种族身份以及建立在此种族身份之上的道德与文化的先进与优越，以便为维系奴隶制与不断攫取他人土地谋求合法性基础。③

与此同时，与具有古老传统的英国文学一样，美国的民族文学

① 参见：Reginald Horsman, *Race and Manifest Destiny*: *The Origins of American Racial Anglo-Saxonism*, Cambridge: Harvard University Press, 1981, pp. 208-228.

② Michael H. Hunt, *Ideology and U.S. Foreign Policy*, New Haven: Yale University Press, 1987, pp. 19-91.

③ 参见：Benjamin B. Ringer, "*We the People*" *and Others*: *Duality and America's Treatment of Its Racial Minorities*, New York: Tavistock, 1983.

创作也承担起了“想象共同体”的重任。如果说文学作品具有文化建构和民族认同的双重功能，那么，在美国这样一个新兴的多民族国家里，文学更是通过对民族特性和国家形象的不断书写，促进着民众对国家意识形态的认同。可以看到，在南北战争之前，先有“新世界派往旧世界的文学大使”之美誉的华盛顿·欧文，以清新流畅的笔触将源自欧洲古老的主题与美国本土景观结合，奉献了诸如《瑞普·凡·温克尔》与《睡谷传说》等脍炙人口的作品，后有“美洲司各特”之称的詹姆斯·费尼莫尔·库珀，虽然终其一生脚步并未踏上过密歇根以西的广袤土地，却不仅塑造出了身处文明与荒野夹缝之间的原型式人物纳提·邦坡，更以对美国殖民历史与疆土扩张的生动再现，引领了一时的风潮。其后的美国则进入了一个民族文学的丰收期，迎来了诸如爱默生、麦尔维尔、爱伦·坡与惠特曼等更具独创性与本土特色的大家，正可谓“一个用文学语言塑造的、带有新教信念、充满自信和开拓进取精神的美国形象逐渐丰满成形”起来。① 同时，与18世纪的英国海洋小说相比，美国海洋小说也有不同之处。在约翰·派克看来，英国海洋小说植根于更为古老的社会文化传统，依靠的是英国在相当长的时间内业已建立起来的强大海上力量所赋予的安全感。小说中多以岸观海、以岛观海，而美国海洋小说则更具有空间感与距离感，这一点是英国海洋小说之中所少有的。②

当然，美国海洋小说离不开英国航海叙事传统的滋养。自殖民时期始，来自英国以及其他海上强国的航海（旅行）叙事便是最受北美欢迎的文类之一，无论是早期笛福的《鲁滨孙漂流记》，还是库克对于南太平洋诸岛的探索以及其他难以计数的航海叙事，均在北美

① 江宁康，《美国民族特性的文学想象与重建》，外国文学研究，2007年第2期，第74页。

② John Peck, *Maritime Fiction: Sailors and the Sea in British and American Novels*, 1719—1917, New York: Palgrave, 2001, p. 89.

有稳固的阅读市场。[①] 随着国家的独立与国力的不断增强，更有越来越多源自本土的船长、水手、捕鲸手、贸易商、外交官与冒险家写下了各自不同的航海经历，在帮助美国人了解世界、揭示自我与认知他者的同时，也参与到了国家建构与想象的大业之中。正如菲尔布瑞克对此时兴起的航海叙事的评价：“大海承载了同样的国家价值观，既是代表过去历史荣耀的纪念堂，又是现时民族性格的训练场，更是未来财富与荣耀的来源地。”[②]

就 19 世纪初美国海洋小说而言，詹姆斯·费尼莫尔·库珀无疑是最杰出的代表。库珀 1789 年生于新泽西，后随家人迁往纽约州北部奥齐戈湖畔的库珀镇，此处正是其父老库珀购置的地产。1803 年，库珀进入耶鲁大学，1808 年以士官生身份加入美国海军，在安大略湖畔服役。1809 年，老库珀遇刺身亡，库珀继承了家业。之后，因为投资失利，原本生活优渥的库珀被迫以文养家，开始了职业写作生涯。终其一生，库珀先后创作了多部涉及美国早期海洋生活的小说、历史、传记以及政论类作品，著名的有：《领航人》(*The Pilot*, 1824 年)、《红海盗》(*The Red Rover*, 1827 年)、《水妖》(*The Water-Witch*, 1830 年)、《返乡》(*Homeward Bound*, 1838 年)、《卡斯蒂利的梅赛德斯》(*Mercedes of Castile*, 1840 年)、《两位海军将军》(*The Two Admirals*, 1842 年)、《奈德·梅耶斯的水手生涯》(*Ned Myers: or Life before the Mast*, 1843 年)、《海上与岸上》(*Afloat and Ashore*, 1844 年)、《杰克·塔尔》(*Jack Tier*, 1846—1848 年)、《海狮》(*The Sea Lions*, 1849 年)以及《美国海军史》(*The History of the Navy of the*

---

① 根据纽约社会图书馆的记录，时至 1850 年前后与航海(旅行)类有关的书籍占到全部图书的比例高达 12.06%。换句话说，几乎每八本藏书就有一本是航海(旅行)类书籍。参见：Ronald J. Zboray, *A Fictive People: Antebellum Economic Development and the American Reading Public*, New York: Oxford University Press, 1993, p. 204。

② Thomas Philbrick, *James Fenimore Cooper and the Development of American Sea Fiction*, Massachusetts: Harvard University Press, 1961, p. 1.

United States of America，1839 年)和《美国海军著名将领传》(*Lives of Distinguished American Naval Officers*，1846 年)，等等。库珀理解海洋对于新兴共和国之生存与发展的重要性，他将对国家的热爱，投射到对船只、大海与海员的描写上，投射到了对美国海洋历史与未来的描绘和想象中，其作品具有强烈的浪漫主义和民族主义色彩，他由此被认为是美国早期"海洋民族主义"的主要代言人。①

早期的评论家指出，库珀的海洋故事以"描写精彩到位的水手、激动人心的故事和情景、海洋的神秘与魅力和船只的优雅与速度证明了他的创作才华。换言之，故事的组织与结构尽管松散，库珀依然将冒险故事提升到了诗的领域"。② 康拉德则将库珀笔下的大海升华到了哲思的高度，他认为库珀"热爱大海，完完全全地理解大海。大海贯穿于库珀笔下的生活之中。大海构成了人类生存难题中的微妙因素。无论是经商抑或战事，人类穿行于大海之上，而大海始终陪伴在人的左右。"③库珀的海洋书写取材广泛，时间跨度大。他的作品有对 16—17 世纪美洲航海探索历史的回顾，有对 18 世纪美洲殖民与美国建国时期海上战事与海军人物的记录，也有对 19 世纪 30—40 年代列强在大西洋进行海上争夺的描绘。库珀浸淫于西方文学传统之中，又谙熟 19 世纪浪漫小说的创作特点，他的海洋小说中常有寻宝冒险、劫富济贫、英雄救美、女扮男装、贫苦孤儿遭遇命运逆转等情节，颇能赢得 19 世纪早期英语读者的口味。库珀笔下的舰船世界中充斥了形形色色的海上人物，领航人、捕鲸手、冒险家、

① 对库珀海洋小说最早深入的研究，参见：Thomas Philbrick, *James Fenimore Cooper and the Development of American Sea Fiction*, Cambridge: Harvard University Press, 1961。国内对库珀海洋小说的研究，参见：段波，《19 世纪美国的海洋帝国想象：詹姆斯·库珀的海洋书写研究》，北京：科学出版社，2019。

② William P. Trent，转引自 Charles Lee Lewis, *Books of The Sea: An Introduction of Nautical Literature*, Westport: Greenwood Press, 1943, pp. 27-28.

③ Joseph Conrad, https://ebooks.adelaide.edu.au/c/conrad/joseph/c75nl/chapter8.html.

老船长、士官生、普通水手、海上乘客、商人等，他们你方唱罢我登场，展现了帆船世界的丰富繁杂。库珀熟悉海洋生活，他对航海术语的使用，信手拈来，尽管可能会造成部分读者的阅读困难，但无疑增加了作品的真实性。

1851 年库珀辞世，美国社会与文化名流华盛顿·欧文、威廉·卡伦·布莱恩特(William Cullen Bryant)、丹尼尔·韦伯斯特(Daniel Webster)、爱默生、麦尔维尔、朗费罗、霍桑等纷纷向其致哀。库珀开创了美国文学史上的诸多第一：第一位以写作为谋生手段的职业作家，第一位以文学形式再现美国本土题材的重要作家，第一位在大西洋两岸享有较高声望和读者群的美国作家，等等。[①] 库珀的海洋小说也曾影响过之后的麦尔维尔、雨果、康拉德等人。当然，随着文学与时代风潮的变换，库珀写作中过于浪漫化、程式化的特点遭到越来越多的批评，比如马克·吐温曾在《北美评论》上发表《费尼莫尔·库珀的文学犯规》，以相当激烈的言辞抨击库珀的小说创作，但这些并不妨碍其人其作始终是研究早期美国海洋文学与文化的重要入口。

埃德加·爱伦·坡(1809—1849)是 19 世纪美国文坛的怪才，在美国文学的发展历程中占有特殊地位。评论界普遍认可坡的诗歌、短篇小说与文学评论的价值，认可坡对“人类心理和情感最隐秘角落的探查与开掘”[②]，并称坡为美国侦探小说、悬疑小说等文类的开创者。但是，坡不仅是侦探或悬疑小说的高手，也是重要的美国海洋小说作家。1833 年，初出茅庐的坡参加巴尔的摩当地报纸举办的小说大赛，凭借描写船难历险的《瓶中来信》(*MS Found in a Bottle*)获得了冠军。比赛胜利不仅为生活窘迫的坡带来了 50 美元的奖金，也

---

① 张冲，《新编美国文学史》(第一卷)，上海：上海外语教育出版社，2000 年，第 233-234 页。

② 同①，第 246-247 页。

坚定了坡走上职业文人道路的决心。1841 年，坡发表了《漩涡余生记》(*A Descent into the Maelstrom*)，讲述航海者遭遇船难，被卷入海底漩涡又奇迹般逃生的故事。当然，坡航海叙事中最重要的作品非《楠塔基特的亚瑟·戈登·皮姆的叙事》(以下简称《皮姆的叙事》)(*The Narrative of Arthur Gordon Pym of Nantucket*)莫属。该书出版于 1838 年，共 25 章，是坡唯一一部完整的中(长)篇作品。该书自出版之后，便以强烈的暴力与非理性色彩、颇具实验性的文体风格以及晦暗难测的作者意图，不仅成了坡研究者心目中绕不过去的“梦幻文本”与“阐释的深渊”，也是 19 世纪英美航海叙事传统中极具特色的一部作品。

《皮姆的叙事》的特点之一便是哥特风格与航海叙事的深度融合。坡将其偏好的凶杀、幽闭、悬疑与黑暗等元素植入航海叙事之中，令《皮姆的叙事》充满了恐怖、暴力与神秘的色彩。来自楠塔基特的年轻人皮姆，热切盼望乘船出海，在好友帮助下，皮姆藏进“逆戟鲸”号货舱，踏上航程。出海不久，“逆戟鲸”号船员哗变，船长遭到流放，多位船员被杀。皮姆困在幽闭的货舱中，无人照看，险些丧命。逃出货舱后，皮姆与好友一道，在船员彼得斯的帮助下，历经一番血战，夺回了船只的控制权。但好景不长，刚刚恢复秩序的“逆戟鲸”号遭遇风暴，无法行驶，皮姆等人漂流海上，先是遭遇了一艘死人驾驶的幽灵船，后在极端困厄之中，不得以杀死了同伴并吃了他的肉。幸存的皮姆被英国探险船“盖伊”号救起，随船探索南极。在南极附近，皮姆与船员登上一个神秘岛屿，肤色黝黑的岛民看似友好，不想却使出毒计，以人造泥石流的方式坑杀了全体船员，只有皮姆等两人侥幸逃出。虽已至此，皮姆依然坚持驾驶小船，驶向极点深处。小说末尾，只见一位身披雪白尸衣的高大人形，出现在极点巨大瀑布间的裂隙处，似乎在迎接皮姆的到来。小说戛然而止，将揣测结局与确定意义的“球”踢给了读者。

《皮姆的叙事》不仅在情节上充满哥特风格，人物的心理描写也值得一提。一般而言，囿于文体惯例，航海叙事或注重外在的环境描写，比如多有天气、海况、海船与自然条件的介绍，或注重人物的行为与动作，比如花费篇幅讲述人物的冒险、驾船、交易与征战，往往缺乏对人物心理的深入挖掘。在《皮姆的叙事》之中，坡用充分的篇幅来展示其心理描写的才华。小说的看点很多，比如受困于“逆戟鲸”号货舱中，皮姆担心被活埋而屡有梦魇的惊恐；比如说在“逆戟鲸”号漂流途中，皮姆为了食人与否而展开的内心道德激辩；比如说在遭遇幽灵船前后，皮姆从获救的狂喜到无尽恐惧的变化；再比如在特萨拉尔岛上，皮姆受到接纳的喜悦与遭遇背叛之后的屈辱与义愤，等等。可以说，坡善于将细致入微、复杂多变的心理描写与跌宕起伏的小说情节编织在一起，让读者在与主人公一道历险的过程中，深切感受主人公非同寻常的历险历程，从而不仅凸显了人物形象，更加强了读者的阅读快感。

前文提到，航海叙事一个重要主题是青少年人物的变化与成长。未经世事的主人公出海远航，在严酷的自然与社会环境中经历考验，完成自我的心理与社会成长。航海叙事传统中最经典的例子，前有奥德修斯之子忒勒玛科斯的出海寻父，后有鲁滨孙的孤岛求生，两者均是主人公历经考验之后达到成长、达到主流价值观期许的范例。但是，《皮姆的叙事》却提供了一个反例。从第一章开始，16 岁的皮姆满怀航海的热情，但却缺乏基本的判断力，在夜间跟随好友出海，并没有觉察到对方早已烂醉，两人所驾的小船被巨轮撞沉而险些丧命。如果说小说起始部分的皮姆还稍显稚嫩，那么，直至小说结尾，皮姆依然无法对周遭的环境做出恰切的判断，依然限于自我天真与无知的眼光，罔顾一切地投身于极点深处的茫茫白浪之中。当然，是坡有意设计了天真的主人公受骗/受难而无法自知的叙事模式，而皮姆因此始终没有得到相应的成长和变化。如此看来，虽然同属航海叙事，但《皮姆的叙事》与《格列佛游记》在精神气质上更为相像：两位作者均是借助主人公的轻信与幼稚，一方面表达对航海叙事文类本身的反讽，另一方面也借命运对主人公的鄙夷与抛弃，表达出对社会与时代氛围的讽喻与抗议。

一般的文学史书写往往强调坡的“南方性”或“都市性”，缺少对坡作品中海洋元素的关注。坡的航海经历虽然没有像库珀、达纳或麦尔维尔一般丰富，但也值得一提。坡在 6 岁时曾跟随养父从弗吉尼亚到达英国的利物浦，11 岁时坡又随养父从利物浦返回了纽约，可以说，还是少年的坡至少已经有了两次跨越大西洋的经历。其次，坡的养父长期从事从欧洲进口货物的生意，家庭的氛围让坡对航海行业并不陌生，这点在《皮姆的叙事》之中亦有体现。成年之后，坡非常关注当时世界各国海洋探索与争夺的现状，尤其是关注美国海洋事业的发展。他担任编辑的《南方文学信使》上，多次转载和点评美国的航海探索进展，尤其展现了对于南极的兴趣。事实上，《皮姆的叙事》便有多个篇章是直接来自当时美国航海家的探索报告的内容，比如杰里米亚·雷诺兹“议会讲话”与本杰明·莫雷尔的《航海游记》，等等(详见本书第六章)。坡作为 19 世纪美国重要的海洋小说家的意义，依然值得深入挖掘。

另一位重要的 19 世纪美国航海叙事的作者是理查德·亨利·达纳(1815—1882)。达纳出生在新英格兰的绅士家族，其祖父曾任马萨诸塞州法官和驻俄罗斯大使，其父毕业于哈佛大学，曾任《北美评论》的主编。1834 年 8 月，受眼疾困扰的达纳离开哈佛，登上商船“朝圣者”号，当上了一位普通水手。达纳乘坐“朝圣者”号，绕过风暴肆虐的合恩角，沿南美洲北上，到达当时仍然属于西班牙殖民地的加利福尼亚。经过 9 个多月的皮毛收购和货物售卖之后，达纳搭乘另一艘美国商船“警觉”号返航，于 1836 年 9 月返回波士顿。航海治愈了达纳的眼疾，也让他深切体会到普通水手生活的艰辛。

完成哈佛大学的学业后，达纳开始律师生涯，但两年多的水手经历却让他无法忘却。1840 年，达纳出版了《两年水手生涯》，该书刚一出版便大获成功，在大西洋两岸引发模仿的浪潮。1841 年，他又出版了《水手之友》，这是一本以介绍航海知识与相关法律的实用手册，尤其受到水手欢迎。之后，达纳一方面长期为穷苦水手提供法律援助(他的律师事务所是当地水手维护自身权益的重要力量)；另一方面，达纳投身反对奴隶制的社会与法律行动，参与了著名的“自由土地”(Free Soil Movement)运动。南北战争期间，达纳为林肯政府的决议辩护，并在战后参与了对邦联总统杰斐逊·戴维斯的审判。1876 年，达纳受提名担任驻英大使，后因政敌的攻击未能通过。1881 年，达纳在罗马因病去世。深入参与了 19 世纪美国社会与政治变革的达纳早已不在，但《两年水手生涯》却仍然为人喜爱，被收入著名的“哈佛文丛”之中，是美国青少年的必读书目。

《两年水手生涯》之所以特别，与达纳由哈佛大学学生到普通商船水手再到著名律师的经历密不可分。具体而言，《两年水手生涯》对英美航海叙事传统有以下几点发展和创新。

其一，达纳将自我成长与航海过程融为一体，令读者不仅看到劈波斩浪的海船生活，还能体验一位年轻美国人的逐步成长。开篇处的达纳，因晕船而呕吐不止，可谓不折不扣的“旱鸭子”。随着航程深入，达纳逐步自我调适，向同伴学习，努力从生理与心理上克服困难，最终能够独立完成上司交办的任务，成为了可以独当海上重任的“能干水手”。达纳对于自我发展的清晰记录与剖析，令《两年水手生涯》具有强烈的心理自传色彩和教育示范功能。

其二，达纳采取“由下向上”的视角描写海上生活，令其作品在一众航海叙事中尤为特别。达纳出身名门，却以普通水手的身份出海，他没有像其他年轻绅士或付费乘客一般，待在船尾的船长室或客舱内，而是与普通水手一道吃住在船首处的水手舱中，不仅要忍受潮湿、阴暗与充满恶臭的生活环境，而且要与其他水手一道从事各种劳作，从船上的升帆、降帆、擦洗甲板、值班守夜到搬运货物、晾晒和加工牛皮等。这不仅让达纳有机会详细了解航海与水手生活的种种细节，也让他可以跨越阶层壁垒，在亲密无间的劳作中与多位普通水手成为终身好友，让他得以真正走入穷苦劳工的世界。这种与普通水手融为一体的经历，令达纳可以摆脱绅士身份的局限，从海上劳动者的角度出发，为读者再现一个更真实、更细致，也更具有感染力的水上世界。

其三，达纳在哈佛大学的教育经历与他的法律专长，令他更为关注航船之上水手的权利问题，尤其在目睹了“朝圣者”号船长可以任意责罚乃至鞭打水手，但水手却申诉无门的困境之后，让达纳对普通水手的生存窘况有了更深的感触。这段经历，不仅促使他在作品中直言斥责“朝圣者”号船长的暴虐，也促使他直接参与之后改善水手以及其他低下阶层权益的社会和法律运动。达纳曾经说过，“要想通过对比了解真实情况，我们必须从高处走下来，离开阳关大道去探寻羊肠小道和生活的下层；到陋室、船楼，走进流浪在外的国外的同胞的生活，目睹灾难、艰辛和罪恶给我们的同类所造成的一切。”①可以说，《两年水手生涯》以对海船之上种种不公和暴行的公开揭露，促进与推动了美国 19 世纪中期不断高涨的社会、道德与法律改革的浪潮。

最后，达纳的文笔值得一提。传统上看，英美航海叙事的作者多为船长或水手，他们常年漂泊海上，熟悉海上生活，但囿于教育程度，他们往往只能完成基本的事实记录，作品的可读性往往乏善可陈。但是，达纳却能把自己对海上生活的观察与思考，以流畅准

---

① Sacvan Bercovitch, *The Cambridge History of American Literature vol 2, Prose Writing, 1820—1865*. Cambridge: Cambridge University Press, 1995, p. 665.

确的文笔呈现出来，这让《两年水手生涯》远远超越了传达实用信息的功能，让阅读作品本身成为了一种享受。这也是为什么《两年水手生涯》刚一出版，便引发了阅读与模仿热潮的重要原因。毋庸讳言，达纳的作品依然带有强烈的时代印记，尤其是他无法超越其新英格兰清教徒式的认知框架，对西属加利福尼亚的再现多有偏见，这点会在本书第七章中详加探讨。即便如此，放置在英美航海叙事的传统中，这部因其“伟大而绝望的风格”而备受英国大作家劳伦斯推崇的作品，依然是 19 世纪英美海洋小说史上一部不可多得的佳作。

相较达纳，赫尔曼·麦尔维尔的出海要稍晚一些，他的写作曾受到达纳的影响。① 1819 年，麦尔维尔出生于纽约一个殷实的商人家庭。他的爷爷参与过 1773 年的波士顿倾茶事件，外公则在美国独立革命时期与英军英勇作战，均是风云一时的人物。麦尔维尔 11 岁丧父，在母亲的照顾和亲戚的接济下长大成人。年轻的麦尔维尔先后当过测量员、学校教师与水手，1844 年结束航程回到美国之后，开始了写作生涯。麦尔维尔的创作可以分为两个阶段。第一个阶段以叙事作品为主，先后出版了有“波利尼西亚三部曲”之称的《泰比》(*Typee*，1846 年)、《奥穆》(*Omoo*，1847 年)、《玛迪》(*Mardi*，1849 年)以及《雷德本》(*Redburn*，1849 年)、《白外套》(*White Jacket*，1850 年)、《白鲸》(*Moby-Dick*，1851 年)、《皮埃尔》(*Pierre*，1852 年)、《伊斯雷尔·波特》(*Israel Potter*，1855 年)、《广场故事》(*Piazza Tales*，1856 年)以及《骗子的化装表演》(*The Confidence-Man*，1857 年)等；第二个阶段以诗歌为主，主要作品有《战争诗歌》(*The Battle Pieces*，1866 年)、《克莱尔》(*Clarel*，1876 年)、《约翰·玛尔及其他水手》(*John Marr and Other Sailors*，1888 年)以及死后出版的

① 关于达纳对麦尔维尔的影响，参见：Robert F. Lucid, *The Influence of Two Years Before the Mast on Herman* Melville, *American Literature*, 1959, 31(3). pp. 243-256.

《水手比利·巴德》(*Billy Budd*, 1924年)等。在19世纪，麦尔维尔的文学声望主要建立在他的海洋小说上，尤以“波利尼西亚三部曲”的前两部最受欢迎，由椰树、沙滩与异族少女构成的浪漫想象与随时可能被岛民吞噬的恐怖威胁交织在一起，令一般读者欲罢不能。之后，思想日渐深刻、写作更具实验性的麦尔维尔逐渐与时代风潮拉开了距离。1891年麦尔维尔辞世，他的名字几乎无人提及，为数不多刊载了消息的美国报纸，甚至把他的名字都拼错了。20世纪20年代，在批评界的大力推动下，麦尔维尔的作品迎来了复活。时至今日，麦尔维尔早已与爱默生、霍桑、梭罗、狄金森、爱伦·坡、惠特曼、马克·吐温等一道，被公认为19世纪美国最重要的文学与文化偶像。

麦尔维尔的海洋小说创作与他丰富的航海经历密不可分。1839年6月，不满20岁的麦尔维尔在驶往伦敦的“圣劳伦斯”号商船上谋得了一个服务生的职位，几个月的跨大西洋远航激发了《雷德本》的写作。1841年1月，返回美国不久的麦尔维尔登上了“阿什库奈特”号捕鲸船。6—8月间，该船抵达南太平洋马克萨斯群岛(the Marquesan Islands)中的努库希瓦岛(Nuku Hiva)。7月9日，麦尔维尔与同伴托比·格林(Toby Greene)跳船而逃，到岛上生活了一段时间，岛上经历构成了《泰比》的主要素材。1842年9月，麦尔维尔随澳大利亚捕鲸船“幸运安”号到达塔希提，因参与暴动，他被岛上的英国领事关押了一段时间，此段经历进入了《奥穆》与《玛迪》之中。南海上两年多的捕鲸经历，也为日后麦尔维尔写作鸿篇巨制的《白鲸》奠定了基础。1843年8月，麦尔维尔登上美国海军“美国”号，随船于1844年10月返回波士顿，军舰上的所见所闻在《白外套》和《水手比利·巴德》中清晰可辨。相较19世纪其他主要的英美作家，麦尔维尔的教育程度并不突出，但他显然却有着更开阔的视野、更深入的异质文化体验与更丰富的想象力，这显然得益于麦尔维尔年轻时的航海经历。用他自己的话来说便是："捕鲸船是我的耶鲁，是我的哈佛。"

麦尔维尔的海洋小说既是航海经历的记录，又是对19世纪英美社会的细致观察。《雷德本》中，年轻的海员第一次到达伦敦，一方面惊诧于伦敦与利物浦等作为世界之都的喧嚣与繁华；另一方面，又悲悯于垂死在街头却无人过问的穷女子。《泰比》和《奥穆》之中既有以轻松欢快的笔触对异域风情的描写，又表达了对西方传教士对塔希提诸岛屿文化侵入的担忧。《玛迪》记录了几位主人公一起驾船在太平洋诸岛屿漂流的经历，同时，借想象中的岛国"维凡萨"，直言不讳地批评了美国南方顽固坚持的蓄奴制，并预言"维凡萨"上的非人制度必将毁灭。《白外套》是对19世纪中期美国军舰航行的生动记录，尤其对长官可以任意鞭打水手的残暴多有揭露，此书的出版推动了美国海军逐步废止了船上的鞭刑。《水手比利·巴德》讲述了一位年轻俊美的海员因过失杀人被送上绞架的悲剧，其中涉及司法正义、社会秩序乃至同性恋等议题，直到今日依然令人深思。① 可以说，大西洋两岸重要的社会、政治、种族、宗教等问题，麦尔维尔均有深入涉及。

《贝尼托·切雷诺》(*Benito Cereno*)篇幅短小，但颇能代表麦尔维尔作品的深刻与复杂，尤为值得一提。《贝尼托·切雷诺》刊登于1855年的《普特南月刊》，讲述了一个发生在1799年的航海故事。美国船长德拉诺驾驶的"快乐的单身汉"号偶遇一艘名叫"圣多明尼各"号的西班牙贩奴船，发现该船虽有人控制，却无法进港。德拉诺登船拜访，看到了更多奇怪的状况："圣多明尼各"号装备完善，设施豪华，但显然疏于打理，颇显腐朽之态；船上的黑奴众多，行动颇为自由，少得可怜的几个白人水手身处黑人之间，低声下气，少言寡语；船长切雷诺气质高贵，但神思恍惚，目光

① 麦尔维尔，《水手比利·巴德》，许志强译，北京：人民文学出版社，2010年。

呆滞，似有重病在身；一位身材矮小的黑奴片刻不离船长左右，替他接人待物，发号施令；尤为诡异的是，面对德拉诺好意相帮，切雷诺却屡屡拒绝，全然不将航船的困境放在心中。就在德拉诺即将乘小船回返的一刻，切雷诺突然跳到他的小船上，真相由此揭开。原来，“圣多明尼各”号早已被哗变的黑奴控制，白人船员多已被杀，切雷诺成了黑奴贝波的阶下囚，控制了航船的黑人不知如何驾驶，船只因此失控。小说结尾，德拉诺领导白人船员夺回了贩奴船，对黑人奴隶进行了残酷的报复，领导发动哗变的黑奴贝波被西班牙法官判处死刑，由骡车拖向绞刑架，他的头颅被砍下来，“接连多日挂在利马广场的一根竹竿上，毫无惧色地迎接着白人的观瞻”，而法庭上“拒绝正视”贝波的切雷诺，三个月后也死去了。[①]

以大西洋上奴隶船的哗变事件为素材，麦尔维尔重述了一个发生在西班牙人、非洲人与美国人之间颇具象征意义的故事。西班牙船长切雷诺出身高贵，气度不凡，衣着典雅，但他的财富与教养却是建立在奴隶血汗基础之上的，缺乏道德的正当性。因此，切雷诺的内心是怯懦的，最终面对法庭的审判，作为胜利者的一方，他不敢直视黑奴的眼睛。船上黑奴是被暴力强迫贩卖到美洲的，他们为了获取自由，发动了哗变。领导者贝波有勇有谋，可惜功亏一篑，因为不掌握源自西方的现代航海技术，无法带领同伴逃离，最终功败垂成。即便如此，在他被西班牙法庭折磨与杀害的时刻，他始终一言不发，以沉默捍卫了尊严。与之相对，美国船长德拉诺更像是一个快乐、热情与充满好奇心的年轻人，贸然闯入了一个难解的历史谜团之中。他无知的目光在“圣多明尼各”号逡巡多日，看到了大船貌似豪华的表象，也看到船上的无序

① 李小均编译，《麦尔维尔的政治哲学——〈切雷诺〉及其解读》，北京：华夏出版社，2011年，第75页。

与腐坏，却认识不到问题的根源所在。然而，德拉诺在贩奴者与奴隶事关自由与否的生死对决中，摒弃了与新教与天主教世代的宿怨，站在了贩卖奴隶的西班牙人一方，帮助恢复了船上的旧秩序，充当了奴隶贩卖与奴隶制的帮凶与受益者。可以感受到，麦尔维尔的故事篇幅虽然短小，却涉及了一系列诸如资本主义原始积累与帝国主义扩张、奴隶制、欧美社会的历史记忆与现实困境等问题，故事尤其直指美国建国理念中的核心悖论：一个奉“个人的自由、平等与幸福”为圭臬的年轻国度，面对非人的奴隶贩运与奴隶制度，是否有能力摆脱旧大陆的历史重负？应该如何在道德良知、经济利益、政治压力之间进行抉择？正如有论者指出的：

> 通过描绘付出巨大教训的德拉诺，《贝尼克·切雷诺》提出了类似的观点。它抛弃了太平盛世的乐观主义，揭露了同时代美国人“最大的错误”和美国历史中永恒存在的“魔鬼”。以强烈的时事性和深沉的政治性，《贝尼克·切雷诺》对天命观的基本前提发起了猛烈的攻击。与梅尔维尔其他“最伟大的”作品一样，它深刻地意识到过去、现在和将来融合在一起，具有永恒的悲剧魅力。[①]

当然，麦尔维尔争议最大、也最为人所知的作品，非《白鲸》莫属。自 20 世纪 20 年代的复活以来，学界诞生了海量的批评文献。杰伊·莱达、赫舍尔·帕克、威尔逊·海弗林、安德鲁·德班科关于麦尔维尔的传记各有侧重，为了解作家生平与创作提供了

① 埃默里，《〈切雷诺〉与美国的天命观》，引自李小均编译，《麦尔维尔的政治哲学——〈切雷诺〉及其解读》，北京：华夏出版社，2011 年，第 121 页。

重要帮助。[①] 理查德·蔡司、赫舍尔·帕克与哈里森·海弗德、罗伯特·列文、韦恩·凯利以及刚刚离世的哈罗德·布鲁姆等的论文集拣选收录了各个时期批评家的代表性成果，是了解麦尔维尔与《白鲸》批评发展的重要参照。[②] 国内学者汪义群从船上的阶级与种族关系入手，提出《白鲸》是一部饱含“对人类命运的深沉的忧患与对弱者的深刻的同情”的作品。王立礼从作者生平、历史语境、象征意味、叙事手法、艺术特色等多方面分析了《白鲸》的价值与意义。麦永雄分析了《白鲸》中“社会”“自然”“友谊”与“命运”四个世界交互叠加的关系，彰显了作品意义的丰富与博大。王彦兴称《白鲸》为“一部超越其时代的帝国主义文本”，认为作品在美国帝国主义视野尚未成形之时，便预设了其发展的诸如“欧美基督教文明为中心的世界秩序、美国民主模式的胜利、妖魔化对手与征服大洋”等几个重要维度。张立新则从以实玛利对“白色”的反思入手，认为麦尔维尔不仅肢解了美国文学与文化中“白色”的神话，摧毁了在“白色”种族优越论的形成中起到关键作用的文化土壤，并对“白色”的内涵和象征性进行了

---

① Jay Leyda. *The Melville Log: A Documentary Life of Herman Melville, 1819—1891*. New York: Gordian Press, 1969; Hershel Parker. *Herman Melville: A Biography*, 2 vols. Baltimore: John Hopkins University Press, 1996—2002; Wilson L. Heflin. *Herman Melville's Whaling Years*. Nashville: Vanderbilt University Press, 2004; Andrew Delbanco. *Melville: His World and Work*. New York: Knopf, 2005.

② Richard Chase, ed. *Melville: A Collection of Critical Essays*. N. J.: Prentice-Hall, 1962; Hershel Parker, Harrison Hayford, ed. *Moby-Dick as Doubloon: Essays and Extracts (1851—1970)*. New York: Norton, 1970; Robert S. Levine, ed. *The Cambridge Companion to Herman Melville*. New York: Cambridge University Press, 1998; Wyn Kelley, ed. *A Company to Herman Melville*. Malden: Blackwell Publishing, 2006; Harold Bloom, ed. *Herman Melville's Moby-Dick*. New York: Infobase Publishing, 2007.

重新建构。[1] 杨金才是国内麦尔维尔研究的领军人物，其多篇著述对深入了解麦尔维尔航海叙事的丰富内涵极具价值。借用他的评价，“麦尔维尔的创作丰富而瑰丽，无论是人物刻画、主题呈现还是意义揭示都是无与伦比的。”因而，“阅读麦尔维尔富有思想的文学名篇着实是一种愉悦，既能感受其博古通今的文学素养，又可以领略其深刻的哲理和复杂的政治文化内涵，就像接受一次智慧的洗礼。”[2]可以说，麦尔维尔代表了19世纪英美海洋小说的一座高峰。

国家如船(The Ship of State)是一个古老的修辞，柏拉图曾在《理想国》之中以此为譬喻，讨论国家(城邦)的领导权与公民之间的关系。[3] 可以说，早在海洋小说诞生之前，在英国新教徒之中，便开始了以船喻国的话语传统，表达自我的革命诉求。新教牧师托马斯·亚当斯在1615年发表的《驶往圣地的精神航海者》的布道词中提出，世界犹如大海，而人就像遭遇了海上危险的游客，天堂是应许之地。威廉·彭伯顿与斯蒂芬·马歇尔等当时著名的新教牧师，也常常以船喻国，与宗教保守势力交锋。在旧有的“国家如身体”的政治修辞之中，身体既需要无条件服从头脑(国王)，更无权发动针对头脑(国王)的暴动，但是，如果将国家想象为一艘航船，那么船员

---

① 汪义群，《论〈白鲸〉中的人道主义思想——纪念麦尔维尔逝世100周年》，外国文学研究，1991年第4期，第45-49页；王立礼，《梅尔维尔与〈白鲸〉》”，外国文学，1994年第4期，第75-80页；麦永雄，《美国现代史诗：〈白鲸〉的四个世界阐释》，广西师范大学学报(哲学社会科学版)，1997年第3期，第57-62页；王彦兴，《〈白鲸〉和美国的帝国主义视野》，四川外语学院学报，2002年第6期，第66-69页；张立新，《〈白鲸〉对于美国文学与文化中的“白色”象征意义的重新建构》，国外文学，2006年第3期，第61-69页。

② 杨金才，《理论、文献与学术的交汇——评〈剑桥赫尔曼·麦尔维尔导论〉》，外国文学评论，2008年第3期，第149-152页。

③ 柏拉图，《理想国》，郭斌和、张竹明译，北京：商务印书馆，1986年，第235-236页。有关以船喻国的讨论，另参见：林国华，《船：一个古老的国家隐喻》，林国华、王恒主编，《古代与现代的争执》，上海：上海人民出版社，2009年，第138-150页；以及：Norma Thompson，*The Ship of State*：*Statecraft and Politics from Ancient Greece to Democratic America*，New Haven：Yale University Press，2001.

们却无疑可以罢免一位醉酒或精神失常的船长。因此，国家如船的隐喻，看似只是修辞手法的变化，实则承载了对国家不同的想象方式。[①] 国家如船的隐喻也随着新教徒的殖民努力进入了美洲。威廉·布拉特福德（William Bradford）在《普利茅斯种植园》中便记录了一位“骄傲”与“不敬神”的年轻水手粗暴对待清教徒乘客却暴毙船上的故事，借以宣扬其宗教规训的意图。[②] 另一位殖民时期著名的异议人士罗杰·威廉斯（Rogers Williams）在1655年写给清教长老的信中，则以船为喻，强调无论“天主教徒、新教徒、犹太人和土耳其人”均应得到公平对待，为其创立拥有更大自由的罗得岛殖民地的做法辩护。[③]《独立宣言》的起草人，也是美国第三任总统的托马斯·杰斐逊最常使用的两个航海隐喻之一便是“国家如船”。[④] 在他看来，一个两院制的议会要比一院制的议会更容易防止“船难”，陪审团审判制是这个国家的“锚”，批评议会之懈怠时称其“放下了手中的桨”，令国家“随波漂流”，在需要争取议会支持时，则呼吁“水手兄弟从酒醉中醒来，重新驾驭航船”，等等。[⑤] 以船喻国，为新兴的共和国提供了一个想象自我、社会与国家的绝佳载体，诸如国家的性质与目的、公民的权利义务、社会的革新与发展等问题均可以随之展开，得到具象化的呈现，方便想象与辩论。

以“国家如船”为核心议题，本书将主要聚焦于18—19世纪之间

---

① 迈克尔·沃尔泽，《清教徒的革命：关于激进政治起源的一项研究》，王东兴、张蓉译，北京：商务印书馆，2016年，第201-207页。

② William Bradford, *The Plymouth Plantation* in George McMichael, ed., *Anthology of American Literature*, vol. 1, part 1, New York: Macmillan Publishing Co., 1974, pp. 36-37.

③ Roger Williams, *To the Town of Providence* in George McMichael, ed., *Anthology of American Literature*, vol. 1, part 1, New York: Macmillan Publishing Co., 1974, pp. 80-81.

④ 另一个是“人生是一场航程”（Life is a voyage）。参见：Charles A. Miller, *Ship of State: The Nautical Metaphors of Thomas Jefferson*, Lanham: University Press of America, 2003, p. 32.

⑤ Charles A. Miller, *Ship of State: The Nautical Metaphors of Thomas Jefferson*, Lanham: University Press of America, 2003, p. 33.

的十余部英美海洋小说作品。英国部分包括丹尼尔·笛福的《鲁滨孙漂流记》(1719年)和《海盗船长》(1720年)、乔纳森·斯威夫特的《格列佛游记》(1726年)、托比亚斯·斯摩莱特的《蓝登传》(1748年)、奥劳达·埃奎亚诺的《生平自述》(1789年)以及约瑟夫·康拉德的海洋小说代表作。美国部分主要包括匿名作者的《西姆佐尼亚:一次发现之旅》(1820年)、詹姆斯·费尼莫尔·库珀的《领航人》(1824年)、埃德加·爱伦·坡的《皮姆的叙事》(1838年)、理查德·亨利·达纳的《两年水手生涯》(1840年)以及赫尔曼·麦尔维尔的《白鲸》(1851年)。通过对上述作品的讨论,本书试图解答如下一组问题:海洋小说作者是如何描绘与再现英国(人)或美国(人)的?海洋小说之中涉及了其时哪些重要的社会、政治与文化议题?这些议题是如何在文本中得以描绘、再现甚至解决(或延宕)的?这些议题与此时的英美国家想象之间有怎样的关联?希望通过对以上问题的探讨,本书能够拓展人们对于英美海洋小说之丰富性的理解,同时也能深化人们对于文学文本、历史进程与国家认同之间关系的认知。

勒南不仅指出“国家是一个灵魂,一种精神原则”,还提出国家的建构需要“遗忘”,只是因为有了压制性的“遗忘”,国家建构之中的歧视、偏见、暴力与创伤才可以不被唤起,国家建构之中的弱势者、边缘者乃至受难者群体,才能放下分歧,以“暂时的同意”而维系共同的国家。[①] 与之类似,霍米·巴巴也提醒读者,国家不仅是叙事的产物,同时,在国家建构中起核心作用的“奠基小说”(foundational fictions)在打造民族共同传统的进程中,既有“联盟与建设的行为”,更有“否定、取代、拒斥与文化争论的时刻”。[②] 类似于其他文类的作品,18—19世纪的英美海洋小说参与建构国家所需的

---

① Ernest Rena, *What is a Nation?* in Homi K. Bhabha, ed., *Nation and Narration*, London: Routledge, 1990, p. 11.

② Homi K. Bhabha, *Introduction: narrating the nation* in Homi K. Bhabha, ed., *Nation and Narration*, London: Routledge, 1990, p. 5.

“灵魂与精神原则”的同时，也为人们抵抗“遗忘”提供了可能。这一点，既在于海洋小说本身便是生成于历史之中，自然而然地携带有国家建构之中的基因片段，又与海洋小说自身的文类特点密不可分：大海之上的航船既是一个高度封闭、自成一体的独立社会，又像一个充满压力与危险的流动剧场，社会惯常的等级制在此更为严酷，却也常常遭到挑战、扭曲或颠覆；航海与冒险通常意味着对已知边界的挑战与突破，常有放大若干倍之后的极端化的欲望与希望、恐惧与焦虑的心理与情感体验；海洋小说之中常有自我与他者相互接触的场景再现，自我以对他者的凝视、刻写与传播，在建构另一种形象的同时，也注定会暴露本文化体内部的观念、态度与价值取向。换言之，海洋小说天生便具有“社会批判”的质素，可以暴露个体、社会乃至国家内部的裂痕与冲突。本书正是希望透过对十余部颇具代表性的海洋小说(叙事)作品的研究，尤其是通过对“否定、取代、拒斥与文化争论的时刻”的发掘与解读，展现英美国家建构与帝国扩张进程中被压抑与遗忘的声音、场景与人物，以此揭示海洋小说与国家想象之间协商与拒斥、顺应与抵抗的复杂关系，从一个少为人谈及的侧面，再现英美文学与文化的丰富与精彩。

克利福德·格尔茨在《文化的解释》中极力推崇“厚描法”(thick description)，并身体力行地细致描述了巴厘岛人的生活，展现了异文化之间相互理解的可能。[①] 应该说，“厚描法”与文学研究之中的充分语境化或“历史化”(詹明信语)的呼声有异曲同工之处。对于思想、语言、文化与历史均相隔遥远的英美文学作品，若想做出有充分价值与意义的阐释，必须要在历史语境的充分还原与阐释方面下足功夫。当然，“厚描法”也好，“历史化”也罢，均是在自我问题意识引导下的拣选与建构的过程。本书努力尝试把作品放置回具体的历史与文化语境之中，细读文本的同时，关注文本与时代政治、社

① 克利福德·格尔茨，《文化的解释》，韩莉译，南京：译林出版社，1999 年。

会、作者经历以及文化思潮之间或明或暗的关联，希冀通过文学文本与历史文本的紧密而有深度的联接，实现有说服力的阐释和解读。本书作者深知，人文学者的原创性是一个巨大的难题。从新材料的发现到新观点的提出，乃至新理论与新阐释框架的创建，均需要巨大的心血耗费。由此，本书不敢妄称为完全具有原创性，只是希望在前人探索的基础上，提出自己独立思考之后形成的观点，并努力在英美海洋小说与英美国家的建构、发展与扩张之间，建立起合乎历史与逻辑的联系，以此作为对学界的微薄贡献。

第一章　笛福、航海冒险与帝国梦

1704年9月，因为与船长屡次发生争执，年轻的苏格兰水手兼领航员亚历山大·塞尔科克被遗弃在了南太平洋东岸的胡安·费尔南德斯岛上。塞尔科克在岛上搭起草棚，抓海龟、捡鸟蛋，靠着读《圣经》捱过了4年多时光。1709年1月，塞尔科克被路过的英国船只救起，在又一轮冒险与劫掠之后，于1711年10月回到伦敦。塞尔科克孤岛求生的故事经由威廉·丹皮尔与理查德·斯蒂尔等人之手传播开来，使他一度在英国家喻户晓。几年之后，另一位孤岛求生的人物在丹尼尔·笛福的笔下诞生了。与现实中塞尔科克仅仅能够勉强维生的困境不同，这位想象中的约克郡水手不仅仅止步于荒岛求生。在笛福极富创造力的笔下，落难的鲁滨孙在世所罕见的困窘之中获得了精神与物质层面的双重成功。《鲁滨孙漂流记》(1719年)出版的第二年，笛福另一部以航海冒险题材的《海盗船长》(*The Life, Adventures and Piracies of the Famous Captain Singleton*，1720年)也出版了，再一次引发热销。两部海洋小说从不同角度为其时的英国读者提供了对于自我与国家的不同想象。

考虑到评论界对鲁滨孙的研究已有大量成果，本文先引入人类学与神话学有关“成人仪式”的概念，以鲁滨孙与《奥德赛》之中奥德修斯之子忒勒玛科斯之间既类似又不同的成长路径来开始本章论述。之所以要以比较的方式开篇，主要是基于如下几个原因。其一，荷马史诗《奥德赛》可谓西方古代航海叙事的集大成之作，而《鲁滨孙漂流记》则是现代西方海洋小说的开山之作。本章意图通过对比，在两者之间建立自然的联结，凸显“航海”作为形式要素在西方文学之中跨越时空的共通性。其二，无论是鲁滨孙还是忒勒玛科斯，均在海洋上获得了成长与变化。在《奥德赛》中，忒勒玛科斯借助出海寻父的旅程，从无可奈何的男孩变成了好勇嗜杀的男人，成为古希腊文化之中的佼佼者。类似地，借助航海与孤岛生存的经历，鲁滨孙获得了坚定正确的宗教信仰与可观的财富，成为18世纪英国人乃至欧洲人心目中的成功者。从《奥德赛》之中的忒勒玛科斯到《鲁滨孙漂流记》之中鲁滨孙，本章力图说明，借助主人公在航海之中的成长与变化来想象自我与社会之间的关系，既在西方文学与文化之中有绵长丰厚的传统，又是进入与理解一个时代的恰当入口。当然，就本书而言，这里自然指的是18世纪初期资本主义蓬勃发展、现代社会逐步确立的英国。

第一节　帝国主体的成长

青少年的成长既是人生的一种变化，也是文学当中一个古老的主题。针对青少年成长的文学讨论，离不开一个多世纪以来的人类学等学科的深入探索与发现。人类学家阿诺尔德·范热内普开创性地提出“过渡礼仪”（rite of passage，又可译为过渡仪式或通过仪式）说。概括地说，人类个体在出生、青春期、婚姻和死亡等不同阶段，均会有相应的通过仪式，而从青春期到成年期的仪式又常被称之为成人仪式（initiation）。一般而言，仪式可分为相互独立又相互联系的三个阶段。在分隔阶段（separation），礼仪的参加人——新人（novice）需要与家庭分离，由部落长者或巫师带至远离族群的场所经受考验，即进入边缘阶段（margin）。在边缘阶段，新人会经受折磨或接受身体的标记，考验颇为严酷，甚或有生命危险。接受考验的同时，新人也会学习与了解部落的神话、传说、起源与道德准则，为成为部落的合格成员做好准备。经历过身心两方面的学习与考验之后，新人可返回族群，作为合格成员被重新接纳，完成成人仪式中的聚合阶段(aggregation)。[①]

另一位人类学家维克多·特纳则深化了范热内普的研究，强调应把成人仪式研究的重点放在第二个阶段上，即他所称的阈限阶段(liminalperiod)。特纳认为，阈限阶段的特点是仪式的参加者正处于离开族群和尚未完成成长之间，属于既是又非的“模棱两可”(betwixt and between)的状态，而对这种状态的研究，可以帮助洞悉每一种文化的构成基石。[②] 在人类学研究的激发下，神话学家约瑟夫·坎贝尔将神话英雄历险的过程划分为“启程”“启蒙”与“回归”三个阶段。同时，在广泛研究东西方神话的基础上，坎贝尔高度概括了神话英雄成长的历程，提出了“单一神话说”(monomyth)：“无论英雄是荒谬或崇高，是希腊人或野蛮人，是异邦人或犹太人，他的历险旅程在规划上是一样的。”[③]无论是人类学者依据田野观察得出的理论框架，还是神话学者依据广泛阅读得出的抽象模型，两者均点明一个重要的事实：人类青少年经历的成长仪式，既有表象上纷繁复杂的差异，又有核心要素上的类似与相通。本节将在“分离阶段”“阈限阶段”与“聚合阶段”的人类学三分法框架下，结合历史语境，对比分析两位人物不同却也相似的成长过程。希望通过分析比较，本节能阐明航海冒险在忒勒玛科斯与鲁滨孙成长过程中所起的核心作用，能阐明作为文学主题的“航海冒险”在西方文化建构与想象自我时具有的典范功能与原型意义。

《奥德赛》开篇处，年轻的忒勒玛科斯便面临人生中的重大挑战。

---

① 阿诺尔德·范热内普，《过渡礼仪》，张举文译，北京：商务印书馆，2010年，第51-86页。

② 维克多·特纳，《象征之林》，赵玉燕、欧阳敏、徐洪峰译，北京：商务印书馆，2012年，第123-147页。

③ 约瑟夫·坎贝尔，《千面英雄》，朱侃如译，北京：金城出版社，2012年，第25页。

父亲奥德修斯已离家20年，杳无音信，家中住进了一群求婚人，一面强逼其母裴奈罗佩改嫁，一面白吃白喝，耗费他的家财。求婚人不仅不把忒勒玛科斯放在眼中，甚至经常出言羞辱他。尴尬的是，年近二十的忒勒玛科斯虽然身强体健，又是奥德修斯之子与伊萨卡的王位继承人，但面对家中混乱与所遭欺辱，却无力应付，只能幻想父亲的早日归来。荷马时代对于成年男子有着具体的要求，“每一个身强力壮的男子都要为捍卫部落而战，每一个人都必须表现勇敢。首领尤其要骁勇善战，而且，他还必须具有出众的演辩才能”。[①]显然，从“言”“行”两方面看，此时的忒勒玛科斯不仅没有达到“首领”的标准，甚至还达不到社会对于“身强力壮的男子”的期待。

在《过渡礼仪》中，范热内普区分了“生理成熟期”和“社会成熟期”的差异。[②]达到了生理成熟期的男性需要通过一定的仪式来得到社会的认可与接纳，完成从男童到男人的过渡。在特纳看来，社会的世俗规定是“不允许有一个既非男孩又非成人的男子”的存在的。[③]从这个角度看，求婚人对裴奈罗佩的逼婚当然是倚强凌弱和以多欺少的恶行，而对忒勒玛科斯的无视与欺辱则可当成“世俗”对于一个既非男孩又非男人(boy-man)的“异类”的排斥与不容。忒勒玛科斯在年龄上已然成年，却还没有得到应有的认可，缺少的恰好是获得认可的机会。史诗一开篇，忒勒玛科斯便进入了成人仪式的分离阶段，分离的迫切因求婚人的紧逼而凸显，也因父亲的缺位而必然。

解决家中乱象，需要奥德修斯似的男性英雄。但是，父亲的缺位使忒勒玛科斯无从学习如何运用智谋与武力，而母亲的无奈与退

---

① 萨拉·B. 波默罗伊，《古希腊政治、社会和文化史》，周平、傅洁莹、龚萍译，上海：上海三联书店，2010年，第73页。

② 阿诺尔德·范热内普，《过渡礼仪》，张举文译，北京：商务印书馆，2010年，第51页。

③ 维克多·特纳，《象征之林》，赵玉燕、欧阳敏、徐洪峰译，北京：商务印书馆，2012年，第126页。

让又令忒勒玛科斯无所适从。忒勒玛科斯已经意识到，自己需要尽快确立成年男性的身份，以求赢得家族事务的领导权。荷马细致地展现了忒勒玛科斯对母亲的言语顶撞："……男人必须从事论谈，所有的男子，首先是我，我是门户的当家。"[①]在忒勒玛科斯情绪化的表达中，既有不知如何应对目前困境的愤懑与怨怼，又有对于囿于女性空间、受女性支配境遇的不满。这种强烈的性别与权力意识，也是化身为男性长者的雅典娜自第一次见面起，便不断教导他的："你要在心里魂里好好忖想，想方设法，除去家院里的求婚人，用谲谋，或用公开的拼杀。别再抱住儿时的稚嫩，你已脱离童龄的时光。"[②]

面对当下的困境，雅典娜的建议是："明告求婚者散伙，各回自己的居家。""启用最好的海船，配备二十枝划桨，出海探问乃父的音讯。"[③]考虑到敌众我寡的情况，与求婚者正面冲突并不明智；而出海至普洛斯与斯巴达虽然不易，却能避开求婚人可能的逼杀，又能寻访父亲的下落与锻炼意志和才干。虽然荷马时代的大海依然是属于海妖和风暴的异质空间，依然神秘莫测，危险重重，但对忒勒玛科斯而言，航海却能促使其离开女性环境，依靠冒险与勇气为自我赢得荣耀。出海寻父的大计已定，但起航的过程仍有波折。得知忒勒玛科斯想要出海的消息之后，保姆欧鲁克蕾娅的反应是："怎么了，亲爱的孩子，让这个念头钻进你的心术？为何打算浪走广袤的乡土，你，唯一受宠的儿储？……此事不妥，于你，浪走宽阔的大海荒漠，遭受磨难，吃苦。"[④]欧鲁克蕾娅的"惊呼""恸哭"与出言劝阻，也与雅典娜的建议与激励形成鲜明对照。此处情节，既从侧面体现了当时条件下出海航行的艰难与危险，又衬托了忒勒玛科斯坚

① 荷马，《奥德赛》，陈中梅译，南京：译林出版社，2003 年，第 22 页。
② 同上，第 18 页。
③ 同上，第 17 页。
④ 同上，第 53 页。

持冒险的决心与意志。同时，从成人仪式的角度看，保姆的哭泣劝阻也可看成是分离部分的最后一道“门槛”（threshold）：忒勒玛科斯必须跨过这道门槛，才能脱离女性环境，走向男性成长的道路。

如果说忒勒玛科斯的出海是无奈之中的选择，是希望借助“寻父”来摆脱当下的窘境，那么，对于18世纪初期笛福笔下的鲁滨孙而言，情况却迥然相异。在《鲁滨孙漂流记》的开篇处，鲁滨孙坦诚自己年轻时对于陆地生活毫无兴趣，一心只想航海冒险的迫切心情。虽然鲁滨孙是家中唯一剩下的儿子，虽然鲁滨孙之父苦口婆心地劝其打消出海的念头，甚至鲁滨孙也在第一次经历海上的狂风恶浪之中，下定决心“要像一个真正回头的浪子，回到家里，回到我父亲的身边”，[①] 但事实上，鲁滨孙却越走越远，最终落难孤岛之上。与忒勒玛科斯被迫出海不同，出海冒险对于鲁滨孙而言，其诱惑之大与吸引力之强，甚至被他称之为自己的“原罪”。那么，是在怎样的社会历史语境下，在忒勒玛科斯眼中浩渺无垠与危险重重的海洋，竟然变成了令鲁滨孙可以置陆地生活的安稳于不顾，置血脉亲情与家族伦理于不顾，甚至置自我的生死安危于不顾，一定要去冒险呢？对这个问题的回答，可以从传统社会与现代社会的差异之中去寻找线索。

艾伦·麦克法兰对于传统与现代社会中家庭关系的分析，有助于理解忒勒玛科斯与鲁滨孙的异同。在麦克法兰看来，家户（household）是传统社会中一家人共享的经济、社会、宗教和政治单位。家户之中，户主既是在家人与祖先之间斡旋的中保，又是家人的政治和经济首脑。妇女处于从属地位，最初服从父亲，然后服从丈夫，寡居时服从儿子。个人不以个体身份享有政治的、经济的或其他的权利。在麦克法兰看来，传统家庭有三个特点：其一，对于家户成

① 笛福，《鲁滨孙漂流记》，郭建中译，北京：中国对外翻译出版有限公司，2012年，第5页。

员而言，宗教与经济领域是重合交叠的，一个人的政治行为，也是他的宗教行为；其二，个人无法与团体分离，个人只是家庭的一部分，离开家庭难以生存；其三，家庭也是社会的基本组织单位，个人通过家庭而获得救赎(redemption)、财富和权利。[①] 显然，荷马史诗之中的奥德修斯与忒勒玛科斯的关系，更符合传统家户的特征：忒勒玛科斯必须通过与父亲的重新相逢与认同，来获得个人在家庭乃至社会之中的地位。

鲁滨孙与其父的关系，则构成了比较之中的现代一极。在麦克法兰看来，现代社会的根本原则在于每一个领域的彼此分离，无论是家户的宗教功能还是家庭的生产方式，均消失不见了。无论是一个家庭、一个种姓还是一个共同体，集体都不再高于一切。与之相反，一个又一个的个体变成了完整的社会缩影，承担起了属于个人的各项权利和义务。现代意义上的个体，由此成为了法律的、政治的、宗教的、经济的实体，而不再像以往那样，仅仅是一个大于个人的团体的一分子。[②] 这种对于家庭、社会与个人关系的重新定义，正是现代社会与传统社会的区别性特征。从小说开篇处鲁滨孙极力希望能够从父亲影响之下出走，到小说结尾处鲁滨孙对待家庭之变故的一笔带过，“我父亲已经过世，我母亲及全家也都成古人了”[③]，既可以看到鲁滨孙对待亲情的淡漠，又折射了作为现代个体的鲁滨孙与传统家庭模式之间的隔阂。

有意思的是，《鲁滨孙漂流记》中的相关细节，或者毋宁说是相关细节的缺失，也反证了笛福对现代家庭与个人意识的认可。众所周知，笛福擅长细节描写，尤其以对金钱的关注而闻名。然而，就

① 艾伦·麦克法兰，《现代世界的诞生》，管可秾译，上海：上海人民出版社，2013年，第139页。

② 同上，第139-140页。

③ 笛福，《鲁滨孙漂流记》，郭建中译，北京：中国对外翻译出版有限公司，2012年，第208页。

小说开篇处鲁滨孙之父力劝他不要离家的部分而言，笛福只用了“不错的家庭”（good family）和“中间阶层”等含混的说法，始终缺乏其家有多少田产、房产或其他财富之类的详细介绍。为什么一贯关注金钱与财富的笛福，不肯以更细致的财产描写来留住鲁滨孙，或者说，借此来增加叙事的真实性呢？在笔者看来，这种缺乏倒是真实再现了 18 世纪英格兰社会对于家庭关系的理解。按照麦克法兰的说法，英格兰很早便建立了较为现代的家庭亲情与财产关系的观念，“由于家庭共同所有权的缺位，子女很小就被送出家门了——去为进入资本主义市场而接受训练。”①在英格兰，父母不一定要把财产交给子女，而子女也没有义务赡养父母，他们在财产的问题上相互独立。作为追求自我独立与经济自由的人物，笛福想象中的鲁滨孙丝毫没有提及父亲的财产，倒是符合小说的逻辑与历史的真实。这一点，显然与力图借助出海寻父而恢复地位与财富的忒勒玛科斯截然不同。

无论是身处传统社会之中的忒勒玛科斯，还是步入现代社会的鲁滨孙，无论是需要借助出海寻父来摆脱困境的忒勒玛科斯，还是罔顾父亲劝阻而航海冒险的鲁滨孙，均都响应着神话般的历险召唤：

> 神话之旅的第一阶段——我们前面称为“历险的召唤”，象征命运已在召唤英雄，并把他的精神重心从他所在的社会，转移到未知的领域。这种宝藏与危机并存的致命地带，可能表现为遥远的地方、森林、冥府、海里、天上、秘密岛屿、巍峨山顶或深沉的梦境等多种意象，但它总是一个充斥着怪异多变的物体、无法想象的折磨、超人的行为和极乐的地方。英雄能够凭他自己的意志完成冒险……②

---

① 艾伦·麦克法兰，《现代世界的诞生》，管可秾译，上海：上海人民出版社，2013 年，第 142 页。

② 约瑟夫·坎贝尔，《千面英雄》，朱侃如译，北京：金城出版社，2012 年，第 9 页。

当然，即便是步入大海的英雄，在步入各自阈限阶段的过程中，也有各自不同的“领路人”或“导师”(mentor)，而由不同角色扮演的领路人，也凸显着各自文化与时代的差异。在《奥德赛》之中，雅典娜先为手足无措的忒勒玛科斯指明了方向，又在随后的航程中陪伴与保护了他。雅典娜恰如成长仪式中的部落长者，是她将需要成长的新人带到“秘密而神圣”的所在，同时，她不仅要对主人公的言辞进行指导，还要帮助其学习与建立符合古希腊社会要求的行为标准。与之相对，“船长”这一极具时代特点的职业，则扮演了鲁滨孙成长之中的引路人。事实上，在鲁滨孙屈指可数的人际交往中，“船长”扮演了不可或缺的角色。首先让鲁滨孙尝到出海冒险甜头的，便是鲁滨孙第二次出海时遇到的伦敦船长。伦敦船长允许鲁滨孙带着货物免费乘船，不仅让鲁滨孙以 40 英镑的本钱赚到 300 英镑的利润，还教他记航海日志与观察天文，让他完成了从“旱鸭子”向熟练水手的转变。另一位葡萄牙船长则更重要。他在鲁滨孙第三次航海遇险时救了他，免费送他到达巴西，奉还了所有财物，买下他的小船、兽皮与奴隶(佐立)，还介绍鲁滨孙认识了巴西的种植园主。换而言之，葡萄牙船长给了鲁滨孙殖民经营初期最重要的资本、人脉与机遇。当然，回归社会之后的鲁滨孙，也以财富回报了发财路上的“导师”和“领路人”。

按特纳的观点，成人仪式的关键是在“阈限阶段”。处于这个阶段的新人离开熟悉的空间，暂时摆脱过去的地位、身份与财产，在变得一无所有的同时，进入一种拥有极强可塑性的“既是又非”的过渡状态(liminality)。这一点，在忒勒玛科斯身上体现得极为明显。虽然贵为奥德修斯之子，但忒勒玛科斯过去四年的生活却远非惬意——不仅被人常年强住家中，耗糜钱财，任意滋事，甚至女仆也可以对他出言讥讽，而他面对困境却无可奈何。航行至远离家乡的普洛斯和拉凯代蒙，忒勒玛科斯不仅见识了希腊上层社会应有的富足、有序与安定，而且受到了他们的认可与接纳。这样的见识、尊重与接纳，对于处于阈限阶段的忒勒玛科斯而言，无疑会对他的心理产生重大的影响。史诗之中，初出茅庐的忒勒玛科斯依然有些生涩与犹豫。刚刚抵达普洛斯的一刻，忒勒玛科斯便对雅典娜说道，“我该如何问候，门托耳，我该如何趋步上前？对于微妙的言谈我没有经验。此事窘迫，要一个年轻人对长者询问在先”①。随着旅程的深入与见识的增长，忒勒玛科斯逐渐习惯了两地的富足、有序与热情，言行上也逐步进入角色，愈发显得从容与决断。

忒勒玛科斯出海的直接目的是探访父亲奥德修斯的下落。奈斯托耳、墨奈劳斯、海伦三人既是希腊贵族，又是特洛伊战争的亲历者，既是忒勒玛科斯的前辈，又可看成“传统权威”的化身。他们虽然无法明确告之奥德修斯的下落，却为忒勒玛科斯讲述了发生在这20年间的重大事件。离开伊萨卡之前，忒勒玛科斯曾怒斥无礼的求婚人：“如今，我已成人长大，能从别人那里听晓，事情的真相。”②父亲的长期缺失使得忒勒玛科斯缺乏从男性角度学习与认知世界的机会，而在普洛斯与拉凯代蒙，忒勒玛科斯终于听到了英雄成长过程中必不可少的“真相”。三位前辈从不同角度把这场旷日持久、伤亡惨重、对希腊城邦而言意义重大的战事一一讲出。战争的惨烈、英雄的勇武与豪强、出奇制胜的诡计与谲谋、海上漂流危险与奇遇等，均由当事人娓娓道来，既有故事的生动形象，又承载了诸如生命与死亡、荣耀与耻辱、神祇与凡人、两性关系等古希腊社会的核心价值观。当然，故事中少不了奥德修斯。奥德修斯的英勇机智与坚韧豪迈，既可以让忒勒玛科斯引以为豪，又能为他设立认同的榜样。特纳曾经这样评价过阈限阶段知识学习的方式与意义：

① 荷马，《奥德赛》，陈中梅译，南京：译林出版社，2003年，第60页。
② 同上，第50页。

> 在阈限阶段活动的秘密知识会改变新人最深层的本质(inmost nature)，如同在蜡上打印一般改变新人，影响新人进入新状态时的特点。这不仅仅是知识的习得，同时，也是生存状态的改变。新人表面的被动接受其实是在汲取力量，当新人的社会地位在融合阶段恢复之后，其效果将会最终显现出来。①

的确，忒勒玛科斯不仅仅是在被动地习得，更是在积极地汲取力量。出海之前，船只与船员等具体事务由雅典娜安排妥当，忒勒玛科斯则“跟随”雅典娜登船，像一位乘客；回航的时刻，忒勒玛科斯则激励与敦促他的伙伴，其言辞“简洁明了，没有客套”，而“众人服从，认真听过，迅速登船，在桨位端坐”，② 他俨然成了船长。有意思的是，就在众人即将登船返航的一刻，史诗插入了一位流浪者要求搭船的情节，忒勒玛科斯慷慨应允了他的请求。搭载流浪汉的几十行诗句并非冗余。作用之一，可以为日后忒勒玛科斯在家中招待扮成乞丐的奥德修斯做好铺垫，使行为不显唐突；作用之二，从成长的角度看，忒勒玛科斯不仅仅只是像孩童般被动地受人接待，而是以慷慨好客的姿态，主动践行起所在社会的价值观。

小说之中，鲁滨孙不顾已然在巴西种植园安居的现实，再次出海，就在驶往非洲贩奴的途中，航船遭遇风暴，全船人等无一生还，只有鲁滨孙漂流孤岛，开始了长达28年孤岛求生的历程。这种介于生死之间的孤立、隔绝与无名，标志着他成长仪式中阈限阶段的到来。然而，与小说原型的苏格兰水手塞尔科克相比，尤其是与塞尔

---

① 维克多·特纳，《象征之林》，赵玉燕、欧阳敏、徐洪峰译，北京：商务印书馆，2012年，第135页。

② 荷马，《奥德赛》，陈中梅译，南京：译林出版社，2003年，第470页。

科克只有“衣物、被褥、火枪、子弹、烟草、手斧、匕首、水壶、《圣经》、一些小玩意、计算器具与几本书”[1]的缺乏与困厄相比，鲁滨孙可谓全副武装，有备而来。船难之后，笛福不厌其烦地让鲁滨孙多次返回即将沉没的大船之中，先后取回了面包、米、干酪、羊肉干、面粉、糖、大麦、小麦、烈酒、鸟枪、手枪、子弹、火药、军刀、锯子、斧头、榔头、钉子、螺丝钉、钳子、磨刀砂轮、布料、吊床、被褥、帆布、剃刀、剪刀、刀叉、钱币、纸、笔、墨水、罗盘、日晷仪、望远镜、地图、航海书籍、英语版的《圣经》、葡萄牙语书籍等物品。[2] 从对如此之多的工具与物品的记叙上，既不难看出笛福想象力的丰富与细致，也能体会到笛福对鲁滨孙孤岛求生乃至自我发展的期待。换而言之，不妨将笛福看作是一场思想实验的操作者，他要以鲁滨孙为主人公，以孤岛为场所，以代表 18 世纪西方文明成就的种种用品及其之后的知识为工具，重新想象与定义英国人与自然和他者之间的关系了。

不出所料，接下来的章节中，笛福以细致的手法，逐步展现了鲁滨孙孤岛求生的全过程。从鲁滨孙落难之后栖身树上的困窘，到先后搭建起的房屋，甚至有了海边“别墅”的阔绰；从鲁滨孙在岛上到处采集野果以充饥的无奈，到种植大麦与小麦而有了稳定的粮食供应的丰盛；从鲁滨孙无法抓获奔跑迅速的野山羊的失落感，到驯养与繁殖了越来越多的山羊，甚至有了吃不完的羊肉、羊奶的富足感；从鲁滨孙随着时间推移而衣着的不堪，到穿戴起自己动手制作的帽子、皮衣与雨伞的舒畅，笛福想象中的鲁滨孙，以不乏幽默的方式重演了人类从茹毛饮血到步入文明的艰辛。如果说忒勒玛科斯是以向前辈讨教的方式习得了部族之中的“神秘知识”，那么鲁滨孙

---

① Wood Rogers, *Account of Alexander Selkirk's Solitary Life*//Michael Shinagel. ed., *Robinson Crusoe*, *A Norton Critical Edition*, New York: W. W. Norton, 1994. p. 232.

② 笛福，《鲁滨孙漂流记》，郭建中译，北京：中国对外翻译出版有限公司，2012 年，第 37–47 页。

则是身体力行，以种种器具及其之后的技术与知识为支撑，不仅重演了西方文化从原始到文明的演进历程，也想象了作为个体的英国人拥有的理性与力量。

在笛福重现“文明战胜荒蛮”的主题的同时，另一种精神上的变化也在阈限阶段发生了。正如论者指出的，《鲁滨孙漂流记》具有明确的宗教内涵。[①] 就在《鲁滨孙漂流记》的前言处，笛福明确了自己的写作目的：“故事的主人公以朴实严肃的态度，叙述自己的亲身经历，并像所有明智的人一样，把其遭遇的每件事情都与宗教信仰联系起来，用现身说法的方式教导别人，让我们在任何境遇下都要相信和尊重造物主(Providence)的智慧，一切听其自然。”[②]初登孤岛，鲁滨孙不满于自己遭遇风暴而与世隔离的可怕命运，便以《圣经》之中不服从上帝命令而遭遇风暴的约拿自比，以此抗议上帝对其安排的严苛与不公。孤岛求生的困苦，让鲁滨孙不断想起《圣经》之中的约伯，虽然是众所周知的义人，却总要遭受各种严酷的考验。随着岛上境况的不断改善与不断悔改，鲁滨孙自比的对象也由愤愤不平的约拿与约伯，变成了《圣经》之中的以利亚——一位即便身处荒野之中上帝也命乌鸦供养的先知。到了孤岛求生的第四年，随着孤岛由“绝望的监狱”变成“可以传给子孙后代继承的采邑”，[③] 鲁滨孙的自我定位也升级成为了亚伯拉罕，用“你我之间隔着一条深渊”的自信，来鄙夷尘世之中的地位与财富。利用《圣经》之中一系列大众耳熟能详的人物及其故事，笛福生动地类比了鲁滨孙精神皈依的全过程。

---

① J. Paul Hunter, *The Reluctant Pilgrim*, The Johns Hopkins University Press, 1966; Martin J. Greif, *The Conversion of Robinson Crusoe*, *Studies in English Literature*, *1500—1900*. Vol. 6, No. 3, (Summer, 1966), pp. 551-574.

② 笛福，《鲁滨孙漂流记》，郭建中译，北京：中国对外翻译出版有限公司，2012年，弁言。

③ 同②，第73页。

当然，作为一位善于制造悬念的笛福，他笔下鲁滨孙的宗教皈依过程绝非如此线性，其间多有波折。不用说落难孤岛之前的鲁滨孙少有宗教感情，即便是落难孤岛之后，开始时鲁滨孙的宗教感情也颇为淡漠。只是到了鲁滨孙在疟疾发作而奄奄一息的梦中，才有了第一次真正的觉悟。天摇地动之中，一位面目狰狞的人物从天而降，一边以极为可怕的声音令鲁滨孙认罪悔改，一边手持长矛向他刺来。正是在上帝熊熊燃烧的怒火之下，鲁滨孙开始了忏悔与反思，也是在不断波折之中，在不断悔改与重蹈覆辙之间，他有了更深的醒悟。[①] 又如在孤岛久病之后的7月3日，鲁滨孙有了一次顿悟，想到《圣经》之中的“我必拯救你”，却深深感到“获救绝不可能”，但是，随即鲁滨孙便想到，相比早已溺毙海上的同伴，自己不是早已获救了吗？而自己却又没有“赞颂上帝”。在惭愧之下，鲁滨孙“立即跪下来感谢上帝。”[②]鲁滨孙也由此开始“真正地”阅读《新约》，并以不同的心态来看待自我受困孤岛的境遇。以往的鲁滨孙将孤岛当作一座限制自由的监狱，如今，鲁滨孙意识到与灵魂得救相比，肉体的获救实在无足轻重。按照鲁滨孙自我的体会：“真正的幸福不是被上帝从患难中拯救出来，而是从罪恶中拯救出来。”[③]

笛福如此看重鲁滨孙的宗教皈依，与其个人的宗教背景大有关联。笛福所在的长老会派是英国宗教改革之后形成的较为激进的新教派别，强调君主是一切教会治理的根本，法治是一切教会治理的形式，而合议是一切教会治理的原则。长老会派希望以教会之内的长者来管理教会，而非是神父，因而常常被看成是宪政的倡导者。这种具有一定激进色彩的宗教派别，在17—18世纪英国风云变幻的时代局势中，既受到过复辟的天主教君主的迫害，又遭到过掌握权

---

① 笛福，《鲁滨孙漂流记》，郭建中译，北京：中国对外翻译出版有限公司，2012年，第64-65页。

② 同①，第70-71页。

③ 同①，第72页。

力的英国国教(圣公会)的压制。这一点，对于笛福而言，感受尤其深刻。在1705年12月22日的《评论报》文章中，笛福曾回忆过童年抄写《圣经》时的场景。童年的笛福，经历过斯图亚特王朝的复辟，当时的新教徒认为英国即将要恢复罗马天主教，教皇要没收与禁止使用英文版的《圣经》，新教徒惊恐万分，却又无计可施，只能用抄写的方式来保存与传播《圣经》。对于还是个孩子的笛福而言，他完成了《旧约》抄写之后，已然疲惫不堪，却依然希望能把全本《圣经》抄写完成。[①] 对于现代读者而言，《鲁滨孙漂流记》中最吸引人的是孤岛求生中表现出来的生存智慧与才能，然而，在此书问世的时代，英国大众却同样会注意到鲁滨孙在孤岛之上的精神转折与宗教皈依。显然，借助鲁滨孙皈依新教的精彩描绘，笛福向英国人传达了明确的信息：只有具有坚定与忠诚的新教信仰，鲁滨孙才可以度过28年危险、艰苦与孤独的岁月，才有可能获得成功。这种知识，正是鲁滨孙在阈限阶段习得的、有别于忒勒玛科斯的“秘密知识”。

当然，鲁滨孙在其“阈限阶段”完成的最重要的考验，是对野蛮人(星期五)及其土地的征服与占有。这个问题的解决，不仅直接确保了鲁滨孙本人的生命与财产安全，也在象征意义上解决了英国对外扩张与殖民之中的最大焦虑——欧洲人、原住民与土地之间的关系问题。[②] 流落孤岛的12年后，一天中午，鲁滨孙“忽然在海边上发现了一个人的脚印！那是一个赤脚的脚印，清清楚楚地印在沙滩上！”。[③] 这个机械降神般出现的脚印，不仅令鲁滨孙惊恐万状，也让他明确了自己外来者的身份。接下来，如何捍卫自我生命与财产的安全，或者从象征意义上说，如何确保英国人在殖民扩张过程中

---

① 郭建中，《郭建中讲笛福》，北京：北京大学出版社，2013年，第23页。

② Peter Hulme, *Colonial Encounters* : *Europe and the Native Caribbean*, 1492—1797, New York: Methuen, 1986.

③ 笛福，《鲁滨孙漂流记》，郭建中译，北京：中国对外翻译出版有限公司，2012年，第112-113页。

的道德与法律的合法性问题，笛福令鲁滨孙开始了一场著名的头脑风暴。对食人族直接杀戮？鲁滨孙并没有得到上帝授予的杀人权柄，如此简单粗暴的做法，只会令英国人背负上犹如天主教西班牙人才有的恶名，与新教英国自诩的道德准则不符；放任蛮族上岛活动？蛮族人多势众，总有一天会威胁到冒险者的生命与财产安全，显然也并不是最佳选择。历经了十余年的惶恐与焦虑之后，鲁滨孙终于等到机会，在一次野蛮人举行食人宴的当口，在可怜的受害者(星期五)向自己奔来的一刻，为了救助落难的星期五，鲁滨孙果断开枪，之后，又对其余的食人族展开了合乎情理的屠戮。① 鲁滨孙袭击食人族、解救星期五与接受其的臣服的意义，可以简要概述为：其一，确认了英国人在食人族面前绝对的武力与道德优势；其二，确立了英国人在西班牙等竞争对手面前的身份优越感；其三，以救世主的地位接受了星期五的臣服，解决了土地占有的合法性问题。应该说，笛福利用精巧的情节设计，既帮助鲁滨孙解决了当下的困境，又为之后的英国冒险家与殖民者提供了行动指南。

在鲁滨孙“阈限阶段”的末端，孤岛已经不再孤单。在鲁滨孙相继救下星期五之父和西班牙船长等人后，鲁滨孙终于可以骄傲地宣称：

> 现在，我这小岛上已经有了居民了。我觉得自己已经有了不少百姓。我不禁觉得自己犹如一个国王。每想到这里，心里有一种说不出来的喜悦。首先，整个小岛都是我个人的财产，因此，我对所属的领土拥有一种毫无异议的主权；其次，我的百姓都对我绝对臣服，我是他们的全权统治者和立法者。他们对我都感恩戴德，因为他们的性命都是我救下来的。假如有必

① 笛福，《鲁滨孙漂流记》，郭建中译，北京：中国对外翻译出版有限公司，2012年，第147-148页。

> 要，他们个个都心甘情愿为我献出他们自己的生命。还有一点值得一提的是，我虽然只有三个臣民，但他们却分属三个不同的宗教：星期五是新教徒，他的父亲是个异教徒，而且还是个吃人的生番；而那个西班牙人却又是个天主教徒。可是，在我的领土上，我允许宗教信仰自由。当然，这些只是在这儿顺便提提罢了。[①]

虽然“只是在这儿顺便提提罢了”，却掩饰不住鲁滨孙从落难者(castaway)成功转型为殖民者(colonist)的快意。[②] 笛福在《鲁滨孙漂流记》之中构想了一位普通的英国年轻人颇为自然地因船难而到达孤岛的事故，又自然而然地为了生存而不断克服自然环境的威胁，达到了自力更生的第一步。接着，由于吃人的土著与强抢的海盗的出现，鲁滨孙又自然而然地为捍卫自我的生命与财富而战。在依靠工具、武力与新教信仰驯服了异质的他者(土著)与同一文化体内的颠覆性因素(海盗)之后，鲁滨孙当然可以颇为骄傲地享受胜利成果了。当然，笛福并没有像西班牙天主教徒以宗教裁判所对付新教徒一般地酷刑对待持不同信仰者，也没有像国教派对付其他的不从国教者(Dissenters)一般地强迫其改宗，而是将自己微型的殖民帝国宣布为享有宗教自由的领域。这一点，既体现了笛福相对宽容的宗教理念与治国思想，也说明在历经1688年的光荣革命与1707年的苏英合并之后，奉行新教理念的英国已经更加自信，无惧其他势力的威胁了。总而言之，笛福以鲁滨孙在“阈限阶段”征服自然、征服他者以及宗教宽容的想象，身体力行了18世纪初期英国的资本主义与现代社会确立之初最为核心的“秘密知识”，而鲁滨孙也与忒勒玛科斯一道，带着时

① 笛福，《鲁滨孙漂流记》，郭建中译，北京：中国对外翻译出版有限公司，2012年，第178-179页。

② Rebecca Weaver-Hightower, *Empire Islands: Castaways, Cannibals and Fantasies of Conquest*, Minneapolis: University of Minnesota Press, 2007.

代“如同在蜡上打印一般”留下的印记，积极地准备回归了。

回航之后的忒勒玛科斯，与出航之前有了明显变化。无论是言语还是心智表现，一个英雄男子的形象跃然而出。与奥德修斯相认之后，忒勒玛科斯立即成了父亲的得力帮手，为父亲出谋划策；而在战场上，忒勒玛科斯表现得不仅勇武，先后击杀了安菲诺摩斯、欧鲁阿德斯、安菲墨冬、琉克里托斯等求婚人，又善恶有别，他从奥德修斯的枪下搭救了无辜的歌手墨冬等人。在父子两人合力杀灭了所有求婚者之后，忒勒玛科斯又亲自动手，绞杀了家中不忠于主人的 12 个女仆。这个堪称全卷中男女性别冲突最激烈的部分，从现代读者的角度看既是滥杀，又过于残忍，但却符合古希腊男权价值观主导下的“尚武精神”：“尚武社会向它未来的士兵灌输一种残忍的乐趣……荷马时代的希腊人作战残忍，庆祝胜利的方式同样野蛮：他们劫掠、焚烧村庄，杀死男性幸存者(包括婴儿)，强奸妇女并逼迫她们成为奴隶。”①值得注意的是，奥德修斯的命令是，“挥砍长锋的利剑，把她们的性命全都结果杀诛。”②但忒勒玛科斯却没有从命，而是选择了“最为悲苦”的“绞杀”的方式。③ 从这个细节可以看出，忒勒玛科斯在心狠手辣方面，或许比其父更有过之而无不及。同时，从成长仪式的角度看，绞杀女仆的象征意义还在于，忒勒玛科斯以符合古希腊男权社会价值观的方式，正式结束了自幼便与女性成员为伴，甚至听命于女性的状态，步入了男性英雄的行列。

从孤岛复出的鲁滨孙则展现了与社会的另一种形式的融合。回到英国之后的鲁滨孙，仅仅对家人的情况(父母均已去世)一笔带过，并没有表现出眷恋之情。个中原因，当然能以鲁滨孙一生的大部分时间都在外漂泊加以解释。然而，与之相对，鲁滨孙却对另外几个

① 萨拉·B. 波默罗伊，《古希腊政治、社会和文化史》，周平、傅洁莹、龚萍译，上海：上海三联书店，2010 年，第 74 页。

② 荷马，《奥德赛》，陈中梅译，南京：译林出版社，2003 年，第 732 页。

③ 同②，第 734 页。

毫无血缘关联的人物表现出了强烈的感情。最具代表性的一位便是前文提及的葡萄牙船长。鲁滨孙得知，在自己流落孤岛期间，种植园在葡萄牙船长的关照下依然经营良好，可以为自己在拥有 5000 英镑现款之余，又能每年增加 1000 英镑的收入。此时的鲁滨孙不禁惊喜交加，随之以现金馈赠与立约赠予等方式，重谢了这位在自己的冒险与经商之路上当之无愧的“领路人”。应该说，鲁滨孙面对生父的淡漠与面对葡萄牙船长的热切，从另一个角度体现了英国步入资本主义与现代社会之时的独特面相。按照麦克法兰的说法，传统社会的社会关系是建立在亲属关系、绝对主义国家和绝对主义教会基础之上的，而现代社会消除了这样的强制合作手段，建立起了以个人契约为基础的资本主义社会体系。在这种现代体系之内，最重要的美德不是亲人之间的相互关爱，而是陌生人之间的信守契约，唯有此，这个建立在陌生人之间的大规模社群才能保持正常的运转。鲁滨孙正是以对于信守契约的赞美与报偿，体现了对于资本主义社会关系的认同。如果按照弗洛伊德的著名说法，将小说看作是作者的“白日梦”，是一种现实之中受到压制的欲念在文字之中的替代性满足与“升华”，我们便不妨说，笛福想象之中鲁滨孙贸然出海而大获成功的一生，既是笛福在现实中无法满足的愿望的投射，又满足了其时无数英国乃至欧洲读者对于通过航海冒险、经商与殖民而发财致富的梦想。

第一眼看去，《奥德赛》为古代希腊口耳相传的唱诵作品，《鲁滨孙漂流记》则是 18 世纪初小说家刻意编撰的故事，两者在时空距离、再现方式、文化背景与审美趣味等方面，均有巨大的差异。然而，两部作品却并非没有相似之处。约翰·佩克曾如此归纳西方航海叙事的共通之处：

航海故事中有三个基本要素，会不同程度地吸引注意力：

一位航海人(sailor)，他常常需要明白无误地展现自我的男性气质(masculinity)；象征危险的大海或海岸，其间有挑战需要应对；第三，社会、经济与政治的维度：所用的航船是技术的产物，建造出来是为了某种目的，因此每一次航海历程总是有一个实际的目的。简而言之，便是一位航海人、一项挑战以及故事发生的语境。①

从佩克提供的角度衡量，忒勒玛科斯与鲁滨孙出海冒险的动机、过程与结果自有相通之处。至少从人物变化上看，奥德修斯之子忒勒玛科斯，出场时少不更事、任人欺侮，经过出海寻父的历练，变得有勇有谋，好血嗜杀，成为了众人眼中的男性英雄。鲁滨孙在航海之前，固然家境小康，却也难称优越，只是经历了一番更有戏剧性的航海历险之后，才以坚定的信仰和可观的财富成为了胜利者，或者用伊恩·瓦特的话来说，变成了“典型的普通人”。以成长仪式的角度看来，无论是史诗人物，还是小说主人公，均经历了一个分离、阈限与聚合的过程，均通过“航海冒险”这一行为，成长为各自社会语境之中的成功者。如果说“对于欧洲文学无论从事何种严肃的研究均须以荷马作为无可避免的起点”，② 那么，忒勒玛科斯的这次航程，虽然简短，却也不失其独特的典范作用与原型意义。同理，如果小说是“被上帝遗弃了的世界中的史诗”(卢卡契语)，成就于18世纪初期而有现代英语文学之中的第一部小说之称的《鲁滨孙漂流记》，也可称之为英国人想象自我与殖民主义、资本主义乃至帝国扩张之间关系的绝佳范本。

---

① John Peck, *Maritime Fiction: Sailors and the Sea in British and American Novels, 1719—1917*, New York: Palgrave, 2001, p. 14.

② 约翰·坎尼,《最有价值的阅读：西方视野中的经典》，徐进夫、宋碧云、匡晓林译，天津：天津教育出版社，2006年，第1页。

第二节　想象非洲

《海盗船长》的全称是《著名船长辛格顿的生平、冒险与海盗行为》(*The Life, Adventures and Piracies of the Famous Captain Singleton*)，出版于1720年。[①] 全书分为20章，第1章至第9章讲述辛格顿的出生、被拐、参与商船哗变、滞留马达加斯加岛与横穿非洲等情节，其中以辛格顿等人强力横穿非洲并一路获取黄金的描写最引人注目，本书称之为《海盗船长》中的“非洲想象”，将在本节展开分析。全书第10章至第20章讲述辛格顿从非洲返回英国不久后又重操旧业，屡屡在加勒比海、大西洋与太平洋等海域抢劫，不断积累法外之财，最终却洗白脱罪，安居英国，本书称之为《海盗船长》中的“海盗想象”，将在下一节详细论之。承袭《鲁滨孙漂流记》的写实手法，笛福以非洲冒险与海上生活为背景，塑造了一位年轻气盛、胆大妄为但又终获成功的英国水手/冒险家的形象，不仅为同时代的英国读者增添了一个茶余饭后的话题，也为他们想象另一种自我提供了一个可资借鉴的样本。

辛格顿是《海盗船长》的当然主角，小说情节借助辛格顿的生平与冒险展开。辛格顿出生于英国，两岁时遭人拐卖，卖给一位吉卜赛女人，虽然吉卜赛女人待其不错，但没过几年却因从事违法勾当被送上了绞架。之后，不满10岁的辛格顿被人带到英国港城布斯莱顿，跟随商船出海，历经变故，漂泊至葡萄牙，被当地一位老水手收留。身处具备“盗窃、哄骗、赌咒、发假誓以及淫乱”等诸种恶习的葡萄牙水手之中，辛格顿不出所料地变成了“一个穷凶极恶的盗

① 笛福，《海盗船长》，张培均，陈明锦译，南宁：广西人民出版社，1980年。

贼”“一个恶劣的水手”。[①] 在少年辛格顿的斑斑劣迹之中，他尤为擅长的是盗窃。辛格顿第一次下手，便从对自己颇为信任的船长处盗取了价值20金币的黄金，其后，又利用管理船上食物的职务之便，屡屡“窃取一些为自己享用”。[②] 叙事的开篇处，笛福为英国读者呈现的是一群身处社会底层且毫无道德感的水手群体以及一位置身其中、与他人别无二致的英国少年。

然而，时隔不久，笛福便让读者看到了辛格顿与其他水手的不同之处。在跟随葡萄牙海船赴东印度经商途中，由于食物短缺等问题，水手发动哗变，力图夺船。不料哗变失败，辛格顿与其同伙被流放到了位处非洲东海岸的马达加斯加岛上。面对或被野兽吞噬、或被饥饿与病痛折磨至死的困境，其他水手只知道“陷于痛苦”，而年仅十七八岁的辛格顿，感到的却是一丝摆脱了文明社会约束之后的窃喜：“现在我要踏上独立生活的阶段了”。[③] 对于伙伴们担心被生番吃掉的最大恐惧，辛格顿毫不在意。在他看来，“只要我们能找到他们，多半是我们吃掉他们，而不是他们吃掉我们”。[④] 笛福将辛格顿面对困厄却颇为自得的反应归因于他“不假思索与满不在乎”的性情，正是辛格顿性格上的放荡不羁与恣意妄为，让他可以“干起任何坏事来都果断而敏捷，且毫无悔恨之意”。[⑤] 一个强悍、果断且胆大妄为的少年冒险家，便如此站在了笛福非洲想象的开端处。

当然，单靠一个辛格顿，并无法完成想象中的横穿非洲之旅。笛福设计的欧洲冒险队共有27人，人员虽然不多，却既有木匠、银匠、枪炮手与医生，也携带有相当数量的枪支、弹药与医疗装备。

---

① 笛福，《海盗船长》，张培均、陈明锦译，南宁：广西人民出版社，1980年，第6页。

② 同上，第7–8页。

③⑤ 同上，第14页。

④ 同上，第15页。

脱离了以海船为象征的欧洲社会，这二十几人的冒险者队伍，出于生存的基本需要，很快便以“立约”的形式完成了共同体的打造。众人“立约”的要点有四：其一，不可擅自离队；其二，公开与平均分配食物；其三，以投票方式决定重大事项；其四，服从推举出的领袖以保证群体的安全与稳定。颇为反讽的是，一群身处社会最底层与最无道德感的群氓，却在自然的威胁与生存的巨大压力下，形成了以“民主”“平等”与“平均”为主要特点的初级共同体。这种颇为理想化的社会组织形式并非笛福或任何一个作家的发明，而是人类处理群体生存危机时智慧和经验的结晶与传承。在笛福笔下，一群乌合之众将要逐步把组织的力量发挥到极致。

辛格顿恣意妄为的性格在水手们为建造何种船只而争议不休时，有了第一次的实际体现。被放逐到马达加斯加岛的水手们，就应该建造三桅船、单桅船、双桅船或是独木舟的问题，发生了激烈的争执。以前甚少发言的辛格顿，提出了建造独木舟的意见。在辛格顿看来，建造独木舟绝非为了渡海求生，而是以其为手段，伺机夺取船只，以便从事海上盗抢。辛格顿此话一出，不仅同行的葡萄牙水手们为之叹服，最为年长的炮术长也在私下对年轻的辛格顿惊诧不已，“你一定能够成为闻名于世的大海盗！”①读者或许记得，在《鲁滨孙漂流记》中，笛福也安排了一段鲁滨孙建造独木舟却并未成功的描写，以凸显鲁滨孙单人孤岛求生之难。② 此处的旧调重弹，笛福既是要为落难水手们寻找一条实际的出路，也是借此机会，为辛格顿成为群氓领袖做情节的铺垫。

水手们在马达加斯加岛上滞留了一段时间之后，跨越海峡登上了非洲大陆。在此，笛福为这群欧洲冒险家们安排了一个史无前例

① 笛福，《海盗船长》，张培均、陈明锦译，南宁：广西人民出版社，1980年，第29页。

② 笛福，《鲁滨孙漂流记》，郭建中译，北京：中国对外翻译出版有限公司，2012年，第92-93页。

的返乡路线：水手们将从南纬 12°35′左右的非洲东岸出发，一路向西，历经 1800 英里(约 2900 千米)之后，到达南纬 8°—11°、位处非洲西岸的安哥拉。从历史上看，非洲(与亚洲一道)是欧洲人最早知晓的域外大洲，但欧洲人对于非洲的确切认知，却有着一段漫长的过程。早期欧洲人的非洲知识，集中在地中海沿岸与北非(比如埃及等地)一带。自 15 世纪的大航海时代以来，葡萄牙航海家沿非洲西岸南下，逐步推进，绕过好望角到达非洲东岸，率先完成了对非洲大陆外围的航海探索，开启了欧洲与非洲之间更为密切交往的大门。但是，欧洲对于非洲内陆的确切知识，要等到 18 世纪后半叶及以后，随着两位讲葡萄牙语的黑人探险家、英国人芒格·帕克(Mungo Park)以及亨利·莫顿·斯坦利(Henry Morton Stanly)等的冒险探索之后，才逐渐掌握。① 至少两个原因可以解释欧洲人对于非洲内陆地区的认知延宕：其一，非洲炎热多变的气候、迥然相异的自然环境以及热带疾病的肆虐，阻碍了欧洲深入探索的步伐；其二，工业革命之前的欧洲尚未取得压倒性的军事与科技优势，缺乏强大到可以深入非洲腹地的能力。就笛福写作《海盗船长》的 1720 年而言，还没有一位欧洲人能够完成横穿非洲内陆的冒险行为。此时欧洲对于非洲的了解，依然不超出非洲沿海岸线的港口、贸易据点等范围。作为小说家的笛福，以大胆的想象走在了时代前面。

除了炎热的天气、陌生的环境之外，冒险家们在横穿非洲的计划初始面临的直接难题之一，便是缺乏合适的牲口作为劳力，以搬运行李、弹药与粮食。也是此时，笛福再一次让辛格顿脱颖而出，提供了另一个建议：何不利用与当地居民之间的冲突，借机会抓获

---

① 参见：Peter Knox-Shaw，*Defoe and the Politics of Representing the African Interior.* in *The Modern Language Review*，vol. 96，no. 4 (Oct.，2001)，pp. 937-951. 以及：Peter Knox-Shaw，*Defoe and the Politics of Representing the African Interior.* in *The Modern Language Review*，vol. 96，no. 4 (Oct.，2001)，pp. 937-951. P. J. Marshall，Glyndwr Williams，*The Great Map of Mankind*，London：Dent，1982，pp. 227-257.

俘虏，既可以有人搬运行李，又可以有人充当向导与翻译？客观地看，辛格顿的方法并没有多少出人意料的高明之处，却能再一次强化其在水手群体中的领导地位。真正值得注意的是，辛格顿试图以战争解决人力资源短缺的建议中，有一个令人玩味的前提。正如辛格顿提醒葡萄牙水手的，黑人在交易过程中“总有些不正当的行为”①。不出所料，在双方接下来以物易物的“公平贸易”中，果然有一位黑人土著率先发难，不仅强行抢夺，甚至还以标枪掷向葡萄牙水手，全赖后者身手敏捷，躲过了致命一击，却也伤了臂膀②。正是黑人不守规则且以武力伤人在先，葡萄牙水手才发起报复，双方冲突由此拉开序幕。细心的读者能够看出，笛福此处的情节安排，与《鲁滨孙漂流记》之中鲁滨孙征服南美原住民的过程有异曲同工之处。在《鲁滨孙漂流记》之中，鲁滨孙虽然目睹了南美岛民食人的惨状，却没有急于动武，而是苦苦捱到食人族再次逼近的时刻，为了救下星期五才率先开枪杀人。换而言之，在笛福笔下，无论是在《鲁滨孙漂流记》，还是在《海盗船长》之中，深入异族土地之中的欧洲人，虽然具备了军事与技术上的优势，但均没有主动进攻或掠夺的行为，而总是在有了正当借口之后才被迫采取武力。可以说，笛福是以颇为审慎的情节设计，在小说之中解决了帝国冒险时使用暴力的合法性问题。

作为西方军事与科技优势的代表，“枪”在辛格顿横跨非洲和与各部族争斗的过程中，发挥了极为重要的作用。读者或许记得，在《鲁滨孙漂流记》之中，从没有见过枪的星期五，在看到鲁滨孙开枪打死一只小羊之后，“简直吓呆了，差一点瘫坐在地上”③。同样的

---

① 笛福，《海盗船长》，张培均、陈明锦译，南宁：广西人民出版社，1980 年，第 58 页。

② 同上，第 59 页。

③ 笛福，《鲁滨孙漂流记》，郭建中译，北京：中国对外翻译出版有限公司，2012 年，第 154 页。

主题也出现在《海盗船长》中。在辛格顿们意图以暴力占有劳动力的冲突之中，只听得第一声枪响之后，无论远近的黑人，“全都惊骇万状：第一是惊的火光闪烁，第二是惊的一声巨响，第三是惊的目睹同胞毙命”。[①] 之后的战斗中，许多黑人更是被枪声吓晕过去，而一旦清醒过来，“便向我们磕头膜拜，有的跪下，有的直僵僵地躺在地上，做出千百种滑稽的姿态，可全是些万分卑躬屈膝的表示”。[②] 或许觉得如此一番炫耀武力并不尽兴，十几页之后，笛福又设计了一个葡萄牙炮手枪杀一头豹子的场景。只听得葡萄牙水手一声枪响，从未见过枪支的黑人“有四五个人倒了下来，就像挨了枪的样子，还有几个跪了下来，向我们举起双手——到底是崇拜我们呢，还是哀求我们别杀他们呢，连我们也不知道”。[③] 对于枪支威力的迷恋与夸耀，贯穿了两部作品，枪支成为了支撑帝国扩张与文化优越感的核心象征物。

当然，仅有枪支作为武器，并不能保证横跨非洲之行的顺利完成。在笛福想象的欧洲冒险家与非洲原住民的冲突之中，发挥关键作用的同时还有辛格顿的组织能力。在葡萄牙水手与黑人原住民的第一次大规模冲突之中，辛格顿发现，葡萄牙水手尽管拥有更先进的火器，却在第一排枪响之后，发现不足以吓退黑人，便自己先乱了阵脚，打算掉头逃跑了。而辛格顿知道，一旦此役无法胜出，令黑人将消息传布出去，冒险家们将会遭遇更多敌人的围攻，更少有获胜的希望。在此关键时刻，辛格顿挺身而出，首先命令葡萄牙水手排好队形，在开枪之后保留相应弹药，以应付敌人的下一波冲击。接着，辛格顿不忘鼓励水手们的斗志，“让我们放开喉咙，欢呼三下，就像英国海员遇到同样的庆祝事件所呼喊的那样。”正是在辛格

---

① 笛福，《海盗船长》，张培均、陈明锦译，南宁：广西人民出版社，1980 年，第 59 页。

② 同上，第 61 页。

③ 同上，第 74–75 页。

顿沉着老练、有条不紊的指挥下，二十几位葡萄牙水手可以战胜数百名非洲武士的进攻，获得了战役的胜利，而水手们也自此正式以“波勃船长”[①]来称呼这位并无多少军事经历、年仅十七八岁的少年了。而在小说描写的另一次大规模冲突之中，同样是辛格顿组织起葡萄牙水手，以前锋步步为营、两翼协同保护的战斗方式，打退了一个“凶猛、野蛮与诡谲”的黑人部族的进攻。[②] 由此，笛福以对辛格顿在战争中出色表现的想象，让他成为了横跨非洲之行中名副其实的领袖。

在《杀戮与文化：强权兴起的决定性战役》一书中，作者维克托·戴维斯·汉森以萨拉米斯海战、坎尼之战、罗克渡口之战、中途岛战役等历史上著名的战役为例，分析了西方军队之所以能够屡屡战胜非西方军队的原因。作者注意到，“绝大多数的欧洲远征军，与占据主场的东方人相比，人数都处于劣势，而且远离故土进行战斗。尽管如此，他们总能战胜比自己多得多的敌人，并利用西方文化所带来的种种优势来杀死对手，丝毫没有一点儿心慈手软。”[③]作者列举了西方军队与非西方军队在文化背景、社会组织、战争形式等方面的差异，着重指出了双方在战争理念上的不同。就西方军队而言，

> 为了彻底摧毁敌人而进行的面对面的战斗，看起来更像是西方所特有的战争模式，欧洲以外的军队对此十分陌生，他们往往偏好仪式性的战斗，或者强调依靠骗术与消耗战来获取胜利……因此，他们（西方军队）更愿意彻底消灭那些阻挡去路的

① 笛福，《海盗船长》，张培均、陈明锦译，南宁：广西人民出版社，1980 年，第 62 页。

② 同上，第 84–85 页。

③ 维克托·戴维斯·汉森，《杀戮与文化：强权兴起的决定性战役》，傅翀、吴昕欣译，北京：社会科学文献出版社，2016 年，第 6–7 页。

人，而不是阻止或是羞辱他们。[①]

辛格顿率领的葡萄牙水手，虽然并非严格意义上的一支军队，却在与原住民的屡次遭遇中，展现了欧洲人与非洲人从战争理念到战斗形式上的巨大差异。与非洲原住民更多以呐喊、呼号以及各种仪式化的肢体动作相比，欧洲冒险家们因其先进的火器、注重排枪射击的准确性以及队列行进之中相互照应的严密度，更像一台难以阻挡的杀戮机器。可以说，借着想象中的战斗场景，笛福凸显了现代西方战争组织形式的可怕与高效，强化着欧洲的扩张信心。

正是有了更具杀伤力的武器、有效的战争组织形式以及被强征的黑人奴隶提供的劳力，辛格顿们可以一路深入非洲腹地。笛福借着辛格顿的描述，向英国读者展现出非洲内陆的奇特景观：

> 我们经过了千辛万苦，才爬上那些山岭，可是一看到山岭外面的一片地区，真叫人世间所创造出来的最顽强的心灵，也要大惊失色。那真是一片辽阔的、野兽出没的荒野，看不见一棵树、一条河或是一点绿色的东西。极目所至，浩瀚无垠，不见一物，只有灼热的尘沙，风起处漫卷云烟，可以把人类和野兽一齐席卷而去。我们循着去路向前眺望，或是向左向右观看，只见渺无边际。[②]

类似这样的蛮荒景观，在辛格顿们深入非洲内陆之后，俯拾皆是。早有论者指出，《海盗船长》之中对于非洲动物、植物、地理地

---

① 维克托·戴维斯·汉森，《杀戮与文化：强权兴起的决定性战役》，傅翀、吴昕欣译，北京：社会科学文献出版社，2016年，第32页。

② 笛福，《海盗船长》，张培均、陈明锦译，南宁：广西人民出版社，1980年，第88页。

貌、人文景观等的描写均不确切，也没能超出18世纪20年代欧洲人对于非洲的一般知识。[①] 话虽如此，论者却没有看到笛福非洲想象之中的另一层意味。当然，笛福没有身处非洲的切实体验，其创作也多依据当时流传的文献加工而来，难免有未尽人意之处。但是，笛福笔下的非洲景观，无论是炙热的沙漠、奔腾的河流，还是凶猛的野兽与无处不在的野蛮人，既是对于当时欧洲流行的非洲形象的重复，又赋予其一种阻碍文明主体进展的蛮荒客体的功能。开篇之处道德低下且难以驾驭的葡萄牙水手们，逢山开路，遇水叠桥，在非洲腹地团结协作，顽强应对着旅途的漫长、艰苦与多变，不断展现出无私合作与奉献群体的美德。与此同时，辛格顿们能够利用羊皮制造口袋储藏充足的水与弹药，能够以盐来腌制不断获取的肉类以防霉变，能够用草结绳与搭建帐篷以消除困顿与暑热，能够以极少的弹药消耗便吓退夜间进犯的猛兽，当然，也不仅能够不断战胜野蛮人不断的阻拦与骚扰，而且还能让遭遇的异族尊崇敬畏，为其所用。借助困难的不断出现与被不断克服，《海盗船长》建构出了一种欧洲文明战胜蛮荒非洲的叙事模式。不妨这样说，这片笛福称之为"最最凄凉、寂寞、荒野的地方"，[②] 其景观再现的确缺少后人期待的真实与准确，但却以危险、神秘与广袤反衬着欧洲主体的差异与成长。

这一点，还可以从《海盗船长》之中葡萄牙人形象的变化体察出来。进入非洲之前，尽管并不是英国新教徒，辛格顿却总以新教徒的文化优越感看待葡萄牙人，毫不掩饰自己对于葡萄牙人的厌恶。在辛格顿看来，"所有世界各个民族，自命为基督徒的，以葡萄牙这

---

① Gary J. Scrimgeour, The Problem of Realism in Defoe's "Captain Singleton", *Huntingdon Library Quarterly*, vol. 27, no. 1 (Nov., 1963), pp. 21-37.

② 笛福，《海盗船长》，张培均、陈明锦译，南宁：广西人民出版社，1980年，第54页。

个民族最无信义、最荒淫无耻、最为骄横残暴”。[①] 葡萄牙人喜欢吹嘘自己的勇敢，却是十足的懦夫；葡萄牙人不仅对待外人毫无信义可言，即使对待自己人，也如野兽般的“奸恶、下流和背信弃义”；葡萄牙人一旦成为征服者，便显得无比“骄横、野蛮和残暴”，一旦被人征服，却又“下贱地卑躬屈膝”。[②] 然而，随着辛格顿们深入非洲，原本被贬低为“魔鬼”一般的葡萄牙形象也发生了微妙而深刻的变化。葡萄牙水手们不仅可以在面对蛮族威胁时团结一致，也可以在面对黄金诱惑时遵守约定，最大限度地确保冒险的顺利进行，直至小说末尾一行人“以最为友爱的姿态分手告别”。[③] 可以说，在更为异质与卑贱的非洲他者面前，葡萄牙人与英国人之间固然仍有差异，却已经变成了能够并肩作战的坚实伙伴。在笛福再造刻板形象的过程中，原本以新教/天主教划分并区隔的英国与葡萄牙，让位给了以文明与野蛮划分并区隔的欧洲与非洲。

当然，笛福“非洲想象”的核心在于非洲的财富。作为自古以来便提供给欧洲的重要商品，象牙在笛福的“非洲想象”之中占据了重要的位置，笛福以多个象牙密布的非洲景观，迎合着欧洲人的集体想象，挑逗着欧洲人的财富欲望：

> 在我们到达湖泊这一天的行程中，在我们行经湖畔的整整三天之中，还有走过湖以后六七天的行军中，地上一路都散布着象牙，数量之多，令人不敢置信。有些象牙也许已经放在那里几百年了，牙质几乎从来不见腐蚀，据我看来，它们很可以放在那里直到天地的末日……至于数量呢，毫无疑问，足足装

① 笛福，《海盗船长》，张培均、陈明锦译，南宁：广西人民出版社，1980 年，第 8 页。

② 同上，第9 页。

③ 同上，第 154 页。

得满一千艘世界上最大的船舶。[1]

与象牙相比，非洲更为引人注目的出产则是黄金。细心的读者或许记得，在《鲁滨孙漂流记》之中，鲁滨孙曾经带着价值约40英镑的“玩具和其他一些小玩意”，从英国出发，到达非洲后换了“五磅零九盎司金沙”，回到伦敦后卖了300英镑，这也是鲁滨孙早期航海之中唯一一次成功的航行。[2] 在《海盗船长》之中，经过了30多天横穿沙漠的旅程，跨过1100英里(约1800千米)之后，辛格顿们走出沙漠，来到一条向北流去的大河边。在大河边上的一条小河中，辛格顿们发现了大量的黄金：“我们着手扒挖泥沙，放在水里淘洗；难得挖起满满一捧沙来，可是手里就洗出一些小小的圆粒，和针头一般大小，有时候有葡萄那么大。两三个小时的功夫，就看见每个人都弄到了一些……”[3]在此，笛福以其擅长的细节描写，不仅不厌其烦地描述了水手们从沙里淘金的整个过程，还考虑到了突如其来的巨大财富可能对小小共同体的影响：“生产这样精细贵重的东西，而这东西又偏偏是世界上争端的媒介，那就十有八九，这金子迟早要使我们互相发生冲突，破坏我们的规约和彼此的谅解，也许使我们散伙，或许还会弄得更糟糕些。”[4] 于是，辛格顿又组织水手们重新立约：首先，令众水手发誓，无论分工如何，均平均分配所得；其次，绝不以黄金进行赌博，以免造成难以控制的局面。有了再一次完善的规约，众水手可以安然工作，短短几个星期，便获得了人均三磅半的黄金。此番收获已然巨大，然而，笛福还意犹未尽，又在辛格顿们终点在即的一刻，安排了另一次奇特的遭遇。

---

① 笛福，《海盗船长》，张培均，陈明锦译，南宁：广西人民出版社，1980年，第97页。

② 同上，第13页。

③④ 同上，第106页。

在《海盗船长》"非洲想象"的结尾部分，辛格顿一行到达了距离非洲西海岸约300英里(约500千米)的几内亚。于此，水手们突然在黑人村庄中发现了一位白人流浪者，此人浑身赤裸，发长及腰，肤色已被太阳晒得黝黑。双方接触之后得知此人原本是英国人，曾经为欧洲贸易商服务，因为发生争执离开了白人的贸易据点，走进内陆后被一个非洲部落收留，已经在此生活了8年。辛格顿们答应将他带出非洲，而此人出于感激，带领辛格顿一行找到了他所知道的黄金产地。历经几个月劳作之后，又为即将离开非洲的探险家们增添了数百磅的金沙以及20余吨的象牙。小说之中突然出现的这个白人角色，倒也并非是笛福纯然杜撰的人物。据前人研究，此人名为弗里曼(Freeman)，其事迹最早出现在1671年9月11日的《伦敦报》(*London Gazette*)上，在1728年出版的《海上图集》(*Atlas Maritimus*)中也有记录。① 弗里曼的确在非洲内陆生活过一段时间，后被一支葡萄牙探险队救出，但却在离开非洲前夕死在了贸易据点里。笛福在辛格顿们非洲之旅的最后部分插入这次奇特的邂逅，并且又加入了再次淘金与获取象牙的情节，其效果既可以增加叙事的真实性与戏剧性，又可以强化非洲遍地财富的欧洲臆想。小说中的欧洲冒险家能够在赚得盆满钵满之后心满意足地告别非洲，现实中的笛福读者们也能靠着历经艰险却终有所获的叙事安排，达到阅读与想象非洲的高潮。

第三节 海盗从良

如果说在小说的"非洲叙事"(第1章至第9章)之中，笛福将想象力的焦点几乎完全集中在了非洲内陆，那么，在小说的第二部分

① Gary J. Scrimgeour, *The Problem of Realism in Defoe's "Captain Singleton"*, *Huntingdon Library Quarterly*, vol. 27, no. 1 (Nov., 1963), p. 36.

(第 10 章至第 20 章)中，笛福则重点讲述了辛格顿浪游海上的过程。第 10 章开篇处，辛格顿已将从非洲带回的财富挥霍殆尽，不得已再次出海，来到了西班牙的加的斯。在结识了一批“为非作歹的能手”之后，辛格顿参与哗变，抢下一艘英国船，开始了海盗生涯。在笛福笔下，辛格顿对能成为海盗颇为自得，“我本人已经很有能耐去干种种诡谲的勾当了，既勇敢、又拼死不要命，对于我所着手干的事情，或者可能干的任何事，没有一点良心上的谴责，更没有一点疑惧，怕有什么后果……现在我可得其所哉了，生平所干的任何事，从来没有比现在这个更为心满意足的了。”①有意思的是，就在辛格顿对自己能够以暴力获取财富而感到心满意足的时刻，笛福却在小说中加入了一位贵格派教徒威廉，让他的命运发生了重大变化。如果笛福是以对辛格顿的塑造，迎合与强化着读者心目中海盗惯有的粗野蛮横、胆大妄为的形象，那么，威廉的加入，则不仅令海盗群体显得更为丰富复杂，更能折射出暴力掠夺、商业交换和帝国的扩张与秩序之间纷繁复杂的关联。

在海盗故事部分的开篇处，辛格顿从西班牙出发，行驶到了西印度群岛，在这里干起了劫掠的勾当。按照笛福的描写，辛格顿及其团伙在加勒比海域巡弋，主要是劫掠西班牙人，但也会时不时抢劫英国、荷兰与法国船只，“在一条船上搞到了六万八字银元，在另一条船上搞到了十万”，只用了不到两年时间，海盗们便“财货增加得相当可观了”。②就在辛格顿们在加勒比海地区大肆劫掠的时刻，小说中的另一位重要人物登场了。笛福借辛格顿之口告知读者，在劫掠一艘驶向巴巴突岛的单桅帆船时，他们抓到了一位名叫威廉的贵格派教徒，也是一名外科大夫。与其他被海盗俘获的船员相似的

①② 笛福，《海盗船长》，张培均、陈明锦译，南宁：广西人民出版社，1980 年，第 156-157 页。

是，威廉一方面同意加入海盗，同时，又提出希望能够在众人面前表现出他是被迫加入的。于是，辛格顿命令单桅船船主写下凭证，说明威廉被暴力胁迫，在船主与全体船员签字之后，又以绳索捆缚，将威廉带上了海盗船。

威廉加入海盗的一幕既有表演色彩，又不乏历史的真实。在18世纪初海盗的黄金时期，海盗来源大致可分为两类。第一类类似辛格顿的经历，主动发动或参与哗变，夺船之后成为了海盗，这一类其实人数并不多。第二类则是海盗劫掠其他商船过程中自愿加入的水手，这一类占到了海盗人数的大头。在18世纪的远洋商船与奴隶船之上，普通船员既需要面对危机重重的大海，也需要面对微薄的收入与繁重危险的工作，更需要面对类似独裁者一样的船长的强权与独断，很难有任何人身与财产权利的保障。种种因素相加，令普通船员大多不满商船上的生活，滋生抵制与反抗的情绪，此时一旦有海盗船的出现，普通水手与其说是像船长期待的奋起抵抗保护船只和财货的安全，不如说将其看作成一次报复船长和自我解脱的机会。有许多这样的例子，看到远处驶来的不明身份的船上升起了黑色的海盗旗，普通水手甚至会欢呼起来。① 当然，普通船员即便想加入海盗，改变当下的困境，他们也希望能像威廉一样，表现出来自己是被迫加入的，以留条后路。正如笛福所言，“他们并非老是不愿意跟我们去，只是更愿意装作自己是被胁迫加入海盗的。”②

威廉刚刚登上海盗船，笛福便以一连串的事件再现了他的不同寻常之处。其一，在小说第10章中，辛格顿的海盗船向东追击一艘葡萄牙商船，但威廉提醒海盗，这艘商船其实是会向西回港的，与

① Marcus Rediker, *Between the Devil and the Deep Blue Sea: Merchant Seamen, Pirates and the Anglo-American Maritime World, 1700—1750*, New York: Cambridge University Press, 1987, pp. 254-287.

② 笛福，《海盗船长》，张培均、陈明锦译，南宁：广西人民出版社，1980年，第161页。

其拼命追击，不如坐等其归来；其二，在第 11 章中，海盗们遭遇了葡萄牙军舰的追击而驾船逃跑，威廉告诉海盗，与其试图跑过船速快于自己的葡萄牙军舰，不如与之一战的胜算更大。事态的发展均证实了威廉的判断。接下来与葡萄牙军舰的激烈交火中，威廉虽然没有直接参加战斗，却能够冷静沉着地应对。一方面，他与其他水手一道将拥有 46 门大炮的对方兵舰束缚在了己方只有 28 门炮的帆船上，另一方面则"安详地说道，'你这是什么意思啊？为什么不到那艘船上去拜访你的邻居呢？门是给你开着的啊！"①即鼓励海盗们跳到对方军舰上肉搏。海盗们最终击败了葡萄牙军舰的追击，获得了这次重要战斗的胜利。刚一亮相，威廉便以自己出色的能力、胆略与勇气令众海盗为之折服。

如果说威廉在海上生活的经验与好勇斗狠方面绝不亚于众海盗，那么，威廉又具备了海盗们不具有的另一种思维方式。小说之中，战胜了葡萄牙军舰追击之后的辛格顿被胜利冲昏了头脑，试图与另一艘葡萄牙军舰一决高下。得知消息之后，作为旁观者的威廉对辛格顿发问了："你是愿意弄到钱而不打仗呢，还是愿意打仗而弄不到钱呢？……假定由你自己来选择，你要选哪一条路？"在得到了辛格顿"当然，两条路之中，选前面的一条"的肯定回复后，威廉详细分析了与葡萄牙战舰之间开战的利弊得失：

> 你现在捕获的那艘战利品，究竟得着多大的利益呢，哪怕你的人丢了十三条性命，还有些人受了伤？不错，你搞到了一条船和一些俘虏，可是，在一艘商船上，你将搞到加倍的战利品，还用不着打上四分之一的仗呢。况且那另一条军舰有怎样的武力，有多少人数，要去逮捕它，可能遭受多少损失，对你

① 笛福，《海盗船长》，张培均、陈明锦译，南宁：广西人民出版社，1980 年，第 173 页。

有多大收益，这些你又怎会知道呀？我想，真的，别去惹它倒还好得多。”①

读者或许还记得，在《鲁滨孙漂流记》中，遭遇船难漂流孤岛之后，鲁滨孙采用了“商业簿记的格式，分‘借方’和‘贷方’”，把自己的“幸运与不幸，好处和坏处公允地排列了出来”。② 在《海盗船长》中，威廉则试图以商业思维去理解与引导海盗的暴力行为，同时，也将辛格顿们从民族主义情绪中解脱出来。从“非洲叙事”开始，辛格顿眼中的葡萄牙人便是基督教世界中最为不堪的民族，无论对于外人和自己人，都如“野兽般的奸恶、下流和背信弃义”，被人征服时可以“无比下贱地卑躬屈膝”，成为征服者后“又无比的骄横、野蛮和残暴”，简直如魔鬼一般。③ 显然，威廉对辛格顿式的新教民族主义情绪并不感兴趣。在威廉看来，无论和谁作战，都不是为了满足浅薄和无聊的“荣誉感”，而首先是为了利益，看看自己的损失是否能与收益相匹配。从这个角度看，一种新式的、超越民族主义情绪的商业观念已经开始悄然显现了。

威廉不仅具有精明的商业头脑，还可谓是“自然权利”观念的代言人。笛福以海盗们遭遇哗变奴隶船的一幕再现了这一点。在《海盗船长》的第 11 章到第 12 章之中，辛格顿们遇到了一艘奇怪的船只，桅杆倾斜，绳索松弛，船帆盖在甲板上，如同鬼船一般。众海盗上得船去，却发现船上载有数百名黑人奴隶，并无一个白人船员。原来这是一艘法国贩奴船，船上黑奴发起暴动，将白人船员全部杀死丢入了海中，因不知如何驾船，不得已在大洋上随波逐流。众海盗

① 笛福，《海盗船长》，张培均、陈明锦译，南宁：广西人民出版社，1980 年，第 176 页。

② 笛福，《鲁滨孙漂流记》，郭建中译，北京：中国对外翻译出版有限公司，2012 年，第 48-49 页。

③ 同①，第9 页。

看到黑人奴隶竟然胆敢杀死白人船员，便叫嚣着要为白人复仇，杀死所有黑人，而威廉则展现了另一种做法。首先，威廉阻止了海盗折磨黑人的企图，不仅以高超的医术为奴隶首领治好了断腿，还耐心与之交流。正是在威廉相对人道的处理之下，海盗们了解了黑奴造反的详情：有白人船员屡次奸污黑人奴隶的妻女，致使黑人忍无可忍，奋起反抗。笛福通过威廉之口，肯定了黑人反抗的合理性："即使他们（白人船员）处于黑人的地位，要是能够干的话，也会这样干的。黑人确实遭受了极度不公平的待遇，没有得到本人的允许就给卖作奴隶；自然的规律指示黑人这么干的。"[①]当然，尽管威廉同情黑人，甚至以"自然权利"的观念为黑人的行为辩护，却并不妨碍他依然将黑人当成是有利可图的商品。经过一番巧妙的策划之后，威廉把这批"难于脱手的无主货物"在巴西岸边全部卖掉了，不仅给海盗们带来一笔丰厚的收入，也给自己赢得了"永不失败的朋友"的绰号。

在小说的非洲叙事部分，辛格顿曾行驶到马达加斯加岛，从此越过海峡，开始了想象中的横穿非洲大陆之旅。在小说的海盗叙事之中，辛格顿再一次回到马达加斯加岛，为新的劫掠做准备。颇有戏剧性的是，辛格顿竟然在马达加斯加岛遇到了著名海盗亨利·艾弗利（Henry Avery，或拼写为 Henry Every），携带巨额蛰伏于此。从历史上看，艾弗利是英国人，原本是普通的商船船员，在 1697 年前后打算趁英国、西班牙和荷兰结盟与法国为敌之际，参与私掠船去攻击法国，没想到私掠船滞留西班牙，始终没拿到官方文件。后来，他与伙伴抢了船，到印度洋海域进行劫掠。艾弗利最著名的事迹便是在苏拉特附近抢劫了莫卧儿王朝皇帝的宝船。这次成功的劫掠，不仅让他获得了巨额财富，成为英国人议论纷纷的传奇人物，也给

① 笛福，《海盗船长》，张培均、陈明锦译，南宁：广西人民出版社，1980 年，第 179 页。

垄断莫卧儿王朝贸易的英国东印度公司带来了巨大压力。东印度公司不得不向英国政府求救，要求抓捕与严惩艾弗利，以便向莫卧儿皇帝有个交代，确保自身的经济利益。① 善于把握市场热点和读者兴趣的笛福，让想象中的辛格顿与历史中的艾弗利在马达加斯加相遇了。

当然，两者的相遇既是为了增加叙事的真实性与可读性，也是在为辛格顿的结局探寻方向。历史上的艾弗利在劫掠了大笔财富之后，最终的结局并无定论。一种说法声称艾弗利在马达加斯加定居下来，拥有40多艘战舰，1万多人的军队，“打造出无法撼动也无法从海路与陆路靠近的统治王国”，这种说法曾经盛极一时，但显然缺乏证据的支持。另一种说法称其隐姓埋名回到了爱尔兰，虽然逃过了法律的惩处，手头钱财却被人骗取一空，最终穷困潦倒而亡。②笛福让辛格顿与艾弗利在马达加斯加的相遇，却不愿让辛格顿追随艾弗利的步伐，走入驻留非洲和建立海盗王国的结局。事实上，艾弗利作为主人公命运的陪衬，他的故事并非笛福关注的焦点。此时，笛福关注的核心问题其实是如何让辛格顿接受威廉的改造而重返英国。为达到这个目的，笛福从商业与道德两个维度开始了对辛格顿的转化与洗白。

辛格顿的海盗船行驶到菲律宾群岛海域，在此抢劫了3艘中国商船，其中不仅有白银，也有大量的丁香、肉豆蔻、肉桂、豆蔻干等货物，价值如此之大，令贪得无厌的海盗们有了收手的想法。但是，虽然手头有价值高昂的货物，也有一艘来自中国民船的潜在买家，但惯于暴力劫掠的辛格顿却不知如何能够打消双方顾虑，达成商业交易。对此，威廉再次出手，对双方可能交易的条件与利弊得

---

① Daniel Defoe, *A General History of the Pyrates*, Manuel Schonhorn ed., New York: Dover Publications, 2017, pp. 49-62.

② 科林·伍达德，《海盗共和国：骷髅旗飘扬、民主之火燃起的海盗黄金年代》，许恬宁译，北京：社会科学文献出版社，2016年，第1-20页。

失做了一番详细的分析：首先，海盗们有对方商人需要的货物；其次，海盗们可以以低廉的价格销售这些货物；再次，在此处与海盗交易，可以省却对方商人至少 8 个月航行的时间，并减少由此带来的风险，使对方商人有利可图；最后，从实际交易的角度考虑，海盗们需要拿出诚意，友好地对待对方商人。威廉揭示了应该如何与陌生人从事商业活动的基本逻辑："凡是一个人，他的利害关系约束着他非对我们规矩正直不可，那我就马上对他信任，有如信任一个受道德约束的人一般"。① 正是在威廉有理有据的说服与辛格顿的配合之下，海盗们卖出了劫掠来的丁香、肉豆蔻、欧洲的麻织品、毛织品，买入了 1 包茶叶和 12 捆中国上等熟丝。这次交易不仅令中国商人"异乎寻常地满意"，海盗们也心满意足地"获得了超过五万多盎司的金子"②，可谓皆大欢喜。

笛福的这段描写之所以重要，原因有三。其一，小说之中的辛格顿一直是以暴力在海上劫掠，这是他第一次以非暴力的方式（尽管他的货物本身是赃物）与他人进行卖出和买入的交易，令他开始理解商业交易与暴力劫掠的不同，并为他的转型成功打下基础；其二，笛福在不经意间展现了资本主义原始积累阶段的真相：海盗与商人、劫掠与交易之间，并无严格的区别，海盗以血腥和暴力为手段，积累其原始的资本，促成资本主义工商业的发展；其三，正如笛福借威廉之口明示的，资本主义商业有商业的逻辑，即便并非全然与宗教信仰或民族种族无关，至少这些因素并不能构成阻止贸易的主导因素。商业世界讲求的是双方有共同的利益，只要有利益，便可以相互信任，促成交易的达成。这一点，无疑与笛福一直以来倡导的商业观念相吻合。

①② 笛福，《海盗船长》，张培均，陈明锦译，南宁：广西人民出版社，1980 年，第 228–230 页。

在辛格顿由海盗向商人转变的同时，另一场精神与道德领域的改变也在悄然发生。如果说在《鲁滨孙漂流记》中，鲁滨孙是以“违约—惩罚—悔过—回归”的模式完成了自我的精神皈依，那么，辛格顿也遵循了类似的模式。当然，辛格顿与鲁滨孙也有颇多不同之处。辛格顿自小便被人拐卖，流落在水手之中，从没有过上帝信仰。同时，与鲁滨孙的悔悟是靠自我体悟不同，辛格顿是在威廉的不断启发和帮助下认识到自我的罪过的。小说之中，辛格顿行驶到亚洲赤道附近的海面上时，经历了一次雷击。一道闪电击中了海盗船，不仅帆篷颤动，船只似乎都被震停了下来，而闪电之后的霹雳声音，则：“最为可怕，人世间从未有过，十万桶火药爆炸，也不过如此……刹那间的恐怖，无法描写，无法想象。”在威廉宗教灌输的影响下，辛格顿从上帝惩罚的角度解释了这次现象，他生平第一次：

> 感觉到恐怖的效力……认为自己是由老天爷判定了罪，此刻将沉入万劫不复的深渊……而报应不是按照人类正义的法则来执行，而是上帝将我拿来由他自己立刻处置，并已下定决心，他自己给予的报应，由他自己来做执行人。①

有了对于上帝之愤怒的直观体验之后，在《海盗船长》的第17章到第18章中，笛福又插入了一段轶事，借他人的例证来说明宗教信仰对于个人的影响。英国东印度公司的船长罗伯特·诺克斯父子在1660年前后在锡兰（今斯里兰卡）被当地人扣押。老诺克斯去世之后，儿子孤独一人，依靠阅读宗教书籍度日。虽然他手头有一些宗教书籍，但更渴望“从原始的源泉里获得真理”。② 当然，不出所料，

---

① 笛福，《海盗船长》，张培均，陈明锦译，南宁：广西人民出版社，1980年，第224页。

② 同上，第278页。

他不久便得到了一本“本国语言的《圣经》”，并开始享受“神的慈悲就是他在俘囚中最大的安慰。”[①]应该说，小诺克斯在异乡的生活并不差，有自己的房子、园地，可以“生活得跟任何贵族一样美满”，但是，异乡“完全没有上帝的福音和圣礼的仪式，缺少了福音和仪式，其他一切也就没有什么意义了”。[②] 因此，他决定逃离。在历经了种种艰辛之后，终于在1679年到达了荷兰人控制的区域，获得了自由。“他们感激不尽地敬仰上帝给他们神奇的天佑，使他们得到解放，脱离十九年零六个月的长期囚禁”。[③] 在辛格顿返回陆地生活的前夕，插入一段依靠神意脱离苦难的“囚禁叙事”(captive narrative)，不仅为辛格顿的冒险增加了一层对照与衬托，也为辛格顿与陆地世界的和解多了一层铺垫。

随着结尾的迫近，辛格顿忏悔的步伐也日渐加快。在小说的第19章中，威廉帮助辛格顿卖出了大笔赃物，之后，则再次劝诱辛格顿，“没有人为了买卖而做买卖，更没有人为了盗窃而盗窃”，是该要放弃海盗身份的时候了，即使不是怕国王的惩罚，也总要担心上帝的惩罚。对此，辛格顿表示赞同，“从此我要诚心诚意和你一起重起炉灶”。[④] 到达巴士拉的时刻，两人佯装购买给养，却在上岸后托人带信给等候在海岸外的其他同伙，称已遭人告发，让其他海盗快逃。他的海盗同伙不知详情，仓皇驾船离岸，而辛格顿也和威廉由此摆脱了众海盗，装扮成了波斯商人的样子，暂时隐居了起来。

为了成功打造一个悔改了的海盗形象，笛福没有立刻让辛格顿返回英国，而是又为辛格顿设计了更多的忏悔情节。在中东隐居期间，辛格顿每日沉浸在宗教反思之中，对待自我、社会与财富有了

---

① 笛福，《海盗船长》，张培均、陈明锦译，南宁：广西人民出版社，1980年，第279页。

② 同上，第279-280页。

③ 同上，第285页。

④ 同上，第298页。

全新的认识。辛格顿意识到了自己的罪犯身份，对从无辜货主手中暴力劫掠的行为颇为悔恨，甚至有了以自杀赎罪的想法。当然，笛福并不会真让辛格顿去死，而威廉也以上帝的名义再一次说服了辛格顿。上帝一定是公正的，一定有“裁判和报应”，但对于辛格顿放弃财富与自杀赎罪的想法，威廉提出应该将财富“小心地保存起来，抱定决心，尽我们的可能来把它处置得公平妥当。”小说结尾处，辛格顿跟随威廉“带着全部货物安全抵达英国”，之后不久，又娶了威廉的妹妹，“在一起快乐逾恒，超过了我应享的福分。”①可以说，笛福最终以更为实用主义的态度解决了辛格顿的海盗身份与所得财富的矛盾：辛格顿必须深刻地自我忏悔，以求上帝的宽恕，而劫掠来的财富则依然可以由他保留，并“公平妥当”地加以利用。在道德要求与人性贪欲之间，笛福找到了出路，为洗白之后的辛格顿重返陆地世界找到了归宿。

《海盗船长》出版的 1720 年，恰好是 17—18 世纪期间西方海盗活动的第三次高峰期，这个时期又常被史学家称为海盗的“黄金年代”。从历史上看，1650—1680 年间的海上劫掠者曾掀起海盗活动的第一波高潮，这批海盗在英文中常被称之为 buccaneers，大多来自英国、法国北部和荷兰，以亨利·摩根(Henry Morgan)为代表，袭击目标主要是信奉天主教的西班牙在加勒比的殖民地与商船。1690 年之后，以亨利·艾弗利和威廉·基德(William Kidd)为代表的不法之徒掀起了第二波劫掠高潮，他们既在加勒比地区游走，也转战印度洋领域，并在马达加斯加岛上建立基地，劫掠来往于欧洲和亚洲之间的商船，《海盗船长》中的故事基本上发生在这个时期。时至 1716—1726 年间，海盗活动更为频繁，影响也更大。以爱德华·蒂奇(Edward Teach)和巴塞洛缪·罗伯茨(Bartholomew Roberts)为代表

① 笛福，《海盗船长》，张培均、陈明锦译，南宁：广西人民出版社，1980 年，第 319 页。

的“各个民族的恶棍”(villains of all nations)频繁袭击各国船只，大肆掠夺财物，造成的影响之大，甚至一度令维系列强殖民与商业利益的大西洋航线陷入瘫痪。与此同时，海盗的猖獗活动引发了海上霸主英国的不安和强力弹压。英国王室在1717年发布上谕，要求海盗放下武器，及时投降接受赦免，否则将以严惩。之后，皇家海军奉命开始在各个海域搜寻海盗，从伦敦到开普敦，从波士顿到巴巴多斯，帝国控制下的各处海港竖起了绞刑架，时而将海盗的尸体高悬在港口高处示众，时而以沥青涂抹之后放在入海口的铁笼中，以体现政府镇压海盗的决心与效力。在英国统治阶层的严厉打压之下，盛极一时的海盗活动逐步在大西洋两岸销声匿迹了。[①]

纵观全书，《海盗船长》虽然以“辛格顿的冒险经历”为名，但其中最精彩的角色却非海盗叙事部分的贵格派教徒威廉莫属。关于其来历，马克西米利安·诺瓦克在《小说大师笛福的生平与想法》一书中有提及。诺瓦克认为，笛福在年轻时参与英国的政治活动时接触过贵格派信徒，对其绝不使用武力的和平信条颇感兴趣。[②] 在创作《海盗船长》的前后，又曾经读到过相关的海盗叙事，里面曾有艾弗利劫掠到了由贵格派船长驾驶的船只的记述。[③] 从历史上看，贵格派为英国宗教改革后兴起的一个分支，由乔治·福克斯(George Fox)在17世纪中期所创，其教义强调信众与耶稣的直接交流，强调人与人之间的博爱与平等，不愿意参与任何形式的武力争斗。可以说，在笛福生活的年代，贵格派信众的人数虽然不多，但得益于其较高的道德操守和善于经商的才能，而拥有远超过其人数的政治与社会影响力。在《海盗船长》之中，笛福创造性地再造了贵格派教徒威廉，

① Marcus Rediker, *Villains of All Nations*: *Atlantic Pirates in the Golden Age*, Boston: Beacon Press, 2004, pp. 8-9.

② Maximillian E. Novak, *Daniel Defoe*, *Master of Fictions*, *His Life and Ideas*, Oxford University, 2003, p. 448.

③ 同②，p. 583。

将他从辛格顿的俘虏变成了辛格顿的导师与领路人，借助辛格顿最终放弃暴力劫掠和回归英国社会的故事，隐喻了以国家为主导的商业交易必将取代私人暴力掠夺的进程。从这个意义上看，《海盗船长》虽然与《鲁滨孙漂流记》主题略有差异，影响也略逊一筹，却也不失为传递笛福之帝国想象的又一力作。

第二章　格列佛与帝国的变形记

前文提到过，18 世纪的英格兰是一个航海叙事大行其道的时期。这一点，从斯威夫特的藏书与《格列佛游记》的来源可以一窥端倪。实事求是地看，斯威夫特算不上是海上旅行家，他大多只是往返于爱尔兰与英格兰之间，并没有远洋航海的经验，但他也与当时的英国大众一样，对于航海探索抱有浓厚的兴趣。在斯威夫特的航海/旅行类藏书之中，既有 17 世纪前后出版的理查德·哈克卢特编撰的《英国民族重大的航海、航行、旅行与发现》，也有塞缪尔·珀切斯的《哈克卢特遗著，或珀切斯游记》。正如前文提及的，哈克卢特的文集材料丰富，体量庞大，在总结早期英格兰人的航海历史、凝聚英格兰人的民族精神与扩展英格兰人的全球视野方面，可谓极为重要。①除此之外，斯威夫特还拥有或阅读过荷兰人约翰·哈根·范·林斯科腾(John Huyghen Van Linschoten)的《约翰·哈根·范·林斯科腾驶往东印度的航程》(1598 年)，托马斯·赫伯特爵士(Sir. Thomas Herbert)插图异常丰富的《游记》(1634 年)，法国人文森特·布兰科(Vincent le Blanc)的《世界之旅，或文森特·布兰科著名的航行与旅程》(英语版出版于 1660 年)，威廉·丹皮尔撰写的《新环球之旅》(1697 年)，莱昂内尔·韦弗(Lionel Wafer)撰写的《新航行与美洲地峡的描述》(1699 年)以及大量其他作者、篇幅与内容各异的航海与旅行叙事作品。②同时，斯威夫特也极有可能读过《鲁滨

---

① 张德明，《从岛国到帝国：近现代英国旅行文学研究》，北京：北京大学出版社，2014 年，第 45-59 页。

② Arthur Sherbo, *Swift and Travel Literature*, *Modern Languages Studies*, vol. 9, no. 3, Eighteenth-Century Literature, (Autumn, 1979), pp. 114-127.

孙漂流记》。可以说，《格列佛游记》并非闭门造车的产物，而是扎根在 18 世纪初期英国人探索与想象世界的成果之中。

斯威夫特与笛福生活在同一时代，曾经同时为安妮女王时期的财政大臣罗伯特・哈利(Robert Harley)效过力，却属于不同的政治与社交圈，斯威夫特对笛福也少有好感。斯威夫特在给友人的信中，颇为不屑地提及笛福，“就是那个戴过枷的家伙，但我不记得他的名字了”。[①]斯威夫特的高傲并非全无缘由。与笛福不从国教者的小商人身份不同，斯威夫特出生在英国国教徒家庭，受过良好的教育，长期担任国教会教职，与各界名流多有交往，社会阶层上明显高于笛福。话虽如此，斯威夫特的人生之路也绝非一帆风顺。斯威夫特是遗腹子，其父在他出生前便已亡故，他依靠亲人的照料完成学业。在英格兰退休政治家威廉・坦普尔(William Temple)家中历练十年之后，斯威夫特在 1704 年以《桶的故事》(*A Tale of a Tub*)参与其时文坛上的“古今之辩”，尽显才华。之后，斯威夫特到达伦敦，得到了托利党党魁哈利的赏识，不仅为托利党的报章主笔，也与当时的文坛才子蒲柏(Alexander Pope)、盖伊(John Gay)交往甚密，在政界与文坛之上左右逢源。好景不长，1714 年汉诺威君王即位，清洗托利党，重用辉格派，颇具托利派倾向的斯威夫特自感仕途无望，便自我流放，返回爱尔兰。如此遭遇对于斯威夫特个人或是悲剧，对于英语文学却不啻为幸事。正是蛰居爱尔兰期间，斯威夫特先后写下了《格列佛游记》《布商来信》以及《一个温和的建议》等作品，奠定了他 18 世纪英语讽喻作家第一人的地位。

就本书讨论的 18 世纪英国海洋小说而言，能在知名度上与《鲁滨孙漂流记》媲美的，只有《格列佛游记》了。1726 年 10 月，《格列佛游记》刚在伦敦面世，立刻大获成功，短短几天内，第一版全部售

---

① J. Paul Hunter, *Gulliver's Travels and the later writings*. in Christopher Fox ed., *The Cambridge*, *in Companion to Jonathan Swift*, New York: Cambridge University Press, 2003, p. 224.

馨。时至年底，作品销量已达两万册。这个数字在今天看来并不引人注目，但不可忘记，18 世纪初伦敦的总人口不过 50 万至 60 万，如此销量足以让《格列佛游记》成为当时英国人人热议的话题。当下的读者，尤其是年少的读者往往只会被小人国、大人国、会飞的岛屿与能讲话的马所吸引，这当然要归功于斯威夫特出类拔萃的文学想象力与细节表现力，然而，对于 18 世纪的英格兰人而言，他们购买与阅读《格列佛游记》的主要原因与乐趣来源，其实是去猜测与谈论书中无处不在的政治指涉。与《鲁滨孙漂流记》的漂流孤岛不同，《格列佛游记》与当时英国的社会和政治形势有着更密切的关联。

第一节　英格兰批判

斯威夫特面临着一个风云变幻的政治局势。从时间上看，斯威夫特写作《格列佛游记》时，正值英格兰从斯图亚特王朝向汉诺威王朝的过渡期。1688 年的“光荣革命”之后，来自荷兰的威廉三世取代了其岳父詹姆斯二世，登上了英格兰王位。1702 年，安妮女王继位，1714 年无嗣而终，根据 1701 年的《嗣位法》，排位前 50 的斯图亚特王室成员均无权继承，王位交到了排位 50 开外的汉诺威选帝侯乔治的头上，英格兰由此进入汉诺威王朝统治时期。王位的更迭、国王与议会之间的不断摩擦以及域外所谓“老僭位者”与“小僭位者”(the Old and Young Pretenders)对王位的虎视眈眈，令英格兰政坛充满了不稳定因素。与此同时，自复辟时期围绕《排斥法案》形成的两大阵营，即代表中上层贵族与大地主利益的托利党，与代表新兴工商业资产阶级利益的辉格党，在内阁与议会之中围绕如何对待不从国教者、王位继承人选、欧洲战争以及党派人事任命等问题，不断进行着非常激烈的斗争。在历史学者看来，此时“激增的竞选花费，增长的政府庇护，低效与腐败的政治，使得普通议员常常怒火中烧，也让此时的党派之争与任何时代一样激烈。虽说旧的政党边界不断模糊，但辉格与托利两党之间的分裂，依然是政治历史上的明显事实。”①斯威夫特生活的英格兰虽然不像 17 世纪一般历经革命与暴力的洗礼，但依然充满着种种的震荡与不安。

《格列佛游记》最吸引普通读者的部分，或许就是格列佛在利立浦特（小人国）与布罗卜丁奈格（大人国）的经历。其实，就在格列佛进入小人国的一刻起，不只是他的身形大小发生了相对变化，斯威夫特也步步深入地将大众引入了英格兰的宫廷政治之中。在《格列佛游记》的第二章中，格列佛以质朴和善良获得了小人们的信任，终于见到了国王。在斯威夫特笔下，这位利立浦特的君主比其他大臣虽然只高出格列佛一个指甲盖的高度，却“容貌雄健威武，长着奥地利人的嘴唇……他现年二十八岁零九个月，青年时代已经过去；在位大约七年，国泰民安……服装非常简朴，式样介于亚洲式和欧洲式之间……”②如此描写会让英格兰读者立刻联想到此时的汉诺威君主乔治一世。虽然乔治一世并非奥地利人，但在当时詹姆斯王党人的宣传之中，常常会将乔治一世说成与奥地利天主教王朝有秘密联系。乔治一世在 1714 年继承英格兰王位，至《格列佛游记》开始创作的 1721 年，恰好在位七年，此时的他也年届六旬，“青年时代已经过去”。同时，服装“式样介于亚洲式和欧洲式之间”，暗示出乔治一世有土耳其仆人的事实，乔治一世也常常在托利派与詹姆斯王党人的宣传之中，被描述成土耳其暴君的样子。后文之中提及飞岛国王时，斯威夫特不仅特意提到君主与格列佛之间的语言不通，而且还强调指出，“这位君王以对陌生人好客而闻名，这一点上他超过了他

① J. H. Plumb, *The Growth of Political Stability in England 1675—1725*, London: Longman, 1967, pp. 129-130.

② 乔纳森·斯威夫特，《格列佛游记》，杨昊成译，南京：译林出版社，2008 年，第 12 页。

的每一位前任。”[①]现实中的乔治一世不懂英语，对英格兰少有感情，所作所为常令包括斯威夫特在内的英格兰人多有不满。在王权依然处于压倒性优势的18世纪20年代，斯威夫特大胆再现了君主与宫廷之中的诸多内情。

格列佛不仅以讽喻手法议论君王，还大胆地揭示了宫廷政治的本质。格列佛看到利立浦特的宫廷之中盛行两种游戏，其一称之为跳绳游戏，凡是“候补重要官职或希望获得朝廷恩宠的人”都需要在一根长约两英尺(约61厘米)、离地十二英寸(约30厘米)的白色细绳子上表演，谁能在君主面前跳得高、跳得好，谁就得到官职。[②] 其二是君主拿着棍子，表演者“一个接一个跑上前去，一会儿跳过横杆，一会儿从横杆下爬行，来来回回反复多次，全看横杆是往上提还是往下放而定”，最敏捷与跳来爬去时间最长的人，会得到相应颜色的丝线奖励。[③] 两种游戏的说法并非空穴来风。跳绳游戏流行于18世纪早期的英格兰。早在1708年，斯威夫特便曾以此批评过辉格党人马修·廷代尔(Matthew Tindal)，提及“只要有人能在松弛的绳子上行走，议会法案便会据此才艺授予该人职位”。[④]丝线游戏是暗指英格兰宫廷以蓝色的嘉德绶带、红色的巴斯绶带和绿色的蓟花绶带奖励臣民的做法。在斯威夫特笔下，英格兰宫廷与官场既像是走钢丝表演，官员必须用性命讨好君主，同时，官员又像马戏团的动物，被君主用棍子指挥戏耍。宫廷政治危险与愚人的本质，被斯威夫特以两个游戏的方式描写得生动而极富洞见。

斯威夫特的锋芒不仅直指君主与宫廷政治，辉格党的权臣更被

---

① 乔纳森·斯威夫特，《格列佛游记》，杨昊成译，南京：译林出版社，2008年，第129页。

② 同上，第19页。

③ 同上，第20页。

④ Jonathan Swift, *Gulliver's Travels*, ed., by Claude Rawson and Ian Higgins, Oxford: Oxford University Press, 2005, p. 219, note 33.

他纳入笔端。该国的财政大臣佛利姆奈普曾在跳绳游戏中跌落，若非有君主的坐垫相助，早就一命呜呼。该权臣便是汉诺威宫廷之上的权臣罗伯特·沃波尔(Robert Walpole)的写照。君主以坐垫救下性命一事，暗指在南海危机(the South Sea Bubble)之中，汉诺威君主重新启用沃波尔，恢复了他的政治生命。在飞岛之上，格列佛也闻听该国首相之妻曾背着丈夫去岛下幽会情人，直至一去不返，此处的轶事同样是指沃波尔与第一任妻子凯瑟琳·肖特(Catherine Shorter)之间的情感纠葛。沃波尔是汉诺威王朝建立的功臣，曾长期担任辉格党领袖，还推动了将托利党人开除公职的政治行动。斯威夫特对他有许多激烈的批评。此时此刻，利用航海叙事建构的虚拟国度，斯威夫特将这位权倾一时的人物推上了遭人讥讽的前台。

斯威夫特具有托利倾向，屡遭辉格党排斥，但依然能对党争之祸与党派差异有所反省。早在1703年12月，他在给友人的信中论起伦敦的政党之争："我真希望你能在这里待上十天，这里的党派之争激烈的程度，我闻所未闻……真是太普遍了，我看到街上的狗都比平常的更傲慢、更爱争执……"①同样，借利立浦特的大臣瑞尔德里沙之口，格列佛了解到该国面临两党纷争撕裂国家的危险。尤其难得的是，借助书中人物之口，斯威夫特指出两党分歧看似水火不容，其区别却细碎得可笑：其差异无非是鞋跟的高矮不同而已。后文之中，格列佛造访拉格多大科学院时，也借医生之口再一次讽喻了党争的琐碎与无聊："至于两派领袖人物的脑袋在质量和大小上有点差异……实在是微不足道。"②

格列佛在利立浦特盛极而衰的经历，从一个侧面影射了英格兰现实政治的虚伪与丑恶。格列佛以一己之力，帮助利立浦特战胜敌

① Jonathan Swift, *Gulliver's Travels*, ed., by Claude Rawson and Ian Higgins, Oxford: Oxford University Press, 2005, p. 293, note 42.

② 乔纳森·斯威夫特，《格列佛游记》，杨昊成译，南京：译林出版社，2008年，第156页。

国舰队，赫赫战功却引发了小人们对他的嫉恨与攻击，甚至利立浦特君主也参与其中，一方面宣称自我的仁慈慷慨；另一方面却设下各种毒计要处决他。得知内情之后，格列佛评论道：

> 每当朝廷颁布一项严酷的判决，不论那是为了替君王泄愤，还是为了宠臣报怨，皇帝总要在全体内阁会议上发表一通演说，表明他如何宽大、仁爱，说他这些品质是天下闻名，举世公认……再没有比歌颂皇帝仁慈的话更让老百姓害怕的了，因为大家看得出来，这样的颂词越夸张越强调，刑罚肯定更惨无人道，而受害人也就更加冤枉了。[①]

1715 年的詹姆斯王党叛乱被镇压之后，乔治一世嘴上大谈自己的宽赦，辉格派政府也不停赞颂君主的仁慈，但依然有多人遭到流放与处决。1722 年 10 月，斯威夫特写信给蒲柏，暗含讥讽地提到“托利派精彩地刺激到了当下的君主，令其表现出了如此的仁慈与宽恕，其程度要远超他整个统治期间的表现。”[②]英格兰政治斗争之中的残酷与虚伪，借助格列佛在利立浦特的不幸遭遇，被淋漓极致地再现出来。

如果格列佛在小人国体现的既有身高上的优势，也有道德上的优越，那么，在大人国之中，格列佛不仅变成了身材上的小人，更变成了道德上的小人。比侏儒还矮小的格列佛被作为玩物献给大人国的宫廷，为弥补身材缺陷引发的自卑感，格列佛不无骄傲地向国王介绍了英格兰的地理、气候、议会、教会、司法制度、财政制度、军事成就、人口、历史等，希望引起对方的重视与尊敬。但是，他

① 乔纳森·斯威夫特，《格列佛游记》，杨昊成译，南京：译林出版社，2008 年，第 46 页。

② Jonathan Swift, *Gulliver's Travels*, ed., by Claude Rawson and Ian Higgins, Oxford: Oxford University Press, 2005, pp. 299-300, note 65.

的一番详述却引发了大人国国王的颇多疑问：贵族真的能起到社会中流砥柱的作用吗？道德品行上可靠吗？议员真是通过公平选举选上的吗，还是通过贿赂等行为？法庭真的有公平吗？会不会出现权力和金钱影响公正的情况？为什么既然英格兰自称拥有民主的政体，却又要在和平时期去国外招募常备军？为什么贵族士绅会沉迷于赌博？等等。借大人国国王之口，斯威夫特毫不留情地批评了英国政治、社会与经济生活的方方面面。格列佛对于英格兰现状与历史的一番详解，不仅不能让大人国国王心生赞许，反而让他看到英格兰的百年历史"不过是一大堆阴谋、叛乱、暗杀、大屠杀、革命和流放，是贪婪、党争、虚伪、背信弃义、残暴、愤怒、疯狂、仇恨、嫉妒、淫欲、阴险和野心所能产生的最恶的恶果"。[①] 而英格兰人甚至被大人国国王蔑称为"大自然从古到今容忍在地面上爬行的小小害虫中最有毒害的一类"。[②] 如此一番迎头痛击，让英格兰再次回到了利立浦特的水准，也将英格兰人自诩的光荣与文明击成了碎片。

结束了大人国的游历之后，格列佛开始了第三次的出航。一般认为，《格列佛游记》的第三卷很有可能是在第四卷完成之后加写的，这也能解释《格列佛游记》四卷之间为何缺乏统一感的疑惑。[③]当然，统一感是见仁见智的问题。就《格列佛游记》借助的航海叙事的形式而言，只要叙事进程符合时间与空间的顺序，并不会对读者的理解造成大的困难。同时，从讽喻的主题上看，如果说前两卷的讽喻围绕英格兰宫廷政治进行，主题可称之为"政治与权力"，那么第三卷对勒皮他、巴尔尼巴比与拉格多大科学院的描写则在事实上形成了"知识与科学"的主题，由此也与第四卷中以慧骃和耶胡之对比凸显

---

① 乔纳森·斯威夫特，《格列佛游记》，杨昊成译，南京：译林出版社，2008 年，第 103 页。

② 同上，第 104 页。

③ J. Paul Hunter, *Gulliver's Travels and the later writings*, in Christopher Fox ed., *The Cambridge Companion to Jonathan Swift*, New York: Cambridge University Press, 2003, p. 232.

的“道德与人性”的主题相互呼应，形成了相互联系、互有侧重的关系。应该说，《格列佛游记》自有内容与主题的完整性。

飞岛的显著特点之一是音乐(或乐器)的无处不在。飞岛居民的衣物上总是装饰有“提琴、长笛、竖琴、军号、六弦琴、羽管键琴以及其他欧洲人所没有的乐器的图形”[①]，招待客人的菜式是“捆扎成小提琴形状的鸭子”“像长笛和双簧管的香肠和布丁”以及“像竖琴的一小块小牛胸肉”[②]，国王和朝臣也常常拿出乐器，“不间断地连续演奏上三个小时”[③]，以显示飞岛上的人对音乐的重视。这其实也是斯威夫特对于汉诺威宫廷生活的讽喻。乔治一世喜好音乐，是意大利歌剧的保护人。受他的影响，当时意大利音乐在伦敦风靡一时。1723年，同属涂鸦社(the Scriblerus)成员[④]的约翰·盖伊(John Guy)在至斯威夫特的信中，提及了这股风气：“伦敦的娱乐只有音乐……宦臣与意大利女人才能唱歌……人人都摇身一变，成了音乐鉴赏家，就像你在的时候，人人都可以评论诗歌一样。那些根本分不清音调高低的人，都在为亨德尔、博农契尼(Bonocini)和阿里奥斯蒂(Attilious)的风格差异争论不休。”[⑤]但是，如此热爱音乐的朝臣与官员，不仅听觉有严重的障碍，常常需要佣人以拍子拍打，给其“发音及听觉器官来一下外部的刺激”，更反讽的是，这里的权贵只是执迷音乐，对来自底层普通百姓的呼喊声“根本无动于衷”。[⑥]

飞岛经历的重点是斯威夫特对于“计划”(Project，也被译为“设

---

① 乔纳森·斯威夫特，《格列佛游记》，杨昊成译，南京：译林出版社，2008年，第128页。

② 同上，第130页。

③ 同上，第131页。

④ 成员包括约翰·盖伊(John Guy)、约翰·阿巴思诺特(John Arbuthnot)、托马斯·帕纳尔(Thomas Parnell)、亚历山大·蒲柏(Alexander Pope)和罗伯特·哈利(Robert Harley)等人。他们设想要为Martin Scriblerus写传记，后未果。

⑤ Jonathan Swift, *Gulliver's Travels*, ed., by Claude Rawson and Ian Higgins, Oxford: Oxford University Press, 2005, p. 320, note 145.

⑥ 同①，第129页。

计”或“开发”)的讽喻。“计划”一词在18世纪初期的英格兰含义广泛，既包括科学技术上的发明创造、工农业的改良、创立和发起各种公司企业，也包括各种投机活动，等等。笛福曾在1697年发表了《计划论》(*An Essay upon Projects*)一文，内容繁杂，涉及英格兰政治、商业、社会生活的方方面面，可谓笛福站在资产阶级立场上提出的改良社会的纲领性文件。①斯威夫特显然对英格兰此时兴起的计划之风另有看法。借助格列佛的眼睛，读者看到在拉格多大科学院里“每一个房间里都有一位或一位以上的设计家(projector)”，② 而总数不少于500位。如此多的设计家却在认真从事着诸如从阳光中提取黄瓜、从粪便中还原食物、以盲人调色、以猪耕地、养蜘蛛纺线和用谷壳来播种等颇具荒诞色彩的行为。斯威夫特对于“计划”的讽喻，既有源自培根的《新大西岛》与拉伯雷《巨人传》的历史渊源，也有对现实之中种种荒唐设想的揶揄戏谑。当然，斯威夫特并不讳言自己在“年轻时就做过设计家之类人物”的事实。③ 从个人经历上看，斯威夫特的确在1709年前后写过鼓吹计划的文章，随着年龄增长与政坛失意，斯威夫特转变立场，站到了计划者的对立面上。当然，即便身处计划兴起的时代风潮之中，斯威夫特也没忘记对现实英格兰政治的激烈批评。格列佛在政治设计家学院遇到了一位教授，他著有论文，称能根据粪便颜色分辨出可疑人物，借与该教授交流的机会，格列佛向他介绍了英格兰是如何进行政治与文字迫害的：

我曾在特列不尼亚(Tribnia)王国逗留了很长一段时间。当

① 郭建中，《郭建中讲笛福》，北京：北京大学出版社，2013年，第85-86页。

② 乔纳森·斯威夫特，《格列佛游记》，杨昊成译，南京：译林出版社，2008年，第147页。

③ 同②，第146页。

地人管它叫兰格登(Langden)。[1] 那里的人大部分是由侦探、见证人、告密人、检举人、证明人、发誓控告人以及其爪牙组成。他们受正副大臣的庇护、指挥和津贴。在那个王国，阴谋(plot)通常都是那些企图抬高自己大政治家身份的人所为。他们企图使一个摇摇欲坠的政府恢复生机，企图扑灭或转移群众的不满情绪，企图用没收来的财物填进自己的腰包，企图左右公众舆论以尽量满足个人私利。他们先取得一致意见，定好应控告哪些可疑分子图谋不轨，接着采取有效手段弄到这些人的书信和文件，然后把他们囚禁起来，文件则交给一伙能巧妙地从词语、音节以及字母中找出神秘意义的能手去处理。比如说，他们会破译出"马桶"是指"枢密院"，"一群鹅"是指"上议院"，"瘸腿狗"(a lame dog)指"侵略者"，"呆头"指"—"，"瘟疫"指"常备军"……

假如这种办法行不通，他们还有另外两种更为有效的办法，当地学者称之为"离合字谜法"和"颠倒字谜法"。用第一种办法，他们能解释出所有单词的第一个字母都具有政治含义。于是，N就代表着"阴谋"，B指"一个骑兵团"，L指"海上舰队"。要不就用第二种办法，通过颠倒变换可疑文件上字母排列的顺序，解开对当局不满的政党最深藏着的阴谋。比方说，如果我在给朋友的一封信里说，"我们汤姆兄弟最近得了痔疮"，一个精于此道的人，能把这句话里的字母重新排列组合，变成下面这句话："反抗吧！阴谋已经成熟，塔。"这就是颠倒字谜法。[2]

① 原文中的Tribnia(特列不尼亚)显然指的是Britain，而Langden既可以指英格兰(England)，又可以指伦敦(London)。

② 乔纳森·斯威夫特，《格列佛游记》，杨昊成译，南京：译林出版社，2008年，第157-158页。

与《格列佛游记》中诸多其他指涉一样，此番说辞同样有明确的现实关联。事实上，斯威夫特谈起的正是对阿特伯里主教（Bishop Atterbury）被控叛国一案的看法。弗朗西斯·阿特伯里（Francis Atterbury）是安妮女王当政时崛起的国教派宗教领袖，也是一位颇有才华的文人。与当时许多托利派人士一样，他对辉格派利用《嗣位法》将斯图亚特王室继承人排除出去的做法颇为不满，也与流亡法国的詹姆斯王党人有书信往来。1722年，有詹姆斯王党人密谋发动叛乱推翻汉诺威君主，阿特伯里也被牵连其中，被控叛国，投入了伦敦塔。阿特伯里曾从詹姆斯王党人手中接受过一条名为“小丑”（Harlequin）的宠物犬，小狗在旅途中折断了一条腿，此事被辉格党人当成了阿特伯里参与叛乱的证据，这也是上文格列佛所称的“‘瘸腿狗’指侵略者”一说的来历。①阿特伯里不喜欢汉诺威君主，也与辉格派为敌，但在审判中，辉格党人始终没有确凿的证据判定阿特伯里参与了叛乱。即便如此，在沃波尔等辉格权臣的操纵下，议会还是通过了所谓的“严刑惩治法”（bill of pains and penalties），剥夺了阿特伯里的政治与宗教权利，并在1723年将他逐出了英国。阿特伯里一案曾在18世纪20年代的英国引发了巨大争议。借格列佛造访拉格多大科学院之际，斯威夫特不仅表达了对阿特伯里的同情，也强烈抗议了当权者不择手段编织罪名打击异己的做法。时隔近300年后，这段对当权者以文字设狱迫害异己的揭示，读来依然令人感到痛快淋漓，即便放在世界文学范围内，斯威夫特对政治迫害的批评也可谓直抵要害，透彻骨髓。

格列佛在慧骃国的经历与其之前的经历同样令人印象深刻，如果不是更晦暗的话。兽形人性的慧骃与人形兽性的耶胡来得太过突然，不仅让格列佛万念俱灰，认为自己最终认识到自己其实也不过

① Jonathan Swift, *Gulliver's Travels*, ed., by Claude Rawson and Ian Higgins, Oxford: Oxford University Press, 2005, p. 332, note 179.

是耶胡的一员而已，也给了普遍信奉只有人才是唯一具有理性的生物的18世纪读者一记“文化重击”。[①]一般认为，斯威夫特笔下慧骃国的原型是古希腊的斯巴达社会，而耶胡则是斯威夫特糅合了当时航海发现、英格兰人对爱尔兰原住民的歧视性观点以及古代斯巴达社会中的奴隶之后的创造性产物。[②]借助格列佛一系列海外冒险的经历，尤其是慧骃国的遭遇，斯威夫特不仅对人性本身的拷问达到顶点(这一点将在第三节中详述)，也对欧洲列强的殖民行径有了更清醒与直观的认识：

> 说老实话，对分派君主去那些地方统治的合法性我已经有些怀疑了。比方说吧，一帮海盗被风暴刮到了一个不知名的地方，最后一名水手爬上主桅发现了陆地，于是他们就登陆掠劫。他们看到的是一个于人无害的民族，还受到友好招待；可是，他们却给这个国家起了一个新国名，为国王把它给正式占领了下来，再竖上一块烂木板或者石头当纪念碑。他们杀害二三十个当地人，再掳走几个做样品，回到家里就被赦免了。一片新的领土就这样开辟了，它的获得名义上还是神圣的。国王立刻派船前往那地方，把当地人赶尽杀绝。为了搜刮当地人的黄金，他们的君主受尽折磨。国王还对一切惨无人道、贪欲放荡的行为大开绿灯，整个大地于是遍染当地居民的鲜血。这一帮如此效命冒险远征的该死的屠夫，也就是被派去改造开化那些盲目崇拜偶像的野蛮民族的现代殖民者。[③]

---

① R. S. Crane, *The Houyhnhnms, the Yahoos, and the History of Ideas*, in J. A. Mazzeo ed., *Reason and the Imagination: Studies in the History of Ideas 1600—1800*, New York: Columbia University Press, 1962, pp. 231-253.

② Clawde Rawson, note. 207. pp. 341-342.

③ 乔纳森·斯威夫特，《格列佛游记》，杨昊成译，南京：译林出版社，2008年，第255页。

显然，落难海盗强夺土地与黄金却得到国王嘉奖的往事，指的就是诸如科尔特斯(Cortes)和皮萨罗(Pizarro)一般的西班牙冒险家对于美洲的征服史。16世纪初，有“羽毛蛇神”之称的西班牙冒险家科尔特斯，率领约600人的西班牙军队，征服了人口数百万的阿兹特克帝国，之后的皮萨罗也以不到200人的兵力，征服了人口约500万的印加帝国。他们的殖民行径几乎完全摧毁了古代中美洲文明的最高成就，创造了世界历史中不可忘却的血腥征服的神话。

作为英格兰国王陛下的忠实臣民，格列佛表示说，“这一段描述跟英国民族毫无关系。英国人在开辟殖民地方面所表现出来的智慧、关心和正义可以做全世界的楷模。”①当然，读者是不会错失这句话中的反讽意味的。同时，格列佛还戏仿了当时的航海游记写法，佯装认真地分析了是否可以去新发现的土地上殖民的问题，让读者去反思殖民贸易与战争的荒谬。从经济上看，格列佛所到的几个国家都不盛产黄金、白银、食糖和烟草，没有利益上的吸引力；从军事上看，征服小人国没有意义，征服大人国又不可能，而派往慧骃国的军队只会被慧骃们“用后蹄将士兵的脸踢得稀烂”；从道德上看，英格兰社会至多与小人国社会位处伯仲之间，不仅难望大人国之项背，更是与慧骃国里那些“最肮脏、最有害、最丑陋的耶胡”相差不远。格列佛甚至还告诉读者，慧骃国中的耶胡极有可能就是英格兰人的祖先。与真正具有“荣誉、正义、真理、节制、公德、刚毅、贞洁、友谊、仁慈和忠诚”等诸多美德的慧骃相比，英格兰人又有何颜面能够以“全世界的楷模”自居，去展现所谓的“智慧、关心与正义”呢?②

---

① 乔纳森·斯威夫特，《格列佛游记》，杨昊成译，南京：译林出版社，2008年，第255页。

② 同上，第254-255页。

以历史的后见之明观之，16—17 世纪的英格兰正是从传统社会向现代社会转型的重要时期，转型主要表现为从等级君主制到新君主制的政治转型，从自给自足的庄园制到商品交换的经济转型，从贵族与僧侣意识形态到新贵族和市民意识形态的思想文化转型等几个方面。[①]当然，转型期绝不平静。都铎时期与罗马天主教的决裂，斯图亚特时期的内战、革命与复辟，都在英格兰掀起过轩然巨浪。但是，自 1688 年“光荣革命”之后，英格兰整体上保持了大致的稳定，确立了王权逐步让位给议会、天主教势力让位给新教以及资本主义工商业逐步替代大贵族与大地主阶层的行进方向，在欧洲各国家的政治与社会变革中逐渐走到了前列。然而，借助格列佛旅行结束时的一番回顾，斯威夫特不仅批评了其他欧洲国家的殖民罪恶，也以先扬后抑、明褒暗贬的手法，又将讽喻的矛头对准了英格兰日益膨胀的扩张欲望，不仅洞穿了英格兰道德优越与文化自信的气球，也将对英格兰社会与政治的讽喻推向了高潮。

第二节　爱尔兰情结

在讨论斯威夫特的爱尔兰情结之前，有必要先介绍一下爱尔兰的历史。现代的爱尔兰共和国虽然是一个独立的民族国家，但历史上却与隔海相望的英国多有纠葛。公元 10 世纪之前，爱尔兰土地上的居民以凯尔特人为主，形成了以血缘关系为纽带的部落社会，主要语言为盖尔语，并且大体信奉在公元 5—6 世纪引入的基督教(天主教)。公元 12 世纪前后，盎格鲁-诺曼人侵入爱尔兰，逐步占据越

① 姜守明、黄光耀等，《英国通史 第三卷：铸造国家——16—17 世纪英国》，南京：江苏人民出版社，2016 年，第 2 页。

来越多的爱尔兰土地。进入都铎王朝之后，英格兰社会发生巨变，信奉天主教的爱尔兰对新教改革后的英格兰愈显威胁，英格兰控制爱尔兰的欲望也愈发强烈。1541 年，受英格兰控制的爱尔兰议会宣布亨利八世为爱尔兰国王，宣布两国永久联合。英国随之在爱尔兰推行了一系列“英格兰化”的政策，英国在爱尔兰的控制取得重要进展。时至 17 世纪，英格兰加快了对爱尔兰的殖民控制。前有革命时期克伦威尔率领的远征军在 1649—1652 年对爱尔兰的残酷镇压，后有威廉二世在 1689—1691 年大败支持斯图亚特王朝复辟的詹姆斯王党人，不仅迫使詹姆斯二世永久逃亡法国，也确保了之后英格兰国教势力在爱尔兰的绝对支配地位。

就 17 世纪末与 18 世纪初的爱尔兰而言，其社会可大致划分为三类阶层。第一类是爱尔兰原住民，占据人口的大多数，大都信奉天主教，是英格兰殖民侵略的主要对象，位处爱尔兰社会的底层与边缘；第二类是来自新教长老派的殖民者，其中很多人曾跟随克伦威尔征服过爱尔兰，他们大多居住在北爱尔兰，经济状况尚可，但因为不从英格兰国教而缺乏政治权力；第三类是忠于英国国教的英格兰殖民者，人数不超过爱尔兰总人口的 5%，控制了爱尔兰的议会、政府、经济与法律系统，是爱尔兰社会的特权阶层。斯威夫特便在事实上属于这一阶层。正如前文提到过的，1714 年，自感仕途无望的斯威夫特返回爱尔兰，并从此长期定居，期间书写了大量为爱尔兰人争取政治、经济与社会权利的作品。实事求是地说，斯威夫特虽然出生在爱尔兰，但他既不将自我认同于爱尔兰信奉天主教的原有居民，也对爱尔兰不从属国教派的新教派别多有偏见。可以说，斯威夫特更多地只是将自己当成了被迫流放到了爱尔兰的英格兰人，认为自己应该与在母国的英格兰人具有相同的权力而已。①虽

① Wolfgang Zach, Jonathan Swift and Colonialism, *The Canadian Journal of Irish Studies*, Vol. 26, No. 1 (Spring, 2000), pp. 36-46.

然具有一定的时代局限，但斯威夫特对于爱尔兰权益的呼吁，无疑具有历史的进步作用。

在斯威夫特为爱尔兰争取权益的诸多事例之中，首先应该关注的是威廉·伍德铸币事件。伍德是18世纪20年代英格兰的铸币商人，他以一万英镑贿赂乔治一世的情妇，获得了为爱尔兰铸造铜币的特许权。按照特许权的规定，伍德可以在以后的14年间，铸造价值10万8千镑的硬币，此举在爱尔兰引发了轩然大波。一方面，爱尔兰人认为伍德的硬币分量与成色均不足，如果将其与爱尔兰通行的铜币通用，将会直接损害爱尔兰人的经济利益；另一方面，如果允许由英格兰人控制爱尔兰货币的铸造权，会令爱尔兰无法获得经济上的自主权，原本就被英格兰控制的爱尔兰经济将变得更加无法独立。虽然在英格兰有辉格派权臣沃波尔积极推动伍德铸币，但在爱尔兰方面，无论是爱尔兰枢密院还是国教会，均有意阻止硬币的铸造与发行。斯威夫特闻知此事后，借用了古罗马时期反对恺撒独裁的共和派斗士布鲁图（Marcus Brutus）的名字，化名为"M. B布商"，以笔为剑，积极参与到了维护爱尔兰经济利益的斗争之中。

自1724年开始，斯威夫特为铸币事件一共写了7封信，分别针对爱尔兰普通民众、出版商、贵族、爱尔兰大法官与国会议员等。在信中，斯威夫特根据目标读者的不同，分别采用不同的言说方式，来达到鼓励人心、团结斗志的目的。比如第一封信是写给"店主、商人、农民与爱尔兰普通人的"，便尽量采用了平实生动的语言，向公众解释了铸币事件的来龙去脉，分析了伍德铸币会给爱尔兰经济带来的损害，呼吁他们根据法律赋予的权利，抵制伍德铸币。在写给爱尔兰的绅士与贵族阶层的第三封信中，他则把重点放在了对现有法律与文献的分析上。斯威夫特指出，"我查遍了英格兰和爱尔兰的法律，没有找到哪条法律使爱尔兰从属于英格兰，正如没有法律使英格兰从属于爱尔兰一样。”[①]“大家要明白，根据神法、自然法、万民法和你们自己的国法，你们是而且应该是同英格兰同胞一样自由的民族。”[②]当然，无论读者有怎样的不同，斯威夫特都在不断强调应该充分意识到此事对爱尔兰的经济打击：“如果我们竟然如此愚蠢而邪恶，以至于接受了这受诅咒的铜币，那么，我们要经历的苦难，三天三夜也说不完。如果把全体爱尔兰人放在天平的一侧，把伍德这个跳梁小丑放在另一侧，那么伍德先生很难以一人之力压倒一国。英格兰每年从这个王国获取上百万良币，超过了它在世界其他地方收入的总和。”[③]斯威夫特特别强调的是，爱尔兰并非英格兰的“附属国”，而是与英格兰具有平等权利的“帝国”，爱尔兰人并非英国人臣仆，而与英格兰人具有平等的权利：

> 难道爱尔兰人民不是像英国人一样生来自由的吗？他们是怎样失去自己自由的呢？他们的议会不是像英格兰议会一样合法地代表了人民吗？他们的枢密院不是一样参与公共事务的管理，甚至权力还要更大吗？难道他们不是同一个国王的臣民吗？他们不是在同一个太阳照耀之下吗？他们不是在同一个上帝的保护之下吗？难道说我在英国还是自由人，花六个小时时间穿越海峡后就变成一名奴隶了吗？[④]

正是在斯威夫特与爱尔兰各阶层人士的强烈抗争之下，1725 年 8 月，乔治一世收回成命，取消了对伍德铸币的授权。整个事件，用斯威夫特的话可以总结为：“金钱原本是分裂世人的伟大力量，在经

---

① 乔纳森·斯威夫特，《桶的故事·书的战争》，管欣译，北京：商务印书馆，2016 年，第247 页。

② 同上，第 249 页。

③ 同上，第 233 页。

④ 同上，第 13 页。

历了一场古怪的革命后，变成了把一个最分裂的民族团结起来的伟大力量。”①

伍德铸币并不是斯威夫特参与爱尔兰政治的唯一事件，却是最著名的事件。在此之前，斯威夫特曾屡次为爱尔兰利益呼吁过。斯威夫特从英格兰失落归来之前，曾于 1707 年写下《一位受伤女士的故事》(*The Story of the Injured Lady*)，抗议英格兰对于爱尔兰经济上的不平等政策，显示出对于爱尔兰利益的关切。1714 年之后，斯威夫特被辉格党当权者视为詹姆斯王党人，不仅在政治上遭到排斥，他的信件也遭到秘密拆封与监视，这让斯威夫特极为愤怒，也让他更坚定了为爱尔兰人的权益书写的志向。1720 年，针对英格兰 1699 年通过的对爱尔兰经济颇为不利的《羊毛法案》(the Woollen Act)，斯威夫特写了《关于广泛使用爱尔兰制品的建议》(*A Universal Use of Irish Manufacture*)一文，讨论英格兰的不公平政策对爱尔兰经济的打击，号召爱尔兰抵制英格兰制品，甚至敦促爱尔兰议会宣布任何穿着进口丝绸或是进口时髦衣物的人是“民族敌人”。此文之中，斯威夫特再一次展现了深厚的古典文学修养与出色的讽喻才华，他笔下的爱尔兰纺织工人技术高超，犹如奥维德(Ovid)笔下的阿切尔(Archne)，却不幸遭到了女神(英格兰)的嫉恨，令她只能用自己的肠子纺纱织布。

伍德铸币事件发生之际，《格列佛游记》尚未完成，不出意外，伍德事件也进入了《格列佛游记》的第三卷中。格列佛介绍说，飞岛的国王有两种方式令下面城市中心怀不满的居民臣服。第一种比较温和，将飞岛漂浮在城市之上，阻断下面的阳光和降水，同时抛下巨石，摧毁下面居民的房屋；第二种带有毁灭性，国王将飞岛降落在城市上，杀死所有的人，将建筑夷为平地。国王固然强大，但下

① 乔纳森·斯威夫特，《桶的故事·书的战争》，管欣译，北京：商务印书馆，2016 年，第246 页。

面的居民也自有自卫的手段，他们能在城中修建高塔或石柱，将飞岛顶落。因为居民们“都一清二楚，因为事关他们的自由和财产，他们心里明白，顽固不屈可以坚持到什么地步。”就在格列佛到达的三年前，飞岛国王与王国第二大城市林达洛因（Lindalinians）的居民发生了激烈争执。此处居民一贯不满国王的高压统治，不仅把国王派来的总督抓了起来，而且“以令人难以置信的快速度和劳作，在城的四角建起了四座巨塔”。得知消息的国王前来镇压，但城中居民却有了充分准备，无论是阻断阳光雨水，还是以巨石抛下，均无法令城中居民屈服。气急败坏的国王准备孤注一掷，试图降下飞岛，却发现如果飞岛降落得太低，不仅无法摧毁反叛者，自己都有倾覆的危险。最终，无计可施的国王只好屈服了，“被迫答应这个城市提出的条件。”臣民的抗争获得了胜利。①

此处的林达洛因正是都柏林的变形，飞岛国王与林达洛因民众之间的冲突，正是伍德铸币事件中英格兰王权与爱尔兰人民之间冲突的写照。英国国王虽然蛮横与专制，但也绝非战无不胜。面对爱尔兰人民充分的准备、高昂的士气与紧密的相互团结，英王也只能退让，答应爱尔兰人民的合理要求。斯威夫特甚至还更为大胆地借助一位大臣的口说道，“如果飞岛那次降得离城市过近而无法再次上升，居民们就决定把它永远固定住，杀死国王及其所有走卒，彻底改换一下政府。”②这部分内容因为太过直接，在斯威夫特生前并未刊出，直至他去世后才在各种选本中恢复。事实上，斯威夫特为爱尔兰利益的呼吁常常伴随着遭遇镇压的风险。1720 年斯威夫特写的《关于广泛使用爱尔兰产品的建议》一文便引发了激烈争议，导致印刷商爱德华·沃特斯锒铛入狱。《布商的信》中的第四封是“致全体

---

① 乔纳森·斯威夫特，《格列佛游记》，杨昊成译，南京：译林出版社，2008 年，第139-141 页。

② 同上，第 141 页。

国民”，其中的语言也颇具煽动性，被英格兰当局悬赏300镑，要求知情人举报作者。当时，斯威夫特的作者身份在爱尔兰可谓人尽皆知，但由于爱尔兰人民的拥护与爱戴，斯威夫特并没有受到举报或迫害。斯威夫特的友人谢立丹(便是日后写作《造谣学校》的剧作家的祖父)在其创办的《智慧》(*Intelligence*)杂志中称，应该为“布商”在全国塑造雕像，而《格列佛游记》在都柏林的印刷商乔治·福克纳，则将斯威夫特称之为“爱尔兰的爱国者”(the Hibernian Patriot)。可以说，斯威夫特以其勇敢、犀利而充满智慧的讽喻与批评，为爱尔兰人民争取权益的同时，也为自己赢得了崇高的声望。

当然，如前文指出的，斯威夫特并非没有时代的局限性。斯威夫特对于爱尔兰的感情是复杂的。一方面，斯威夫特会在给友人的信中称自己是一个“当地人，一个爱尔兰人”，会为爱尔兰人的权利与利益做不懈的斗争。但另一方面，斯威夫特会称自己生在都柏林的事实是“一个事故”，自己是“被流放到了一个最不为人知、受到奴役的地方的。”斯威夫特虽然被众人看成是爱尔兰爱国者的典范，但他依然将爱尔兰描述成一个满是蠢人与农奴的国度。①《格列佛游记》中的耶胡与爱尔兰原住民的形象也脱不开干系。事实上，对斯威夫特这种身份与情感上的矛盾，有论者称之为“一位反对殖民主义的殖民者”的“精神分裂症”(schizophrenic)，认为斯威夫特本人便是源自英格兰的殖民者，对爱尔兰本无多少感情，但因为自己的殖民利益受到了损失，故而要以激烈的言辞加以反抗。②应该说，这种指责并非全无道理，却也有简化历史之嫌。

的确，作为一个生活在18世纪初期英格兰与爱尔兰的作家，斯威夫特的作品中常常有歧视与贬损爱尔兰(原住民)文化的倾向，这

---

① Wolfgang Zach, Jonathan Swift and Colonialism, *The Canadian Journal of Irish Studies*, vol., 26, no. 1, (Spring, 2000), pp. 37–38.

② 同上, p. 41。

毫无疑问是斯威夫特的局限，他不可能完全摆脱英格兰文化优越感的影响。但是，对这一点过于苛责，就会错失斯威夫特作品更为重要的意义。其实，与其他任何时代的任何一位思想丰富而复杂的作家一样，斯威夫特言谈与写作常有自相矛盾之处。比如说，斯威夫特生前常说死后宁可葬在威尔士，也不愿被埋在爱尔兰。但事实上，他不仅选择了都柏林的圣帕特里克教堂作为安息地，对自己应该如何被安葬做出了详尽的指示，还将几乎所有的个人财物捐献出来，帮助修建了圣帕特里克医院。从这个角度看，又很难否定斯威夫特对于爱尔兰的感情与他的普世情怀。

现代的批评者更倾向于称斯威夫特为“流亡”或“离散”作家。认为这类作家遭遇的“流放是公众知识分子存在的独特方式。在自我精神流放的状态中，知识分子可以逃避权力体制的罗网，栖居在社会权力舞台的边缘。但独特的边缘状态使他们领略到挣脱生活（权力）羁绊后的流放快感，能逼近知识和自由的巅峰”。[①]应该说，这个论断放在斯威夫特与爱尔兰的关系上也是适用的。在一定意义上，斯威夫特是从当时经济、政治与文化中心的英格兰，被流放到了位处边缘的爱尔兰，并以此为家，终生为身处边缘与底层的群体发声。无可否认的是，斯威夫特的写作在客观上为爱尔兰民族主义思想的萌发起到了启蒙作用。同时，斯威夫特的义愤与同情也在一定程度上超越了他的原有民族、阶层与利益，成为了爱尔兰人反抗殖民统治的共同诉求与共享资源。正是从这个意义上看，这位“不停地诅咒爱尔兰、又坚决守护着爱尔兰的英国佬”，不仅是“流亡知识分子的原型”，[②]也是一位当之无愧的爱尔兰民族英雄。

①② 陶家俊，《世界性/世界化：后殖民文本政治论的两大根源》，当代外国文学，2007年第4期，第103页。

第三节 “痛恨人类?”

有心的读者如果把《鲁滨孙漂流记》与《格列佛游记》进行比较，会发现很多有趣的相似与不同之处。两部作品均诞生在一个以航海冒险为特征的年代之中，均借用了航海叙事的惯例写成。但是，同样描写的航海冒险，鲁滨孙的经历是一次比一次成功，获取了土地、金钱与来自异族的膜拜。但是，格列佛一次次的出海遇险，非但没能发财致富，反而遭受了越来越严厉的打击。可以看到，格列佛对人性的认识程度与屡次航行的情节之间形成了一种有趣的对照关系。或者说，随着航行之中遭遇的人为险境的不断加深，格列佛对人性的认识也变得越来越灰暗。诚如论者指出的，“如果借用逻辑三段式来描述，可以说《鲁滨孙(漂流记)》虽然包含内在的矛盾和质疑，毕竟是有关现代‘个人’的有力的正面陈述，是其‘正题’，而《格列佛(游记)》则是驳斥那种建立在原始积累时代资产者经验基础上的个人主义自我观的一个语气尖锐的‘反题’。”①

不妨从格列佛落难的方式来罗列一下斯威夫特推进其“反题”的方式。格列佛的第一次航行是在去往东印度群岛的途中，船只遭遇风暴而触礁沉没，只有格列佛一人侥幸逃生。第二次事故则是船只偏离航道，格列佛与其他水手上岸后遭遇了巨人，其他水手慌忙逃离，只有格列佛落在了后面。这两次航海遇险之中并没有人为作恶的因素，格列佛在小人国与大人国之中对人性的用语也相对平和。但是，格列佛的第三次和第四次航海却危险得多。第三次出海，担任了船长的格列佛遭遇了海盗，格列佛央求海盗中的荷兰人看在彼

---

① 黄梅，《推敲“自我”：小说在18世纪的英国》，北京：生活·读书·新知三联书店，2003年，第109页。

此都是基督徒的份上，能放过他们，却没有奏效，反而被海盗丢进了一艘小独木舟，差点送命。到了第四次出海，则是格列佛手下的船员发起暴动，占领船只，将他抛弃在了孤岛之上，准备将他活活饿死。一次比一次凶险的航海遭遇，与格列佛对人性阴暗面的认识不断加深相互呼应，最终促成了格列佛对于人类近似于弃绝的仇恨——他宁可不愿做人，而宁愿与马为伍了。如此的受挫经历是《鲁滨孙漂流记》中绝对没有的，如此弃绝的态度也让不少批评家为之不安，这也是《格列佛游记》曾经引发过巨大争议的原因。

众所周知，西方世界自 15 世纪以来，经历过一系列巨大的变化。中世纪之后的文艺复兴、启蒙运动、宗教改革与航海大发现等变化，动摇了传统社会安定而相对单一的生活秩序。时至 18 世纪初期，关于科学优越、理性进步与人类骄傲的种种话语，正日渐成为时代的主流。但是，在《格列佛游记》之中，当时欧洲人引以为豪的种种成就，无论是政治与社会制度的改善，还是人类文化与文明的成就，甚至人性本身都在《格列佛游记》中受到了讽喻与批评。这种文本之中展现的决绝态度，让很多评论家认为斯威夫特是一个“痛恨人类的人”。比如 19 世纪的英国小说家威廉·萨克雷，他一方面赞扬斯威夫特的才华，认为凡是读到斯威夫特寓言的人都会为之倾倒，但另一方面，也认为其中的道德观念“太可怕，太令人感到羞耻，太怯懦，也太亵渎了”。因此，读者最好和他一起为“这位伟大的教士喝倒彩”。①

其实，这种批评并不公平。格列佛的弃绝人类并不能代表斯威夫特的态度。事实上，就在小说封面上的格列佛画像下，便有“光荣的虚假”(splendide mendax)的拉丁文短句。熟悉西方文化的读者知

---

① William Makepeace Thackeray, *On Gulliver's Travels and Swift's Last Days*, in Claude Rawson and Ian Higgins, ed., *The Essential Writings of Jonathan Swift*, New York: W. W. Norton & Company, Inc., 2000, p. 743.

道，此典出自诗人贺拉斯的《颂歌》第三卷，意思是“伟大的谎言”(splendid untruthful)，在原文中指的是达那俄斯(Danaus)的女儿海珀麦斯塔(Hypermestra)为救丈夫林修斯(Lynceus)而说谎的神话故事。[①]应该说，这个短语提纲挈领地点出了《格列佛游记》的意义：虚构是为了更高尚的目的。又如主人公之名 Gulliver 与 Gullible(易上当的)词义之间的关联所暗示的，格列佛并不是一位老于世故的旅行者，他的所见所闻最多只是普通人的水平，既未必全然可信，见识上也未必高明。应该说，格列佛的确有独立的人格与个性，有特殊而具体的思想发展轨迹，并非简单的斯威夫特思想的代言人，而斯威夫特对待人类社会的看法远比格列佛的要丰富与深刻得多。作家的思想与主人公的思想并不能直接相等，正如我们不能将李尔王的思想等同于莎士比亚的思想，或者将阿 Q 的思想等同于鲁迅的思想一样。

斯威夫特创作《格列佛游记》的年代，是德国学者哈贝马斯所谓的“文学共同领域”创建的时期。在这一时期，随着印刷技术的提高、1710 年英国首部《版权法》的颁布、文学赞助人的式微、职业出版商的崛起等，都为英国文学公共领域的兴起和成熟提供了必要条件。从宫廷中游离出来的部分贵族“在与资产阶级知识分子相遇过程中，那种充满人文色彩的贵族社交遗产通过很快就会发展成为公开批判的愉快交谈而成为没落的宫廷公共领域向新兴的资产阶级公共领域过渡的桥梁”。[②]在哈贝马斯看来，这种对话方式训练了资产阶级的辩论技巧，奠定了公共交往的模式。而这些对话首先是在文学领域得以演练的，哈贝马斯因此将其称之为“文学公共领域”，即一个“不仅是‘私人领域’与‘公共领域’之间的中间地带，也是‘政治公

---

① Horace, *The Odes of Horace*, translated by Jeffery H. Kaimowitz, Baltimore: The John Hopkins University Press, 2008, p. 112.

② 哈贝马斯，《公共领域的结构转型》，曹卫东等译，上海：学林出版社，1999 年，第 34 页。

共领域'的前身，更是'代表型公共领域'向'市民公共领域'过渡的一个中介”。[①]斯威夫特就是哈贝马斯看重的英格兰18世纪早期三位批判作家之一。但是，这种“文学公共领域”的建构，却并非一个谦谦君子相互协商、相互礼让之下的产物，而是充满了各种激烈的话语与言辞冲突的场域。

保罗·亨特提醒读者，18世纪的前20年，既是英国文学史上作品产出的高峰期，而文学也得到了前所未有的重视。文人们不仅将自我看成是品味与道德的裁判，更是文化、政治乃至哲学的向导与守门人。包括斯威夫特在内的许多文人，在这一时期均非常接近政治权力的中心，与统治者有很多的接触机会，他们的写作常常能够直接影响政治决策，而文人也常常非常深地卷入了政治与派系斗争之中。如果说这一点与哈贝马斯的看法类似，那么与哈贝马斯所谓继承了贵族风范的知识分子之间“公开批判的愉快交谈”的看法不同，这段时期的文坛之上，政治与派系斗争常常以文人之间相互人身攻击的形式展开，无论是笛福、斯威夫特、艾迪生、斯蒂尔，还是之后的菲尔丁，均深深卷入其中，其言辞之尖酸、刻薄与狠毒，常常超出一般读者的想象。比如斯威夫特的好友蒲柏，因年幼时罹患重症而导致脊柱变形，在当时的论战之中常常被人称之为“恶魔”“怪物”“癞蛤蟆”“毒舌”“黄蜂”，甚至是“猿猴”（A. P-E）。[②] 当然，斯威夫特也逃不过类似的人身侮辱与恶毒攻击。从这个角度看，斯威夫特言辞的刻薄与激烈，虽有个人情绪的宣泄，也并非没有时代的原因。

斯威夫特在《格列佛游记》写作前后一直与蒲柏保持着通信来往，信中表露的信息是我们了解斯威夫特思想的重要材料。在1725年9

---

① 霍盛亚，《英国文学公共领域、咖啡馆与约翰·德莱顿的文学共同活动》，长春师范大学学报，2016年第3期，第138-143页。

② J. Paul Hunter, *Gulliver's Travels and the later writings*, in Christopher Fox ed., *The Cambridge Companion to Jonathan Swift*, New York: Cambridge University Press, 2003, p. 220.

月 25 日的信中，斯威夫特写道：

> 你想到这个世界的时候，请应我的请求再给它一鞭子。我一直憎恶所有的国家、职业和社团。我的爱是向着个人的。比如我憎恶那些律师、医生、士兵、英国人、苏格兰人、法国人等等，但我主要恨的、厌恶的却是那个被称作“人”的动物，尽管我深爱着约翰、彼得、托马斯等等。这是多年以来我自己的思想体系……我已有材料要写成一篇论文来证明“纯理性动物”这个定义是虚假的，并证明它只能是“具有理智能力”的动物。在一个巨大的恨世基础之上(不是泰门的那种方式)，我的《游记》也树立其上；在所有诚实的人都同意我的观点之前，我是不会心情平静的……①

在 1725 年 11 月 26 日的信中，斯威夫特再一次表明了自己的态度：

> ……实话告诉你，我并不恨人类，其实是你们自己恨人类，因为你们硬要说人是纯理性动物，结果因为失望而怒不可遏。我一直都反对这个定义，并自己另下了一个定义。②

从这两封信中可以看出，与其说斯威夫特痛恨人类，不如说斯威夫特珍视个人而痛恨以组织或集体名义行事的人。斯威夫特想证明的是，人类只是具有“理性能力”的动物。虽然生活在一个相信科学与技术的无穷潜力、相信人类理性的无限潜力的时代之中，斯威

---

① Jonathan Swift, *Swift to Alexander Pope*, in Claude Rawson and Ian Higgins, ed., *The Essential Writings of Jonathan Swift*, New York: W. W. Norton & Company, Inc., 2000, p. 676.

② 同上，p. 678。

夫特对于人类理性的怀疑却与以笛卡尔等为代表的主流启蒙思想家有所区别。笛卡尔等启蒙思想家继承与发展了古希腊的理性主义，他们提倡科学，鼓励质疑，相信人类理性，甚至将人类理性奉为最高权威，认为具有理性的人类可以成为世界上的最高主宰。这一切在斯威夫特看来，未免显得太过天真与乐观。斯威夫特试图证明，人类的现实与历史的种种事实表明，人类因其生来所固有的缺陷与问题，是无法担当"纯粹理性"这一名称的。只有认识不到人类局限性的人，才会因为期望过高而失望过深，才会真正变成一个愤世的人，斯威夫特思想的深刻与成熟恰恰体现在此处。而作为一名虔诚的基督徒，斯威夫特在《格列佛游记》中对格列佛遭遇的种种描写，则与一种被称为"万物链"的古老信仰颇有关联。

"万物链"的思想来源于古希腊，后来经过基督教神学家的改造，成为影响了中世纪乃至后世的一种重要的神学与哲学观念。这种观念认为，世界各种生命都是根据上帝的意图有秩序地排列在一条等级分明的链条之上，其排列是以理性的多寡为顺序自上而下进行的。链条的最顶端是上帝，上帝是万事万物的创造者，具有完全的理性。上帝下面是天使，天使也具有理性，但已经不是纯粹的理性，而且天使已经具有了形体。天使下面是人，人具有部分理性，但因为人同时也有与动物一样的肉体，所以也拥有更多的本能欲望。再往下，则是兽类、植物以及没有生命的物体，等等。在这根上帝设计好的链条上，每个生灵都有自己固定的位置，不能随意更改。如果有一种生灵打破了这种固定的位置，整个宇宙的顺序就会乱掉，而世界也会陷入混乱。

在"万物链"上，人类属于一个比较特殊的地位。人有部分理性，这使他与身处"万物链"上面的天使类似，但是，人同时也有各种各样的欲望，更是与"万物链"之下的兽类相似。也就是说，作为"神"

与“兽”之间的造物，人的确具有理性，但却并不具有全然的理性。人若是努力践行忠诚、希望、节制、俭省等美德，则会趋向天使；但是，如果人类骄纵自己的欲望，以嫉妒、暴怒、懒惰、贪婪等面目出现，则会使自己混同兽类。在斯威夫特看来，对于人是理性动物的过度夸耀会让人卸掉在上帝面前的负罪感，会让人因无所顾忌而为所欲为。斯威夫特并不苟同其他启蒙思想家的乐观看法，他坚持认为人类理当意识到自己的缺陷与问题，谨守本分，不可因为“骄傲”而僭越。下面我们就以“万物链”为基础，看一看斯威夫特是如何将“万物链”的思想融合在几次航海游记当中，带领读者步步深入、踏上通往批判与反思的航程。

格列佛第一次与第二次出海，分别抵达的是小人国与大人国。在小人国中，格列佛是一个身材上的正常人，而他的表现也都很正常。相反倒是那些身材只有正常人 1/12 的小人们逐渐暴露了他们道德上的缺陷。格列佛帮助小人做了许多好事，但是小人国的国王最后竟然要密谋处死格列佛。因此，第一次航行后的格列佛无论在身材上还是在道德上，都处于优势地位。但是，到了大人国中，情况却发生了 180°的逆转。曾经是小人眼中“巨人”与“英雄”的格列佛，却成了巨人眼中的“有害的爬虫”，无论他怎样为自己辩护，他的所作所为也无法改变人类在巨人眼中种种可恶的形象。格列佛在小人国与大人国之中的经历仿佛在提醒我们，在“万物链”的巨大等级体系之中，人类并没有一个特殊的位置，相对于一些物种，我们可能算是巨人；但在另一些物种面前，我们不过是一些小小的爬虫。我们若一味向下看，当然会因自己的伟大而沾沾自喜；但是，如果我们能换一个视角，抬头仰望一下巨人的世界，就能看到自己的渺小。这种跳脱自身所处环境的限制去反观自身的做法，可以将人类的当下境遇推向远方，摆脱“此时”“此刻”的感官局限，获得真知与智慧，从而变得自省与谦卑。

对比小人国与大人国的经历，我们可以说斯威夫特以视角的变化提醒我们，人类在“万物链”中并没有特别引以为傲的身体存在，那么，格列佛在慧骃国的经历，则是从纯粹理性到纯粹兽性的维度之上，去重新看待人类的位置。前文说过，耶胡是慧骃国度中的一种类似人类的野兽，它们好斗、贪吃、放荡、肮脏，象征着人类兽性发展到极端的状况。与之相反，慧骃的国度则是格列佛眼中的理想国。慧骃国的“伟大准则是培养理性，一切都受理性支配”，而它们的理性因为不受感情和利益的蒙蔽，所以也不会有“争议、吵闹、争执、肯定虚假、无把握命题”等罪恶①。但是，我们也同时发现，慧骃虽然依赖“友谊”与“仁慈”生活，但它们的生活却因为过于刻板而缺乏感情因素，比如说，慧骃的结合主要是由父母和朋友来决定的，其标准是看男方的力气与女方的漂亮，而这样做的原因并非为了爱情，而是为了防止种族的退化；再比如说，慧骃对于亲友的去世既不高兴也不悲伤，而他们对待子女的方式也显得过于苛刻。这样一种缺乏必要情感的生活方式，并不值得去效仿，这显然也不是人类理想生活的方式。换而言之，斯威夫特在提醒读者，人类既不能在兽性的维度上毫无节制地堕落下去，也不能纯然依靠理性去生活。或者说，人类应该在纯然理性与纯然兽性之间选取自己恰当的位置，千万不可将自己当成了纯然理性的造物。斯威夫特写作《格列佛游记》的目的也就在于，以两种极端的对比唤醒人们对于自我位置的正确看法，让人们在理性、科学与进步的时代大潮中，保持一份清醒的头脑，万不可因“骄傲”而“僭越”。

同样值得一提的是，《格列佛游记》虽然有大量的批评、讽刺与鞭挞的内容，却也并非仅仅是全然的厌恶与弃绝。事实上，就在常常受到争议的第三卷中，斯威夫特借格列佛之口，模仿《奥德赛》等

① 乔纳森·斯威夫特，《格列佛游记》，杨昊成译，南京：译林出版社，2008年，第230页。

古典史诗，编织了造访地狱、呼唤出古代人物的鬼魂的情节，并借机表达了对人类之中优秀分子的敬意。在格列佛看来，布鲁图、优尼乌斯、苏格拉底、伊巴密浓达(Epaminondas)[①]、小加图、莫尔可称之为世界历史中最为杰出的六个人。尤尼乌斯·布鲁图推翻了罗马之前的王权统治，帮助创建了罗马共和国；马克·布鲁托斯是尤尼乌斯的后裔，为了罗马能够保持共和制，参与刺杀了曾经的好友恺撒；苏格拉底是古希腊伟大的哲学家，也可称之为为了信仰自由而放弃生命的勇士；莫尔不仅仅是名著《乌托邦》的作者，也是因为捍卫信仰自由而被亨利八世处决的勇士。用格列佛自己的话总结，这些让他的眼睛得到满足的人都是"那些推翻了暴君和篡位者的人和那些为被压迫、被侵害的民族争回自由的人"[②]。从格列佛钦佩的话语之中，读者不难感受到斯威夫特对于自我的期许与人类历史的希望。正是有了这些楷模，斯威夫特才不仅仅只是痛恨人类，而是以犀利的言辞为武器，积极投身到了唤起民众的战斗中去。正是如此，我们也才能更好地理解他为自己所撰写的墓志铭："斯威夫特驶进了湾港 / 义愤不再撕裂胸膛 / 被世界愚弄的旅人！ / 可敢效仿他的榜样？ /为了人类的自由/ 他效力，奔忙。"

《格列佛游记》自1726年问世以来，不仅在英国妇孺皆知，也被译为多种语言，近300年来在全世界各国畅销不衰。一提到《格列佛游记》，人们多会想起主人公格列佛在小人国、大人国、飞岛国与慧骃国的种种奇妙经历。斯威夫特以超乎寻常的想象力、幽默与讽刺的文笔、夸张又不失真实的细节再现，征服了各个年龄层次的读者，

① 蒙田在《随笔集》中将其与荷马和亚历山大大帝并称，称之为盖世英雄。蒙田称赞他具有受智慧和理性指导的人的那种果断和勇敢，不仅思想有条有理，到了随心所欲的境界，而且学识极为渊博，却极为谦和，无论是道德和觉悟都远远超过所有管理国家大事的人。同时，他也从不滥杀无辜，对敌人也讲究人道。参见：蒙田，《随笔集》，第二卷，第36章。

② 乔纳森·斯威夫特，《格列佛游记》，杨昊成译，南京：译林出版社，2008年，第163页。

让他们徜徉在小说构建的奇妙世界之中，享受阅读的乐趣。同时，正如本章试图说明的，作为一位涉世极深的文人，《格列佛游记》之中处处展现了斯威夫特对于政治的介入与批评；作为一位颇具正义感的作者，斯威夫特又对爱尔兰此时遭受的不公平对待仗义执言，为爱尔兰人的权益发声；而作为一位虔诚的基督徒与严肃的人文主义者，斯威夫特并非所谓的“憎恨人类者”，并非对人类的全然弃绝。斯威夫特认为人类堕落的天性无法超越自己的局限而达成自我拯救，需要在“万物链”中恪守自己位置，不可僭越。从形式上看，斯威夫特借用了其时最流行的航海叙事的文类惯例，但他又展现了与笛福颇为不同的思想倾向。如果说笛福是以《鲁滨孙漂流记》等作品肯定了个体的自我成就与帝国扩张的合法性，客观上起到了为帝国扩张鸣锣开道的作用，那么，《格列佛游记》则对英格兰的政治与社会现状、对帝国文明的傲慢，甚至对人性本身都进行了深刻的反思与批判。可以说，以格列佛四次不同的航海经历为鉴，斯威夫特为18世纪初喧嚣躁动的英格兰人辨清自我与认识帝国提供了另一种可能。

第三章 《蓝登传》与苏格兰人的帝国想象

虽然与笛福、菲尔丁、理查森和斯特恩并称为18世纪英国小说五大家,[①]托比亚斯·斯摩莱特(Tobias Smollett, 1721—1771)得到的批评关注却远不如前四位。伊恩·瓦特的意见颇具代表性。瓦特认可斯摩莱特作为“社会记者和幽默作家”的才能，却批评其大多作品都在“主要情节和总的结构上有明显缺陷”，因此没能在小说传统中发挥重要作用。[②]然而，随着学界对英国文学传统内部之间差异性的不断关注，斯摩莱特的独特性也日渐凸显。如果说小说是现代民族在历史与社会的变迁中定义与构建自我的重要手段，那么，在18世纪有关不列颠帝国的种种想象之中，缺少了来自苏格兰作家的声音，显然有失完整。这便是本文的缘起。

1707年苏英议会的宣告合并是英帝国历史上具有标志意义的重大事件。随着大不列颠联合王国的成立，曾经相互独立、长期为敌的英格兰王国与苏格兰王国均不复存在。但是，合并对于两国造成的影响，却不尽相同。对于积极推进合并，并在其中占据主导地位的英格兰重商主义者(比如笛福等人)而言，“英格兰无须改变其基本原则，只需将其经济利益定位为整个不列颠的利益，然后继续为不列颠在国际贸易中寻求一个与之前便在独自寻求的强大地位”即可。[③]对于相对落后与弱势的苏格兰而言，情况却大不相同。合并虽

① 侯维瑞、李维屏,《英国小说史(上)》，南京：译林出版社，2005年，第78页。

② 伊恩·P. 瓦特,《小说的兴起：笛福、理查逊、菲尔丁研究》，高原、董红钧译，北京：生活·读书·新知三联书店，1992年，第335页。

③ Brian P. Levack, *The Formation of the British State: England, Scotland, and the Union, 1603—1707*, Oxford: Clarendon Press, 1987, p. 165.

然保留了苏格兰原本独立的司法、宗教与教育体系，带来了至关重要的经济发展与社会改良的机遇，却也引发了一场深刻的民族身份危机。[①]如果说英格兰不再是需要随时提防的危险敌人，而是必须共居一岛的强大伙伴，那么，苏格兰应该如何重新看待自身与英格兰相异的历史、语言与文化传统？如何在英格兰的文化与生活方式的直接影响下，维系乃至发展本民族的存在感与共同感？尤为重要的是，面对不列颠帝国在全球范围内不断开拓的贸易与殖民空间，如何建构一种与之适应的、建基于苏格兰土地之上又能超越苏格兰之地域局限的认同观念？这些便是18世纪以来苏格兰文化精英念兹在兹的历史命题。

《蓝登传》(*Roderick Random*)出版于1748年，讲述同名主人公从苏格兰家乡出发，历经英格兰、欧洲大陆、加勒比等地，最终返乡的旅行/冒险故事。现有论者已经注意到小说之中蓝登的主体建构与不列颠帝国之间的关系。苏格兰文学史专家罗伯特·克洛福德肯定了《蓝登传》作为“第一部以苏格兰人为主人公的重要小说”的地位，认为《蓝登传》的写作旨在纠正英格兰的历史偏见，为位处边缘的苏格兰人赢得认同。[②]列斯·戴维斯将《蓝登传》放置在1746年的库洛登战役(Culloden)的余波之中，认为斯摩莱特对屠杀的刻意回避体现了其塑造共同身份的努力。[③]伊凡·葛特莱德延续了前两位论者的思路，并以大卫·休谟与亚当·斯密的道德哲学为框架，探索斯摩莱

① 参见：David Daiches, *The Paradox of Scottish Culture: The Eighteenth Century Experience*, London: Oxford University Press, 1964; Kenneth Simpson, *The Protean Scot: The Crisis of Identity in Eighteenth-Century Scottish Literature*, Aberdeen: Aberdeen University Press, 1988.

② Robert Crawford, *Devolving English Literature*, Edinburgh: Edinburgh University Press, 2000, pp. 55-75.

③ Leith Davis, *Acts of Union, Scotland and the Literary Negotiation of the British Nation 1707—1830*, Stanford: Stanford University Press, 1998, pp. 63-73.

特如何试图在《蓝登传》中为苏格兰人赢得同情。①以上论述虽均涉及《蓝登传》与不列颠帝国的关系，但许多与小说意义直接相关的问题，却依然没有回答。比如说，小说之中的蓝登曾三次进出伦敦，作为帝国中心的伦敦如何在小说中再现，折射了斯摩莱特对英格兰怎样的态度？爱尔兰角色不仅贯穿作品始终，还在小说戏剧冲突最强烈的部分扮演了极不光彩的角色，他们在斯摩莱特想象英格兰/苏格兰关系的问题上起了怎样的作用？同时，斯摩莱特不仅将蓝登巧遇生父的一幕设置在巴拉圭，其他苏格兰角色也均在不列颠之外获得了财富与成功，如此设计的意义何在？笔者以为，如果说身份并非本质意义上的固有属性，而是自我在迁延的时空语境中不断变化与调整的建构行为，那么，以上几个问题便构成了作家在建构新的民族身份时相互联系但侧重不同的三个维度。以下，本章将从这些问题出发，尝试再现斯摩莱特在想象不列颠时那个充满矛盾、反讽与张力的过程。

第一节　伦敦：魔鬼的王国

18 世纪的英国文坛领袖约翰逊有句名言：“一个苏格兰人能看到的最壮丽的景色，是把他引向英格兰的那条公路。”②约翰逊的话虽带有英格兰人的傲慢与自大，却也点出了苏英合并之后，苏格兰人面对英格兰时的尴尬境地。18 世纪初期的英格兰依靠其开明的政治与经济体制、强大的海军力量与不断扩张的海外贸易，业已成为

① Evan Gottlieb, *Feeling British: Sympathy and National Identity in Scottish and English Writing 1707—1832*, Lewisburg: Bucknell University Press, 2010, pp. 63-72.

② 詹姆斯·鲍斯威尔，《约翰逊博士传》，王增澄、史美骅译，上海：上海三联书店，2006 年，第 94 页。

欧洲的一流强国，而苏格兰则因为相对恶劣的自然地理环境，落后的生产方式与屡屡受挫的殖民开拓行动，变成了事实上的二等公民。按照当时的统计，英格兰的人口约为苏格兰的5倍，但其关税与货物税收入却是苏格兰的36倍，土地税的收入则高达41倍。[①] 两国在经济上的悬殊，令英格兰下院的托利派领袖爱德华·希摩尔爵士有过如下感言："与乞丐联姻的人，只能从她的嫁妆中得到一只虱子"。[②]合并之后，苏格兰人纷纷进入帝国首都，渴望在不列颠中心获取财富、地位与尊严。但他们面对的不仅有改变现状的压力，还有类似希摩尔和约翰逊一般的英格兰人无处不在的歧视与偏见。因此，如何舒缓乃至消解来自帝国中心的歧视，成为斯摩莱特需要处理的首要问题。

初到伦敦，蓝登与同伴斯特拉普便感受到自己与帝国中心的格格不入。打算问路而未及开口，便遭到车夫"下贱的苏格兰跟班"的辱骂；[③]酒馆的陌生人不仅侮辱蓝登的口音与发型，还以问蓝登行囊之中"装的是燕麦，还是硫黄"来挑起事端[④]。在约翰逊著名的《英语大词典》中，燕麦是英格兰人用来喂马的饲料，却是苏格兰人的日常食物，而硫黄则影射苏格兰长老派教义之中，罪人在地狱之中遭受硫黄之火熏烤的说法。无论是市井街巷，还是政府衙门，针对苏格兰人的偏见可谓无处不在。军医处的考官得知蓝登来历之后，颇为不屑："我们英格兰近年来遍地都是你们苏格兰人，就像《圣经》里所说的埃及闹的蝗灾一样。"[⑤]斯摩莱特有意以"燕麦""硫黄""蝗虫"以及"老苏"(Sawney)等歧视言辞与行为，凸显苏格兰人在帝国中心

---

① George S. Pryde, *The Treaty of Union of Scotland and England* 1707, London: Thomas Nelson and Sons, 1950, pp. 44–45.

② T. M. Devine, *The Scottish Nation: A History 1700—2000*, New York, Penguin Books, pp. 3–4.

③ 斯摩莱特，《蓝登传》，杨周翰译，上海：上海译文出版社，1961年，第82页。

④ 同③，第83页。

⑤ 同③，第113页。

被标记与边缘化的遭遇。

帝国的中心不仅排斥来自边缘的苏格兰人，也以其自身的腐败与堕落不断吞噬着几乎一切美德。在斯摩莱特的笔下，无论是上流人士云集的贵族府邸、政府厅堂，还是绅士聚集的时髦剧院与咖啡店，种种看似代表文明、财富和权力的空间，实则是私欲密布的陷阱。蓝登到达伦敦的时刻，恰是英帝国与西班牙开战在即，帝国海军急需人手之际，即便此时，上至贵族议员，下至官员小吏，却依然以敛财为第一要务。小说颇具反讽的一幕由此而生：原本自愿加入海军的蓝登，因无钱行贿而无法入伍，走投无路之际，却在伦敦塔下被强行拉入了海军。不仅蓝登有从自由民变为近似奴隶的厄运，其余的善良之人均难以幸免。小说上下两卷各以两章的篇幅，插入两个独立的故事。其一讲述良家女子威廉斯受人诱惑进入伦敦，屡经磨难而沦为妓女的经历；其二讲述诗人麦洛波因虽富有才华，却屡遭欺骗无法得志，最终身陷牢狱的经历。蓝登虽与威廉斯性别不同，但其被伦敦诱惑与吞噬的经历却如出一辙，而麦洛波因更与当年斯摩莱特携带悲剧《弑君者》赶赴伦敦，希望一展才华却始终不得志的经历颇为相仿。[①]因此，两个插入的章节不仅不是离题之举，反而与蓝登的叙事互为映衬，既从小说主题上也从小说结构上强化了伦敦作为“魔鬼的王国”的想象[②]。

经历第一次的失败，蓝登曾感叹：“天地之大，唯有在英格兰这个国家，老实的穷人最难生存”[③]，并表示再也不愿意回去。如此描写，也从一个侧面折射了合并之后，苏格兰精英阶层对英格兰欲迎还拒的矛盾心态。一方面，苏格兰人渴求进入英格兰，从其迅速发展的商业文明之中受益；另一方面，则担心都市的腐败与堕落会影

---

① Lewis Mansfield Knapp, *Tobias Smollett: Doctor of Men and Manners*, New Jersey: Princeton University, 1949, pp. 53-57.

② 斯摩莱特，《蓝登传》，杨周翰译，上海：上海译文出版社，1961 年，第 97 页。

③ 同②，第 301 页。

响苏格兰人的“质朴天性”。而小说中的伦敦的确并不仅仅是供人穿行的场所，更具有改变与形塑主体的力量。这一点，从蓝登重回伦敦，假冒绅士以追求富有女继承人的变化便可看出。斯摩莱特以喜剧手法，揶揄了主人公以不断习得的风流伎俩，追求数位阔女子的情景。但反讽的是，蓝登的第二次伦敦之行，不仅诱骗计划屡遭失败，本人还险些成为喜好男风的英格兰贵族的猎物，折损财物不说，最终还因诈骗被关入监狱。在蓝登从被动受害到主动骗人的转变之中，作为中心的伦敦显现了引人堕落的可怕力量。同时，斯摩莱特也以伦敦对蓝登的屡屡拒斥明确宣示，苏格兰人不要将希望过多地寄托在英格兰的现有财富上，而应该将眼光放到更加广阔的外部世界。

笛福曾在游记中如此写道：“现在，我接近了本书的中心，因此，我也要开始描述英格兰的伟大中心——伦敦城。”[①]伦敦在不列颠帝国的中心地位，既建基于政治经济等物质现实，也得益于类似笛福等人推动的、无数次的话语建构。但在《蓝登传》之中，斯摩莱特则展现了一种与英格兰人颇为不同的“情感的地理分配”：伦敦既难称“伟大”，更不是苏格兰人的归依之处。这种情感也曾在斯摩莱特的信中有所表达：“英格兰人对他们在特威德河对岸同胞的嫉妒，自合并之日起便时不时表现出来……最常见的怨恨是针对苏格兰人在英格兰取得的成功、财富和声望……”[②]似乎是有意挑逗英格兰的“嫉妒”与“怨恨”，临近小说结尾处，斯摩莱特让蓝登以殖民地获得的巨额财富顺利锁定了婚姻，并以“大仇得报”的快感在伦敦炫耀一番，之后才返回苏格兰。蓝登不仅在苏格兰购回祖产，还得到家乡

① Daniel Defoe, *A Tour thro' the Whole Island of Great Britain*, qtd. in Cynthia Wall, *London and Narration in the Long Eighteenth Century*, in Lawrence Manley, ed., *The Cambridge Companion to the Literature of London*, London: Cambridge University Press, 2011, p. 53.

② George M. Kahrl, *Tobias Smollett: Traveler-Novelist*, Chicago: University of Chicago Press, 1945, p. 79.

父老的热烈欢迎："世界上只有苏格兰的农民和地主的感情最好，这些农民爱我们几乎爱得要把我们吞下肚去。[①]"从小说内容上看，蓝登之父已离家多年，而蓝登则少时顽劣，"在村子里有流氓的名声"[②]，但多年的消隐与少时的恶名并不妨碍斯摩莱特将两人描绘成凯旋的英雄与归家的主人。与在伦敦时始终位处"他者"的遭遇相比，只有在苏格兰，蓝登才找回当家作主的感觉。不难看出，斯摩莱特以蓝登三进三出伦敦而最终返回苏格兰的过程，不仅否定了英格兰在联合王国中的道德优势，舒缓了苏格兰人面对英格兰时可能的焦虑情绪，也以来自殖民地的财富，为苏格兰在不列颠之中的困境指出了另一种可能。

第二节　国家如船

《汤姆·琼斯》之中，主人公苏菲亚曾如此评价堂姐哈丽特的不幸婚姻（哈丽特远嫁爱尔兰，丈夫却在婚后出轨）："的确，哈丽特，我真打心里同情你！……可是你还能指望什么呢？你干吗，干吗要嫁个爱尔兰人？"虽然后者立即用"爱尔兰的男人中间也有和英国男人一样品德高尚、讲求信义的"[③]为自己的选择辩解，但她婚姻失败的境遇，却无力反转小说中爱尔兰人"品德低下、不讲信义"的预设命题。如此偏见也贯穿《蓝登传》始末。但与菲尔丁不同的是，斯摩莱特既在两性关系中贬损爱尔兰人，也将"污名化"的处理方式延续到了政治/军事语境之中，这一点在小说的航海叙事部分尤为突出。贯穿小说始终的爱尔兰"贱民"，成为斯摩莱特建构苏格兰自我与想象

① 斯摩莱特，《蓝登传》，杨周翰译，上海：上海译文出版社，1961年，第537页。

② 同上，第9页。

③ 亨利·菲尔丁，《弃儿汤姆·琼斯的历史》，萧乾、李从弼译，北京：人民文学出版社，1984年，第660页。

不列颠时的重要他者。

蓝登追求个人成功的道路上，处处有爱尔兰竞争者的身影。初入伦敦，蓝登便遭遇了爱尔兰军官欧唐纳的挑衅。此人与药店老板的妻女有染，并出于嫉恨偷袭蓝登，险些要了蓝登的命。蓝登则以暴制暴，不仅设计将其痛殴一顿，还暴露了“这位爱尔兰英雄乃是专找有钱女人结婚”的真相[①]。再入伦敦，追求美林达时，蓝登在决斗中击败了另一位颇为愚钝的爱尔兰军官欧立干，但与对待欧唐纳不同，得知其生活窘迫之后，蓝登不计前嫌，慷慨赠予财物，赢得了欧立干的誓言：“就是世界上的女人都绝了种，也不再想美林达了。[②]”同为英格兰女性与财富的追求者，蓝登虽有欺骗的初衷，却有变化的过程——乔装打扮成绅士在先，出海冒险获得财富在后，其后，更以不计未婚妻毫无财产而依然坚守诺言的行为，证明了对感情的忠诚。如果说“民族是一个想象的社区，而想象过程则充满性别意味”[③]的话，在这样一场苏格兰与爱尔兰男性竞相对英格兰女性示好的求偶竞赛中，蓝登以行动与承诺证明了苏格兰男性的价值，也将爱尔兰竞争者留在了贫穷与不忠的泥潭中。

斯摩莱特显然不满足于仅在两性关系中击败爱尔兰对手，他还利用了一个更为宏大的历史事件和更为激烈的冲突展现苏格兰人的价值。1740 年 3 月至 1741 年 9 月，斯摩莱特以军医二副的身份随皇家海军远征时属西班牙的加勒比港口卡塔赫纳(Cartagena)，参与了“詹金斯耳朵之战”(the War of Jenkins' Ear)的核心部分。此战虽以英国失败而告终，却拉开了英帝国全面统治海洋的序幕。[④]在《蓝登传》中，斯摩莱特不仅描绘了伤亡惨重的战争场景，暴露了帝

① 斯摩莱特，蓝登传，杨周翰译，上海：上海译文出版社，1961 年，第 139 页。

② 同上，第 371 页。

③ Ania Loomba, *Colonialism/Postcolonialism*, Routledge, 2005, p. 180.

④ 参见：Nicholas Roger, *The Command of the Ocean: A Naval History of Britain*, 1649—1815, London: Penguin Books, 2006, chapter 15.

国海军极端恶劣的生活与医疗条件，批评了海陆军将领不和而招致失败的军中内情，更为重要的是，他充分利用"军舰"这一帝国扩张的载体与象征物，以亲历者的眼光、口吻和遭遇凸显了蓝登在不列颠帝国之中扮演的开拓者/受难者的双重角色，在充分证明苏格兰对帝国的忠诚与价值的同时，把爱尔兰对手钉死在了帝国的耻辱柱上。

1739年8月到1740年10月之间，英国海军遭遇了18世纪最严重的斑疹伤寒(typhus)的袭击，伤亡惨重。[①]小说如实再现了当时疫情的严重与帝国海军恶劣的生活与医疗条件。仅蓝登所在的"雷霆"号一舰之上，便有50多位病员挤在黑暗狭小的舱房中，难见天日，缺乏通风，舱内满是排泄物，病员身上爬满蛆虫。但是，爱尔兰船长欧克姆与军医麦克贤不顾病人病情，勒令全体病员上前甲板接受检阅并恢复工作，虽然此举遭到正直刚烈的威尔士大副摩根和蓝登等人的抵制，但船长依旧一意孤行。小说之中最富黑色幽默的一幕出现在第二十七章：肋膜疼痛并吐血的病人，被强迫操作抽水机，认为这样可以帮他咳嗽得更痛快些，不到半小时，"一股血从他肺里像洪水似地涌出来，塞在喉咙里，把那人给呛死了"。患水肿病的病人，被认为是好吃懒做之后的肥胖，在九尾鞭的逼迫下爬上桅杆，落入海中险些淹死。毫无人情的摧残之后，船上病人只剩下不到一打，而舰长和医生却在"庆祝为国王和国家立下的功劳"[②]。军舰上的疫情与极端恶劣的生活和医疗条件固然可怕，但更可怕的则是在封闭的空间与严酷的等级制下肆意妄为的爱尔兰人。

蓝登与摩根、汤姆逊等人在军舰上尽职地医治病患，却遭到麦

① 英国海军有约25000人染病，占海员数一半，其中2750人身亡，1976人被迫退伍。参见：Hill, J. R., ed., *The Oxford Illustrated History of the Royal Navy*, Oxford, 1995, p. 140; Nicholas Roger, *The Command of the Ocean*, chapter 20.

② 斯摩莱特，《蓝登传》，杨周翰译，上海：上海译文出版社，1961年，第202-203页。

克贤的嫉恨与迫害，先被绑缚在军舰栏杆上经历战火，后被诬陷为意图谋杀船长而公开审判。蓝登在军舰上遭受的无端迫害也在此达到顶点。船长与军医大权在握，貌似公平地审判蓝登等人，却在审判之中被蓝登暴露了两人既无学识、又无操守的卑下品行。尤其重要的是，蓝登还借机揭露了爱尔兰船长与军医虽自称新教徒，却实为天主教徒的真相。伪信的揭露之所以重要，与1748年小说出版前后英国国内的政治氛围密切相关。苏英两国之所以在1707年达成合并协议，核心原因之一便是英格兰需要得到苏格兰的合作，共同对付天主教的法国与其支持的詹姆士党人的复辟威胁。历史上，苏格兰不仅与英格兰多有战事，且与法国多次结盟，以前后夹击之势，对英格兰造成过重大威胁。即使在苏英合并之后，试图夺回王位的詹姆士党人还先后发动多次叛乱。1745年，有“小僭越者”(the Younger Pretender)之称的查尔斯·爱德华·斯图亚特在苏格兰集结天主教支持者，一度率军逼近伦敦。①虽然许多反对复辟的苏格兰清教徒加入了英军，战争也以英格兰的胜利而告终，但却无法避免加剧英格兰人对苏格兰人原本就有的怀疑与仇恨。②在这样的时代氛围中，便能看出“雷霆”号上蓝登受审的象征意义：斯摩莱特是以蓝登在帝国军舰上遭遇的构陷与迫害，暗喻与戏仿了当时苏格兰人在帝国之中受到的怀疑与指责。虽然是被强征入伍，蓝登却既有正宗的清教徒(长老派)信仰，又尽职尽责地履行了军医使命，确是帝国难得的忠实臣民。真正应该接受审判的，则是如欧克姆和麦克贤一般冒充新教徒的爱尔兰天主教的“僭越者”。

---

① 詹姆士党人的军队在1745年11月初南下进入英格兰，但由于缺乏法军策应，加之英格兰军队的迅速集结，被迫在12月6日从德比郡北撤。参见：Jonathan D. Oates, *Jacobite Campaigns: the British State at War*, London: Pickering & Chatto, 2011, p. 40. 以及 Christopher Duffy, *The '45*, London: Cassell, 2003, pp. 300–325.

② Juliet Shields, *Sentimental Literature and Anglo-Scottish Identity, 1745—1820*, Cambridge: Cambridge University Press, 2010, pp. 57–58.

国家如船(ship of state)是西方政治中的常用隐喻。早在《理想国》中，柏拉图便以此为喻，探讨城邦内部的领导权问题。对于18世纪的岛国不列颠而言，海洋既是贸易与扩张的便利通道，又是防御外敌进犯的必争之地，而皇家海军的忠诚、团结与能力，直接关系帝国的安全、自由与繁荣。巧合的是，著名的《不列颠统治海洋》(*Rule Britannia*)一诗也诞生在1740年，即“詹金斯耳朵之战”进行之中。在这首意图鼓舞爱国热情与肯定扩张冲动的诗中，“不列颠”先后完成“消灭独裁”与“驱逐暴君”的光荣使命，业已成为“伟大神圣”的国度，如今不仅要击败来犯的外敌，最终还要“统治海洋”。[①]由于形象再现了“清教、商业、航海、自由”等18世纪30年代之后兴起的英帝国精神，这首诗也成为不列颠帝国主流意识形态的最佳表达。[②]与此诗渲染的、不列颠民族仿佛先天便具有的共同历史与命运的宏大叙事不同，《蓝登传》则从一艘军舰的内部出发，展现了帝国之船上深刻的矛盾与分裂。“雷霆”号上极端恶劣的生活条件，皇家海军类似绑架一般的强制征兵行为，依靠鞭笞等酷刑手段维持的纪律与等级制，与诗中颂扬的英帝国之“伟大神圣”与“自由幸福”形成鲜明对比，而爱尔兰船长对苏格兰船员(蓝登、汤姆逊)和威尔士大副(摩根)的迫害，更与诗中鼓吹的、各民族同仇敌忾、共御外敌的团结一致无从调和。需要特别指出的是，现有的批评大都指出了斯摩莱特以蓝登的种种不幸为苏格兰人在帝国之中争取同情的努力，却少有提及他在小说中再现爱尔兰角色时表现出的民族偏见。这种在英格兰面前扮演受害者以求同情，同时却污名化爱尔兰人以彰显忠诚的双重他者化过程，恰恰反讽地折射了帝国内部与生俱来而难

---

① 诗作者为苏格兰人詹姆斯·汤普森(James Thompson)，诗作原为戏剧《艾尔弗雷德》的一部分，经托马斯·阿内(Thomas Arne)谱曲，在英国广为传唱，具有类似英国皇家海军的军歌，甚至英国国歌的地位。

② David Armitage, *The Ideological Origins of the British Empire*, Cambridge University Press, 2004, p. 173.

以化解的民族隔阂与认同危机。

第三节 梦圆加勒比

在《文化与帝国主义》一书中，萨义德提醒读者注意，诸如菲尔丁、理查森和斯摩莱特这样看似“并没有把他们的小说与在海外积累财富与土地结合起来”的作家，实则与帝国扩张有千丝万缕的联系，而读者需要有批判的眼光去发现：“《克拉瑞莎》和《汤姆·琼斯》中的空间是由两部分合一而成的，一方面是国内对于帝国在全球的存在和统治的配合，另一方面是在空间的活动与对空间的扩张的实际描述。这个空间必须要有人占据，有人享受，然后才能谈到对它的控制和限制。”①

萨义德的洞见为笔者讨论《蓝登传》中关于帝国扩张的描写提供了支点。苏英合并之前，受到西班牙、法国与英格兰等海上强国从海外贸易与殖民中攫取巨大收益的诱惑，苏格兰人也跃跃欲试，试图在巴拿马的达连(Darien)建立专属殖民地，能够更为便利地与非洲及美洲等地进行贸易。但是，由于航行准备不足、指挥不当、竞争对手西班牙的打击和缺少英国的经济与海军支持等原因，历经数年的三次远航均告失败，人员损失超过2000人，经济损失则高达15万到20万英镑，沉重的打击令苏格兰的海外扩张从此一蹶不振。②从这样的历史语境出发，《蓝登传》之中许多关于加勒比的情节，便既是斯摩莱特本人在殖民地生活的经验再现，也体现了为苏格兰人重建殖民信心的愿望。更为重要的是，通过想象苏格兰群体在帝国扩

① 爱德华·萨义德，《文化与帝国主义》，李琨译，北京：生活·读书·新知三联书店，2003年，第96页。

② 参见：P. Hume Brown, *History of Scotland*, vol. iii., *from the Revolution of 1689 to the Disruption 1843.* Cambridge: Cambridge University Press, 2011, pp. 24-38.

张的空间之中“占据”和“享受”的成功经验，可以看出斯摩莱特在肯定帝国扩张的合法性基础之上，试图超越英格兰/苏格兰之间的历史与情感纠葛，为苏格兰人在更为广阔的帝国空间之内建构新的认同的努力。

小说中，即将从金斯敦返航前夕，蓝登巧遇了“雷霆”号上的旧友汤姆逊。此人因忍受不了船长与军医的折磨而投海自杀，却流落到金斯敦，成为了当地种植园的总管。短暂的相聚之中，汤姆逊总以“各种家禽、鲜肉、柑橘、柠檬、菠萝蜜、麦地拉的白酒和上好的甜酒”招待蓝登。丰盛的酒宴与舒适的生活，让蓝登颇为感慨：“这短短的十天是我一辈子最舒服的日子了。[①]”而蓝登在殖民地的经历并非纯然虚构。在“詹金斯耳朵之战”进行期间与结束之后，斯摩莱特本人曾在金斯敦居住，并与当地种植园主的女儿安妮·拉塞尔斯（Anne Lassells）结识成婚。传记作者路易斯·科纳普曾为斯摩莱特竟然没有将“金斯敦的奴隶、市场、奢华与野蛮”写入小说而颇感诧异。[②]其实，从蓝登自述如何在金斯敦接受汤姆逊的慷慨招待以及由此发出“一辈子最舒服的日子”的感慨中不难看出，殖民生活的快感已经结结实实地进入了斯摩莱特的记忆之中。同时，比吃喝享乐更为实在的，或许是斯摩莱特的殖民地联姻给他带来的财富承诺。安妮一家在17世纪便到达牙买加垦殖，生父与继父均是当地的种植园主，安妮虽然年仅20岁，却已是2万英镑遗产的共同继承人。[③]斯摩莱特虽然没有在加勒比寻回巨富的父亲，却也从殖民地找到了财富的来源。

《蓝登传》无处不在的“机械降神”之中，最核心的当属蓝登随舅舅出海贩奴，在巴拉圭巧遇生父的一幕。这次意外的相逢，不仅令

① 斯摩莱特，《蓝登传》，杨周翰译，上海：上海译文出版社，1961年，第259页。
② Lewis Knapp, *Tobias Smollet*, p. 40.
③ 同②，p. 39。

小说情节首尾呼应，结构更加完整，更重要的是，与被迫离开家乡时的穷困潦倒不同，蓝登的生父不仅已是具有贵族头衔的“罗德利哥”先生，还依靠在此地多年的贸易与经营，获得了超过 35000 英镑的雄厚资产。正是凭借这笔财富，蓝登才能摆脱一直以来在穷困、低贱与漂泊中度日的状态，充满自信地回到英格兰，实现命运的决定性反转。也正是在父子相逢的喜悦中，罗德利哥先生评价了蓝登冒险与旅行的意义：“不幸的遭遇可以增长人的见解，改善人的心地，锻炼人的体质，使一个青年能够担当起生活的责任，同时能够知道怎样享受人生，这是在富裕的环境中所受的教育万万不能达到的”①。这番混杂着父亲与作者双重身份的权威论断，对无数出身低微、渴望财富与成功的苏格兰年轻人而言，既肯定了贫穷与冒险的积极意义，又以先行者的经验，为他们指明了克服不幸的现实出路。

进一步说，英帝国在海外不断拓展的空间不仅是蓝登父子的财富之源，也是美德与善行得以报偿的唯一场所。《蓝登传》视野广阔，苏格兰、伦敦(英格兰)、欧洲大陆等地均有再现，涉及人物众多且阶层分布广泛，但其中的正面人物唯有到达帝国边缘从事贸易或垦殖才能获得财富，美德也才能得到报偿。蓝登的生父追求婚姻自主，在苏格兰遭到祖父的严酷对待，家破人亡，流落到加勒比之后，受到当地贵族的信任与提携，置下丰厚产业；汤姆逊，正直善良，在“雷霆”号上饱受爱尔兰军医折磨，被逼投海自杀，到达金斯敦后，不仅发家致富，还娶了种植园主的独女，生活富足；蓝登的舅舅包凌，正直纯朴，一生为英国海军服役，只因与船长欧克姆不和，被迫四处漂泊，却也因为从事殖民贸易而日渐富裕。当然，与对待爱尔兰群体的态度相似，斯摩莱特只看到苏格兰人遭受的种种不公，却无视非洲与加勒比的黑人和奴隶更为悲惨的命运。蓝登借以发家的奴隶只是“令人不快的货物”，而他对自己贩奴经历也仅是一笔带

---

① 斯摩莱特，《蓝登传》，杨周翰译，上海：上海译文出版社，1961 年，第 514 页。

过："自从离开几内亚以来，我一直服侍着那些黑奴，着实是件苦差事，现在这批令人不快的货物已从船上卸走，我才开始享受一番，呼吸着巴拉圭的清爽空气，很是愉快。"①这一点上，斯摩莱特没有超越他的时代。

《蓝登传》中的海外冒险之所以如此重要，因为其直接涉及斯摩莱特如何看待苏格兰与英格兰的相互关系。如前文所述，定义苏格兰的自我，离不开英格兰的镜像作为参照，但两国之间的关系却颇为复杂。一方面，英格兰强大而傲慢，历史上苏格兰多受其辱，两国之间颇有嫌隙，尤其是 1746 年卡洛登战役(Culloden)之中，英格兰军队对高地人的屠杀与随后的清洗，更对苏格兰民族情感有严重伤害。②斯摩莱特曾以《苏格兰的眼泪》(*The Tears of Scotland*)一诗，表达哀悼与义愤：热血浸润我的静脉，被无法忘却的记忆占据；祖国遭受的命运，在我赤子般的胸中激荡；面对敌人的侮辱，我同情的诗句流淌：哀悼吧！不幸的加勒多尼亚！哀悼吧！你被放逐的和平，你被摧残的桂冠！③

另一方面，英格兰稳定的宪政制度，繁荣发达的工商业体系，强大的海军与殖民扩张能力，又是苏格兰未来发展必须依靠的力量。柯林·基德指出，至 18 世纪中期，苏格兰精英阶层大都已经认可，由英格兰开辟的政治、经济与社会发展道路，也将引领苏格兰走向现代化，而苏格兰所需要做的，则是跟在英格兰身后以便收获自由、权利和财富的果实。④这种对英格兰在情感层面的拒斥与理性层面的认同，既是 18 世纪中期苏格兰精英阶层普遍面临

---

① 斯摩莱特，《蓝登传》，杨周翰译，上海：上海译文出版社，1961 年，第 509 页。

② 参见：W. A. Speck, *The Butcher*: *The Duke of Cumberland and the Suppression of the* '45, Welsh Academic Press, 1995.

③ 斯摩莱特此诗作于 1746 年，被称为"或许是他一生中最好的诗作"，后经谱曲之后，流传甚广。参见：Lewis Knapp, *Tobias Smollett*, pp. 57-61。

④ 参见：Colin Kidd, "North Britishness and the Nature of Eighteenth-Century British Patriotisms", *The Historical Journal*, vol. 39, no. 2(Jun., 1996), pp. 361-382.

的问题，也是斯摩莱特试图在小说中予以处理的主题，而他的解决之道，便是如《蓝登传》中想象的那样，以不列颠帝国的扩张超越英格兰/苏格兰之间的对立，从更大范围的海外冒险之中找回苏格兰人的财富与尊严。

美国学者迈克尔·赫科特以“内部殖民”（internal colonialism）的模式解释英苏合并之后的相互关系，强调英格兰在帝国政治与经济上对苏格兰等民族的强势与控制地位。[①]戴维·阿米蒂杰对此有不同观点。在他看来，英帝国的扩张既有来自伦敦中心的政治与军事规划，也有来自帝国内部不同民族的社会精英与知识阶层的广泛倡导，更有位处边缘和底层的商人、士兵和开拓者在追求财富、平等与呼吁帝国保护时由下而上的推进。[②]柯林·基德更是明确指出，对18世纪受过教育而贫穷的苏格兰人来说，“或许要比他们的英格兰同伴更愿意到帝国遥远的角落中去冒死亡和疾病的危险”，而在这一过程中，“他们也与英格兰人一样，压迫着非白人的族群”。[③]从蓝登的冒险经历不难看出，小说既再现了英格兰/中心对苏格兰/边缘的歧视与压迫，又肯定了苏格兰社会，尤其是底层民众对不列颠帝国扩张的热情与贡献，展现了苏英两国在帝国扩张中的一致利益。正是有无数诸如蓝登、包凌、汤姆逊等苏格兰群体为帝国海军与殖民事业的效忠尽力，不列颠帝国才得以将扩张的触角不断伸向远方。历史的发展也验证了斯摩莱特的小说预言。18世纪30年代之后，随着英帝国势力的不断扩展，无论是在东印度公司、北美殖民地，还是在南美洲与加勒比地区，

① Michael Hechter, *Internal Colonialism: The Celtic Fringe in British National Development 1536—1966*, Berkeley: University of California Press, 1975.

② David Armitage, *The Ideological Origins of the British Empire*, Cambridge University Press, 2004, pp. 181-182.

③ Colin Kidd, *Integration: Patriotism and Nationalism*, in H. T. Dickinson, ed., *A Companion to Eighteen-Century Britain*, Oxford: Blackwell Publishing, 2002, p. 371.

苏格兰社会的各个阶层均不同程度地卷入了帝国的海外拓展，其中既有大名鼎鼎的罗伯特·亨特、亚历山大·斯波兹伍德、亨利·邓达斯，[①]也有无数默默无闻的士兵、医生、商贩、农民、文职人员等。毫不夸张地说，在不列颠帝国向全球扩张的事业中，处处可以看到苏格兰人征讨、垦殖、贸易、航运与管理的身影。[②]与此同时，帝国的海外军事征服、贸易拓展与领土扩张，不仅为苏格兰开辟了巨大的市场与原料供应地，缓解了人口与粮食供给的压力，也有力地促进了国内工商业的发展，为苏格兰政治、经济与社会的现代化转型奠定了基础。[③]可以说，正是来自殖民扩张的巨大的共同利益舒缓与掩盖了苏英民族间的分歧，不断推动着对不列颠帝国认同的最终形成。

著名英国史学家琳达·考利曾把18世纪南下的苏格兰人的命运分为了四类：第一类在梦想幻灭之后尽快回了家；第二类尽管留在英格兰，却如雇佣军般只求利益，不问其他；第三类如詹姆斯·鲍斯威尔(《约翰逊传》的作者)陷入认同的两难，既"太苏格兰"而无法

---

① 罗伯特·亨特(Robert Hunter)曾任纽约与牙买加总督，亚历山大·斯波兹伍德(Alexander Spotswood)曾任弗吉尼亚军事首领与总督，而亨利·邓达斯(Henry Dundas)曾长期掌管东印度公司，对英政府的印度事务政策影响巨大，三人均为苏格兰人。参见：Andrew Mackillop and Steve Murdoch, *Military Governors and Imperial Frontiers c. 1600—1800: A Study of Scotland and Empire*. Leiden: Brill, 2003; George K. McGilvary, *East India Patronage and the British State: The Scottish Elite and Politics in the Eighteenth Century*, London: Tauris Academic Studies, 2008.

② 苏英合并之前，苏格兰人口外流的主要目的地是欧洲，且以雇佣兵为主。1700年之前，只有不到6000名苏格兰人到达美洲。苏英合并后的50年内，此数字便达到了3万人，而在整个18世纪，仅到达北美的苏格兰移民便超过了15万人，而同期苏格兰的人口约为100万人。参见：T. M. Devine, *The Scottish Nation: A History 1700—2000*, New York, Penguin Books, pp. 26-27. Angela McCarthy, *Introduction: Personal Testimonies and Scottish Migration*, in Angela McCarthy ed., *A Global Clan: Scottish Migrant Networks and Identities since the Eighteenth Century*, London: Tauris Academic Studies, 2006.

③ 以烟草贸易为例，1738年苏格兰的烟草进口仅占不列颠的10%，到1765年，此数字飙升至40%，格拉斯哥也由此成为大西洋两岸新的贸易中心；而亚麻作为苏格兰在18世纪最重要的产业，在1768—1772年的出口量要比1736—1740年翻了4倍。参见：T. M. Devine, *The Scottish Nation, 1700—2000*, New York: Penguin Books, 2001, p. 105.

适应英格兰，又“太英格兰”而难以回归；第四类则最为成功，其秘诀在于“可以在苏格兰的过去与英格兰的现实之间成功调和，将自己便利地认同为不列颠人。”①按此分类，现实中的斯摩莱特似可归为第三类，至小说出版时，他已在伦敦定居数年，行医难称成功，写作差强人意，社交范围局限在苏格兰人之间，尚未被伦敦的上层社会接受。②显然，斯摩莱特还没能在“苏格兰的过去与英格兰的现实之间成功调和”。但在小说之中，斯摩莱特却以蓝登的冒险经历，为苏格兰人展现了另一种调和历史与现实的可能。在这个全新的帝国舞台之上，伦敦不再是帝国的中心，只是冒险的起点，而帝国扩张的脚步所及之处，才是真正的希望所在。同时，兼具正确信仰与忠实品行的苏格兰人也绝非爱尔兰人，不必因为贫穷与落后在英格兰人面前自惭形秽，海外贸易与殖民拓展为他们创造了获得财富与尊严的机会。不列颠是苏格兰人的帝国，他们与英格兰人一样，也是不列颠真正的主人。

---

① Linda Colley, *Britons: Forging the Nation 1707—1837*, London: Pimlico, 2003, p. 125.

② Lewis Knapp, *Tobias Smollett*, pp. 57-61.

第四章　埃奎亚诺《生平自述》中的海洋与自由

在本书讨论的海洋作家中，奥劳达·埃奎亚诺（Olaudah Equiano）的生平经历尤为特别。1745年，埃奎亚诺出生在非洲，10岁时遭人贩绑架，被卖到美洲，先后成为英军军舰舰长和西印度商人的奴隶。但是，埃奎亚诺精明过人，善于利用机会不断学习和适应环境，终于在1766年为自己赎买了自由，结束了多年的奴隶生涯。长期漂泊之后，埃奎亚诺定居伦敦，一方面积极鼓吹英国应率先废除大西洋奴隶贸易，一方面投身在塞拉利昂建立安置黑人殖民地的活动。1792年，埃奎亚诺娶了一位白人女子苏珊娜·卡伦（Susannah Cullen）为妻，两人育有两女（其中一女4岁时夭折）。1797年3月31日，埃奎亚诺在伦敦去世，给女儿留下了超过900英镑的遗产（约等于现今的10万英镑），也为自己从加勒比奴隶到伦敦知名人士的传奇一生画上了句号。

1789年，44岁的埃奎亚诺出版了《一位非洲人奥劳达·埃奎亚诺，或古斯塔夫斯·瓦萨有趣的生平自述，由他本人所作》（*The Interesting Narrative of the Life of Olaudah Equiano, or Gustavus Vassa, the African, written by Himself*）（以下简称《生平自述》）一书。此书有上下两卷，订购者主要是王公贵族、教会人员、大商人、议会议员等中上层人士，在英国引发了不小的震动。不久，此书有了荷兰语版、俄语版和德语版。1791年，《生平自述》的美国版在大西洋对岸出版。时至1794年，《生平自述》仅在英国便出了9版，如此一版再版的热度，在18世纪英国出版市场上并不多见。随着英国在1807年废除奴隶贸易和1834年废除奴隶制，埃奎亚诺的名字渐渐被人遗忘了。20世纪60年代，风起云涌的西方学生运动与黑人民权运动将这位早期非裔英语作者与废奴斗士的名字，再一次带回到公众的视野中。1967年，英国学者保罗·爱德华兹编辑出版了《生平自述》的删节版，开辟了埃奎亚诺研究的现代阶段。之后，《生平自述》逐渐进入种类繁多的各类文集，成为18世纪大西洋史与奴隶史研究、非裔流散研究、非裔英美文学研究以及加勒比文学研究领域的必读篇目。英国历史学家詹姆斯·韦文和美国文学批评家文森特·卡雷塔更是先后为埃奎亚诺作传，在深入发掘埃奎亚诺的个人经历与历史风潮之间关系的同时，不断激发人们对这位传奇人物的兴趣。①

本章以埃奎亚诺的《生平自述》为关注点，着重提出讨论三个问题：其一，作为一位非洲人的埃奎亚诺是如何为18世纪的英国读者想象非洲的，这种想象的目的何在？其二，作为一位曾经身处社会最底层的黑人奴隶，埃奎亚诺的自传书写对18世纪的英国有怎样的文化意义？或者说，埃奎亚诺是怎样以书写为手段，与18世纪英国的主流观念进行批评与协商，又怎样为自己及所代表的群体争取更人道与更广阔的生存空间的？其三，埃奎亚诺广泛的航海经历与他为奴多年之后却能获得人身自由之间到底有何关联，其个人命运又能怎样揭示英国废奴风潮之下的深层原因？以下，本章将围绕这些问题展开探讨。

① 参见：*Equiano's Travels. His Autobiography. The Interesting Narrative of Olaudah Equiano, or, Gustavus Vassa, the African.* Abridged and edited by Paul Edwards, London and Ibadan: Heinemann Educational Books, 1967; James Walvin, *An African's Life: The Life and Times of Olaudah Equiano, 1745—1797*, London: Continuum, 1998; Vincent Carretta, *Equiano, the African: Biography of a Self-Made Man*, New York: Penguin Books, 2005.

第一节　再现非洲

分析埃奎亚诺的非洲想象之前，有必要先介绍围绕埃奎亚诺出生地的争议。自20世纪60年代埃奎亚诺在学界复活之后，几乎所有论者都接受了他在《生平自述》中声称的自己生于非洲的历史。但是，文森特·卡雷塔的研究质疑了这一共识。卡雷塔在1990年的文章和2005年的《非洲人埃奎亚诺：一位自我成就者的传记》一书中，提出了两条证据，其一是埃奎亚诺1759年1月9日在伦敦圣玛丽教堂的受洗记录，上面记载着"古斯塔夫·瓦萨，黑人，卡罗来纳，12岁"的字样；其二是埃奎亚诺1773年在英国海军"赛马"号(the Racehorse)花名册上的记录，埃奎亚诺的年龄是28岁，出生地是"卡罗来纳"。基于这两条文献，卡雷塔认为，不仅埃奎亚诺到达英格兰的时间比他自己说得要早，更重要的是，埃奎亚诺"极有可能是发明而非重获了非洲身份"。①

其实，早在《生平自述》流行之时，他的出生地便引发过争议。1792年4月，两家支持奴隶贸易的伦敦报纸《预言者报》(*The Oracle*)与《星报》(*The Star*)先后发难，声称埃奎亚诺的出生和成长地是西印度的圣克鲁斯岛，因此，埃奎亚诺既没有被奴隶贩子绑架过，也不了解非洲的实际情形。《预言者报》更是引用拉丁隽语 ex hoc uno disce omnes(知其一，可知全部)，试图诋毁埃奎亚诺的人品与他支持的废除奴隶贸易事业。此时，埃奎亚诺正在准备出版《生平自述》的第五版。埃奎亚诺不仅在新版中增加了年少时到达伦敦的所见所闻，以证明自己的所言不虚，还调整了《生平自述》的叙述方式。前

① Vincent Carretta, *Equiano, the African: Biography of a Self-Made Man*, New York: Penguin Books, 2005, xiv.

四版的《生平自述》均是以公布订阅者名单的方式开篇，第五版中，埃奎亚诺一改惯例，以一封"致读者"的公开声明直接回应了两家报纸的挑衅。声明之后，埃奎亚诺有选择地展现了英国各界人士为他写下的推荐信函与书评文章，作者包括教会牧师、剑桥博士与各地士绅数十人。这些英国绅士眼中的埃奎亚诺不仅诚实谦卑，而且颇富教养，其《生平自述》更是如实记载了奴隶贸易的罪恶，值得更多的读者阅读。面对埃奎亚诺的有力回应，并无什么切实证据的《预言者报》和《星报》只得沉默。可以说，埃奎亚诺巧妙借助了英国主流社会的力量，不仅为自己的个人品德成功背书，还借机扩大了废除奴隶贸易事业的影响。

时隔近200余年，卡雷塔的发现与质疑，依然引发了学界的激烈争论。在坚持认为埃奎亚诺生于非洲的诸多意见之中，加拿大历史学家保罗·洛夫乔伊(Paul Lovejoy)的观点最具代表性。洛夫乔伊从对《生平自述》细致的文本分析出发，通过联系和对比相应的历史和地理文献，驳斥了卡雷塔的看法。洛夫乔伊的主要论据是：其一，埃奎亚诺非洲叙事的细节与历史上伊博族的地理位置、语言使用、文化风俗等状况符合，能够相互对照，说明埃奎亚诺有过在非洲的童年经历；其二，埃奎亚诺在18世纪50年代到达英格兰的时刻，已经十多岁了，却不懂英语，因此他不可能出生在英属殖民地上，这一点，可以从埃奎亚诺的英国教母帮助他学习英语的经历上得到印证；其三，埃奎亚诺在英国有长期的朋友和雇主查尔斯·欧文博士(Dr. Charles Irving)，两人交往时间超过10年，正是基于埃奎亚诺的非洲身份和对非洲语言文化的了解，欧文博士曾雇佣埃奎亚诺从事与非洲有关的贸易，这一点从侧面证明了埃奎亚诺非洲身份的真实性；其四，埃奎亚诺在《生平自述》中对自己如何学习和适应英国文化的情况，描述得贴切而自然，作为一份产生在18世纪末的个人证词，显示了很高的真实性。虽然无法完美解释教堂受洗记录和海军花名册上的"卡罗来纳"，但洛夫乔伊以绵密的论证说明，埃奎亚诺出生在非洲的事实很难被推翻。①

其实，卡雷塔本人也认可历史本身的模糊与历史学者的无奈，这也是他为什么会说，对于埃奎亚诺生平的"合理怀疑并不等于确信无疑，我们或许永远无法得知作者出生与成长的真相"。②至于埃奎亚诺为什么要"发明"自己生在非洲的过去，卡雷塔推测说，因为埃奎亚诺清楚地知道"为了推进废除奴隶贸易的运动，需要一位非洲人挺身而出，提供关于非洲与中间航路的证词……埃奎亚诺看到了他的写作既有利于推进废奴贸易，又能带来个人经济上的利益"，于是，便创造了这样一个身份，虽然此举也有道德风险，但埃奎亚诺最终的成功，证明了这个险"值得一冒"。③

可以想见，无论是在圣玛丽教堂中接受洗礼的一刻，还是在海军军舰上面临长官询问的一刻，身处社会最底层、最边缘的埃奎亚诺，很可能是出于避免(减轻)歧视的目的，有意掩饰或编造了自己的出生地。究竟是在怎样的心理动机与外部条件的相互作用下，令埃奎亚诺留下了这样的记录，后人已经无法得知，或许永远也不会有人能说清楚了。换个角度看，作为个体的埃奎亚诺早已作古，但《生平自述》在当时与现代的影响，却是实实在在的。举个并不恰当的例子，诸如莎士比亚是否就是出生在埃文河畔斯特拉特福小镇上的那位普通人，或是曹雪芹是否曹寅后人及其生平等诸多问题上，由于证据的短缺与相互抵牾，依然会时不时引发学者的激烈争议。然而，种种争议并不妨碍读者去理解和欣赏《哈姆雷特》与《红楼梦》，也不妨碍读者以文本为线索，进入相应的历史语境，探索历史

---

① Paul Lovejoy, *Autobiography and Memory*: *Gustavus Vassa*, *alias Olaudah Equiano*, *the African*, *Slavery and Abolition* 27, no. 3 (2006), pp. 317-347.

② Vincent Carretta, *Equiano*, *the African*: *Biography of a Self-Made Man*, New York: Penguin Books, 2005, xv.

③ 同②, xvii-xviii。

和人性的纷繁复杂。当然，虽然本文认可《生平自述》是埃奎亚诺基于个人经历写作而成的，有相对确切的事实基础，但是，本文也充分理解，与其他任何形式的自传写作一样，埃奎亚诺的素材既有个人的亲身经历，也有来自他人的口头或书面知识。埃奎亚诺与其他任何自传作者一样，会在写作中对材料进行必要的添加、删减、压缩与扩充，会为打造前后一致、意义连贯的叙事而进行种种操控与调整，以便让叙事更具可读性，更能传达作者的意图。从这个角度上看，卡雷塔的疑问自有价值，他不仅促使读者更为关注个人意图、经验素材和虚构想象之间的关系，而且提醒我们，必须将埃奎亚诺和《生平自述》放回历史具体的时空之中，才能更全面和深入地了解其人其作。

《生平自述》是为配合废除奴隶贸易的宣传而作，意图便是重塑英国人头脑中的非洲想象。时至 18 世纪末，由西班牙、葡萄牙等国开始的跨大西洋贩奴贸易已经进行了百余年，随着海上实力的不断增强，迟到者英国变成了贩奴贸易中的主力，数以百万计的非洲人通过英国贩奴船被运送至加勒比地区与美洲沿岸，为英国商人换回了浸透着奴隶血泪的巨大财富，甚至促进了工业革命的发生。但是，英国人到底有何权力可以将非洲人从其家园强行带走，贩卖到陌生土地上劳作？这一点，可以从为奴隶制辩护的说辞中一窥端倪。1734 年，英国人威廉·斯内尔格瑞夫（William Snelgrave）出版了《关于几内亚一些地区以及奴隶贸易的新记录》。斯内尔格瑞夫曾经到过非洲，从事过大西洋上的贩奴贸易，他对非洲的观点堪称“权威”，常被拥护奴隶贸易的人士引用。开篇处，斯内尔格瑞夫声称，他的作品一定会吓坏那些“对地球上一些野蛮与残忍民族的风俗和习惯”不熟悉的人，他也的确记载了不少非洲部落之中以活人祭祀或食人的耸动故事，借此渲染非洲的野蛮与落后。对于自己为什么要在非洲从事奴隶贸易，斯内尔格瑞夫解释说，在非洲的西海岸，崛起了一位残忍而独裁的达荷美国王(King of Dahomey)，在征服了另一个维达(Whydah)王国之后，达荷美国王便向外贩卖战俘，如果英国商人不买，战俘会被残忍地杀掉。斯内尔格瑞夫意识到了“人口贸易”可能遭到的道德批评，他为自己辩护道：

> 有些对于这项合法贸易的不同意见，对此我将不予驳斥。我简要地谈一下，尽管人口贸易第一眼看上去是有些野蛮、不人道、不自然，但是，贸易商们认为，这项贸易不仅与其他类型的贸易相同，而且还有额外的益处，不仅是贸易商能够获益，对奴隶本身也多有益处。①

在斯内尔格瑞夫看来，不仅非洲人愚昧残忍，而且奴隶也是非洲人自相残杀的后果，假若欧洲人不参与奴隶贸易，奴隶的命运只会更悲惨，倒是有了奴隶贸易之后，不仅“大量有用的人才能活下来”，而且，他们还会在加勒比与美洲的种植园中受到更人道的对待。如此一来，贩奴贸易不仅不可耻，反而成了拯救生命的义举。面对诸如此类直接为奴隶制撑腰张目的非洲想象，作为非洲人与奴隶制受害者的埃奎亚诺，又会以何种想象重塑非洲呢？

从结构上看，《生平自述》可分为两部分。②第一部分由埃奎亚诺与当时英国中上层人士的通信和《生平自述》订购者的名录组成，展现了作品的写作意图、读者群和影响力；第二部分是正文，共十二章，以时间顺序讲述埃奎亚诺从非洲开始直到定居伦敦的生活。根据埃奎亚诺的自述，他是1745年出生在非洲西岸内陆地区一个名为

---

① 转引自 Edwards. P, *The Story of the Voyage: Sea-Narrative in Eighteen-Century England*, London: Cambridge University Press, 1994, pp. 148-149.

② Carretta V, *The Interesting Narrative and Other Writings*, New York: Penguin Books, 1995.《生平自述》在埃奎亚诺生前共出了9版，每一版均有修订，本书是以文森特·卡雷塔编辑注释的第9版为依据，以下出自该版本内容，由笔者自译。

艾萨卡(Essaka)的“美丽而丰饶的山谷里”。此处距离贝宁(Benin)首都和海岸都相当遥远，小时候的埃奎亚诺也“从未听说过大海或白人”①。埃奎亚诺所属的伊博族(Eboe)只是名义上臣服于贝宁国王，村落大小事宜均由酋长和长者决定。埃奎亚诺强调，非洲有千千万万个类似的村落，他的家乡正好可以作为欧洲人了解非洲内陆的绝佳样本。埃奎亚诺笔下的非洲内陆，虽然与世隔绝，少有人知，但绝非蛮荒之地。埃奎亚诺指出，他的部族由若干家庭组成，家庭的族长是成年男性，成员不分男女，共同在土地上劳作，共同分享劳动成果。部族生活以农耕为主，使用锄头、斧子、铲子、鹤嘴锄等工具，种植甘薯、棉花、玉米和烟草等作物，土地还出产凤梨、树胶、辣椒和蜂蜜等物品，可谓相当丰饶。埃奎亚诺的族人食用牛肉、山羊肉和禽类，以辣椒佐餐，以盐来腌制食物。埃奎亚诺指出，自己的族人酷爱清洁，不仅吃东西前一定会洗手，在许多场合下都要先行净手，其中既有宗教上的缘故，也有健康方面的考虑，绝非肮脏不洁的民族。就居住而言，每个家庭的主人会有一所居中的大屋，其他成员居住在紧靠在一起的小屋内，房屋或以木材搭建，或以干透的红土夯实而成，屋顶以芦苇覆盖，屋内干净整洁，少有装饰。埃奎亚诺部族的服装也自有特色，部族成员无论男女，均喜欢以一种类似苏格兰披肩的细布裹在身上，以蓝色为主，以当地浆果染成，埃奎亚诺特别强调说，其色彩比欧洲所见的都要明亮和丰富。

埃奎亚诺详细介绍了非洲人能歌善舞的生活方式。埃奎亚诺称，“我的民族几乎就是一个舞者、音乐家和诗人的民族。”②无论是从战场上归来，还是其他重大的公共事件，埃奎亚诺的族人都会载歌载舞，礼赞庆祝。部族庆典活动分为四个部分，以已婚男子、已婚女

---

① Carretta V, *The Interesting Narrative and Other Writings*, New York: Penguin Books, 1995, p. 32.

② 同上，p. 34。

子、未婚男子和未婚女子的顺序进行。已婚男子代表武士，以勇武精神再现战争情况，随后的舞者也会表现不同的生活场景，或是家庭事务，或是悲泣离别，或是农事操劳等。歌舞常以鼓类、木琴与类似吉他一般的弹拨乐器伴奏，显现了丰沛富足的情感与乐观豁达的生活态度。埃奎亚诺的族人身体健康，体型匀称，吃苦耐劳，在歌舞的滋养下性情开朗和亲切。埃奎亚诺还特别提到，他的族人中既没有乞丐、酒鬼和游民(idlers)，也少有奢侈之物，生活简单而朴素。这一点，与身处工业化开端而受诸多社会问题困扰的英国乃至欧洲拉开了距离。

埃奎亚诺描述的非洲宗教也别具特色。埃奎亚诺介绍说，他的部族信奉一个造物主，他居住在太阳之上，系着腰带，不吃不喝，只是偶尔叼叼烟斗，算是奢侈的享受。正是这位造物主，不仅创造世间万物，也统摄人间生死。与此同时，族人还信奉人间有各种魂灵，逝去的亲友并不离去，而是守在活人身旁，保护现世之人免遭敌人伤害，族人也常以祭奠仪式答谢魂灵。埃奎亚诺还特别提到，自己族人的生活与犹太人有诸多相似之处：婴儿命名常选取出生之时的事件或环境，实行割礼，族内事务由“族长、判官、智者与长者”管理，信奉血仇法则(law of retaliation)，等等。埃奎亚诺写道，“……我民族的风俗习惯和到达应许之地前的犹太人之间多可类比，即处于创世纪中描述的牧歌阶段，我不禁想到，一个民族正是由另一个民族而来的”。[①] 埃奎亚诺将非洲人与基督教同宗的犹太人联系起来，是有现实考量和别有意味的：非洲人即便没有基督教笼罩下的英国人“先进与优越”，但也远不是诸多流行偏见中的那样不堪。

《生平自述》是为了推进英国废奴贸易而作，埃奎亚诺没有回避非洲的奴隶问题。埃奎亚诺承认他的家乡有奴隶，非洲奴隶的来源

① Carretta V, *The Interesting Narrative and Other Writings*, New York: Penguin Books, 1995, pp. 43-44.

是战俘和罪犯，他们会居住在主人居所旁的小屋内，与主人的家人共同劳作，除了不能与主人一起进餐，其他均与其家人一样，主人也少有虐待行为。显然，在埃奎亚诺看来，同样是奴隶，非洲的奴隶受到了更温和与人道的对待。在《生平自述》中，埃奎亚诺被人贩拐卖之后，他先被卖到了一户非洲人家当奴隶，他曾经逃跑，被抓回来，没有遭受鞭打或其他虐待。如此说法在多大程度上符合事实，已然无法考证，却毫无疑义地表达了埃奎亚诺的情感倾向。无论从人员规模上看，还是从组织的严密程度上看，传统社会的奴隶制与资本主义兴起后美洲与西印度群岛的奴隶制还是有相当大区别的，作为大宗商品被买卖的奴隶遭到了更制度化的摧残，也被更彻底地剥夺和摧毁了人性。

《生平自述》回忆了埃奎亚诺的家庭生活与自己被绑架的场景。埃奎亚诺的父亲是伊博族一位长者，拥有“最高的地位……具有这种头衔的人，需要在额头中间切开，将颜料揉入皮肤……法官与长者才会有这样的标记”。① 他的父亲需要处理族内的行政和司法事务，埃奎亚诺常常会看着父亲审理案件、调解纠纷的样子，若他自己没有遭遇绑架，未来也会继承父亲的职位。埃奎亚诺共有兄弟七人，埃奎亚诺是最小的男孩，尤其得到母亲的疼爱，他也特别喜欢守在母亲身边，享受母亲的温柔和爱抚。某一天，在成人们下地劳作的时刻，三个人贩子溜进村，绑架了埃奎亚诺和他的姐姐。人贩子堵住他们的嘴，捆住手脚，将他们塞进麻袋，埃奎亚诺和姐姐百般抵抗，无奈年纪还小，无法成功，被人贩子带离了村庄：

> 接下来的一天，我从未经历过的更大痛苦到来了，我和我姐姐被分开了，我们极力拉着彼此的手臂，却无济于事。她被

① Carretta V, *The Interesting Narrative and Other Writings*, New York: Penguin Books, 1995, pp. 32-33.

> 人强行拽走，一下子便没了踪影，只留下我身处无法言说的痛苦之中。我不停地哭泣，几天时间不吃不喝，他们没办法，只好强行给我嘴里塞东西。①

巧合的是，几个月后，还是在非洲的土地上，埃奎亚诺在新主人家中，又看到了自己的姐姐，他完全不能相信自己的眼睛。埃奎亚诺回忆了当时的场景："她一看到我，便尖叫起来，冲我跑来，我惊呆了；我们都说不出话来，只能紧紧拥抱在一起，不停地哭泣……"但是，短暂的重逢又被无情的奴隶贸易摧毁了，他的姐姐再一次被带离，他也再没有见过姐姐了。埃奎亚诺动情地写道，"我童年乐趣的伙伴！曾与我分享了那么多的痛苦与快乐！假使让我能分担你的痛苦，我会感到幸福，即便用我的终生为奴换取你的自由，我也心甘情愿"。② 埃奎亚诺是在 1789 年写作《生平自述》的，距离和家人与姐姐分离（1755 年前后），已经过去了 30 余年，埃奎亚诺在亲历了无数屈辱、伤痛与愤怒之后，获得了人身自由和生活的相对宁静。但是，从他宁愿自己终生为奴为姐姐换取自由的誓言中，依然能够感到他始终无法平静的心绪。事实上，埃奎亚诺和家人在奴隶制下被迫分离的场景，也是整个《生平自述》情感最强烈的部分。通过这一段回忆，埃奎亚诺不仅要讲述自己与家人被迫分离的痛苦经历，更要告诉他的英国读者，非洲人绝非毫无情感、毫无人性的野兽或物品，而是与英国人一样，是有血有肉、有情有义的人，奴隶贸易将人当作物品肆意买卖的行为，对人的情感与家庭伦理造成多么严重的伤害。

埃奎亚诺深谙商业对于这个"小店主的国家"（拿破仑语）具有的

---

① Carretta V, *The Interesting Narrative and Other Writings*, New York: Penguin Books, 1995, p. 49.

② 同上，p. 51。

影响力，在诉诸道德与同情的同时，也不忘以经济利益说服英国人。在《生平自述》结尾的第十二章中，业已完整讲述了自己经历的埃奎亚诺，再一次请求英国“有权力的绅士们”正视贩奴造成的问题。埃奎亚诺论证说，非洲面积远大于欧洲，人口也远多于欧洲，蕴藏着丰富的自然资源。考虑到英国在宗教、道德与文化上的优势地位，如果废除了奴隶贸易，非洲会很快全面接受英国，英国就此得到的利益，尤其是制造业的利益，将远大于英国从奴隶贸易中获得的收益。埃奎亚诺举例说，仅仅考虑衣着与家具，假如每个非洲人每年消费价值5英镑的英国货，这个市场的规模也是无比巨大的。同时，如果废止了奴隶贸易，非洲人口还会以每15年翻一番的速度增长，这不仅保证了英国现在有钱可赚，也保证了英国会有一个持续增长的未来市场。因此，只要文明地对待非洲，让非洲人安静地生活在家乡，巨大的非洲市场就完全是英国的了。

总体而言，面对18世纪的英国读者，埃奎亚诺提供了对于非洲和非洲文明的另一幅画面。无论从风俗习惯、生产方式、宗教信仰，还是家庭生活等各方面来看，埃奎亚诺笔下的非洲，即使没有英国一般的“先进”，也绝非是蛮荒不堪之地。恰恰相反，作为埃奎亚诺生命起点的非洲，不仅有可以令他为之骄傲的文化传统与情感生活，也为他在整个自述之中建构一个血肉丰满的自我奠定了基础。从结构和内容上看，埃奎亚诺的非洲叙事构成了与英国主流的非洲想象乃至奴隶制话语相反的叙事。一方面，走近非洲的英国人将非洲描述为种种不堪之地，以便能够带着文明与优越的假面心安理得地贩卖奴隶；另一方面，原本如埃奎亚诺一般生活安宁祥和的非洲人，却被迫离开家乡，而随着离开非洲、离开家乡的距离愈发遥远，其遭受迫害的程度也愈发加深。凭借自己的经历与想象，埃奎亚诺在《生平自述》之中以亲历者的角度重塑了非洲。非洲是他永远无法返回的家园，是一块理应受到尊敬与善待的大陆。

第二节 书写与反抗

埃奎亚诺的《生平自述》出版于1789年。此时，美国独立战争刚刚过去，法国大革命即将爆发。作为18世纪全世界最主要的奴隶贩卖国，即便遭受了美国独立战争的打击，失去了北美最大的奴隶销售市场，英国的奴隶贸易依然兴盛。从伦敦、布里斯托尔、利物浦与格拉斯哥出发的一艘艘奴隶船，依然源源不断地为母国带回着沾满奴隶血汗的财富。然而，自18世纪中期开始，英国社会对待奴隶贸易与奴隶制的态度有了显著的变化，更多的人加入了怀疑与批评奴隶贸易的行列。态度转变的背后，既有孟德斯鸠、弗兰西斯·哈奇森、亚当·弗格森、亚当·斯密、约翰·米勒等法国与苏格兰启蒙思想家的贡献，也有威廉·威尔伯福斯(William Wilberforce)、格兰维尔·夏普(Granville Sharp)、托马斯·克拉克森(Thomas Clarkson)、詹姆斯·拉姆齐(James Ramsay)等基督教福音派或贵格派人士的推动。1787年5月，伦敦废奴委员会(London Abolition Committee)成立，标志着废奴贸易运动进入全国性阶段，议会也就是否废除大西洋奴隶贸易展开了正式辩论。

此时的埃奎亚诺已定居伦敦，并投身于废除奴隶贸易的运动之中。1781年11月29日，从非洲驶向加勒比沿岸的利物浦贩奴船"宗"号(the Zong)，由于缺乏淡水与疾病蔓延，船长卢克·科林伍德下令将船上133个奴隶活生生地抛入海中。按照当时英国保险业的惯例，奴隶若死于船上，船主无法索赔，但若死在海中，船主可以获得保险赔偿。"宗"号到达西印度群岛之后，保险公司拒绝赔付，双方就此打起了官司。这本来只是一起普通的商业纠纷，但是，埃奎亚诺将此事告知给了废奴运动的领袖人物格兰维尔·夏普，后者将此事公之于众，引发了英国社会对于奴隶贸易反人性本质的更多关注。[①]当然，埃奎亚诺对于废奴运动最主要的贡献，还是《生平自述》的写作与出版。在《生平自述》中，埃奎亚诺记录了对英语、英国(西方)文化从无知恐惧到逐渐熟悉、一直到娴熟运用的整个过程。他在《生平自述》中不仅构建了一个独特的自我形象，也为非洲人群体重新书写了历史，为他和他的族群争取更为人道与自由的生存空间，做出了不懈的努力。

埃奎亚诺并非是18世纪唯一的黑人作家。英语世界在18世纪先后出现了多位黑人作家，比如詹姆斯·格罗涅索、约翰·马伦特、奥托巴·库戈阿诺(约翰·斯图尔特)、约翰·杰等。他们大多出身奴隶，或是自己写作，或是在别人的帮助下进行写作。批评家盖茨精彩点评了这些黑人作家写作的意义。在盖茨看来，时至1750年之后，“万物链”变得种族化了。在西方人眼中，人类从“荣耀的弥尔顿”(白人)开始，一路下降到“最低等的霍屯督人”(黑人)，而黑人的位置也与动物相差无几。因此，对于黑人而言，必须证明他们具有“文学与科学”的能力，才能被看作是理性的，才能被看作是“人”。[②] 对于埃奎亚诺而言，他的写作既是个人证明能力的证据，也是为黑人群体突破历史困局的重要一步。如何走出无法书写的困局？埃奎亚诺回忆中对“书”的特别兴趣，显现了他对此问题的觉察。

> 我过去经常看到主人和迪克在读书；我也很好奇，想要和书谈一谈，觉得他们就是这么做的。这样就能知道万事都是从哪里开始的。为了这个目的，一个人的时候，我常常拿起一本

① James Walvin, *An African's Life: Life and Time of Olaudah Equiano, 1745—1797*, London: Continuum, 1998, p. 152; Vincent Carretta, *Equiano, the African, Biography of a Self-Made Man*, New York: Penguin Group, 2006, pp. 237-238.

② Henry Louis Gates, Jr, *The Signifying Monkey: A Theory of African-American Literary Criticism*, New York: Oxford University Press, 1988, pp. 130-131.

书，对它讲话，然后，我把耳朵贴上去，希望它能回答我。我很焦急，因为它总是什么也不说。①

埃奎亚诺对书的好奇并非特例，其他黑人作家的作品中均有类似情节，盖茨称之为“会说话的书的转喻”(talking book trope)。盖茨认为，通过“会说话的书的转喻”，黑人作家伪装出了一个幼稚的自我，而其真正的意图则是“仔细命名或阅读西方文化，并在此过程中凸显商品文化中隐含的主客体关系”。②众所周知，自15世纪之后，随着文艺复兴与宗教改革的深入，地理大发现带来的商业活动日益增加以及民族国家的不断崛起，欧洲文明从中世纪的躯壳中逐步蜕变，愈发具有了现代特征，而印刷术的发明与书本的广泛传播，更是在这一进程中扮演了无可或缺的角色。正是在无数诸如古腾堡与卡克斯顿等印刷商的推动下，书本及其代表的印刷文化成为了欧洲文明显著区别于其他几大文明(尤其是非洲文明)的重要特征。埃奎亚诺希望通过与书交谈而得知万事起源的急迫愿望，既点出了书在欧洲文明之中的核心地位，也预示着他终将以书写为手段发声反抗，推动英国的社会变革。

应该看到，《生平自述》虽然是纪实性写作，却也有无处不在的“文学性”乃至象征意义。在《生平自述》第三章中，埃奎亚诺以陌生化的视角回顾了当时的所见所闻。渡过“中间航路”到达西印度群岛没几天，埃奎亚诺被卖到了弗吉尼亚一位名叫坎贝尔的种植园主家里。脱离了人间地狱一样的奴隶船，种植园的一切都前所未见，而埃奎亚诺眼中壁炉上的钟与墙上的肖像画，好似活人活物一般，时

---

① Carretta V, *The Interesting Narrative and Other Writings*, New York: Penguin Books, 1995, p. 68.

② Henry Louis Gates, Jr, *The Signifying Monkey: A Theory of African-American Literary Criticism*, New York: Oxford University Press, 1988, p. 156.

刻在监视着年幼的他。[①] 但是，最让埃奎亚诺感到震惊的是一位黑人女奴。埃奎亚诺写道，“我经过房间，看到一个黑人女子，在做晚饭，这可怜的人身上戴着各种的铁制器械，头上也有一个，紧紧地锁住嘴，她既不能讲话，也不能吃东西或喝水。”[②]后来，埃奎亚诺得知，这位黑奴头戴的东西叫铁嚼子(iron muzzle)，是奴隶主用来防范或惩戒奴隶的诸多刑具中的一种。埃奎亚诺以孩童般的无知回顾自己的所见，既揭露了奴隶主的残忍行径与奴隶的悲惨生活，他的言语也隐隐透出某种象征的意味：无法言说自我的人便如同时刻头戴铁嚼子的奴隶，只能被人当成牲口、货物或商品。铁嚼子的出现，折射着语言与表达在奴隶争取自由道路上的重要性。

作为奴隶贸易的受害者，埃奎亚诺亲历与目睹了太多人间惨剧。在加勒比种植园中，奴隶毫无地位可言，奴隶主强迫奴隶在高温潮湿满是蚊虫的环境中长时间工作，却缺乏基本的食物、衣物与卫生条件，常常没过几年便死去了。奴隶主可以任意打骂和虐待奴隶，奴隶却不得不逆来顺受，一旦有所反抗，只能得到更为残酷的惩罚。奴隶主为了控制奴隶，采取或给奴隶脸上刺字、烙印等手段，或以戴铁嚼子、拇指夹等刑具和手段来折磨奴隶。女性奴隶还会遭受性侵害，甚至不到十岁的女童也无法幸免。根据《生平自述》的记述，有的奴隶主在鞭打奴隶之后，还要强迫奴隶跪地感谢。埃奎亚诺观察到，在加勒比的种植园中，很多男性奴隶并不在自己所在的种植园寻找配偶，而要到距离若干千米之外的其他种植园区去寻找。经过一番了解后埃奎亚诺得知了原委。对于同属一个种植园的奴隶夫妻，固然有生活上的便利，但是，奴隶主要惩罚女奴的时刻，会常常让她们的丈夫执行鞭打，以此摧残奴隶的意志。即便埃奎亚诺为

① Carretta V, *The Interesting Narrative and Other Writings*, New York: Penguin Books, 1995, pp. 63-64.

② 同上，pp. 62-53。

自己赎买了自由之后，他也常常遭受岛上白人的欺辱与任意抢夺。埃奎亚诺对于废奴运动最重要的贡献，便是书写下了奴隶贸易与奴隶制之无所不在的残酷。

如果说相较于非洲文明，18 世纪的欧洲文明称得上是一种以“书”或印刷品为特点的文明，那么，位于诸多书本中最中心位置的，应该非《圣经》及其代表的基督教文明莫属。虽然生活在 18 世纪英语世界的埃奎亚诺也是基督徒，但是，从其接受洗礼到从内心真正接受基督教义，却也历经了一番波折。1759 年 1 月，十来岁的埃奎亚诺在伦敦的圣玛丽教堂接受了洗礼。埃奎亚诺之所以受洗，是因为听到别的仆人讲，如果没有接受洗礼，死后就不能上天堂，这让尚且年少的埃奎亚诺颇感不安。于是，他便央求当时寄宿家庭中的女主人古文小姐(Miss Guerin)为他安排了洗礼①。受洗之后的埃奎亚诺开始逐步了解基督教教义，但是，他所接触到的、颇具有加尔文教色彩的“上帝”却常常令他不安，常常令他为自己的“罪孽”而自责与懊悔。随着埃奎亚诺年龄的增长与生活阅历的丰富，埃奎亚诺逐渐对这位严酷的上帝失去了兴趣。在这期间，他也曾与英国国教(圣公会)、天主教、贵格教等不同教派的人士接触过，但都觉得对方的教义无法满足他的精神渴望。直到他人到中年，接触到了基督教卫理宗(Methodism，也译作循道宗、卫斯理宗等)的教义之后，他寻求精神慰藉的心才终于得到了满足。按照埃奎亚诺的说法，“罪孽的负担，地狱张开的大口，对死亡的恐惧，曾经令我无比害怕，现在却不再恐惧了。”②

埃奎亚诺之所以有这样的变化，既与年龄和阅历的增长有关，也与卫理宗更为友善的教义有关。作为基督教新教的一个重要派别，

① Carretta V, *The Interesting Narrative and Other Writings*, New York: Penguin Books, 1995, p. 78.

② 同上，p. 191。

卫理宗在1730年之后的英格兰崛起，其创建者是前英国国教会牧师约翰·卫斯理(John Wesley)。卫理宗传教的主要目标是被英国国教忽视的社会中下层人群，其教义强调神的爱是为所有人准备的，只要信众接受耶稣基督，只要愿意不断地靠圣灵追求完全，便可拥有"预期的恩典"，从这一点上看，卫理宗的教义也比加尔文教的教义更具有吸引力。同时，自创建之日起，卫理宗的教士与信众便积极推进着英国社会的各种改良运动。他们深入社会底层，普及阅读，消除文盲，探访监狱，改善囚犯的生活环境，同时，他们对奴隶制中的受害者也颇为同情。正是基于这些原因，按照传记作者的说法，"1774年，他的非洲灵魂终于在一个特别的英国宗教之中，找到了精神的家"。①

埃奎亚诺虽然熟读《圣经》，能从《圣经》提供的教义中找到精神安慰，但是，他却不是一位像《汤姆叔叔的小屋》中的黑人汤姆一般逆来顺受、少有自我意识的黑人基督徒。恰恰相反，埃奎亚诺善于利用《圣经》和自己基督徒的身份，既努力争取英国公众对奴隶的同情，又不断批评英国社会对于奴隶制的纵容。《圣经》之中有一句"你们要别人怎样对你，你们就该怎样对待别人"，语出自《马太福音》第7章第12节以及《路加福音》第6章第31节，常被称之为基督教教义的精华，甚至有黄金法则之称。但是，面对奴隶制下奴隶们所遭受的所有痛苦与不幸，埃奎亚诺却可以"以己之矛攻己之盾"式地质问：

> 哦，你们这些名义上的基督徒！一个非洲人倒要问问你们，这是你们从你们的上帝那里学来的吗？有没有人对你们说过，你们要别人怎样对你，你们就该怎样对别人？我们被迫与家乡

① James Walvin, *An African's Life: The Life and Times of Olaudah Equiano, 1745—1797*, London: Continuum, 1998, p. 106.

和亲友分离，到这里就是为了你们的奢侈和贪欲劳作，难道这还不够吗？是不是每种温柔的感情，都要被你们的贪婪摧毁？①

埃奎亚诺的读写能力不仅挑战《圣经》的教义，也让他有能力引用各种材料写作，强化废奴话语的说服力。在《生平自述》的非洲叙事部分，埃奎亚诺先后引用了安东尼·贝内泽的《几内亚的有关历史》(1771 年)，康斯坦丁·菲普斯的《去北极的航程日志》(1774 年)，托马斯·克拉克森的《论奴隶制与人口贸易》(1785 年)等写实性作品，增加了文本涉及的范围和广度。埃奎亚诺还引用了弥尔顿、莎士比亚、蒲柏等人的作品，令《生平自述》在感情强度与思想深度上，均上了一个台阶。第五章中，在历数奴隶主对奴隶犯下的种种暴行之后，埃奎亚诺愤怒地质问他的英国读者："为什么他们要用如此残酷的刑具？理性的人怎么能以如此残酷的刑具加之于同类之上？看到他们如此堕落的人性，你们难道不感到羞耻和屈辱吗？……你们就没意识到，这样做的危险后果？难道你们不担心随时可能发生的暴动吗？"②为说明奴隶主的暴行可能带来的反抗，埃奎亚诺引用了弥尔顿的诗句：

因为我们这些奴隶只配严加幽闭
鞭挞和残酷的刑罚，怎能给予和平？
在我们的权限之内，只有敌对和痛恨
只有不屈服的反抗和复仇
虽然缓慢，但复仇心不死
永远设法尽量减少他的胜利成果

---

① Carretta V, *The Interesting Narrative and Other Writings*, New York: Penguin Books, 1995, p. 61.

② 同上，p. 112。

尽量减消他对我们受苦的高兴
怎能以和平来回敬他呢?①

熟悉英国文学的读者知道，这一段诗文出现在弥尔顿《失乐园》的第二卷。此时，撒旦虽然被上帝的雷霆打入地狱，却并不屈服，他召集同伴，商议对策。面对有同伴希望以屈辱换和平的做法，撒旦的助手，也是地位仅次于撒旦的别西卜(Beelzebub)颇为气愤，于是便有了这样一番决不能以和平回报奴役的言论。对于深陷地狱一般的黑人奴隶们，埃奎亚诺引文的意义再明确不过了。前文提到，18世纪英国人心目中最"高级"的人当属敢于塑造一个大逆不道的魔鬼形象的弥尔顿，此时，引用弥尔顿诗句来表达愤怒与担忧的埃奎亚诺，似乎正如弥尔顿诗中的别西卜，正以自己的书写，在英国人面前"威严地站起来，好像一根中流砥柱；在他的前额刻着为大众的安危而熟虑的深纹；虽然憔悴，但在眉宇之间，仍闪耀着威严王者的光辉。"②。

埃奎亚诺对莎士比亚作品的引用也颇为巧妙。前文提及，《生平自述》第五版出版前夕，伦敦的《预言者报》和《星报》先后发难，质疑埃奎亚诺的非洲身份。对此，埃奎亚诺不失时机地引用了莎士比亚的《奥赛罗》加以回击："请你们在公文上老老实实照我本来的样子叙述，不要徇情回护，也不要恶意构陷。"③此段对话出现在《奥赛罗》第五幕第二场之中，是奥赛罗与凯西奥和罗多维科之间的一段对白。此时，奥赛罗得知自己中了伊阿古的奸计，误杀了苔丝狄蒙娜，他懊悔不已，却又不失英雄气度，准备坦然面对自己的结局。奥赛

① 弥尔顿，《失乐园》，朱维之译，上海：上海译文出版社，1984年，第57-58页。

② 同上，第56页。

③ 莎士比亚，《莎士比亚悲剧集》，朱生豪译，北京：燕山出版社，2000年，第283页。

罗是摩尔人，肤色黝黑，高贵而勇敢，忠于国家，却被谗言所难；埃奎亚诺同样皮肤黝黑，娶有白人妻子，同样曾为英军拼死效力。借助与英国经典文学作品中最著名的黑人英雄的类比，埃奎亚诺不仅提醒英国读者，要小心拥奴派类似伊阿古一样诋毁抹黑的卑劣，更在他们前面展现了一种悲剧英雄式的信心与勇气。

《生平自述》的完整名称是《一位非洲人奥劳达·埃奎亚诺，或古斯塔夫斯·瓦萨有趣的生平自述，由他本人所作》。古斯塔夫斯·瓦萨是他的英国主人帕斯卡在他十几岁时给他起的名字，当时的埃奎亚诺并不接受，为此还遭到了帕斯卡的殴打。古斯塔夫斯·瓦萨是16世纪的瑞典国王，曾经领导瑞典人民反抗丹麦的暴政。在埃奎亚诺生活的年代，也有英国剧作家创作过同名戏剧，意欲反对英国首相沃波尔，但戏剧遭到了官方禁止，并未上演。帕斯卡将埃奎亚诺命名为古斯塔夫斯·瓦萨，很难说没有戏弄与调侃的因素，如果不是侮辱的话。然而，世事变迁，这个当年被人随意购买的小奴隶，不仅可以在十余年之后重获自由，甚至可以著书立说，成为了英国废除奴隶贸易运动的核心人物。从这个角度看，《生平自述》的封面上奥劳达·埃奎亚诺和古斯塔夫斯·瓦萨的名字并列一处，不仅有实际的考虑，也有直面奴隶主的讽刺：曾经弱小而任人欺凌的小黑奴已经长大成人，已经变成了犹如瓦萨一样真正的英雄，代表千千万万的黑人同胞，向奴隶贸易与奴隶制度发出了最愤怒的吼声。

第三节　海洋与自由

埃奎亚诺的前半生有十余年是在海船上度过的。他亲历过从非洲到美洲贩奴的“中间航路”，参与过“七年战争”期间英国海军在北美沿岸与地中海的数次重大海战，随商船在加勒比地区之间从事过贸易，也乘坐探险船赴北极探索过“西北通道”。埃奎亚诺的海上经历，不仅比18世纪一般的英国作家要丰富得多，甚至比起任何一位经验丰富的船长也不逊色。如此广泛的航海经历，自然逃不过评论家的眼睛。论者或称埃奎亚诺为“意外的旅行者”，[①]或以“奴隶叙事的地理”[②]来评论埃奎亚诺的生平经历。但是，埃奎亚诺的海上生涯到底如何塑造了他，又与他最终获得自由之间有怎样的联系，依然缺乏详尽分析。本节选取埃奎亚诺在英国贩奴船、英军军舰和加勒比商船上的经历，剖析其个人遭遇背后体现出的时代的偶然与必然。

埃奎亚诺是被英国贩奴船从非洲贩卖到加勒比地区的，他首先是“中间航路”的亲历者与受害者。在16世纪之后兴起的跨大西洋三角贸易中，欧洲船只会载着诸如盐、布匹、朗姆酒等产品从欧洲港口出发，到达非洲西海岸，完成航程的第一段；在非洲卖出产品后，船只会载上奴隶、金沙、象牙等货物，横穿大西洋到达美洲，完成航程的第二段；之后，载着蔗糖、烟草、棉花与其他各种原料的船只返回欧洲，完成整个航行。“中间航路”指的便是三角形航路的第二段。从16世纪初期到19世纪，据估计有超过1250万非洲俘虏从非洲上船，经由“中间航路”，被葡萄牙、西班牙、英国、法国、丹麦、荷兰与美国等国的海船贩卖到南北美洲与加勒比地区，其中，只有约1080万人活着到达美洲，成为奴隶。[③]埃奎亚诺生活的1750—1800年间，正是欧洲人参与奴隶买卖的高峰期，来自利物浦、南斯、里斯本与查尔斯顿的贩奴船穿梭在大西洋上，将总数超过400万非

---

① Geraldine Murphy, *Olaudah Equiano, Accidental Tourist*, *Eighteenth-Century Studies*, vol. 27, no. 4, African-American Culture in the Eighteenth-Century (Summer, 1994), pp. 551-568.

② Thomas Doherty, *Olaudah Equiano's Journeys: The Geography of a Slave Narrative*, *Partisan Review*, Fall 1997, 64, 4, pp. 572-581.

③ 丽莎·A. 琳赛，《海上囚徒：奴隶贸易四百年》，杨志译，北京：中国人民大学出版社，2014年，第5页。

洲奴隶运往美洲。奴隶的数量虽然巨大，却少有人能够有条件和能力书写自己的经历。1755年前后，年仅10岁的埃奎亚诺也被驱赶上了船，他的讲述终于打破了作为货物的非洲人无法言说自我经历的困境。

根据《生平自述》的记述，少时的埃奎亚诺被人从地处内陆的家乡绑架，辗转多日之后，到达海边。埃奎亚诺第一次看到了大海和海船，他记录下了自己此时无法克制的惊恐之情："当我到达岸边，第一个看到的就是大海和一艘奴隶船，奴隶船下了锚，停在海边，等待装货。这些让我非常惊奇，惊奇很快变成了恐惧，直到现在，那种恐惧我都无法描述，更别提在当时了。"[①]埃奎亚诺也是第一次看到白人，他们"面貌跟我们的完全不同，留着长发，说着陌生的语言。"埃奎亚诺认为自己"进入了恶鬼的世界，他们一定要杀了我。"让他更为惊恐的是在船上看到了"一个沸腾的大铜锅，一大群的黑人，都被链条锁着，人人表情悲惨痛苦，满是绝望。"埃奎亚诺被吓晕过去，醒来后，他不停地询问黑人同伴，"是不是我们要被这些长着可怕面孔、红色脸庞、留着长发的人吃掉？"[②]欧洲人常在叙事中渲染非洲吃人或以活人祭奠的风俗，但与非洲若干地区可能存在的古老风俗相比，现代欧洲资本主义与殖民主义吞噬的非洲人口数量，可能要庞大得多，仅就"中间航路"这一段，便有超过百万人无法跨越而死在船上，葬身大海之中。埃奎亚诺担心自己被吃的恐惧，既是童年的埃奎亚诺突然遭遇陌生种族时的自然反应，也隐喻了欧洲资本主义与殖民主义的吃人现实。

埃奎亚诺登上奴隶船的一刻，既是与家乡的永诀，也是更大苦难的开端。埃奎亚诺以第一人称的亲历，讲述了这艘英国奴隶船的恐怖。奴隶舱里哭声一片，恶臭难闻。埃奎亚诺想要投海自尽，但

---

①② Carretta V, *The Interesting Narrative and Other Writings*, New York: Penguin Books, 1995, p. 55.

奴隶船的船舷上特别安装了防护网，无从越过；埃奎亚诺拒绝饮食，希望以绝食自毙求得解脱，却被两个船员捆起来，遭到了此生的第一次鞭打。当然，奴隶船上的防护网与鞭打不进食的奴隶，所担心的并非是奴隶的安全与健康，而是死亡的奴隶会造成的财产损失。事实上，奴隶船上还带有特殊的铁制刑具，能将奴隶的嘴巴撑开，方便强行喂食。同时，埃奎亚诺不仅目睹了船员对待奴隶的暴行，也讲述了白人船员受到的可怕对待。一天，他和其他奴隶在甲板上放风，看到一个白人船员被五花大绑吊在前桅杆上，受到残酷的鞭打，没多久此人就被打死了，尸体被抛入海中，“如同对待一头牲畜一样。”①

奴隶船停泊港口的时刻，埃奎亚诺和其他奴隶还可以登上甲板透气，船只开行之后，他们就被赶入了底舱。奴隶船主为了保证自己的利润，总是尽可能多地往船上装载奴隶，原本非常狭小的舱房之内，被塞入了太多的人，舱房又缺乏必要的通风与卫生设备，其生存条件之残酷与恶劣，完全超乎了想象。埃奎亚诺写道，船舱的“空间是封闭的，天气酷热，舱室里都是人，连转身的地方都没有，令人窒息。”奴隶很容易就因此染病，即便如此，他们也被锁链加身。舱房里的秽物桶无人打理，有黑人儿童掉入其中，几乎淹死。底舱中满是“女人的尖叫，濒死者的呻吟，其间的恐惧，令人无法形容。”②埃奎亚诺记录下了有两个身带枷锁的奴隶，一起跳过船舷上防止奴隶落水的网，跃入了大海，他们宁愿去死，也再不愿忍受如此非人的对待。不幸的是，有一个没有成功，被重新抓回奴隶船，立刻遭到了“无情的鞭打”。③

埃奎亚诺揭示的正是“中间航路”的一般状况。埃奎亚诺横渡大

---

① Carretta V, *The Interesting Narrative and Other Writings*, New York: Penguin Books, 1995, p. 57.

② 同上，p. 58。

③ 同上，p. 59。

西洋的时刻，正值奴隶贸易的顶峰。为了能运送更多的奴隶，欧洲人不断改造船只，尽其所能地利用每一英寸的舱室空间。此时的贩奴船通常只有15~38米长，2.4~4.5米宽，载重只有100~300吨，却常常塞进从100到500人数不等的奴隶。欧洲船只在非洲沿岸等待贩奴时，为了能装载更多的奴隶货物，常常进行舱室改造，在甲板中间设置平台，通过分割空间的办法增大承载量。贩奴船还会以隔断将不同性别和年龄的奴隶分离开，以避免奴隶暴乱。从当时留下的贩奴船的素描图可以看到，在狭小逼仄的空间中，奴隶相互拥挤在一起，他们通常只能躺着不动，男性奴隶还常常被两个两个地用铁链锁在一起。①按照当时伦敦废奴活动家，也是国会议员的威廉·威尔伯福斯的话来形容，“从来没见过中间航路的奴隶船这般景象，如此深重的不幸凝聚于如此小的空间。”当然，奴隶船的悲惨状况，既有18世纪远洋航行的自然条件所限，更是船长与船主的经济考量，他们需要在尽量短的时间内，将最多的奴隶从非洲贩卖到美洲，以赚取最大的利润。至于“躺在只有一口棺材大的空间里的”奴隶的死活，也只是从经济的角度，才会给以最低限度的考虑的，毕竟奴隶的价格不菲，船主也不愿赔钱。

埃奎亚诺的《生平自述》之中最常被人引用的便是他在贩奴船上的遭遇。其实，就在《生平自述》出版前，已有若干前奴隶船的船长或船员这样做了。詹姆斯·菲尔德·斯坦菲尔德(James Field Stanfield)是位爱尔兰水手，曾著有《几内亚航行记》(1788年)、《几内亚航行记：三部诗集》(1789年)等作品。约翰·牛顿(John Newton)则担任过贩奴船船长，后来投身废除奴隶贸易的运动中，他也写作了不少的文字材料。②埃奎亚诺的价值在于，他的叙事是从被贩卖的奴

① 丽莎·A. 琳赛，《海上囚徒：奴隶贸易四百年》，杨志译，北京：中国人民大学出版社，2014年，第125-126页。

② Marcus Rediker, *The Slave Ship: A Human History*, New York: Penguin Books, 2004, pp. 132-186.

隶的角度讲述的，能为英国废除奴隶贸易的社会活动提供第一手证词。尤为难得的是，尽管身处奴隶船的可怕境地，埃奎亚诺依然展现了非同寻常的好奇心和求知欲。刚刚踏上海船的一刻，埃奎亚诺很自然地担心自己的命运，向同伴询问白人到底是何人，要将我们带到何处去，同时，他也对海船表示了特别的兴趣，好奇于此物如何能在水上行驶。听说只要用绳索把布悬挂在木杆上，船只便能行走，埃奎亚诺大感惊讶，认为一定有鬼怪作祟。不过几天，埃奎亚诺再一次描述了另一艘航船在他心中引发的惊奇，看到船只抛锚停下，埃奎亚诺"觉得一定是魔力所为"。[①] 奴隶船航行到大洋之后，埃奎亚诺的兴趣愈发强烈了：

> 我第一次看到了四分仪(quadrant)，我常常看到水手们用它观察，但我实在不知道他们在干什么。他们注意到了我的好奇心，其中一位水手，既想来逗逗我，也想来炫耀一下，就让我看了一会儿。我看到天空中的云和陆地一样，不断消失。我更加惊奇了。我现在更加相信，我是来到了另外一个世界，身边的东西都有魔力。[②]

此时的埃奎亚诺，只是千千万万被贩卖的人口货物中的一份，而他也只能身处狭小、拥挤、充满恶臭的奴隶船上，眼睁睁地看着舱外的大海与海里的鱼，"我常常会想到海中的鱼，鱼有自由，比我快乐，我嫉妒鱼，宁愿成为鱼。"[③]然而，只要能有机会掌握航行技术，成为一名可以驾驭海船的水手，大海便有可能成为奴隶获取自由的途径。带着历史的后见之明，便能看到其间的象征意味。埃奎

---

① Carretta V, *The Interesting Narrative and Other Writings*, New York: Penguin Books, 1995, p. 57.

② 同上，p. 59。

③ 同上，p. 58。

亚诺不过10岁左右，但是，自他举起四分仪观察天空的一刻，曾经拘禁他的海船，终将为他带来自由。

埃奎亚诺到达加勒比不久，便被转卖到了北美的弗吉尼亚，在弗吉尼亚生活了不到一个月，又被到访此地的英国海军军官亨利·帕斯卡以40英镑的价格买走，由此，埃奎亚诺的身份发生了重大变化，从人口货物变成了英国海军军官的财产与仆从。经由“中间航路”到达加勒比地区的非洲人，绝大多数会被卖到甘蔗种植园中，在炎热的天气中从事繁重艰苦的劳作，往往不过几年，便会耗尽生命。与之比较，埃奎亚诺可谓幸运。必须承认的是，不同于奴隶船上异常紧张与残酷的买主/货物的贩卖关系，埃奎亚诺在之后的英国商船与军舰上，虽然身份低微，却能受到更人道的对待，埃奎亚诺也得以发展出了较之奴隶船上难以想象的人际关系。事实上，就在从弗吉尼亚去往英格兰的旅途中，埃奎亚诺便交到了异族社会的第一位朋友——理查德·贝克(Richard Baker)，一位出生于英属美洲殖民地的白人少年。埃奎亚诺回忆了与贝克在海船之上数月相处的情景，“贝克总带着愉悦指导我……虽然他有许多奴隶，但他和我一起在船上经历了许多困境……发展出了牢固的友谊”。[①] 多年之后，埃奎亚诺对这段经历依然记忆犹新，称贝克是“耐心的解释者，融洽的伙伴，忠实的朋友”，并对他的早逝耿耿于怀。[②]贝克比埃奎亚诺年长四五岁，像他的兄长，在另一艘英军军舰“阿特纳”号(the Aetna)上遇到的水手丹尼尔·奎恩(Daniel Queen)，更像是他在异族社会中的导师与引路人。奎恩40多岁，“受过很好的教育”，他不仅教埃奎亚诺如何帮人刮胡子穿衣服，还教埃奎亚诺读书认字阅读《圣经》，同时，奎恩也灌输给了埃奎亚诺自由的观念，“他常常说我们

---

①② Carretta V, *The Interesting Narrative and Other Writings*, New York: Penguin Books, 1995, p. 65.

永远不会分离，我们拿到船钱之后，我就会和他一样自由了，他会教我入他的行当，我也会有个不错的生活。”①虽然此时距离埃奎亚诺获得人身自由还有待时日，但是，正是诸如贝克、奎恩这样的英国船伴与朋友的存在，让埃奎亚诺得以深入认知这个将自己从非洲贩卖而出的庞大帝国的更多面相，也为自己能够在英国社会生存下来乃至终获自由奠定了基础。

埃奎亚诺是在1757—1762年间跟随的帕斯卡，此时也正值英法七年战争(1756—1763年)期间。英法七年战争是英法之间的历史矛盾在18世纪中叶的集中爆发。战争的一方是英国、普鲁士与葡萄牙，另一方是法国、奥地利和西班牙，双方在欧洲、北美、加勒比、非洲与亚洲相互交战，其参战国家之多、影响范围之广，甚至有“真正的第一次世界大战”(丘吉尔)的评价。历经多番激烈厮杀，1763年，交战双方签署了《胡贝图斯堡条约》和《巴黎条约》两个合约，暂时平息了战火。七年战争对于英国的影响可谓有得有失。一方面，英国为了支付战争费用而强令美洲殖民地增税，此举引发了强烈不满，直接导致了之后英美战争和美洲殖民地的独立，英国可谓损失不小。但是，从另一方面看，英国不仅因为本土远离欧洲而未受到欧洲战火的影响，而且，凭借强大的海上实力，英国还获得了加拿大、佛罗里达、塞内加尔和加勒比地区的若干岛屿等原属法国、西班牙等国的新殖民地，并获得了与印度的贸易权，这些均为英国在19世纪成为不可一世的“日不落帝国”奠定了基础。

七年战争期间，英军军舰海上活动频繁。作为帕斯卡的仆从，埃奎亚诺先后在英国军舰“雄獐”号(Roebuck)、“普雷斯顿”号(Preston)、“詹森”号(Jason)、“皇家乔治”号(Royal George)、“纳木尔”

① Carretta V, *The Interesting Narrative and Other Writings*, New York: Penguin Books, 1995, p.92.

号(Namur)和“阿特纳”号(Aetna)上生活。前文提到，在11岁之前，生于非洲内陆的埃奎亚诺还从未见过大海和白人。但是，此时的埃奎亚诺，不仅造访了诸如伦敦一般的欧洲大都市，也还随舰先后到达过荷兰、苏格兰、法国、葡萄牙、西班牙、英属北美洲等地，可谓极大地开阔了视野。长时间的远洋生活，也从另一个方面塑造了埃奎亚诺对于空间和自由的感觉。可以想见，一方面，船舷之外的大海能让他感受世界的无限与辽阔；另一方面，英军军舰会在各大洲之间不断巡游，少则数个星期，多则几个月，便可以从一个国家的港口行驶到另一个国家的港口，甚至横跨大西洋，从欧洲到达美洲，再从美洲返回。这种开阔的视野与移动的相对迅捷，也能让埃奎亚诺与其他船员一道获得了一种前所未有的时空感受，体验到一种完全不同于陆地生活的自由感和流动性。

埃奎亚诺记录了自己在七年战争之间随英军作战的整个过程，重点是三次规模庞大的战役。其一是围攻法属加拿大的路易斯堡战役；其二是在葡萄牙海岸截击法军军舰的战斗；其三是在法国基伯龙港附近的海战。埃奎亚诺生动描绘了战争的激烈与自我心理的发展过程。1759年，英法舰队在法国土伦(Toulon)附近爆发激战，英军摧毁了法军旗舰“海洋”号，埃奎亚诺写道，“我看到‘海洋’号上燃起的熊熊大火，我一辈子都没见过如此可怕的场景；不过一分钟，黑夜变得如白昼一般，伴随一声比雷声还要巨大的爆炸声，似乎要把周围的一切全部摧毁一样。”[①]埃奎亚诺负责从船舱中部的库房给船尾的火炮运送火药，看到法军密集的炮火和船上“一眨眼之间便被炸成碎片的同伴”，埃奎亚诺原本打算等法军炮火暂歇之际再运送火药，以求些许的安全，但是一想到“生死均有定数，便抛弃了恐惧和对死亡的所有担心，敏捷地投入到了全部职责之中。”尽管“我们的船

① Carretta V, *The Interesting Narrative and Other Writings*, New York: Penguin Books, 1995, p. 83.

也遭受了重创……除了大量船员伤亡，船上索具也几乎全部被毁，后桅杆和主帆桁都斜倒在船身一侧……”，但是，“最终我们还是带着战利品，返回了英格兰。”①

考虑到《生平自述》的写作意图，埃奎亚诺很有可能会夸大自己在战争中的表现。毕竟，《生平自述》是为了争取英国权势阶层的同情而作，而一位为帝国利益奋勇作战的士兵，总比躲在船舱中的奴隶更能引发英国读者的同情。值得关注的是，埃奎亚诺笔下的英军军舰之上，“我们”出现的次数更加频繁，诸如“我们拔锚起航”“我们准备作战”“我们战胜了敌人”“我们胜利返航”等表述，比比皆是。这种称呼的变化，当然是由海上生活与战争的群体性质所决定的，但从另一个方面看，也能感受到埃奎亚诺对自我身份的新的想象。如果说在英国奴隶船上的时刻，“我”只是被从非洲贩卖到美洲的无数货品中的一个，那么，此时的“我”便是为了英帝国的尊严、荣誉和利益奋力搏杀的“我们”中的一员。在人类历史之中，战争总是身份区隔与建构的最直接和高效的方式。面对生死存亡的时刻，日常生活之中身份选择的多维与丰富被迫压缩成“敌与我”之间的单一，对于交战中的民族如此，对于个体的选择也是如此。战争固然惨烈，死亡固然不幸，但对幸存者埃奎亚诺而言，借着战争提供的机遇，他却能够为自我打造了一种帝国海员与士兵的新身份。

埃奎亚诺能够将自我认同为属于英国水手的“我们”，也有相当的必然性。在 18 世纪的英国远洋船上，水手之间固然有肤色、种族、语言与生活习惯的千差万别，但是，水手们常常需要数年面对一望无际但封闭隔绝的大海，需要一同分享船上狭小而拥挤的空间，也需要共同面对情感与心理上的孤独与寂寞。水手的分工固然各有不同，但总是需要相互合作才能完成驾驭帆船所需的种种步骤，尤其是在遭

① Carretta V, *The Interesting Narrative and Other Writings*, New York: Penguin Books, 1995, p. 84.

遇风暴、礁石与战火考验等的危急时刻，更需要水手们齐心协力，将彼此的生死安危系在一起。同时，18世纪英国海船上的水手必须一起面对严苛到残酷的船长与船上纪律。与任何形式的人类组织一样，水手之间也会有各种形式的差异、纷争与歧见，但是，海船上也更有条件形成不同于陆上社会的、属于水手的团结与默契，水手之间也有更多机会发展独特的文化与友谊，更容易发展出一种集体的身份认同。①

在塞缪尔·约翰逊博士看来，因其艰苦、危险和与世隔绝，18世纪英国的海船甚至连监狱都不如，因为监狱至少还没有淹死的危险。话虽如此，但是，至少对埃奎亚诺而言，英军的远洋舰船却能给予他另一种远胜于殖民地种植园的宽松和自由。虽然从法律意义上看，埃奎亚诺是帕斯卡的私人奴仆，但在其时的英军军舰上，埃奎亚诺既需要与其他水手一同劳作、一同参战，也可以和他们一同接受教育和领到薪水，处于几乎平等的地位。英军舰船上固然也有种族歧视，而黑人水手也大多只能从事诸如乐手、厨师和仆从的工作，但英国军舰也为黑人水手，甚至是逃跑的奴隶提供了相应的人身保护，令其免遭绑架者与奴隶主的追捕和迫害。在当时英军花名册(muster list)上，除了“姓名”“出生地”“年龄”等条目，便是“能干”“一般”“新手”等根据驾船的经验划分等级的信息，没有“黑白”等种族内容，这也能从一个侧面看到，担负帝国保卫和扩张任务的英军军舰，更关心的内容是此人是否能为舰船所用，而非此人的肤色种族到底如何。事实上，埃奎亚诺也正是在这样的氛围中，逐步萌发并强化了自己是与其他水手具有一样的权利的想法。因此，虽然就总体而言，水手位于18世纪英国社会的边缘，但是，诸如埃奎亚诺一般的黑人奴隶，却可以从边缘中找到通向自由的道路。②

---

① Marcus Rediker, *Between the Devil and the Deep Blue Sea: Merchant Seamen, Pirates and the Anglo-American Maritime World, 1700—1750*, New York: Cambridge University Press, 1987.

② W. Jeffrey Bolster, *Black Jacks: African American Seamen in the Age of Sail*. Cambridge University Press, 1997, pp. 36-37.

1762年底，随着七年战争行将结束，埃奎亚诺也随主人帕斯卡返回了伦敦。就在他满怀期待地认为，自己能和其他水手一样拿到遣散薪水并开始新的生活之际，却突然得知，帕斯卡已经把他卖到了驶往西印度的奴隶船上。埃奎亚诺生活的时代，英国本岛上已没有了大规模的奴隶制，但是，也没有明确的法律条文将奴隶制列为非法，或许是担心到达伦敦之后的埃奎亚诺会向他提出自由的要求，从而导致自己的经济损失，帕斯卡便抢先一步卖掉了埃奎亚诺。埃奎亚诺一下子跌到了希望的谷底，在求告无门和奴隶主的胁迫之下，埃奎亚诺被迫登上奴隶船，经过几个月的航行之后，他再一次踏上了五年多前曾经踏上过的土地，他回忆了自己无比悲愤的心情：

> 一看到这片戴着枷锁的土地，一种巨大的恐惧便笼罩了我，心里变得冰凉。曾经经历过的奴役，随着悲惨、鞭打与锁链回到我眼前。在阵阵发作的悲伤之中，我呼唤上帝的雷霆，恳请他运用可怕的权力，尽快结束我的生命，别让我变成奴隶，被一个主子卖给另一个主子。①

在西印度群岛的蒙特塞拉特岛上，埃奎亚诺被卖给了罗伯特·金(Robert King)，一位贵格派商人，经营着当地规模很大的种植园。第一次见到金，金问埃奎亚诺会做些什么，埃奎亚诺回答说知道如何航海，如何给人刮脸和服侍穿着，如何提纯葡萄酒，并且能够写字和算算术。② 得知此情况后，金没有让埃奎亚诺到种植园里进行劳作，而是安排他当上了商铺的职员。埃奎亚诺抓住机会，充分展现了自己的才能：

① Carretta V, *The Interesting Narrative and Other Writings*, New York: Penguin Books, 1995, p. 98.

② 同上，p. 100。

> 没过多久，他的商业往来和家庭事务我就都能插上手了。我常常充当职员的角色，接收或发送船上的货物，照看商店，送货，等等。我还会为主人刮脸，服侍他的衣着，照料他的马匹。有需要的时候，我也常常在他的船上工作。我变得对我的主人非常有用，他也承认，我给他每年能省下100英镑。他会说，我要比他的职员更能干。在西印度群岛，职员工资是每年60~100英镑。①

埃奎亚诺的才干与忠诚赢得了金的信任。金有一艘“60吨的小帆船”，由托马斯·法莫(Thomas Farmer)担任船长。此船常年在加勒比诸岛之间运送乘客与货物，能赚不少钱，但法莫却常常为缺少称职的水手头疼不已，他的几个白人水手不是常常喝醉，就是“驾着小船不见了，影响船上的生意”②。此前，埃奎亚诺有时也会被差遣到船上帮忙，但只是白天去，晚上回来，无法进行长途航行。即便如此，埃奎亚诺的努力和能力，让法莫觉得无可或缺，甚至多次告诉金，埃奎亚诺要比他船上的另外三个白人船员更有用。终于有一天，金问埃奎亚诺，是愿意跟随法莫到船上当水手，还是愿意在陆地上照看库房。③ 埃奎亚诺分析了当水手可能带来的变化：其一，他可以利用来往于加勒比诸岛之间的机会，做点自己的小生意，积累资本，为自己赎身积累本钱；其二，万一遭到了虐待，或者换了不好的主人，他可以借航海之际想办法逃离；其三，更现实一点，尽管“金对待奴隶算是不错的了，但我还常常感到饥饿”，而航海也意味着能吃得饱一点。埃奎亚诺“没有犹豫，立刻就回答他说，如果他

---

① Carretta V, *The Interesting Narrative and Other Writings*, New York: Penguin Books, 1995, p. 103.

② 同上，p. 114。

③ 同上，p. 115。

允许的话，我愿意当海员。”①

由此，埃奎亚诺在加勒比的商船上开始了亦奴亦商的生活。第一次出航，埃奎亚诺用 3 个便士的本钱，在荷属的圣尤斯特歇斯岛上买了几个平底玻璃瓶，回到蒙特塞拉特岛上卖了 6 个便士；第二次，埃奎亚诺多买了几个玻璃瓶，又卖到了蒙特塞拉特岛上。随着法莫有了越来越大的航船，埃奎亚诺贩卖的物品越来越多样，生意的范围也越来越广。埃奎亚诺跟随着法莫，来往于加勒比地区与英属北美殖民地之间，他先后到访过佐治亚、卡罗来纳、宾夕法尼亚等地，既见识了卡罗来纳与西印度群岛一脉相承的种植园/奴隶制经济，也见识了费城相对而言文明得多的生活方式。埃奎亚诺还在 1766 年废除《印花税法》的消息到达北美的时刻，到访过查尔斯顿。埃奎亚诺一方面作为水手参与航船上的劳动，一方面大胆捕捉着商业机会，小心增加着财富，虽然在经商过程中，作为黑人奴隶的埃奎亚诺常常遭遇白人顾客的欺侮甚至抢走货物，但他始终没有放弃，他的财富也在不断增长。终于，1766 年 6 月 11 日，埃奎亚诺以 40 英镑的价格，从金的手中赎买了自己的自由。此时，他已经为金当了三年多的奴隶。埃奎亚诺描写了终获自由之后的狂喜：

> 在早上，我还是一个在别人的意志下颤抖的奴隶，下午，我变成了自己的主人，完完全全地自由了。这是我一生中最快乐的一天，我的快乐也因为有黑肤种族的祈祷和祝福而增加，尤其是那些年长者，我的心总是带着敬畏与他们的在一起。”②

实事求是地说，埃奎亚诺能够赎买自己的自由，与罗伯特·金

① Carretta V, *The Interesting Narrative and Other Writings*, New York: Penguin Books, 1995, p. 115.

② 同上，p. 137。

的贵格派教徒身份有很大关系。贵格派是在1647年前后由乔治·福克斯(George Fox)创立，其教义提倡平等与自主，强调人人可以通过内心的光得到上帝的拯救。在17世纪的清教革命时期，贵格派人数增长很快。1660年斯图亚特王朝复辟之后，因为反对战争与国教仪式，贵格派受到迫害，部分教徒迁居到了北美大陆和加勒比地区。时至18世纪中期，大西洋两岸的贵格派大致在4万至5万人，人数虽然不多，但是，由于诚信经营、教友之间的密切联系与热心社会事务，贵格派具有很高的社会声望。事实上，贵格派是最早在英帝国范围内推动废奴运动的基督教教派，北美的费城是废奴运动的大本营，费城的影响也会波及加勒比诸岛。罗伯特·金生活在蒙特塞拉特，无法从经济上摆脱对于奴隶的依赖，但从个人品行上看，金能够为奴隶提供较好的生存环境，少有鞭打等虐待行为，也信守了埃奎亚诺能以金钱为自己赎身的诺言。这一点埃奎亚诺也是认可的。

当然，埃奎亚诺能够在三年内重获自由，与他个人的勤奋、精明与运气密不可分。埃奎亚诺是金忠实的奴隶，在加勒比海船上经商的时刻，他有若干机会可以跳船而逃，却坚持了对金的诺言，坚持以赎买的方式获取自由。同时，历经多年的学习，埃奎亚诺的个人能力在不断增强。埃奎亚诺既可以在岸上从事各种复杂的技术性工作，又能够在海中独立驾驶航船，正是这些从实践中不断增长的能力，让埃奎亚诺不断增强着自己必将自由的自信，同时，也让金不得不重新估量两人之间的关系，并最终允许他赎买自己的自由。不妨这样看，对金而言，与其有一天让埃奎亚诺逃离，不如让他自行赎身，既可以为自己避免经济损失，又能赢得道德上的好名声。其实，早在1776年的《国富论》中，亚当·斯密便有断言："我相信，一切时代、一切国民的经验，都证明了一件事，即：奴隶劳动虽表面上看来只需维持他们生活的费用，但彻底通盘计算起来，其代价是任何劳动中最高的。一个不能获得一点财产的人，食必求其最多，作必望其最少，除此之外，什么也不关心。”①诚然如此，身处“社会死亡”状态的奴隶，既缺乏劳动的意愿，又毫无牟利的希望，其生产效率必然极端低下。埃奎亚诺与金是否读过亚当·斯密的论著并不得而知，但他们之间的故事却生动地诠释了斯密的观点。

埃奎亚诺与金之间相互的妥协与退让，其实还折射着英国废奴之后道德、政治与经济利益之间的平衡与考量。1807 年，英国议会通过《废除奴隶贸易法案》，宣布奴隶贸易为非法。1833 年，英国议会通过《废除奴隶制法案》。该法案于 1834 年 8 月生效，英帝国境内约 80 万奴隶获得了人身的自由。对于英国在欧美列强之中较早废除奴隶贸易与奴隶制的动机与缘由，论者多有争论。雷金纳德·考普兰接续了早先废奴活动家托马斯·克拉克森说法，在《英国反对奴隶制》一书中，将废奴的历史过程描述为代表人道主义与基督教伦理的“圣人”(Saints)挺身而出，在帝国法制的框架下，勇敢面对奴隶贩子与奴隶主的残暴与贪欲，最终大获全胜的过程。这种带有强烈辉格色彩的道义论影响颇大，长期主导了历史的解释。②来自特立尼达和多巴哥的艾里克·威廉斯却并不认可这种看法。威廉斯在《资本主义与奴隶制度》一书中提出，西印度群岛土地的退化、蔗糖价格的走低以及奴隶劳动的低下效率，导致了该地区经济地位的不断下降，而随着 19 世纪后期英国国内产业资本的崛起，西印度群岛的殖民地不仅不能为英帝国提供财富，反而成了帝国产业扩张的阻碍。戴维·布莱恩·戴维斯借助葛兰西的霸权理论，深化了威廉斯的观点，指出英国国内废奴声音的高涨，体现了新兴资产阶级主导社会发展的

---

① 亚当·斯密，《国民财富的性质和原因的研究》(上卷)，郭大力、王亚南译，北京：商务印书馆，1983 年，第 354 页。

② Reginald Coupland, *The British Anti-Slavery Movement*, London: Thornton Butterworth Limited, 1933; Thomas Clarkson, *The History of the Rise, Progress and Accomplishment of the Abolition of the Slave Trade by the British Parliament*, London, 1839; Roger Anstey, *The Atlantic Slave Trade and the British Abolition, 1760—1810*. New Jersey: Humanities Press, 1975.

愿望，而正是生产关系与经济结构的变化促成英国最终放弃了西印度群岛的奴隶制。①威廉斯等人的观点对看清英国废奴表象之下的底层逻辑颇具启发。

前文提及，《生平自述》于 1789 年出版。此时，美国独立革命的尘埃尚未落定，之后，法国大革命与海地黑人革命相继到来。虽然三次革命的缘由、性质与影响各不相同，但暴力革命带来的社会动荡与镇压革命需要的经济与道德成本，却让英国的统治阶层历经多次博弈之后，最终放弃了奴隶贸易与奴隶制。英国统治阶层之所以放下身段，自有其多重考量。从国内政治的角度看，成功废奴一定程度上缓解了不同阶层、不同利益群体之间的紧张关系，强化了以议会为核心的政治体制，帮助确立了资产阶级及其意识形态的主导地位，排除了因奴隶问题爆发大范围社会动荡的可能。这一点，与因奴隶制存废而遭受南北战争之重大打击的美国相比，意义尤为明显。从国际关系的角度看，美国建国之后保持了奴隶制，法国虽然在大革命时期废除了奴隶制，却在拿破仑·波拿巴当政时出现反复，直至第二共和国时期才最终废除。因此，率先废奴的英国可以在美法等国面前重返道德高地，重获道德优越感。另外，美国独立让英国失去了北美最大的奴隶贩卖市场，而美国与西印度群岛地理毗邻，航运便利，相互经贸来往频繁。废奴贸易法令确立后，英国既可以借机切断美法等国的奴隶供应，又可以随时寻找借口，干扰和打击对手的贸易与航运。概而言之，奴隶贸易与奴隶制的废除，虽然让英国在短期之内或有损失，却能令其甩掉包袱，轻装上阵，以炮舰外交的方式推广

① Eric Williams, *Capitalism and Slavery*, Chapel Hill: The University of North Carolina Press, 1944; David Brion Davis, *The Problem of Slavery in the Age of Revolution, 1770—1823*. New York: Cornell University Press, 1977. 关于不同历史学家历史书写背后的意识形态因素的讨论，参见 William Palmer, *How Ideology Works: Historians and The Case of British Abolitionism*, *The Historical Journal*, vol. 52, no. 4, 2009, pp. 1039-1051.

所谓自由贸易的理念。1840 年靠发动鸦片战争打开的中国市场，便是一例。因此，看待英国率先从最大的奴隶贩运国变脸成为打击奴隶贸易的“自由卫士”之举，要至少兼顾道义与利益的两面，才能有更恰切的看法。

在彼得·莱恩博和马库斯·雷迪克看来，在地球自转、风、太阳、月球等宇宙力量的作用下，地球上形成了环绕北大西洋区域的“行星洋流”，欧洲人在 17、18 世纪利用这种圆形洋流，驾驶商船与军舰从欧洲出发，到达非洲、美洲后返回欧洲。欧洲船只上载有难以计数的商人、种植园主、士兵、手工业者、海员、奴隶与契约奴，他们不仅在非洲、美洲建立了无数的贸易通道、殖民地和种植园，也广泛传播了各种各样的信息、知识、思想与价值观念，造就了一个范围广泛、影响深远的泛大西洋政治、社会与经济圈。彼得·莱恩博和马库斯·雷迪克以希腊神话中的大力神(Hercules)与九头怪(the many-headed hydra)之间的关系，来类比大西洋沿岸主要参与博弈的两种力量：由殖民地总督、官员、船长、奴隶主、大商人等构成的统治阶层(大力神)，总是试图将秩序强加在由需要安置的平民、转移的罪犯、契约奴、宗教极端分子、海盗、都市劳力、士兵、海员与非洲奴隶等低下阶层构成的九头怪身上，而后者则不断地滋生事端、变换模样、逃避秩序，甚至以罢工、暴乱、哗变、叛乱、直到起义与革命来为自我争取权益。在两位作者的眼中，海洋既造成了种种区隔，也为信息、思想与革命的传播制造了条件，从而深刻地改变了无数人的生活。[①]埃奎亚诺从“中间航路”开始了为奴生涯，在英国的商船和军舰上完成了对自我与自由的认知，又在加勒比的商船之上，从参与商品交换中获得了财富，为自己赎买了自由。埃奎亚诺既是不

---

① Peter Linebaugh, Marcus Rediker, *The Many-Headed Hydra: Sailors, Slaves, Commoners, and the Hidden History of the Revolutionary Atlantic.* Boston: Beacon Press, 2000.

幸的，历史将他抛入了大海之中，从此与家乡与亲人永诀；埃奎亚诺又是幸运的，大海给了他重获自由的机会。埃奎亚诺的非凡经历与自我塑造，为读者了解 18 世纪末期英帝国之中的个人命运、奴隶制存废与帝国扩张之间的纷繁关系，增加了一个尤为难得的样本。

第五章 《领航人》与库珀的共和焦虑

《领航人》出版于1824年，在英美两地大获成功。同年，便有法语版与德语版发行，其后则有意大利语版(1828—1829年)、瑞典语版(1831年)、西班牙语版(1832年)、荷兰语版(1835年)与葡萄牙语版(1838年)相继问世，可谓风靡欧洲。的确，库珀对海洋的熟悉与再现海上生活的能力在《领航人》中得到了前所未有的呈现。无论是骇浪浮天的海面、峥嵘突兀的峭岸，还是硝烟四起的海战、碧海掣鲸的奇观，无不写得紧张生动，扣人心弦。《领航人》不仅超越了稍早的司各特的《海盗》，也将18世纪以来描写海洋生活的英国作家斯摩莱特等人远远抛下，并在其身后引发了跨越国界的模仿浪潮。[①] 可以说，《领航人》的问世，为美国航海文学，也为西方海洋小说的发展开创了新的一页。

作为库珀海洋小说研究的现代开创者，托马斯·菲尔布瑞克能够以拉开了的时空距离，更为冷静地分析库珀海洋小说的生成、发展与得失。本文认可菲尔布瑞克对库珀海洋小说的研究具有的奠基性意义，但也认为其论述依然有可以补充与发展的空间。在分析《领航人》等库珀的早期作品时，菲尔布瑞克着力构建了一个1815年之后英美关系依然紧张的语境，着重强调库珀之所以以独立战争的海上冲突为题材，其意图旨在借战争叙事激发民族情绪，激发与打造新的国家认同。[②]此说固然不谬，却在强调小说之“激发”与“凝聚”功

---

① 关于《领航人》在欧洲引发的影响与文类变化，参见：Margaret Cohen, Traveling Genres, *New Literary History*, 2003(3), pp. 481-499.

② Thomas Philbrick, *James Fenimore Cooper and the Development of American Sea Fiction*, Cambridge: Harvard University Press, 1961, pp. 1-41.

能的同时，忽视了小说表达的对美国国内现状的关切与焦虑。事实上，在库珀写作《领航人》的时刻，独立战争已然过去半个世纪，英美第二次战争也已过去将近10年，外敌威胁虽然存在，却已不再是库珀关切的核心问题。正如另一位库珀研究的专家麦克·威廉斯提醒的，库珀笔下的战场更像是一个“中间地带”(neutral ground)，小说家关注的与其说是参与各方的输赢对错，倒不如说是一个社会如何在剧烈变动的环境中维系与传承稳定的道德与价值观念。①即是说，库珀笔下写的是波涛起伏的大海，看的是战争双方你死我活的较量，心中关切的却是在时代激荡的大潮之中，新兴共和国的国家之船应该在怎样的道德与价值观的引领下破浪而行？究竟应该由谁来执掌领航与指挥的权力？船上的每个人，或者每类人应该如何相处，彼此应该是怎样的一种关系？这些问题，既被早期热情洋溢的评论家所忽视，也没有引起诸如菲尔布瑞克等后续的研究者的充分讨论。以下，本章将以细读小说文本为基础，结合史学界对独立革命以及早期美国历史研究的最新成果，展现库珀真正关注的问题所在。

第一节　从海战英雄到社会弃儿

《领航人》讲述独立战争期间，美军官兵直闯大西洋对岸，将战火引向英国本土的故事。年轻的美国海军经受了险滩、风暴与战斗的考验，以卓越的航海技能与无所畏惧的战斗勇气，从英军舰队的重重堵截之中全身而退，不仅顺利完成任务，也打破了英国舰队不可战胜的幻象。如果按照勒南的说法，“国家”不仅是想象的共同体，更是聚居一处的人群从过去的记忆中建构出的“灵魂”，其目的如果

① John P. McWilliams, Jr., *Political Justice in a Republic*: *James Fenimore Cooper's America*, Berkeley: University of California Press, 1972, p. 8.

是为当下的共同生活而确立“精神原则”的话，那么在19世纪早期的美国，还能有怎样的故事比把惊惶与恐惧送还给压迫者的大胆描写，更能激发出国民的自信与勇气，更能塑造出值得骄傲的民族精神的呢？[①]从这个意义上看，菲尔布瑞克等人“海洋民族主义”之说自有其道理。但是，正如前文所引的霍米·巴巴之言，奠基小说(foundational fictions)在打造共同传统的进程中，不仅有“联盟与建设的行为”，更有“否定、取代、拒斥与文化争论的时刻”。[②]正是对这种特殊时刻的发掘与解读，才能看到民族历史内部的复杂与多样，才能显现历史建构者目光在历史之外的用意与企图。

《领航人》中最令人印象深刻的航海英雄，当然是自称格雷的领航人。小说航海描写中最精彩的部分，总是与这位领航人的在场无法分开，而领航人也以面对海洋和敌人严酷考验时展现的技能和勇气，证明了自己对革命的价值。在小说开篇不久的第六章中，在风雨大作、波涛汹涌的大海之上，在美军军舰陷入险滩的危急时刻，领航人当机立断，接过了老船长的指挥权，以似乎能够洞穿黑夜的双眼，坚定沉着的态度，准确无误地指挥航船从礁石密布的险滩之中驶出，为自己赢得了“忠诚可靠的领航人”与“举世无双的水手”的赞誉。[③]在第二十八章到第二十九章中，领航人先是率领一支奇兵，挽救了陷于英军包围之中的美军突击队，又在美军内部意见不合的紧要关头，以威望迫使双方妥协，确保了奇袭的成功。在小说接近尾声时，又是领航人以对浅海环境的熟悉和毫不畏惧的勇气，带领美舰从英舰强大炮火的步步紧逼下，强行再次穿过有“鬼门关”之称

① 关于民族是“一个灵魂”和“一种精神原则”的说法，参见：Ernest Renan, *What is a nation?*, in Homi Bhabha, ed., *Nation and Narration*, London: Routledge, 1990, p. 19.

② Homi Bhabha, *Introduction: narrating the nation*, in Homi Bhabha, ed., *Nation and Narration*, London: Routledge, 1990, p. 5.

③ 詹姆士·菲尼摩尔·库珀，《领航人》，饶建华译，武汉：长江文艺出版社，2008年，第50页。

的险滩，摆脱了英舰追击，为航海突袭的成功画上了圆满的句号。这位在小说之中始终不愿透露身份的神秘领航人，以其犹如神助一般的指挥才能，成为了美国海洋小说史上第一位克里斯玛型的领袖人物。

当然，对于当时的美国读者而言，自称格雷的领航人并不神秘，原型便是在独立战争期间著名的海上冒险家约翰·保罗·琼斯(John Paul Jones)。琼斯于1747年生于苏格兰，后来当上了商船水手，来往于大西洋沿岸。1775年独立战争开始后，琼斯先以私掠船侵扰英军，后则加入了正式成立的“大陆海军”，为殖民地一方效力。作为独立战争时期最有名的海军船长，琼斯创造了美国海军史上的若干个第一：受命指挥美国海军的第一艘战舰“天意”号(the Providence)；率领美军军舰第一次接受了外国(法国)军舰对美国的承认；迫使英军军舰第一次向悬挂星条旗的大陆海军军舰“好人理查德”号投降；因其与英军海战中的勇敢表现，成为第一位获得大陆会议表决嘉奖的海军军官。《领航人》中偷袭英国海岸并试图绑架英国贵族的情节，便是基于琼斯率领舰艇在苏格兰的圣玛丽岛(St. Mary Isle)登陆，意图抓捕塞尔科克(Selkirk)伯爵的史实而来。①时至20世纪，琼斯更被遵奉为“美国海军之父”，成为美国海军建军史中的关键人物。②而在神圣化琼斯的过程之中，库珀可谓第一位重要的作家。③

但是，《领航人》中领航人格雷又不等于历史上逐步被神圣化的船长琼斯。根据凯伊·豪斯的介绍，在《领航人》诞生的19世纪20年代，琼斯在大西洋两岸的公众记忆中，更多地依然是借助战争的

① 关于琼斯的生平事迹，参见：Samuel Eliot Morison, *John Paul Jones, A Sailor's Biography*, Boston: Little, Brown& Co., 1959.

② 罗伊·W. 康奈尔，《美国海军礼仪、传统与习惯》，仇昊译，北京：海潮出版社，2009年，第438-442页。

③ 库珀曾经在之后的《美国海军史》中再次书写琼斯，记叙了他作为美军将领的功绩。

混乱驾驶私掠船袭击英国海岸，试图绑架英国贵族以换取赎金的海盗形象。[1]在《领航人》第一版前言中，库珀写道，“每个人都听说过‘好人理查德’号获得的胜利，但是对这个人生活中的其他部分就知之甚少了，也不知道这个值得一说的人在那场值得纪念的战斗中，代表我们的指挥与服从的情况，”正是有感于历史的行将湮灭，库珀接着写道，“要是这本小书能够稍微唤起我们对这段历史的兴趣，作者的主要目标之一也就算是达到了。”[2]然而，从小说中却不难看出，库珀只是借用了琼斯曾经袭击英国海岸的史实，以此作为自己第一部航海罗曼司的故事框架，但却对这种具有克里斯玛式魅力的特殊人物保持着复杂的态度。可以说，在面对风暴、险滩与敌舰的考验时刻，库珀以浪漫的手法建构了格雷的英雄形象，而一旦将格雷放置在社会语境之中，库珀则展现了颇为不同的怀疑态度。梳理与详述库珀对待格雷态度发展的暗线，有助于了解库珀在书写革命历史的时刻，内心关切的真正所在。

小说在格雷尚未出场的时候，便借年轻军官巴恩斯泰伯之口，以“对一个背叛自己祖国的人也不大信得过”为由，[3] 质疑了格雷的身份与动机。随后，尽管格雷凭借高超的领航技术与指挥才能赢得了众人的信任，小说却依然围绕格雷的动机大做文章。在第十四章中，格雷登上英国海岸，与别离 6 年的昔日情人爱丽丝相会，双方不可避免地就格雷参加革命的缘起、个人出身与品行展开了辩论。在这次堪称全书之中篇幅最长，也是内容最为丰富的言辞交锋中，库珀准备了诸如“我出生在这个星球上，就有权利要求做它上面的一

---

① Kay Seymour House, *Introduction*, in James Fenimore Cooper, *The Pilot: A Tale of the Sea*, Albany: State University of New York Press, 1986.

② James Fenimore Cooper, *The Pilot: A Tale of the Sea*, Albany: State University of New York Press, 1986, p. 4.

③ 詹姆士·菲尼摩尔·库珀，《领航人》，饶建华译，武汉：长江文艺出版社，2008年，第 11 页。

个公民”“拿起武器是为了我的朋友和同胞的共同事业”“一个有灵魂的人是不愿局促在暴君和他们所雇佣的帮凶们专横武断的圈子里……有权奋起反抗”等革命时代的标准话语①，来帮助格雷捍卫自己投身革命的道德正当性，但是，格雷用来证明自己参与革命合法性的话语，不仅无法说服爱丽丝，反而在面对“性格残忍”“骄纵任性”“心胸狭隘”“毫无恻隐之心”“铁石心肠”“不念乡情”“缺乏对上帝与良知的敬畏”等种种带有极强道德评判意味的指责时，显得苍白无力。②

面对道德指责的困境，格雷只能反复强调自己如何受到了“虚情假意、胆小如鼠”的“伪君子们”的不公对待，如何可以借助“这次神圣的事业”来报复那些“出身名门的恶棍”，从而获得自己应得的权利与荣誉来自辩。虽然格雷一次次向爱丽丝示好，希望对方理解自己因遭受迫害而日益激愤的心情，但爱丽丝却难为所动，并以这样一番话总结了格雷的心理问题与对社会的潜在威胁：“一个人幻想自己被人损害了，从而受到刺激，忘却了自己的祖国和家园，现在突然大权在握，可以发泄他的愤懑了，对于这样一个人来说，这种邪念可以领他走多远那就难讲了。”③一番激烈程度不亚于两军交锋的论辩之后，大海之中毫无争议的胜利者，却在小说设计的社会语境之中，不仅变成了一个偏激促狭的“自大狂”，还成了不安于低微出身，试图借助暴力为手段出人头地的“野心家”。

如果说旧情人囿于政治分歧，无法改变对格雷的怀疑态度，那么，在新伙伴的眼中，格雷的品行也依然可疑。在与美军军官格里菲斯谈及此次袭击英国海岸的行动时，格雷将这次行动称为“自己的事，”“我如果成功了，就有权得到荣誉，因此冒一点险也是应该的；

① 詹姆士·菲尼摩尔·库珀，《领航人》，饶建华译，武汉：长江文艺出版社，2008年，第148页。

② 同上，第144-145页。

③ 同上，第151页。

如果失败了，这个计划就会像我其他的五十个计划一样被人忘却，湮没无闻。”[①]在解释自己与法军盟友的关系时，格雷再一次重复了难以化解的私人仇怨：“我不是贵族出身……不能见信于那班支配法国海军陆战队的腐败堕落的少校。”[①]格里菲斯钦佩格雷高超的航海技能，热情邀请格雷参加美国海军，面对如此盛情，格雷的谢绝似乎只能印证他利用革命的动机与难于相处的多疑：“我的假朋友常常束缚我的手脚，但我的敌人却从来没有——现在也不可能束缚我的手脚。”[②]短短几番对话之后，格里菲斯在钦佩格雷高超的航海技能与战斗勇气的同时，面对这样一位出身低微却具有“永不休歇的野心”的人物也表示了深深的忧虑。

威廉·凯西·金梳理了“野心”(ambition)一词自古希腊至美国独立革命前后的语义变迁。无论是在古希腊还是古罗马的经典文献之中，出于个人私利的热切愿望与行动均被看作道德上的缺陷，总是与邪恶与罪行联系在一起，而在日内瓦版的《圣经》之中，野心是使人堕落的主因，而撒旦更是野心最形象的代表。即使到了美国革命与独立的年代，野心依然是需要提防的罪恶。与今天的读者已然可以坦然接受被称之为“ambitious”的情形不同，对于19世纪初期的美国读者而言，出于个人欲望而攀爬社会阶梯的行为依然难以被主流社会接纳。即便是被称为“第一位真正的美国人”的富兰克林，也不得不掩饰强烈的自我成就欲，也不敢以富有野心来自称，仍然需要在其遗嘱之中将个人成功归因于上帝给了他“头脑与温和的热情”，将他很早就从“野心之中拯救了出来”。[③] 库珀当然明白，借格里菲斯之口直呼格雷为“野心家”，其中蕴藏了怎样的道德与舆论的杀

① 詹姆士·菲尼摩尔·库珀，《领航人》，饶建华译，武汉：长江文艺出版社，2008年，第213页。

② 同上，第214页。

③ William Casey King, *Ambition, A History: From Vice to Virtue*, New Haven and London: Yale University Press, 2013.

伤力。

借格里菲斯之口对格雷的评判与驱逐，折射的正是库珀对于依然属于脆弱之中的共和制度的关切与焦虑。18 世纪时英美人所普遍信奉的共和政体，是一种在君主、贵族与平民之间分权的政治，其中扮演核心领导角色的，应为家世显赫而德行高尚的贵族群体。而革命之后的美国，既没有了君主，更缺乏世袭的贵族，如何能够保证权力固守在真正为民众做事的领袖手中而不被独裁者窃取，是当时人们的最大关切。正如戈登·伍德在勾勒美国革命的背景时所提醒的："18 世纪的英国人十分注重领导者的道德品质的原因，就是因为领袖人物可能成为专制的来源。使贵族和中上阶层的人能够成为领袖的那些才能，也恰恰是使他们成为潜在暴君的可能。"①在库珀的时代，精英人士常以罗马共和国的著名人物自比，最为推崇西塞罗、加图等人，而最担心的便是诸如恺撒、喀提林一类才能出众却心中满是仇恨、贪欲与敢于肆意妄为的人物。②即是说，越是聪颖而精明强干的人才，越容易成为新的共和政体中的独裁者。显然，小说中的格雷精力充沛，野心勃勃，既有天生的直觉与卓越的领导才能，又具有为达目的不惜采取一切手段的坚强意志，对于需要在波涛不定的大海上与强敌拼死搏杀的战争而言，格雷显然是不二人选。但是，对于共和政体而言，诸如格雷等才华出众的人物，却因为无法控制与疏导的野心与仇恨，而成为共和政体之中最危险的敌人。从这个角度看，格雷的被逐，便并非不可理解了。

对格雷的最终评价出现在小说的最后一章，也是库珀所谓的"根据严格的惩恶扬善的原则，适当地赐予这个传奇中的不同人物以健

---

① 戈登·S. 伍德，《美国革命的激进主义》，傅国英译，北京：商务印书馆，2011 年，第 117 页。

② 约瑟夫·J. 埃利斯，《奠基者：独立战争那一代》，邓海平、邓友平译，北京：社会科学文献出版社，2016 年，第 31 页。

康、财富和幸福”的时刻。①航行成功的第十二年后，正当格里菲斯对妻子满怀信心地谈起“华盛顿的智慧和名望”将为共和制试验铺平道路的时候，他从英国报纸上读到了格雷的死讯。格里菲斯怀念了格雷的航海技能对美军的贡献之后，再一次委婉提及了这位“性格特殊的人物”的个人道德与品行：“这个人对荣誉有一些浪漫的想法，他所参与的事凡是他认为对他的名声没有好处的，总不愿意让别人知道。”而在回答格雷为什么要参与美国革命的问题时，格里菲斯的回答则不再婉转：“他效忠美国是为了想出名，是受着他那无法控制的感情驱使才那样干的，或许还有一点像他说的那样：他自己的同胞待他不公正，他要出一出怨气。”而对于格雷是否如他自己所言，是一位神圣的自由战士时，格里菲斯的批评则颇为直截了当，毫不客气：“他是否真的热爱自由，也许很值得怀疑，因为如果说他的业绩是以为这个自由合众国的事业奋斗开始的，它却以替一个专制暴君效力而告终！”②最让格里菲斯感到可惜的是，如果格雷在青年时代能够受到较好的教养，能够具备更好的资格与谦卑的品行，他是可以获得更加显赫的荣誉的。小说也以夫妻二人“不再提起这件事”的沉默方式就此完结。在《领航人》中居功至伟的航海英雄，便在格里菲斯以作者一般的口吻发出的，针对出身、教养与品行的评头论足之中，结束了在历史传奇中的使命。

第二节 “鱼叉”与“喇叭”

库珀不仅将野心勃勃的格雷逐出了革命万神殿，还在小说中“写

① 詹姆士·菲尼摩尔·库珀，《领航人》，饶建华译，武汉：长江文艺出版社，2008年，第428页。

② 同上，第434-435页。

死”了另一位更为独特的人物——来自楠塔基特的老水手汤姆·科芬(Tom Coffin)。如果说格雷身上还有拜伦式人物的影子，有着当时楠塔基特虽不雅致却非也常见的大姓(科芬即棺材)的渔民汤姆，却是地地道道的美国“土产”。最近的论者杰森·伯格以阶级焦虑为题，认为库珀此举是有意压制劳动阶层。[①]可以补充与扩展的是，随着小说情节的不断展开，与格雷的遭遇类似，库珀对汤姆的态度也在持续发生着变化。小说在明线上不断以浪漫手法刻画着汤姆对海洋的热爱和战场上的神勇无敌，直至给予“海神波塞冬”的称呼将其神化，而从暗线上又有意凸显着汤姆迷信、狭隘与无知的特点，持续不断地放低其在船上的地位。可以说，无论是格雷的出局，还是汤姆的写死，库珀创作之中的关切与焦虑自有逻辑的统一。一方面，库珀以高度浪漫化的手法再现战争场景，塑造革命人物，为新兴的共和国塑造堪称壮怀激烈的历史，借以凝聚民族想象。与此同时，又在对这些人物的塑造中投射着对新旧社会更替之时社会动荡与阶层变化的看法。

在小说中刚一亮相，绰号“大个”的汤姆便以高大的身材、坚毅的面容与手中一把明晃晃的鱼叉，令人印象深刻。同时，库珀又借年轻军官巴恩斯泰伯(也是汤姆的养子)之口，夸张地预见了汤姆对此次海上行动的巨大价值。在巴恩斯泰伯看来，如若行动之中遭遇危险，汤姆和他的鱼叉要比“有三层甲板的战舰上的九十九门大炮一齐开火还要靠得住”。[②] 汤姆也没有辜负巴恩斯泰伯的信任，先在小说第十七章上演了碧海掣鲸的惊险一幕，又在随后一章与英军军舰的遭遇战中，挺身而出，率先扑向敌舰。虽然在两舰相交的瞬间不慎落海，却在美军陷入腹背受敌的危急关头，从波涛汹涌的大海中

---

① Jason Berger, Killing Tom Coffin: Rethinking the Nationalist Narrative in James Fenimore Cooper's The Pilot, *Early American Literature*, 2008(3), pp. 643-670.

② 詹姆士·菲尼靡尔·库珀，《领航人》，饶建华译，武汉：长江文艺出版社，2008年，第10页。

神奇复出，不仅仪容威严可怖令敌军胆寒，更以奋臂一掷的鱼叉，将对方舰长钉死于桅杆之上，彻底摧毁敌人的斗志，为美军赢得了胜利。

小说对汤姆海洋英雄的塑造，是在第十八章中汤姆以几乎一己之力战胜英军，扭转战局而达到了顶峰。反讽的是，也正是在这场战斗之后，汤姆的形象便开启了急剧下坠的过程。夺取英军军舰之后，巴恩斯泰伯下令以英军旗帜替换美军旗帜，借以伪装自我，迷惑敌人。如此军事策略却让汤姆既迷惑又不满，认为凭自己“杀死整整一百头鲸”的勇武，完全不必用此策略。而巴恩斯泰伯以“你这条老海鱼，在那里发什么牢骚，吹什么邪风”的直斥在先，以一番耐心生动的解释在后，令汤姆豁然领会，心悦诚服地接受了年轻军官的指挥与智慧：“是的，是的，阁下，你讲的道理很深——像海一样深。”[①]再一次看到自己刚刚杀死的鲸漂浮海上的场景，汤姆在一番若有所思中，体悟到了自己在社会中的地位：“财富和荣誉是给伟人和有学问的人的，留给可怜的汤姆·科芬去做的只是拉拉滑车，管好升帆落帆，安然度过暴风雨的一生，不折断一根老桅杆就很不错了。”[②]应该说，“换旗诈敌”的策略并不复杂，但经过小说一番刻意设计之后，原本在舰船之上具有海神美誉的英雄，却一下子又变回了只配与动物打交道的捕鲸人。

如果小说以汤姆在军舰上的表现凸显了其身体和技能对于革命的价值，那么在与英军军官陆地较量的章节中，小说则着力表现了汤姆徒具强健的身体，却缺乏革命与民族意识的另一面。在第二十二章中，汤姆不幸被叛徒出卖，成为英军俘虏，而他的“身材和体格”立即吸引了英军募兵军官波鲁克利夫上尉的眼光，三番五次劝说

① 詹姆士·菲尼摩尔·库珀，《领航人》，饶建华译，武汉：长江文艺出版社，2008年，第204页。

② 同上，第206页。

汤姆转而效力英军。当然，无论波鲁克利夫如何威逼利诱，汤姆均不为所动。但是，真正值得注意的并非是汤姆效忠美国的决心，而是他拒绝英军的理由："你竟然想要一个以航海为业的人来当陆军，真是罪过！愿上帝也像我一样宽恕你。我一出世就在海上生活，也希望在深不可测的海上死去，然后在海水里葬身！"①换句话说，并非是对方让他效忠国王的说辞，而是劝渔民到陆上生活的企图，让汤姆感到了最大侮辱。用汤姆自己的话说，便是"同舱的不如同船的，生人不如同船的，狗不如生人——但是当陆军的不如一条狗！"②从这番颇具喜剧色彩的对白之中不难听出，库珀一方面肯定了汤姆对革命的贡献，另一方面，也借机揶揄了老渔民尽管参加了独立战争，却并不知晓"国会"与"国王"之间到底有何区别的狭隘与局限。

小说中汤姆的迷信与狭隘，在美军军舰"阿瑞尔"号遭遇英军炮击与风暴的双重打击时达到高潮。在此生死攸关的时刻，汤姆反复提起的却是自己心中的不祥预兆："当那个陆军军官把在泊位上击沉'阿瑞尔'号的计划告诉我时，我心里可不是滋味呀，以前从来没有过那样的感觉呵。我好像清清楚楚地看到了它的残骸……我承认我脑子里一出现那种情景，心就凉了一大截。"在如此紧迫的时刻，国家之船上需要的是勇气、纪律与行动，而并非令人丧气的恶兆。汤姆的迷信立即招致年轻军官的斥责："去吧，去吧，你这只老乌鸦！你要是看到了船的残骸，鲨鱼和别的什么好看的东西，就把它们藏在你那个傻脑袋瓜子里，不要把我的前甲板变成一个说神道鬼的地方！"③然而，就在此刻，沉迷于迷信之中的汤姆却"虽然口里答应服从命令，但仍然在那里磨蹭"，始终以听天由命的态度应对危机：

---

① 詹姆士·菲尼摩尔·库珀，《领航人》，饶建华译，武汉：长江文艺出版社，2008年，第258页。

② 同上，第256页。

③ 同上，第281页。

“我是在大海上出生的，我常想波涛应该成为我的葬身之地。”①虽说汤姆的溺毙也引发了巴恩斯泰伯的动情哀悼，但其一番悲伤的言辞，却抵不过另一位年轻士官生的一语定音更为有力：“是他迷信鬼神所产生的自傲心理”最终害死了他。② 无论在革命进程中如何勇敢，愚昧与迷信始终把汤姆固定在受人指挥与顺从的位置。换而言之，汤姆始终只是战争之中一杆强健有力的鱼叉而已。

巴恩斯泰伯与老汤姆既是养父子，又是军队中的上下级。如果说在小说前半部分，巴恩斯泰伯还更多地需要依赖仰仗老汤姆的海上经验、能力与体力的话，那么，随着海战与海难等极具考验性场景的渐次展开，巴恩斯泰伯便以国家利益为先的责任与纪律意识，逐渐树立了作为舰长的权威地位。杰森·伯格认为汤姆和巴恩斯泰伯是在第二十四章第一次出现矛盾的，其实，两人之间的差异与不和早在开篇处便已埋下。第二章中，两人一起登岸执行任务，科芬力图展现自我的力量，意欲以鱼叉叉死岸上的牛，而巴恩斯泰伯立即便展现了自己的权威加以制止：“啐！此刻你不是在海上捕鲸，可以见到什么就打什么。”③也就从此刻开始，手持鱼叉的汤姆，无论如何勇武，始终是处于手持喇叭的巴恩斯泰伯的指挥之下。

在与英舰“敏捷”号的遭遇战中，巴恩斯泰伯不仅带领众水兵冲杀在前，又在战斗结束后，以“换旗诈敌”的计谋显示了与汤姆的不同眼光。同样，在“阿瑞尔”号面临风暴打击、即将沉没的关键时刻，巴恩斯泰伯依靠坚强的意志与责任感积极维持船上秩序，与老汤姆陷入迷信之中的“听天由命”与“顺其自然”的消极态度形成对比。小说中的巴恩斯泰伯，一手挥舞手枪，另一手拿着喇叭，高声命令，

---

① 詹姆士·菲尼摩尔·库珀，《领航人》，饶建华译，武汉：长江文艺出版社，2008年，第289页。

② 同上，第295页。

③ 同上，第12页。

在关键的时刻，维持了航船的秩序。小说为巴恩斯泰伯的努力做了辩护："这倒不是他虚荣心重，到最后时刻还徒劳无益地运用手中的权力，他的目的只是想用他的权威来维持行动的统一，这时刻只有步调一致才有一线得救的希望。"①小说对巴恩斯泰伯的评价尤其值得注意："他考虑的不是个人安危，而是出于一种海军指挥官绝难推卸的如同父母对子女的一种责任感"②。换句话说，就在军舰存亡的危急时刻，年轻军官因为肩负的责任感，变成了父亲，而原本身为巴恩斯泰伯养父的汤姆，却在这个时刻，变成了失去理智而需要管束与指引的"儿童"。正是靠着这种责任与纪律意识，巴恩斯泰伯才能成为军舰上的真正可以依靠的人物。

如果说巴恩斯泰伯在危机时刻的责任意识，确保了他在革命万神殿中的位置，那么，对另一对美军上尉曼纽尔与英军上尉波鲁克利夫之间关系的描写，折射了库珀对历史与暴力的看法。曼纽尔与波鲁克利夫虽是战场上的死敌，却在一番严守绅士准则的战斗之后，发展出了共同的友情。在美军奇袭结束离开英国前，两人的依依惜别之态便足以让"俄瑞斯忒斯和皮拉德斯的友谊黯然失色"。③ 在独立战争结束后，库珀又为两人安排了在北美大陆上的再次相遇。虽然"两国之间有大发雷霆、怒目相向的时刻"，④ 但是，身处对立阵营之中的两位军官，却始终以对葡萄酒和美食的热爱以及对绅士准则的共同遵守，保持了超越政治分歧的和谐关系，更在双双意外死亡之后，合葬在了一起。不难看出，在这种轻松滑稽的笔调之下，折射着库珀有意淡化独立革命的暴力因素，强调以超越性的社会与道德价值观来弥合英美双方政治分歧的意图。从这个角度看，却也不难理解为什么小说需要放逐原本的头号英雄格雷了：库珀既要为

①② 詹姆士·菲尼靡尔·库珀，《领航人》，饶建华译，武汉：长江文艺出版社，2008年，第283页。

③ 同上，第380页。

④ 同上，第431页。

美国革命中使用的暴力的正当性辩护，又不想以过度的暴力使用污损了美国独立的正当性。

与绅士阶层即便在战争时刻也会恪守其准则与风度不同，水手阶层既是暴力革命需要依靠的力量来源，又是船上乃至社会秩序的潜在破坏者。小说既有渲染战船水手如何“服从命令”，将航船之上复杂与繁琐的工作做得井井有条，又对水手阶层不服约束和制造混乱的潜能保持了高度警觉。在“阿瑞尔”号遇险的一幕中，便有水手“蠢蠢欲动”，不愿听从命令，想要以纵酒狂欢来应对死亡，幸而有巴恩斯泰伯挥舞手枪，控制住了局势。[①] 而在美军成功奇袭岸上的修道院之后，小说则有一番简短却不乏意义的描写。只见这群水手“全副武装却队形凌乱，本来便性情疏放，喜好随便嬉笑打闹，现在则更是变本加厉了”。水手关心的是能否在岸上劫掠一番，并为这次“一没有赏金二没有货物”的行动颇为不满：有的声称连一本《圣经》也没抢走，有的吹嘘抢到了一块好桌布，有的抱怨抢来的帽子太小，还有的人则以粗暴地捉弄被俘人群中的黑人奴隶为乐。[②] 只要纪律稍有松弛，“水手便肆无忌惮地又说又笑，吵得不亦乐乎……随意插科打诨，笑骂戏谑，粗言秽语，无奇不有。”[③]多亏军官在旁严加训斥，才能让水手有所收敛。

与水手群体的愚蛮相对，无论是反对革命的霍华德上校，还是革命阵营的绅士军官，均以其教养、道德与品行成为了稳定局势与带来秩序的核心人物。霍华德上校是小说之中的父辈角色，政治上的保皇党，在革命开始之后胁迫两位年轻的美国女性，也是两位美国军官的恋人逃到了英国的乡间。即便如此，霍华德上校依然是一位“具有清正刚直之气、廉耻自尊之心”的绅士，并以自己的绅士威

---

① 詹姆士·菲尼摩尔·库珀，《领航人》，饶建华译，武汉：长江文艺出版社，2008年，第283页。

② 同上，第354-356页。

③ 同上，第393页。

仪屡次压制住了群氓般的水手，没有在英属修道院中惹出大乱。而小说中另一位真正的绅士，则非美军的年轻军官格里菲斯莫属。自始至终，格里菲斯均有着非常强烈的绅士身份的自我意识。一方面，格里菲斯有着与他人不同的血统与家世——“我的姓氏就是我的资历”。他曾上过大学，能说拉丁语，阅读希腊语的《圣经》，这一点，让另一位水手出身的军官巴恩斯泰伯艳羡不已，甘拜下风。另一方面，格里菲斯也始终以对纪律与礼仪的坚持强化着这种阶层与身份意识。小说之中，虽然只离开军舰几天，格里菲斯再次登船的一刻，便会“简短地跟下级军官招呼了一下，继续朝等他的老舰长走去，摘掉帽子，比平时更加有礼貌地对舰长一鞠躬”；[①] 在另一位军官登上甲板的时刻，格里菲斯带领下属“一丝不苟地举行了通常的欢迎仪式”，而在这位军官与老舰长“谈过以前，谁也不敢热情得太过分，生怕超出了官方规定的礼仪”；[②] 即便是格里菲斯要去老舰长的舰长室，也需要先“换上一件更正式的上装，随手带上佩剑”，“礼节周全”地走进去。[③] 正是对于出身、教养与礼仪的强调，令格里菲斯在粗鲁野蛮的海上世界显得格外突出。实事求是地看，格里菲斯既没有格雷一般出色的指挥才能，也不像老渔民汤姆一样熟悉海上生活，却不仅在此次行动中逐渐掌握了军舰的最高指挥权，赢得了政治与个人婚姻的双重收获，而且在战后也因“收回的霍华德上校的产业”而“生活得非常阔绰”，过上了乡绅的生活。同时，这位在军舰上鹤立鸡群的年轻绅士，依然热心共和国事务，始终对有需要的船友伸出援手，“每当那位失去了儿子的母亲有困难的时候，他总是慷慨相

① 詹姆士·菲尼摩尔·库珀，《领航人》，饶建华译，武汉：长江文艺出版社，2008年，第27页。

② 同上，第55页。

③ 同上，第64页。

助”。[1] 从对格里菲斯的塑造中，不难感受到库珀对于共和国的政治与社会领袖的想象。

第三节 人民之父或人民之友

从库珀小说中对革命、暴力与阶层差异的再现来看，他的观念与辉格主义历史观不谋而合。自 19 世纪 20 年代诞生之日起，辉格主义历史观长久占据了美国革命史书写的主流位置，其主要强调美国革命以自由抵抗压迫的正当性、强调暴力使用的克制与合法性，尤其强调革命过程的精英领导论与白人中心论。[2]的确，至少在库珀等第一代的浪漫主义文人看来，虽然也称独立战争为“革命”，但更是在其原本的意义“revolution”，即“秩序的恢复”上在使用它。换而言之，殖民地之所以要爆发脱离英国统治的战争，其核心原因并非是对双方共同认可的共和制的否认，而是在具体问题上产生了分歧。从英国一方看来，殖民地的人民只享受帝国势力与庇护带来的经济利益与自由权利，却不愿承担应负的责任(比如纳税)，甚至接受异议分子教唆(比如佩恩)，最终走上谋反的道路。而殖民地一方则认为自己才是帝国真正的优秀分子，在殖民地为大英帝国开疆辟土，依靠自己的力量挣得了产业和自由，是共和原则的真正捍卫者，而英王乔治三世及其权臣无视这些，试图强行加税，侵犯了共和原则最为珍视的自由与财产权。由此，双方的争执，至少在殖民地精英看来，更多只是旨在恢复共和原则的内战而已。同时，正是由于有

---

① 詹姆士·菲尼膝尔·库珀，《领航人》，饶建华译，武汉：长江文艺出版社，2008 年，第 433 页。

② 李剑鸣，《意识形态与美国革命的历史叙事》，史学集刊，2011 年第 6 期，第 2-29 页。

了诸如华盛顿、亚当斯、杰斐逊等坚守共和原则的绅士人物的领导，内战中的暴力得到了有效控制，成为与若干年之后的法国大革命迥然有别的一场“绅士领导下的革命”。可以说，这种理解美国革命的辉格主义范式一直影响着人们对美国革命以及新生共和国的想象。

《领航人》中战争、爱情与阶层偏见交织在一起的叙事，印证着库珀对于革命历史的看法。小说开篇处，美军的任务是要袭击英国海岸，绑架英国贵族以换取美国的爱国者。随着叙事展开，舰上两位年轻军官格里菲斯与巴恩斯泰伯发现，他们的恋人凯瑟琳与塞西莉亚恰好被保皇派叔父霍华德上校软禁在近岸的修道院中。于是，原本带有报复性质的军事绑架行动，加入了年轻人如何克服困难而赢得婚姻的社会内容。从两位美国军官虽然在政治立场上与保皇的霍华德叔父无法调和，却始终尊重其作为家庭与社会权威的态度上看，《领航人》又可称之为包裹在革命外衣下的社会风俗小说(book of manners)。如果说小说的战争部分显示了双方因为政治分歧造成的社会混乱，那么，小说的婚恋部分之中则以年轻的美国军官与保守的叔父的最终相互认可，强调了双方在绅士阶层的价值观上的共同认可，并借此调和了革命暴力与社会秩序之间的紧张关系。

与以往革命史书写中的强调绅士阶层领导作用的辉格主义范式不同，近年来的美国史学界发展出了更为多元、更具有批判性、也更为注重差异的历史解释。按照戈登·伍德的说法，美国革命既是一场政治领域之中摆脱母国统治获得独立的事件，也是在社会生活领域，反对权威与顺从，争取人人平等的事件，甚至与政治革命相比，社会领域发生的改变更隐蔽、更持久、也更深刻地改变了美国的社会面貌。在革命之前的美国人，与他们的先辈一样，会认为一个健康的社会是一个等级的社会。在这个社会中，与生俱来就会有人与人在财富、地位与智识上的差异。同时，人们所青睐的财富、权力与智慧，总是具有内在亲缘关系，政治权威与社会权威具有一种天然的关系。但是，随着革命时代自由、平等与民主思想的广泛传播，这种政治权威与社会服从之间的关系，正在剧烈变化的社会环境中经受着无数次的考验。革命时期对政治特权的挑战，不可避免地要给社会权威的地位带来冲击。①

莱西·莱米什正是新革命史的开创者之一。在《水手与约翰牛》之中，莱米什以美国水手对英国强制征兵的暴力抵抗，为美国革命奠定了普通人走在革命前列、为捍卫自由与权力而奋力抗争的调子。纵观全书，莱米什试图论证的是，纽约海员之所以反对英国而参加革命，是因为英国的政策和措施使他们的切身利益受到了损害，让他们亲身感受到什么是暴政。海员作为"理性的人"，其行为是对一长串真实的不平之事的"理性的反应"。以往的浪漫主义作家与史学家倾向于将民众视为"乌合之众"，认为他们缺乏理性，只是受情绪和他人蛊惑的支配物。其实不然。在莱米什看来，渔民与海员的抗争，并不是被人操纵或受人愚弄的结果，而是出于自己对自由和权利的强烈意识，普通民众亦拥有强烈的理性和独立性，绝非精英领导人的傀儡。②

彼得·林保和马库斯·瑞迪克则拓展了莱米什开创的思路。他们以大力神(Hercules，统治阶层的自称)与九头怪(many-headed hydra，统治阶层对劳工、奴隶、士兵、海员等低下阶层的蔑称)之间的冲突为核心，分析了自17世纪早期的殖民扩张开始起，直到19世纪都市的工业化阶段中，随着大西洋两岸殖民、贸易、思想与信息的不断流动，革命意识与经验是如何不断传播与如何改变了世界的面貌。就美国革命而言，两位历史学家认为，海上和陆地的政治、经济与社会抗议，让混杂的船员(motley crew)成为18世纪60—70年

① Gordon S. Wood, *The Radicalism of The American Revolution*, New York: Random House, 1991.

② Jesse Lemisch, *Jack Tar vs. John Bull: The Role of New York's Seamen in Precipitating the Revolution*, New York: Garland Publishing, 1997.

代革命危机中的推进力量。层出不穷的抗议行动动摇了帝国统治下的市民社会，促使美国打响现代世界中第一场争取自由的殖民地战争。通过自下而上的动员与推动，混杂的船员塑造了那个时代的社会、组织与智识的历史，显示出美国革命既不是一场精英的，也不是一场民族的事件，因为无论其起源、过程、结果和影响，均依赖无产阶级的经验在大西洋沿岸的广泛传播。①另一位史学家克里斯托弗·马格拉则更为细致地考察了殖民时代美国渔业、市场状况与革命之间的关系。鳕鱼曾是新英格兰最为有利可图的商业象征，新英格兰渔民借此建立了跨大西洋的市场，将远至伊比利亚半岛与西印度群岛联系了起来。但是，英国议会专横的政策造成了渔民广泛的损失与愤怒情绪，导致了一系列造反行为。渔业商人因此将渔船变成了武装民船，将跨大西洋的商业航线改造成了军事供给线，而渔民成为了最早的美国海军士兵，以私掠船的方式积极与英国抗争，帮助确保了美国的独立。②

总体而言，新的革命史叙述的最大特点，便是倡导“从底层书写历史”的新视角，更看重底层与边缘群体，诸如海员、黑人奴隶、印第安人与女性在革命中的积极作用。以这种新的历史叙述来反观库珀描写美国革命的海洋小说《领航人》，可以更清楚地看到作家的贡献与不足。一方面，库珀塑造了以格雷、老汤姆等为代表的低下阶层参与革命的热情，借以为新兴的共和国塑造共同的历史记忆；另一方面，正如前文所着重分析的，从对格雷的驱离、汤姆的突然死亡与水手大众的恐惧上看，他又对低下阶层在革命中的作用持有相当保守的态度。当然，库珀的保守主义态度并非空穴来风，而自有

① Peter Linebaugh, Marcus Rediker, *The Many-Headed Hydra: Sailors, Slaves, Commoners, and the Hidden History of the Revolutionary Atlantic*, Boston: Beacon Press, 2000, pp. 211-247.

② Christopher P. Magra, *The Fisherman's Cause: Atlantic Commerce and Maritime Dimensions of the American Revolution*, New York: Cambridge University Press, 2009.

社会历史与个人境遇的原因。按照史学家大卫·肯尼迪的说法，从宪法通过(1788 年)到第二次英美战争(1812—1815 年)结束的几十年间，是美国历史上少有的几个充满“巨大的不确定性”的考验时期。[①]的确，美国从 18 世纪末至 19 世纪初经历的变化，即便在世界历史中也可称罕见。独立战争结束时，美国只是 13 个偏居大西洋岸一隅的松散的共和国联盟，而到了 19 世纪 20 年代，不仅这个联盟已经有了 20 多个成员，人口从独立前后的 400 万人迅速增长到 1200 万人，其扩张触角也早已翻越阿巴拉契亚山脉，抵达密西西比河深处，并不断向西部的广袤领土持续推进。即是说，就在库珀写作《领航人》的时刻，这个扩张中的共和制大国不仅已然初具规模，且处于急速扩张之中。

与之相应，更为剧烈的变化则出现在政治与社会价值观方面。时至 19 世纪 20 年代，建国之父们力图建立的，以拥有财富、教养和良好出身的绅士阶层主导的国家治理模式以及相应的社会等级体系，随着国土面积与人口数量的迅速增长以及随着以报纸、小册子和公众集会为代表的公共政治空间的建立，尤其是独立革命期间释放出来的自由与平等观念的深入人心，愈发显得呆板而僵硬。由农民、小商人、手工业者等组成的“低下阶层”日渐崛起，他们更为关注自身的政治与社会地位，更为看重个人成功、个人权利与自我管理的价值，他们不满联邦精英的专权与刻意维护等级差异的做法，并利用几乎所有白人男性均可参与投票的普选机制，开始在各级政治选举中选择能够代表自身利益的候选人，表达对地方与国家政治事务的看法。

很自然，对于已经从君主制的桎梏中脱身而出的美国民众而言，自视为“人民之父”的联邦精英愈来愈难以赢得国民的尊敬，反倒是

① David M. Kennedy, *Editor's introduction*, Gordon S. Woods, *Empire of Liberty: A History of the Early Republic 1789—1815*, New York: Oxford University Press, 2009.

能够放下身段，善于驾驭与操控已颇具雏形的现代政党政治的“人民之友”，更能获取公众的好感。这种变化最直接的结果，便是1828年安德鲁·杰克逊的当选总统。来自西部、出身平民的杰克逊，结束了以往绅士阶层轮流坐庄的惯例，开辟了美国政治史上一个新的大众民主的时代。可以说，正是这种日趋民主化与平民化的政治与社会浪潮，一方面由下至上地给美国带来了巨大的活力与创造性；另一方面，又因不断挑战既成秩序与观念的反叛精神，构成了所谓“巨大的不确定性”的主要来源。①而如何在精英统治与民主参与、政治平等与社会等级之间寻找恰切的平衡，不仅是美国建国初期政治精英所着力思考的问题，也是诸如华盛顿·欧文、威廉·钱宁、老达纳与库珀等第一代美国浪漫主义文人关注的话题。②

对于精英阶层从“人民之父”到“人民之友”的变迁，库珀的感受尤为敏感。之所以如此，与父子两代人的切身遭遇有莫大的关系。库珀之父威廉·库珀虽没有参加过独立战争，却利用革命造成的时局动荡，不仅获取了大量土地，一跃成为纽约州最著名的大地主与土地投机商，而且还以联邦主义支持者身份，于1794年和1798年两次当选国会议员，结交了诸如汉密尔顿、杰伊等政坛领袖，加入了拥有财富、声望与社会影响力的政治精英阶层。但是，正如上文所述，这种过分强调出身、教养、财富与等级差异的治国理念与政

① 以1801年更具民主倾向的杰斐逊战胜亚当斯当选总统为开端，直到有“普通人的总统”之称的安德鲁·杰克逊在1829年的上台，原本在政治与社会事务中受到贬斥的低下阶层愈来愈显现出巨大的力量。与之相对，拥有汉密尔顿、杰伊、亚当斯父子等政治巨头的联邦党，则在1815年的哈特福德会议之后遭遇了逐步解体与淡出全国政治舞台的结局。关于美国早期政治与社会的变化，参见：Gordon S. Woods, *Empire of Liberty: A History of the Early Republic 1789—1815*, New York: Oxford University Press, 2009; Daniel Walker Howe, *What Hath God Wrought, The Transformation of America, 1815—1848*, Oxford University Press, 2007；埃里克·方纳，《给我自由！一部美国的历史》(上卷)，王希译，北京：商务印书馆，2010年。

② R. A. Yoder, The First Romantics and the Last Revolution, *Studies in Romanticism*, 1976 (4), pp. 493-529; Marshall Foletta, *Coming to Terms with Democracy: Federalist Intellectuals and the Shaping of an American Culture*, The University Press of Virginia, 2001.

治实践，很快便在美国迅速兴起的社会民主与平等的浪潮中，遭遇了重大危机。老库珀虽然是库珀镇的创建者与治安官，也常以该镇的保护人自居，却在杰德第亚·佩克(Jedediah Peck)等“下层人士”的不断挑战下，相继丢掉了议员与治安官的宝座，并在1809年11月与政敌的冲突中意外身故。①老库珀的意外身亡，不仅让库珀切身体验到了美国早期政治与社会的动荡，也让他无法以父辈的财产为庇护过上理想的乡绅生活，而是被迫开始了职业作家的生涯。这种家庭与经济的巨变，对库珀的政治态度具有一生的影响。

不仅是父亲的政治失势与意外身亡让库珀对社会的动荡深有感受，库珀妻子的家世变迁也让他颇有感触。库珀之妻名叫苏珊·奥古斯塔·德兰西，来自堪称殖民时代在纽约州乃至新英格兰地区最具财富和名望的德兰西家族。德兰西在美国独立战争期间，倾向英国，逃亡英国；诸多亲属在英国均有联系，是著名的保皇派人士。但也就是这样一个拥有高贵血统与雄厚实力的显赫家族，因为其保守的政治立场而在独立战争中遭受了重大打击，而在战后再也无法恢复到以往拥有的声望与影响力。②甚至，从霍华德上校的身上，都不难看出岳父德兰西的影子。正因亲身经历的种种激变，让库珀对暴力与无序、财富与教养、等级服从与民主平等等问题保持了终其

---

① 老库珀曾被杰斐逊戏称为“奥齐戈县的权贵”(the Bashaw of Otsego)，参见：Gordon S. Woods, *Empire of Liberty*: *A History of the Early Republic 1789—1815*, New York: Oxford University Press, 2009, p. 224. 关于老库珀与佩克等人的政治纷争以及突然死亡，参见：Gordon S. Woods, *Empire of Liberty*: *A History of the Early Republic 1789—1815*, New York: Oxford University Press, 2009, pp. 223-226; Alan Taylor, *William Cooper's Town*: *Power and Persuasion on the Frontier of the Early American Republic*, New York: Alfred A. Knopf, 1995, chap. 6, 9, 10。

② 关于库珀父子在早期美国社会中的动荡经历及政治立场分析，参见：Wayne Franklin, *Fathering the Son*: *The Cultural Origins of James Fenimore Cooper*, *Resources for American Literary Study*, 2001(2), pp. 149—178; Alan Taylor, *From Fathers to Friends of the People*: *Political Personas in the Early Republic*, *Journal of the Early Republic*, 1991(4), pp. 465-491; Alan Taylor, *William Cooper's Town*: *Power and Persuasion on the Frontier of the Early American Republic*, New York: Alfred A. Knopf, 1995.

一生的关注。[1] 这种兴趣也自然而然地渗透进了库珀的小说创作中。而《领航人》正是库珀借书写航海历史小说来表达政治与社会想象的最早尝试之一。

从库珀将不愿囿于阶层、努力向上攀爬的格雷的写死，到肯定汤姆对于革命的贡献，但却始终将他置于迷信与野蛮的地位，从恪守礼仪、纪律与规则的绅士军官的塑造，到对水手群体群氓的再现，均可以看到库珀在这个“人民之父”或“人民之友”的时代之中的自我选择。库珀看到了民众身上蕴藏的巨大力量，也看到了民众身上蕴藏的巨大破坏力。作为一个时代的晴雨表，库珀代表了从旧秩序到新秩序的过渡，一种古典的精英治国观念到大众民主时代的过渡。然而，随着库珀想象的美国与变化中的美国渐行渐远，库珀也与他的美国同胞分歧日深，先是因地产纷扰与邻人争执，陷入了旷日持久的地产诉讼之中，后又与大多数的美国杂志交恶，相互攻讦，直至少有被国人提及。无论怎样，作为海洋小说的创始者，库珀在《领航人》之中的自我塑造与国家想象为我们洞悉 19 世纪初期的美国政治与文化，依然提供了一个难得的样本与角度。

① Robert E. Spiller, *Fenimore Cooper: Critic of His Times*. New York: Russell & Russell, 1963.

第六章 “地球中空说”、南极探索与想象美国的三种方式

1818 年 4 月 10 日，一封名为《第一号公开信》(*The First Circular*)的小册子从密苏里的圣路易斯发出，寄给了世界各地的学术机构与全美的社会名流。在这封短短的信中，第二次英美战争退伍老兵 38 岁的约翰·克利夫斯·西姆斯上尉(John Cleves Symmes, 1780—1829)向各界宣告，地球两极并非由冰雪或大洋占据，而是存在着巨大的空洞。基于此猜测，西姆斯在公开信中恳求召集 100 位装备齐全的旅伴，共赴极点，以求验证。之后十年间，西姆斯不断在全美各地游说，鼓吹其“地球中空说”。他认为地球内部至少有 5 个套嵌在一起的同心圆，每两个同心圆之间存有大气层，每一层在极点之处与外界相通，而同心圆的内外两侧均可居住。虽然西姆斯的“地球中空说”已被现代科学证伪，但其影响却不止于为当时的美国各界增加谈资与笑料，它不仅直接促成了美国第一部航海/乌托邦小说的诞生，也对美国的南海(the South Seas)①与南极地区实地探索有所影响。

在有关 19 世纪美国国家建构的历史研究中，自特纳以著名的“边疆说”来解释美利坚民族的生成与特点开始，无论是在霍斯曼以美国与墨西哥在北美大陆扩张中的遭遇为语境对“命定扩张论”(Manifest Destiny)的分析中，还是在林格以“殖民模式”(colonial model)与“殖民主义模式”(colonialist model)的对比来揭示美国主流

① “南海”(the South Seas)是英美等西方航海家对南太平洋广袤海域乃至岛屿的传统统称。

意识形态建构的双重性之论证中，均能感到一种重大陆而轻海洋的倾向。①菲尔布瑞克则在其著述中提出“航海民族主义”（maritime nationalism）一说，认为早期美利坚合众国濒大西洋而居的地理环境与历史渊源，该国捕鱼、造船与航运业的迅速发展，其与欧洲、亚洲、非洲与南美日趋紧密的海上贸易以及来自大洋彼岸的威胁造成的生存焦虑等现实与心理因素的叠加，使得美国人在19世纪上半叶更多地将个体生活与国家命运和海洋联系在一起，也使得海洋而非大陆占据了当时美国人想象自我的主要舞台。②

本章分析与“地球中空说”和美国的南极探索密切相关的三个航海叙事文本：杰里迈亚·雷诺兹在1836年出版的《太平洋与南海海域的测量与探索之旅的演说》（*Address on the Subject of a Surveying and Exploration Expedition to the Pacific and South Seas*），一部具有强烈浪漫主义与民族主义色彩的演讲稿；1820年在纽约出版的《西姆佐尼亚：一次发现之旅》（*Symzonia: A Voyage of Discovery*），一部假托亚当·海生（Adam Seaborn）之名出版的乌托邦讽喻小说；埃德加·爱伦·坡于1838年出版的《皮姆的叙事》（*The Narrative of Arthur Gordon*

---

① 详见：弗里德里克·杰克逊·特纳，《美国边疆论》，董敏译，中国对外翻译出版公司，2012年。在雷吉纳德·霍斯曼看来，19世纪30年代到40年代中期正是新的盎格鲁-撒克逊政治意识形态形成的关键时期，在这段时间里，美国与信奉天主教的墨西哥等他者的直面相遇，促使美国政治家与大众接受了盎格鲁-撒克逊人是命中注定要控制或渗透到美洲大陆乃至世界其他地区这一观念。（参见：Reginald Horsman, *Race and Manifest Destiny: The Origins of American Racial Anglo-Saxonism*, Cambridge: Harvard University Press, 1981, pp. 208-228.）林格则认为，尽管美国建国之父以政治自由、个人平等与社会民主等口号，动员本土民众反抗英国的政治压迫，谋求国家独立，但在面对新大陆上诸如印第安人与黑人等其他种族人群时，美国主流政治话语则强调美利坚民族之盎格鲁-美洲人这个种族身份，并突出此种族身份之上的道德与文化先进性与优越性，以便为维系奴隶制与不断攫取印第安人的土地谋求合法性基础。（参见：Benjamin B. Ringer, *“We the People” and Others: Duality and America's Treatment of Its Racial Minorities*, New York: Tavistock, 1983.）

② 参见：Thomas Philbrick, *James Fenimore Cooper and the Development of American Sea Fiction*, Massachusetts: Harvard University Press, 1961. 虽然该书主要以库珀为研究对象，但菲尔布瑞克在其中提出的“航海民族主义”一说却为深入讨论19世纪美国早期航海叙事与国家想象之间的关系开辟了新的领域。

Pym of Nantucket)，一部带有鲜明哥特风格的航海冒险小说。这三个文本的作者均感受到了1820—1840年间美国日渐兴起的南极探索与海外扩张的热潮。三部作品虽在风格类型、成文时间与影响大小等方面存在差异，但在如何看待“神意”(providence)与民族历史、走向大海还是固守田园以及美国是否应该探索南极与进行海外扩张等问题上，三者之间形成了内在的对话与辩驳关系，折射出了各自对美国历史、现状与未来的不同看法。在以往研究中，威廉·兰兹与格雷琴·墨菲均对本文涉及的文本有所讨论，对本文运思尤有启发，但囿于论题指向与篇幅限制，这两位学者的研究均有扩展与深化空间。[①]本书立足于前人成果之上，尝试以更丰厚的历史语境与更细致的文本分析，加入到相关讨论之中，以丰富研究界关于南北战争之前美国的自我认知与国家想象的阐释。

第一节 雷诺兹与“向前进”式的航海扩张

在历史学家丹尼尔·沃克·豪看来，随着交通与信息交换方式的不断改进，19世纪初期的美国见证了无数引发争议的新想法的形成、广泛传扬乃至付诸实践，年轻共和国的历史更像是一部争夺公共舆论的战斗史。[②] 的确，相较于欧洲大陆上王室贵胄依然掌握政治

---

① 参见：William E. Lenz, *The Poetics of the Antarctic, A Study in Nineteenth-Century American Cultural Perceptions*, New York: Garland Publishing, Inc., 1995. 兰兹着重讨论的是詹姆斯·帕尔默(James C. Palmer)的长诗《苏利亚：一个南极传说》(*Thulia: A Tale of the Antarctic*)；参见：Gretchen Murphy, *Symzonia, Typee, and the Dream of U.S. Global Isolation*, in *ESQ: A Journal of the American Renaissance*, 49(2003), pp. 249-283; Gretchen Murphy, *Novels of Travel and Exploration*, in J. Gerald Kennedy and Leland S. Person, eds., *The Oxford History of the Novel in English*, vol. 5: *The American Novel to 1870*, New York: Oxford University Press, 2014, pp. 532-547.

② Daniel Walker Howe, *What Hath God Wrought: The Transformation of America, 1815—1848*, New York: Oxford University Press, 2007, p. 6.

话语权这一情形，在大众参与国家事务决断这个方面，此时的美国走在了时代前列。在新大陆共和政体与政党政治体制下，许多出身卑微与贫寒的“自然贵族”(natural aristocrats)[1]，以报章杂志与议会讲坛为舞台，积极参与国家政治，他们的声音常能左右大众舆论与影响政府决策，甚至也影响与决定了国家的自我认知与身份选择。杰里迈亚·雷诺兹(1799—1858)就是这样的一位人物。

虽然在今天的美国文学史中，雷诺兹的名字常出现在爱伦·坡或赫尔曼·麦尔维尔作品的脚注中，但在19世纪30年代的美国，当坡才在文坛初露头角、麦尔维尔仍然只是个孩子时，雷诺兹早已作为航海家而闻名全国。[2]雷诺兹早年在当时尚地处边陲的俄亥俄州长大，他不满边疆生活，渴望在政治舞台上有所作为。时年25岁的他遇到西姆斯后，便跟随后者四处演讲，推销其“地球空洞说”。之后，雷诺兹与西姆斯分道扬镳，到华盛顿为新英格兰地区的航海事业游说，其口才与能力得到了时任海军秘书塞缪尔·萨瑟兰德与总统约翰·昆西·亚当斯的认可。[3] 1828年，雷诺兹参与了美国海军军舰“孔雀”号(Peacock)的南海探索之旅的筹备工作，后因其与参议院海军委员会主席罗布特·海恩意见不同及总统换届而未能成行。由于无法得到政府资助，雷诺兹转而参与组建私人探险队，跟随“塞拉夫”号(Seraph)捕海豹船出海，到达南极周边海域，后又乘美国军舰“波托马克”号(Potomac)完成了环球航行。1835年，雷诺兹所著《美国军舰“波托马克”号航行记》(*Voyage of the United States Frigate Potomac*)由著名的哈珀兄弟出版社出版，进入了热销航海读物行列。不

---

① Gordon S. Woods, *Empire of Liberty: A History of the Early Republic 1790—1815*, New York: Oxford University Press, 2009, p. 23.

② 坡的《皮姆的叙事》对雷诺兹《太平洋与南海海域的测量与探索之旅的演讲》的内容多有“借用”，而雷诺兹的《莫查·迪克》(*Mocha Dick*, 1839年)也是麦尔维尔《白鲸》的灵感来源。

③ David Day, *Antarctica: A Biography*, Oxford: Oxford University Press, 2013, pp. 42-43.

过，雷诺兹对美国航海事业最重要的贡献在于他坚持不懈地宣扬海洋探索对美国的巨大利益。在他的推动下，美国国会于 1836 年 5 月 4 日正式通过决议，拨款 30 万美元，组建美国探险船队，勘察太平洋、北美沿岸与南极地区。这就是著名的“美国探险与探索之旅”(the U. S. Exploring Expedition，1838—1842)，它也是 19 世纪美国历史上由政府组织的规模最大、耗资最多、行程最远的航海探索。①由于政治斗争，雷诺兹并未随舰队出海，并在此后渐渐淡出了公众视野。但是，作为 19 世纪初期鼓吹美国航海扩张的灵魂人物之一，雷诺兹的名字不该被忘却。

18 世纪末至 19 世纪初，随着英国船长库克的环球之旅，广袤的太平洋及其岛屿进一步进入了西方的认知与想象之中。从殖民时代起至建国之初，以新英格兰为代表的北美 13 州便与海洋有着密切关系。早在殖民地时期，新大陆的航海冒险家便造访过南海海域，追捕鲸鱼，猎杀海豹，砍伐红木，搜寻海参，收售皮毛，开展与各洲商人的贸易。不过，面向海外的探索与扩张却并非早期美国意识形态的主流。早期美国人虽然可以借助海洋获得丰富的资源与便利的通商条件，但却因国力孱弱且力量分散而难以组织强大的海军以抵御西班牙与英国等敌人；此外，由于新大陆看似无限广袤的土地所具有的巨大吸引力，这个时期的美国人更愿意将海洋想象成阻隔威胁与保护自我的屏障，而不是自己应该努力拓展与探索的空间。这种背对大海而孤立与自足的倾向在杰斐逊式“田园理想”得到了最明确的表达。在杰斐逊式想象中，美国应该是一个远离旧大陆纷扰的“花园”，一个以自耕农为主体、以农业立

① 有关 1838—1842 年美国官方组织的此次远航探索的详细情况，详见：Nathaniel Philbrick, *Sea of Glory: America's Voyage of Discovery, the U. S. Exploring Expedition, 1838—1842*, New York: Penguin Books, 2004；参见：William Stanton, *The Great United States Exploring Expedition of 1838—1842*, Berkeley: University of California Press, 1975.

国的自给自足的新世界。①

然而，随着工业革命的深入推进与资本在全球的不断扩张，尤其是随着美国国力的增强与从太平洋(南极)地区不断获得更多的利益，越来越多的美国人希望重新定义国家与大海之间的关系。欧洲列强的南海竞争也让越来越多的美国人意识到了南海对美国的重大商业与政治利益，不再满足于仅仅依靠私人力量进行冒险与开拓，而是希望政府能够拨付资金，开展以国家力量为后盾的更大规模的海上探索。1812年，总统詹姆斯·麦迪逊便命令猎海豹船船主新英格兰富商埃德蒙德·范宁(Edmund Fanning)组织探险船队，深入探索南太平洋地区，但此动议因1812年英美战争的爆发而中断。19世纪30年代，是否应该举联邦之力进行海外探索这一问题再一次摆在了美国民众面前，因为这个问题不仅只关乎政治、经济与科学利益，也关乎新兴共和国的国家身份选择与建构。

站在1836年的国会演讲台上，以捕鲸人与猎海豹业者代表身份出席的雷诺兹，为美国公众提供了另一种自我认知与国家想象方式。在长达百页的演讲稿中，雷诺兹将演讲内容分为了“我们与海洋的历史”“他国在海洋中的作为”以及“我们应该采取的行动”这三个部分，系统地阐释了美国应该进行南海探索的背景与原因，并清晰明确地定义了美国的国家身份。在雷诺兹看来，杰斐逊式“田园理想”早已过时，此时的美国应以“向前进”为口号，积极参与欧洲列强在太平洋以及南海地区进行的勘察与探索，以更为主动积极的科学发现与商业扩张证明与构建自我。

雷诺兹首先强调的便是大海与美国历史发展的关联。他宣称，

---

① 关于杰斐逊与田园理想的关系，详见：利奥·马克斯，《花园里的机器：美国的技术与田园理想》，马海良、雷月梅译，北京大学出版社，2011年；刘祚昌，《杰斐逊的农业理想国》，美国研究，1989年第3期，第120-140页；参见：Richard Hofstadter, *The Age of Reform: From Bryan to F. D. R.*, New York: Vintage Books, 1955, Chapter one.

尽管自己成长在西部的森林中，却很早就已意识到，“祖先开辟的海洋事业是奠定我们国家实力的关键因素”①。从殖民初期约翰·史密斯与新教徒的到来到当时美国领土范围的不断扩展，从捕鲸业、造船业、木材与皮毛贸易的不断壮大到它们成为美国经济的支柱产业，从革命时代私掠船对英国舰队的无畏挑战到第二次英美战争中美国舰只的胜利，雷诺兹笔下的大海不仅为殖民地的开拓者提供了生存机会与发展条件，更成为了见证与锻造美国人性格的广阔舞台。美利坚民族在海洋事业中的节节胜利不仅是人的选择，更证明了“神意”(providence)的垂青：“正是神意将我们(美利坚民族)安置在如此幸福的土地上，在如此恰当的时刻，而国家伟大与繁荣则早已被预定。”②尼古拉斯·盖亚特认为，主张上帝对人类事务的干涉与安排的“神意”论，从来就不仅仅只是一种宗教与神学观念，其与民族国家的建构有着密切关系。自英格兰宗教改革起，英格兰人便以对神意的顺应为由，视西班牙等天主教国家为违背神意的不共戴天之敌，逐步确立了独立的民族国家意识。美国的立国神话则延续与放大了该“神意”话语，通过将英国指认为专制与暴政的化身，为自我建构了强调民主与共和的国家意识形态。③ 借助“神意”论，雷诺兹为建国不久的国家证明了其体制的优越性，又同时为筹划中的航海探险提供了充足的情感与心理支持。换言之，如果美利坚民族认为“神意”具有至高无上与独一无二的权威，那么他们需要做的就是在神意指引下，顺应历史发展的潮流，开启航海时代。

当然，对于急切希望国家以航海扩张证明自我的雷诺兹而言，在建构自我受“神意”垂青历史的同时，也需要在与他国的比较中明确自我在世界舞台上的地位，尤其是在海洋竞赛中所处的位置。因

---

① Jeremiah N. Reynolds, *Address on the Subject of a Surveying and Exploration Expedition to the Pacific and South Seas*, New York: Harper & Brothers, 1836, p. 5.

② 同上，p. 15。

③ Nicholas Guyatt, *Providence and the Invention of the United States, 1607—1876*, New York: Cambridge University Press, 2007, p. 6.

此，在演讲的第二部分，雷诺兹不仅展现了自己对各国航海事业现状的谙熟，也体现出了其开阔的全球视野与强烈的竞争意识。他从哥伦布的地理大发现所唤醒的航海精神谈起，概括了英国从偏居一隅的岛国到称霸海上的现状，列举了西班牙、意大利、葡萄牙、俄国、法国等国的重要航海事件和人物，详尽梳理了列强在航海竞赛中的成就得失。通过描述美国海上扩张竞争对手的历史、现状与成就，回顾 1828 年国会未能批准类似决议这一过去，雷诺兹试图说明，作为国际竞争之中的后来者，美国迫切需要迎头赶上。

“美国应该如何做”占据了雷诺兹演讲全文 3/4 的篇幅。在这一部分中，雷诺兹详尽分析了南海与美国的商业及政治关系，探索与勘察南海的具体做法、可能出现的问题与对策。在雷诺兹看来，南海既有广阔而未知的洋域，也有数量众多、物产丰富的海岛，同时也是通向中国的重要航道，美国的捕鲸船、猎海豹船与其他商业冒险活动已在此为国家获取了丰厚的收益。但是，由于缺乏国家力量的有力介入，美国船只既缺乏全面清晰的海图指引，又常常遭受列强与岛民的欺凌，还会遭遇船难无人救助、哗变与暴动难以处置等困境。在引用了大量源自楠塔基特、新贝德福德与波士顿等地船民的陈情与诉求之后，雷诺兹呼吁，政府再也不该无视此类混乱、损失与灾难，应立即派遣军舰与探索船，勘测未知洋域，标记航道、暗礁、洋流与岛屿，用实际行动在南海展现美国的存在与力量。雷诺兹指出，由于本国政府在行动上的拖沓，英法等竞争对手已占据了先机，他因此再次敦促道：“难道我们还没有充分表明，探索就是为了国家的尊严与荣耀？难道我们还没有充分表明，正是我们在商业国家中的地位要求我们必须做出相应的行动，探索与勘查全新的岛屿、遥远的海域与未知的土地？”①

① Jeremiah N. Reynolds, *Address on the Subject of a Surveying and Exploration Expedition to the Pacific and South Seas*, New York: Harper & Brothers, 1836, p. 70.

尽管获得了渔业及航运业大本营新英格兰诸州的支持，雷诺兹仍然面临着远离海洋的内陆各州的疑虑，他应该如何在产业与利益差异极大的各州之间求得平衡，促使国会内的各州代表就航海与国家利益密不可分这一点达成共识？在具体分析中，雷诺兹首先从微观出发，以一艘准备出海三年的捕鲸船为例，列举了其所需的小麦、牛肉、猪肉、面粉、大米、布料、糖与咖啡等储备，说明这些物资并非只来自新英格兰，而是来自联邦各州。其后，雷诺兹又列举了全美的航船数量、吨位、从业人口、资本投入与收入以及贡献的联邦税收等直观数据，在宏观上阐明海洋事业不仅有利于新英格兰各州，也是整个国家产业与收入不可或缺的组成部分，其发展必将使联邦各州在经济上受益。同时，雷诺兹也善于以民族主义修辞鼓动背景与诉求各异的议员与民众，他的演讲中随处可见“国家的事业”“国家的利益”“国家的财富”与“国家的未来”等语汇，不仅明确了以捕鲸与航运为代表的海洋商业扩展对美国的作用，还促使各州议员与民众将国家作为一个想象实体。

雷诺兹对航海扩张与商业利益的重视，显然有悖于杰斐逊式孤悬于旧大陆之外、自给自足的田园理想。事实上，早在 1835 年大受欢迎的《“波托马克”号航行记》的《献词》中，雷诺兹便鲜明地表达了自己对美国历史的定义：“从存在的第一天起，我们就是一个商业民族。”[①]在其演讲稿中，雷诺兹更加直接地批评了杰斐逊式“田园理想”：“我们有一些哲学家与爱国者，认为美国最好是一个农业的国度……(甚至还有一些)瞧不起商业的乌托邦哲学家，认为商业发展会玷污社会。”对此，雷诺兹讥讽道：“乡村养育出的哲学并不适合我们民族高昂的感情，田园之梦最终只会被我们踩在脚下。”[②]。在雷

① Jeremiah N. Reynolds, *Dedication*, in Jeremiah N. Reynolds, *Voyage of the United States Frigate Potomac*, New York: Harper & Brothers, 1835, p. i.

② Jeremiah N. Reynolds, *Address on the Subject of a Surveying and Exploration Expedition to the Pacific and South Seas*, New York: Harper & Brothers, 1836, p. 14.

诺兹看来，无论是农业、制造业还是商业，对一个国家而言均至关重要，但由于商业的内在扩张本质决定其将不断追求市场与利益，因而它总能为国家带来更大的收益。这不仅仅是商业自身的规律，也是世界发展的必然规律："冷静的商业精神业已起航，无论是农牧神，还是林中女仙，都无法阻挡必将落下的斧锯。"雷诺兹并非经济学家出身，其论证也并不细致完整，但他却以航海冒险家的直觉敏锐觉察到了资本逐利与扩张的天性，感受到了19世纪前半叶美国资本主义工商业蓬勃发展的历史潮流。正是基于对时代趋势的把握，雷诺兹才得以大胆宣称，当下的"口号便是'向前进'，(同胞们)所创造的奇迹必将超越先辈"。[①]

对杰斐逊式田园理想进行批评，并不意味着雷诺兹胆敢冒犯具有崇高声望的建国之父；恰恰相反，他以高超的修辞技巧将杰斐逊的话语挪为己用，以支持自己的立场。在演讲稿的第三部分中，雷诺兹不仅以"自由的伟大先知、民主之父、严谨的建设者"来称颂杰斐逊，还特别提到了杰斐逊在1803年写给梅里韦瑟·刘易斯(Meriwether Lewis，即著名的"刘易斯与克拉克探险队"队长)的一封信，将其称为"我国历史上地位仅次于《独立宣言》的重要文献"，认为"仅仅摘要或抽取其中段落，还无法公正地再现此信的地位"，必须全文加以引用，以示郑重[②]。雷诺兹为何如此重视一封杰斐逊写给探险队队长的信函？从历史上看，1803年，美国刚从法国手中购得路易斯安那，时任总统的杰斐逊便安排了著名的"刘易斯与克拉克探险"。1804年，探险队从中部的圣路易斯出发，一路向西，耗时两年多，行进数千英里，最终到达北美西部的太平洋海岸，完成了美国政府对北美大陆的首次探索。杰斐逊在这封信中给探险队队长刘

---

① Jeremiah N. Reynolds, *Address on the Subject of a Surveying and Exploration Expedition to the Pacific and South Seas*, New York: Harper & Brothers, 1836, p. 14-15.

② 同上，pp. 75-76。

易斯下达了详尽的指令，涵盖了从路线安排到对自然地貌与物产资源的绘制记录，从如何处理与印第安部落的关系到怎样做好备份以应对意外事件等各方面内容①。这次探索不仅是一次科学意义上的勘察与发现之旅，更是一次政治意义上的宣示与扩张之旅，在美国将领土从北美大陆东海岸拓广至西海岸的历程中具有里程碑意义。显然，雷诺兹之所以在其演讲稿中不吝篇幅地全文纳入这封信，并将其视为仅次于《独立宣言》的重要文献，看重的正是杰斐逊在30年前展现出的宽广的视野、惊人的预见力和对待机遇时的自信与雄心。正如雷诺兹所言，如果说《独立宣言》体现的是美国人民“自由的(liberal)、自我管理的体制”，那么杰斐逊的这封信便是对“自由追求(liberal pursuits)的鼓励”，“如果没有对自由追求的恰当赞美，我们的体制将无法持续，即便其能够存在，也将不值一提”②。30年前，面对曾经未知的广袤大陆，杰斐逊的远见与胆识成就了当下的美国；如今，面对浩瀚无垠的太平洋，美利坚人又该如何选择？对于已经将探索与扩张精神上升到国家体制与民族精神高度的雷诺兹而言，这并不是一个问题，而在听他演讲的国会议员中应该也不会有多少人会继续反对他关于海洋探索的动议。

如果说无论从现实的商业利益还是从未来的民族发展看，走向更广阔的海洋才是美国的正确选择，那么，什么样的人才能承担起如此重要的国家责任呢？在杰斐逊式田园理想中，自耕农因其拥有独立的土地财产和不受市场影响的经济地位，既有较高的道德水准，也更关注自身与国家的权益，因此被认为是共和国的主要依靠，“农夫才是上帝的选民”③。对此，雷诺兹有不同的看法：“我们的一万

---

① Jeremiah N. Reynolds, *Address on the Subject of a Surveying and Exploration Expedition to the Pacific and South Seas*, New York: Harper & Brothers, 1836, pp. 76-83.

② 同上，p. 76。

③ William H. Goetzmann, *When the Eagle Screamed: The Romantic Horizon in the American Expansionism, 1800—1860*, Norman: University of Oklahoma Press, p. 1.

两千名水手，惯于在海中与最可怕的怪物争斗；而在我们的军舰之上，是他们无惧艰难困苦与恶劣天气，响应国家召唤，保卫了国家旗帜；他们自己就是一支强有力的舰队；敌人必须经历可怕的考验，必须血染大海，必须依靠铁般坚强的肌肉与坚固的心，才能踏上我们的海岸。"①常年游弋海上、举止粗俗甚至血污满身的捕鲸人与海豹猎手不再是低贱、鲁莽与无知的代表，转而变成了在"即将开展的海洋之战"中，在"国家遭受考验与抗争的时刻最需要的人"②。在以这种充满男性阳刚气质的话语重新定义公众对航海人的想象的同时，雷诺兹也预见到，无论是在与列强必然发生的争夺，还是在与海岛原住民无法避免的冲突中，血腥与暴力将伴随着美国的海上扩张。当然，美国无疑会是获胜者，因为"我们(美国)水手的冒险精神、勇气与坚韧不拔，如果不是举世无双，至少也难以超越"③。

作为海洋探险的重要组成部分，南极探索自然是雷诺兹着力推动的重要议题。在梳理了历史上各个帝国兴衰蜕变的历史之后，雷诺兹向议员们指出，美国决不能缺席南极探索这场事关科学进展与民族荣耀的海上竞赛："无论对国家还是对个人而言，财富都只是手段而非目的；无视这条恒久不变的法则的人，业已遭遇了命运最可怕的颠覆。从过往行动中收获与积累的财富只是未来事业的种子。不！我们决不能停止不前。一旦我们停下脚步，我们与子孙后代必将被西西弗斯的巨石拖下峭壁，堕入国家软弱无能这一深渊之中。"④与此同时，鉴于西姆斯"地球中空说"已几乎完全沦为笑柄，雷诺兹在演讲中刻意回避了该假说，以免损害自己基于事实的国家政策参与者形象。面对极点到底是空洞、大洋还是陆地等不同猜测，

① Jeremiah N. Reynolds, *Address on the Subject of a Surveying and Exploration Expedition to the Pacific and South Seas*, New York: Harper & Brothers, 1836, pp. 44-45.

② 同上，p. 44。

③ 同上，p. 99。

④ 同上，p. 87。

雷诺兹并未做出容易引发争议的猜测，而是将演讲重点转到了欧洲列强在南极探索方面已取得的成就、南极地区对美国商业的巨大利益以及美国可能因此对整个科学进程做出的贡献等方面，并最终以“雄鹰必将在地球轴心处展翅”与“星条旗必将在极点处飘扬”这两个民族主义意象宣告美国必将抵达与占据极点的决心①。

由此可见，在雷诺兹的整篇演讲稿中，能否立刻进行海上竞争与南极探索并不仅仅只事关猎海豹船船主或新英格兰各州的地方利益，也不仅仅只是为了增加个人或民族的物质财富，而是美利坚民族能否自我克服与自我更新、能否走出历史兴衰轮回的关键选择。雷诺兹正是以这种充满浪漫主义与民族主义色彩修辞的雄辩，促使国会于1836年通过决议，开展官方资助的南海与南极探索活动，帮助重新定义了美国与大海的关系。之后，虽然奴隶制存废问题逐步取代海上扩张成为内战前美国国内政治的焦点，雷诺兹以海上探索、商业利益与民族主义为关键词的“向前进”式的海洋扩张理念却依然为美利坚民族的自我想象与国家建构提供了一种强有力的可能。

第二节 《西姆佐尼亚：一次发现之旅》的乌托邦讽喻

1820年，一位匿名作者在纽约出版了以第一人称讲述的《西姆佐尼亚：一次发现之旅》(以下简称《西姆佐尼亚》)，该乌托邦故事明显地受到了西姆斯“地球中空说”的影响，但却展现了一幅截然不同的探索图景与另一种想象美国的方式。故事叙述人亚当·海生(Adam Seaborn)自称为西姆斯的忠实信徒，在1817—1818年间驾驶蒸汽船直闯南极，在极点处顺利进入地球内部，发现了一个具有高

① Jeremiah N. Reynolds, *Address on the Subject of a Surveying and Exploration Expedition to the Pacific and South Seas*, New York: Harper & Brothers, 1836, p. 99.

度文明的国度。海生将此处命名为“西姆佐尼亚”(Symzonia)，以示对西姆斯的尊敬。令海生没料到的是，一番交往之后，他被西姆佐尼亚人认为过于贪婪与堕落而被后者驱离，他颇为自得的社会进步与文明也几乎被地内之人(the Internals)全然否定。海生回国后的个人遭遇则佐证了地内之人对地外文明的判断：虚荣让海生立刻陷入了贪欲的陷阱，他辛苦获得的财富也转瞬即逝。虽然这位生于海上的美国“亚当”之后也有机会重访“伊甸园”，却无法逃避被再次放逐的命运。

《西姆佐尼亚》的20世纪研究者J. O. 巴利不仅将其认定为美国最早的乌托邦小说，也认为该书作者“极有可能就是西姆斯本人”，是西姆斯为推销自己的假说而创作的文学作品。[①]但是，巴利的论断受到了众多研究者的质疑，他们或认为西姆斯本人缺乏必要的航海知识与文学修养，指出西姆斯最希望探索的是北极而非南极，怀疑西姆斯本人对探索事业的真诚与热情，推论小说作者另有其人[②]，或讨论小说所隐藏的对“地球中空说”的嘲讽揶揄[③]，等等。显然，该小说的匿名作者不仅熟悉西姆斯的“地球中空说”，也对19世纪20年代美国资本主义工商业日渐发达的社会风潮有着敏锐的感受，其托名之作既是对帝国主义式航海冒险与扩张行为的讽喻，也旨在借助对田园理想社会的重新召唤，表达对现实变化的不满与焦虑。

巴利也发现了《西姆佐尼亚》的讽喻色彩，但却认为，“总体看来，小说的反讽并没有得到充足支撑”[④]。本文认为，巴利做出如此

① J. O. Bailey, *An Early American Utopian Fiction*, in *American Literature*, 14 (1942), pp. 285-293.

② 例如，汉斯-乔基姆·兰与本杰明·利思认为，该书作者极有可能是当时美国另一位航海家兼游记作者纳撒尼尔·艾米斯(Nathaniel Ames)，但缺乏直接的证据。[Hans-Joachim Lang, Benjamin Lease, *The Authorship of Symzonia: The Case for Nathaniel Ames*, in *The New England Quarterly*, 48 (1975), pp. 241-252.]

③ 格雷琴·墨菲便在其研究中强调该书的讽喻特征，参见：Gretchen Murphy, *Symzonia, Typee, and the Dream of U. S. Global Isolation*, pp. 249-283.

④ J. O. Bailey, *An Early American Utopian Fiction*, in *American Literature*, 14 (1942), p. 286, note 6.

论断的原因在于，他没有意识到第一人称叙事人（海生）的背后始终都隐藏着匿名作者的不同意图。在西方航海/旅行叙事传统中，作者与第一人称叙事人常常交叠，以亲历者身份直观地向读者传递自己的所见所闻，读者通常也不会怀疑此类叙事中“我”的权威性与事实的可信度。但是，《西姆佐尼亚》的叙事人与匿名作者之间的关系却并非如此亲密无间。事实上，当匿名作者与叙事人共同引导读者进入陌生海域，认识与了解叙事人所处周遭环境，以便建构必要的语境时，二者有着相同的意图；当匿名作者背弃叙事人，将其单独置于一个颇具讽刺意味的场面之中时，二者意图分离乃至相悖。如果说雷诺兹在其国会演讲稿中以亲身经历之后的理性与权威、对自己提倡事业的热情，发挥着“可靠的第一人称叙事人”的功能，那么《西姆佐尼亚》的匿名作者便借助塑造海生这个“不可靠的第一人称叙事人”，建构了贯通小说始终的反讽框架，隐晦地表达了匿名作者的真实态度与看法。

遵循航海叙事的惯例，匿名作者安排海生在详述自己1817—1818年的猎捕海豹旅程之前坦承其出海的动机：在海生眼中，“世界已被勘察完毕，财富已被独占，胜景已被探索，世上万物已被调查理解殆尽”①，面对列强的领先与美国的落后，他迫切希望通过航海冒险而有所作为，为“公民同胞们拓展新的事业领域，提供财富与好奇心的新源泉”②。海生所指的“新的事业领域与财富的新来源”，便是其时依然神秘却不断传来财富消息的南极地区。就在《西姆佐尼亚》出版前后，便先有英国船长威廉·史密斯在南极地区发现大量海豹的传闻，后有新英格兰的“赫希利亚”号（Hersilia）等船只满载海豹皮而归的确切消息，使得更多的航海冒险家跃跃欲试。③因此，小说

①② Seaborn A [pseudo], *Symzonia: A Voyage of Discovery* (1820), New York: Moonglow Books, 2009, p. 12.

③ Marilyn J. Landis, *Antarctica: Exploring the Extreme: 400 Years of Adventure*, Chicago: Chicago Review Press, 2001, pp. 27-47；也见：David Day, *Antarctica: A Biography*, Chapter 2.

在开篇处便塑造了一个勇于冒险逐利的美国船长与冒险家的形象，点明他将顺应时代潮流，以积极的姿态开拓“新的事业领域与财富新来源”。

在从南极归来的猎海豹船为美国带来财富梦想的同时，以蒸汽机的使用为标志的工业革命也给仍然以农耕为主的美国社会带来了迅速而深刻的变化。在向蒸汽机在美国的重要革新者罗伯特·富尔顿(Robert Fulton)致敬的同时，小说安排了海生设计与制造蒸汽船这一情节：为应对极地严酷的天气与难以逾越的冰层，海生精心制造了一艘名为“探索者”号的蒸汽船，此船具有双层骨架，通体以铜制铆钉加固，甲板与船壳均有特别设计，不仅在4英寸(约10厘米)厚的船底上又加上了3英寸(约8厘米)的木板，还配备了“海豹鳍一般”灵活的桨叶；推动桨叶与蒸汽机的连杆从船体内部经过，蒸汽机两侧也以防火材料修造了两个大水箱，既能避免火灾，又能及时为机器降温①。的确，正是在蒸汽机为代表的工业与技术力量的推动下，“探索者”号才能克服自然的限制，完成艰险的航程，为美国人获取财富，争得荣耀。但是，海生之所以用铜钉加固“探索者”号，是因为他想起了“不幸的发现者辛巴达，就在他的船接近磁山那一刻，船上铁器受到磁力吸引而撞山损毁了”②，这不免让读者开始揣摩匿名作者的隐藏意图。匿名作者将新英格兰此时业已常见的蒸汽船与代表实干精神的发明家，与阿拉伯民间故事中荒诞色彩浓厚的旅程与虚构的人物并置在一起，使海生航程从一开始就笼罩在虚幻与荒诞之中。

当雷诺兹在其国会演讲中以充满着民族主义与爱国主义的浪漫修辞塑造美国海船之上勇敢无畏又充满爱国心的航海人群像时，早

① Seaborn A [pseudo], *Symzonia: A Voyage of Discovery* (1820), New York: Moonglow Books, 2009, pp. 13-14.

② 同上，p. 13。

于该演讲16年的《西姆佐尼亚》已以“探索者”号上船长与船员之间的冲突展现了浪漫辞藻与民族主义之下掩盖的欺骗。从一开始起，海生便向其招募来的50名船员隐瞒了其探索南极的真实意图。随着航程的不断深入，他不计后果的冒险行为遭到了越来越强的质疑，代表人物便是三副斯利姆。当海生一意孤行地坚决与船员们力求自保的诉求最终发生正面冲突时，海生首先试图借助爱国主义话语平复船员们的不安与鼓舞士气，声称：“即便有被烤焦或冻僵的危险，又有哪一个新英格兰船员不敢去尝试一下英国人耗尽力气也做不成的事？”[①]当他意识到空洞的民族主义话语不能抚平船员们的焦虑时，他首先以西姆斯的假说为依据，劝告船员们听从自己的命令，随后则直接拔出手枪以武力威胁来维持船上的秩序[②]。最终，促使海生冒险成功的，既非海员之间同舟共济的兄弟情谊，也非同胞之间同仇敌忾的爱国情操，而是出发前的欺骗、航行中的暴力以及帮助结束分歧的“机械降神”般出现的首块陆地。作为一名新英格兰猎海豹船船长，匿名作者塑造的海生不像雷诺兹笔下的伟大的爱国者，更像是为了达到个人目的而不择手段的独裁者；为了自身权益而不断抗争的斯利姆，虽然被海生冠以“贪生怕死”之名，并在小说结尾处惨死在暴风雨中，却以其失败但却合理的抗争再现了同时代诸多无名水手在强权压制之下的痛苦与无奈。[③]就此而言，相较于雷诺兹在其演讲中所着力颂扬的海员间的互助互爱，《西姆佐尼亚》所揭示的美

---

① Seaborn A [pseudo], *Symzonia*: *A Voyage of Discovery*(1820)[M], New York: Moonglow Books, 2009, p. 26.

② 同上，p. 31。

③ 麦拉·格兰曾分析南北战争之前美国兴起的旨在革除针对海员、囚犯、女性与儿童的体制化暴力的社会改良运动，对此现象多有揭示。参见：Myra C. Glenn, *Campaigns Against Corporal Punishment*: *Prisoners*, *Sailors*, *Women*, *and Children in Antebellum America*, Albany: State University of New York Press, 1984; Myra C. Glenn, *The Naval Reform Campaign Against Flogging*: *A Case Study in Changing Attitudes Toward Corporal Punishment*, *1830—1850*, in *American Quarterly*, 35(1983), pp. 408-425.

国航船上的权力关系更接近历史的真实与残酷。

历史地看，19 世纪初的南极地区迎来的既有英美等国船员猎杀海豹的逐利冲动，更有航海大发现以来列强发现与合法占有欧洲大陆之外土地的帝国主义逻辑。无论是此时期英、法、俄等国航海探险家对南极地区陆地与岛屿的命名，还是雷诺兹在其演讲中关于"星条旗高扬于极点之上"的憧憬，均非出自航行安全或科学探索的考虑，而是在宣示占有。谙熟这种"发现即占有"的帝国主义逻辑的匿名作者，也在《西姆佐尼亚》中颇为戏剧化地再现了这样一幕。当海生驾船于 1817 年 11 月 5 日来到南纬 78°到 84°之间时，他发现了一块"没有任何文明人活动"的土地，便立刻"代表美利坚合众国"宣布占有。因为清楚"仪式或证据的缺乏"已在列强间引发无数战争，海生在口头宣布占有之后，又竖起了一块"雕刻着张开翅膀的雄鹰的铜碑"，并以代表"国家令人着迷的巨大而稳固的财富"的"百元纸币"压在其上，以示郑重。之后，按照占有仪式的规程，船员需放枪以示庆祝，却因"无人能说清美国此时有几个州"而无法确定枪数。混乱之中，海生只得告诉船员，他们仅需随意放枪，直到放累为止。最后，仪式在烈酒与船员的欢呼声中结束。①

海斯特·布勒姆指出，放置在 1819 年美国经济恐慌的语境中，海生"以百元纸币"证明"国家令人着迷的巨大而稳固的财富"的姿态，会让读者产生深刻的"怀疑心理"。②历史上，自 1815 年第二次英美战争结束后，美国经济迎来了恢复与繁荣，分散在各地的诸多银行为了应对土地投机需要，不断超发纸币。随着美国农产品在欧洲市场上价格走低、土地购买过程中投机过度以及合众国第二银行(the Second Bank of United States)采取紧缩政策，美国国内出现了物

---

① Seaborn A [pseudo], *Symzonia: A Voyage of Discovery*(1820), New York: Moonglow Books, 2009, pp. 42-43.

② Hester Blum, *John Cleves Symmes and the Planetary Reach of Polar Exploration*, in *American Literature*, 84(2012), p. 262.

价暴跌与产业萧条，银行也遭遇到了前所未有的信用危机。[①]这次经济恐慌不仅强化了一贯对银行有所怀疑的杰斐逊“废除纸币”的想法，也在未来总统杰克逊与波尔克等人心中投下了憎恶纸币与银行的阴影。[②]可以想见，匿名作者令海生手握“百元纸币”进行夸耀的情节安排，不仅隐晦地表达了对银行的批评，也嘲讽了“巨大而稳固”的国家实力。

此外，是否要在遥远的域外占有土地与建立殖民地，不仅事关美国国力是否许可，更与美国的建国理念与自我想象密切相关。从历史上看，北美13个州之所以会爆发革命，争议的关键便是，殖民地人民认为远隔重洋的英国无法照顾殖民地人民的利益，无法进行有效的管理，因而滋生出了压迫与暴政。建国之后的美国也常借此话题批评欧洲列强，认为其争抢与扩张殖民地的做法既贪婪又愚昧，与奉行民主与自治理念的共和国格格不入。无论美国政府是否言行一致，至少在其官方表述中，1823年发表的《门罗宣言》强烈抗议了俄国与“神圣联盟”在美洲的殖民意图，1844年波尔克总统的咨政报告则明确表达了美国无意在海外建立殖民地这一立场：“我们虽然相信自己的政体是最好的，却从不试图用阴谋、外交或武力将这种体制传播到其他地区。”[③]雷诺兹1828年的南海探索之所以未能成行，

---

① 19世纪初期美国虽然实行的是货币双金属(黄金、白银)本位制，但各州议会可独立授权开设银行与发行货币(银行本票)，第二次英美战争结束后美国经济的繁荣与农产品出口的增长，导致了土地投机的盛行与各州货币的大量超发，而合众国第二银行在1818年要求各州银行以金属币而非纸币支付债务的强硬政策，不仅引发了各州(尤其是非新英格兰地区)银行的支付困难，也部分导致了经济恐慌的全面爆发。关于此次危机的详细分析，参见：Murray N. Rothbard, *The Panic of 1819: Reactions and Policies*, Auburn: Ludwig von Mises Institute, 2007, pp. 1-35. Clyde A. Haulman, *Virginia and the Panic of* 1819: *The First Great Depression and the Commonwealth*, London: Pickering & Chatto, 2008.

② Murray N. Rothbard, *The Panic of 1819: Reactions and Policies*, p. 184, p. 248.

③ Edwin Williams, Benson J. Lossing, eds., *The Statesman's Manual: Containing the President's Messages, Inaugural, Annual, and Special, from 1789 to 1858*, vol. III, New York: Edward Walker, 1858, p. 1555.

就是因为在探索船出发在即之时，参议院海军委员会主席罗伯特·海恩提出了疑问，要求雷诺兹明确说明其探索范围，雷诺兹所做出的既要“为了通行便利探查已知海域”又要“探查未知地域”的回答，引发了海恩对航行可能造成殖民统治的担心，最终决定否定此次航行。[①]从这个历史背景出发，小说戏仿占有仪式的一幕，应该不是为了讽刺海员对美国到底有多少个州的无知，也不是为了表现他们贪杯好饮，而是为了引出一个挑战早期共和国自我认同的问题：美国真的是一个不会在海外建立殖民地的共和国吗？美国真的不会重蹈其不断批评的老牌殖民帝国的覆辙吗？

经历了一段交织着暴力、欺骗与宣誓占有未知土地的航行后，海生终于如愿在南极极点发现了西姆佐尼亚——一个真正受造物主庇佑的“纯洁”与“善”的地内文明：在地理景观方面，西姆佐尼亚气候宜人，物产丰富，处处都像“美丽与精耕细作过的花园”，绝无“滋生邪恶与堕落”的城市，居民的房屋不大不小，外观相似，既舒适便利，又无过多与无用的装饰，显示出了西姆佐尼亚人的平等与质朴；政治上，西姆佐尼亚人奉行“所有权力来自人民”的共和政体，国家领袖“大首领”(the Best Man)由人民选出，在由百余贤者(the Worthies)组成的咨政委员会帮助下行使权力[②]；经济上，他们奉行封闭自主的农耕经济，不与外界往来，平等地参与劳动与享有劳动成果，生活简朴而容易满足[③]；道德上，他们具有共和政体所需的高度自觉的公民意识，厌恶虚荣、欺骗、专制与虚伪等恶行，常常无偿地牺牲个人时间与利益参与公共事务管理[④]；在生活习惯方面，他们普遍素食，热爱音乐与体育，远离酗酒、烟草等恶习，不仅体型俊美，

① David Day, *Antarctica*: *A Biography*, pp. 47–48.

② Seaborn A [pseudo], *Symzonia*: *A Voyage of Discovery*(1820), New York: Moonglow Books, 2009, pp. 65–66.

③ 同②, pp. 87–89。

④ 同②, pp. 68–71。

也更强健有力[①]。总而言之，西姆佐尼亚是一个和平、丰饶、讲求理性与平等的理想国度，既与外部世界的纷扰相隔绝，又毫无奢侈享乐之风，令海生艳羡不已。

戴维斯从自然供给能否满足人的欲望这个角度将文学传统中的理想社会分为四类：其一是以无比的丰饶完全淹没欲望的“安乐乡”(Land of Cockaygne)；其二是强调自然的相对丰盛与欲望有所节制的“阿卡迪亚”(Arcadia)；其三是因统治阶层的各种状况能遵从神意而实现的“完美道德共同体”(the perfect moral commonwealth)；其四则是因自然或人性一端突然发生改变而到来的“千禧国”(the millennium)。[②]匿名作者笔下的西姆佐尼亚符合“完美道德共同体”的特点：此类的理想社会并不否认现有体制的合法性，但在关注社会道德状况的同时又具有强烈的反对变化的保守倾向。除了有保留地肯定了美国的宪法原则与国家体制外，西姆佐尼亚对美国社会的方方面面进行了严厉的道德批评：美国人的生活方式因其贪食、酗酒、放纵欲望、传播疾病而被认为“毒害了身体”“麻痹了头脑”与“腐化了心灵”[③]；代表工业革命成就的重要产品，如“精制布”“高级羊毛围巾”“蕾丝”与“雕花玻璃”等，被认为是“无用的”与“虚荣心的产物”，“只能对人造成坏的影响”[④]；甚至连海生引以为傲的白皙肌肤，也因贪婪与堕落，而显得“邪恶”与“黝黑”[⑤]。

在以道德话语批评美国现状的同时，匿名作者也以西姆佐尼亚为鉴，对美国当时的商业化浪潮表达了强烈的否定态度。西姆佐尼

---

① Seaborn A [pseudo], *Symzonia*: *A Voyage of Discovery* (1820), New York: Moonglow Books, 2009, p. 75, p. 100.

② J. C. Davis, *Utopia and the Ideal Society*: *A Study of English Utopian Writing 1516—1700*, Cambridge: Cambridge University Press, 1981, pp. 12-40.

③ 同①, p. 71。

④ 同①, p. 83。

⑤ 同①, p. 60, p 97。

亚并非没有商业，但“只是为了社会的共同便利所为”，对“财富的累积”与“奢靡的增长”的追求只会受到鄙视，甚至会成为西姆佐尼亚人进入“贤者”行列的阻碍[①]。对于代表商业发展的货币与银行，匿名作者表达了更为强烈的批评。西姆佐尼亚并无纸币，其货品交换均依据“象征物”(the token)而进行，“象征物”由政府发行，记载服务与物品的数量，以便利国民进行交换，西姆佐尼亚人也因此可以摆脱纸币带来的经济风险[②]。至于银行，海生在翻阅西姆佐尼亚档案时得知，有人曾经建议取消“象征物”，代之以“个人联合组织”发行的货币，以有利流通与免除政府偿债责任，但此人的建议立刻遭到了其他西姆佐尼亚人的“强烈谴责”，认为“会引发物品价格的持续变动，是对人民的欺骗”，提议人也因此以“狡猾之人”之名被记录在案，失去了进入“贤者”行列的资格[③]。显然，匿名作者在此借机延续了对引发美国经济恐慌的货币与银行危机的批评，同前文以“百元美钞”嘲讽国家实力如出一辙。

前文提到，在美国国家形象的自我建构的过程中，“神意”话语起着类似建国神话的功用。雷诺兹在其国会演讲中便借助该神意话语编织了美国历史，为美国的海上扩张提供了宗教与心理能量。先于雷诺兹思考相同问题的《西姆佐尼亚》匿名作者却以海生在神意面前先受垂青后遭遗弃的过程，改写了美利坚民族坚信的神意话语，重新定义了神意与美国的关系。小说开篇的海生正是带着雷诺兹式热情与自信踏上了海上探险之旅：“丰饶的神意定不会辜负期许”中的航海冒险与发现，而“谁又能怀疑，此时不正是神意满足愿望的恰

---

① Seaborn A [pseudo], *Symzonia: A Voyage of Discovery* (1820), New York: Moonglow Books, 2009, p. 89.

② 同上, p. 88–89。

③ 同上, p. 105。

当时机呢?”[1]随着航程的展开，神意也果然不负海生，他不仅成功地进入地心发现了地内文明，体会到了“哥伦布不过发现了一个新大陆，而我却发现了一个新世界”[2]的骄傲之情。然而，随着海生渐渐了解西姆佐尼亚，神意是否真正垂青于海生这样的冒险家、是否真正垂青于美国人，便愈发变得模糊不清。匿名作者不仅以西姆佐尼亚为鉴，对美国进行了全面的道德批评，甚至还重新书写了美国的历史：在西姆佐尼亚的历史中，美国人民并非上帝拣选之下、跨大西洋而抵达新大陆的民族，而是因堕落与放纵而被放逐的西姆佐尼亚人后裔[3]。如果说《圣经·创世纪》记载了亚当因违背上帝禁令偷吃了禁果而被逐出伊甸园的经过，那么《西姆佐尼亚》的匿名作者则借助其新版《创世纪》故事表明，美利坚民族事实上是被神意放逐的民族，即便像海生这样的新一代美国亚当通过海上探险重新回到伊甸园，他们也无法逃避再次被神意放逐的命运。

对于刚建国不久的共和国而言，英国既是一个巨大而危险的存在，又是美国定义自我时最关键的参照物。无论是革命初始阶段以激烈批判君主制著称的《常识》，还是建国时刻着力宣扬个人平等、自由与追求幸福权利的《独立宣言》，或是以“我们人民……”来宣告“主权在民”的《宪法》，这些具有奠基意义的文本在动员革命、重新组织社会与定义权力分配方式的同时，也通过对比宗主国与北美殖民地，表达与凸显了独特的自我。然而，《西姆佐尼亚》却以颇具讽刺意义的一幕揭示了美国与原宗主国英国之间的相似性。海生曾将亚伯拉罕·雷斯(Abraham Rees)的《百科全书》、莎士比亚戏剧集、弥尔顿的《失乐园》以及其他许多卷“现代历史、诗歌与小说”呈现给

---

① Seaborn A [pseudo], *Symzonia*: *A Voyage of Discovery* (1820), New York: Moonglow Books, 2009, p. 12.

② 同上，p. 55。

③ 同上，p. 73。

西姆佐尼亚人，力图以西方文化最佳继承人的身份，证明美国是地外世界中“最启蒙”与“最民主”的民族。但是，当大首领将书籍分发给地内贤者阅读之后，他们得出的报告却是，“此种族或业已从美德处彻底堕落，或身处激情的有害影响下……毁灭他人，强迫贸易，为了利益不择手段”。如果此时的海生甚至读者还可以凭借这些书籍均来自英国这个理由为美国辩解的话，那么大首领接下来的质问则令海生及读者无言以对：“我们注意到你的船只装备有可怕的摧毁性武器，毫无疑问是借以强迫他人意志的工具。”[①]联系小说中海生以强权逼迫船员冒险、寻求商业扩张与宣誓占据土地的行为以及英国官方与美国民间此时在南海逐步加剧的占有与争夺这一现实背景，可以肯定，匿名作者认为，英美之间的差异并没有海生(以及当时的美国人)所想象或宣传的那么巨大而鲜明，新生共和国与旧帝国之间既有历史与文化上无法割裂的传承关系，又在海外冒险与扩张方面有着共同追求与竞争关系，更在道德层面上体现出了相同的“野心”“欲望”与“堕落”。因此，就本文在前文提出的美国是否会重蹈旧帝国覆辙这个问题，匿名作者以海生的哑口无言表明了自己的观点。

在路易·马林看来，乌托邦与其说是一个远离真实世界的虚构物，倒不如说是真实世界的诸多问题在虚构文本中的移植与再现，真实世界中被主导意识形态掩盖的问题因此得以暴露出来，在虚构与想象中得到了解决。[②] 从《西姆佐尼亚》的写作与出版语境看，1819 年的经济恐慌既对当时的社会生活造成了一定的打击，也见证美国正在步入的范围巨大而影响深远的历史进程，即查尔斯·塞勒

---

① Seaborn A [pseudo], *Symzonia*: *A Voyage of Discovery*(1820), New York: Moonglow Books, 2009, pp. 108-109.

② Louis Marin, *Utopics*: *Spatial Play*, trans. Robert A. Vollrath, New Jersey: Humanities Press Inc., 1984, pp. 195-200.

斯所称“市场革命”(Market Revolution)①时期。19世纪初期以来，尤其是第二次英美战争结束后，相对稳定的国际环境使美国进入了经济发展快速时期。运河与公路的修建、蒸汽机的运用以及之后火车的出现与大规模使用，极大地促进了交通运输的发展。越来越多的农民不再从事自殖民地时期以来的自给自足式农业生产，而是种植供市场交换的经济作物，将自己纳入商业交换大潮中，更多地承受起了市场起伏变化的后果。新技术的发展与应用、交通方式的改进、生产与交换方式的市场化变革，带来了民族心态的深刻变化：一方面，从19世纪20年代起，美国人开始获得了更开阔的视野、更多的获利机遇与自由感，更加信奉历史与社会的不断进步；另一方面，面对技术的进步、市场经济的冲击以及个人生活与社会运转方式的改变，他们也更乐于对农耕生活进行理想化与道德化再造，以疏解与平复变化中的社会带来的无从把握的恐惧感与焦虑感。②借助对建立在杰斐逊式田园理想之上的简单、稳定与道德化生活的召唤，《西姆佐尼亚》的匿名作者在否定航海扩张的同时，表达了对日趋变化与充满不确定性的商业社会的批评。正是在这个意义上，《西姆佐尼亚》中田园乌托邦是“一种对于主导意识形态的意识形态批评”③。

海斯特·布卢姆以“行星意识”评价“地球中空说”，认为西姆斯一心投身科学，对殖民扩张与民族主义等问题均不感兴趣。④此论断是否公允，还有待评说。西姆斯与其“地球中空说”所激发出的两个不同文类的文本，将他与南北战争之前的美国海上扩张联系在了一

① Charles Sellers, *The Market Revolution: Jacksonian American 1815—1846*, New York: Oxford University Press, 1991.

② Richard Hofstadter, *The Age of Reform: From Bryan to F. D. R.*, New York: Vintage Books, 1955, Chapter one.

③ Louis Marin, *Utopics: Spatial Play*, trans. Robert A. Vollrath, New Jersey: Humanities Press Inc., 1984, p. 195.

④ Hester Blum, *John Cleves Symmes and the Planetary Reach of Polar Exploration*, in *American Literature*, 84(2012), pp. 243-271.

起。虽然雷诺兹与《西姆佐尼亚》的匿名作者均接触到了西姆斯的“地球中空说”，但两者的反应方式与态度却大不相同。在西姆斯假说已渐被淡忘的19世纪30年代，雷诺兹仅以“地球中空说”作为出发点，以更贴近商业与民族主义的话语鼓吹美国的航海扩张，而在时间上更接近西姆斯假说的《西姆佐尼亚》匿名作者则直接以“地球中空说”为契机，描写了一段造访田园理想的乌托邦之旅，对冒险逐利与殖民冲动进行讽喻和批评，引出美国该往何处去这个疑问。这两个缘起于同一个“地球中空说”的文本，立足海外冒险、逐利与扩张日渐高涨的年代，展现了两种不同的美国想象。虽然在这两个文本中种族这个话题明显缺席，这并不等于说美国南海扩张与南极探险这个民族事业是超种族的，坡的《皮姆的叙事》便涉及了该话题。

第三节　《皮姆的叙事》：黑暗的航程与扩张的否定

1838年7月，就在雷诺兹倡导的美国南海探索远航船队出发在即之时，坡的《皮姆的叙事》出版了。《皮姆的叙事》全书共25章，是坡一生中唯一一部可被称为“小说”的作品。早在1837年初，《皮姆的叙事》的前两章便曾在坡任职编辑的《南方文学信使》上连载。因酗酒被解雇后，坡离开里士满，携家带口到纽约闯荡。其时，著名的哈珀兄弟出版社写信给坡，希望他能为满足普通读者的一般需要而放低要求，创作一些美国市场更畅销的单个的首尾连贯的故事，一卷本或几卷本都行。稍早之前，该出版社拒绝了坡的短篇小说集《对开本俱乐部故事集》(*Tales of the Folio Club*)。身陷贫困的坡没有多少选择，便利用公众对航海(旅行)叙事的喜好，尤其是对美国南海探索远航船队可能揭开南极之谜的热情，完成了《皮姆的叙事》。[①]然而，《皮姆的叙事》的问世却没有为坡带来期望中的财富或声望，坡也再没有写过类似篇幅的作品。

《皮姆的叙事》中，坡以同名主人公深入南极腹地的“真实”航程为主线，辅以用哥特式手法处理的航海叙事中的船难、风暴、哗变、屠杀与食人等耸人听闻的情节。小说虽对南极附近（比如特萨拉尔岛）进行了出色的描写，但却没有表面上首尾呼应、结构完整的叙事框架，也没有明确说明南极极点“最激动人心的奥秘”[②]是什么。小说结尾处，主人公被汹涌的洋流冲入极点深处的巨大瀑布中，在裂隙见到了一个“披着裹尸布”、“身材远比任何人都高大”、肤色“洁白如雪”的神秘人形[③]，但在既没有描述神秘人形与瀑布之内的状况、更没有交代主人公如何安全返回的情况下，小说却出人意料地戛然而止。虽然小说充斥着耸人听闻的血腥、神秘与暴力，坡也在《附记》中写明了皮姆的猝死，解释了关键章节的丢失，却因违背航海（旅行）文类的惯例与吊足胃口却无疾而终的结尾，并没有令当时的市场与读者满意。

乔安·维吉马克认为，无论是《南方文学信使》对雷诺兹探索倡议的直接赞赏，还是《皮姆的叙事》中年轻的美国主人公力压英国船长成为南极探索的灵魂人物这一情节安排，坡的写作均表现出了与此时兴起的美国民族主义及海上扩张话语的合谋之处。[④]但是，就这

---

① Joseph V. Ridgely, *The Growth of the Text*, in Burton R. Pollin and Joseph V. Ridgely, eds., *Collected Writings of Edgar Allan Poe*, vol. 1, New York: Gordian Press, 1994, pp. 29-36.

② 爱伦·坡，《爱伦·坡暗黑故事全集》（上），曹明伦译，长沙：湖南文艺出版社，2013 年，第 376 页。

③ 同②，第 408 页。

④ Johan Wijkmark, *Poe's Pym and the Discourse of Antarctic Exploration*, in *The Edgar Allan Poe Review*, 10(2009), pp. 84-116.

部坡学者心目中的“梦幻文本”[1]与“阐释的深渊”[2]而言，《皮姆的叙事》的内涵并不如此简单。正如特蕾莎·古德所指出的，美国建国前后广为流行的哥特风格小说并不仅以追求惊悚效果为目的，这类小说也有其意识形态内涵，她更以《皮姆的叙事》中的种族话语为例，证明坡不仅仅是地域(南方)偏见的代表，更与“国家的种族话语”有千丝万缕的关系。[3]本节沿着古德指出的角度出发，提出坡利用了美国民众对海外逐利与探索的热情，尤其利用了南海探索船队出发在即这一机遇，以其擅长的哥特式写法将国内日渐紧张的种族关系投射到了探索南极的航程之中，回应了国内日渐升温的种族恐惧与焦虑情绪。

《皮姆的叙事》写作时期，美国南方的种族关系日渐紧张，南北双方关于奴隶制存废的争议也日趋激烈。尽管黑人奴隶制是殖民地时期的产物，但在独立革命与立宪时代，这一明显违背建国原则的非人制度却由于联合抗英与维系联邦的稳定等政治目的而被建国之父们掩饰与搁置了。时至19世纪30年代，伴随领土扩展、北方资本主义工商业的不断发展以及自然权利观念的深入人心，奴隶制的存废成为了美国国内政治中最具争议的问题。这一时期访问美国的托克维尔非常清楚种族问题对美国可能构成的威胁，并在其著述中悲观地预见道：

> 联邦南方白人与黑人发生冲突的危险尽管还很遥远，但迟早是不可避免的。它像一场噩梦，经常萦绕于美国人

① Douglass Robinson, *Reading Poe's Novel: A Speculative Review of Pym Criticism*, 1950—1980, in *Poe Studies*, 15(1982), p. 47.

② J. Gerald Kennedy, *The Narrative of Arthur Gordon Pym: And the Abyss of Interpretation*, New York: Twayne Publisher, Inc., 1994.

③ Teresa Goddu, *Gothic America: Narrative, History and the Nation*, New York: Columbia University Press, 1997, pp. 73-93.

> 的脑际。尽管这种危险对北方居民并无直接威胁，但还是他们的日常话题。他们想找到一种办法来防止他们所预料的不幸，但始终没有成功。在南方各州，人民对此保持沉默。南方人向来不对外来人谈论未来，即使对亲友也回避此事，每个人都把话藏在自己的心里。南方人的沉默，比北方惊呼出来的恐惧更可怕。①

托克维尔的担忧并非空穴来风。1831 年 8 月，弗吉尼亚南安普顿县便发生了美国南方自殖民时代以来最血腥的黑人奴隶暴动。黑奴奈特・特纳(Nat Turner)深夜发动突袭，杀死了白人奴隶主全家。随后，奈特率伙伴开始血洗附近的白人农庄。短短一天多的暴动中，奈特及其伙伴共杀死近 60 人，其中绝大多数是妇女与儿童。②这种血腥且毫无“理性”的种族杀戮，摧毁了弗吉尼亚长久以来盛行的黑白两族在奴隶制下如家人般和谐相处的神话，令白人奴隶主阶层陷入了恐惧与不安之中：锁紧家门与窗户，或许可以预防外来者侵入，却无法抵御来自家宅内部随时都可能发生的无端暴力。之后，弗吉尼亚议会也曾就是否解放奴隶问题展开了辩论，但却因情势变化与奴隶价格飞涨而不了了之。面对日益高涨的以威廉・劳埃德・加里森(William Lloyd Garrison)的废奴报纸《解放者》为代表的北方反奴隶制声浪，南方拥奴人士希望能与之辩论，论证这种制度的合法性，因此在 19 世纪 30 年代，“在整个南方的出版界，小册子作者、出版商、杂志编辑和各种作家都面临着法律、个人信仰和公共观点的巨

① 托克维尔，《论美国的民主》，董果良译，北京：商务印书馆，1991 年，第 417-418 页。

② 关于奈特・特纳一案的详情，详见：Stepen B. Oates, *The Fires of Jubilee: Nat Turner's Fierce Rebellion*, New York: New American Library, 1975; Kenneth S. Greenberg, ed., *Nat Turner: A Slave Rebellion in History and Memory*, New York: Oxford University Press, 2003.

大压力，希望他们能美化南方奴隶制与其理念，为奴隶制辩护”①。

《皮姆的叙事》对黑人角色的塑造与对种族关系的想象，再现与回应了美国南方的种族焦虑。小说开篇不久，皮姆瞒着家人出海，藏身在“逆戟鲸”号中，不料却遭遇哗变，而哗变中最可怕的角色并非发动哗变的白人大副，而是不知姓名的黑人厨师。小说第 4 章中，哗变者将水手堵在舱下，令其依次上来，“一个没当几天水手的英国人爬出了舱口，哭哭啼啼、低声下气地哀求大副饶命。他得到的唯一回答就是脑门上挨了一斧子。那可怜的家伙连哼也没哼一声就倒在了甲板上，那个黑人厨师就像举一个小孩似地把他举起，不慌不忙地把他抛进了大海里”。在余下 27 名船员表示投降后，黑人厨师仍然冷血地开始了另一场更大规模的屠杀：“被捆得结结实实的水手们一个接一个地被拖到舷梯口。早已站立在那里的黑人厨师在每个人头上猛劈一斧，然后由另一名反叛者将其推入大海。”即便在哗变者看来，如此冷血与残暴的黑人厨师也堪称“十足的魔鬼”②。坡笔下黑人形象的塑造并非全然随意，黑人厨师持斧劈砍船员与奈特持斧劈砍白人的意象之间也并非全无关联，从真实世界的杀戮到虚构小说中的滥杀，突出的均是以黑白对立为焦点的种族特性，均是对已有规范的完全颠覆，均是毫无理性与节制的暴力以及在滥杀之后毫无悔意的“人性灭绝”。③就此而言，坡的确利用了 1830 年后南方白人阶层对黑人暴动的恐惧与焦虑，在达到耸人听闻的叙事效果的同时，强化了黑人嗜血与滥杀的种族刻板印象。

《皮姆的叙事》中种族偏见并不止于对黑人厨师的形象塑造，小

---

① Ronald C. Harvey, *The Critical History of Edgar Allan Poe's The Narrative of Arthur Gordon Pym: A Dialogue with Unreason*, New York: Garland Publishing, 1998, p. 143.

② 爱伦·坡，《爱伦·坡暗黑故事全集》（上），曹明伦译，长沙：湖南文艺出版社，2013 年，第 311–312 页。

③ John Carlos Rowe, *At Emerson's Tomb: The Politics of Classic American Literature*, New York: Columbia University Press, 1997, p. 70.

说后半部分更利用西方航海叙事的惯例，在南极深处虚构了一个黑肤岛民占据的特萨拉尔岛，以白人船员在此几近全被坑杀这个情节，表达了对黑白种族冲突结果更为偏激的看法。在第 18 章中，“简·盖伊”号终于来到了南极极点附近，在此处发现了一座奇特的岛屿，岛上的飞禽走兽均为黑色，岛民更是一个身着黑色兽皮、使用黑色武器，甚至牙齿都是黑色的奇特种族。他们似乎从未见过白人，甚至对一切浅色物品如船帆、鸡蛋、书页、面粉等都充满了恐惧①。尽管如此，黑肤岛民仍然看似友善地对待了来访的白人船员，当探险船发现海参后，船长与名为“太精”(too-wit)的酋长达成了协议，后者答应帮助搜集海参，探险船则准备再次向南出发。但是，就在白人船员最后一次应邀造访酋长营地时，黑肤岛民暴露出了本来面目，以人工引发的泥石流坑杀了几乎所有船员，只有皮姆和另一名船员得以逃生。反思与黑肤岛民的交往过程时，皮姆先后两次表达了他的种族憎恨：“这种表面上的淳厚仁道不过是他们精心策划的要消灭我们的计划的组成部分，我们过于尊重的那些岛民，原来是玷污了这颗星球的那些败类中最野蛮凶残、最阴险狡猾、最嗜血成性的败类”②；“从我亲眼目睹的每一件事来看，这些野蛮人的确是地球表面上最邪恶、最虚伪、最歹毒、最凶残、最像魔鬼的一个种族”③。

自航海大发现以来，探索船队与土著岛民之间的冲突便是航海叙事中的常见题材。库克船长在 1779 年的第三次远航中，因与夏威夷岛民发生冲突而被杀，便是最有名的例证。坡对特萨拉尔岛上冲突的写作，借鉴了莫雷尔船长的《四次航海叙事》中关于“屠杀岛”的

---

① 爱伦·坡，《爱伦·坡暗黑故事全集》(上)，曹明伦译，长沙：湖南文艺出版社，2013 年，第 379 页。

② 同上，第 387 页。

③ 同上，第 404 页。

记叙。[①]根据莫雷尔的说法，他所驾驶的“南极”号在南太平洋卡特莱特岛发现了大量海参，于是他们便着手砍伐林木，修建加工场，但当地岛民却屡次进行盗窃与破坏，他们因此被迫与其发生了冲突，在其中最激烈的一次冲突中，莫雷尔至少有13名船员被当场杀死，多人受伤。此事件在19世纪30年代曾得到了广泛报道，被改编为戏剧作品在纽约上演，广为时人所知。[②]从坡的改写可以看出，坡有意突出了虚构的黑肤岛民无辜善良外表下掩藏的凶残野蛮本质，除借助已有素材制造耸人听闻的效果外，显然旨在强化黑白对立难以调和的种族想象。

《皮姆的叙事》中的南极小岛虽位于地球最南端，却似乎与美国南方有着特别的联系：在即将到达特萨拉尔岛之时，“简·盖伊”号船员注意到，“从北边靠近小岛，只见一道孤零零的岩壁伸入海中，其形酷似一堆棉花包”[③]。棉花是19世纪最重要的国际贸易商品之一，美国南方则提供了全世界棉花供应量的3/4，无论是英国的兰开夏、法国的诺曼底还是莫斯科近郊的工厂，都有赖于稳定有序的美国棉花供应。自英帝国于1833年在其帝国范围内废除奴隶制后，作为近代世界规模最大、力量最强的奴隶社会，美国南方的力量基础便源于棉花的生产与垄断。[④]在那个“棉花即国王”的时代，“棉花包”这个意象似乎提醒着读者，小说中的特萨拉尔岛不仅是南极中的神秘孤岛，还是美国南方在想象中的折射。

---

① Burton Pollin, The Narrative of Benjamin Morrell: Out of ‘The Bucket’ and into Poe’s Pym, in *Studies in American Fiction*, 4(1976), pp. 157-172.

② James Fairhead, *The Captain and “the Cannibal”: An Epic Story of Exploration, Kidnapping, and the Broadway Stage*, New Haven: Yale University Press, 2015, pp. 43-46.

③ 爱伦·坡，《爱伦·坡暗黑故事全集》(上)，曹明伦译，长沙：湖南文艺出版社，2013年，第375页。

④ 至少在1803年，棉花就已经成为了美国最重要的出口商品，至内战前夕，棉花占美国出口价值总额一半以上，在谈到棉花时，参议员詹姆斯·亨利·哈蒙德宣称，“地球上没有任何权力敢于向棉花宣战。棉花即国王”[详见：埃里克·方纳，《给我自由！一部美国的历史》(上卷)，王希译，北京：商务印书馆，2010年，第499-503页]。

此外，《皮姆的叙事》强调黑白对立的意图也在坡以希伯来语为基础为特萨拉尔岛岛民命名及设计语言这类细节中得到了体现：“太精”酋长的名字源于希伯来语词根，含义是“肮脏的”，岛上村庄被称为“klock-klock”（意为黑色），岛国的最大首领名为“Tsalemon/Psalmoun”（意为阴影），特萨拉尔这个名字则意为“变得黑暗”。[①]《皮姆的叙事》甚至还强调，无论该岛被称为“特萨拉尔”还是“特萨蒙勒”，“两个词的首音都带着一种拖长的嘶嘶声”，而这种声音与“我们在山顶上吃的那种黑毛野鸡的啼叫声一模一样”[②]，暗示岛上生活着的黑色种族依然处于愚蛮甚至兽类阶段。

除此之外，小说还在黑肤岛民的“罪与罚”与现实中支持蓄奴的言论之间建立起了微妙的关联。在小说行将结束的第23章，身陷岛中幽谷的皮姆与另一位幸存的同伴进行了一番实地探索，揣度山谷中类似象形文字一般的凸痕是否人为所致。小说的《附记》则澄清了凸痕的意义，明确说明那些看似毫无意义的形状实际上是意为“南方之域”的古文字[③]。这个略显冗余却又煞费苦心的情节设计，让特萨拉尔岛不再是南极深处的孤独存在，而是一个遭受了天谴并“沦为废墟的巴比伦”[④]。小说的《附记》更以“我业已将此铭记于群山之中，并把我对尘土的报复镌刻在岩壁上”[⑤]这种上帝式诅咒结束了叙事，点明黑肤岛民遭受过惩罚的过去以及将再次接受惩罚的未来。这种黑肤岛民背负罪恶却不思悔改且必将因此再次遭到惩罚的话语模式，

---

① Sydney Kaplan, *An Introduction to Pym*. in Robert Regen, ed., *Poe: A Collection of Critical Essays*, New Jersey: Prentice-Hall, Inc, 1967, pp. 145-163; John T. Irwin, *American Hieroglyphics: The Symbol of the Egyptian Hieroglyphics in the American Renaissance*, New Haven: Yale University Press, 1980, pp. 197-205.

② 爱伦·坡，《爱伦·坡暗黑故事全集》（上），曹明伦译，长沙：湖南文艺出版社，2013年，第406页。

③ 同上，第410页。

④ 同上，第402页。

⑤ 同上，第410页。

与其时为美国南方奴隶制辩护的宗教话语遵循着相同的逻辑。在19世纪前半叶支持蓄奴制的宗教话语中，黑人之所以成为白人的奴隶，原因之一便是在《圣经·创世纪》中含看到了父亲诺亚醉酒后的裸体，却不像兄弟闪与雅弗一般恭敬，由此遭到了诺亚的诅咒，称其后代(迦南)“必将给他弟兄作奴仆的奴仆”①。19世纪南方蓄奴制的支持者以这段《圣经》故事强化奴隶制的合法性，并宣扬称含的子孙便是犯下忤逆之罪的黑色种族，因此必然要成为白色人种的奴仆。由此，小说中虚构的南极岛上的黑肤岛民与现实之中棉田里被奴役的黑人奴隶，便因为他们共享的原罪与共同的深色肌肤而必须承担起相似的惩罚。

20世纪后半叶以来，关于坡与19世纪美国种族政治及奴隶制之间的关系这个问题在评论界引发了大量讨论。特伦斯·韦伦认为，来自南方的坡渴望得到全国性文学与商业成功，不会贸然冒犯包括北方读者在内的最广大的读者群，因此，就其种族态度而言，受到多种因素制约的坡在19世纪美国作家中既不过火，亦非极端，至多只能被称为“普通的种族主义”(average racism)。②黑人作家托尼·莫里森则持相反的观点，认为早期美国白人作家为减轻内心恐惧与合理化对外的剥削，一直以罗曼司化“黑色的力量”(the power of blackness)为手段，建构他们理想中的文学与社会秩序，坡并非一位与世无争、置身事外的作家，反而正是“美国非洲主义”(American Africanism)的代表人物。③本书认为，就《皮姆的叙事》对黑人厨师的塑造和对特萨拉尔岛上黑白关系的描写而言，坡的种族态度并不能用“普通”二字简单概括。事实上，《皮姆的叙事》有意识地利用了1831年

① 《圣经·创世纪》(中文和合本)，中国基督教三自爱国运动委员会/中国基督教协会，2007年，第14页。

② Terence Whalen, *Edgar Allan Poe and the Masses: The Political Economy of Literature in Antebellum America*, New Jersey: Princeton University Press, 1999, p. 111.

③ Tony Morrison, *Playing in the Dark: Whiteness and the Literary Imagination*, Cambridge: Harvard University Press, 1992, p. 32.

以后美国南方越发敏感的种族关系所引发的焦虑情绪，以污名化方式强化黑白之间的种族对立，似乎表现出了强烈的种族偏见与歧视。在这个意义上，莫里森的观点更切中要害，也更具有说服力。

但是，韦伦与莫里森对坡的种族态度的阐释，均忽视了《皮姆的叙事》中种族对立的另一层意义与可能的解读。从小说结构上看，根据主人公搭乘三艘航船的经历，小说可被分为三个部分。第一部分是第1章，讲述皮姆搭乘小帆船“敏捷”号遭遇的一次短暂的近岸遇险；第二部分从第2章到第13章，讲述皮姆搭乘“逆戟鲸”号在南太平洋的漂流经历；第三部分从第14章至第25章，讲述皮姆随“简·盖伊”号探索地球最南端的过程。三次冒险由近及远，由小至大，围绕主人公命运展开。小说第1章采用了天真的主人公受骗/受难而不自知这个叙事模式，描写虽有渴望航海的热情但却缺乏基本判断力的少年皮姆如何在夜间跟随业已烂醉的奥古斯塔斯贸然出行，直至小船被巨轮撞翻，险些丧命。在接下来的章节中，个体与自然(或命运)的抗衡中被不断加入了越来越多的社会历史因素，构成了潜藏在叙事表层之下却深入时代肌理的叙事暗流。在这个叙事暗流中，小说不仅强化与深化了《西姆佐尼亚》的讽刺色彩与力度，亦利用了哥特小说更为暴力、血腥与戏剧化的文类风格与惯例，更隐晦而深刻地回应了美国此时兴起的南极探索与海外扩张热潮。

在小说第二部分中，皮姆首先因为“逆戟鲸”号上的哗变而被困于船舱之中，虽然之后他与其他哗变幸存者成功夺回了“逆戟鲸”号的指挥权，但却因船桅被风暴损毁，只能看着船只像浮木一般在海上漂流。随后，船上发生了小说中耸人听闻的食人事件：随船只在海上漂流的四人中，身为俘虏的理查德·帕克提出，应该杀死一人，以其肉为食，让其他几人得以存活下去。船难中的食人故事并非坡的发明，在关于其时欧文·蔡斯广为人知的“埃塞克斯”号捕鲸船船难的叙事中，便有遇难船只给养耗尽而船员不得不食人求生的记载。[1]但是，坡在利用叙事素材的同时又加入了独特的反讽情节：提议杀人而食的帕克，抽到了死签，被其余三人分而食之；更具反讽意味的是，虽然皮姆在食人之前竭力解释为何不得不杀掉帕克，令读者明白食人尽管可怕却是极端条件下最无奈的求生做法，但就在众人“用牺牲者的鲜血稍微止住了渴”并“一点一点地吃那剩下的躯体”时，小说让皮姆“脑子里突然闪过一个念头”，找到了之前一直苦苦寻求而不得的斧子，“轻而易举地得到了我们所需的给养”[2]。这样的情节安排让皮姆的所有辩护变得可笑且荒唐。坡正是以这种不易察觉的方式戏弄了皮姆和自己的读者，让他们在追求刺激的同时遭遇自己的轻信与愚蠢。

《皮姆的叙事》对食人情节的渲染也挑战了西方意识中“文明”与“野蛮”之间的界限。以哥伦布将加勒比地区原住民的一支称为食人族(cannibal)为起点，在此后300多年间的西方想象中，“食人”不仅成为了美洲印第安人远离文明的核心标志，也成为了殖民者可以据此征服与掠夺原住民的话语基础。正如埃里克·谢菲兹所言，自哥伦布开始，食人之名便不仅是人类学意义上的事实，更是一种政治虚构，被西方用以遮盖与掩饰不愿被了解的原住民的历史、现状与差异，成为西方殖民者合理化其对原住民压迫与剥削的借口。[3]笛福所描写的鲁滨孙在无名海岛上与食人族之间的冲突及这个虚构人物征服与占有星期五的情节，便是殖民逻辑在小说叙事中的经典再现。如果说笛福以鲁滨孙目睹食人一幕之后无法克制的恶心感强化了“文

---

① 关于此次船难的过程及影响，详见：纳撒尼尔·菲尔布里克，《海洋深处：“埃塞克斯号”捕鲸船罹难记》，刘静译，北京：北京大学出版社，2015年。

② 爱伦·坡，《爱伦·坡暗黑故事全集》(上)，曹明伦译，长沙：湖南文艺出版社，2013年，第350-351页。

③ Eric Cheyfitz, *The Poetics of Imperialism: Translation and Colonization from the Tempest to Tarzan*, Philadelphia: University of Pennsylvania Press, 1997, p. 143.

明”与“野蛮”之间的对立，那么《皮姆的叙事》则以更为曲折委婉的方式表达了同类相食并非野蛮人的专属亦是文明人的选择这一观点。

从整部小说的情节发展看，食人一幕出现在皮姆从“逆戟鲸”号换至“简·盖伊”号的过渡阶段。“逆戟鲸”号从美国出发，意在赴南海捕鲸，“简·盖伊”号从英国出发，已在南海巡游多日，两船均为帝国扩张的载体。“逆戟鲸”号上杀害船员与放逐船长的哗变，对帝国海上扩张事业构成了严重威胁，皮姆等人奋力回击，依次杀死了大副、黑人厨师等叛乱分子，并最终以对最后一个叛乱者帕克分而食之这种极端方式消灭了最后一个威胁帝国扩张事业的不稳定因素，恢复了秩序。登上“简·盖伊”号后，皮姆不再是无可奈何的受难者，而是以强烈的探索热情督促英国船长不断南行，成为了航行中的精神领袖。小说因此以对帝国内部叛乱分子分而食之作为皮姆由天真转向经验、由被动受难转为主动占有的关键仪式，隐喻了主体成长与帝国扩张同构下的暴力、野蛮与毁灭。

小说最后一部分中，当“简·盖伊”号刚抵达特萨拉尔岛时，皮姆关注的是岛民原始与野蛮的样态，见到的只有岛民被镜子吓得满地打滚的愚蠢与将船只当成活物的无知。此时，局限在僵化的“殖民主义认识论”之中的皮姆，只能看到黑肤岛民对白色物体的畏惧，却毫无深入了解与沟通的愿望。[①]在随后的情节中，海岛丰富的海参资源很快就吸引了皮姆逐利的目光，小说也立刻转向对海参能带来的可观商业利益的介绍。正是在这种自大之后的无视与资本逐利的冲动的驱使下，白人船员立刻开始无所顾忌地砍伐岛上的树木，以便清理出加工海参所需的场地，皮姆则不无骄傲地宣称：“令岛上那些野蛮人惊讶不已的是，我们很快就伐倒了足够多的树木……在船上

① Dana D. Nelson, *The Word in Black and White: Reading “Race” in American Literature, 1638-1867*, New York: Oxford University Press, 1992, pp. 90-108. 内尔森对于《皮姆的叙事》的分析对本节的讨论尤有启发。

大炮射程内的海滩上设立了一个正规市场，以物易物的交易从各方面看来都充满诚意，并井然有序。”①在皮姆看来，伐木、建加工场与利用土著劳力均堪称公平，无任何不妥。然而，“令野蛮人惊讶不已”的破坏、“在船上大炮射程之内”建起的市场，又让这种貌似公平的交易暴露出了其不平等的本质。在此，《皮姆的叙事》再现了帝国与资本在海外扩张的“原初场景”：一面是坚船利炮支撑之下自诩的文明与公平，一面是原住部族在强权之下惊愕却无从表达的失语境地。

在直抒对黑肤岛民的憎恶与怨恨的同时，《皮姆的叙事》也以难以觉察的隐蔽细节提醒读者，白人船员与黑肤岛民之所以没能互相信任，不能全然归咎于黑肤岛民，后者的背叛与谋杀也并非毫无缘由。自皮姆踏上“简·盖伊”号起，他便认为，对于南海贸易而言，这条船抵御风浪的能力并不强，吃水又太深，而且尤为重要的是，它没有“10 至 12 门发射 12 磅炮弹的短程大炮，2 至 3 门远程大炮……还应配备铜管大口径短枪和防水弹药盒”，没有他理想中的“全副武装”②。此外，自初次见到特萨拉尔岛民起，直至计划离开为止，坡笔下的帝国冒险与扩张的代表们便始终对异族保持着心照不宣的敌意。双方首次见面时，皮姆便衡量了双方力量与人数的对比，认为还是尽可能地保持距离为妙；然而，“酋长看出了我们的心思，便命令另外三只筏子留在原处，自己乘坐的那只则向我们划来。他一靠近就纵身跳上了我们最大的那艘小舟，径自坐到了船长身边”③。相较于依仗着坚船利炮却多有算计的西方冒险家，放下木棍与石块、只身登船的黑肤岛民酋长显然更为直率与坦白。

无论是受邀到岛上做客，还是双方开始交易，白人船员始终全副武装，这种明显的敌意浸透在自船员与岛民相遇至决裂的每一刻。

① 爱伦·坡，《爱伦·坡暗黑故事全集》(上)，曹明伦译，长沙：湖南文艺出版社，2013 年，第 386 页。

② 同上，第 360 页。

③ 同上，第 378 页。

皮姆细致地讲述了众船员最后一次登岸造访前的准备：“除了 6 人留在船上，我们上岸的一共是 32 人。我们都全副武装，配备有滑膛枪、手枪和单刃剑，此外，每人都有一把长长的水手刀。”让皮姆诧异的是，前来迎接白人船员的黑肤武士却没有携带任何武器，问及个中原委时，酋长答道：“兄弟相聚无须刀枪”。[①] 表面上看，此番说辞正是黑肤岛民阴险狡诈的直接罪证——明明设计好了坑杀陷阱，却依然佯装友善，只为诱骗船员放松警惕，自投罗网。但换个角度看，“兄弟相聚无须刀枪”这个说法也可以成为黑肤岛民的合理抗辩：在每次见面都全副武装的白人船员眼中，他们又是什么呢？小说借此给了历史上身处殖民强权压制之下的原住民一个表达自我的机会：对虚构文本与历史现实中的原住民而言，那些依仗着坚船利炮的所谓的“文明使者”并非如其自称的那般友善，而是别有用心的敌人与征服者。

支撑黑肤岛民抵抗合法性的隐蔽证据一直延续到小说结束：遭遇坑杀后，侥幸逃脱的皮姆和其同伴抓住了一个黑肤岛民努努做人质，乘船逃离特萨拉尔岛。航行中，“由于从北方吹来的风明显减弱，我从衣袋里掏出一块白手巾打算加宽我们的风帆。当时努努就坐在我的身旁，而当白色的亚麻手巾偶然闪现在他面前时，他突然一阵痉挛，痉挛之后他就变得茫然呆滞，嘴里一直咕哝着，‘特克力——力，特克力——力！’”[②]努努竟然被白色物品吓死在了小船上。从白人船员登岛之初黑肤岛民对白色物体的莫名恐惧到努努被白色的亚麻手巾吓死，对黑肤岛民而言，“白色”显然是一种无法言传的致命禁忌。如此看来，黑肤岛民意欲坑杀所有白人船员的行动，并非全然出于邪恶与野蛮，更是弱势群体面对全副武装的不速之客时所选择的自保。放置在更为宏大的西方冒险家与异族相遇的历史

---

① 爱伦·坡，《爱伦·坡暗黑故事全集》(上)，曹明伦译，长沙：湖南文艺出版社，2013 年，第 387 页。

② 同上，第 407–408 页。

语境中，小说暗示了这样的可能：黑肤岛民所代表的貌似野蛮与无知的原住民，完全有理由怀疑“简·盖伊”号上不请自来的武装人员所代表的广义上的西方探险家/征服者的真实动机，他们若不愿遭受如阿兹台克人与印加人被西班牙人屠杀与征服或北美皮阔德族被盎格鲁-萨克逊人灭绝的下场，便只有在实力对比悬殊的情况下采取先发制人的军事行动。小说正是以这种哥特式场景与引而不发的叙事暗流，在替历史上的弱势原住民发声的同时，批判了白人种族帝国扩张进程中极端血腥与暴力的一面。

小说结尾处肤色“洁白如雪”的人形到底为何物，又象征着什么，引发了众多讨论，[①]而在诸种争议中最不该忽视的是《皮姆的叙事》与《西姆佐尼亚》之间的互文关系。本书以为，《皮姆的叙事》中的白色人形脱胎于《西姆佐尼亚》中肤色洁白而高度理性的种族，但坡又以两种同时并存却层次不一的叙事语境对来源素材进行了颇具哥特风格与反讽色彩的改造。表面上，此白色人形延续了皮姆自登上“逆戟鲸”号后便开始建构、登上特萨拉尔岛进行强化的黑白对立互不相容的种族主义框架。在这个层面上，白色人形应该与皮姆为友、与黑肤岛民为敌，会救助同属白人的皮姆，助其返乡。这样的守护者近似于白种文明的神祇。但是，这个身材“远比任何人都高大”的白色

① 理查德·科普利先提出白色人形或暗指即将行驶至此搭救皮姆的“企鹅”号，[Richard Kopley, *The Secret of Arthur Gordon Pym*: *The Text and the Source*, in *Studies in American Fiction*, 8 (1980), pp. 203 - 218.]后又论证了白色人形与耶稣之间的相似性；(参见：Richard Kopley, *The 'Very Profound Undercurrent' of Arthur Gordon Pym*, in Joel Myerson, ed., *Studies in the American Renaissance*, Charlottesville: University Press of Virginia, 1987, pp. 143-175.)约翰·欧文则从犹太-基督教传统与浪漫主义风潮的交汇处出发，将白色人形看作是坡的“书写自我”(the writing self)与“被书写自我”(the written self)在深渊之间的遭遇、变形与重生；(参见：John T. Irwin, *American Hieroglyphics*: *The Symbol of the Egyptian Hieroglyphics in the American Renaissance*, pp. 205-223.)哈罗德·布鲁姆则认可了约翰·欧文的阐释，同时还指出白色人形不仅可被看成“美国意志之胜利”的幻影，也是一种迥异于爱默生之肯定与乐观的“形而上的失望”(metaphysical despair)。(参见：Harold Bloom, *Introduction*, in Harold Bloom, ed., *Bloom's Modern Critical Views*: *Edgar Allan Poe*, New York: Infobase Publishing, 2006, p. 8.)

人形虽然有着如帝国的坚船利炮一般的可怕力量，却只能像鬼魂一样隐匿在瀑布的裂隙中，无法以真面目示人，其身上如包裹木乃伊一般的裹尸布，不仅暗示着其自身的虚弱与易腐，也让其庇护的冒险与扩张行为同样散发着毁灭与死亡的气息。正是借助这样一个含义晦涩而丰富的象征，坡为皮姆的南极之旅画上了暗含讥讽的句号。

在一定意义上，航海叙事本身既是科学与理性的产物，又是资本主义与帝国主义在全球扩张的见证。带着对未知世界的好奇，带着能够从远方发现土地与财富的冲动，航海家们踏上了航程。无论是 1492 年率先发现新大陆的哥伦布，还是在 18 世纪因南海探险而在西方妇孺皆知的库克，均在以理性、科学与逐利为时代主潮的背景下，扩宽着西方人知识和财富的来源与边界。尽管在其航海之旅中，坡笔下的虚构人物皮姆也以追求科学和真理的名义探索世界，但真相不仅总在他的认知之外，还以各种形式不断捉弄着他。与《鲁滨孙漂流记》等传统航海冒险叙事中主人公离家出走、经历考验并得到成长的模式不同，尽管皮姆这位来自新大陆的美国年轻人也离家出走并经历磨难，但他却在作者不断布下的哥特式陷阱中无法自拔，既缺少经验的成长，也未获得财富与成功。此外，坡还借助于潜藏在表层情节之下的叙事暗流，向读者再现了帝国主体与原住民他者之间历史遭遇的第一幕，呈现了被权力话语所遮蔽另一种真相。黑肤岛民坑杀白人船员的行为，不再是毫无理性的野蛮，而更像是其身处失语与极度弱势状态下被迫以暴力捍卫家园的正当行为；一直以文明、进步与理性自居的帝国主体则必须为其自大、傲慢与贪婪付出灾难性的代价。这或许正是《皮姆的叙事》暗流所希望传递的信息。

霍米·巴巴提醒读者，"如同叙事一样，国家的源头消失在了时间的神话中，只有在头脑之'眼'中才会重现其地平线"①。对国家这

① Homi K. Bhabha, *Introduction: Narrating the nation*, in Homi K. Bhabha., ed., *Nation and Narration*, London: Routledge, 1990, p. 1.

一文化建构物与想象的共同体的理解，不能仅仅停留在地理、人口、经济、种族等表层因素之上，还需借由深嵌在历史的层峦叠嶂之中的叙事文本去重访现场，再现国家建构与想象中被压制与遗忘的人物与声音。长久以来，面积广阔的南极大陆因其位置遥远、气候严寒，加之大洋与冰山的重重阻碍，不在人类的视野之内。即便在文学与艺术作品之中，南极出场的次数也屈指可数，它是“一块冰雪大陆，一个审美的洗碗池，并非灵感的来源；地理景观只会抹除能够给艺术家提供惯例的元素……没有再现的艺术或文学能够表达南极”①。这块巨大而遥远的神秘之地却在19世纪初吸引了以杰里迈亚·雷诺兹为代表的美国航海者与冒险家，他们急于以对南极的探索、发现甚至占有来证明自我与国家的价值。然而，并非所有美国人都对南极探索趋之若鹜，梭罗便曾在《瓦尔登湖》中批评了雷诺兹等人以浪漫主义与爱国主义为旗号鼓吹的南极探索之旅，认为其意义远不及探索“一个人的私人海洋（心灵）”那么重要②。就虚构文学作品而言，如果说在呼应西姆斯“地球中空说”的《西姆佐尼亚》中，其匿名作者借助对极点之内乌托邦国度的再现表达了对美国社会现实的不满与对回归田园的渴望，那么在雷诺兹轰轰烈烈地准备其南极探索行动背景下创作的坡，则在其以哥特风格写就的《皮姆的叙事》中强化了黑白两个种族之间的对立与对抗，重构了殖民者与原住民初次相遇的场景，暗示了对帝国扩张更为复杂与晦暗的态度。在他们笔下，南极不再是少有意义且难以描绘的空白，而他们的作品也折射出了19世纪初期美国海上扩张与想象国家时的欲望、恐惧与焦虑。

---

① Stephen Pyne, *The Ice: A Journey to Antarctic*, Iowa City: University of Iowa Press, 1986, p. 166.

② 亨利·戴维·梭罗，《瓦尔登湖》，杰斐里·S. 克莱默注，杜先菊译，上海：华东师范大学出版社，2015年，第354页。

第七章 《两年水手生涯：海上生活的个人叙事》中的正见、偏见与美墨战争

1840年9月，小理查德·亨利·达纳(Henry Richard Dana, Jr.)的《两年水手生涯：海上生活的个人叙事》(简称《两年水手生涯》)(*Two Years Before the Mast, A Personal Narrative of Life at Sea*)甫一问世，便广受欢迎。《两年水手生涯》以取材于亲身经历的航行体验，从"桅杆前"的水手视角出发的详尽记述以及新闻报道般准确、真实而毫无矫饰的文风，立即在美国掀起了一股不大不小的仿作潮流。先后有多本类似题材与风格的作品问世：《捕鲸航程中的事件》(F. A. 奥姆斯特德，1841年)，《新手的第一次航行》(匿名作者，1841年)，《军舰上的生活》(匿名作者，1841年)，《五年的水手生涯》(雅各布·黑曾，1854年)，等等。就连成名已久的库珀，也放下了一直以来擅长的航海罗曼司风格，写了一本与《两年水手生涯》类似的《内德·迈尔斯，桅杆前的生涯》(*Ned Myers, or, A Life Before the Mast*, 1843年)，加入了跟风的热潮之中。[1]

时隔不久，又逢1848年加利福尼亚爆发淘金潮，《两年水手生

[1] 受达纳影响的作品还有：Samuel Leech, *Thirty Years from Home, or A Voice from the Main Deck* (1843)；Nicholas Isaacs, *Twenty Years Before the Mast* (1845) 以及 William Nevens, *Forty Years at Sea* (1845)等，参见：Thomas Philbrick, *James Fenimore Cooper and the Development of American Sea Fiction*, Cambridge: Harvard University Press, 1961, p. 119; Robert F. Lucid, *The Influence of Two Years before the Mast on Herman Melville*, *American Literature*, 1959(3), p. 243.

涯》因有对加利福尼亚景观人事的详尽描述而再度热卖，成为南北战争之前美国最畅销的航海叙事作品。[①]时至20世纪，另一位善于描写冒险与海洋的美国作家杰克·伦敦也高度认可了《两年水手生涯》的成就，认为其是一本“不仅可以存在于所诞生的世纪，也可以为未来的世纪存档”的杰作。[②]同样，来自英国的大作家D. H. 劳伦斯也肯定了《两年水手生涯》在美国文学中的经典地位，尤其赞赏了达纳描写航海生活时“伟大而绝望”的风格。[③]可是，虽然有市场的欢迎与大家的推崇，《两年水手生涯》却始终无法得到批评界的关注，更少有专论。

然而，虽有诸位论者的贡献，但《两年水手生涯》引发的若干疑问，依然亟待解答。本章试图探讨的第一个问题是，无论文本之内，抑或生活之中，达纳均有提升水手地位与保护水手权益的人道主义之举，当属时代之正见；然而，同样基于航海旅行的切身观察，达纳对墨属加利福尼亚的描绘却多有“懒惰”“无能”与“野蛮”等论断，或可称为时代之偏见。那么，在这正见与偏见的抵牾之间，到底有怎样一种(或多种)观念与身份的力量在起作用，或者说，凸显着怎样一种属于特定时代、民族与文化群体的“情感结构”？与之相关的另一个问题是，《两年水手生涯》出版的6年之后，便爆发了美国建国后第一次大规模的对外战争，即美墨战争(1846—1848年)。美军此战大胜墨西哥，以极小的代价，从“姊妹共和国”手中夺得了包括加利福尼亚、新墨西哥、亚利桑那等在内的广阔领土，在为其日

① 《两年水手生涯》仅在1840—1842年间，便给出版商哈珀兄弟公司带来了2万美元收入，而至1869年达纳收回版权前，收入估计可达5万美元，在英国等国的出版及盗版则难以统计。参见：Thomas Philbrick, *Introduction* , in Thomas Philbrick, ed., *Two Years Before the Mast: A Personal Narrative of Life at Sea*, New York: Penguin Books, 1981, p. 18.

② Jack London, *A Classic of the Sea*, *The Human Drift and Other Stories*, The Project Gutenberg e-book, p. 49.

③ D. H. 劳伦斯，《劳伦斯论美国名著》，黑马译，上海：上海三联书店，2006年，第118页。

后发展开辟了广阔空间的同时，也令墨西哥陷入了巨大的民族灾难与屈辱之中。[①]如果桑德奎斯特所言不虚——《两年水手生涯》是帮助盎格鲁-美国人形成对加利福尼亚及其墨西哥居民认识的著作中最为重要的一部，[②]那么，《两年水手生涯》的流行与支配这次影响巨大的战争的扩张意识形态之间又有怎样一种历史与逻辑的联系？本章将以这部曾经风靡一时如今少有人知的航海叙事入手，以上述问题为向导，探讨与揭示美国南北战争之前历史与社会文化的多重面相。

第一节　波士顿商船上的社会危机与达纳的正见

1834年8月14日，19岁的达纳在波士顿登上了驶向加利福尼亚的“朝圣者”号双桅帆船。在19世纪中期的波士顿，达纳家族绝非无名之辈。达纳的祖父曾任马萨诸塞最高法院法官，并曾以大使身份出使俄国，在沙皇的宫廷之上为新兴的共和国争取权益。达纳的父亲参与创办了《北美评论》(*North American Review*)，是新英格兰的重要文人，与当时的社会与文化名人威廉·布莱恩特(William Bryant)、威廉·埃勒里·钱宁(William Ellery Channing)等均有交往，而其姑父华盛顿·奥尔斯顿(Washington Allston)则是新英格兰颇有

---

① 关于美墨战争的缘起、过程与后果，参见：Ray Allen Billington and Martin Ridge, *Westward Expansion: A History of the American Frontier*, Albuquerque: University of New Mexico Press, 2001, pp. 193-258; David S. Heidler, Jeanne T. Heidler, *The Mexican War*, Westport: Greenwood Press, 2006. 早期更为详尽的研究，参见：Justin H. Smith, *The War with Mexico*, vol. 1, New York: The Macmillan Company, 1919. 也可参见查尔斯·A. 比尔德、玛丽·R. 比尔德，《美国文明的兴起》(上卷)，许亚芬译，北京：商务印书馆，2010年，第611-659页；张友伦，《美国西进运动探要》，北京：人民出版社，2005年，第122-134页。

② Eric J. Sundquist, *The Literature of Expansion and Race*, in Sacvan Bercovitch ed., *The Cambridge History of American Literature*, *volume two*, *1820—1865*, *Prose Writing*. New York: Cambridge University Press, 1995, pp. 154-155.

影响的画家，有“美国的提香”之誉。此前，达纳因为眼疾困扰而离开哈佛大学休学多日，此刻，他最迫切的愿望，便是希望远航之中的“艰苦的劳作、简单的饮食与新鲜的空气”能帮他早日恢复视力，重返校园。[①]时至《两年水手生涯》出版前后的1840年9月，达纳不仅早以优异成绩从哈佛毕业，自己的律师事务所也开业在即。但是，正如他在《两年水手生涯》前言中道出的：“若我的叙述能引发兴趣，唤起关注，以所述水手生活之实情，提升其阶层状况，促进宗教与道德改良，减轻其日常生活之苦楚，出版此书的目的便已达到。”[②]重获生活光明的达纳并没有遗忘“朝圣者”号上的黑暗、邪恶与丑陋，希望以书写切身遭遇的方式，改变新英格兰公众对水手阶层的曲解与盲见。可以说，从剑桥镇的书斋到波士顿的商船，从关注自我之病到关注下层之痛，《两年水手生涯》的写作和出版，既有赋予过往生活以意义的用心，又有推动新英格兰社会进步与改良的意图。

正如前文所述，19世纪正是航海(旅行)叙事在美国大行其道的时期，但是，《两年水手生涯》之前的航海叙事，或关注航海过程中的实用信息与发现，或以浪漫不羁的笔触表达个人看法，而少有贴近水手生活本身的作品问世。达纳则以两年的切身体会告诉新英格兰公众，水手感受到的大海、航船与劳作绝非浪漫。从上船的第一天起，便有大量日常、繁琐与劳累的工作，升帆降帆，检修保养，装配索具，擦拭甲板，值班守夜，一直到在加利福尼亚海岸的牛皮收购、整理、加工、运输与装船返航，船上的水手根本不是所谓的无所事事，而是经年累月处于繁重的劳动之中。即便是星期日，也常常被迫劳动。另外，对于水手而言，所谓壮丽无比的海上日出与

① Charles Francis Adams, *Richard Henry Dana, A Biography*, Mass: The Riverside Press, 1890, p. 13.

② Henry Richard Dana, Jr., *Two Years before the Mast: A Personal Narrative of Life at Sea*, New York: New American Library, 2009, pp. 372-373.

日落，无非只是每日出工与歇息之信号的乏味重复。所谓波澜壮阔的风浪奇观，其实只是全身湿透而无处取暖的冰冷与不适。而所谓迎风飘展的片片白帆，也只是需要攀爬、拉扯、系放、修补与打扫的物件而已。与其说水手是浪游海上的漂泊者，倒不如说他们既是受困茫茫大海之中、少有人身自由的囚徒，又是随时需要应对艰苦、繁杂与危险的奴隶更合适些。达纳以翔实而不加矫饰的风格，将身处社会边缘而少为人知的水手生活，带回到了新英格兰公众眼前。

在 19 世纪的新英格兰公众眼中，常被称为“Jack Tar”的水手并非与自耕农或城市手工业者一般，可被看作为公民或正常人，而更像是一种兼具成人身体与儿童智识的奇特组合，公众惯于以缺乏教养、毫无头脑、粗鲁愚昧、惯于酗酒寻欢、缺乏自我管束等刻板形象概括之。① 针对种种偏见，达纳以与水手深入交往的经历提醒到，水手远非一个高度同质化的群体，而自有出身、教养、性格与经历的巨大差异，只有关注到群体内部的丰富与复杂，才能真正了解这一阶层。乔治·鲍尔默，既是长官眼中“积极而热情的水手”，也是同伴眼中“活跃又热情的伙伴”，却在一次意外中不幸溺水身亡，让达纳悲伤不已。高大强壮的比尔·杰克逊，多年来浪迹海上，一直酷爱读书，令达纳颇为佩服。当然，让达纳印象最为深刻的水手，非汤姆·哈里斯莫属。《两年水手生涯》的第 23 章中，达纳以近 5 页的篇幅，回顾了与水手汤姆·哈里斯的交往经历。无论是记忆之精准，知识之广博，还是对世事人情的深刻洞察，抑或是论辩之中的雄辩与逻辑，汤姆均让达纳赞叹不已。“事实上，与他在一起值班时学到的，无论是航海技术，还是水手轶事，无论是实用智慧，还是

---

① 为防水，水手常穿戴以柏油浸过的衣物，故得此名。诗人布莱恩特的书评中对水手的评价，可代表当时的流行观念：“一般而言，水手对未来少有打算，无所想法，目光短浅，无可救药，难以从事其他行业，只能依赖船东的怜悯与使用为生。”参见：William Cullen Bryant, *Rev.* of *Two Years Before the Mast*, *The United States Democratic Review*, 1840 (34), p. 319.

人性在不同环境中的多变面貌……让我宁愿放弃在书斋或是其他社会交往的时间。”①麦尔维尔曾称捕鲸船是他的“哈佛与耶鲁大学”，而来自哈佛大学的达纳，在水手之中也找到了自己的老师。作为波士顿的年轻“婆罗门”，达纳对汤姆的评价或有溢美之嫌，却也能使公众重新打量那些“身穿宽松鸭腿裤与格子衬衣，头戴防水毡帽”的粗鄙汉子。正是两年同舟共济之中产生的同情和了解，令达纳可以跨越阶层之间有形与无形的壁垒，在为水手阶层正名的同时，将社会改良的关注引向问题的另一面。

《两年水手生涯》让新英格兰的公众看到，水手近似囚犯、奴隶与愚蛮之人的处境，既拜航船困于大海的自然条件之所赐，更由船上严酷的社会关系所造成。如果说“荒野”（wilderness）是塑造19世纪美国民族文化与国民性格的核心要素，那么，达纳笔下的波士顿商船，便如驶入荒野的微型社会一般：水手不仅要应对跨越风浪与艰苦劳作的考验，更要承受来自严酷等级制与滥权船长的威胁。其实，就在“朝圣者”号离开波士顿不久，达纳便敏锐地注意到了船长毫无约束的权威可能给水手带来的伤害，而船行至加利福尼亚岸边的时刻，名为汤普森的船长变本加厉，只因些微小事便残酷鞭打了两名船员。达纳详细记载了鞭刑场景与自己强烈的情感反应：

> 这时，山姆被绑了起来。他的双手捆在锁链上，上衣被剥掉，光着膀子。船长站在船楼上，离他不远，但位置稍高一些，以便能狠狠抽打他。船长手里握着一截粗粗的绳子。船长的副手站在四周，船员则聚集在船中部。这些准备工作令我感到恶心，几乎快要晕倒过去。我太气愤，太激动了！一个人，

① Henry Richard Dana, Jr., *Two Years before the Mast: A Personal Narrative of Life at Sea*, New York: New American Library, 2009, p. 181.

> 一个照上帝模样创造出来的人竟被如此五花大绑，像畜生一样被抽打！让人控制不住的第一冲动就是反抗。可有什么办法呢？①

另一位名叫约翰的船员仗义执言，却招来了汤普森船长的另一次鞭打。在约翰痛苦地大声呼告"耶稣·基督！"之时，船长汤普森却说道："不要叫耶稣·基督！他帮不了你！还是叫弗兰克·汤普森吧！他才是管事的！他能帮你！耶稣·基督现在管不了你！"②面对如此暴虐与亵渎的船长，船员却无从抵抗。按照当时的惯例与法律，船长对整个船只乃至船员均拥有绝对的权力，对于敢于罢工或违抗命令的水手，是可以未经审判而处死的。而且，即便此时反抗成功，回国之后水手也必须面对哗变或海盗的罪名，依然会被处以绞刑。就在这一刻，达纳暗下决心，"如果上帝给我办法，我一定要为水手讨还公道，减轻他们的痛苦，我与他们的命运已经紧紧融合在一起了。"③后因船长汤普森的意外病亡，达纳未能如愿，但他却在"闻起来像前甲板一样"的律师事务所里，在常年为诸多水手争取权益的法律诉讼之中，不断履行了在"朝圣者"号上发下的誓言。

实际上，自殖民时期以来，鞭刑便是流行在英美海船上的刑罚方式，将有过之船员绑缚在甲板旁，以九尾鞭(cat o' nine tails)鞭挞，其他船员则必须围观，以维持船长权威与航船秩序。鞭刑曾在英美第二次战争(1812—1815 年)期间被认为是英国海军专制之表征，而

---

① Henry Richard Dana, Jr., *Two Years before the Mast: A Personal Narrative of Life at Sea*, New York: New American Library, 2009, p. 90.

② 同上，p. 91。

③ 同上，p. 93。

在美军中废止，却也并无全然禁绝。[①]此时达纳所经历的鞭刑场面，既唤起了他少时的创伤体验，又与当下新英格兰日益革新的时代氛围紧密关联。在达纳的成长过程中，无论是幼年剑桥镇上的文法学校，还是15岁后为上哈佛而准备的私校之中，与大多数学童一般，达纳也常常遭到老师与其他管理者的体罚与鞭打，其中一次，达纳的耳朵几乎被撕裂，另一次，达纳几乎被打昏死过去，逼得老达纳不得不亲自出面，抗议学校的粗暴。[②]正因经历过类似的屈辱与痛苦，让达纳对水手的遭遇尤表同情，更对船长的暴行难掩义愤。

更重要的是，达纳对于波士顿商船滥施刑罚的揭露与谴责，也见证了此时的新英格兰日益高涨的人道主义改革声浪。根据迈亚·格兰的研究，在1820—1850年间，以新英格兰为核心，兴起了声势浩大的要求废止针对囚犯、水手、女性与儿童体罚的社会改良运动。[③]如果说在殖民地时期，新英格兰人多因信奉加尔文教的“命运天定”(Predestination)与“内在堕落”(innate human depravity)观念，并没有认为由社会权威施行的肉体惩罚有太多不妥的话，那么，随着启蒙运动和浪漫主义思潮的持续冲击，资本主义工商业的加速发展，革命与建国之后民主与平等思想的日益普及，加之挑战加尔文教保守教义的唯一神教(Unitarianism)的广为传播，对待上帝、人性、

① 在海军史专家杰斐里·雷根看来，历史上的英国皇家海军之所以军纪严明、作战勇猛，与其说是对战争荣誉与职业的热爱，不如说是出于对权威与鞭打的恐惧。反讽的是，在1812年的英美战争中，许多美国战舰上的士兵，在没有鞭打威胁的情况下，表现甚至超过了英国对手。同样在这次战争中，许多英国海员转而为美国效力，而他们并不认为自己背叛了祖国，而自认为是“一些不愿在鞭打下劳动的、被解放的奴隶”。参见：杰斐里·雷根，《人类海战史上的重大失误》，陈海宏等译，济南：山东画报出版社，2007年，第133页。

② Charles Francis Adams, *Richard Henry Dana*, *A Biography*. Mass: The Riverside Press, 1890, chapter 1.

③ Myra C. Glenn, *Campaigns Against Corporal Punishment*: *Prisoners*, *Sailors*, *Women*, *and Children in Antebellum America*. State University of New York Press, 1984; Harold Langley, *Social Reform in the United States Navy*, *1789—1862*, Urbana: University of Illinois Press, 1967, pp. 131-206.

身体、家庭与社会权威的观念已然大不相同。[①]此时此刻，新英格兰公众面对的问题是：既然上帝已然熄灭了惩罚的怒火，转以和蔼的面貌出现，那么摆脱了随时可能堕入地狱烈火之中的新英格兰人，是否也应该以更加文明与有尊严的方式来提升他人与自我的改良？正如当时著名宗教领袖威廉·埃勒里·钱宁所言："对人全新的尊重态度是一切社会改革的根本……那种新的礼貌和亲切、相互友善、尊重和同情、为社会改善所做的努力，这一切都将发生，人将从身体改变到心灵，那时就会了解人到底意味着什么……"[②] 而从达纳"一个人，一个照上帝模样创造出来的人竟被如此五花大绑，像畜生一样被抽打"的义愤中，既不难看出对老师兼老友的钱宁之应和，又能感受到共和国新观念与殖民地旧做法之间日渐无法调和的差异。正是在诸种进步力量的不懈推动下，美国国会终于 1850 年 9 月 28 日正式通过法案，废止了军舰之上鞭打水手的行为。[③]

1837 年 8 月 31 日，在马萨诸塞的剑桥镇，面对全美大学生荣誉协会的成员，爱默生发表了题为《美国学者》的演讲。[④] 在这篇被称为美国"思想坐标"的重要演讲中，爱默生表达了对年轻美国精英的热切期盼。他不仅希望他们能够深入自然去了解书本与历史，同时也希望他们尊重体力劳动，并勇敢承担起社会责任。爱默生热切赞

---

① Jay Fliegelman, *Prodigals and Pilgrims*: *The American Revolution against Patriarchal Authority*, *1750—1800*, New York: Cambridge University Press, 1982, pp. 155-94; William Warren Sweet, *Revivalism in America*: *Its Origin*, *Growth and Decline*, New York: Charles Scribner's Sons, 1944.

② 转引自：沃浓·路易·帕灵顿，《美国思想史 1620—1920》，陈永国、李增、郭乙瑶译，长春：吉林人民出版社，2002 年，第 633 页。

③ Myra C. Glenn, *The Naval Reform Campaign Against Flogging*: *A Case Study in Changing Attitudes Towards Corporal Punishment*, *1830-1850*, *American Quarterly*, 1983 (4), pp. 408-425.

④ 其时，刚刚从哈佛大学以优异成绩毕业的达纳正坐在台下。参见：小罗伯特·D. 理查森，《爱默生——充满激情的思想家》，石坚、李竹渝等译，成都：四川人民出版社，2001 年，第 364-372 页。

美了那些“开采与加工卑下而普通的眼前生活”的作家，因为正是有了这种的努力，“一个真正的人组成的国家才会首次出现”。①不夸张地说，坐在台下的达纳已从过去两年的水手生涯之中，对大海(自然)、书本和劳动有了书斋之中绝难获得的深切体验，而随后出版的《两年水手生涯》与《水手之友》，均见证了他承担社会责任的热切与主动。②达纳以对水手权益的保护与提升，切实推动了新英格兰社会的改良与进步。从这个意义上说，达纳也可称之为如《汤姆叔叔的小屋》的作者斯托夫人，或是《论公民之不服从》的作者，也是他哈佛同学的梭罗一般的“文化英雄”。也正是从这个意义上说，《两年水手生涯》展现了达纳的正见。

第二节　加利福尼亚印象与达纳的偏见

按照《两年水手生涯》的记录，达纳于 1835 年 1 月 13 日抵达加利福尼亚的波因特角，1836 年 5 月 8 日离开。在长约 14 个月的时间中，达纳多次往返圣巴巴拉、圣弗朗西斯科、圣迭戈、蒙特雷等地，贩卖船载商品，收购、加工和装运牛皮。从历史上看，至少早自 18 世纪末期，擅长远洋航海的新英格兰商人便开始从贩卖加利福尼亚的水獭皮到中国的贸易中赚取大量利润了。时至 19 世纪 30 年代，加利福尼亚更因丰富的畜产资源(牛油与牛皮)、方便海船补给的港口(蒙特雷与圣弗朗西斯科)以及墨西哥政府陷于内乱而管制松弛等

① R. W. 爱默生，《美国学者：爱默生演讲集》，赵一凡译，北京：生活·读书·新知三联书店，1998 年，第 26-30 页。

② 《水手之友》(*Friends of the Seaman*，1841)是达纳写的另一本以向水手阶层普及航海术语与法律知识为目的的实用手册。

因素，吸引着越来越多的新英格兰商人、捕鲸者与冒险家。[①]加利福尼亚的景观人事也随之逐渐进入美国公众的想象之中。而无论就作者之特殊身份所背书的可信度，还是就叙事本身的细致流畅而言，《两年水手生涯》均堪称当时美国人描写加利福尼亚作品之中的典范。然而，令人遗憾的是，此时的达纳没能延续与水手同舟共济时跨越阶层界限的热情与勇气，却以种种带有偏见色彩的言辞与意象，在自我与他者之间横亘起了一道壁垒分明的差异之墙，将西班牙裔美洲人塑造成了颇为不堪的另类。

在《两年水手生涯》的第7章中，“朝圣者”号初访胡安·费尔南德斯群岛，达纳与西班牙裔美洲人有了第一次真正的接触。描述过岛上的淡水与物产之后，达纳便开始了对岛上居民的品头论足。达纳眼中的岛民身披色彩艳丽而质量低劣的斗篷，谈吐虽然有礼，却脚蹬露趾的鞋子，口袋里也一文不名，全然一副乞丐模样。尚未与岛民有多少来往，达纳便急切地宣称，西班牙裔美洲人均极其闲散，只有充作屋顶的树枝被风吹走的时刻，才会动一动身体。他并以目击者的权威，描绘了如此一幕，“我们在岸上，亲历了一次阵风来袭的场面……看到自家屋顶被大风吹走，他们会骂几句西班牙语脏话，裹紧肩上斗篷，追赶上去。可是，跑不太远，他们便又回到先前惯常的闲散之中了。”或许觉得将岛上的西裔美洲人称之为“最懒的活物”仍不足以令新英格兰读者印象深刻，达纳又特地加上一句，“就我的观察而言，只有将近来出现的新英格兰词汇‘无所事事的人’（loafer）用在他们身上，才是最合适不过的。”[②]可以看到，无论是“闲散懒惰”，还是“无所事事”，均在文本之中反复出现，构成贯穿达

---

① Ray Allen Billington , Martin Ridge, *Westward Expansion: A History of the American Frontier*, Albuquerque: University of New Mexico Press, 2001, pp. 193-214.

② Henry Richard Dana, Jr., *Two Years before the Mast: A Personal Narrative of Life at Sea*, New York: New American Library, 2009, pp. 40-41.

纳加利福尼亚叙事始终的主导印象。

“朝圣者”号抵达加利福尼亚首府蒙特雷之后，正式的贸易交换随之开始。围绕着商品交易，达纳有意对比了新英格兰与加利福尼亚经济发展的巨大差异。达纳告诉读者，“朝圣者”号看似狭小，装载的商品却五花八门，应有尽有：“各种酒类、茶叶、咖啡、糖、香料、葡萄干、糖浆、五金器械、厨房用具、锡制品、餐具、各种布料、鞋子和靴子、印花布、棉布、纱布、丝绸、披肩、头巾、项链、珠宝、梳子、家具、中式炉子与英式推车等等”。[①]如此详尽细致的列举，既是达纳一贯叙事风格的延续，也不难感到达纳对波士顿发达的工商业的自豪。与此相对，加利福尼亚盛产葡萄，却只能从波士顿购买劣质的葡萄酒。加利福尼亚盛产牛皮，却要花大价钱从波士顿进口皮鞋。而商船上的货品，都能以比波士顿高三倍的价格卖出。相比新英格兰人的精明能干，坐享丰富资源却不知如何善加利用的加利福尼亚人不仅懒散，而且要愚钝许多。

驻扎蒙特雷让达纳对西班牙裔美洲人的家庭生活，尤其是女性有了深入了解的机会。然而，在达纳对当地女性为数不多的描写中，却总能看到清教徒一般的道德评判。达纳写道，蒙特雷的女性购买衣服与饰品的大手大脚，会让波士顿的女裁缝或女招待“瞠目结舌”，而与这种经济上的挥霍相匹配的，则是当地女性道德上的缺乏自律：“她们对于衣着过分喜爱，甚至常会毁了她们。送她们一件不错的斗篷礼物，一条项链，一对耳环，就能赢得不少青睐……要是丈夫不给她们打扮得够好，很快她们就会接受别人的礼物。”[②]颇为反讽的是，就在《两年水手生涯》出版不久，达纳的昔日船友本杰明·斯蒂姆森写信给他，祝贺作品热销之后，提到

---

① Henry Richard Dana, Jr., *Two Years before the Mast: A Personal Narrative of Life at Sea*, New York: New American Library, 2009, p. 67.

② 同上，p. 69。

了达纳“没有说出我们访问圣地亚哥修道所时的全部经历……没有写出那些漂亮的印第安小妞，她们曾频繁造访你存放牛皮的小屋，还有在屋后美妙丛林中漫步的经历。”[①]如果说达纳是以批评行为不检的加利福尼亚女性来迎合新英格兰读者的道德优越感，那么，达纳对自己放纵行为的隐瞒，却也令这种清教式的道德观露出虚伪的一面。

为了让新英格兰读者更为切身地感受加利福尼亚的乱象，达纳以在场者的权威讲了一个故事：一位新英格兰人被当地人所杀，凶手被擒之后，总督却拒绝惩罚。为伸张正义，来自美国的几十名猎手与当地英美人士一道，占据城镇，自命法官与陪审团，以“自己国家的方式处理了此事”。[②]附近驻扎的墨西哥将军意欲弹压，却难有任何威慑力，因为在达纳看来，只需“四十位手持长枪的肯塔基猎手，加上十来个新英格兰人和英国人，便可敌得过整整一团饥饿、无力又懒惰的当地混血士兵。”[③]此事原委早已无从得知，但是，达纳赞许以“伸张正义”为名无视他国的权威与秩序的态度以及几个新英格兰人便抵得上数十个当地混血士兵的种族主义观念，真切地再现了1830—1840年间美国随国力强盛而日渐强化的文明与种族优越感。

在描写过商品交易、收购与加工牛皮和岸上生活的诸多细节之后，达纳显现了与一般船长、冒险家与水手不同的视野与关注。在《两年水手生涯》的第21章中，达纳集中讲述了他眼中的加利福尼亚殖民历史与现状。西班牙人占据加利福尼亚之后，先后依靠天主教耶稣会与方济会的力量开始松散的殖民统治，虽然占据了广袤的土

① 转引自 Bryan Sinche, *Time, at Sea: Temporality and Two Years Before the Mast*, *ESQ: A Journal of the American Renaissance*, 2013(3), p. 395.

② Henry Richard Dana, Jr., *Two Years before the Mast: A Personal Narrative of Life at Sea*, New York: New American Library, 2009, pp. 154-155.

③ 同②, p. 155。

地与丰富的资源，却没有带来多少经济上的发展。自1821年墨西哥独立以来，加利福尼亚并未因为摆脱了殖民统治而走向繁荣，反倒在权力更迭的动荡中愈发混乱。加利福尼亚的政治秩序被达纳讥之为“任意的民主”：既无英美一般的普通法，又无可靠的司法制度，法条随意制定，随意更改，虽有派往墨西哥城的议会代表，也因距离遥远而难以发挥作用。正是在这样的混乱与无序之中，当地民众为了“面包和鱼”发起的革命，也成了家常便饭。在达纳看来，与新英格兰人反抗英国的革命之后建立的新秩序迥然相异，此处的革命“没有对促进社会的公平正义起到任何推动作用。”究其原因，达纳认为是仅知道“自我意志与恐惧”的西班牙裔美洲人内心“并不尊重法律与秩序”的后果。①历数了在加利福尼亚的所见所闻之后，达纳颇为感慨地说道：

> 如此便是生活在这里的民族，他们有四百到五百英里长的海岸线，配之若干优良的海港；北部有茂密的森林；水中满是鱼类，成千上万的牛只密布平原；这里气候之好，世界上再无可匹敌之处；无论是传染性疾病，还是地方性疾病，均难觅踪影；玉米产量能达七十到八十倍。我们不禁要说，若是在一个富有进取心的民族手中，这里会变成什么样！②

达纳此番陈词，最恰当不过地总结了《两年水手生涯》之中加利福尼亚叙事的关键主题：一个懒惰、无能与无法自我管理的民族，却占据着自然条件极为优越的广袤土地。实事求是地说，达纳的叙事并非全然妄语。从历史上看，此时此刻的墨西哥确实因为刚刚摆

---

① Henry Richard Dana, Jr., *Two Years before the Mast: A Personal Narrative of Life at Sea*, New York: New American Library, 2009, p. 154.

② 同上，p. 157。

脱西班牙的殖民统治，国内政局动荡而自顾不暇，无法对遥远而广阔的加利福尼亚实行有效的管制与保护。只是，从《两年水手生涯》的叙事也不难看出，达纳着重描述了当地社会与政局之动荡，却忽视了包括印第安民族在内的当地不同阶层争取自由与权利的努力；达纳着重描述了尚未善加利用的物产与资源，却忽视了当地与新英格兰农业与工商业迥异的、仍以畜牧业为主的经济发展方式；达纳着重描述了当地生活的“挥霍与懒散”，却不仅忽视、也并不情愿去了解一种与己不同的生活方式的价值与意义。也正是从这个角度上看，《两年水手生涯》展现了达纳的偏见。

从历史上看，虽然墨西哥因其广袤的领土、丰富的资源与颇具异国情调的生活方式一直吸引着邻国的好奇，但由于地理的阻隔，事关墨西哥的种种第一手描述是在 1830 年之后才逐步进入美国公众视野的。来自肯塔基的詹姆斯·俄亥俄·帕蒂在 1831 年出版的《个人叙事》在当时颇受欢迎。《个人叙事》记录了帕蒂及其伙伴在新墨西哥、亚利桑那与加利福尼亚捕猎和冒险的经历，故事讲述一波三折，颇具戏剧色彩。帕蒂叙事之真伪在历史学家中虽有争议，但从其文中所塑造的墨西哥将军的蛮横专制、士兵的怯懦残忍和民众的愚蠢无知，却真切地透露着此时盎格鲁-美洲人的民族与文化优越感。[1]在最早记述得克萨斯历史的美国作者玛丽·奥斯汀·霍利的笔下，墨西哥人因其无知、堕落、胆小怕事与优柔寡断，也只能在她的种族等级制中位于最下端：“五个印第安人就能比得过二十个墨西哥人，但五个盎格鲁-美洲人可以比得过二十个印第安人”，也因为这种内在的无能与堕落，令墨西哥人成了“被那么多主子奴役与欺骗”的对象，没有自我救赎的希望，“即便有让墨西哥政治重生

① James Ohio Pattie, *The Personal Narrative of James O Pattie of Kentucky*, Cincinnati: Printed and Published by John H. Wood. 1831. 参见：Richard Batman, *American Ecclesiastes: The Stories of James Pattie*. New York: Harcourt, Bracc, Jovanovich, 1984.

的计划，也一定会遭遇彻底的失败”。[①] 曾在新墨西哥经商 9 年的乔赛亚・格雷格著有《平原上的商业》一书。在详尽描绘了新墨西哥的地理、物产与文化之后，该书以历数“从祖先处继承而来”的“残忍”“狭隘”“顽固”“盲信”“狡黠”“饶舌”“善用诡计”“习惯性的阿谀奉承与屈从奉承”等缺陷，总结了作者眼中的墨西哥民族性格。[②] 与达纳同属一个航运公司的阿尔弗雷德・罗宾逊长期定居圣巴巴拉与圣弗朗西斯科，并在当地娶妻入籍，也依然难以摆脱新教文化对墨西哥的刻板印象。在罗宾逊看来，墨西哥人如孩童一般顽劣、愚蠢，缺乏竞争力，而最重要的，则是从其西班牙祖先那里继承而来的、超乎寻常的懒惰。为了让他的新英格兰读者加深印象，罗宾逊写道：“只要想想守着还有一英寸大小的树皮也不愿离开的树懒，就能想象出不愿劳作的加利福尼亚人的样子。”[③]可以说，无论是在因土地冲突而美墨矛盾尖锐的得克萨斯，还是因为距离遥远而相对和平的加利福尼亚，在 19 世纪 30—40 年代前后，“无法自我救赎的可悲的天主教徒”与“不配拥有土地的野蛮与懒惰之人”，成为了美国公众想象墨西哥时难以撼动的主导意象。[④]

---

① Mary Austin Holley, *Texas*: *Observations*, *Historical*, *Geographical*, *and Descriptive in a Series of Letters*. Baltimore: Armstrong & Plaskitt, 1833, p. 128.

② Josiah Gregg, *Commerce of the Prairies*, New York: Henry G. Langley, 1844, p. 219.

③ Alfred Robinson, *Life in California*, New York : Wiley & Putnam, 1846, p. 142.

④ 关于此时美国人对墨西哥人刻板印象的分析，参见：Harry Clark, "*Their Pride, Their Manners, and Their Voices*": *Sources of the Traditional Portrait of the Early Californians*, *California Historical Quarterly*, 1974(1), pp. 71-82; Raymund A. Paredes, *The Mexican Image in American Travel Literature, 1813—1869*, *New Mexico Historical Review*, 1977(1), pp. 5-29; David J. Langum, *Californios and the Image of Indolence*, *The Western Historical Quarterly*, 1978(2), pp. 181-196.

第三节 达纳的自我塑造与美墨战争

1846 年 5 月 13 日，在波尔克总统对墨西哥人竟敢在“美国土地上放美国人的血”的指责和“抵御墨西哥入侵”的吁请声中，美国议会正式宣布向墨西哥开战。虽然议员们并非不了解此前两国在里奥格兰德河冲突的原委，并非不知道相对弱小的墨西哥根本难以威胁美国的领土安全，但国内日益高涨的仇墨情绪与扩张声浪依然让大部分议员投了赞成票。①一场强弱悬殊的战争并无多少悬念。美军从海陆两面分兵直入，少有周折便攻下墨西哥首都，以相对少得多的人员伤亡与 1500 万美元为代价，从墨西哥手中夺走了约等于该国面积一半大小的领土。虽然始终不乏批评与反思的声音，但无论从战时民众踊跃以志愿者身份参军作战，还是两位美军将领(泰勒与布坎南)先后当选总统的事实，均能看出美国公众对战争的强烈支持。②虽然史学家就美墨战争的缘起、动机依然争执不休，各执一词，但从美国民众如此积极地投身一场显然带有侵略性质的战争，甚至颇为真诚地相信战争的正当性，与 19 世纪 40 年代美国建立在政治、种族与宗教优越感之上的“自我”与“他者”想象无法分开。

1845 年，在美国国内就得克萨斯的归属问题进行激辩的时刻，活跃在纽约文坛上的约翰 · L. 奥萨利文(John L. O'Sullivan)在其主编的《民主评论》上发表了一篇题为《兼并》(*Annexation*)的文章，明确使用了“昭昭天命”(manifest destiny)的说法。论及欧洲列强出于对

---

① 众议院是 174 票赞成，14 票反对，35 票弃权，参议院则是 40 票赞成，2 票反对。参见：张友伦，《美国西进运动探要》，北京：人民出版社，2005 年，第 129 页。

② 在 78000 名作战人员中，有 70000 人为志愿参加，这样高比例的志愿军，在 19 世纪的战争中，颇能说明这场战争的“共和”特征。参见：Laura E. Gomez, *Manifest Destinies: The Making of the Mexican American Race*, New York: New York University Press, 2007, p. 32.

美国的恶意而会采取怎样的行动时，奥萨利文写道："(欧洲的君主国)试图恶意干涉，意欲阻挠我们的政策，限制我们的权力，妨碍我们的伟大，阻止我们昭昭天命的履行，即依据天意将每年增长的数百万人口发展到整个大陆之上的自由。"至此，至少自独立建国之后便具有占据整个北美大陆的扩张冲动，第一次有了清晰无误的表述。[①]"昭昭天命"也成为了解美国19世纪扩张主义意识形态的关键词。而早在1838年，奥萨利文便在另一篇名为《未来的伟大国度》(*The Great Nation of Futurity*)文章中，明确表示了美国因在宗教、政治与制度上的优越而必然不断扩张的观念：

> 在其神圣的空间与时间的领域之中，这个国中之国注定要在人间展现神圣天意的原则；要在地上建立最尊贵的殿堂，献给至高无上的主——神圣与真理。半个地球将是殿堂的地板，房顶是繁星满布的天空，殿堂里的信众将是共和国的联盟，由亿万幸福的民众组成，他们不再拥有人间的主子，他们只受上帝公平的自然与道德法律的管辖。[②]

这番充满宗教词汇与国家主义情绪的扩张宣言，在19世纪40年代的美国并不少见。从渊源上看，"昭昭天命"与清教徒被上帝拣选而肩负特殊使命的宗教信仰不无关联。作为一种文化价值观，"昭昭天命"既影响着19世纪美国人对于自我与外部世界的看法，也影响着依靠与利用舆论而进行政治决策的美国政府。美国历史上不断

---

① Robert W. Johannsen, *The Meaning of Manifest Destiny*, in Robert W. Johannsen, Sam W. Haynes et al. *Manifest Destiny and Empire*: *American Antebellum Expansionism*, Arlington: Texas A & M University Press, 1997. pp. 7-20.

② 转引自 Eric J. Sundquist, *The Literature of Expansion and Race*, in Sacvan Bercovitch, ed., *The Cambridge History of American Literature*, *volume two*, *1820—1865*, *Prose Writing*, New York: Cambridge University Press, 1995, p. 133.

向西的领土扩张，便是这种观念的现实产物。从历史现场当中看，这种自命不凡的意识形态所针对的敌手，既是英国、法国与西班牙等欧洲老牌强国在北美大陆的势力，更有处在身旁、刚刚独立不久而政局依然混乱的“姊妹共和国”墨西哥。

从大的历史语境中看，美墨之战既是19世纪前半叶的美国不断扩张下的必然产物，又是源自旧大陆的宗教/民族宿怨在新世界的集中爆发。“五月花”号所载的第一批清教徒便是带着对“教皇党”的迫害恐惧逃到新大陆的。如果说殖民时代的新英格兰可以依靠母国力量抵御西班牙与法国的威胁，革命年代又因有更迫切的独立要求而无暇他顾，那么，随着欧洲(主要是源自爱尔兰的)天主教徒移民在19世纪初的持续涌入，蛰伏之中的针对天主教的怀疑与仇恨便无可避免地复活了。就在19世纪30—50年代期间，在纽约、费城、波士顿等地，先后出现了多种以反对天主教为目的的报纸、杂志、小册子、协会与抗议集会等，或指斥其教徒教义的无知迷信，或指责其教士生活的残暴荒淫，或认为其移民破坏社会秩序，抢夺本土民众工作，威胁美国的经济发展。①著名的《汤姆叔叔的小屋》的作者斯托夫人的父亲，长老会牧师莱曼·比彻便是反天主教运动的领袖人物之一。在其1835年的名为《为西部祈愿》的著名布道之中，比彻提醒其新教同胞，美国能否成功的关键在于能否战胜不断涌入的罗马天主教徒。基于此判断，比彻号召所有真正的共和主义者与新教徒行动起来，不仅要建立学校抵制耶稣会士的主导影响，更应采取立法的手段阻止天主教移民进入美国。②

另一位著名人物，即电报的发明人萨缪尔·莫尔斯则更为激进。在《外国阴谋与当下危险》等系列文章之中，莫尔斯警告美国人，教

① Ray Allen Billington. *The Protestant Crusade 1800—1860: A Study of the Origins of American Nativism*. Chicago: Quadrangle Books, 1964; John C. Pinheiro, *Missionaries of Republicanism: A Religious History of the Mexican-American War*, Oxford: Oxford University Press, 2014.

② Layman Beecher, *A Plea for the West*, Cincinnati: Truman & Smith, 1835.

皇势力不仅敌视新教徒的共和制度，更有酝酿在美国复辟其专制统治的巨大阴谋。[①]就在如此敌意与仇恨的氛围中，美国各地尤其是新英格兰地区先后发生过多起针对天主教的暴力行为，其中最著名的便是在 1836 年波士顿的乌尔苏拉天主教修道院被焚事件。[②]正是在此时，诸如《两年水手生涯》之类的游记也不断在美国流行开来，将一个“无法自我救赎的可悲的天主教徒”与“不配拥有土地的野蛮与懒惰之人”的墨西哥形象，带回到国内公众的眼前。正如雷金纳德·霍斯曼指出的，正是在新教与天主教的宗教冲突之中，正是在与西班牙/墨西哥的种族对比之中，美国在 19 世纪 30 年代逐步强化了其以盎格鲁-撒克逊民族为主体的国家意识形态，也开始逐步确信，盎格鲁-撒克逊民族肩负有“昭昭天命”，注定有权占有北美大陆——如果不是全世界的话。[③]也就是在历史与现实的种族、民族与宗教纷争之中，在各种喧嚷着歧视与偏见的文字与观念的推动下，时至美墨战争爆发前后，一个“野蛮”“怯弱”“奸诈”“堕落”与“懒惰”的墨西哥“他者”已经被钉在了自命不凡的盎格鲁-美国人的扩张主义者竖起的十字架上，只待被以天定命运为借口的训诫、教导与夺取其土地了。虽然美国国内并非没有批判与反对的声音，但历史的车轮已经在骄傲、贪欲与敌意的推动下，即将开启对另一种文明的碾压了。

萨义德曾经说过，“每一文化的发展和维护都需要一种与其相异质并且与其相竞争的另一个自我的存在。自我身份的建构……牵涉到与自己相反的‘他者’身份的建构，而且总是牵涉到对与‘我们’不

① Samuel F. B. Morse, *Foreign Conspiracy Against the Liberties of the United States*, New York: Van Nostrand & Dwight, 1836.

② Ray Allen Billington, *The Protestant Crusade 1800—1860: A Study of the Origins of American Nativism*. Chicago: Quadrangle Books, 1964, pp. 53-76.

③ Reginald Horsman, *Race and Manifest Destiny: The Origins of American Racial Anglo-Saxonism*, Cambridge: Harvard University Press, 1981, p. 208.

同的特质的不断解释和再解释。每一个时代和社会都重新创造自己的‘他者’”。[①]带着历史赋予的后见之明可以看到，无论是《两年水手生涯》之中交织的时代正见与偏见，还是其中的自我塑造与他者想象，达纳的书写既与这种对内实践共和理念与对外操行种族偏见的意识形态形成了同构关系，又堪称是这种扩张主义意识形态的颇为生动与鲜活的再现。达纳在《两年水手生涯》之中着力塑造的个体自我，既能抵抗风浪与艰苦生活的考验，又能深入船舱，了解下层的疾苦，并勇于承担社会责任。由此所建构与想象的美国，则是一个充满男子气概、不惧艰险、勤奋工作与充满希望的形象，尽管也有危机与挑战，却能借助法律与道德的力量加以改良的国家。可以说，《两年水手生涯》为其新英格兰同胞带来的，是一幅共和理念逐步深入于包括远航之船在内的、国家的各个角落的意象。“朝圣者”号是一条能够承载起共和理念之正见的、改良与进步的美国之船。

然而，也更重要的是，与描绘船上生活时展现的同情心与深入了解的意愿相比，对待另一民族的达纳，却换上了一副更为僵硬、更为严苛，也是在新英格兰读者面前更为安全的面孔。岸上那些懒惰、迷信、无知却享受着得天独厚的丰富与优越资源的加利福尼亚人，不仅与“朝圣者”号上吃苦耐劳、勤奋工作的新英格兰水手形成了对照，也与新英格兰人的民主与不断进步与自我更新形成了对照，成为了一个年轻人与一个年轻民族用以证明自我优越的“他者”。也就在达纳写作与出版《两年水手生涯》的1838—1840年间，深知加利福尼亚在美国太平洋贸易中之重要地位的新英格兰商人，正计划以此地为跳板，从向亚洲的远航中获取更大的利润；越来越多的猎手、拓荒者与冒险家，正前行在翻越落基山脉的羊肠小道上，意欲占有

① 爱德华·萨义德，《东方学》，王宇根译，北京：生活·读书·新知三联书店，1999年，第426页。

更为广阔的领土；而颇具前瞻眼光的美国政府，也正尝试着各种合法或非法的手段，希望将加利福尼亚以及其他墨属领土纳入囊中。[①]正是在这样的语境中，《两年水手生涯》以翔实与权威的文字，将加利福尼亚敞开在了“更富有进取心”的美国人眼前，又有怎样的描写能够比一个地广人稀、自然条件优越、既游离于墨西哥管控之外，又难以自我改善的加利福尼亚更能够满足新兴的共和国对土地的贪求呢？正是从这个意义上看，“朝圣者”号更是一艘凝聚、传播与强化种族之偏见的帝国扩张之船。

自17世纪40年代从英国移居北美，以祖父弗朗西斯·达纳成为马萨诸塞最高法院法官与驻俄罗斯大使为标志，达纳家族可谓攀上了美国政治与社会的最高峰。自此之后，便一路下行。达纳虽然参与过反对奴隶制的“自由土地党”(The Free Soil Party)的建立，甚至也有更大的政治抱负(竞选总统)，却终因仕途不顺，而在晚年称自己的生活是“一个失败”。[②]与跟随在他身后、同样书写航海题材的麦尔维尔相比，达纳显然缺乏足够的独立、自省与反思的意识与眼光，无法与时代的风潮保持必要的距离。[③] 按照托克维尔的观察，作为人类历史上第一个以大众民主(popular democracy)治理的国家，美国的历史不再是政治领袖有意识决策的事件(event)，而更是民众无意识推动的过程(process)，那么，当年广为流行的《两年水手生涯》便既可谓是这种“无意识”的再现与产物，又曾经推动着这种“无意识”的传播与前行。或许正因为随波逐流，也注定了要被时代变化的

① 关于美国民众及政府对加利福尼亚的欲求与争论，参见：Doyce B. Nunis, Jr. *Alta California's Trojan Horse: Foreign Immigration*, *California History*, 1997(2/3), pp. 299-330. 以及 Ray Allen Billington and Martin Ridge, *Westward Expansion: A History of the American Frontier*, Albuquerque: University of New Mexico Press, 2001, pp. 193-236.

② Thomas Philbrick, *introduction*, Henry Richard Dana, Jr., *Two Years Before the Mast: A Personal Narrative of Life at Sea*, New York: Penguin Books, 1981, p. 16.

③ 达纳对麦尔维尔的影响，参见 Robert F. Lucid, *The Influence of Two Years Before the Mast* on Herman Melville, *American Literature*, 1959(3), pp. 243-256.

风潮遗忘。当然，对达纳与《两年水手生涯》也不必苛责。《两年水手生涯》的文学与思想价值虽然无法与《白鲸》相比，但也应验了杰克·伦敦对它“不仅可以生存于所诞生的世纪，也可以为未来的世纪存档”的评价。作为海洋航行记录的《两年水手生涯》，正是以其独特的历史价值（如果不是文学价值的话），成为了解 19 世纪南北战争之前美国的扩张文化之复杂面相的难得样本。

第八章 《白鲸》与美国悲剧

毫无疑问，出版于1851年的《白鲸》是美国航海题材书写中难以逾越的巅峰。从诞生之初的默默无闻到20世纪20年代的神奇复活，再到今天美国文学中的经典，各种批评理论与不同的问题意识都能从中有所发现。在《白鲸》批评者的众声喧哗之中，威利·维瑟斯、查尔斯·福斯特与艾伦·海默特的论述因与历史语境的紧密关联而堪称批评中的经典。维瑟斯着重分析了杰斐逊的理想主义情结、霍桑的“黑暗焦虑”以及激进废奴分子威廉·加里森等在《白鲸》中的变形与显现，指出《白鲸》之中至少编织有“政治寓言”“叙事历史”与“超验寓意”三个故事，需要放置在19世纪50年代美国历史上影响深远的政治危机时期才能有效解读。[①]查尔斯·福斯特指出麦尔维尔有比霍桑更激进的政治态度，在《白鲸》之中，处处掩藏了对包括麦尔维尔的岳父莱缪尔·肖(Lemuel Shaw)法官以及参议员丹尼尔·韦伯斯特(Daniel Webster)等在内的亲奴隶制行为的批评。[②]艾伦·海默特则详尽剖析了《白鲸》的情节、意象、意蕴与所在时代的政见、思潮与人物之间或隐或显的勾连，亦是以历史化的方法解读《白鲸》的佳例。[③]三位论者侧重各不相同，却均牢牢立足于对历史语境的充分理解与还原之中，为本书的阐发提供了诸多启发与线索。

---

① Willie T. Weathers, *Moby Dick and The Nineteenth Century Scene*, *Texas Studies in Literature and Language*, 1960 (4), pp. 477-501.

② Charles H. Foster, *Something in Emblems: A Reinterpretation of Moby-Dick*, *New England Quarterly*, 1961(1), pp. 3-35.

③ Alan Heimert, *Moby-Dick and American Political Symbolism*, *American Quarterly*, 1963 (4), pp. 498-534. 中译文参见：艾伦·海默特，《白鲸与美国的政治象征》，徐爽译，林国基主编，《帝国春秋》，上海：上海人民出版社，2009年，第80-130页。

近年来，针对亚哈疯狂追捕白鲸的行为与麦尔维尔的创作意图，国内又有了至少两种不同的判断：其一，强调“皮阔德”号上有相对和谐的社会关系，论者认为麦尔维尔“有意将以亚哈为首的捕鲸者塑造成一个英雄的群体，通过他们与白鲸的斗争来赞美美国民族的勇气和业绩；”①其二，以麦尔维尔与超验思想的关系为切入点，论者认为麦尔维尔“对亚哈疯狂追击白鲸的行为是持否定态度的，亚哈是其批评和解构的对象。”②本书以为，就《白鲸》而言，必须将其放置在1840—1850年之间美国扩张主义思潮甚嚣尘上、奴隶制存废的问题日益激烈、而美国社会面临的撕裂危机之中去解读，才有可能看出麦尔维尔会称《白鲸》为“一部邪恶的书”，但“我却如羊羔般无邪”的意图而在，才能理解麦尔维尔一以贯之地对美国社会与文化的关注与批评。本章的第一节中，重点分析亚哈塑造个人威权的过程，旨在说明“皮阔德”号上的社会关系绝非“和谐”二字可以概括；第二节分析以实玛利摆脱亚哈个人意志以及与魁魁格交往的过程，借以丰富对“皮阔德”号上社会关系丰富性的认识；在第三节中，将以对历史背景、作者意图与小说之中重要象征的解读，重申《白鲸》虽有“塑造群体英雄”与“书写伟大民族作品”的意图，但却绝不止步于此。麦尔维尔是以“皮阔德”号冲入深渊的悲剧，表达着对19世纪50年代美国的民主政治、扩张主义与种族关系的警告与批评。

第一节 亚哈的僭越与控制

从表面上看，相比《泰比》《奥穆》《白外套》等海船上的紧张关

---

① 周玉军，《顺从或反抗：〈白鲸〉中的社会关系初探》，外国文学评论，2012年第一期，第206页。

② 央泉，《英雄还是恶魔：〈白鲸〉主人公亚哈形象新解》，外国文学研究，2014年第三期，第110页。

系，甚至相比达纳在《两年水手生涯》中揭露的鞭打船员的残暴船长，《白鲸》中的亚哈确实少有对船员的暴力相加，有时还颇为友善(比如对待发疯了的小黑人皮普，或大副斯塔巴克)。不可忽视的是麦尔维尔情节设计中最明显的事实，也是《白鲸》悲剧性的结局：亚哈把一条原本打算出海捕鲸的普通渔船，变成了个人疯狂意志的工具，在小说的最后一刻，不仅自己被捕鲸索绞死，也让所有船员(以实玛利除外)葬身于地狱般的大洋旋涡之中，造成船毁人亡的后果。即是说，虽然船长亚哈少有强加在船员身上的直接暴力，却给了船员们最可怕的命运。就此一点而言，《白鲸》的悲剧性便超过了麦尔维尔之前的所有作品。

应该说，亚哈之所以少有直接加之船员的暴力，原因并不复杂，小说本身便给出了足够的交代。亚哈本是“皮阔德”号上的船长，拥有传统与法律赋予他的最高权威。但是，出海不久之后，亚哈便私自改变了捕鲸船的目的，将原本捕鲸的商业行为，变成了仅仅追捕特定鲸鱼(莫比·迪克)的个人行为。亚哈清楚地知道，自己意欲猎捕白鲸的做法既无法得到“皮阔德”号的合法拥有者(两位贵格派船东)的认可，也很有可能遭到船员的拒绝，甚至引发哗变，夺取他的指挥权，而且即便船员发动了哗变，也不会受到道义与法律上的责罚。[①]不要忘记，此时的亚哈，年近六旬，身有残疾，行动不便，而他的手下，既有来自美国本土新英格兰与南方的高级船员，也有来自异国乃至蛮族的水手与捕鲸手，个个身强力壮，好血弑杀。面对如此混杂、异质与不稳定的群体，以直接的暴力迫使船员听从，显然不是最佳选择，只会让亚哈自取灭亡。那么，年老体残的亚哈到底采取了怎样的方法与策略，会使得众船员为之拼死效命？这个问

① 赫尔曼·麦尔维尔，《白鲸》，曹庸译，上海：上海译文出版社，2007年，第203-204页。个别引文参考原文有所改动。英文版参见：Herman Melville, *Moby-Dick, A Norton Critical Edition*, Hershel Parker and Harrison Hayford, eds., New York: W. W. Norton & Company, 2002.

题才是讨论《白鲸》中顺从与反抗的关键。

第36章是《白鲸》中颇具代表性的章节，麦尔维尔集中再现了亚哈对船员控制与驯服的策略与方法。此前的第29章中，一直少有露面的亚哈与二副斯塔布发生了“皮阔德”号上的第一次正面冲突。斯塔布对亚哈抱怨，说亚哈当然有权在甲板上走，但最好不要弄出声响，甚至还自作聪明地拿亚哈的残肢开起了玩笑。斯塔布的不恭立刻引发了亚哈愤怒的回应。亚哈在第36章中首次在全体船员面前公开露面，目的其实就是要在“皮阔德”号上重建秩序与确认个人至高无上的权威地位。可以看到，亚哈先以金钱诱惑与情绪鼓噪交错的方式，动员全体水手，而在看到高级船员对自己有所保留的态度之后，又以莎剧台词式的大段辩驳，将捕猎白鲸的意义从一己私仇提升到了具有超验与神圣意味的高度。这一章在亚哈要求三位高级船员向三位蛮族的标枪手“屈尊纡贵”的敬酒中结束，成功完成了对船上秩序的“亚哈化”改造。

金钱诱惑是亚哈重建“皮阔德”号之个人统治的第一步。此章开篇不久，亚哈拿出一枚闪闪发光的西班牙大金币（“杜柏伦”），钉在“皮阔德”号的主桅杆上，作为对船员的额外奖励。“你们随便哪一个给我发现了这条白鲸，就可以拿到这枚金币，朋友们！”金钱鼓励的方式可谓最直接的刺激，一下子便得到了“众水手抛起雨衣”与“乌拉！乌拉！”的欢呼声。[1]显然，亚哈知道，对于如此一群“流氓、不信教者和社会的渣滓”而言，金钱刺激是让他们为之卖命的最直接方式。与此同时，凭借这枚闪闪发亮的金币，亚哈又与船主拉开了距离。在《白鲸》的第16章中，两位“虔诚的贵格派”船主法勒与比勒达在新人以实玛利面前上演了一出著名的双簧。按照惯例，以实玛利认为自己应得捕鲸利润1/275到1/200的分红，但扮演红脸的比勒达声称他只能得到1/777的分红，扮演黑脸的法勒假装不满，

① 赫尔曼·麦尔维尔，《白鲸》，曹庸译，上海：上海译文出版社，2007年，第154页。

认为以实玛利应该得到 1/300 的分红，并与比勒达激烈争执起来。年轻的以实玛利为了息事宁人，只得接受了 1/300 的分红的苛刻标准。麦尔维尔并且以比勒达手捧圣经，阅读《新约》中的“不要在地上积攒财富，要在天国积攒”的段落，进行了反讽。[①] 相较之下，简单、直率却慷慨的亚哈，更能把握船员的心理与欲求。在船员的欢呼与拥戴下，亚哈不再像是原本“可怜的捕鲸老头”，而更像是“亚哈国王”了。

金币不仅仅给了众水手以经济刺激，还成了“皮阔德”号上的新偶像。在第 99 章，麦尔维尔回顾了这枚金币的前世今生。源自古代“源流纷纷的帕克托拉斯河”的黄金打造，虽然置身于“锈得一塌糊涂的铁螺钉与发铜绿的铜长钉中”，这枚金币却始终“一尘不染，保持着当年基多的光泽”。[②]此种于污浊之中熠熠生辉的奇异景象，令水手惊讶不已。同时，虽然金币在各人眼中意义不同，甚至还有小黑人皮普以后现代式的“你看，我看，他看”来描述其意义的多元，但是，这枚金币对于“皮阔德”号上的众水手来说，却并非没有意义的最大公约数。正如麦尔维尔所言，在许多漆黑的夜晚，金币随时有被盗的可能，但在每个清晨，金币始终像昨晚一样，高踞在桅杆之上，实则是“令人肃然起敬的圣物”。因为“无论水手们的生活如何放纵，人人都尊敬它，将它看成了制服白鲸的护身符”。[③]可以说，这枚源自亚哈的金币，既散发出金钱的诱惑，又统辖着众人的意志，不仅在“皮阔德”号上接受众人膜拜，也令众人甘愿服务于亚哈捕猎白鲸的事业中。

闪闪发亮而富有诱惑力的金币，不仅让亚哈赢得了水手们的好感，也为亚哈施展个人魅力，为其赢得更多源自水手的共情打下基

---

① 赫尔曼·麦尔维尔，《白鲸》，曹庸译，上海：上海译文出版社，2007 年，第 73-74 页。

②③ 同上，第 408 页。

础。面对三位捕鲸手的询问，亚哈喊出了莫比·迪克的名字："朋友们，你们看到的就是莫比·迪克!"同时，面对众水手的目光，亚哈屈尊纡贵，不再以船长自居："全体伙伴们，搞掉我的腿的就是莫比·迪克，害得我只能站在这根死木头上了……弄得我永远只是个可怜的独脚水手了!"自称为"独脚水手"的亚哈在用自己的残肢提醒众水手，这种命运不仅落在了他头上，也可能落在每一位水手头上。短暂的"呜咽声"立刻变成了"无比狠毒"的复仇之声，"我要走遍好望角，走遍合恩角，走遍挪威的大旋涡，走遍地狱的火坑去追击他……这就是雇你们来的目的，朋友们！你们会一起来吗?"[①]在亚哈极富煽动性的独白之中，众水手不仅感到了亚哈的愤怒与痛苦，更是被这种愤怒与痛苦点燃，纷纷以"向亚哈走近"的舞台剧般的向心一步，表现对亚哈的支持。

掀起仇恨与争取同情是亚哈征服众水手意志的利器。但是，与群氓一般易于被激发的众水手相比，大副斯塔巴克却以理性的态度，给亚哈的复仇大业浇了冷水。斯塔巴克从常理出发，反对猎捕莫比·迪克，认为这种做法既不划算，又有亵渎神明之嫌。在此，亚哈展现了超常的哲思与论辩的才能，不仅将白鲸指认为是一头凶猛残暴的动物，更是某种具有超自然力量的邪恶代表。可以看到，在亚哈面对众水手与斯塔巴克的独白中，既有同情的寻求与怒火的宣泄，更有将捕猎白鲸的行为赋予神圣感与使命感的意图。亚哈深知捕鲸的无聊、乏味、危险与繁重，如若需要让众水手日复一日地为他效力，不仅仅需要金钱的刺激，更需要从根本上提升捕猎白鲸本身的意义与价值，这也是在提升每日生活的意义与价值。无论是亚哈称呼白鲸为"面具后的隐秘力量"，还是将其比作"侮辱了我的太阳"，其意义均在于将水手工作的日常、繁重与琐碎，擢升到一种近

① 赫尔曼·麦尔维尔，《白鲸》，曹庸译，上海：上海译文出版社，2007年，第155页。

乎神圣的层次。[1]有了统一而神圣的意义，工作便不仅仅是工作，而更成为了一种使命，能更有效地号召与动员水手，令其更主动而积极地投身其中。

亚哈深知目光凝视具有的政治与社会意义。看到斯塔巴克被自己的一番言语说得沉默不语，亚哈十分高兴，并在纵酒狂欢的一刻，以目光相聚的方式与众水手缔约。在颇有仪式感的一幕中，亚哈令众水手围成一圈，并与之依次对视，赞许与接纳每一双“迎着他的狂热的眼睛”“犹如大草原狼群一般充血的眼睛”。同时，亚哈命令三位标枪手与三位长官鱼叉相交，自己则一边猛地抓住鱼叉的交叉处，一边“圆睁双眼”，从大副斯塔巴克看到二副斯塔布，再看到三副弗拉斯克。在亚哈“凶狠而善于表演的”目光逼视之下，曾经顶撞过亚哈的斯塔布和弗拉斯克转过眼去，畏惧而退缩了，老实的斯塔巴克也垂下了双眼。[2]目光不仅让亚哈与众水手结成了新的联盟，也让三位副官低眉顺目，再也难以鼓起反抗的勇气。

为了巩固自我的绝对权威，亚哈还需要重新规训船上的等级结构。当然，亚哈的规训并不意味着要将原有的等级制摧毁，而是在依其旧例的同时，建立完全的个人统治。依据捕鲸船上的惯例，三位副官的地位要高于捕鲸手，捕鲸手需要服从之，如此的权力分配与等级制度，固然有利于命令的贯彻与执行，却也有可能给三位副官过多的影响力，妨碍亚哈达到个人目的。为此，亚哈下了一道非同寻常的命令。他一面称呼三位蛮族的捕鲸手是他的“三位异教亲戚”与“最可敬的绅士和贵族”；另一方面，命令三位副官给捕鲸手敬酒。三位副官即便知道捕鲸手的地位在自己之下，但在亚哈的威逼之下，也只能照办。可以看出，无论是亚哈与众水手的重新结盟，

① 赫尔曼·麦尔维尔，《白鲸》，曹庸译，上海：上海译文出版社，2007 年，第 156 页。

② 同上，第 157–158 页。

还是亚哈有意抬举捕鲸手，其目的与其说是对水手阶层的尊重，倒不如说是刻意打击船上“管理层”的威信以树立绝对的个人权威。经过如此一番富有象征意义的敬酒仪式，船上原有的等级体系虽然依然存在，但三位副官的权力与影响力，已然被亚哈重新编码，失去了在亚哈之外而发号施令的威信。

从表面上看，亚哈对待皮普的态度可谓超过了船长与船员的界限，不仅令其自由出入船长室，还对他关怀有加。但是，麦尔维尔如此塑造两人之间的特殊关系，与其说是为了表现船上关系的和谐，倒不如说是为了说明亚哈已经疯狂到了何种程度。亚哈报仇心切，早已疯狂，皮普屡遭溺水，神志不清，两人并肩走在后甲板的一幕，按人岛老水手的话来说便是：“两个疯子一起走啦，一个是有强力的，一个是弱小的”[①]。此番情景，会让其时的读者立刻领悟到麦尔维尔的用意：疯狂的李尔王身边，不就是有这样一位弄人(侏儒)吗?这也正是麦尔维尔借用莎剧乃至西方戏剧传统所想要强化的舞台效果。亚哈与皮普的遭遇各不相同，一个受野兽攻击之后痴迷复仇无法自拔，另一个囿于种族与阶层而毫无地位，两人的疯狂自有能引发同情之处，却也难以说明“皮阔德”号上社会关系的融洽与和谐。

如果说麦尔维尔以戏剧化的形式，集中展现了亚哈以金钱诱惑、言辞雄辩、意义提升与仪式操纵等手段对船员的控制，是一出群戏；那么，麦尔维尔对亚哈与斯塔巴克的关系则再现了一出精彩的对手戏，展现了亚哈更人性、却也更可怕的另一面。事实上，在“皮阔德”号上，亚哈与斯塔巴克的关系颇为特殊。一方面，根据捕鲸船惯例，大副是船长的下属，必须根据船长的指令行事；另一方面，大副又是船上的第二号人物，具有指挥全船的经验、资历与能力，因而也最具有替代船长的可能。同时，与若隐若现、少有行动而且几

① 赫尔曼·麦尔维尔，《白鲸》，曹庸译，上海：上海译文出版社，2007 年，第 495 页。

乎不具备任何影响力的叙事人以实玛利不同，斯塔巴克曾数次直面亚哈，表达对追杀白鲸的异议，要求亚哈放弃疯狂、危险而滥用职权的做法。因此，就亚哈与斯塔巴克之间的征服与抗拒，依然值得赘言几句。

亚哈有以疯狂与权威打压船员的一面，也有怀柔与讲求策略的另一面。在《白鲸》的第 109 章之中，“皮阔德”号舱底的鲸油泄漏，为维护船东利益，斯塔巴克要求以复滑车把油桶吊起，以免浪费，“一天浪费掉的，就抵得上一年弄的油”，但亚哈却并不同意。失控的亚哈先以帝王自居，后更持枪逼退斯塔巴克，令其备感受辱。但是，亚哈立刻便意识到了自己行为的不妥，先当面向斯塔巴克道歉，“你真是个太好的人，斯塔巴克，”后则命令船员遵从了斯塔巴克的意见，吊起船上的复滑车，收拾主舱中的漏油。正是此时，麦尔维尔提醒读者，“也许他心头忽发善念，也许只不过是一种慎重行事的权谋，”因为亚哈知道，“绝不应该让他船上的主要船员显露丝毫公开表示不满的(尽管是暂时的)情绪。”①

之后，亚哈又自导自演了针对斯塔巴克的一幕。在第 130 章之中，亚哈借口水手偷懒，亲自坐进吊篮，攀上桅杆高处的瞭望台守望。在三个捕鲸手、斯塔巴克与他的亲信费达拉之间，亚哈最终将“坚信的目光落在了斯塔巴克身上”，把维系自己生命的吊篮绳索“郑重其事地”交给了斯塔巴克。麦尔维尔特意提醒读者，这根绳子“如若不派专人看守，易于与甲板上纷乱的其他绳索混淆，极易出事故”。②此时此刻，亚哈将这根“性命攸关”的绳索交给一直敢于反对他的人，既是在向众人展现与大副之间的互信，更是借机修补与斯塔巴克的关系。此前不久的“滑膛枪”一章中，斯塔巴克曾面对昏昏

---

① 赫尔曼·麦尔维尔，《白鲸》，曹庸译，上海：上海译文出版社，2007 年，第 449-451 页。

② 同上，第 510-511 页。

入睡的亚哈，认真考虑过或以一枪结束亚哈的生命，或者发动哗变控制亚哈，以挽救自己与全船人的生命。但是，此时亚哈刻意表现出的信任，却再一次剥夺了性格相对柔弱的斯塔巴克的反抗勇气，令其在与白鲸的遭遇战中，拼死效力。

亚哈的确是为了白鲸而疯狂，却绝没有失去对人性的洞察力与控制力。正如麦尔维尔指出的，“一个人随他有多大的卓越的智力，那种智力总不能永远对别人施行一种随心所欲的霸权，而不需要借助某种形式上的策略和防备手段。”①亚哈并非没有人性，无论是对待小黑人皮普的态度，还是对待斯塔巴克，均有不乏温情与信任的一面。应该说，这既是麦尔维尔的高明之处，也是《白鲸》能够成为含义丰富的经典的质素所在。更应该看到的则是，亚哈偶然表露出来的关怀与温情，并不妨碍亚哈利用船上原有的等级制，将其头脑中原有的君王思想(Sultanism)化作了难以抗拒的独裁行径的事实，不仅压制船员反抗的声音，更消灭船员独立的意志。正是在亚哈的强力压制与裹挟之下，“皮阔德”号以无从抵抗与逃避的毁灭，成就了麦尔维尔小说中最大的悲剧。

第二节 以实玛利的自我救赎

在约翰·布莱恩特看来，麦尔维尔小说常有关注经济与工作之焦虑世界的 A 叙事与关注理念与理想之 B 叙事的“双重结构”，这一点，既体现在《泰比》《玛迪》等作品中，也体现在亚哈与以实玛利的关系之中。之所以麦尔维尔会以两种叙事缠绕并存的方式写作，是

① 赫尔曼·麦尔维尔，《白鲸》，曹庸译，上海：上海译文出版社，2007 年，第 139 页。

因为他捕捉到了"生存必须面对的基本分裂"。[①]借鉴布莱恩特的分析思路，不妨这样说，如果说以亚哈为主导的复仇叙事，展现的是以疯狂、仇恨与自我毁灭为基调的"吃人"或"被吃"的世界，那么，以以实玛利为主导的叙事，则展现着与之相悖的观念。出发一刻的以实玛利对陆地(人间)生活有明显的厌倦与弃绝，"出海就是我的手枪与子弹的替代品"，[②]却在与亚哈和货真价实的"食人族"魁魁格的交往中，对自我与社会的关系有了全然不同的看法。

概要而言，以实玛利对亚哈经历了由同情到崇拜、由思索到怀疑、由见识而摒弃的过程。小说之中，尚未见到亚哈的时刻，以实玛利便从比勒达的口中听到了对亚哈的描述："亚哈曾经进过许多大学堂，也到过好些吃人生番的地方；他一向习惯于比海浪还更深奥的奇迹，他那支激烈的鱼枪曾经打中比大鲸还要有力与奇特的仇敌。"在比勒达的口中，亚哈是一位"伟大的、不敬神却又像神似的"伟大人物。[③]对于少不更事和对大海充满浪漫幻想的以实玛利而言，此番夸耀具有的吸引力显然不可低估。以实玛利也正是以充满敬畏与崇拜的眼光，甚至是以"预兆性的寒颤"，看到了如神明一般出场的亚哈。在以实玛利的描述中，亚哈的身体、面容、站姿与目光，被赋予了远远超出常人的浪漫色彩，不仅有宙斯之子帕修斯一般的高大威武，甚至具有只靠眼光便能令人臣服的能力。当然，以实玛利也看到了亚哈脸上"苦恼的神色"，看到了一种"隐含在那种无法形容的、凛然不可侵犯的尊严中，还有无上的悲痛之概"。[④]发散着克里斯玛型领袖魅力的亚哈，着实让年轻的以实玛利着迷。以实玛利甚至发出了这样的赞美："亚哈呵！说到你的伟大，真如天之高，

---

① John Bryant, *Moby-Dick as Revolution*, in Robert S. Levine ed., *The Cambridge Introduction to Herman Melville*, pp. 65-90.

② 赫尔曼·麦尔维尔，《白鲸》，曹庸译，上海：上海译文出版社，2007年，第1页。

③ 同上，第76-77页。

④ 同上，第116-118页。

如海之深，如太空之广漠！”①

听到亚哈发出对白鲸的追缉令之后，与绝大多数水手一样，以实玛利也出于“灵魂的畏惧”，出于“一种狂热而神秘的同情心”，将亚哈的仇恨变成了自己的仇恨，发誓要去追捕“邪恶”的白鲸。②但是，也就在此时，以实玛利显示出了自己与其他水手的不同。他不仅是向往海上冒险的捕鲸新手，更是具有独立思考与反思精神的人。麦尔维尔特意以“莫比·迪克”和“白鲸的白色”的两章篇幅，展现了以实玛利并不盲从而善于独立思考的过程，展现了他从亚哈的心理与情绪的控制之中抽身而出，以理性与距离来分析判断的能力。以实玛利了解鲸类的确有攻击捕鲸人的例证，但他也明确知道海上生活的特点：谣言会被迷信的水手无休止地传播放大。以实玛利不仅看到了白鲸的“狡诈”与“凶残”，也分析了亚哈从遭遇身体的创痛到“狂乱的病态发作”之间的关系。在以实玛利看来，亚哈的伤痛固然因白鲸而起，但亚哈将自我的创痛无休止的放大，将白鲸与“一切最使人狂怒和痛苦的事”“一切附有恶念的真理”，甚至“整个种族自古以来的一切愤怒和憎恨”等联系起来的做法，显然也是有问题的。尽管以实玛利也认可自己理解与表述的局限，无法把类似“克吕尼宫”一般深奥繁复的心理与灵魂真相说清楚，但是，经过如法官与心理医生一般中立与客观的分析，亚哈与白鲸之间的是非恩怨，已经有了与开始之处不同的理解。

在“白鲸的白色”一章中，以实玛利更是详细分析了白色引发恐惧的历史与心理原因。从古希腊的神话与圣经《启示录》到大海的滔天白浪与皑皑的雪山，从大草原上的白驹与翱翔的信天翁到银河的白色深渊，以实玛利不仅分析了白色可能具有的斑驳复杂的意义，

① 赫尔曼·麦尔维尔，《白鲸》，曹庸译，上海：上海译文出版社，2007年，第140页。

② 同上，第171页。

更是展现了自然学家一般的博学与哲人一般的好问。应该指出，从叙事的功能上看，“白鲸的白色”一章是要为亚哈对白鲸复仇的疯狂寻找正当性依据，否则，“所有这些章节不免都要等于零了”。但是，对于白色到底为何会引发恐惧这一核心问题，这一章却并未给予确切的回答，一切需要读者自身“可怜而没有自信的眼睛”来发现与回答。但是，比给出确切解答更重要的是，曾经痴迷和认同亚哈的以实玛利，已经凭借着知识、理性与强烈的反思能力，逐步摆脱了亚哈的专断与疯狂。

标志着以实玛利从亚哈的疯狂中脱身而出的，是“炼油间”一章。黑暗的夜晚、炉内熊熊燃烧的火焰、燃烧鲸脂的刺鼻气味、火炉旁挥舞着叉子的捕鲸手，在麦尔维尔为之勾勒的语境之中，以实玛利不仅将“皮阔德”号看作烈火熊熊的地狱，更是和亚哈“患有偏热症的心灵”划上了等号。显然，以地狱与亚哈的狂热加以联系的意象，也预见了不久之后亚哈借“恶魔之名”在熔炉旁为自己的捕鲸枪淬火的一幕。也是在这个夜晚，以实玛利有了著名的“出神”经验。烈火与浓烟之中的可怕景象，不仅令掌舵的以实玛利昏昏入睡，更是因为背对船头、无法把控船舵的姿势，导致强劲的逆风险些吹翻航船。回想几近降临的灭顶之灾，以实玛利突然领悟：“人呀，别直盯着火望得太久！……别相信那人工的火焰，它那红红的火光会使一切东西都显得鬼影幢幢……那个辉煌、灿烂、喜洋洋的太阳，才是真正的灯盏——其他的一切都是骗人的！”[①]虽然以实玛利尚无法完全揭开亚哈疯狂的奥秘，也无法改变“皮阔德”号没入深渊的命运，但却与亚哈“假如太阳侮辱我，我也要戳穿它”的执着不同，以实玛利已经明确意识到：“你可千万别沉湎于火里，否则，火就要叫你晕头转向，使你死亡，就像它曾暂时捉弄我那样。”正是在这顿悟的基础上，

① 赫尔曼·麦尔维尔，《白鲸》，曹庸译，上海：上海译文出版社，2007年，第402页。

麦尔维尔以“既能够潜进最暗黑的峡谷，又再高飞出来，在光天化日下变得无影无踪”的卡茨基尔山鹰的意象，明确了以实玛利最终摆脱了亚哈的意志获取自由的结果，也预示了以实玛利将能从船毁人亡的悲剧中脱身的幸运。①

如果说知识、理性与强烈的反思能力是让以实玛利摆脱亚哈的意识专制而重获自由的重要因素，那么，魁魁格则在以实玛利认知自我与社会的关系中，起到了明显的激发与建设作用。如果说以亚哈为主导的叙事核心是为了一己之欲而不计代价的复仇与毁灭，是“吃或被吃”之间的无从调和，那么，借助以实玛利与货真价实的吃人族魁魁格之间从相互恐惧排斥、相识相知到认同接纳的过程，麦尔维尔展现了与自我与他者相处的另一种可能。同时，就以实玛利与魁魁格相遇的地点而言，《白鲸》也显现出强烈的时代色彩。以实玛利是在新贝德福德小镇与魁魁格相遇的。此时的新贝德福德不仅是依靠捕鱼业与航运发家的富裕城镇，更因其独特的地理位置与便利的交通，成为了异域文明与美国文化的遭遇之处。与以往西方冒险家经历千辛万苦之后才能遭遇异族的发现之旅不同，此时的魁魁格与其异族同伴一起，已经站在了美国小镇之上，站在了白人家门口。如何面对进入自家门口的野蛮人，既是以实玛利遇到的问题，也当然是麦尔维尔向美国提出的问题。分析以实玛利的变化，不仅能够充实对于《白鲸》之中社会关系丰富程度的理解，也能看到麦尔维尔借助这一“荒野上的孤儿”于大海之上寻找自我、道路与“最高真理”的历程，折射出的对美国应该如何对待他者的看法。

与描写亚哈时强烈的悲剧基调不同，以实玛利的叙事从一开始便展现出了强烈的喜剧色彩。年轻而缺乏经验的以实玛利到达新贝德福德，意图寻船出海，却在投宿旅馆时被老板所骗，将他与兜售

① 赫尔曼·麦尔维尔，《白鲸》，曹庸译，上海：上海译文出版社，2007 年，第 403 页。

人头的“南海生番”安排在一张床上。深夜归来的魁魁格，无论是肤色、发型与刺青，还是古怪离奇的举动，均令以实玛利惊恐不已。但是，以实玛利却也在无奈之中很快平静下来，先以“我怕他，他还怕我，两下里彼此彼此”的共情之心安慰自己，后则借机揶揄了自我处身其中的犹太-基督教文明：“与其跟个烂醉的基督教徒同睡，不如跟个神志清醒的吃人族同榻。”克服最初的恐惧之后，以实玛利竟然“有生以来从没有睡得这么香甜过”。[①]

以“神志清醒的食人族”与“烂醉的基督徒”对比，体现以实玛利对于犹太-基督教文明传统的大胆批评与反思。这一点，从以实玛利将西方文明之中的人类始祖直呼为“偷果树园的贼”开始，到借助路边偶遇的穷人“拉撒勒”对美国社会贫富不均的批评，从对口称爱好和平却是屠杀鲸鱼好手的贵格教徒的讽刺，再到借上帝难道不是叫人“推己及人”的“黄金法则”为借口，来说明自己与魁魁格一道膜拜其偶像的合法性等情节中，均有明确展现。借助深切的自我反思能力，以实玛利不仅可以看到“文明人的仁慈原来只是一种虚伪的好意”，[②]更能够以谦卑和包容的态度与魁魁格一同抽烟，敬拜偶像，既看到魁魁格有“野化了的华盛顿”一般的头颅，更将其比作如“苏格拉底”一般的哲人。能够自我反思与包容他者的以实玛利，也因此能够超越“成长在正派长老教派中的正派基督教徒”的身份藩篱，更为直观地面对个体、种族与文化之间必然会有的异同。可以说，卸下身份限制与偏见之后的以实玛利，体验到了前所未有的轻松，可以与魁魁格如情侣般“情投意合”地躺在床上“度心灵的蜜月了”。[③]

魁魁格不仅仅是以实玛利可以倾听与交流的“灵魂伴侣”，更在小说中多次扮演了“拯救者”的角色。以实玛利与魁魁格乘船前往楠

---

① 赫尔曼·麦尔维尔，《白鲸》，曹庸译，上海：上海译文出版社，2007 年，第 23-24 页。

② 同上，第 49 页。

③ 同上，第 50 页。

塔基特的途中，多有“未见过世面的蠢材和乡巴佬”戏弄身为异族的魁魁格，其中一个总在魁魁格身后做鬼脸，被魁魁格教训了一顿。颇为戏剧化的是，这个戏弄魁魁格的年轻人却在航行中不幸落水，正是魁魁格不计前嫌，将其救出。[①]不仅如此，在“水桶和水槽”一章中，魁魁格再一次纵身跃入大鲸脑中，将另一即将溺毙的捕鲸手救出。[②]更具象征意味的则是，以实玛利从沉没的“皮阔德”号上得以逃生的浮木，也是魁魁格在航行途中为自己打造的棺材。与亚哈的疯狂与毁灭不同，身为异族的魁魁格为以实玛利带来的总是生机与希望。

在以实玛利寻找自我与重建与他人关系的过程中，魁魁格所起的激发作用，实在难以低估。可以说，以实玛利几乎每一次重要的顿悟，均与魁魁格有密切的关联。在出航之前的岸上，正是在与魁魁格情投意合的交往之中，以实玛利感到“我的破碎的心与疯狂的手再也不想反抗这个虎狼的世界”。[③]在魁魁格不计前嫌，奋力救起戏弄他的白人青年的一幕之后，以实玛利又不禁感慨，“普天之下，就是一个合股的、共同的世界，现在是野蛮人来拯救白人了。”[④]随着“皮阔德”号驶入深海与捕鲸行程的展开，以实玛利的思索也愈发深入。在“编缏人”一章中，以实玛利以织布中的经线、纬线与梭子的关系，思考了机遇、自由意志与定数之间的关系。在自有其常规的定数之中，自由意志却能与机遇相互作用，“一举显现出特点来。”[⑤]而在“猴索”一章中，以实玛利需以一根绳索与踩在海中死鲸背上的魁魁格相连，以确保他的安全与顺利工作。起初以实玛利认为此种捆绑实在是对个人意志的“极大创伤”，但随后却又有了新的看法，

---

① 赫尔曼·麦尔维尔，《白鲸》，曹庸译，上海：上海译文出版社，2007 年，第 58 页。

② 同上，第 326 页。

③ 同上，第 48 页。

④ 同上，第 59 页。

⑤ 同上，第 205 页。

觉察到自己与魁魁格以一根绳子相互牵连的关系，“正是一切活着的人类的处境”，既无从摆脱，更需在其中担负起自己的责任来。[①]正是基于对人生、命运与他人关系的逐步深化的思考，以实玛利有了在“手的揉捏”一章中的著名感悟，不仅看到“我们干吗还要待人尖酸刻薄，或者稍怀一点恶意和妒忌”，也认识到了“幸福不是凭借智力或想象力得到的，而是存在于妻子、心坎、床上、桌上、马背上、火炉边和田舍间的。”[②]应该看到，以实玛利对自我、他人与社会的看法，虽并无特别之处，却是建立在对危险、血腥与充满暴力的捕鲸生活的深切了解之上，又与执着于自我毁灭、罔顾船员利益与感受的亚哈形成了鲜明的对照。

以实玛利与魁魁格相识、相知与相交的心理基础，也在两人共有的“弃儿”身份。以实玛利之名源自《旧约·创世纪》，在《圣经》之中因不融入社会而流浪旷野，在《白鲸》中则无法忍受陆地生活而走向大海。与此相应，魁魁格是南海某岛国的王子，不顾一切要追随捕鲸船，“想在文明人中学得一些技艺，借此使他的同胞过得比原来更幸福”，却在不久之后，便从“捕鲸者的行动中看到了文明人的卑鄙与邪恶”。尽管随后魁魁格也曾先后来到萨格港与楠塔基特，却在更多的见识之后有了“完全的绝望”，并下定了“一辈子做异教徒的决心”。虽然魁魁格有了对西方文明的绝望之情，却也难以回归家乡了，只能决定再次出海“去接受新的洗礼”。[③]从这个意义上看，魁魁格何尝不是另一个既无法融入西方文明，又无法返回家乡的文化弃儿呢？可以说，麦尔维尔以犹太-基督文明与南海岛民的食人族之间共享的无根经验，重新定义与想象着美国文化与他者族群之间的关系。

---

① 赫尔曼·麦尔维尔，白鲸，曹庸译，上海：上海译文出版社，2007 年，第 305 页。

② 同上，第 395 页。

③ 同上，第 53-54 页。

麦尔维尔对以实玛利与魁魁格之间关系的塑造，完全颠覆了西方航海叙事之中欧洲白人与异族相处的模式。可以说，自哥伦布开始的航海大发现之后，欧洲文明便建立了一套描述与想象异族的话语模式，其中最核心的一点便是由白人总是扮演阳刚的、进步的、拯救者的角色，而异族则多是以阴柔的、蛮愚的、被拯救的面目出现，如果不是更为野蛮与无知的话。这一点，在鲁滨孙与星期五的关系之中有经典的再现。虽然西方文明中不乏强有力的异见，前有传教士拉斯·卡萨斯(Las Casas)对西班牙殖民者迫害南美原住民的声讨，后有蒙田与卢梭等“高贵的野蛮人”的想象，但是，以生动细致，既颠覆性别关系又充满喜剧色彩的笔调描写种族关系的作家中，麦尔维尔可谓独树一帜。虽然以实玛利的觉悟无法改变“皮阔德”号最终船毁人亡的悲剧，但他从与魁魁格的交往之中得到的启发，却对理解美国人应该如何与他者相处，不无裨益。

第三节 “皮阔德”号与美国悲剧

《白鲸》写于1850年春到1851年秋的一年半多的时间里，正是联邦分裂的危机逐步升温的时刻。墨西哥战争的大获全胜，既给美国带来了前所未有的扩张机遇，也把一直以来困扰美国的奴隶制问题推到了前台。到底能否在新得到的土地上(加利福尼亚、犹他、新墨西哥等地)实行奴隶制？围绕这一问题，来自南北各方的重量级代表人物，如约翰·卡尔霍恩(John Calhoun)、亨利·克莱(Henry Clay)、丹尼尔·韦伯斯特等纷纷参与激辩。1850年9月，各方终于达成“大妥协”(the Great Compromise)：加利福尼亚作为自由州进入美国，其他从墨西哥夺取的土地上可实行奴隶制，废止哥伦比亚区的奴隶贸易，通过遣返逃奴的严苛法律。但是，“大妥协”只是妥协，并未从根本上解决引发美国政治冲突的核心问题，正如当时一家报纸的评论指出的："无可否认的事实是，南部的制度乃是这次地区争论的起因，除非该制度被摧毁或者北部对其存在不加反抗，否则，双方便没有一个永久的真正解决办法。"①

对于麦尔维尔而言，此时美国社会与政治之中的种种激辩，不仅仅存在于议会大厅、报纸社论、教堂布道与群众集会的喧嚣之中，也切切实实地进入了他的个人生活。麦尔维尔虽然一直没有明确的党派归属，政治却时时刻刻出现在他的生活中。与他关系密切的兄长甘斯沃特(Gansevoort)是积极的政党活动分子，曾在1844年为詹姆斯·波尔克(James Polk)的竞选效力，而麦尔维尔的岳父，也是在经济上对他多有资助的塞缪尔·肖，不仅长期担任马萨诸塞州最高法院大法官，也曾因为若干次颇具争议的涉及奴隶制的判例，而多次成为舆论风口之上的人物。也就在《白鲸》写作之中的1851年4月，塞缪尔·肖宣布《逃奴法案》符合宪法，并向南方返回了第一位逃奴托马斯·西姆斯(Thomas Sims)，又一次引发了北方各州抗议奴隶制人士的强烈不满。正如开篇处麦尔维尔便将"以实玛利的出海"放置到"美国总统大选与阿富汗的殖民战争"一样，《白鲸》既是麦尔维尔对自己捕鲸生涯的纪念，更是对现实政治密切关注之下的产物。

早在《白鲸》之前，麦尔维尔已经写了有"波利尼西亚三部曲"之称的《泰比》(1846年)、《奥穆》(1847年)、《玛迪》(1849年)与《白外套》(1850年)等作品。无论是《泰比》中表达出的针对传教士对南海诸岛土著生活破坏的义愤，还是《白外套》中表露的对海军盛行的鞭打刑罚的谴责，都预示着麦尔维尔不仅只会描写海上风光与异域风情。而在《白鲸》之前，《玛迪》业已展现了麦尔维尔锐利的批判锋芒。在名为"维凡萨"的章节里，主人公造访了一个号称建立在"人

① 张友伦主编，《美国通史第二卷：美国的独立与初步繁荣 1775—1860》，北京：人民出版社，2002年，第363页。

人生来平等”的共和国中，却在共和国的最南部，看到了“火辣辣的阳光下，几百个带着项圈的人正在田里劳作……他们身旁站着一些神情冷酷的家伙，他们手里拿着长长的皮鞭，不住地抽打辛勤劳作的奴隶们。血和汗混合在一起，一滴滴落进了土地。”[①]但是，无论是作为游客的主人公如何与“手持皮鞭的家伙”争辩，还是维凡萨的北方部落如何抗议，均难以说服南方放弃这种罪恶的制度。“维凡萨的北部想尽一切办法来安抚南部，但是收效甚微；南部山谷中的那些居民脾气火爆，桀骜不驯，一贯我行我素，不愿意接受别人的劝告和请求。不仅如此，他们还发誓，如果北方部落再多管闲事，对他们指手画脚，他们就脱离联邦，建立自己的邦联。”[②]种种无奈与义愤之中，麦尔维尔借小说人物之口发出了历史的预言：“这些南方的大平原迟早会变成战场。”[③]如果在“波利尼西亚三部曲”中，麦尔维尔还没有将海船看作微型社会，那么《白鲸》便在毫无疑义地以船为喻，在批判中思考国家、政体与人性等问题了。

正如本书中反复提到的，国家如船(The Ship of State)是一个古老的修辞，柏拉图曾在《理想国》之中以此为譬喻，讨论国家(城邦)的领导权与公民关系的问题。[④]自第一批英国人跨海而来的时刻起，以船喻国的隐喻便出现在北美殖民地的话语之中，借以表达纷繁的宗教、社会与政治诉求。威廉·布拉德福德(William Bradford)在《普利茅斯种植园》中便记录了一位“骄傲”与“不敬神”的年轻水手粗暴

---

① 赫尔曼·麦尔维尔，《玛迪》，于建华等译，北京：文化艺术出版社，2006年，第374页。

② 同上，第374页。

③ 同上，第376页。

④ 柏拉图，《理想国》，郭斌和、张竹明译，北京：商务印书馆，1986年，第235-236页。有关以船喻国的讨论，另参见：林国华，《船：一个古老的国家隐喻》，林国华、王恒主编，《古代与现代的争执》，上海：上海人民出版社，2009年，第138-150页；以及：Norma Thompson, *The Ship of State: Statecraft and Politics from Ancient Greece to Democratic America*, New Haven, Yale University Press, 2001.

对待清教徒乘客却暴毙船上的故事，借以宣扬其宗教规训的意图。[①]著名异议人士罗杰·威廉斯(Rogers Williams)在1655年写给清教长老的信中，则以船为喻，强调无论“天主教徒、新教徒、犹太人和土耳其人”均应得到公平对待，为创立拥有更大程度自由的罗得岛殖民地辩护。[②]《独立宣言》的起草人，也是美国第三任总统的托马斯·杰斐逊最常使用的两个航海隐喻之一便是“国家如船”。[③]在他看来，一个两院制的议会要比一院制的更容易防止“船难”，陪审团审判制是这个国家的“锚”，批评议会之懈怠时称其“放下了手中的桨”，令国家“随波漂流”，在需要争取议会支持时，则呼吁“水手兄弟从酒醉中醒来，重新驾驭航船”，等等。[④]以船喻国，可以将抽象而复杂的诸如国家性质、目的与公民的权利义务等问题概念化与具象化，方便讨论与想象。

从以船喻国的角度看，“皮阔德”号不仅仅是一艘普通的捕鲸船，而更是一个航行在浩瀚大洋之上的美国。船长是一位“不敬神而又像神”、出身平民却有着帝王般权势的亚哈，恰切地隐喻着美国越来越多出身低贱却拥有巨大能量的政治与社会领袖，引领着由“卑贱者、叛教者与被摒弃者”组成的船员/民众群体。三位副手斯塔巴克、斯塔布与弗拉斯克分别代表着新英格兰、西部与南方，与其各自配备的捕鲸手——来自南海的魁魁格、纯种印第安人塔斯蒂哥和黑人大个儿一一成对，对应着美国此时的民族与种族构成。同时，“皮阔

---

① William Bradford, *The Plymouth Plantation*, in George McMichael, ed., *Anthology of American Literature*, vol., 1, part 1, New York: Macmillan Publishing Co., 1974, pp. 36-37.

② Roger Williams, *To the Town of Providence*, in George McMichael, ed., *Anthology of American Literature*, vol., 1, part 1, New York: Macmillan Publishing Co., 1974, pp. 80-81.

③ 另一个是“人生是一场航程”(Life is a voyage)。参见：Charles A. Miller, *Ship of State: The Nautical Metaphors of Thomas Jefferson*. Lanham: University Press of America, 2003, p. 32。

④ Charles A. Miller, *Ship of State: The Nautical Metaphors of Thomas Jefferson*. Lanham: University Press of America, 2003, p. 33.

德”号的命名，也提醒着17世纪30年代清教徒殖民者与原住民皮阔德族之间因土地而起的争端，其后果不仅是皮阔德族有数百人当场被杀，被俘者更有多人被卖到西印度群岛为奴，清教徒不仅得到了觊觎的土地，也扫清了扩张道路上的主要障碍。①显然，无论是捕鲸船上民族、种族与人口构成的想象，还是对皮阔德族命运的唤醒，放置在美国刚刚从墨西哥攫取了大量土地，而随之到来的西进必将再次与更多异族遭遇的语境中，麦尔维尔显然是在担心，如此一群为美国的大脑提供力量的乌合之众，却如此易于被无知、疯狂与贪欲控制，又会给未来的世界带来怎样的噩运？

亚哈的命名直接体现了麦尔维尔对现实政治的批评。亚哈本为以色列人的王，却因觊觎邻人拿伯(Naboth)的葡萄园而阴谋杀害了邻居，并夺取了拿伯的土地。亚哈的阴谋与贪欲没有逃过上帝的处罚，最终暴尸疆场，其血为狗舔食。正如海默特指出的，美墨战争前后，以亚哈强取拿伯的葡萄园为喻来类比时事的做法便颇为盛行，前有大卫·李·柴尔德(David Lee Child)将美国占据得克萨斯比为“对拿伯葡萄园的掠夺”的小册子，后有西奥多·帕克(Theodore Parker)的著名演讲，以“亚哈终将被狗舔食他的血”来批评奉行扩张政策的卡尔霍恩等人。②《白鲸》中对于类似的帝国扩张行为也有直接批评。在“有主鲸鱼与无主鲸”一章之中，麦尔维尔由捕鲸业中关于鲸鱼归属的问题，展开类比与联想，矛头直指当下的美墨局势。麦尔维尔问道，如果说美洲在1492年便如一条无主鲸一般，因哥伦布在上面插下了西班牙的旗帜而被其占有，那么沙皇眼中的波兰、土耳其眼中的希腊、英国眼中的印度不都成为了“无主鲸”吗？由此类推，麦尔维尔质问道“美国眼中的墨西哥又是什么呢？”难道还不是一

① Alden T. Vaughan, *New England Frontier: Puritans and Indians 1620—1675*, Oklahoma: University of Oklahoma Press, 1995.

② 艾伦·海默特，《白鲸与美国的政治象征》，徐爽译，林国基主编，《帝国春秋》，上海：上海人民出版社，2009年，第87-88页。

条“无主鲸”吗？[①]以老牌帝国强权扩张类比美国从墨西哥攫取土地的行为，麦尔维尔不仅加入了以亚哈为喻的批评者行列，也指出了在对待土地的疯狂与贪欲方面，自诩为共和与民主的国家与其所不屑的老牌殖民帝国并无不同。

值得一提的是，如果说麦尔维尔在《白鲸》中对莎剧多有借鉴的话，前文分析过的第36章及其后几个章节形成的章节群堪称化用的典范。而麦尔维尔借用莎剧的目的，既有形塑一位激情似火的亚哈的意图，也在表达着对美国民主与民众的看法。复仇心切的亚哈少有周折，便能控制众人，令其为个人的复仇卖命，众水手则极易为金钱所收买，为仇恨所鼓动，为威权而折服。紧接其后第40章中，众水手纵酒狂欢，有西班牙水手以带有种族色彩的恶语伤人，招致打斗，引发甲板上的一片大乱。事实上，就在《白鲸》动笔之前，麦尔维尔便曾遭遇纽约早期历史中伤亡最严重的一次群众暴动，即1849年5月10日的“阿斯特剧院事件”。英国莎剧演员，有“伦敦舞台上的狮子”之称的威廉·查尔斯·麦克里迪(William Charles Macready)，与美国当时最好的莎剧演员埃德温·福里斯特(Edwin Forrest)同城竞技，双方各有拥趸为之助威，却因民族主义与阶层对立的狂热与仇恨而导致局势失控，酿成死亡30余人、伤者无数的大规模流血事件。就在惨剧酿成的前几日，麦尔维尔还与以文坛名宿欧文·华盛顿等为首的40余人，联名写信给麦克里迪，向他保证演出的安全与秩序，希望他能坚持演出。[②]民众激情下的民主与秩序的脆弱，在麦尔维尔以彷拟莎剧写就的一幕中，依然隐隐能够感觉到。

“白鲸”到底象征着什么，必须从“白鲸”的源头说起。前文提及

① 赫尔曼·麦尔维尔，《白鲸》，曹庸译，上海：上海译文出版社，2007年，第377页。

② Nigel Gliff, *The Shakespeare Riots: Revenge, Drama, and Death in Nineteenth-Century America*, New York: Random House, 2007.

的杰里迈亚·雷诺兹曾著有短篇故事《莫查·迪克》(*Mocha Dick*),既是《白鲸》的原型,也是理解白鲸象征意味的重要线索。在雷诺兹的《莫查·迪克》中,一位美国捕鲸船上的大副以第一人称的口吻,讲述了自己捕杀海中巨兽的事迹。大副讲到,在南太平洋的莫查岛附近,至少自1810年起,便常年有一头名为迪克(Dick)的罹患白化病的公鲸出没,多次攻击过往船只,狡猾而凶猛的名声远播太平洋。而在这位大副眼中,莫查·迪克最为人所知的战绩,则是不仅从三艘英国捕鲸船的围追堵截中脱逃,而且还掉头一击,获得了全胜。在这位美国大副看来,英国人的失利正为美国人的胜利谱写了前奏。不出所料,经过两天激烈的交锋,美国捕鲸人杀死了海中的列维坦。有意思的是,在这位美国大副的心中,杀死海中巨兽的狂喜立即转换成了民族优越的证据:美国捕鲸手站在死鲸背上,心中感到的正是"美国国旗插在英军军舰'格里耶'号"上相同的快乐。[①]此处的典故,正是1812年第二次英美战争初期,美军"宪法"号军舰战胜并俘获英军"格里耶"号军舰的往事。[②]在这个《白鲸》出现之前最为精彩的捕鲸故事中,雷诺兹以美国捕鲸人的勇敢、顽强与战无不胜,生动地宣传着他海洋扩张与民族主义的观念。

以为民族唱诵赞歌而论,《莫查·迪克》显然要比《白鲸》更直接,也更能让读者体会到受到赞颂的快乐。然而,少有这种单一且前后连贯的民族主义论调的《白鲸》,不仅意义繁杂,也始终贯穿着批评与反思的声音。就莫比·迪克到底意味着什么而言,小说之中至少有三种相互矛盾的判断交织在一起。其一以亚哈为代表。亚哈眼中的白鲸,正是"恶"的化身,唯有剪除才能给自己报仇,也才能为自然恢复秩序。随着亚哈疯狂程度的加深,他更是顽固地认为不

① Jeremiah Reynolds, *Mocha Dick: Or the white whale of the Pacific*, in Hershel Parker and Harrison Hayford, ed., *Moby-Dick, A Norton Critical Edition*, New York: W. W. Norton & Company, 2002, p. 562.

② Carl Benn, *The War of 1812*, New York: Routledge, 2005, pp. 1–12.

惜代价地消灭白鲸便是自己的宿命，既不可调和，亦无从更改。其二则是斯塔巴克的观点。在斯塔巴克看来，白鲸伤人“只是动物的本能”，并无特殊之处，即便白鲸真是恶魔，也应该交给上帝去处理，人只应该尽自己的本分就好。斯塔巴克一直试图以“人性”将亚哈带回常识的轨道，却没有成功。令问题变得复杂的，则是以实玛利的思考。与斯塔巴克不假思索的“哑巴畜生”的说法不同，以实玛利思考了白鲸种种的可能性之后，得出的却是“不可知”的结论。更重要的是，在以实玛利看来，白鲸给亚哈带来的个人的痛苦值得同情，但是，亚哈通过将白鲸指认为船员的公敌，进而将自己塑造成“人类尊严的代表”，并以此煽动与控制全体船员为之送命的行为，则更值得警惕。

有论者引用了托克维尔与麦西森(F. O. Matthiessen)等美国思想史大家，来说明在麦克维尔的那个时代，尤其是在新教的、民主的美国，伦理价值的重心已经不再是神对人的救赎，而是“人成为救主，成为神”，并希望由此证明，“麦尔维尔会在作品中赞颂人，赞颂英雄的业绩，至少是一种自然而然、顺理成章的——即便并不是唯一的——选择”。[①]应该说，托克维尔与麦西森的观察不可谓不透彻，但是否可以直接用在麦尔维尔头上，还可商榷。作为现代意义上的第一个民主国家，麦尔维尔时代的美国的确到处洋溢着这种“人成为救主，成为神”的乐观主义氛围。亚哈出身卑微，依靠出色的能力、经验与勇气，当上了船长，可谓《白鲸》之中当之无愧与独一无二的“神一般的人物”。但是，正是这样一位“神一般的人物”，却可以鼓噪民意、利用民意、操控民意，令民意为自我的仇恨与贪欲服务，而作为一群“神一般”的人物的群众(船员)，虽有以实玛利的个体清醒与斯塔巴克的微弱抵抗，却难以自救，任由一个人将自我的

① 周玉军，《顺从或反抗：〈白鲸〉中的社会关系初探》，外国文学评论，2012年第一期，第214页。

疯狂与痛苦加之于众人之上，也任由一个人在恢复其尊严的名义下，去毁灭所有人的尊严与生命。显然，借助美国人在大洋之上、在新世界之中披荆斩棘的过程，麦尔维尔正是以船为喻，质疑着这个“人成为救主，成为神”的时代。

并非多余的话是，麦尔维尔与霍桑在《白鲸》创作中途的相遇，对《白鲸》创作意图的改变关系重大。《白鲸》的创作历程，原本只是计划写一本关于捕鲸人的书，或者说，仅仅是一本描写捕鲸经历的书。但是，与霍桑的相交相知，尤其对霍桑的深入阅读之后，麦尔维尔改变了初衷。①从《霍桑与他的青苔》一文中可以看到，麦尔维尔盛赞了霍桑洞悉人性之复杂深邃与再现人性之恶的能力，认为霍桑完全可以与莎士比亚相媲美。对霍桑的赞誉，既是对新结识的朋友的文学能力的肯定，更是对自我创作的要求与期待。②由此，麦尔维尔改变了创作的方向，在几乎已经完成的初稿上，加入了大量新的内容，将一部描写捕鲸人的写实故事，改成了如今这本内容庞杂、文体多变、枝节横生，甚至多有情节纰漏(比如论者常常提起的帕金顿在前几章的出现与之后的不知所踪)的鸿篇巨制。而贯穿新的《白鲸》始终的，便是与霍桑一般对“恶”的关注。但与霍桑不同的是，麦尔维尔不仅以亚哈之疯狂与专制，展现了人性之“恶”的可能，更借以实玛利与众船员的命运，展现了个体抵抗“恶”的无力。正是在这个意义上，才能理解麦尔维尔为何要将《白鲸》题献给霍桑，并自称“我觉得写了一部可怕的作品，而我自己纯洁如羔羊”，为什么要和霍桑以拉丁文打哑谜，让他去猜“Ego non baptize te in nomine

① 关于《白鲸》写作意图的变化，参见：Leon Howard, *Herman Melville, A Biography*, Berkeley: University of California Press, 1951, pp. 150-179; George R. Stewart, *The Two Moby-Dicks*, *American Literature*, 1954 (4), pp. 417-448. 本书以为，此说虽有争议，却能为《白鲸》之中诸多明显的遗忘、缺失乃至风格变化提供迄今为止最具说服力的解释。

② Herman Melville, *Hawthorne and His Mosses*, in Hershel Parker and Harrison Hayford, ed., *Moby-Dick*, *A Norton Critical Edition*, New York: W. W. Norton & Company, 2002, pp. 517-532.

patris, sed in nomine diaboli"(我并非以天父之名，而是以魔鬼之名为你们洗礼)的意义，并称之为《白鲸》"隐蔽的箴言"。[①]至少在麦尔维尔看来，《白鲸》并非是献给民族精神的颂歌，而是对国家之船被疯狂与贪欲吞没的担忧。

① Herman Melville, *To Nathaniel Hawthorne*, *Arrowhead June* 29, 1851, in Hershel Parker and Harrison Hayford, ed., *Moby-Dick*, *A Norton Critical Edition*, New York: W. W. Norton & Company, 2002, p. 542.

第九章 康拉德的海上世界与文明反思

本书绪论部分曾简要介绍了康拉德的生平、创作与文学影响。源自大航海时代之后的英美海洋小说，随着时代的发展不断演进。时至19世纪，大西洋两岸产生了大量有影响的海洋小说。英国的重要作者有马里亚特、哈格德、斯蒂文生、巴兰坦、吉卜林等，美国则有库珀、达纳、坡、麦尔维尔等。在跨大西洋的竞赛中，美国作家似乎更胜一筹，其中，尤以麦尔维尔的成就引人注目。当然，康拉德在19世纪末的横空出世，彻底改变了英国海洋小说略逊一筹的局面。在世时的康拉德，便是一位大西洋两岸公认的优秀作家。康拉德广泛影响了诸如海明威、菲茨杰拉德、福克纳、纪德、托马斯·曼、艾略特、格林、奈保尔等一众大家，中国作家老舍也是康拉德的拥趸之一。1998年美国兰登书屋《当代文库》评选的“20世纪百大英文小说”中，康拉德以四部小说入选。康拉德其人其作，始终是读者与批评界的宠儿。

1857年，康拉德出生于被列强瓜分后的波兰。1874年，17岁的康拉德来到法国马赛，希望成为海员。1878年，21岁的康拉德来到英国，开始航海生涯。康拉德先后通过二副(1880年)、大副(1884年)和船长(1886年)资格考试，如愿以偿地成为了英国船长，直至1894年，37岁的康拉德不再航海。20余年间，从法国的马赛到西印度的圣彼得岛，从南美洲的委内瑞拉到英国的纽卡斯尔，从澳大利亚的悉尼到亚洲的孟买、新加坡与婆罗洲，均留下过康拉德的足迹。康拉德的航海经历，不仅远比同时代的重要作家丰富，甚至比起退役的海军军官与前辈作家马里亚特来，也毫不逊色。康拉德丰富的航海实践，为他想象与建构自己的海上世界奠定了实践的基础。用康拉德的话说便是，“在这片广阔的世界里，我人生中的每一件事都能从我的书里找到。”①

作为20世纪最具声望的英语作家，自1895年出版第一部作品《阿尔迈耶的愚蠢》，到1924年因心脏病而辞世，在将近20年的创作生涯中，康拉德始终笔耕不辍，创作了大量作品。囿于题旨，本书只集中讨论康拉德公认的海洋小说，包括《“水仙号”的黑水手》(1897年)、《青春》(1898年)、《台风》(1902年)、《秘密分享者》(1910年)和《阴影线》(1916年)以及以水手马洛为主人公的《黑暗的心》(1899年)、《吉姆爷》(1900年)等。放置在英美海洋小说发展的传统中，无论是从航海神话建构的力度和反思帝国扩张后果的深度上看，还是从小说叙事手法的创新度上看，康拉德均达到了前所未有的高度。

第一节　海上世界与航海成长

《“水仙号”的黑水手》发表于1897年，是康拉德第一部受到公认的海洋小说杰作。停泊孟买的“水仙号”上，20余位种族混杂、国别各异的新老水手，聚集于狭小拥挤的船舱里，在喧嚣吵嚷中准备起航。而为人刻薄的唐庚与面带病容的黑人惠特的加入，似乎预示着这将不是一次平常的旅程。果然，自开船之后，惠特便称病不起，不愿劳作，唐庚则到处煽动不满，鼓噪众人。30余天后，“水仙号”到达好望角，遭遇了堪称“登峰造极”的恶劣天气。“宇宙间似乎什

① 马娅·亚桑诺夫，《守候黎明：全球化世界中的约瑟夫·康拉德》，金国译，北京：社会科学文献出版社，2018年，第12页。

么都不存在了，只剩下黑暗、叫啸、愤怒——同这条船。”[①]船长阿里斯笃的坚定指挥，一众水手也奋力抗争，“水仙号”挨过了狂风巨浪的考验。接下来的日子，海面上风平浪静，船舱里暗潮汹涌。众水手得知惠特装病，却不愿揭露，甚至在唐庚挑唆下，借船长对惠特的处罚为机会，向船长发难，意欲罢工。关键时刻，船长果断应对，平息了船上的不满，恢复了航船秩序。小说结尾处，死在船上的惠特葬入海中，“水仙号”回到伦敦，众人星散。

康拉德在《“水仙号”的黑水手》上创造了一系列极具特色的水手形象，开拓了海洋小说人物塑造的新篇章。《“水仙号”的黑水手》中引人注目的首位海上人物，便是年逾六旬、已在海上航海多年的老水手辛格尔顿。开篇处，任凭众人吵嚷喧闹，须发皆白的辛格尔顿气定神闲，专心阅读于手中书本，犹如“博学的蛮族长老一般”，令人心生敬畏。“水仙号”遭遇风暴的日日夜夜，辛格尔顿超过 30 多个小时执掌船舵，以非凡的意志与能力，保证了航船的安全。辛格尔顿虽然少言寡语，却总能一语中的，显现出远超常人的洞察力。他早早看出惠特并非是在装病，却对惠特少有同情。这种看似事不关己的冷漠，实则是历经了太多人世沧桑之后的豁达与超脱。然而，辛格尔顿又并非毫无感情。他热爱航船，忠于职守，无惧险情，蔑视风雨，既憎恶唐庚的蓄意挑拨，也感慨自己的英雄迟暮。像辛格尔顿一般的水手，不会被大海征服，唯有岁月才能让他低下高贵的头颅。辛格尔顿显然是康拉德心目之中理想水手的化身。

与老水手辛格尔顿相对，唐庚位于康拉德“喜好链”的另一极。康拉德笔下的唐庚，獐头鼠目，声音刺耳，为人尖酸刻薄，欺软怕硬，做事拈轻怕重，偷奸耍滑。唐庚不仅有机会便逃避工作，即便

---

① 约瑟夫·康拉德，《康拉德小说选》，赵启光编选，袁家骅等译，上海：上海译文出版社，1985 年，第 216 页。本节涉及《“水仙号”的黑水手》《阴影线》中的内容均引自此书。

是在暴风骤雨、船只遇险的一刻，也依然逃避职责。尽管如此，他却总是抱怨船上生活，以维护船员权利为名，挑拨船员与管理层之间的关系。小说以讽刺的口吻评论道，“好个值得同情的人儿啊，对自己的权利他是无所不知，而对勇敢、坚忍，存于中而不形于外的信义，以及全船同伴借以团结一气的不出诸口的义气，他却一无所知。”[①]尤为恶劣的是，唐庚不仅以言语鼓噪不满，而且在黑暗中趁乱将一枚沉甸甸的船钉投向船长，意欲造成流血事件。幸好船长果断处置，唐庚的挑唆并未得逞，航船保持了正常秩序，众人得以安然返乡。小说结尾处，下船之后的唐庚邀请水手喝酒，但无一人应承，他只得一人悻悻离去。当然，这位类似《奥赛罗》中伊阿古一般的小人，也并非全无是处。唐庚对于船员权利的强调和暴力反抗的行为，也自有缘由。[②]客观地说，唐庚这一负面形象的塑造，体现了康拉德偏重现有秩序保守面相。

与辛格尔顿和唐庚相比，黑人船员惠特是《“水仙号”的黑水手》更复杂、更具阐释空间的角色。惠特最后一个登上“水仙号”，却第一个死于海上。惠特身材高大，体格强健，本应是劳动好手，可以分担船上艰苦的劳作，但他魁梧的身躯却成了伙伴们需要额外承受的负担。他声音洪亮，但他洪亮的声音，带来的却是“如穹隆爆炸般的咳嗽声”，尤其显现出压抑与不祥。惠特是黑人，身处 19 世纪末西方种族鄙视链的底端，却能以“凛然的目光”射向白人水手，犹如“暴君威胁着一群卑贱而不可靠的奴隶”。[③] 众水手时而觉得惠特是在装病以逃避劳作，对他厌恶反感；时而又觉得他真是病入膏肓，又心生同情。惠特的行将就木，让众水手不得不审视自我必死的命运。康拉德写出了众水手五味杂陈的心理：“愤恨与疑惑在我们心里

---

① 约瑟夫·康拉德，《康拉德小说选》，赵启光编选，袁家骅等译，上海：上海译文出版社，1985 年，第 178 页。

② 小说暗示，唐庚曾经受到大副的殴打，被打掉了一颗门牙。

③ 同①，第 199 页。

角斗，把我们最微妙的一部分情感蹂躏糟蹋。我们因为怀有鬼胎所以憎恨他；我们因为疑惑所以讨厌他。”[①]惠特最终海葬的时刻，众水手又感到怅然若失，“好比一个古老的信仰死了，震撼了我们整个的社会基础。人们失去了共同的联系；一个伤感的谎话造下的，坚强有力，值得尊敬的联系。”[②]康拉德以颇具悖论的语言与意象，不仅塑造了惠特这样一个令众人既憎恶又怜悯、既怨恨又恐惧的特殊人物，而且洞察了人类生活所内在的复杂与矛盾：所谓的信仰，或许不过是借以黏合人类群体的、不可或缺的谎言。

《“水仙号”的黑水手》中“黑”水手与“白”水仙的并置，也让小说具有特殊的象征意味。在麦尔维尔的《白鲸》之中，麦尔维尔描写了船长亚哈疯狂捕猎一条患了白化病的鲸鱼的故事。麦尔维尔并以两章的篇幅，探讨了“白色”从高贵、纯洁、无辜到死亡、恐怖、虚无的种种内涵。放置在美国内战之前种族关系紧张的历史语境中，不禁令人引发更丰富的联想：白色到底意味着什么？白色是种族的高贵标记吗？或者只是包括人类在内的自然界之中的普通现象而已？等等。《“水仙号”的黑水手》从另一个角度，扩展了对自我、种族与作为共同体的人类的思考。众所周知，“水仙”(narcissus)一词源自古希腊神话，美少年纳西索斯疯狂爱上了水中自我的倒影，不愿离去，他死后化为水仙。水仙由此成为英语之中过度自我的代名词。小说之中，黑人惠特带来的死亡预兆如影随形，让“水仙号”一群吵嚷喧嚣、不可一世的白人水手不得不安静下来，在惶惶不安中经历群体的相互对立却又相互依赖。“水仙号”的航程不仅是地理意义上的位移，更是驶向心灵幽暗处的探索。康拉德以黑与白的相互矛盾与相互成就，提醒他的欧洲读者，不仅要时时反观自我的脆弱与卑

---

① 约瑟夫·康拉德，《康拉德小说选》，赵启光编选，袁家骅等译，上海：上海译文出版社，1985 年，第 233 页。

② 同上，第 308 页。

微，还要认识自我与他者无可逃避的共同命运。

《“水仙号”的黑水手》不仅有独具特色的海员形象和意味深长的对比象征，还有意识地强化了英国航海帝国的神话。小说结尾，康拉德以对英国的无限赞颂，为“水仙号”跌宕起伏的旅程画上了感叹号。眼见伦敦在即，作者写道：

> 黑沉沉的陆地孤单单地躺在海波中心，也好像一艘雄伟的船点缀着不灭的灯火——一艘负载着千千万万生命的船——一艘装满糟粕和珠宝，黄金和钢铁的船。她巍然高耸，广大而壮健，守卫着不能估价的传说和无可诉说的苦难，庇护着光荣的记忆和卑鄙的健忘，微贱的德性和堂皇的罪过。好一艘大船啊！多少年代以来，海洋磨损不了她坚韧的边缘；还在世界更辽阔更黑暗的时候，还在伟大神秘的大海，准备将荣誉的奖品奉献给勇敢的人们的时候，她就待在那儿了。无数船舶舰队和国家人民的母船呀！全民族的大旗舰；她比风暴更坚强！此刻正抛锚停泊在茫茫的大海之中。①

康拉德之所以在《“水仙号”的黑水手》中如此赞美英国，自有宏观与微观的缘由。从宏观的角度看，19 世纪中晚期的英帝国可谓到达了全盛时代，其君主立宪下的议会式民主，其对个人财产与人身权利的保障，其宗教信仰上的多元与宽容，无论是比起统治波兰的沙俄，还是康拉德短期生活的法国，均远远胜出。同时，英帝国不仅是当时最先进的工业国家，也是唯一一个能将商业和军事的触角伸到全世界每一个角落的国家。从微观的角度看，英国为康拉德提供了政治庇护，让他可以免除身为沙俄臣民的兵役之苦。英国繁荣

① 约瑟夫·康拉德，《康拉德小说选》，赵启光编选，袁家骅等译，上海：上海译文出版社，1985 年，第 314 页。

强大的商船业，不仅为康拉德提供了工作机会，还提供了相对公平的职业晋升通道，让他可以从普通水手一路当上船长，确保了衣食无忧与社会地位的稳步提升。英国社会慷慨接纳了康拉德，他娶到英国女子杰西·乔治为妻，尽管杰西文化水平不高，却为他尽职尽责地照顾家庭，抚育子女。康拉德从事写作的道路上，遇到无数英国作家、经济人与出版商的友好相待，重要者有爱德华·加内特（Edward Garnett，出版人）、约翰·高尔斯华绥（诺贝尔文学奖得主）、康宁汉·格雷姆（政治家）、福特·马多克斯·福特（作家）、亨利·詹姆斯（作家）、J. B. 平克（出版人）等，而诸如《新评论》《布莱克伍德》《康希尔》《大都会》等著名杂志或出版社，也先后向康拉德伸出了橄榄枝。而选择以英语写作为生的康拉德，自然而然地必须考虑到英国市场与读者的偏好。因此，无论从时代语境抑或个体际遇上看，康拉德对于英帝国航海神话的礼赞，也就在情理之中了。

发表于1898年的《青春》是康拉德另一部家喻户晓的短篇作品。开篇处，五位因为共同的海洋经历而结缘的英国人，围坐一处，品酒谈天，听水手马洛讲述自己年轻时驾船从英国到曼谷的曲折航程。名为“朱迪埃”号的400吨旧船，闲置多年，早已“浑身铁锈，盖满了尘埃和污垢——桅杆与帆桁上是烟灰，甲板上是烂泥。”①，却突然接到任务，要从伦敦向曼谷运送煤炭。而航程犹如遭受诅咒一般，厄运连连。驶出泰晤士河口不久，“朱迪埃”号便遭遇八级强风，短短的航程走了16天。刚刚载上煤炭，便被另一艘汽船迎头撞上，花了三个星期才修葺完毕。再次出发，遭遇强风，船体损坏，不得不返回法尔茅默斯整修。其间，船员纷纷离去，只剩三人留守。历经6个月整修与招募人手，“朱迪埃”号终于再次出港，差强人意地

① 薛诗绮编，《康拉德海洋小说》，上海：上海文艺出版社，2012年，第4页。本节有关《青春》《秘密分享者》的译文，均出自该译本，或对照原文有所改动。

驶入了印度洋，却不想所载煤炭发生自燃，船员竭尽全力，也无力回天。熊熊大火之中，“朱迪埃”号没入茫茫大海，多舛的航程终告完结。

老船“朱迪埃”号支撑着马洛驶向东方，马洛的讲述则让老船之毁虽败犹荣。开篇处，马洛不仅看到了“朱迪埃”号的破败，也看到了它盾形纹章下的格言：“不成功毋宁死”(Do or Die)。格言激发了马洛的热情，向年轻的马洛发出了出征的召唤。凭着青春特有的理想与热情，无论是在风雨大作、波涛汹涌的甲板上操控帆桁，还是在地狱般的底舱没日没夜、折断脊梁一般地抽排积水，抑或是在令人窒息、随时可能发生爆炸的煤层上浇水救火，马洛均能顽强坚持，始终保持着高昂的斗志。在马洛眼中，时间的延宕、劳作的艰苦、风雨的无情、老船的朽败都只是命运加之青春的考验，而他总可以凭着年轻的筋骨、不息的热情与坚韧的毅力，战胜可能的懒惰、虚弱与胆怯，在旅途的尽头成为一位优秀的二副，一个更好的自我。故事结尾处，马洛驾着小艇，到达了朝思暮想的目的地——曼谷，一个“古老而神秘，灿烂而阴沉……充满危险也充满希望的地方。”①“不成功毋宁死”的马洛通过了考验，命运也恰如其分地奖励了他。

康拉德描写“朱迪埃”号海上沉没的一段，精彩异常，常常为人引用：

> 在漆黑的天地中间，它(“朱迪埃号”)烧得好旺——在被血红的、摇曳的火光照耀出一圈紫色的海面上——在一圈亮晃晃又阴森森的水面上。从海里腾起了一股明亮的火焰，一团巨大、孤独的火焰；火焰的顶端吐着黑烟，一个劲儿地直向天空冲去。帆船猛烈地在燃烧，好不悲壮，就像火葬的积薪在晚上燃烧，

① 薛诗绮编，《康拉德海洋小说》，上海：上海文艺出版社，2012 年，第 50 页。

大海围绕着，星星守望着。这条辛苦奔波的老船，临终却这样煊赫，好像这是老天给它的一种恩惠、一种赏赐、一种嘉奖。它把疲乏不堪的灵魂交出，托付给星星和海洋，就跟光荣的凯旋同样激动人心。船桅倒下时，刚巧在天亮以前；一时之间迸出万千火星，纷飞乱溅，叫那耐心守望的黑夜，那默默地躺在海洋上的广漠的黑夜，好像充满了流火。黎明时分，大船烧剩了一个焦壳，却仍旧载着一船燃烧着的煤块，漂浮在那烟云底下。

大家这才使出木桨，小艇列成一行，好像送葬似地绕着大船的遗骸游行——由长艇带头。我们划过船艄时，一支细长的火箭恶狠狠地向我们射来；突然，大船沉下了，船头先沉，发出很大一阵水蒸气的丝丝声响。船艄没有烧光，最后沉下去；不过油漆已经没有了，龟裂了，剥落了，上面没有字母、没有字了，那倔强的、就像它那灵魂般的铭文，再也不能迎着朝阳，闪耀出它的信念和它的名字了。①

可以说，正是马洛的言说，或者马洛所代表的年轻人自我成就的迫切愿望，赋予了这次航程、这种老船葬身海底的悲剧一种特别的荣誉感。否则，此次航行便不过是茫茫大海所见证过的、无数次失败航程中的一次罢了，绝少才能在历史与记忆中留下印象。另外，《青春》不仅讲述了一位年轻水手的成长故事，其讲述的方式也与《“水仙号”的黑水手》颇为不同。坦率地说，《“水仙号”的黑水手》的叙事显得颇为混杂。《“水仙号”的黑水手》的开篇处，康拉德采用的是全知的第三人称叙事，之后，则是全知叙事与第一人称集体叙事（“我们”）的混用，结尾处，颇为突兀地冒出了一个“我”，而作为水

① 薛诗绮编，《康拉德海洋小说》，上海：上海文艺出版社，2012 年，第 59-60 页。

手一员的“我”并没有在小说之中出现过。这种前后矛盾、缺乏连贯的叙事手法，既可以当成作者的叙事创新，但更像是新手作者寻找叙事声音时，一次并不完全成功的实验。与之相对，《青春》则回归传统，采取了更常用的嵌套结构来组织叙事。首先，第一人称的“我”描述场景，做好铺垫；之后，马洛开口，讲述故事主干，并在讲述之中不断回到当下场景，与听者互动；最后，故事完毕，场景交还到“我”手中，形成首尾结合的闭环。不难看出，这种由“我”引发、由马洛承担主要叙事的结构，既可以让叙事更具现场感和真实感，又能让作者获得相当程度的主动性：他既可以掩藏在马洛的面具之下讲述故事，又能与马洛拉开距离而保持自由。在《青春》之中，当下的马洛与曾经的马洛之间，便有了这种距离感。投身其中，马洛可以再现年轻时代的美好与热情，置身其外，又让青春往事蒙上一层俱往矣般的感伤。英国水手马洛作为康拉德独创的叙事人，之后又出现在《黑暗的心》《吉姆爷》《机缘》等作品中，成为康拉德小说招牌式的人物。

《秘密分享者》是一个短篇，1910 年首次刊登于《哈珀》杂志，以第一人称讲述了一个颇为离奇而又耐人寻味的航海故事。“我”是一艘船上的新任船长，不仅年轻，而且对新船也不熟悉，对于能否承担船长的责任，“我”内心颇为忐忑。就在航船即将启程的夜晚，“我”突然在船边发现一个秘密的泳者，“我”竟也鬼使神差一般将其接纳上船，带入船长室中。此人名叫莱格特，是不远处停泊的“赛弗拉”号上的大副，因为杀死不愿听从命令的船员而遭囚禁，游泳脱逃至此。“我”不仅没有告发莱格特，还因与其身材样貌相似，阶层背景相当，颇为同情他，将他隐匿在了船长室中。之后，“我”冒着职业风险在黑暗中将船驶近陆地，名为替船“寻找陆风”，实则帮莱格特游泳上岸，助其逃离。小说结尾，莱格特成了“一个骄傲的游泳者努力向新的命运游去”的“自由的人”，而“我”也“同第一次指挥船的使命有了完美的沟通”。①

《秘密分享者》取材于一次广为人知的海上谋杀事件。1880年，英国运茶船“卡迪·沙克”号(Cutty Sark，苏格兰语“短衬衫”之意)行驶到南非水域，大副西德尼·史密斯(Sydney Smith)殴打了不服指挥的黑人水手约翰·弗朗西斯(John Francis)，致其身负重伤，不治而亡。航船到达爪哇，史密斯却被船长从舱房中放走逃脱。此举激怒了船员，几近哗变，情急之下船长投水自杀。两年之后，史密斯被人认出并遭逮捕，判处七年劳役。《秘密分享者》的故事框架便脱胎于此。同时，《秘密分享者》中年轻船长身上，也能看到康拉德本人的影子。1888年1月4日，时年31岁的康拉德辞去“维达”号上的大副职务，暂住新加坡的海员之家。1月19日，他搭乘“梅利塔”号前往曼谷，接管了因船长亡故而无人指挥的“奥塔哥”号。2月初，康拉德指挥“奥塔哥”号离开曼谷，三个星期之后，航船到达新加坡。第一次身为船长的经历显然对康拉德意义重大，他先后将这段经历写入了《秘密分享者》与之后的《阴影线》中。

虽然均是以年轻男性为主角的成长故事，但与《青春》之中踌躇满志、热情高涨的马洛相比，《秘密分享者》中的主人公可谓压抑得多。《青春》中的马洛只是二副，只需听从上级指挥，履行作为下属的职责就好。《秘密分享者》中的主人公则是船长，而远洋船船长不仅是行船方面的最高指挥，也是航船之上社会与法律规则的执行者和裁决者，既享受君王一般的权威和地位，也承担着船只与船员安全与秩序的全部责任，这也是年轻船长的压力来源。小说开篇处，年轻船长刚担任船长不过半个月，其他水手已经在一起超过18个月了，因此，他总有一种突然闯入而无法适应的“陌生感”，觉得自己是船上的陌生人，责任的重负与缺乏自信加剧了他的焦虑。无所适从之中，他打破航船惯例，让水手回舱房休息，自己夜间值守，却

① 薛诗绮编，《康拉德海洋小说》，上海：上海文艺出版社，2012年，第232页。

遇到了潜游至此的莱格特。

既像一面可以映照内心的镜子，又像另一个活生生的自己，莱格特让年轻船长得以深入地认识与了解自我。年轻船长与莱格特的互为镜像与相互认同，在几个层面上同时发生。从相貌身材上看，莱格特和年轻船长个头相仿，身材相似，他身穿年轻船长的睡衣，就如同年轻船长本人一样。从家庭出身和教育背景上看，莱格特和年轻船长均来自同一所英国商船训练学校(康威)，经历相仿，属于同一类教养良好的家庭，均可称之为绅士，讲着绅士阶层的语言。更重要的是，两人在船上的相似地位，带来了更紧密的价值观认同。即便莱格特犯下的是杀人重罪，年轻船长也不以为意。小说交代，"赛弗拉"号曾一度身处暴风雨中，危急时刻，莱格特命令船员收起前桅帆，但某个一直以来"坏心眼的、狺狺狂吠的狗杂种"却"摆出了一副傲慢的嘴脸"①，不愿服从命令。情急之下，莱格特扑向他，与之扭打起来，在他们被众水手从海浪中救起拉开之后，此人已没了呼吸。年轻的船长显然认同莱格特在非常情况下以暴力维系航船安全与秩序的做法，所以不仅要冒着身败名裂的危险将其藏匿，更要冒着船毁人亡的危险，助其逃离。

与之前略显软弱的作风不同，为帮助"另一个身穿睡衣"的"我"脱难，年轻船长立即开始行动起来。年轻船长以果断下达指令、目光巡视列队而行的水手以及建立用餐仪式感等方式，在副手与船员面前树立权威。面对来访的"赛弗拉"号船长，年轻船长则更具表演性，不仅大方待客，甚至打开船长室内的浴室，既令对方打消疑虑，也展现作为一船之长的大度与掌控力。当然，小说中最重要的部分是年轻船长力排众议，执意将船驶近内陆岛屿的情节。在此过程中，无论是大副"恼人的络腮胡子"与"恶狠狠的神情"，还是二副不断莫名的惊讶与反问，都只能更加坚定年轻船

① 薛诗绮编，《康拉德海洋小说》，上海：上海文艺出版社，2012年，第184页。

长必须闯过“艾勒伯斯之门”(希腊神话中阴阳之间的暗域)的决心。甚至如莱格特一般，年轻船长也在关键时刻，紧紧握住了大副挣扎着的手，以近乎暴力的方式，确保自己的命令得以执行。航船成功闯过生死考验，年轻船长收获了胜利与众水手的欢呼，成为一位真正的船长。年轻船长分享了莱格特的秘密，莱格特促成了年轻船长的成长。

《秘密分享者》的最独特之处是对于“双重自我”(doppelgänger，原文为德语，类似 double goer 之意)主题的利用。所谓“双重自我”源自德国民间传说，是指一个活人身边出现了一个类似其幽灵之物，而幽灵的出现，意味着此人命不久矣。类似主题常被 19 世纪小说家利用，比如爱伦·坡的短篇故事《威廉·威尔逊》(*William Wilson*，1839 年)、陀思妥耶夫斯基的《双重人格》(*The Double*，1846 年)和史蒂文森的《化身博士》(*The Strange Case of Dr. Jekyll and Mr. Hyde*，1886 年)等。康拉德利用了欧洲文学传统，并以海洋小说的形式深化了这一主题。

《阴影线》于 1916 年在《大都会》和《英国评论》连载，是康拉德后期最重要的海洋小说。与《秘密分享者》相似，《阴影线》依然以第一人称讲述了一个成长故事。“我”是一个年轻大副，在新加坡逗留期间，得到前辈提醒，获得了船长任命，随即便乘船去泰国(暹罗)任职。到达之后，“我”发现新船不仅人手不足，而且现有船员大多身患疟疾。航船入海后，遭遇了无风的窘境，船上药物也遭人调包，之后，更是遭到了风暴的袭击。幸得众船员奋力抗争，航船才成功驶回新加坡。小说结尾，“我”与众船员惜别，而“我”对生命的坚韧和脆弱、船长的骄傲与职责又多了一份理解。

《阴影线》创作于 1915 年间，正值第一次世界大战。《阴影线》的扉页中写着这样一段话：“献给鲍里斯以及与他相仿的那些人，他们在青年早期，凭借着爱，穿越了他们一代人的阴影线。”鲍里斯是康拉德的长子，此时放弃了学业，奔赴第一次世界大战前线，并担负起了运输部队中尉的指挥职责。康拉德一方面为儿子的军中表现而骄傲，另一方面，也牵肠挂肚于儿子的安危。《阴影线》原本打算叫作《第一次指挥》，康拉德并在“作者的话”中写道：“本作品的主要写作目的是要再现某些事实，即再现从无忧无虑、躁动的青年期向自我意识更强、生活更艰辛的成熟期转变时发生的一些事实。”康拉德认为，《阴影线》的故事与青年人在战场上的经历“毫无疑问地相似”，而他则与年轻人之间“有一种感觉上相同的地方——尽管形式上差别巨大。”换而言之，《阴影线》既是一位日渐老迈的船长对往事的回忆，又是一位父亲对儿子的人生嘱托。

《阴影线》既有海洋小说必备的冒险与行动元素，又有精彩的心理与情感描写。开篇处，“我”能力出众，颇得前辈信任，却任性地辞掉职务。面对老船长吉尔斯的关心和督促，“我”颇不以为然，甚至觉得他是个“好说教的道学家”，多有不满甚至厌烦。得到船长委任状后，“我”心中充盈“奇妙的狂喜”，甚至脚步也飘了起来。看到属于自己的船只，“我”只觉得“一种无可比拟的充实感”与“感情上的完美感”，迫切地想去满足船长的掌控感，即便明知船上多有病员，依然执意将船驶向海上，不切实际地指望“大海的纯洁”能够涤荡病情。出发前“我”没有仔细检查船上存药，行至大洋之上，才看到船上奎宁被人掉包，面对船员的无药可治，“我”陷入自责与绝望，甚至有了自杀的念头。风暴来袭之时，船上船员即便身负重病，却依然勉力工作，“我”又心潮澎湃，感动不已，等等。可以说，从兴奋骄傲到恐惧绝望，从轻信自负到内疚自责，从不知所措到满怀欣喜，康拉德精准把握住了年轻人初担重任时的心理和情绪起伏，入木三分地将其展现于读者面前。

航船上的社会关系较陆地社会更单纯，但绝非清澈透明，亦有不足为外人道之处，年轻船长需要借助与他人的互动来认知世界与自我。《阴影线》中的大副伯恩斯和厨师兰瑟姆对于主人公的成长蜕变，关系尤大。伯恩斯是船上大副，船长死后原本应由他接任船长，但因其身染疟疾，无法承担，因此职务交给了“我”。由此，“我”与大副便有一种既合作又竞争的微妙关系。“我”虽然知道伯恩斯对“我”心有怨恨，但并没有因其病情而丢掉他。秉持“你我都是水手”[①]的理念，“我”将伯恩斯留在船上照料。事后看来，“我”的慷慨与大度并没有用错地方。航船遭遇暴风雨的夜晚，伯恩斯带着重病来到甲板，为船员加油鼓气，为航船克服风暴做出了贡献。伯恩斯用行为证明了作为水手的操守和价值，也让“我”更深切地意识到作为船长的气量与担当。

另一位年轻船员兰瑟姆则更具象征意味。上船不久“我”便注意到了此人，且评价极高：兰瑟姆“体型匀称，引人注目，有聪明平静的眼睛，富有教养的面容，又守纪律又无拘无束的举止，既有魅力，又是全船最好的海员。”[②]只是因为心脏的问题，兰瑟姆无法做重体力劳动，故此成了船上的厨师。兰瑟姆与“我”年龄接近，性情相投，或许也是航船过程中与“我”交谈最多的船员，而“我”也不断从兰瑟姆身上汲取力量。“我”曾感慨道：“清澈严肃的灰色眼睛，平静和谐的性格，真是无价之宝啊。他的灵魂与他的肌肉一样坚强。”[③]不仅如此，暴风雨来袭的时刻，兰瑟姆不顾随时可能倒下的危险，坚持在甲板上劳作，他身上“完美无缺的海员素质”与“始终如一的英雄主义”[④]也让“我”为之钦佩与折服。如果说莱格特是《秘密分享者》中“我”的另一个身体，那么，兰瑟姆便可谓是《阴影线》中“我”的另一个灵魂。

---

① 约瑟夫·康拉德，《康拉德小说选》，赵启光编选，袁家骅等译，上海：上海译文出版社，1985 年，第 654 页。

② 同上，第 652 页。

③ 同上，第 690 页。

④ 同上，第 702 页。

当然，纵观全文，意义最丰富的意象非“阴影线”(shadow line)莫属。阴影线是海天交接处的天际线，海员在海上几乎每时每刻均能看到，而康拉德将其命名为“青春与成熟之间的幽暗地带”，升华成了人生成长的标志。小说开篇，康拉德便提道：“(年轻的)人们朝前走，时间也在前进，一直到他们看到前面有一道阴影线，它警告说，青年时代的初期一去不复返了。”①对于刚当上船长、涉世未深的主人公，曾自我评价道：“我还年轻，远没有跨过阴影线，对这类事情自然又惊又怒。”②小说之中，阴影线既是天海之间的日常所见，又有更明确的所指，即北纬 8°20″的海域。前任船长死于海上，葬在此海域，年轻船长指挥的航船，又在此遭遇了十余天无风的困境。按照大副伯恩斯的说法，无风是因为前任船长的鬼魂作祟，控制了航船。此迷信之说虽属无稽，却对年轻船长意义重大。能否突破 8°20″的限制，既是对自我指挥能力的证明，也是突破前任船长“影响的焦虑”，实现自我成长的过程。同时，阴影线的深邃与微妙之处还在于，其既是目光可以看到的，又没有确切的位置；既是可以奋力突破的，又会在新的一天再次出现。换而言之，康拉德是以阴影线为象征，提醒人的成长过程并非一劳永逸与非此即彼，而是一个动态的、不断生成与演进的过程。

第二节　马克惠与海上喜剧《台风》

中篇小说《台风》发表于 1902 年。文如其名，小说讲述悬挂暹罗旗帜的英国商船“南山”号，载着 200 余位中国劳工，从南洋驶向福

① 约瑟夫·康拉德，《康拉德小说选》，赵启光编选，袁家骅等译，上海：上海译文出版社，1985 年，第 598 页。

② 同上，第 626 页。

州途中遭遇台风的故事。故事开始，船上气压表迅速下落，预示恶劣天气即将到来。年轻大副朱可士建议绕路而行，但船长马克惠坚持认为，"风暴只是风暴……一艘开足马力的船只好迎面承当……合适办法是直穿过去。"[①]果不其然，强烈风暴随即到来，"暴风在周围黑暗里同巨怪似地怒吼乱撞，整个的宇宙似乎变成了一道漆黑的深沟"。[②] 滔天巨浪之中，众船员坚守船舵与轮机，勉力维持航船前行。与此同时，底舱之中，颠簸损毁了劳工们的箱笼，银元撒落，劳工们争夺打斗，局面失控。紧急关头，朱可士率领水手冲入，制止乱斗，保障了劳工人身安全和航船秩序。小说结尾，历经台风考验的"南山"号平安抵达福州，船长马克惠也将底舱捡到的银元平均分给了每位劳工。

从题材上看，《台风》与《"水仙号"的黑水手》均可称为写暴风雨的杰作。当然，论者也指出了两者之间的差异："水仙号"不仅承载了大海的狂风骤雨，更有源自陆地生活、令人颇感窒息的社会危机，在自然与社会、海洋与陆地的双重重压下，"水仙号"穿行风暴的旅程，犹如泼墨山水一般，显得沉郁而凝重。与之相对，《台风》之中，康拉德没有让源自陆地的阴影笼罩到"南山"号上，因此，尽管台风随时威胁船员的生命，但因为死亡仅是对"纯洁的自然的回归"，所以，即便身处惊涛骇浪之中，也显得轻松明快，色彩鲜艳。[③] 此番洞见，的确点出了《台风》的与众不同。进一步说，《台风》不仅仅是"轻松明快"而已。如果将《"水仙号"的黑水手》视作一部内容严肃而结局伤感的正剧，那么，《台风》更像是一出活泼幽默，甚至颇多戏

① 薛诗绮编，《康拉德海洋小说》，上海：上海文艺出版社，2012 年，第 90 页。以下涉及该小说内容部分，均引自该译本，对照原文或有改动。

② 同上，第 100 页。

③ 约瑟夫·康拉德，《康拉德小说选》，赵启光编选，上海：上海译文出版社，1985 年，第 15–17 页。

谑色彩的喜剧。①

理解作为喜剧的《台风》，关键在于理解船长马克惠。现有的评论中，论者虽然看到了马克惠"沉默寡言""平庸平常""缺乏想象力"等特点，但却更喜欢用"沉着冷静""坚韧不拔""毫不畏惧""指挥若定""毅然决然""坚决果断"等充满浪漫色彩的词汇来拔高马克惠。②其实，马克惠的特别之处，并非是"镇定自若"或"坚韧不拔"，而在于他是一位颇具悖论色彩的喜剧人物。相较于《奥德赛》中的奥德修斯、《白鲸》中的亚哈，或是《"水仙号"的黑水手》中的阿里斯笃，同样是船长的马克惠不仅远称不上足智多谋，能言善辩，还多有无知、错误与言行不当之处，不仅引发读者笑意，甚至令人怀疑其智识水平是否真的低于常人。所谓悖论，一般而言，是指从表面看去一种明显自相矛盾的说法，比如"少即是多"(less is more)，"欲速则不达"(more haste, less speed)等。"笨人"马克惠竟能带领"南山"号逃过海上劫难，如此"笨人做对事"的情节设计，便是本文所指的悖论。按照文论家艾布拉姆斯的看法，悖论表面看来是逻辑矛盾或者说法荒谬，结果却能从积极的方面来解释。那么，马克惠到底是怎样的一位喜剧人物？应如何积极地理解"笨人做对事"悖论？其意义何在？以下，本节将围绕《台风》的情节展开分析，以求丰富对康拉德海洋小说的理解。

《台风》开篇处，康拉德就以对船长马克惠的相貌与心理的描写，为小说奠定了喜剧的基调：

"南山"号船长马克惠，生得那副相貌，简直就是他内心的

① Ian Watt, *Essays on Conrad*, Cambridge University Press, 2004, Chapter 5, Comedy and Humour in Typhoon, pp. 97-111. Watt 教授的洞见对本部分写作尤有启发。

② 王松林，《康拉德小说伦理观研究》，武汉：华中师范大学出版社，2008 年，第 73-104 页。

> 副本，表里完全一致：并不显露坚毅（firmness）或呆钝（stupidity）的特点；什么显明的特点都没有；只是平平淡淡，不起感应，不动声色。①

传统上航海叙事中的主人公，大多坚韧不拔，足智多谋，善于利用有限资源来克服实际困难，比如《奥德赛》中的奥德修斯和《鲁滨孙漂流记》中的鲁滨孙等。当然，也有像《白鲸》中的亚哈一般深刻、阴郁与充满复仇狂热的人物。但是，马克惠却与这些船长均不相同。康拉德以"坚毅"（firmness）和"呆钝"（stupidity）并置，挑战了读者理解船长角色惯性思维。如此平淡乏味、毫无特点的人物，真的是一位合格的船长吗？他能指挥好一艘远洋航船吗？

从词义上看，firmness 是指"不易改变、不易受到打扰、坚实稳定、稳固可靠"，多为褒义；而 stupidity 是指"感觉与反应迟缓，智力或学习能力低下"，是贬义词。虽然两词情感意义差别明显，却共享了"面对外界环境变化时不为所动"的内涵。当然，在何种情况下的"不为所动"可称之为"坚毅"，又在何种状况下可称之为"呆钝"，则不仅是事实判断（"动"还是没有"动"），更是价值判断（动与不动是做"对"了还是做"错"了）。那么，马克惠到底是"坚毅"还是"呆钝"？开篇处的康拉德即提醒读者，任何人物评判，均需结合具体情境、具体分析。

从外表上看，康拉德笔下的马克惠船长，很有几分喜剧色彩。马克惠船长脑袋浑圆，眼睛碧蓝，一头金发，目光羞涩，而且极易脸红，只要"动一动脑袋，金属般的赤光便扫过他两颊的表面了"。②马克惠船长虽然身材不高，却体格极为粗壮，一身衣服总是紧紧地绷在身上，好似皮球一般。马克惠船长只要上岸，便总是头戴毡帽，

---

① 薛诗绮编，《康拉德海洋小说》，上海：上海文艺出版社，2012 年，第 53 页。

② 同上，第 53–54 页。

全身套装，脚穿黑皮鞋，这种打扮整齐的样子，固然让人感到马克惠船长的严谨自律，但康拉德的一句“无论身处何种纬度”，却让人感到这位船长实在是过于拘谨，竟不懂得根据气温变化调整穿着。更有意思的是，马克惠船长上岸之时，总不忘带上一把精致的伞，以显示自己的绅士派头。当然，他的做法，对于具有一定社会地位的英国商船船长而言，本无可厚非。但康拉德却提醒读者，马克惠船长虽然拿着一把精致的雨伞，却总是不知道、或者忘记了将伞收起。于是，马克惠社交上的小小失态，便会引发年轻大副朱可士的关注。“朱可士会忙不迭地赶上前去，替船长将伞折好、送还。”[①]这一幕，还会引发另一位老水手、轮机长所罗门的笑意。可以说，开篇处的康拉德不仅简洁地勾勒出马克惠令人发笑的体态样貌，还初步展现了马克惠钝于天气变化与社交礼仪的特点。

除相貌礼仪之外，康拉德还从亲密关系入手，展现了马克惠船长的另一面。康拉德告诉读者，马克惠原本是贝尔法斯特一个杂货商的家中独子。15 岁时，马克惠不辞而别，出海当上了水手，此举令父母伤心难过，愤恨不已。之后，虽然马克惠不时有家信回来，但过于简洁的内容，无法缓解父母的心情。其母为他泪流不已，生性爱说俏皮话的父亲更是将马克惠看作一个“半痴的呆子”，直呼儿子是一个“笨蛋”(an ass)。[②] 同时，马克惠与自己的妻子孩子也颇为疏离。他写给妻子的信，总显得“芜杂平淡”“干燥无味”，不像是写给至亲的家信，倒像是写给船东的航程汇报。他即使回到家中，也只是孩子眼中的“一个有特权的访客”一般。轮机长所罗门与马克惠年龄相仿，同样长期离家航海，但所罗门不仅性格风趣，文笔也极富想象力，他的家信常常带给妻子和家中老母不少的欢乐。两相对比，更凸显了马克惠的“呆钝”。

① 薛诗绮编，《康拉德海洋小说》，上海：上海文艺出版社，2012 年，第 54 页。
② 同上，第 56 页。

如果说马克惠的少言寡语、枯燥无味，让他在社交和亲密关系领域表现平平，那么，作为船长的马克惠，在自己的职业领域表现又是如何呢？可以说，康拉德笔下的马克惠依然少有可圈可点之处。马克惠受命接收和查验“南山”号。作为即将驾驶新船进行远航的新船船长，马克惠理应与船厂充分沟通，理应全面了解新船的结构、操控、动力、救生等状况。而他只看了一遍，便把外衣一脱，挂在蒸汽绞车的末端，却把目光放在了船长室的门锁上，发现了门锁开关不灵活的问题。一方面，这个细节体现了马克惠关注眼前事物的特点；另一方面，康拉德也用“官舱门锁”和“蒸汽绞车”的对比来提醒读者，作为远航船船长的马克惠，到底应该更关注新船的什么问题？是船长室上的门锁，还是比门锁重要千万倍的、牵涉航行动力与安全的“蒸汽绞车”？马克惠查验新船时的表现和他面对即将到来的远航一般，正是“近视眼的旅行家”面对“一幅辽阔的风景”，不仅是无动于衷，也让人为之捏了一把汗。[①] 如此缺乏眼光、少有见识的船长，对于航行而言，似乎只能靠运气了。如若命运眷顾，顺风顺水，当然毫无问题。而一旦危机迫近，一位“近视”的船长当如何应对？可以说，康拉德以马克惠“查验新船”一幕为序曲，既为马克惠的职业表现奠定了调子，也为日后的危急时刻埋下了伏笔。

马克惠只关注当下或表面、缺乏理解力的一面，是在与朱可士的交流障碍中体现出来的。朱可士年轻、敏锐，无论是对事物理解力或是想象力，都胜过马克惠一筹，既是小说中“正常人”的代表，也是衡量马克惠的标杆。小说中，马克惠与朱可士之间的交流，并不顺畅，最经典的例子当属“换旗事件”。“南山”号船主为了在中国海行驶便利，将船只由原注册地的英国改为暹罗（泰国的旧称），并挂上暹罗旗帜。此举引发了朱可士的不满。朱可士说道，“好古怪的

① 薛诗绮编，《康拉德海洋小说》，上海：上海文艺出版社，2012年，第59页。

旗啊，叫人待在这下面怎么航海呢，先生。”[①]放在当时的语境中，朱可士担心的显然是缺乏英国国旗的保护，航行会有安全顾虑，但马克惠的反应却令他瞠目：

> 少顷，他（马克惠）悄悄走进海图室，打开他的“国际船舶信号书”，翻到世界各国的国旗，一排排灿烂夺目，刻画得很准确的插图。他用一只手指挨次点着这些国旗，等点到暹罗，他便凝神定睛，仔细地端详那个红底白象。没有再简单明白的了；可是为要得个分晓，他便随手带了这本书出来，走上瞭望台去想把书上画的图同船尾旗杆上挂的实物对比一下。当时朱可士抑制着胸中的怒火，正在料理当天的事务，恰巧也上瞭望台，船长便道：“那面旗并没有哪儿不对啊。”[②]（着重号为笔者所加）

马克惠听到了朱可士的话，却没能理解朱可士言语中的真正含义，误以为是船上悬挂的暹罗旗帜本身出了错，比如印制错误或是挂颠倒了。作为英国远航船上的船员，朱可士的担心并非全无道理，马克惠却也的确让朱可士哭笑不得。同时，应该注意到，康拉德精心挑选了“悄悄走进”“一只手指依次点着”“凝神定睛”“仔细地端详”等词，戏谑了马克惠的小心翼翼与只关注当下的特点。可以说，在台风未来之前，康拉德便从马克惠的外貌举止、亲密关系与言谈举止等方面入手，不仅勾勒出了一个呆钝、迟缓与缺乏理解力的船长形象，也将读者引入了海洋小说惯常的悬念之中：这样愚笨的船长，真能带领“南山”号躲过一劫吗？

---

① 薛诗绮编，《康拉德海洋小说》，上海：上海文艺出版社，2012年，第61页。
② 同上，第61–62页。

《台风》中的关键情节，正是“南山”号遭遇台风。台风来临前，马克惠对朱可士说过，“风暴只是风暴，一艘开足马力的轮船只好迎面承当。这样恶劣的天气变化到处都是，合适的办法就是直穿过去……”①马克惠面对台风“直穿而过”的言论，常常被引用，作为证明其勇敢的证据。然而，如果将这番话放置在语境之中具体分析，作为船长的马克惠到底是“勇敢坚强”，还是“蛮愚无知”，便很值得商榷了。

首先需要说明的是，台风（typhoon）——尽管可以按马克惠的说法，称之为风暴（storm），但是，台风却并不等于一般意义上的风暴，其破坏力要大得多。作为产生在太平洋洋面的强热带气旋，台风是昼夜海水的温度差、大气层上下的气压差与地转偏向力等条件共同作用下的产物，一般多发生在夏秋季节。台风风力迅猛，中心处最大风速可以达到每秒钟 30 米，相当于时速 100 余千米。台风生成后，一边会围绕其中心急速旋转，一边会随着大气向前移动。巨大的风力会掀起滔天巨浪，对远洋航船构成极大的威胁。由于台风中心的空气会高速旋转，在离心力的作用下，外面的空气无法进入台风中心区域，台风中心的气压会远远低于正常气压，这也是人们得以预知台风的重要迹象。②第二章开篇，马克惠看到气压表急剧下降，心里虽然想到“附近有恶劣的天气变化”，却只是感到天气闷热与身体不适。康拉德告诉读者，驶往福州的“南山”号正“航行于中国海，正当台风季节”③，而“尽自往下降落”的气压表虽然给马克惠敲响了警钟，但这位船长对于天气可能达到的“恶劣”程度，却缺乏足够的预判和心理准备。

① 薛诗绮编，《康拉德海洋小说》，上海：上海文艺出版社，2012 年，第 90 页。

② 一般正常的大气压力为 1013 百帕，而台风中心的气压一般都低于 950 百帕，甚至低于 900 百帕。1654 年的马德堡半球实验，证实了大气压力的存在。

③ 同①，第 73 页。

台风是一种古老的天气现象，于17世纪进入了欧洲航海家的视野。时至19世纪，航海学、气象学已对台风有了相当丰富的知识积累。1844年，英国人亨利·皮丁顿(Henry Piddington)，一位水手出身的气象学与航海学家，也是"气旋"(cyclone)一词的发明者，出版了《航海者之角：风暴手册》(*The Sailor's Horn for the Law of Storm*)一书。该书总结了航海与气象观察的历史经验，阐明了台风(气旋)生成、发展与灾难性后果，并且为海员提供了规避或减少台风影响的实用策略。时至1889年，《航海者之角：风暴手册》已出版到第7版，不仅是远航太平洋的英国船只上的必备书，也是英国议会颁发船长执照的必考书。作为船长的马克惠，其船长室中极有可能藏有该书(或其他类似文献)。当然，读者也有理由期待他应该具备关于台风的充分知识。

过低的气压没有引发马克惠充分的警觉，而朱可士的提醒也同样无效。朱可士注意到了气压和海浪的变化，并率先断定台风即将来临。[①] 朱可士提醒马克惠，为了乘客与船只安全，"南山"号应改向行驶，以减低风浪影响。朱可士的提醒符合航海惯例。一般而言，太平洋上台风的右半圆风向与其移动路线接近一致，右半圆风速比左半圆大，且北半球的台风都是顺时针旋转，容易把处在右半圆的船舶卷入台风中心。因此，航海上把台风的右半圆称为"危险半圆"，将左半圆称为"可航半圆"。航海船舶遭遇台风时，为避免被卷入台风中心或中心外围暴风区，应该采取适当的避航方法。但是，对于朱可士的合理建议，马克惠却以"多添300英里"距离和"多加一笔煤账"为理由，断然拒绝了。[②]

那么，马克惠是仅仅出于对航行经济性的考虑，而断然拒绝朱可士的吗？应该承认，经济上的考虑并非全无道理，但是，康拉德

---

① 薛诗绮编，《康拉德海洋小说》，上海：上海文艺出版社，2012年，第81页。
② 同上，第89页。

提醒读者，马克惠拒绝调整航线的内在原因，其实是他无法理解或想象台风的到来对于“南山”号到底意味着什么。康拉德写到，马克惠虽然通过了英国议会的船长考试，却早已忘记“圆形风暴”“飓风”“旋风”“台风”是什么意思了。① 得知台风即将到来，马克惠虽然打开了海图室中的藏书，看到诸如“进展的半圆形”“左右翼的象限”“轨迹的曲线”“中心点的概然方位”“风的转移”以及“气压表的升降表示”等专有名词，却无法理解这些气象术语对于远洋船只的意义。甚至，马克惠还因其无知而表现出了强烈的反智倾向，他对朱可士高声叫道，“所有这些躲避海风和巧制天气的规则……都傻透了。”②

马克惠的无知与反智，不仅体现在他拒绝书本知识和年轻下属的合理建议，而且对于同行之间口耳相传的经验，同样不屑一顾。拒绝了朱可士的提议之后，马克惠颇为得意地说起，自己曾经有一次在岸上，听到过“美力达”号老船长卫耳森讲述躲避“极端可怕的暴风”的经验。但是，对于老船长讲述的经验，马克惠却只用了“胡说八道”“莫名其妙”“疯子”“犯糊涂”等来回应。正如他难以预见气压表迅速降低意味着什么，马克惠也根本无法相信，有人能够预知“五十英里外有暴风”的事实，遑论能够躲避风暴了。面对这样一位缺乏预见力和理解力的船长，难怪朱可士会“张开双臂站在门道里，仿佛被邀请来参观一个奇迹。无限的惊奇是他眼里理智的含义，同时疑惑笼罩了他全部的面貌。”③

当然，马克惠也并非对于“恶劣天气”毫无准备。批评了老船长卫耳森的“糊涂”言论后，他对满脸惊愕的朱可士下达了应对风暴的两条指令：其一，通知水手，有细微变化的时刻，及时通知

① 薛诗绮编，《康拉德海洋小说》，上海：上海文艺出版社，2012 年，第 73 页。
② 同上，第 89 页。
③ 同上，第 90–91 页。

他；其二，请朱可士将门关好，因为他“顶怕门砰砰价闹”，而“这条船上安的锁尽是些敝朽货”。[1] 如果说第一条指令显现出马克惠虽然愚钝，依然不失为一位忠于职守的船长，那么第二条指令则可谓是康拉德的神来之笔。上文提到马克惠作为船长查验新船的时候，没有去看更关键、更重要的驾驶、动力与安全设施，而是看到了船长室上的门锁。此时，风暴来临前的一刻，他却只是对船长室上的门锁念念不忘。至少就台风到来前马克惠的言行来看，他更像是一位蛮愚而非勇敢的船长。读者更要为“南山”号的安危担忧了。

不出所料，刚刚进入第三章，没有给“南山”号留下喘息时间，台风便到来了。康拉德笔下的风暴场景，极为精彩：

> 这情形来得凶猛而且迅速，好似盛满愤怒的瓶突然打了个粉碎。这情形在船身周围爆发了，带来难挡的震荡和巨浪的奔涌。仿佛一座大堤被吹飞了在迎风舞蹈哩。顷刻间，人们互相隔绝了。这是大风的分解力：它使人离格了人的同类。地震、山崩、雪溃突然袭击一个人。可说是意外的不测——并不含感情作用。狂暴的巨风好像对仇敌似地攻击他，想攫取他的肢体，缠牢他的心，要从他的身体来挖出他的精神来。[2]

又如颠簸于巨浪中的“南山”号：

> 暴风在周围黑暗里同巨怪似地怒轰乱撞，整个的宇宙似乎变成了一道漆黑的深沟。有些时刻，空气直向船身灌注，仿佛通过一条隧道吸引而出的，带有凝集的坚硬的冲击力，这

① 薛诗绮编，《康拉德海洋小说》，上海：上海文艺出版社，2012 年，第 91 页。
② 同上，第 97 页。

股力似乎把它举出了水面，叫它暂时凌空，只是它从头到尾起了不断的震颤。于是它重新颠摇，仿佛又掉下了沸滚的大锅。①

再如风暴与巨浪冲击下的一众船员：

这使他们感到窒息，他们闭了眼睛，把握得更紧。由于震撼之强，可以想象有一座在黑暗里腾涌直立的水柱，扑向船身，突然碎散了，从高处猛向望台砸下，带着仿佛要将人活埋的沉重的压力。

从那崩溃的大浪分散出一个飞溅的浪花，把他们从脚跟到头顶都包围在整个旋涡里，猛然用盐水灌满了他们的耳、嘴、和鼻孔。那水花打软了他们的腿，急扭他们的胳膊，从他们下巴下面沸腾着飞滚过去；他们睁开眼来，只见重重叠叠的大块泡沫冲前赶后，泡沫里混杂着一些断碎的船具似的东西。它不再抵抗了，仿佛被赶着往水里直钻呢。遇着这骇人的打击，他们跳突的心脏也萎缩了；可是它又猛然向上跳，接着再拼命往下栽，仿佛竭力要从颓壁残垣下面爬将出去的样子。②

类似极富画面感与感受力的文字，在第三、第四、第五章之中俯拾皆是。面对台风这一对航海者而言极端可怖的自然现象，康拉德尽其所能，以高超的文字完成了一项不可能完成的任务。康拉德对于暴风、巨浪、船只与灾难之中海员的描写，即便放置在世界海洋小说的书写史中，也可谓独树一帜，难有匹敌。

---

① 薛诗绮编，《康拉德海洋小说》，上海：上海文艺出版社，2012 年，第 100 页。

② 同上，第 104 页。

同样在这一部分，康拉德继续以诙谐的笔法，讲述了灾难之中的马克惠。狂风之中，大副朱可士来到甲板，却被巨浪击倒，淹没在海水中。狂乱之中，朱可士发现了“一张脸，一件油衣，一个人的长筒靴”，这正是船长马克惠。朱可士想要抓握他，却被巨浪甩开，屡次之后，“终于被一双粗壮的胳膊揪得紧紧地解脱不开了。”于是，“他也紧紧地环抱着这个厚实的身体”。[①] 求生的本能，让马克惠与朱可士两人紧紧搂抱在一起。朱可士把脑袋向前伸，碰到了马克惠“又大又肥、湿漉漉的”耳朵，喊叫着向他汇报船上的损失。此刻的马克惠也毫无办法，只能用“没有错儿”“没有办法”“只能丢下”等来回应。巨浪狂涛之中的马克惠与朱可士，“挽抱着站在伸手不见五指的夜里，互相砥砺着反抗着风的吹迫，面颊贴着面颊，嘴唇对着耳朵，宛似两个船壳首尾衔接着捆绑在一起的光景。”[②]两位粗壮的汉子，在康拉德笔下，犹如热恋中的爱侣一般，紧紧相拥。相信读者读到这里，既会为马克惠等人的生死担忧，又会为康拉德戏谑的笔法莞尔。

有意思的是，正是身处远超人类承受力的巨大灾害之中，马克惠的“迟缓”与“愚钝”却开始发挥作用了。康拉德借助朱可士的眼睛和耳朵，再现了此时的马克惠。身处风暴带来的洪大杂乱喧闹之中，马克惠只能勉强发声，他的声音“遥远而平和”“纤弱而不屈不挠”，却仿佛具有“静谧的沁人心脾的效力”，让心中已然觉得束手无策的朱可士，又逐步恢复了信心。此时的马克惠，不再是台风到来之前时那个难以理喻的笨蛋，倒像是“头顶环绕着一圈清明的灵光”的“圣像”了。[③]

不仅是马克惠在台风中微弱但坚强的声音，给朱可士带来了信心，两人的表现也在巨大的灾难面前发生了反转。面对台风带来的

---

① 薛诗绮编，《康拉德海洋小说》，上海：上海文艺出版社，2012 年，第 99 页。
②③ 同上，第 103 页。

巨大冲击，朱可士在极度紧张之后，只觉得“浑身瘫软，手脚松弛”，几乎被“吓得魂不附体”了，几乎失去了行动能力。马克惠却没有辜负自己作为船长的“威信、特权和负担”，在此刻挑起了责任的重担。在朱可士怀疑“南山”号能否挨得过去的疑惑时刻，马克惠给出了他的答案，“它也许能。”[①]面对台风，朱可士已然“漠不动情”，“仿佛台风的猛力已经让他失去了责任心”而“精神麻木”的时刻[②]，是马克惠运用权威，屡次下令，督促朱可士履行大副职责，去底舱处理苦力骚动。同样，其他水手因为恐惧、绝望与麻木而失去行动力的时刻，依然是马克惠持续不断地下达指令，要求二副、轮机长等人坚守岗位，履行职责。虽然无人能预知“南山”号是否能逃过此劫，但是，马克惠的坚持与镇定，至少让“南山”号在最困难的时刻，依然保持了秩序，而“南山”号也挺住了台风的第一波打击。

颇具喜剧效果的是，即便此时，马克惠还是对“南山”号是否遭遇了台风半信半疑。时至第五章，“南山”号进入台风风眼，暂时风平浪静。马克惠走到海图室，看到了平常起居的“干净所在”，已经“凌乱不堪”了，他也终于有机会可以再看看气压表。然而，马克惠划了三根火柴，才最终看清。第一次，马克惠“擦亮一根……水银柱很低——低得叫人不能相信”，他不禁哼了哼，似乎不敢相信。第二次，马克惠又抽出了一根，对着气压计仔细端详，“没错，这还是他生平头一回看见这么低的表度呢”。但是，马克惠依然不敢相信。他走到卧榻处的无液气压计前，第三次擦亮火柴，直到此时，马克惠“再也没有疑惑的余地了”，他终于相信台风是真的到来了。[③]“南山”号早已经历了台风长达 6 个小时的折磨，此时的马克惠还需要擦三根火柴来反复确认。这种小心翼翼的迟缓，令人忍俊。可以说，

---

① 薛诗绮编，《康拉德海洋小说》，上海：上海文艺出版社，2012 年，第 105 页。

② 同上，第 108–109 页。

③ 同上，第 147–148 页。

康拉德始终没有忘记马克惠的喜剧角色。

《台风》最动人的章节，来自经历了台风第一波打击之后，马克惠与朱可士的第二次对话。作为船长的马克惠，批评了年轻的大副：

> 你别为了一点小事儿就心慌意乱……叫它迎头应战。由他们去说什么，可是最猛的浪头是跟着风跑的。迎头应战——决不闪避——唯有这个方法才能突破这重难关。你是个年轻的水手。正面应战。这就够了，无论在谁。头脑要冷静。①

对比台风未来之前的“直穿而过”，此时的“迎头应战”，虽然方法相同，但意味却相差甚远。在决定第一次的“直穿而过”时，马克惠没有对危险的恰切估计，没有考虑调整航线与躲避台风的可能，很难称之为是明智之举。此时“迎头应战”，则既是经历了台风的力量与凶险，又是在明确知晓了自身身处绝境之后的选择，这才是真正的勇敢与坚毅。康拉德没有花费笔墨描写台风第二波的攻击。虽然历经台风考验的“南山”号犹如被巡洋舰舰队当炮靶子打过、犹如从海底打捞出来的一般，但终归是进入福州港，航程安全结束了。同时，台风肆虐之时，底舱苦力们的银元撒落，众苦力为之争夺打斗，一度局面失控。直到朱可士的到来，制止打斗，维持住了秩序。船到福州之后，马克惠主持仪式，将水手在底舱捡到的银元，以平均分配的方式，还给了苦力们。台风来临之前，马克惠没能采取恰当措施，台风结束之后，马克惠部分弥补了曾经的过失，实现了喜剧人物的自我救赎。当然，《台风》大团圆式的收尾，也符合喜剧的基本惯例(若“南山”号毁于台风，或苦力无法拿到自己的收入，《台风》就变成一出悲剧了)。

---

① 薛诗绮编，《康拉德海洋小说》，上海：上海文艺出版社，2012 年，第 154 页。

至此，让我们回到本节开始时的问题。作为喜剧人物的马克惠，他到底是“坚毅”还是“呆钝”呢？他身上的悖论色彩到底应该如何理解？《台风》中“笨人做对事”的故事又有何意义呢？从上文分析可以看到，放置在社交与亲密关系的语境中，马克惠对人、对事的“反应弧”的确过长，显得愚钝和无知。但是，放置在极端凶险的台风环境中，他的“慢反应”甚至“无反应”，却让他没有出现过度的情绪与行为的起伏，让他恰切地履行了船长的职责。因此，对《台风》的读者而言，无论是用“坚韧不拔”“从容不迫”“临危不惧”“沉着冷静”等褒义词，还是用“平庸乏味”“愚钝迟缓”“呆钝无知”具有贬义色彩的词汇，均只能展现片面的马克惠，而非全面的马克惠；均只是静态的结果，而非动态的过程；均只是抽离了具体语境之后的评判，而并非是放置在具体时空之中的理解。换而言之，康拉德《台风》书写的意义可以概括为：其一，他为世界文坛贡献了一出别具一格的、以台风为背景上演的航海喜剧；其二，他以戏谑而轻松的笔触创造了船长马克惠，一位充满悖论色彩的、独具特色的喜剧人物；其三，康拉德重述了一个简单而深刻、明显而又常遭人忽视的真理：只有深入的、情景化的理解，才可能有恰切的判断。

第三节　《黑暗的心》与文明反思

中篇小说《黑暗的心》(*The Heart of Darkness*)是公认的康拉德的代表作，也是他引发争议最多的作品。1899 年，《黑暗的心》发表在《布莱克伍德》杂志上，后收入《青春及其他航海故事》(1902 年)中。与康拉德绝大多数海洋小说一样，《黑暗的心》也是基于康拉德的亲身经历而来。1890 年，31 岁的康拉德得到比利时驻刚果上游地区商业有限公司(Société Anonyme Belge du Commerce du Haut-Congo，简称

SAB 公司)的任命，前往非洲担任刚果河上一艘汽船的船长。去往非洲担任船长，意味着康拉德既可以探索一片相对少有人知的领域，满足年少时的好奇心与梦想，又可以实现职业上的抱负和层级跃升，康拉德对此充满期待。但是，非洲之行却让他大失所望。他指挥的船只，只是一艘“比火柴盒大不了多少”的小蒸汽船，完全无法与指挥远洋船只比拟。同时，非洲极端炎热的气候与恶劣的生活环境，让康拉德无法适应，染上了疟疾等恶疾。然而，最让康拉德触目惊心的，是他在非洲丛林深处的所见所闻。即便是海员出身、见多识广的康拉德，精神上也受到了极大的冲击。康拉德只在刚果停留了不到半年时间，没有履行完与 SAB 公司的三年合约，便回到英国，一病不起，好几年后才恢复健康。从一定意义上说，《黑暗的心》讲述的正是康拉德非洲之行的震惊与创伤经历。

与《青春》相似，《黑暗的心》的主人公依然是水手马洛。小说开篇，在泰晤士河口的一艘帆船上，四五位因共同的航海兴趣而围坐在一起的朋友，倾听马洛讲述自己的航行故事。马洛从比利时的航运公司得到工作，去非洲驾驶汽船。到达非洲之后，马洛进入刚果河河口，沿河而上，所经历的不仅是难于穿越的原始密林，酷烈灼热的天气，陌生危险的河流，更有棍棒皮鞭之下的黑人劳动者与野蛮贪婪的白人冒险家。马洛接到任务，要把身处河谷深处的贸易商库尔兹接回欧洲。库尔兹是丛林深处最成功的欧洲冒险家，“一个人送来的象牙等于所有其他站的总和”。[①] 待马洛克服了湍流、浓雾与丛林原住民的袭击，到达库尔兹所在的贸易站，却看到了更令他震惊的一幕：这位欧洲文明最骄傲的儿子，早已堕落成了丛林深处最可怕的暴君。马洛将库尔兹带上返航的汽船，身染重病的库尔兹却

① 约瑟夫·康拉德，《黑暗的心·吉姆爷》，黄雨石、熊蕾译，北京：人民文学出版社，2010 年，第 25 页。本节所引《黑暗的心》译文，均出自此版本，个别地方对照原文，或有改动。

死在了返航途中，临死之前只留下了两声微弱但意味深长的呼号："太可怕了！""太可怕了！"[①]小说结尾，马洛回到比利时，面对库尔兹的未婚妻追问他到底有何遗言时，一贯痛恨谎言的马洛却撒了个谎，"他所说的最后一个字是——您的名字。"[②]

在分析笛福的《海盗船长》和埃奎亚诺的《生平自述》时，本书曾提及欧洲与非洲交往的历史。大航海时代之前，欧洲人虽然知道非洲的存在，但对非洲的认识，尤其是对中部和南部非洲的认识，却充满梦幻与臆想色彩。1350 年，本笃会修士雷纳夫·希格登（Ranulf Higden）绘制过非洲地图，可算当时的饱学之士，他认为非洲人只有一只眼睛，而且经常把脚放在脑袋上。1459 年，另一位意大利修士弗拉·毛罗（Fra Mauro）则称，非洲是巨雕的栖息地，巨雕可以背起大象，翱翔天空。[③]大航海时代开始之后，葡萄牙航海家率先完成了环绕非洲的航行，由此开启了欧洲人在非洲从事大规模奴隶贸易的先河。之后，西班牙、荷兰、英国、法国、意大利等列强纷纷加入，在短短两三百年的时间内，便将数以百万计的非洲人卖往美洲等地的殖民地为奴，从事最危险与艰苦的劳作，同时，另有难以计数的非洲人死在了跨越大西洋的航程中，创造了人类历史上的黑暗时刻。在奴隶的激烈反抗与进步人士的不断抗争下，英国于 1807 年宣布奴隶贸易为非法，于 1833 年在英帝国全境废止了奴隶制度。废止奴隶贸易与奴隶制是一回事，西方列强是否能够就此在尊重非洲历史与文化差异的基础上，与经济、社会与文明程度相对落后的非洲平等交往，却是另一回事。从历史上看，19 世纪的西方列强，尽管常常打着向非洲推广基督教文明、限制奴隶贸易与制止食人行为等旗号，

---

① 约瑟夫·康拉德，《黑暗的心·吉姆爷》，黄雨石、熊蕾译，北京：人民文学出版社，2010 年，第 97 页。

② 同上，第 107 页。

③ 亚当·霍赫希尔德，《利奥波德国王的鬼魂：贪婪、恐惧、英雄主义与比利时的非洲殖民地》，扈喜林译，北京：社会科学文献出版社，2018 年，第 9 页。

但事实上却更愿意将非洲当成可以任意剥削的原料供应地，将非洲人当成可以任意宰割的低劣蛮族与廉价的劳动力来源。其中，比利时国王利奥波德二世在刚果的行径，尤其具有代表性，尤其令人发指。

1830 年建国的比利时无疑是欧洲的小国，但国王利奥波德二世却有庞大的殖民野心。1874 年，得知英国探险家亨利·莫顿·斯坦利(Henry Morton Stanley)成功穿越非洲之后，利奥波德二世抓住机会，通过一系列令人眼花缭乱的政治运作，将中部非洲的广袤区域变成了他私人治下的“刚果自由邦”。利奥波德二世向西方社会宣称，他建立“刚果自由邦”是为了给当地带来“文明和进步”，但从实际行动上看，利奥波德真正在做的，却是竭力攫取非洲的财富与资源(比如象牙和后来发现的橡胶)，以此在欧洲市场上谋利。为达到以最低成本获取最大利益的目的，利奥波德在刚果建立起了一套范围广泛的强制劳作系统，逼迫当地人修建铁路、收集象牙和橡胶。他纵容手下商人与武装力量(“公安军”)，不择手段地在刚果横征暴敛，不愿服从的当地人，随时面临着被鞭打、绑架、囚禁、砍手乃至杀害的厄运。在康拉德造访刚果的 1890 年，另一位美国黑人传教士乔治·华盛顿·威廉姆斯(George Washington Williams)也身处刚果，他在一封公开信中，愤怒谴责了利奥波德统治之下的可怕场景：

> 利奥波德沿河设立军事基地导致很多人死亡并破坏了建筑……这些强盗式的驻军用枪逼着村民上交鱼、山羊、家禽、蔬菜；稍有不从……白人军官就会带着远征队过来，烧掉村民的房子。
>
> 陛下的政府对待被抓来的村民残暴无比，稍有过错，他们就会遭受刑责，镣铐加身……颈上的铁项圈往往深深勒入囚犯脖子的皮肉，溃烂的伤口招来苍蝇飞舞，让伤口恶化。

> 利奥波德一直宣称他新建立的这个国家提供英明的统治和公共服务，这完全是谎言。这里没有学校，没有医院，只有几个“连养马都不够格的”小窝棚……
>
> 白人商人和官员绑架非洲女性做自己的小妾。
>
> 白人军官射杀村民，有时候强掳他们的妻女，胁迫幸存者给他们干活，有时候完全是为了取乐。两个比利时军官从蒸汽船甲板上看到远处的独木舟上有一个村民……两个人就赌 5 英镑，看谁能开枪打中那个人。三声枪响之后，那个村民倒下了，头部被子弹打穿。
>
> 利奥波德并不是他自我宣传的反奴隶制的斗士，陛下的政府在从事奴隶买卖，包括批发和零售。它买卖和劫掠奴隶。陛下的政府以每人 3 英镑的价格购买四肢健全的奴隶服兵役……为陛下位于刚果河上游的基站干活的劳力也是奴隶，每个年龄段的男女都有。①

利奥波德在刚果掠夺了 2.2 亿法郎(约合今天的 11 亿美元)，满足了其死时是亿万富翁的愿望，但他却公开宣称，作为刚果的管理者，自己并没有领取任何薪水。与此同时，1880—1920 年间，刚果盆地在他的残酷统治下，人口减少了约 1000 万。历史如此充满反讽，在比利时国内，利奥波德的言行举止可谓中规中矩，并无太多受人指摘之处，他却在非洲犯下了历史上最为残暴的反人类罪行。后来，在乔治·华盛顿·威廉姆斯、威廉·谢泼德(美国传教士)、埃德蒙·迪恩·莫雷尔(英国船运公司职员)和罗杰·凯斯门特(英国驻非洲领事)等人的不断揭露下，利奥波德的暴行才大白于天下，引发了广泛关注，国际社会也最终行动起来，终结了利奥波德在刚

① 亚当·霍赫希尔德，《利奥波德国王的鬼魂：贪婪、恐惧、英雄主义与比利时的非洲殖民地》，扈喜林译，北京：社会科学文献出版社，2018 年，第 145-146 页。

果的个人统治。历史的机缘巧合，让康拉德成了最初几个目睹利奥波德刚果暴行的欧洲人。康拉德的此次非洲之行，也促成了他生活中的重大转折，改变了他对人性的看法。康拉德曾在信中对好友爱德华·加内特说过，要不是在非洲待了6个月，他“从来不认真琢磨事情。”①

放置于1890—1900年前后的历史语境中，《黑暗的心》首先是一部对于西方殖民暴行的揭露之作。康拉德借马洛之口，讲述了刚果人的可怕遭遇。马洛在接近非洲海岸的一刻，第一次亲眼目睹到了处于自然状态下的非洲人，尽管他无法理解当地人的表情，但依然觉得这些人“有骨头，有肌肉，有一股狂野的活力和强烈的活动能量，同他们的海岸边的浪头一样，自然而真实。”②然而，随着马洛步入由欧洲人殖民开发的非洲，那种“狂野的活力与强烈的活动能量”便消失殆尽了。康拉德以密集的笔触描绘了马洛的所见所闻。6个被锁链锁在一起的黑人，吃力地沿着小道攀爬，即便他们走到距马洛不到6英寸的地方，却都没有看马洛一眼，个个面如死灰，“带着不幸的野蛮人的彻底的、死一般的冷漠。”③一个小山沟里，马洛目睹了一群黑人劳工歇息的场景。这一群“既非敌人、又非罪犯”的黑人，或蹲或躺，“表现出各种痛苦、认命和绝望的姿势”，看上去就像“大瘟疫或大屠杀之后的图景”。为了加强读者的印象，康拉德又从一群人中挑出了一个极为年轻的个体，让读者近距离感受其绝望的痛楚：“黑色的骨头全伸展开，一边肩膀倚在树上，眼皮慢慢地掀起，一对深陷的眼睛翻上来望着我，显得那样巨大而空洞，眼窝

---

① 约瑟夫·康拉德，《黑暗的心·吉姆爷》，黄雨石、熊蕾译，北京：人民文学出版社，2010年，第185页。

② 同上，第18页。

③ 同上，第20-21页。

深处有一种浑浊的白光正在慢慢消失。”①

被强迫劳动折磨的黑人，处境近乎绝望，那么，参与刚果开发的白人又是怎样的？离痛苦劳作的黑人不远处，马洛看到一位“如鬼魂般”的贸易站会计，此人刷着头油，打着阳伞，身着淡黄色羊毛上衣，雪白的裤子，系着领带，脚蹬一双擦得锃亮的皮靴，耳朵后边夹着钢笔。② 康拉德详尽讲述白人会计的衣着相貌，不仅是将其与黑人的困苦作对比，更希望让读者感到不安：为什么身在地狱之旁的白人可以维系如此“典雅的外表”？马洛效力的贸易站经理，均是身强力壮而见识平平的无能之辈，“没有知识，没有才智……他从来没有过任何创见，可是他能够保证每日的例行公务正常进行——这就是他的全部本领。”③同时，康拉德让读者看到，这些在刚果的欧洲人，尽管打着推广基督教文明的旗号，却丝毫不关心当地人的需要，遑论关心当地人的福祉了。他们除了利用暴力强迫当地人从事艰苦的劳作，便是相互之间的勾心斗角、争权夺利。那么，到底是什么让欧洲人不顾路途遥远与环境的艰苦留在刚果？答案就是象牙，就是象牙所代表的财富。康拉德借马洛之口告诉读者，“象牙这个词儿在空气中，在人的耳语和叹息中跳跃，你简直觉得他们是在向它祈祷。这里到处都可以闻到一种愚蠢的贪婪的气息，完全像是从尸体上发出的臭味。”④用小说中另一位白人贸易商的话来说，来到非洲“当然是弄钱哪，你想还有什么呢？”⑤

当然，来到非洲的欧洲人并非全都是教养与见识上的平庸之辈。马洛此行的重要任务，是将身处丛林深处、一位名叫库尔兹的贸易

---

① 约瑟夫·康拉德，《黑暗的心·吉姆爷》，黄雨石、熊蕾译，北京：人民文学出版社，2010 年，第 22–23 页。

② 同上，第 23 页。

③ 同上，第 28–29 页。

④ 同上，第 31 页。

⑤ 同上，第 27 页。

商带回欧洲，而库尔兹显然是《黑暗的心》中最独特的人物。库尔兹其母是半个英国人，其父是半个法国人，“全欧洲都曾对库尔兹的成长做出过贡献”①。小说指出，库尔兹受过良好的高等教育和文化熏陶，能写会画，颇具音乐才华，甚至更像一位音乐家。库尔兹的口才与文笔俱佳，极富人格魅力，其才能足够可以胜任欧洲的政党领导人。库尔兹具有崇高的理想，他深入非洲的目的，是要帮助改变当地的“野蛮习俗”，推进非洲的文明与进步。同时，库尔兹不只是一个高蹈的理想主义者，他可以只身进入刚果丛林最深处，在极为困难与原始的环境中，长期独自生活，其意志力之强大，亦非常人所能及。然而，库尔兹在非洲丛林中的所作所为，却极富反讽色彩。库尔兹不择手段地洗劫村庄，杀害村民，只为能得到更多的象牙。库尔兹利用科技优势，将自己塑造成神，令当地人匍匐在脚下，成为其任意摆布与玩弄的奴仆。库尔兹将所谓“反叛分子”的头颅砍下，插在住所四周，以恐吓和控制潜在的不服从者。库尔兹一面给欧洲慈善机构写出充满责任感与同情心的宣传材料，一面又在报告角落加上了“消灭所有畜生”的种族灭绝式评语。如此一位欧洲文明的杰出代表，却变成了“古老的象牙雕刻成的一具栩栩如生的死神的偶像”②，变成了非洲丛林中最冷酷无情的暴君，个中原委，令人深思。

库尔兹可谓20世纪西方文学中最具特色的人物，关于其人物原型，说法不一。其一，可能是法国人乔治·安托万·克莱因(Georges Antoine Klein)，他曾在刚果丛林深处给比利时公司收购象牙，搭乘康拉德指挥的汽船返航途中，病重身亡，正如小说中的库尔兹死在了马洛的蒸汽船上一般。其二，可能是冒险家斯坦利手下的指挥官巴特洛特，此人曾在丛林中发了疯，鞭打、杀人，后来死在了丛林

① 约瑟夫·康拉德，《黑暗的心·吉姆爷》，黄雨石、熊蕾译，北京：人民文学出版社，2010年，第68页。

② 同上，第83页。

中。其三，也是最接近库尔兹的现实人物，当属公安军中的军官利昂·罗姆(Leon Rom)。小说中的库尔兹曾绘制有肖像画，挂在烧砖人的屋中，而罗姆亦颇具文艺才能，喜好创作肖像画与风景画，至今还有画作存于比利时博物馆。库尔兹能言善辩，善于表达自我，而罗姆亦能文善墨，曾经出版过一本名为《刚果黑人》的著作。更重要的细节则是，1895 年前后，罗姆曾残酷镇压过斯坦利瀑布附近发生的黑人“叛乱”。根据当时的报道：“许多妇女和孩子被抓走了，21 颗人头被带到瀑布那里，被罗姆中尉用来装饰房前的花圃!”康拉德极有可能在 1890 年的刚果之行中见过罗姆，也极有可能在动笔写作《黑暗的心》前后，读到了相关报道，并以此创造出了库尔兹以人头装饰庭院的场景。[①]当然，库尔兹的原型到底是谁，可谓无解的问题。但深究之下，能确定一点则是，库尔兹绝非是无中生有、全然杜撰的，而是康拉德以欧洲冒险家在刚果丛林中的所作所为为基础，辅之以艺术想象与加工之后的产物。

马洛作为海员，既可以深入非洲丛林，见识欧洲男性的残忍冷酷，又可以出入客厅闺房，将欧洲女性对于非洲的态度展现在读者面前。小说之中重要的欧洲女性人物共有两位，其一是马洛“好得不能再好”的姨母，其二则是库尔兹的未婚妻。如果说库尔兹的未婚妻更多可能是康拉德的杜撰，那么马洛的姨母则有可以确认的人物原型。小说中热情帮助马洛寻找船长职位，并且邀请马洛到家中做客长谈的姨母，便源自康拉德的舅母玛格丽特·波拉多斯基(Marguerite Poradowski)，一位来自法国、出身良好的女性小说家，康拉德与她多有感情热烈的书信来往。[②]在《黑暗的心》中，马洛的姨母积极鼓励马洛前往非洲，“一定要让那几百万无知的人慢慢戒掉他们那

---

① 亚当·霍赫希尔德，《利奥波德国王的鬼魂：贪婪、恐惧、英雄主义与比利时的非洲殖民地》，扈喜林译，北京：社会科学文献出版社，2018 年，第 189-195 页。

② 马娅·亚桑诺夫，《守候黎明：全球化世界中的约瑟夫·康拉德》，金国译，北京：社会科学文献出版社，2018 年，第 224-225 页。

些可怕的习俗”,[1] 而库尔兹的未婚妻，不仅对库尔兹的性格为人崇拜有加，对库尔兹前往非洲的“宏伟计划”与“献身精神”深信不疑，更是为没有能陪伴在库尔兹身边“从事伟大的事业”痛心不已。两位女性之所以有这样的看法，并非个例。小说指出，当时的欧洲有“大堆大堆这类的废话，有印成书的，有用嘴讲的，正纷纷出笼”,[2]这种充斥着虚伪言辞的宣传如狂澜一般，不仅将马洛姨母与库尔兹未婚妻这样的“好女人”冲击得几乎无法立足，也让更多的民众淹没在了欧洲文明优越与非洲低劣的感觉之中，让他们既无法看清比利时公司开发非洲“主要是为了赚钱”的目的，更让他们沉迷于欧洲“圣徒”拯救非洲“野人”的神话之中，不愿，也无法去面对更残酷的真相。

当然，除却历史与政治价值之外，《黑暗的心》依然是一部内涵丰富、主题深邃而思想深刻的艺术精品。从叙事手法上看，《黑暗的心》延用了《青春》中的叙事框架。小说开篇，第一人称的“我”介绍场景与人物。此时正值傍晚时分，泰晤士河河口，5 位友人围坐于帆船之上，准备以故事消磨时光。之后，“我”退出场景，由马洛接手，以第一人称讲述整个故事。结尾处，马洛将场景交还给“我”，由“我”结束全篇。现实之中，康拉德的确很喜欢和霍普（G. F. W. Hope）、基恩（W. B. Keen）和米尔斯（C. H. Mears）等友人在霍普的“奈利”号帆船上聚会长谈，“奈利”号也常常停泊于泰晤士河河口处。因此，《黑暗的心》的叙事框架既源自小说家的现实生活，又传承了古老的水手讲述（yarn）传统，确保了故事的现场感和真实感。同时，以第一人称之“我”加马洛自序之“我”的双重嵌套结构，也给予了康拉德更大的叙事自由。康拉德既能让马洛直抒胸臆，讲述自己的所见所感，增强作品的情感冲击力，又能利用作者特权，将马

[1][2] 约瑟夫·康拉德，《黑暗的心·吉姆爷》，黄雨石、熊蕾译，北京：人民文学出版社，2010 年，第 16 页。

洛放到第三者的位置供人审视，增强作品与现实的关联与客观性。

《黑暗的心》虽然讲述水手马洛的丛林冒险，但其叙事节奏不仅较当时流行的冒险叙事缓慢得多，甚至充满了有意的延宕。应该说，小说情节并不复杂：马洛在欧洲得到工作后远赴非洲，先步行沿刚果河而上，后驾驶蒸汽船到达丛林深处，接到库尔兹之后返回。一次简单的非洲之旅，却被康拉德不断插入的人、事与景色描写打断，比如马洛对于非洲自然景观的观察与感慨、与贸易站上“烧砖人”和之后俄国青年之间的对话以及到达内陆贸易站之前遭遇浓雾等的描写，均占据了不少篇幅。这些枝杈蔓延的叙事衍生物，对缺乏耐心、急于知晓冒险结局的读者而言，不啻于一种折磨。然而，康拉德却自有打算。如果说马洛遭遇“烧砖人”和俄国青年的情节设置，是为了增加主人公库尔兹悬念与神秘色彩，那么，康拉德借马洛之口对于非洲景物不惜篇幅的描述，则是希望其同时代的欧洲读者能跳脱出传统冒险叙事的节奏，能够放慢步伐，调动所有感官，完全沉浸到非洲这个全然陌生与异质的环境中，去与马洛合二为一，感受马洛的感受。唯有此，他们才有可能去想象与理解马洛之行带来的挫折感和创伤感，才有可能去理解与感悟非洲。

康拉德善于将宗教与神话元素编织到小说文本中，令《黑暗的心》获得更普遍、更深刻的意义。现实中，康拉德曾于 1889 年 11 月造访过比利时城市安特卫普，之后不久获得了船长任命。其时的安特卫普，繁华程度上虽难与伦敦媲美，但也已是当时欧洲规模最大、发展最快与最繁忙的港口之一。但是，经历过非洲之行的马洛，却将安特卫普比作了“一座粉饰过的坟墓”。[①] 马洛眼中的安特卫普，不仅街道“阴暗、狭窄、寂静无人”，周边建筑也“死一般沉寂”。面试马洛的比利时公司总裁，如鬼魅一般藏身于“室内光线极暗”的办

① 约瑟夫·康拉德，《黑暗的心·吉姆爷》，黄雨石、熊蕾译，北京：人民文学出版社，2010 年，第 12 页。

公室中，而门外接待的两位女士，则如同地狱的守门人，一边“编织着尸衣似的织着黑色毛线”，一边将人“介绍到无人知晓的地方去”。“粉饰过的坟墓”一语源自《圣经·马太福音》第23章：

> 你们这假冒为善的文士和法利赛人有祸了！因为你们好像粉饰的坟墓，外面好看，里面却装满了死人的骨头和一切的污秽。你们也是如此，在人前，外面显出公义来，里面却装满了假善和不法的事。(《圣经·马太福音》第23章：第27~28节)

《圣经》此章之中，耶稣连用了7个“有祸了”，来严厉警告假冒为善的文士与法利赛人，甚至将文人与法利赛人称之为无法逃脱“地狱刑罚”的“毒蛇之种”，其言辞之激烈，在全本《圣经》之中也不多见。现实之中，欧洲贸易商与冒险家在非洲的所作所为，恰如耶稣口中的“文人与法利赛人”一般，虽然外表公道正义，但其恶劣程度却远超耶稣口中的文人与法利赛人。可以说，“粉饰的坟墓”一语，对于不熟悉西方文化的读者而言，或许感受不到其批评的力度，然而，对于生活在《圣经》文化传统中的欧洲人而言，“粉饰的坟墓”却恰切而不失分寸地揭示了19世纪90年代比利时殖民者与冒险家“拯救”非洲的真相。

源自《圣经》的意象点出了欧洲商人与冒险家的贪婪与虚伪，而另一组源自佛教的意象，则展现了作为个体的马洛的幻灭与觉悟。小说开篇处，康拉德便将马洛比拟为一尊打坐中的神像，结尾处，则再次将马洛形容为“一尊入定的佛陀”(Buddha)。一般而言，“佛陀”作为佛教术语，既可以在狭义上特指其创始人乔达摩·悉达多，又常用来泛指兼具“觉悟者”与“传道者”身份的普通人。那么，马洛的非洲之行，又让他有怎样的觉悟呢？其一，马洛对于帝国征服的看法已然与流行观念有所不同了。马洛眼中，无论是古罗马帝国征服不列颠，还是比利时征服刚果，均不再是什么值得痴迷的幻梦，而只不过是“暴力抢劫”的另一种说法而已，其实质不过是从“肤色不同”的人那里抢夺土地的过程而已。其二，即便对于征服背后的所谓“信念”，或者“无私的信仰”，马洛也表现了清醒的认识。马洛从库尔兹的堕落中，即便是有所谓“坚强信念”或“无私信仰”的人，一旦离开了道德与法律的制约，是无法抵御住权力和财富对私欲的诱惑的，是必定会走向堕落而无法自拔的。其三，即便马洛在非洲经历了人性与文明的“至暗时刻”，但依然没有放弃内心的善良。这一点，从马洛对库尔兹未婚妻的态度中可以看出。马洛虽然痛恨谎言，但面对独守家中的无辜女子，依然选择了以东方式的不忍和善良，成全了其对爱情的想象。从一定程度上看，水手马洛也的确担得起“佛陀”之名。

了解了康拉德写作《黑暗的心》的历史语境，便能更好地回应《黑暗的心》在20世纪70年代之后遭遇的批评，也能更好地理解《黑暗的心》的历史与文化价值。尼日利亚著名作家钦努阿·阿契贝在名为《非洲形象之一种：康拉德的〈黑暗的心〉中的种族主义》一文中提出，康拉德将非洲形象“投射为‘另一个世界’、欧洲也即文明的反题、人类自负的智慧和教养为得意洋洋的兽交所嘲弄之地”。[①] 他认为，康拉德描绘非洲的方法，不过是“对两个对立性句子做不变的、沉闷的伪仪式重复：这两个对立性句子，一个是关于沉默的，一个是关于狂躁的”。[②]同时，阿契贝认为，尽管康拉德描写的是非洲，但非洲的人却消失了，“非洲作为地点和背景，但那包含人性因素的非洲却被忽视了。作为一处抽象的战场，非洲缺乏一切可以辨认的人性因素，它任由四处游荡的欧洲人自担风险、自由出入。”[③]阿契

①② 约瑟夫·康拉德，《黑暗的心·吉姆爷》，黄雨石、熊蕾译，北京：人民文学出版社，2010年，第449页。

③ 同上，第456页。

贝虽然也认可康拉德笔下的马洛继承了英国的“自由主义传统”，认可“体面的英国人都应该对发生在保加利亚或比利时利奥波德王的刚果或其他任何地方的暴行感到震惊”①，但依然将康拉德认定为“一个彻底的种族主义者”②。阿契贝对《黑暗的心》的批评，广为人知，极具杀伤力。

《黑暗的心》中涉及非洲人的描写，的确有一定的时代偏见，作为非洲作家的阿契贝对此表达义愤，完全可以理解。但由此便将康拉德指认为“彻底的种族主义者”，由此便彻底否定《黑暗的心》的艺术价值，也显得过于草率。1890—1900年，正是利奥波德二世在刚果进行暴虐统治的时期，而对绝大多数欧洲人而言，几乎无人知道他在非洲的所作所为。而且，19世纪末期，在绝大多数的思想家、作家、文人、记者等知识阶层人士依然为欧洲文明的成就而沾沾自喜的时刻，康拉德却能特立独行地站出来，以一部《黑暗的心》，率先揭示欧洲殖民者与冒险家在刚果的暴虐罪行，仅就这一点而言，康拉德的努力便值得尊重。换而言之，评价康拉德与《黑暗的心》，不能以20世纪70年代之后的批评为标准，而是要将其还原到历史的语境中去，不仅要看康拉德写了些什么，而且要看康拉德比起同时代的作家多做了什么。否则，这样的批评便只是情感的宣泄，很难做到以理服人。另外，从现实中看，康拉德的《黑暗的心》也与前文提及的威廉姆斯、谢泼德、莫雷尔和凯斯门特等的努力相互呼应，有力地唤起了西方舆论的关注，促成了利奥波德残暴统治的早日结束，事实上也一定程度缓解了刚果人民遭受的压迫。因此，即便康拉德笔下的非洲人并不完全符合当代“政治正确”的标准，但其历史的进步意义，依然不能轻易抹杀。

---

① 约瑟夫·康拉德，《黑暗的心·吉姆爷》，黄雨石、熊蕾译，北京：人民文学出版社，2010年，第454-455页。

② 同上，第456页。

作为20世纪最具声望的英语作家，自1895年出版第一部作品《阿尔迈耶的愚蠢》，到1924年因心脏病辞世，在将近30年的创作生涯中，康拉德始终笔耕不辍，创作了大量一流的海洋小说作品。本章开篇处提及，无论是从技巧的创新度上，还是从思想的深刻性方面看，康拉德均可称为英美世界中最好的海洋小说作家。究其原因，大略可归结为三点：其一，康拉德的生活与写作位处维多利亚时代与爱德华时代的更迭期，英帝国虽然渐显疲态，但依然强盛，诸如帝国主义和殖民主义思想在社会达尔文主义的支持下，渐成主流。康拉德敏锐地注视着时代与思潮的变化，却在赫胥黎、华莱士与卡莱尔等人的影响下，与时代主流保持着清醒的距离。其二，出生在沙俄统治下的波兰，成长在英帝国统治下的商船上，不得以采用非母语写作的现实，让康拉德对政治平等、民族独立、语言与现实等关系的问题上，有远超其他航海作家的深刻体会，而他与高尔斯华绥、马克多斯·福特、亨利·詹姆斯、威尔斯、克莱恩等同侪的交往，让他能在思想的激荡中不断更新小说的创作理念。其三，对于一生描写大海的康拉德而言，最重要的影响或许还是他在英国商船上的经历了。尽管康拉德并不认为自己是“海洋小说家”，但长期的航海经历无疑是塑造和成就康拉德的最基本、最重要的元素。海洋为他提供了更加宽广的视野，更加深厚的生活经历，更加丰富的跨种族、跨民族、跨文化的经历，令他的海洋小说既能聚焦于水手和航船之上，又能超越对“海船与航行”的事实性记叙，进入人性、道德与西方文明的幽暗之处，深入地探索和再现，深入地反思与批评。可以说，康拉德的海洋小说与大海一般，具有普世而恒久的魅力。

结　语

本书在绪论部分提出，英语海洋小说的兴盛，自1719年笛福的《鲁滨孙漂流记》开始，至20世纪初康拉德的系列作品为止，前后历经约200年时间。与此同时，英国由偏居世界一隅的岛国，发展成了号称可以“统治海洋”的“日不落帝国”；之后，由13个英属殖民地组成的美国不断扩张，发展成为新的世界性帝国。正是海洋小说的繁荣与英美国家强盛之间的关联，引发了本书的研究兴趣。

为了更好地理解海洋小说，本书首先梳理英美海洋小说的历史渊源与文体流变。自古希腊时代以来，海洋与航海活动便在西方人认知自我、社会与世界的过程中扮演了不可或缺的角色。航海实践与文本再现呈现出一体两面、相互造就、缺一不可的关联。没有古希腊人广泛而频繁的航海实践，便不会有《奥德赛》诞生与传播，而失去了《奥德赛》对海上漂流的记叙与唱诵，古希腊人的精神和情感世界亦会黯淡许多。同时，《奥德赛》预见了现代海洋小说中诸多常见的文本母题与书写惯例：海上风暴，孤岛求生，海船之上紧张的社会关系，以他者为鉴的认同塑造，青少年以航海得到锻炼与成长，等等。另一部西方经典《圣经》之中也有大量关于海洋与航海行为的记录与想象。站在西方文学与文化的起点，《奥德赛》与《圣经》等古代经典一道，构成了影响与塑造西方人想象自我与世界关系的基本“模因”(meme)。

随着大航海时代的到来，西方航海叙事更入佳境。就英国而论，哈克卢特编撰的大型航海与旅行文集，应英国民族国家建构的时代潮流而生，为英国人扩展空间观念、树立民族信心奠定了文本基础。莫尔的《乌托邦》上承柏拉图的《理想国》，下启斯威夫特的《格列佛游记》，开辟了以海外之“乌有乡”反思现实社会与政治的传统。莎士比亚的海洋想象根植在英国大航海时代的氛围中，既有对套话和习语的继承，又多有天才般的发挥与再造。他笔下的大海与人类生活交相辉映，人类的精神与意义世界因他的海洋书写而变得更加深远而开阔。丹皮尔出身卑微，航海过程中屡有海盗行径，但其敏锐的观察与书写能力却令他从一众海员中脱颖而出，他的航海叙事显现了强烈的科学化倾向，预见了之后人类学、民族志学从航海叙事之中的分离与自成体系。稍晚于丹皮尔的笛福，市场嗅觉灵敏，深谙故事编写之道。笛福从其时广为流行的航海叙事中汲取材料和灵感，重组情节，凸显细节，充分赋能于主人公。在《鲁滨孙漂流记》中，笛福完成了从非虚构型航海叙事向虚构型航海叙事的惊险一跃。海洋小说自此正式诞生。

本书以为，英美海洋小说的发展可大致分为三个阶段。其一，18 世纪的创制期。代表作为笛福的《鲁滨孙漂流记》，其他重要的作家作品有斯威夫特的《格列佛游记》、斯摩莱特的《蓝登传》、埃奎亚诺的《生平自述》等。其二，19 世纪的繁盛期。代表作为麦尔维尔的《白鲸》，其他重要的作家有库珀、爱伦·坡、斯蒂文生、马里亚特、达纳、吉卜林、迈克尔·司各特等。其三，20 世纪的现代期。代表作家非康拉德莫属，其余的优秀作家作品包括杰克·伦敦的《海狼》、戈尔丁的《蝇王》、海明威的《老人与海》以及当代英国作家奥布莱恩的系列作品等。需要指出的是，在经历了麦尔维尔和康拉德的巅峰之后，当代海洋小说面对海洋常有“去崇高化”“去浪漫化”的“祛魅”之举，其类型化、通俗化的特点尤其突出。海洋小说之所以不能再引领风潮，自有深层次的原因。随着人类认知边界的不断扩展，海洋固然还有神秘之处，却不再是人类探索世界的新边疆，这种认知兴趣的下降，直接导致了海洋小说的风光不再。另外，随着人类科技水平的不断提高，人类的海洋活动日益机械化、常态化、数字化，人与海洋的关系变得大体上可知可控，这也让人们不再像以往那样恐惧与迷恋海洋。当然，海洋小说虽然失去了曾经的“高光”时刻，但并不意味着海洋小说就此便会弥散与消亡。与之相反，随着人类环保与生态意识的不断高涨，随着人类日益重视海洋的经济、政治、军事与社会功能，海洋小说依然会伴随在人类左右，见证和参与人类想象自我、探索世界与建构意义的全过程。

海洋不仅催生了以海洋小说为主的多种文体样式，也折射和参与了英美国家建构与想象的全过程，这是本书探讨的重点内容。本书指出，如果将现代国家看成是“想象的共同体”的话，那么，进入18世纪的英国正位于大戏的渐入高潮处。1707年苏(格兰)英(格兰)合并之后，政治上的英帝国已然成型，以“清教、商业、航海、自由”为主导的帝国意识形态也在逐步发展之中。英国小说在18世纪的逐步繁荣，尤其是海洋小说的广为流行，颇为适时地加入了想象共同体的庞大工程之中。本书讨论的第一部作品，即在英国小说史上具有开创意义的《鲁滨孙漂流记》，便是一个鲜明的案例。笛福出生在不从国教的英格兰新教徒小商人家庭之中，一生对商业、政治与航海事务保持了强烈的兴趣，他在《鲁滨孙漂流记》中，充满自信地想象了敢于出海冒险并终获成功的英国年轻人形象，可谓此时段英国主流意识形态的最佳代言人。另一部笛福基于18世纪初期加勒比海盗“黄金年代”的历史写就的《海盗船长》，虽然学界关注不多，却也有异曲同工之妙。在《海盗船长》中，笛福在非洲腹地还少有人知的情况下，为他的英国读者想象了“先进的”欧洲文明可以畅行于非洲腹地的自信与骄傲。同时，笛福又以海盗在宗教感召下放弃暴力劫掠并最终成功洗白的过程，为他的英国读者想象了另一种从海上实现自我的可能性。

本书讨论的其他几位18世纪英国作家，虽然与笛福共同生活在同一时代，却因在出身、阶层、宗教背景与政治态度之间的差异，而在各自作品中展现了各自不同的自我想象与国家认同。斯威夫特与笛福同为英格兰人，在社会地位上要高于笛福，但其遗腹子的成长经历、满腹才华而无法在英格兰施展的现实境遇以及长期在爱尔兰生活的边缘处境，使得斯威夫特更具有“外位的”视角与态度，也令他在《格列佛游记》之中，以主人公的四次航海经历为依托，对英帝国的政治、经济、社会与扩张行为进行了无处不在而异常猛烈的批判，矛头直指英帝国的不堪之处。对于出生在苏格兰而赴英格兰谋取更大发展的斯摩莱特，则借助小说人物蓝登频繁的冒险与航海经历，想象了一幅更为广阔的不列颠帝国图景。其中，伦敦不再是帝国的中心，只是冒险的起点，而帝国扩张的脚步所及之处，才是真正的希望所在。在斯摩莱特的自我想象之中，兼具正确信仰与忠实品行的苏格兰人不必因为贫穷与落后在英格兰人面前自惭形秽，海外贸易与殖民拓展为他们创造了获得财富与尊严的机会，不列颠是苏格兰人的帝国，他们与英格兰人一样，同样是不列颠真正的主人。

与上述三位英格兰/苏格兰的白人作者不同，作为黑人/前奴隶的埃奎亚诺则面临着多重的困境与任务。本书讨论了他的《生平自述》一书。此书记载了他作为奴隶/士兵/商人/船员在英帝国范围内海上游历的过程，被誉为18世纪最重要的黑人奴隶叙事。埃奎亚诺从“中间航路”开始了为奴生涯，在英国的商船和军舰上完成了对自我与自由的认知，又在加勒比的商船之上，从参与商品交换中获得了财富，为自己赎买了自由。埃奎亚诺既是不幸的，历史将他抛入了大海之中，从此与家乡和亲人永诀；埃奎亚诺又是幸运的，大海给了他重获自由甚至财富与社会地位的机会。作为前黑奴的埃奎亚诺的自我写作与塑造，为读者了解18世纪英帝国之中的个体塑造与帝国想象之间的纷繁关系，增加了一个尤为难得的角度。

将目光转向19世纪的美国，其海洋小说与国家想象的关系又与英国有所不同。19世纪的美国经历了一个先有国家之“名”(政治与军事意义上)、后有国家之“实”(文化与认同意义上)的过程。可以看到，无论是在《领航人》中为了争取国家独立而与英军奋力搏杀的海上士兵，还是在《白鲸》中无惧艰险而直面海中巨兽的捕鲸人；无论是在《皮姆》中深入南极探求世界边缘的冒险家，还是在《两年水手生涯》中基于逐利天性而远赴重洋的商船水手，林林总总的美国海洋小说与其主人公不仅在引领着民众去想象这个诞生不久的共同体，也在处处强化着以共和主义、种族优越与扩张主义为特点的主流意识形态。在帮助13个松散殖民地上的居民想象突如其来的“美国”究竟为何物的过程中，海洋小说发挥了适时而重要的作用。

值得深思的是，年轻的美国海洋小说不仅只有迎合主流意识形态的单薄面相。相比雷诺兹《演讲》之中浓厚的民族主义与扩张主义气息，1820年出版的《西姆佐尼亚》则以对扩张与逐利行为的道德审视、对水手遭遇的同情和对田园社会的重建，开始了对主流意识形态的反思与批评。在《皮姆的叙事》之中，更具想象力与洞察力的坡则将人所不察的“大历史”进行了颇具个人风格的“问题化”处理。可以看到，《皮姆的叙事》的表层迎合着国家探索与文明优越的论调，甚至将种族对立推到了无法调和的极端，却在叙事的潜流中，以对主人公命运的微妙反讽和对殖民场景之中失语一方的精彩再现，断然否定了种族优越与扩张的逻辑与理据，展现了批评的决绝。

当然，《白鲸》不仅是南北战争之前美国海洋小说的最重要作品，更是达到了对主流意识形态反思与批评的顶峰。正如本书论证的，在这部主题深刻、内容庞杂而文体多变的鸿篇巨制中，麦尔维尔以船喻国，既展现了对国家前途的悲观看法，更展现了个体面对强权时的无奈命运。亚哈可以以一己之疯狂，挟持与操纵全船，一众船员之中，虽有以实玛利的醒悟与斯塔巴克的微弱抵抗，却无法与亚哈的疯狂与专制匹敌，更无从挽救船毁人亡的命运。放置在19世纪50年代因扩张引发的国家危机愈发强烈的语境中，“皮阔德”号的没顶之灾，正是若干年后南北战争之中无数个体之惨痛遭遇的预演。

霍米·巴巴在《国家与叙事》的开篇处写道，“国家，如同叙事一样，在时间的神话中消弭了源头，只有在头脑之‘眼’中才会重现其地平线。”①要理解国家这一文化的建构物与想象的共同体，不能仅仅将眼光停留在地理、人口、经济、种族等显而易见的因素之上，而必须依靠历史语境的重建与文本的深入解读。换而言之，理解国家的建构既需要重温人们耳熟能详的“大历史”，也需要在“大历史”的层峦叠嶂之中，发掘与重建少有人知的“小历史”。萨义德在《世界、文本与批评家》中提醒道，作家无法脱离他的时代，但这种无法脱离并不是传统意义上的“作者机械地受意识形态、阶级或经济史的制约”，而是有更深层次的意味，即“作者们生活在他们的社会历史中，既在不同的程度上塑造那个历史和他们的社会经历，又被那个历史和经历所塑造。”②

本书正是希望透过对10余部颇具代表性的海洋小说的研究，展现18—19世纪之间英美国家扩张之中被压抑与遗忘的声音、场景与人物，以此揭示海洋小说与国家建构之间协商与拒斥、顺应

① Homi K. Bhabha, *Introduction: Narrating the nation*, in Homi K. Bhabha., ed., *Nation and Narration*, London: Routledge, 1990, p. 1.

② 爱德华·萨义德，《萨义德自选集》，谢少波、韩刚等译，北京：中国社会科学出版社，1999年，第57页。

与抵抗的复杂关系，从一个少为人谈及的侧面，再现英美文学与文化的丰富与精彩。当然，受视野、学养与能力所限，本书的研究还颇有可以深化与细化之处。目前的书稿，仅是一个阶段性成果。英美海洋小说上有长达千年的历史渊源与文化传统，下有现当代英语国家难以计数的作家与作品，本书目前所做的，只是将其间最为著名、影响最大的十几部作品，以自己设定的问题分析论述，以求敷衍成文，一定还有更多海洋小说作家的作品可以发掘、整理与研究。本书多有不足之处，恳请各位同行专家批评指正，不吝赐教。

参考文献

英文部分

ADAMS C F, 1890. Richard Henry Dana, A Biography[M]. Mass: The Riverside Press.

ADAMS P G, 1993. Travel Literature and the Evolution of the Novel[M]. Lexington: The University Press of Kentucky.

ALEXANDER J, 1971. Affidavits of Genius: Edgar Allan Poe and the French Critics, 1847-1924[M]. Port Washington: Kennikat Press.

ANDERSON B, 2006. Imagined Communities: Reflections on the Origin and Spread of Nationalism[M]. London: Verso.

BATMAN R, 1984. American Ecclesiastes: The Stories of James Pattie[M]. New York: Harcourt, Brace, Jovanovich.

BENN C, 2005. The War of 1812[M]. New York: Routledge.

BILLINGTON R A, MARTIN R, 2001. Westward Expansion: A History of the American Frontier[M]. Albuquerque: University of New Mexico Press.

BOLSTER W J, 1997. Black Jacks: African American Seamen in the Age of Sail[M]. New York: Cambridge University Press.

BOORSTIN D, 1963. The Americans: The National Experience[M]. New York: Vintage Books.

BRWALEY S, CHRIS D, 2015. The South Seas: A Reception History from Daniel Defoe to Dorothy Lamour[M]. London: Lexington Books.

CARRETTA V, 2005. Equiano, the African: Biography of a Self-Made Man[M]. New York: Penguin Books.

CASSON L, 1959. The Ancient Mariner[M]. New York, The Macmillan Company.

CHEYFITZ E, 1997. The Poetics of Imperialism: Translation and Colonization from the Tempest to Tarzan[M]. Philadelphia: University of Pennsylvania Press.

COHEN M, 2010. The Novel and the Sea[M]. New Jersey: Princeton University Press.

DAY D, 2013. Antarctica: A Biography[M]. London: Oxford University Press.

DONALD D, 1993. James Fenimore Cooper: Novelist of Manners[M]. Newark: University of Delaware Press.

EDWARDS P, 1994. The Story of the Voyage: Sea-Narrative in Eighteen-Century England[M]. London: Cambridge University Press.

FOULKE R, 2002. Sea Voyage Narrative[M]. New York: Routledge.

FRANCHOT J, 1994. The Antebellum Protestant Encounter with Catholicism[M]. Berkeley: University of California Press.

FRANKLIN W, 2007. James Fenimore Cooper: The Early Years[M]. New Haven: Yale University Press.

GELLER E, 2006. Nations and Nationalism[M]. London: Blackwell Publishing.

GLENN M C, 2010. Jack Tar's Story: The Autobiographies and Memoirs of Sailors in Antebellum America[M]. New York: Cambridge University Press.

GLENN M C, 1984. Campaigns Against Corporal Punishment: Prisoners, Sailors, Women, and Children in Antebellum America[M]. New York: State University of New York Press.

GOETZMANN W H, 2000. When the Eagle Screamed: the Romantic Horizon in the American Expansionism, 1800-1860[M]. Norman: University of Oklahoma Press.

GOMEZ L E, 2007. Manifest Destinies: The Making of the Mexican American Race[M]. New York: New York University Press.

GREEN M, 1979. Dreams of Adventure, Deeds of Empire[M]. New York: Basic Books.

GRENNBERG A S, 2005. Manifest Manhood and the Antebellum American Empire[M]. New York: Cambridge University Press.

GUYATT N, 2007. Providence and the Invention of the United States, 1607-1876[M]. New York: Cambridge University Press.

HEFLIN W L, 2004. Herman Melville's Whaling Years[M]. Nashville: Vanderbilt University Press.

HENEGHAN B T, 2003. Whitewashing America: Material Culture and Race in the Antebellum Imagination[M]. Jackson: University Press of Mississippi.

HOBSBAWN E J, 1992. Nations and Nationalism since 1780, Programm, Myth, Reaction[M]. London: Cambridge University Press.

HOFSTADTER R, 1955. The Age of Reform: from Bryan to F. D. R[M]. New York: Vintage Books.

HORSMAN R, 1981. Race and Manifest Destiny: The Origins of American Racial Anglo-Saxonism[M]. Cambridge: Harvard University Press.

HOWE D W, 2007. What Hath God Wrought, the Transformation of America, 1815-1848[M]. New York: Oxford University Press.

HULME P, 1986. Colonial Encounters: Europe and the Native Caribbean, 1492-1797[M]. New York: Methuen.

HUNT M H, 1987. Ideology and U. S. Foreign Policy[M]. New Haven: Yale University Press.

KENNEDY J G, 1994. The Narrative of Arthur Gordon Pym and the Abyss of Interpretation[M]. New York: Twayne Publisher Inc.

KING W C, 2013. Ambition, A History: From Vice to Virtue[M]. New Haven and London: Yale University Press.

LEANE E, 2012. Antarctica in Fiction: Imaginative Narratives of the Far South[M]. New York: Cambridge University Press.

LEMISCHE J, 1997. Jack Tar vs. John Bull: The Role of New York's Seamen in Precipitating the Revolution[M]. New York: Garland Publishing.

LENZ W E, 1995. The Poetics of the Antarctic: A Study in Nineteenth-Century American Cultural Perceptions[M]. New York: Garland Publishing, Inc.

LEVINE R S, 2008. Dislocating Race and Nation: Episodes in Nineteenth-Century American Literary Nationalism[M]. Chapel Hill: The University of North Carolina Press.

LEWIS C L, 1943. Books of the Sea: An Introduction to Nautical Literature[M]. London: Greenwood Press.

LEYDA J, 1969. The Melville Log: A Documentary Life of Herman Melville, 1819-1891[M]. New York: Gordian Press.

LINEBAUGH P, MARCUS R, 2000. The Many-Headed Hydra: Sailors, Slaves, Commoners, and the Hidden History of the Revolutionary Atlantic[M]. Boston: Beacon Press.

MARX L, 2000. The Machine in the Garden: Technology and the Pastoral Ideal in America[M]. New York: Oxford University Press.

MAY R E, 2002. Manifest Destiny's Underworld: Filibustering in Antebellum America[M]. Chapel Hill: The University of North Carolina Press.

MILLER C A, 2003. Ship of State: The Nautical Metaphors of Thomas Jefferson[M]. Lanham: University Press of America.

MORRISON D A, 2014. True Yankees: the South Seas & the Discovery of American Identity[M]. Baltimore: John Hopkins University Press.

MORRISON T, 1992. Playing in the Dark: Whiteness and the Literary Imagination [M]. Cambridge: Harvard University Press.

NASH R F, 2014. Wilderness and the American Mind[M]. New Haven: Yale University Press.

NELSON D D, 1992. The Word in Black and White: Reading 'Race' in American Literature, 1638 - 1867[M]. New York: Oxford University Press.

NOVAK M, 2003. Daniel Defoe, Master of Fictions, His Life and Ideas [M]. London: Oxford University Press.

PECK J, 2001. Maritime Fiction: Sailors and the Sea in British and American Novels, 1719-1917[M]. New York: Palgrave.

PHILBRICK N, 2004. Sea of Glory: America's Voyage of Discovery, The U. S. Exploring Expedition, 1838-1842[M]. New York: Penguin Books.

PHILBRICK T, 1961. James Fenimore Cooper and the Development of American Sea Fiction[M]. Cambridge: Harvard University Press.

PINHEIRO J C, 2014. Missionaries of Republicanism: A Religious History of the Mexican-American War[M]. Oxford: Oxford University Press.

REDIKER M, 2004. Villains of All Nations: Atlantic Pirates in the Golden Age[M]. Boston: Beacon Press.

ROTHBARD M N, 2007. The Panic of 1819: Reactions and Policies. Auburn: Ludwig von Mises Institute.

ROWE J C, 1997. At Emerson's Tomb: The Politics of Classic American Literature [M]. New York: Columbia University Press.

ROWE J C, 2000. Literary Culture and U. S. Imperialism: From the Revolution to World War II[M]. New York: Oxford University Press.

SAID E W, 1983. The World, The Text, and The Critic[M]. Cambridge: Harvard University Press.

SELLERS C, 1991. The Market Revolution: Jacksonian American 1815-1846[M]. New York: Oxford University Press.

SPILLER R E, 1963. Fenimore Cooper: Critic of His Times[M]. New York: Russell & Russell.

STANTON W, 1960. The Leopard's Spots: Scientific Attitudes Toward Race in America, 1815-59[M]. Chicago: University of Chicago Press.

STANTON W, 1975. The Great United States Exploring Expedition of 1838-1842 [M]. Berkeley: University of California Press.

TAYLOR A, 1995. William Cooper's Town: Power and Persuasion on the Frontier of the Early American Republic[M]. New York: Alfred A. Knopf.

TERESA G, 1997. Gothic America: Narrative, History and the Nation[M]. New York: Columbia University Press.

THOMAS H, 2013. The Slave Trade: the Story of the Atlantic Slave Trade: 1440-1870[M]. New York: Simonand Schuster.

THOMPSON C, 2011. Travel Writing[M]. New York: Routledge.

THOMPSON N, 2001. The Ship of State: Statecraft and Politics from Ancient Greece to Democratic America[M]. New Haven, Yale University Press.

VAUGHAN A T, 1995. New England Frontier: Puritans and Indians 1620-1675[M]. Oklahoma: University of Oklahoma Press.

WALVIN J, 1998. An African's Life: The Life and Times of Olaudah Equiano, 1745-1797 [M]. London: Continuum.

WEAVER-HIGHTOWR R, 2007. Empire Islands: Castaways, Cannibals and Fantasies of Conquest[M]. Minneapolis: University of Minnesota Press.

WEINBERG A K, 1963. Manifest Destiny: A Study of Nationalist Expansionism in American History[M]. Chicago: Quadrangle Books.

WHALEN T, 1999. Edgar Allan Poe and the Masses: The Political Economy of Literature in Antebellum America[M]. New Jersey, Princeton University Press.

WHITE H, 1978. Tropics of Discourses: Essays in Cultural Criticism[M]. Baltimore: Johns Hopkins University Press.

WOOD G S, 1993. The Creation of the American Republic, 1776-1789[M]. New York: W. W. Norton.

WOOD G S, 1991. The Radicalism of the American Revolution[M]. New York: Random House.

中文部分

埃利斯，2016. 奠基者：独立战争那一代. 邓海平，邓友平，译. 北京：社会科学文献出版社.

埃利斯，2016. 革命之夏：美国独立的起源. 熊钰，译. 北京：社会科学文献出版社.

爱默生，1998. 美国学者：爱默生讲演集. 赵一凡，译. 北京：生活・读书・新知三联书店.

安德森，2011. 想象的共同体：民族主义的起源与散布. 吴叡人，译. 上海：上海人民出版社.

柏拉图，1986. 理想国. 郭斌和，张竹明，译. 北京：商务印书馆.

邦克，2017. 大英帝国的崩溃与美国的诞生. 银凡，译. 北京：民主与建设出版社.

贝林，2007. 美国革命的思想意识渊源. 涂永前，译. 北京：中国政法大学出版社.

比尔德，比尔德，2010. 美国文明的兴起(上卷). 许亚芬，译. 北京：商务印书馆.

波默罗伊，2010. 古希腊政治、社会和文化史. 周平，傅洁莹，龚萍，译. 上海：三联书店.

伯科维奇，2008. 剑桥美国文学史，第二卷，1820—1865，散文作品. 史志康，等译. 北京：中央编译出版社.

布尔斯廷，2009. 美国人：建国的经历. 谢延光，等译. 上海：上海译文出版社.

布干维尔，狄德罗，2016. 世界环游记. 刘芳菲，译. 南昌：江西教育出版社.

布鲁克斯，1993. 华盛顿・欧文的世界. 林晓帆，译. 上海：上海外语教育出版社.

布罗顿，2016. 十二幅地图中的世界史. 林盛，译. 杭州：浙江人民出版社.

陈才宇，2007. 英国早期经典文学文本. 杭州：浙江大学出版社.

戴，2017. 南极洲：从英雄时代到科学时代. 李占生，译. 北京：商务印书馆.

狄金森，2015. 十八世纪英国的大众政治. 陈晓律，宋涛，等译. 北京：商务印书馆.

笛福，1980. 海盗船长. 张培均，陈明锦，译. 南宁：广西人民出版社.

笛福，2012. 鲁滨孙漂流记. 郭建中，译. 北京：中国对外翻译出版有限公司.

段波，2019. 19 世纪美国的海洋帝国想象：詹姆斯·库珀的海洋书写研究. 北京：科学出版社.
范热内普. 2010. 过渡礼仪. 张举文，译. 北京：商务印书馆，
方纳，2010. 给我自由！一部美国的历史. 王希，译. 北京：商务印书馆.
菲尔布里克，2015. 海洋深处："埃塞克斯"号捕鲸船罹难记. 刘静，译. 北京：北京大学出版社.
费尔格里夫，2016. 地理与世界霸权. 胡坚，译. 杭州：浙江人民出版社.
弗农，2014. 远方的陌生人：英国是如何成为现代国家的. 张祝馨，译. 北京：商务印书馆.
格尔茨，1999. 文化的解释. 韩莉，译. 南京：译林出版社.
宫崎正胜，2014. 航海图的世界史：海上道路改变历史. 朱悦玮，译. 北京：中信出版社.
郭建中，2013. 郭建中讲笛福. 北京：北京大学出版社.
韩德，2011. 美利坚独步天下：美国是如何获得和动用它的世界优势的. 马荣久，等译. 上海：上海人民出版社.
汉森，2016. 杀戮与文化：强权兴起的决定性战役. 傅翀，吴昕欣，译. 北京：社会科学文献出版社.
荷马，2003. 奥德赛. 陈中梅，译. 南京：译林出版社.
赫尔曼，2016. 苏格兰：现代世界文明的起点. 启蒙编译所，译. 上海：上海社会科学出版社.
赫希曼，2015. 欲望与利益：资本主义胜利之前的政治争论. 冯克利，译. 杭州：浙江大学出版社.
亨特，1999. 意识形态与美国外交政策. 褚律元，译. 北京：世界知识出版社.
亨廷顿，2010. 谁是美国人？美国国民特性面临的挑战. 程克雄，译. 北京：新华出版社.
胡杰，2012. 海洋战略与不列颠帝国的兴衰. 北京：社会科学文献出版社.
霍布斯鲍姆，兰格，2004. 传统的发明. 顾杭，庞冠群，译. 南京：译林出版社.
霍布斯鲍姆，2006. 民族与民族主义. 李金梅，译. 上海：上海人民出版社.
霍夫曼，2017. 欧洲何以征服世界. 赖希倩，译. 北京：中信出版社.
霍赫希尔德，2018. 利奥波德国王的鬼魂：贪婪、恐惧、英雄主义与比利时的非洲殖民地. 扈喜林，译. 北京：社会科学文献出版社.

吉米德，耶格，2016. 托马斯·杰斐逊与海盗：美国海权的崛起. 李鹏飞，译. 北京：北京联合出版公司.
江宁康，2008. 美国当代文学与美利坚民族认同. 南京：南京大学出版社.
江宁康，2007. 美国民族特性的文学想象与重建. 外国文学研究(2)：72-79.
姜守明，等，2011. 世界尽头的发现：大航海时代的欧洲水手. 北京：北京大学出版社.
坎贝尔，2012. 千面英雄. 朱侃如，译. 北京：金城出版社.
坎尼，2006. 最有价值的阅读：西方视野中的经典. 徐进夫，宋碧云，匡晓林，译. 天津：天津教育出版社.
康拉德，2010. 黑暗的心. 黄雨石，熊蕾，译. 北京：人民文学出版社.
康拉德，1985. 康拉德小说选. 赵启光，编选. 袁家骅，等译. 上海：上海译文出版社.
康奈尔，2009. 美国海军礼仪、传统与习惯. 仇昊，译. 北京：海潮出版社.
科恩，2018. 小说与海洋. 陈橙，杨春燕，倪敏，译. 上海：上海译文出版社.
科利，2017. 英国人：国家的形成，1707—1837. 周玉鹏，刘耀辉，译. 北京：商务印书馆.
克拉克，2014. 1660—1832 年的英国社会. 姜德福，译. 北京：商务印书馆.
孔华润，2004. 剑桥美国对外关系史(上). 王琛，等译. 北京：新华出版社.
库珀，2008. 领航人. 饶建华，译. 武汉：长江文艺出版社.
夸拉蒂耶罗，2019. 环保时代的启幕人：蕾切尔·卡逊传. 韩旭，译. 北京：外语教学与研究出版社.
莱弗里，2016. 海洋帝国：英国海军如何改变现代世界. 施诚，张珉璐，译. 北京：中信出版社.
劳伦斯，2006. 劳伦斯论美国名著. 黑马，译. 上海：上海三联书店.
勒纳尔，乌勒西，2012. 近代欧洲的生活与劳作(从 15—18 世纪). 杨军，译. 上海：上海三联书店.
雷根，2007. 人类海战史上的重大失误. 陈海宏，等译. 济南：山东画报出版社.
李剑鸣，2011. 意识形态与美国革命的历史叙事. 史学集刊(6)：2-29.
李小均，2011. 麦尔维尔的政治哲学——《切雷诺》及其解读. 北京：华夏出版社.
李有成，2015. 逾越：非裔美国文学与文化批评. 杭州：浙江大学出版社.

理查森，2001. 爱默生——充满激情的思想家. 石坚，李竹渝，等译. 成都：四川人民出版社.

林国华，等，2012. 自由海洋及其敌人. 上海：上海人民出版社.

林国华，2006. 古典的“立法诗”——政治哲学主题研究. 上海：华东师范大学出版社.

林国华，王恒，2009. 古代与现代的争执. 上海：上海人民出版社.

林国华，王恒，2012. 海权、革命与现代的诞生. 上海：上海人民出版社.

林国基，2009. 帝国春秋. 上海：上海人民出版社.

刘海平，王守仁，2000. 新编美国文学史. 上海：上海外语教育出版社.

刘立辉，2018. 英国16、17世纪文学中的海洋叙事与民族国家想象. 西南大学学报(社会科学版)(3)：118-131.

刘祚昌，1989. 杰斐逊的农业理想国. 美国研究(3)：120-140.

罗伯茨，2016. 假如海洋空荡荡：一部自我毁灭的人类文明史. 吴佳其，译. 北京：北京大学出版社.

罗伯逊，1990. 美国神话，美国现实. 贾秀东，等译. 北京：中国社会科学出版社.

罗森，2013. 上帝、格列佛与种族灭绝，野蛮与欧洲想象：1492—1945. 王松林，等译. 上海：上海外语教育出版社.

马克斯，2011. 花园里的机器：美国的技术与田园理想. 马海良，雷月梅，译. 北京：北京大学出版社.

麦尔维尔，2007. 白鲸. 曹庸，译. 上海：上海译文出版社.

麦尔维尔，2006. 玛迪. 于建华，等译. 北京：文化艺术出版社.

麦尔维尔，2010. 水手比利·巴德. 许志强，译. 北京：人民文学出版社.

麦克法兰，2013. 现代世界的诞生. 管可秾，译. 上海：上海人民出版社.

麦克法兰，2017. 英国个人主义的起源：家庭、财产权和社会转型. 管可秾，译. 北京：商务印书馆.

孟宪平，2013. 荒野图景与美国文明. 杭州：浙江大学出版社.

米德，2017. 上帝与黄金：英国、美国与现代世界的行程. 涂怡超，罗怡清，译. 北京：社会科学文献出版社.

摩根，1993. 牛津英国通史. 王觉非，译. 北京：商务印书馆.

莫尔，1982. 乌托邦. 戴镏龄，译. 北京：商务印书馆.

纳什，2012. 荒野与美国思想. 候文蕙，候钧，译. 北京：中国环境科学出版社.
帕灵顿，2002. 美国思想史 1620—1920. 陈永国，李增，郭乙瑶，译. 长春：吉林人民出版社.
佩恩，2017. 海洋与文明. 陈建军，罗燚英，译. 天津：天津人民出版社.
坡，2013. 爱伦·坡暗黑故事全集(上). 曹明伦，译. 长沙：湖南文艺出版社.
普拉特，2017. 帝国之眼：旅行书写与文化互化. 方杰，方宸，译. 南京：译林出版社.
钱乘旦，2016. 英国通史. 南京：江苏人民出版社.
芮渝萍，2004. 美国成长小说研究. 北京：中国社会科学出版社.
萨义德，1999. 东方学. 王宇根，译. 北京：生活·读书·新知三联书店.
萨义德，2006. 人文主义与民主批评. 朱生坚，译. 北京：新星出版社.
萨义德，1999. 萨义德自选集. 谢少波，韩刚，等译. 北京：中国社会科学出版社.
萨义德，2003. 文化与帝国主义. 李琨，译. 北京：生活·读书·新知三联书店.
莎士比亚，1994. 莎士比亚全集. 朱生豪，等译. 北京：人民文学出版社.
申丹，2013. 何为叙事的“隐性进程”？如何发现这股叙事暗流？外国文学研究(5)：47-53.
施米特，2006. 陆地与海洋——古今之“法”变. 林国基，周敏，译. 上海：华东师范大学出版社.
史密斯，2006. 民族主义 理论，意识形态，历史. 叶江，译. 上海：上海世纪出版集团.
梭罗，2015. 瓦尔登湖. 杰斐里·S. 克莱默，注. 杜先菊，译. 上海：华东师范大学出版社.
索萨，2016. 极简海洋文明史. 施诚，张珉璐，译. 北京：中信出版社.
特劳斯，2000. 忧郁的热带. 王志明，译. 北京：生活·读书·新知三联书店.
特纳，2012. 象征之林. 赵玉燕，欧阳敏，徐洪峰，译. 北京：商务印书馆.
托克维尔，1991. 论美国的民主. 董果良，译. 北京：商务印书馆.
瓦特，1992. 小说的兴起：笛福、理查逊、菲尔丁研究. 高原，董红钧，译. 北京：生活·读书·新知三联书店出版.
王松林，2008. 康拉德小说伦理观研究. 武汉：华中师范大学出版社.
沃尔泽，2016. 清教徒的革命：关于激进政治起源的一项研究. 王东兴、张蓉，译. 北京：商务印书馆.

伍达德，2017. 海盗共和国：骷髅旗飘扬、民主之火燃起的海盗黄金年代. 许恬宁，译. 北京：社会科学文献出版社.

伍德，2011. 美国革命的激进主义. 傅国英，译. 北京：商务印书馆.

伍德，2016. 美利坚共和国的缔造 1776—1787. 朱妍兰，译. 南京：译林出版社.

徐弃郁，2014. 帝国定型：美国的 1890—1900. 桂林：广西师范大学出版社.

薛诗绮，2012. 康拉德海洋小说. 上海：上海文艺出版社.

亚桑诺夫，2018. 守候黎明：全球化世界中的约瑟夫·康拉德. 金国，译. 社会科学文献出版社.

杨金才，2017. 赫尔曼·麦尔维尔的现代阐释. 南京：南京大学出版社.

杨金才，2001. 赫尔曼·麦尔维尔与帝国主义. 南京：南京大学出版社.

张德明，2014. 从岛国到帝国：近现代英国旅行文学研究. 北京：北京大学出版社.

张友伦，2002. 美国通史第二卷：美国的独立与初步繁荣 1775—1860. 北京：人民出版社.

张友伦，2005. 美国西进运动探要. 北京：人民出版社.

张陟，2021. 埃奎亚诺《生平自述》中的海洋与自由. 外国文学评论(1)：212-238.

张陟，2011. 从海洋看陆地：斯威夫特与《格列佛游记》. 宁波大学学报(人文科学版)(1)：58-62.

张陟，2012. “大海”与“孤岛”——《蹈海骑手》中的代际冲突. 戏剧(中央戏剧学院学报)(4)：43-50.

张陟，2017. “地球中空说”、南极探险与想象美国的三种方式. 外国文学评论(2)：80-110.

张陟，2020. 国家如船：《领航人》中的海洋书写与库珀的革命历史想象. 中国海洋大学学报(社会科学版)(4)：99-107.

张陟，2009. “海洋文学”的类型学困境及出路. 宁波大学学报(人文科学版)(3)：16-19.

张陟，2014. 航海与成长：论《奥德赛》中忒勒马科斯的出海历程. 宁波大学学报(人文科学版)(3)：47-52.

张陟，2012. 航行中的青春与伤痛——迈克尔·翁达杰的新作《猫桌》. 外国文学动态(3)：18-20.
张陟，2018. 僭越、控制与毁灭：谈《白鲸》中的社会关系. 宁波大学学报(人文科学版)(4)：118-125.
张陟，2015.《蓝登传》与斯摩莱特的不列颠帝国想象. 外国文学评论(3)：91-104.
张陟，2021.《两年的水手生涯》中的正见、偏见与美墨战争. 外国文学(4)：141-151.
周玉军，2012. 顺从或反抗：《白鲸》中的社会关系初探. 外国文学评论(1)：201-215.
竹田勇，2017. 创造世界史的海盗. 阿部罗洁，译. 杭州：浙江大学出版社.

后　记

本书的面世，首先要感谢国家社科基金的评审专家。感谢各位专家在2012年给了我这样一个一无高级职称、二无博士学位的求知学子一个深入阅读与思考的机会。

2011年，我受到渥太华大学戴维·斯坦恩斯教授(Prof. David Staines, University of Ottawa)的邀请，赴加拿大访学。多年来，斯坦恩斯教授一直热心推动中加之间的文化与学术交流，他为我的访学提供了极佳的学术研究环境。那次访学极大地开拓了我的视野，令我收获颇丰。我要向他表示衷心的感谢。

本书的大部分内容，是我在浙江大学攻读博士学位期间完成的。2014年，我考入浙江大学人文学院世界文学与比较文学研究所攻读博士学位。感谢张德明教授不嫌愚钝，给了我深造的机会。张德明老师在现代性与西方文学、文学与民族身份、英国旅行文学等方面的研究，是我一直以来极感兴趣的话题，能够在他的指导下攻读博士学位，无疑是我学术道路上的最大幸运。浙大求学期间，我先后得到过吴笛教授、许志强教授等名师的指点，令我受益匪浅。特别感谢沈弘教授、吴笛教授、殷企平教授、许志强教授与周启超教授出席我的博士论文答辩仪式，你们的宽厚、博学与洞见既让我看到了自己的不足，也看到了未来努力的方向。

2017年，我从浙江大学毕业，回到宁波大学工作。感谢宁波大学外国语学院的领导与同事们多年来对我的关心。屠国元教授、王松林教授、段汉武教授、杨成虎教授、芮渝萍教授等对我多有指导和帮助，我也常常记起范谊教授、赵伐教授、周平教授、王文斌教授、卢植教授对我的期待与鼓励。诸位师长的关心，让我不敢懈怠。王松林教授、李昌标教授、贺爱军教授、程文博士、张雯博士、田颖博士、许蔚与金晓冬伉俪、宋泽华女士等都曾不辞辛劳，为我查找、校核过资料，在此一并谢过。

本书的部分内容曾以论文或译作形式发表在《外国文学评论》《外国文学》《外国文学动态研究》《世界文学》《戏剧：中央戏剧学院学报》《宁波大学学报》(人文科学版)《中国海洋大学学报》(社会科学版)等刊物上。拙文的每一次见诸于世，对我而言，都是一次极大的鼓励。感谢各位匿名评审专家与编辑老师的不弃。

感谢我的妻子曾珍女士对我的理解与支持。感谢我的父母和岳母帮助我照顾年幼的女儿，使我能够全身心地投入到一次压力巨大而一度遥遥无期的旅程之中。各位亲人为我的付出，我无以为报。

张 陟

2020年9月15日

2021年11月3日改定